細雪

〔日本〕谷崎润一郎

周逸之／译

ささめゆき

译林出版社

图书在版编目（CIP）数据

细雪 /（日）谷崎润一郎著；周逸之译．—南京：译林出版社，2017.6（2025.10 重印）
ISBN 978-7-5447-6762-0

Ⅰ.①细… Ⅱ.①谷… ②周… Ⅲ.①长篇小说—日本—现代 Ⅳ.①I313.45

中国版本图书馆 CIP 数据核字（2016）第 296460 号

细雪 [日本] 谷崎润一郎 / 著 周逸之 / 译

责任编辑 王 玥 张紫毫
装帧设计 侯海屏
封面题字 遇书房
责任校对 张 萍
责任印制 董 虎

原文出版 新潮社，1955
出版发行 译林出版社
地 址 南京市湖南路1号A楼
电子邮箱 yilin@yilin.com
网 址 http://www.yilin.com
排 版 南京展望文化发展有限公司
印 刷 江苏凤凰新华印务集团有限公司
开 本 880毫米×1240毫米 1/32
印 张 18.25
插 页 4
字 数 401千
版 次 2017年6月第1版
印 次 2025年10月第11次印刷
书 号 ISBN 978-7-5447-6762-0
定 价 65.00元

译林版图书若有印装错误可向出版社调换。
订购热线：025-86633278 质量热线：025-83658316

目　次

上　卷

卷上

1

"小妹，来帮我一下。"幸子正在往脖子上敷粉，从镜中看见妙子从走廊走到自己身后，便把手中的粉刷递给她，问道："雪子在楼下做什么？"并不瞧她一眼，像欣赏别人姿容一般，端详着镜中穿着露脖颈的长衬衣的自己。

"是在看悦子练钢琴吧。"

果然，楼下正响着练习曲的琴声。也许雪子刚打扮好就被悦子逮着陪她练琴了。

每当母亲外出时，悦子只要有雪子陪，就会老老实实待在家里。今天，母亲、雪子和妙子要一块儿外出，悦子有点不乐意，后来听说下午两点开始的音乐会一结束，雪子就会先回来陪她吃晚饭，她才好不容易同意了。

"哎，小妹，又有一个给雪子提亲的。"

"是吗？"

妙子在姐姐的脖颈子到两肩敷了一层白粉，留下了鲜明的粉刷印儿。幸子身姿挺拔，裸露的肩背肌肉丰腴，皮肤滑润而有弹性，在秋天晴朗的阳光照映下散发着光泽，看上去不像三十出头的人。

"是井谷女士提的亲，不过……"

"怎么呢？"

“一个挣薪水的，据说是 MB 化学工业公司的职员。”

“拿多少薪水呢？”

“月薪一百七八十元，加上奖金大概有二百五十元左右吧。”

“MB 化学工业是法国人开的公司呀。”

“是呀，你真是个万事通。”

“这我当然知道。这算什么！”

最小的妙子比两位姐姐更清楚这些事情。对于分外不谙世情的姐姐们，在这一点上，她多少有些看不起，讲话的口吻俨然她年长几岁似的。

“我没听说过这公司的名字。据说总公司在巴黎，是个资本雄厚的大公司呢。”

“在日本神户的海滨大道不是也有栋大楼吗？”

“是啊，据说他就在那儿上班。”

“他该懂法语吧？”

“嗯，大阪外语学院法语系毕业，还在巴黎待过一阵子。除了公司的工作，还在夜校教法语，每月收入一百元左右，加起来有三百五十元。”

“有什么家产吗？”

“没多少家产，听说乡下有栋老房子，他母亲一个人住着；还有他自己在六甲住的房子和土地。六甲的房子是那种新式小型住宅，分期付款买下的，就这么点财产。”

“话虽这么说，省了交房租，能过上一般人月薪四百元以上的生活。”

“这门亲事适不适合雪子呢？家累倒只有一位母亲，还住在乡下，不到神户来的。这个人今年四十一岁，据说还没结过婚。”

“为什么四十一岁还没结婚呢？”

“说是为了挑拣漂亮的才耽误了。”

“这有点奇怪，得仔细查一查。”

“对方对雪子很感兴趣呢。”

“雪姐的照片给他了？”

幸子的上面还有本家[①]的姐姐鹤子，妙子从小就叫幸子“二姐”，叫雪子为“雪姐”。本来是叫“雪子姐”的，说快了就成“雪姐”了。

“我先前放了一张照片在井谷女士那里，她自作主张给对方了，对方似乎非常中意。”

“有对方的照片吗？”

听楼下的琴声，雪子这阵子似乎还不会上来。

“喏，你打开最上面右边的那个抽屉找一找，”幸子捏着口红，像是要和镜子里的人接吻似的努着嘴，“那儿有吧？”

“找到了。这给雪姐看过了？”

“看过了。”

“她怎么说的？”

“还不是像过去一样只哼了一声‘哦，这个人’就什么也不说了。你觉得怎么样？”

“这个人嘛，太平凡了。不，他长得并不差，不过，怎么看都有股工薪族的味儿。”

“那还用说？肯定是这样的嘛。”

“这对雪姐倒有个好处，可以让他教法语。”

幸子大体化妆完毕，开始解开印有“小槌屋绸缎庄”商标的和服包装盒的绳结，这当儿她忽然想起了一件事：

“对了，我有点‘缺B’了，你下楼去说一声，叫他们消毒注射器。”

脚气病也可以说是阪神地区[②]的地方病。也许是这个原因吧，这一家人从主人夫妇到刚上小学一年级的悦子，每年夏秋老是闹脚气病，注射维生素

---

① 本家：一族或一门中具有中心地位，并且是土地名义上的所有者的家庭。——本书脚注如无特别说明均为译注。

② 阪神地区：大阪神户地区的简称。

B已经相袭成风。近来甚至也不用找大夫,家中备有高效维生素注射剂,没什么毛病也经常互相打针,只要身体有点不舒服就归咎于缺乏维生素B,也不知是谁开了个头,称之为"缺B"。

一听到楼下琴声戛然而止,妙子便把照片放回抽屉,走到楼梯口,并没下楼,瞅着下面大声喊道:"喂!下面有人吗?太太要打针,注射器得消消毒!"

2

井谷是神户东方饭店附近一家美容院的老板娘,幸子姐妹是她的老主顾。幸子听说她热衷于做媒,早就托她为雪子物色个对象,还搁了一张照片在她那儿。前不久,幸子去做头发时,她瞅空走过来说:"太太,能陪我去喝杯茶吗?"随后便把幸子邀到饭店的候客厅里,开始说起此事:

"说实在的,事前没和您商量有失妥当,但是我担心磨磨蹭蹭会错失良缘,就自作主张把小姐的照片给对方看了。这是一个半月前的事儿了。从那以后,毫无消息,连我自己也快忘记了。在这段时间里,对方像是调查了府上的情况,包括你们大阪的本家和分家的情况,还有雪子小姐念过书的女子中学和教过她书法、茶道的老师那儿,都似乎打听遍了。府上的情况他都一清二楚,为了那次登了报纸的新闻事件以及消息失实的事情,他还特意去报社查对过了,表示能够谅解。尽管他这样说了,我还是对他说,只要见雪子小姐一面就知道她是不是做那种事的主儿。我的说明也获得了他的理解。他谦逊地说:'莳冈家和我身份不同,何况我收入微薄,从没想过能高攀这么一位大家闺秀。她一旦嫁过来,还要操持这样一个贫寒的家庭,我也过意不去。

万一有缘能和她结婚，那真是无比幸运！’他拜托我成不成都来说一说。据我所知，直到他祖父那一辈都在北陆地方一个小藩主家做家臣长，现在故乡还保留了原来邸宅的一部分，在门第方面也许并非很不相称。府上自然是世家望族，在大阪莳冈家可说是名噪一时。不过，恕我说句失礼的话，如果老放不下昔日的门望，到头来只能使小姐的婚事一误再误。所以，我认为大体差不多就屈就一下，您看怎么样呢？他说了，现在月薪固然不多，但是才四十一岁，并非没有加薪的希望。而且，他那家公司与日本的公司不同，空闲时间比较多，只要他在夜校多上几节课，一个月收入四百元以上应该不成问题，成家后不难过上使唤女佣的日子。至于人品，我二弟和他是初中同学，从小就非常了解，一口打了包票。话虽这样说，最好府上去调查一番。他迟迟没有结婚，除了挑拣女方姿色以外，没有任何别的原因，我想还是可信的。他去过巴黎，现在已经年过四十，哪有从未近女色之理？但是，据我上次和他见面的印象，真是一个循规蹈矩的职员，没沾染一点点寻花问柳的习气。看重姿色，像他这样的规矩人也是常有的事，他受过巴黎的熏陶，但偏偏娶太太要娶纯日本式的美人。不适宜穿西装也不打紧，只要举止端庄，性格温柔，仪态优雅，穿和服很适称，容貌美丽自不必说，第一要手脚长得漂亮。我想府上的小姐再合适不过了。”

井谷经营美容院，照顾因中风而长年卧床的丈夫，不但把一个弟弟培养成了医学博士，今年春上又把女儿送到目白[①]的日本女子大学读书去了。与一般女人相比，井谷的头脑不知灵活多少倍，精明干练；但以一个美容院老板娘的标准来衡量，似乎还有点欠缺，她不会花言巧语或拐弯抹角，心里有什么就不加掩饰地倒出来。幸亏她说话不过分，迫不得已时也不过说出事实真相，并没给人留下什么坏印象。

幸子最初听井谷这样连珠炮似的说话，也有些不习惯，但渐渐听多了，也就了解到她那胜似男人的女中豪杰的性情，知道她的话出于好意。而且，

① 目白：东京文京区地名。

她说话有条有理，不给人插嘴的余地，幸子只有低头静听的份儿，觉得完全被她说服了。当时，幸子说要尽快和本家那边商量，还要调查对方的身世，说罢便告辞了。

幸子下面的妹妹雪子，不知不觉三十岁了还没结婚，颇让人怀疑有什么隐情，实际上并没有什么特殊的理由。最主要的原因是本家的鹤子、幸子还有雪子本人，都被父亲晚年豪奢的生活、莳冈家族的门望，总之是为名门望族昔日的资格地位所羁绊，总希望匹配门当户对的人家。最初来说媒者络绎于途，她们都感到不十分满意而一一拒绝，招致许多人怨恨，终于没人来登门提亲了；同时，莳冈家的家运也进一步走向衰落。因此，井谷说"不要放不下昔日门望"，确实是金玉良言。莳冈家族的全盛时代，充其量只到大正[①]末期。时至今日，只有为数不多的大阪人还记得其昔日的辉煌。不，更直率地说，即使是繁华一时的大正末年，也因为父亲在生活上、经营上的放纵开始招致恶果，衰颓之势日渐显露。此后不久，父亲去世，家人收缩营业规模，把那个从旧幕时代[②]起就拥有的引以为傲的船场[③]的店铺转让他人。此后很久，幸子和雪子都难以忘怀父亲在世时的一切。在改建为今日的高楼之前，那店铺大体保持着昔日的格局，每当她们打店前路过，总要向那挂在店前、标有"莳冈"商号字样的发暗的门帘后的幽深处，怀恋地偷看几眼。

因为只有女儿没有儿子，父亲晚年赋闲以后，把家业交给女婿辰雄管理，二女幸子也招了女婿，住到分家去了，三女雪子的种种不幸在于她到了适婚年龄，由父亲操办物色、缔结良缘终告失败，却又和姐夫在感情上产生了隔阂。

辰雄是银行家的儿子，入赘之前在大阪一家银行任职，继承岳父家业以

---

① 大正：日本大正天皇在位期（1912—1926）。

② 旧幕时代：德川幕府年代，亦称江户时代（1603—1867）。

③ 船场：大阪东区的繁华街，包括堺大道和北浜一带，与附近的岛之内自古以来就以商业繁盛闻名，商店鳞次栉比。船场旧家门第高贵，有其独特的规矩和传统。

后，实际生意仍由岳父和掌柜打理。岳父去世后，他不顾妻妹们和众多亲戚的反对，把也许还可勉力支撑的店铺连同商号，都转让给同行业的莳冈家的一个伙计，自己又回到原来那家银行工作。不像岳父那样喜好浮华，他行事稳健，甚至未免有些怯懦，要克服种种经营困难以重振自己不熟悉的家业，他觉得难以胜任，才选择了比较稳妥的道路。辰雄正是重视其作为赘婿之责任才采取了这种措施；而雪子却过于留恋往昔，对姐夫的举措心怀不满，并认为亡父也一定和自己想法一致，在九泉之下也会责难姐夫。

正在这节骨眼上——父亲逝世后不久，有人来提亲，姐夫很热心地为雪子的婚事奔波了一阵。对方是丰桥市[1]富家的嗣子，在当地银行任董事，而姐夫工作的银行是那家银行的上级行，姐夫自是十分清楚其人品及其财产状况。姐夫认为丰桥市的三枝家的地位无可挑剔，已非今日的莳冈家可以比拟，男方本人也是一等一的老实人，于是安排他们相了亲。可雪子见过一面后，下嫁此人的心思顷刻烟消云散。并非因对方长相如何不堪，而是他有一股土老财的味儿，虽然老实忠厚之态可掬，却全无一点灵光的模样。听说他初中毕业后因病没有升学，恐怕学问也不会很好。从女子中学到英语专科，雪子都以优秀成绩毕业，她担心将来难以尊敬这么一个男人。此外，纵说拥有万贯家财，可保生活无虞，但一想到要在丰桥那种小城镇过日子，也觉得寂寞难耐。幸子比谁都同情雪子，说无论如何都不能让雪子去受那份罪。在姐夫看来，雪子也许真有学问，但是有点过于因循守旧，消极保守，是个富于日本情趣的女子，最适合在尘嚣甚少的小城镇安身立命，便认定她不会反对。但是，出人意料的是，这位腼腆、羞怯、在人前不善言辞的雪子，也有与其外表不同之处，并不是那种百依百顺的女子，姐夫直到此时此刻才明白了这一点。

雪子心中已断然否定了这门亲事，若能早将话挑明就好了，偏偏她的回答老是含糊其词，等到最后关头，她还不对大姐和姐夫讲，仅仅和幸子说了真

---

① 丰桥市：日本本州中南部城市，属爱知县。

心话。原因之一是在过于热心的姐夫面前难以启齿，而如此不爱讲话，自然也是雪子的性格缺陷。

因此，姐夫误以为她内心并不反对。男方相亲之后，顿时热情高涨，恳求一定要成全这门亲事，事情已发展到退无可退的地步了，可雪子一旦表示了自己的意志“不”，不管姐夫和大姐怎样轮番苦口相劝，最后她也没吐出一个“好”字来。

姐夫本以为这门亲事足以告慰泉下的岳父，正因如此，他深感失望，更使他难堪的是，事到如今，见到对方，见到从中撮合此事的银行上司，该怎么交代呢。想到这里，他不由得冷汗直冒。尤其是拒婚的理由能够服人也就罢了，竟然说男方显得不怎么灵光，居然如此吹毛求疵！雪子不同意这门似乎不可再得的、难以高攀的亲事，只因她过于任性；而姐夫却难免不往坏里想：是不是雪子故意使我难堪呢？

吃一堑长一智，从此姐夫对雪子的婚事就不怎么沾手了，能躲则躲，有人来提亲，他固然乐意听听，但不再积极主动地承担此事，或是像以前那样首先表态说长道短了。

3

雪子的婚事不顺遂，还有一个原因，就是井谷所说的“新闻事件”。

事情发生在五六年前。当时只有二十岁的小妹妹妙子和船场的另一世家、珠宝商奥畑家的儿子堕入情网，双双出走。妙子要想越过雪子抢先结婚，用寻常的办法怕不容易，于是两个年轻人合谋采取了非常手段。虽然其动机似乎单纯，却是哪一方家庭都不能容许的，人马上就被双方家庭逮回去了。本以为这件事已是云过风清,却不幸被大阪一家小报捅了出来,而且把妙子错写成了雪子,年龄也写得与雪子一般无二。当时,莳冈家为雪子着想,打算要求报馆取消这条消息,但担心这样做又从反面证实了妙子的绯闻,招致同样的不良后果,也不太明智。所以,莳冈家最初打算不加理睬。当时作为户主的辰雄经过反复考虑,认为无论有过失者将来有何影响,也不能让无辜者横遭连累,仍然要求报馆取消这条消息,但是小报刊登的不是取消而是更正启事,不出所料,改而把妙子的名字登出来了。事前,辰雄也曾想到要征求雪子的意见,但他知道,在自己面前一向寡言少语的雪子,反正不会有明确的答复。另外,他也担心和妻妹们商量说不定会引起本有利害关系的雪子与妙子之间的纠纷,便只和妻子鹤子说了,一人做主,采取了这个举措。这是为雪子着想,即使牺牲妙子也要为其洗刷不白之冤,实话说,辰雄多少也有取悦雪子的意图。身为赘婿的辰雄觉得这位貌似温顺的妻妹,实际上一直对自己心存芥蒂,其脾性又难摸清,不好对付,很想借此机会讨好她。可是,这一次他的指望又落空了,不论是妙子还是雪子都对他产生了反感。雪子认为:报上报道错了,唯有自认倒霉而已。那一小块更正启事,往往是撂在报纸上不引人注目的角落里,不会有什么效果。无论声明取消也好,别的什么也好,再上一次报只是徒增烦恼而已,只有置之不理为好。姐夫想为我恢复名誉,我十分感谢,但是这样一来小妹又将怎样呢?小妹做的事当然不对,但毕竟是年幼无知,做事莽撞,要追究责任的话,在于双方家庭管教不严,别说姐夫,就是我都不能说毫无责任。况且,我相信自己的清白,了解我的人自然心中有数,想来那么一条消息也不会把我伤到哪里去。更重要的是,假如小妹因此而变得乖僻、走上歪门邪道又怎么办呢?姐夫做事一味空谈大道理而少了点人情味。别的且不说,如此大事竟不和利害攸关的我说一声就去办了,未免太独断专行了吧?妙子也认为,姐夫为雪姐洗刷污名理所应当,但是,难道就没有避免自己出乖露丑的方法吗?对方不过是一家小报,完全可以使点手段制伏他们,姐夫无非吝惜几个钱而已，这样就不对了。从这时起，妙子说话就变得世故起来了。

这起新闻事件发生时，辰雄自觉无脸见人甚至提出了辞呈，上司以“不至于此”为由劝止，总算平安无事了，但雪子所遭受的损害却无法补偿。究竟有几个人留意了这则更正启事，了解她的冤屈呢？尽管她白璧无瑕，尽管她非常自信，可社会上普遍知道她有这样一个妹妹，这件事就渐渐成为她迟迟不能结婚的原因了。

雪子的内心如何暂且不论，表面上她始终认定“那点儿事伤害不了我”，非但没有因此与妙子闹别扭，相反地倒在姐夫面前百般庇护妙子。她们俩更是经常离开上本町九丁目的本家，住进阪急线芦屋川的分家，即幸子家中。以往总是一人去另一人回，轮换居住，自此以后，姐妹俩常常一同来，一住就是半月。

幸子的丈夫贞之助是会计师，每天去大阪的事务所上班，除薪金以外，还从岳家多少分得一些财产补贴家用。和一味严厉的辰雄不同，贞之助不像一个商科大学的毕业生，酷爱文学，经常写写和歌什么的，而且他又不像辰雄那样掌有监督权，雪子姐妹并不感到他有何可畏。只是她们住得太久时，他才会提醒幸子说：“该叫她们回去一次了吧？”幸子却总是说这事儿姐姐会谅解的，不必担心，现在，本家的孩子多，房子窄，妹妹们常来这边住住，姐姐倒能休息休息，暂且就随她们的意愿住在这儿也不打紧。不知不觉，大家都对这种状态习以为常了。

这样过了好几年，雪子倒没什么变化，但妙子的境遇有了意想不到的改变，到头来对雪子的命运多少有些影响。

妙子自读女子中学时起就擅长制作偶人。空闲时，她老喜欢用零碎布头制作偶人，做工也日渐精巧，作品甚至摆上了百货店的货架。她做的偶人，有的颇有法兰西风韵，有的洋溢着纯日本歌舞伎的情趣，各种各样，惟妙惟肖，散发着难以模仿的独特才气，同时也反映了她平素喜好电影、戏剧、美术和文学而积累的深厚艺术素养。总之，经她的手诞生的这些可爱的小艺术品逐渐吸引了众多的爱好者，去年还由幸子一手操办，租借心斋桥附近一个画廊，举办了个人作品展。最初，因为本家的小孩多，过于喧闹，妙子便到幸子家来制作。这样一来二去，她很想要一间正式的工作室，便在夙川的松涛公寓里租了一间房。正好在同一条电车线路上，从幸子家过去只要二十几分钟。辰雄不赞成这件事，一来担心妙子会变为职业女性，更令他疑虑重重的是她在外租房。这时又是幸子帮妙子说好话。幸子说，妙子有那么一个污点，会比雪子更难找婆家，也许让她做点什么工作倒有利无弊；那间房仅用作工作室，并不住在那儿；正好我有位朋友的遗孀经营公寓，拜托她在那里租间房怎么样？那公寓很近，我也可以时不时去瞧瞧。幸子终于先斩后奏地让辰雄认可了既成事实。

和雪子截然不同，妙子本来性格爽朗，谈吐诙谐，常常妙语连珠。只是发生新闻事件后，她变得抑郁寡欢，一反平常，成天心事重重似的。现在，这个新开辟的天地拯救了她，她又逐渐恢复得像以前一样开朗活泼了。在这一点上显示了幸子卓有远见。妙子每月从本家领到零用钱，偶人也卖出相当可观的价钱，手头也宽裕多了，有时拎一个精巧得令人咋舌的提包，有时蹬一双似乎是进口货的漂亮皮鞋。大姐和幸子看在眼里，颇为担心，劝她把钱存起来。其实，根本不用她们劝说，妙子并没有忘记存钱，她煞有其事地把邮政存款的存折拿出来给幸子过目，还要她对大姐保密，甚至还说："如果你零花钱不够用，我借给你好啦！"听到这里幸子也不由得张口结舌。

有一天，有人提醒幸子说："我看见府上的小妹和奥畑家的启少爷在夙川的大堤上散步。"幸子大吃一惊。另外，幸子还曾看见妙子从口袋里掏手帕时带出了打火机，便知她背地里吸烟，但她想妙子已经二十五六岁了，有这么些事也不足为奇。只是在这当口又听到这件事，幸子便叫来妙子盘问，不想她竟爽快地承认了。幸子再追问下去，她回答说："自那以后，我和启哥儿就断了联系。前些日子举办偶人展，他来看了，还买下了一个我最得意的作品，就这样又开始来往了。不用说，我们只是单纯的交际，见面次数也不多。我自己也和过去不同，变成大人了，希望你信任我。”

可是这样一来，幸子便对迁就妙子租借公寓颇为不安，也感到对本家负有责任。说到底，妙子的这份工作本是个随性的事儿，她也一直有艺术家的脾气，并不是每天工作，也毫无规律可言，有时她会连休几天，有时兴致来了便彻夜不眠不休，次日早晨才浮肿着脸回来。本来是不准她在那里过夜的，不过，这也渐渐行不通了。而且，上本町的本家、芦屋的分家和夙川公寓这几个去处，妙子什么时候从哪里出来，什么时候该在哪里，并不与幸子联络以告知行踪。想到这些，幸子觉得自己未免太糊涂了。有一天，她瞅准妙子不在，赶到公寓去会那位朋友，不露声色地从她那里问了个究竟。女主人说：“近来令妹可了不得了，有两三个学徒跟她学习做偶人，都是些太太和小姐。至于男人，只有做包装箱的工匠时不时来征求订货或交货。说到工作，她一动手就像入了迷，干到凌晨三四点钟也是常事，到了那时候，一无被子二无褥子，就坐着抽烟挨到天亮，说是等第一班电车回芦屋。”听了此话，幸子发现时间倒是对得上。女主人又说：“她原来的房子只有六铺席[①]。”幸子走去一看，是一间西式房间附带一个高出一层的四铺席半大的日本式房间，房间内摆满了参考书、杂志，缝纫机，碎布头和各种材料及半成品，壁上用图钉钉着许多照片。这儿如同艺术家的工作室一般杂乱，但毕竟是青年女子的工作场所，让人感受到色彩的华美。看来主人勤于清扫，收拾得很齐整，连烟灰缸里也不见一个烟头。幸子查看了抽屉、信插，也没发现任何可疑之点。

实际上，幸子原来担心会在这里发现什么证据，来时还有点无精打采的。现在看到一切正常，她立刻放心了，庆幸自己没有白跑一趟，反而比以前更加信任妙子了。

这样过了一两个月，幸子也把这事儿忘了。一天，妙子已去夙川，奥畑

---

① 六铺席：日本的日本式房间内铺垫席（榻榻米），故以垫席数量折算房间面积。

突然来访，说是“想来看望太太”。从船场时代两家就是近邻，幸子对他并不陌生，好歹得见他一见。奥畑见面便说：“这样突然造访，未免失礼，但是，有一件事特地来恳求您的谅解。”说过开场白后他又说：“几年前我们采取的做法有些过激了，但绝不是一时的轻浮行为。当时虽然我们硬被拆开了，但是，我和小妹（‘小妹’就是‘小女儿’的意思，这是大阪人称呼一家中最小女儿的普通名词，那时奥畑不仅称妙子为‘小妹’，还管幸子叫‘姐姐’）已经约好一定要等到双方家长的谅解，不管等多少年都行。家父家兄最初曾经错误地认为小妹行为不端，现在已经知道她是一个有艺术才华的正派姑娘，也知道我们的恋爱是健康的，现在看来已经不会反对我们结婚。

“听小妹说，府上雪子姐姐的婚事还没定下来，她认为定下来以后府上也会同意我们结婚的。我是和小妹商量过了才来拜托您的。我们决不着急，会耐心等到适当的时候。只是希望姐姐知道我们立有婚约，信任我们。今后，还得请您去本家的姐夫、姐姐那儿多多美言，如果能让我们如愿以偿，那就更加感激不尽了。听说姐姐是最能理解和同情小妹的，我才冒昧地提出了这个请求。”

幸子回答说“我已大体听明白了”，应允不应允一概不说，把他打发回去了。她认为，奥畑说的话如果属实，也并非完全不可想象，她也不感到怎样意外。实话说，既然两人的关系曾一度公诸报纸，让他们结合显然是最好的选择，本家的姐夫和姐姐归根结底也会得出同样的结论。她只是顾虑对雪子心理的影响，想尽可能把妙子的事往后拖一拖。

这一天，把奥畑送走以后，像往常闲着无事的时候一样，幸子独自坐在客厅钢琴前随意地翻着曲谱弹着。此时，只见妙子若无其事似的走了进来，她大概是估摸着时间从夙川回来的，幸子停下手说：

“小妹，奥畑家的启少爷刚来过了。”

“是吗？”

“你们的事我知道了。不过，现在什么也别说，都交给我好了。”

"嗯。"

"如果现在提出来,雪妹太可怜了!"

"嗯。"

"明白了吧?"

妙子像是难为情似的,只是木然地勉强地"嗯嗯"答应着。

4

最初,妙子和奥畑最近来往的情形,幸子对雪子、对任何人都没有讲。有一天,这对情侣散步从夙川去香栌园,中途横过阪神国道时,不巧迎面碰见了雪子,当时雪子刚下大阪国营公共汽车。她把此事放在心里,并未声张。过了半个月,幸子才听妙子说了这件事。这样,如果再不讲明,也许雪子会对妙子产生误解,于是幸子便向雪子讲了之前奥畑来访的情形。她说,他们的事并不急,不妨排到雪子的婚事定了以后,不过,早晚要让他俩结合。到那时,为了取得本家的谅解,还要请雪子助一臂之力。幸子一边解释一边暗地观察雪子,但雪子丝毫未有特别的表情,平心静气听完了这番话。雪子说:"仅仅为了不颠倒顺序就推迟他们的婚期,这顾虑大可不必。我认为他们不妨先结婚,我的事摆在后面,也不会遭受什么打击,更不会放弃希望。我倒是有种预感,幸运的事儿就要轮到我了。"幸子看得出来,雪子既无讥讽之意,也无负气之心。

不过,不管雪子怎么想,姐妹的顺序却不可逾越,既然妙子的婚事大体已定,雪子的婚事就更要抓紧了。

但是,除了上述几种情况,雪子迟迟未嫁,还有一个原因,就是她是未年[1]生人。一般而言，关东一带只忌讳丙午年，并无嫌弃未年生人的迷信，所以东京人也许会感到诧异；但在关西，人们都说未年出生的女子命途凶险，婚事乖蹇，特别是生意人忌讳娶为妻室，甚至有句谚语说“未年女子莫站门前”；而大阪恰好是商贾云集之地，自古就有这种陋俗，就连本家的姐姐也老是嘀咕，或许这正是雪子迟迟嫁不出去的原因。

雪子婚事曲折多艰，姐夫和姐姐们也渐渐明白了，一味坚持苛刻的条件是毫无自知之明的表现。最初他们提出的条件是雪子是初婚，男方也应该是初婚。后来才说，男方二婚也可以，只要没有孩子。继而改口说，孩子不超过两个也行。最后，竟降格以求到这种地步：年龄比二姐夫贞之助大一两岁也无妨，只要看上去不显老。

雪子对这些条件不表异议，她说，如果姐夫姐姐们意见一致，叫我嫁到哪里都可以。只是对方若有孩子，希望是位娟秀可爱的女儿，这样我自己也会真心疼爱她。她还说了，如果嫁一位四十来岁的丈夫，显然不能指望他有多大出息，也不指望将来收入增加，自己守寡的可能性也大，虽不要求男方家财万贯，至少希望晚年生活要有保障。本家和分家此后提择偶条件时，都将这作为重要的条件加了上去。

井谷正是在这个时候来提亲的，大体上跟女方提的条件差不离，只是财产这一条不很够格，但只有四十一岁，比贞之助还年轻一两岁，将来并非毫无晋升的希望。比姐夫年长尚且可以，不消说，小一些的就更招人待见了。加之与所有对象相比，还有一个最大优点，即男方是初婚，正因为对此已不存奢望，所以这一点很令人动心，想来以后恐怕再难遇到这种机缘了。总之，即使有少许不尽如人意之处，未婚这一优势也大可弥补其不足了。另外，对方虽只是一个靠工薪生活的职员，但毕竟接受过法国的教育，对法国的文学艺术多少知晓一二，幸子估计雪子大概会中意的。不了解雪子的人，都认为她是纯日本趣味的姑娘，但这只是对其服饰、体态和谈吐举止等的表面感觉，实际

① 未年：雪子出生于 1907 年（丁未）。

上未必如此。其实,她现在还在学法语,在音乐等方面,与日本的作品相较,她对西方作品的理解要深刻得多。

幸子背地里走MB化学工业公司的门路,打听对这位濑越先生的评价,在外面也多方调查,无论哪一方面,都未听到对其人格有所非议,也许这真是一桩美满姻缘。幸子正打算过几天去和本家合计合计,不料一星期前,井谷突然坐出租车来芦屋了,催问那桩婚事是否考虑成熟,顺便还带来了对方的照片。井谷照例连珠炮似的说完了来意,幸子想如果说“正要去和本家计议这件事”岂不显得自己太拖拉,于是顺口说,自己认为这是一桩美满良缘,现在正由本家出面调查对方的情况,估计再过一星期,就能给您回信。井谷说:“这种事儿越快越好,如果府上中意,尽快进行岂不更好?濑越先生那边心急火燎,天天打电话催问我有没有消息,他求我好歹把他的照片送来府上过目,顺便来听个信,所以我瞅个空子就赶来了。那么,一个星期后,请一定给个回信。”前后不过五分钟,简略说完了这件事,她就跳上候在外面的出租车,飞驰而去。

幸子凡事都是京都大阪风格,慢慢吞吞,何况这是女人的终身大事,赶任务似的处理岂非粗鲁?只是井谷急如星火地催促,一向行动迟缓的幸子,极难得地第二天就去了上本町。她向大姐说明了事情的梗概,并且说了对方急等回音。然而,大姐比幸子还要迂缓,对此类事格外慎重。她说自己认为这门亲事还不错,但还得和丈夫商量商量,再委托信用调查所做一番调查,然后,派人去他老家了解了解。这样一来,就很要一些日子。

幸子想既然大姐这样说了,看来这些事个把星期无论如何也办不了,至少也得一个月。幸子正在考虑如何宽展期限,到昨天为止,约定的一周正好期满,又有出租车在家门口停下了,她才想起果然是井谷依约而来了。这一下幸子慌了,急忙向她解释:“昨天我还去本家催问过,看来他们大体上没有异议,但是他们说了还有些问题需要调查,务请再宽限四五天。”没等幸子说完,井谷就抢着说:“只要大体上没有异议,那些芝麻绿豆的事儿以后再说，不管怎样，先让双方见见面怎么样呢？见面的形式不必太郑重其事，就算是我招待双方一起吃顿晚饭，即使本家的各位不能光临，您夫妇俩能够陪同出席就行了。对方也殷切希望这样做。”井谷如此一说令人无法推辞。

在井谷看来，她们姐妹未免过于骄傲，旁人为她们热心奔走，她们却老是这样磨磨蹭蹭，真不知她们是怎么想的，不就是那股傲劲儿使雪子婚事一误再误吗？井谷认为非要使她们醒醒不可，所以说话就更加咄咄逼人。幸子也多少察觉了她的用心，只好问道：“那么，定在哪天呢？”井谷回说：“也许太仓促了点，赶巧明儿是星期天，这日子对濑越先生和我都很合适。”“明天我已经有一个约会。”“那就定后天吧！”井谷步步紧逼。“那么，暂且定在后天，等明天中午我再打电话跟您确定。”幸子这样打发走了井谷。这是昨天的事。

“喂！小妹！”幸子在长衬衣上面试着披了件外衣，觉得不合意，便脱了扔在一旁，正准备打开另一包装盒，这时，楼下停了一阵的琴声又响起来了，幸子听着听着，似乎又想起了什么似的说：

“真的，那件事也挺为难的。”

“哪件事呀？”

“今天出门以前，无论如何得给井谷打个电话。”

“为什么？”

“她昨天又来了，希望今天就要相亲……”

“她呀，总是这样性急。”

“她说什么和正式的相亲有所不同，只是在一起吃顿晚饭，不要太拘泥形式，希望一定答应。我说今天不方便，她就提议改为明天，她这一说，我就再也无法推脱了。”

“本家怎样说呢？”

“姐姐在电话里说，‘如果要去请你们陪着去，如果我们出面了以后就没有退步的余地了’，井谷也说我们陪着去就行了。”

“雪姐呢？”

“唉，她呀……”

“她不愿意吗？”

“也没说不愿意，不过……哎，井谷昨天一来就要求两天之内相亲，雪子不愿别人那样轻率地对待她，不也有道理吗？总之，她没有向我讲明，我也不知道她的心思。但她说：‘再调查一下对方的情况以后见面不行吗？’不管我怎样劝说她也没说去。”

“那怎样向井谷女士交代呢？”

“是啊，该怎样交代呢？如果说不出充分的理由，她一定会追根究底的。不管这件事情结果如何，要是惹恼了她，今后再想请她说媒可就难了……哎，这两天不去也就罢了，你去劝她一次，就说在四五天内去见一面，行吗？”

“我可以去劝劝，不过，雪姐已经把话说出口了，恐怕劝不过来。”

“不，不一定。这门亲事只是对方催得太急了，她才不大高兴，内心好像并不讨厌。依我看你只要好好开导她，她会答应的。”

隔扇门拉开了，雪子从走廊走了进来。幸子心想或许被她听见了，赶紧不再作声。

5

“二姐，系这条腰带去吗？”看见妙子正站在姐姐身后为她系腰带，雪子问道，“这条带子，哦，上次听钢琴演奏会的时候，你也是系的这条吧？”

“是呀，是这一条。”

“那天我坐在你旁边，你一呼吸这条袋式腰带就吱吱地响。”

“真的吗？”

“虽然声音很小，可是你一呼吸就吱吱响，听着刺耳，很不是味儿。我当时就想，听音乐会还是不要系这条带子。”

“那么，系哪一条呢？”妙子边说边打开衣橱，拉出许多纸盒，摆满一地，逐一揭开。

“就系这条吧？”妙子选出一条水涡纹图案的腰带。

“那条合适吗？”

“这条好，这条好，就系这条吧。”

雪子和妙子早已打扮好了，只有幸子还没完，妙子像哄孩子似的说着，又拿着这条带子转到姐姐身后，幸子终于穿戴停当，又在镜子前坐下。

“不行！”幸子突然惊叫一声，“这条也不行。”

“为什么？”妙子问。

“还问为什么，你仔细听，喏，这里吱吱直响！”幸子说着，又特意做深呼吸叫她们听。

“真的，是在响呢。”

“那么，那条青草挂露珠图案的怎么样呢？”

“还不知怎样呢，你给我找一找，小妹。”

三人之中只有妙子穿西装，她利索地在那些散乱的纸盒中找到了那条带子，又转到姐姐身后，幸子一只手按住太鼓结[①]，站着使劲呼吸了几次。

“这下像是好了。”说着，她拿口中衔着的扣带穿过太鼓结再一收紧时，那带子又吱吱地响了起来。

“为什么呢？这条也响呀。”

“真的，呵呵呵呵！”

---

① 太鼓结：日本妇女穿和服时一种带结的形状，状似鼓，为使其突起，须在带结内填充专用的布衬垫。

幸子的腰带一发出响声,三个人就笑得前仰后合。

“嘻嘻嘻!不系袋式腰带算了,这种腰带不好。”雪子说。

“不,不是带子的原因,是料子不好。”妙子说。

“但是,近来的袋式腰带不都是用这种料子做的吗?用这种料子,又做成袋式的,就更加吱吱响吧?”雪子说。

“明白了,二姐,我明白了。”妙子又抽出另一条腰带,“用这条试试看,一定不会响。”

“不是一样的袋式腰带吗?”

“照我说的试试看,我已经知道为什么会响了。”

“已经一点多钟了,再不赶紧就听不上了。像今天这样的音乐会,正式演奏的时间只有那么一会儿。”雪子说。

“可是,不是你自己说起腰带的事儿吗?”

“是我说的,好不容易去听一次音乐会,耳边老响着这样的声音,可不是白去了吗?”

“哎呀,累死我了!系了又解,解了又系,不知好多遍,我都累出汗了。”

“岂有此理!我才累呢。”妙子跪在姐姐身后,一边使劲儿系紧腰带一边说。

“就在这儿打针吗?”阿春端着盘子走进来说。盘里放着消过毒的注射器、维生素B药盒,酒精瓶、脱脂棉和橡皮膏等。

“雪妹,劳你驾,打吧,打吧。”幸子说完又冲着已走出房门的阿春的背影喊道:“哦,还有呢,去叫辆汽车,叫他们过十分钟就开来。”

因为经常给人打针,雪子技术纯熟,她麻利地用锉刀切断维生素B的安瓿瓶,抽出注射液。此时,幸子还在照镜子,让妙子往太鼓结里塞衬垫。雪子握住她左手,把袖子卷到肩头,用酒精棉球在胳膊上擦了几下,接着熟练地将针扎进去。

“哎呀!好痛!”

“今天也许有点痛,没有时间了,不能像平常那样慢慢儿地进针。”一瞬间,浓浓的维生素 B 的气味弥漫了整个房间。雪子给她贴上橡皮膏,轻轻拍了几下,又揉了揉。

“我这里也好了。”妙子说,“系这条带子,配什么扣带呢?”

“就配那根不行吗?快点儿,快点儿!”雪子说。

“别催得那么急呀!催急了,我更加头昏脑涨,什么都不明白了。”幸子说。

“这条怎么样?你吸口气试试。”

“唷,真的。”听妙子一说,幸子连连深呼吸,“真的,这样一点声音都没有了。为什么呢?”

“腰带是新的,就吱吱响,这条带子用旧了,所以不出声儿。”

“还真是这么个道理呢。”

“你也要稍微动动脑子嘛。”

“太太,您的电话,井谷女士打来的。”阿春跑到走廊里喊道。

“啊!糟了,我忘了给她挂电话了。”

“唷,汽车好像来了。”

“怎么办,怎么办呢?”幸子急得鼻子直哼,雪子却若无其事、事不关己似的。

“喂,雪妹,怎样跟她说呢?”

“怎样说都行。”

“可是,她这个人,不好好儿跟她说,她不会答应的。”

“那就请你看着办吧。”

“那么,不管怎样,请她把明天见面的事儿缓一缓吧。”

“嗯。”

“就这样好吗?”

“嗯。”

雪子低头坐着，站着的幸子无论如何也看不清她脸上的表情。

6

“小悦，我们出去一趟。”雪子临出门时，看见西式房间里悦子正和小女佣阿花玩“过家家”的游戏。“你要乖乖地在家待着，好吗？”

“二姨，买什么东西送给我，您还记得吗？”

“记得。不就是前些日子看中的那套炊事玩具吗？”

悦子叫本家的大姨为“姨妈”，对两位年轻的则分别称之为“二姨”“小姨”。

“二姨，一定要在天黑前回来！”

“哎，一定回来。”

“一定啊？”

“一定的。你妈妈和小姨去神户吃晚饭，你爸爸在那里等她们，我回家和你一起吃。你有家庭作业吗？”

“有作文。”

“那你就少玩一会儿，把作文写好，等我回来给你看看。”

“二姨，小姨，再见！”悦子送到玄关，接着又趿着拖鞋走下土间[①]，在石板路上又蹦又跳地追到大门边，追着两位姨妈喊道：

“您要回来，可不能骗我呀！”

“一件事说了好几遍，我知道了。”

“您不回，我要生气的，知道了吗？”

① 土间：日本式建筑内不铺地板，或者露出地面，或者铺着瓷砖的地方。

“真啰唆！知道了，知道了！”

雪子嘴上这么说，心里还是为悦子这样依恋自己而高兴。不知为什么，她母亲要外出时，这孩子从不这样追着赶着，但是每当雪子要出去时，她总是死乞白赖地缠着，非要雪子答应这样那样的条件不可。且不论别人，雪子自己也深信不疑，她不喜欢住在上本町的本家而老住在芦屋这里，主要是她和姐夫关系不大融洽，在姐妹中间和二姐最投缘。但雪子近来发现，其实对悦子的疼爱是比前二者更主要的原因。自从察觉到这一点后，她对悦子的怜爱也更加强烈了。

雪子听说过本家的姐姐曾经埋怨说，雪子只喜欢幸子的孩子，一点都不喜爱本家的孩子，让她真不知怎样回答才好。实话说，雪子似乎偏爱与悦子年龄相仿、悦子型的女孩子。本家的孩子确实不少，但是唯一的女孩今年才两岁，其余都是男孩，没有一个能像悦子那样引起她的关心。雪子早年丧母，父亲也在十年前辞世，至今她还在本家和分家之间往来居住，漂泊不定，纵令将来嫁到任何地方，也似乎不会有什么值得留恋的。只有一件事使她难于割舍。结婚以后，若不能见到比谁都亲近和可靠的幸子，不，幸子倒还能见着，假若不能见到悦子，即算见到了也不是从前的悦子了，自己给了她那么多影响、倾注那么多怜爱，说不定悦子已渐渐忘却，而变成了另一个悦子——一想到这里，雪子便羡慕幸子作为母亲可以永远独占这个少女的爱慕，同时也觉得自己委屈。她提出的结婚条件是：倘若对方是再婚，希望对方有一个可爱的女孩，原因全在于此。但即便嫁到合条件的人家，那女孩子或许比悦子更可爱，她也不可能像爱悦子那样去爱那个孩子。想到这里，雪子对于婚期一再蹉跎，倒不像旁观者想象的那样寂寞凄凉。与其勉强降格以求，嫁一个并不中意的男人，倒不如长此以往留在这个家里，让自己承担起幸子做母亲的那份职责，她甚至觉得，如果能够这样倒可以使自己摆脱孤独之苦。

说实话，雪子和悦子如此密不可分，也许幸子的安排多少起了推波助澜的作用。譬如，在芦屋的家里，原来分配雪子和妙子共用一间房，但是妙子经常用以做工作室，幸子就改而安排雪子和悦子同居一室。悦子的寝室在楼上，是一间六铺席的日本式房间，榻榻米上摆一张儿童用矮木床。从前，夜里有一个女佣在床下开个铺陪悦子睡觉。从此以后，雪子代替了女佣。雪子让女佣在折叠床用的草垫上加两块木棉垫褥，便和悦子的床差不多高矮，自己就睡在那里。从兹伊始，悦子生病时的照看护理，平时陪她复习功课，练习钢琴，安排带到学校的便当和下午点心等事，便逐步从幸子手里转移给雪子了。原因之一是雪子远比幸子更能胜任。表面看来悦子气色良好，肌肉丰满，似乎很健康，但是其体质如她母亲一般，抵抗力很弱，不是淋巴结肿大就是扁桃腺炎，动辄发高烧。每逢这种时候，需要没日没夜地看护两三天，换冰袋，换湿布，这只有雪子能担负得了。本来在三姐妹中雪子身子骨最单薄，胳膊和悦子差不多粗细，乍一看像是患了肺痨似的。这或许也是她迄今未能出嫁的原因之一。但是，她的抵抗力却最强，有时全家接二连三得了流行性感冒，唯独她安然无恙。长这么大从未生过什么大病。而看似最健康的幸子实际上却和悦子一样虚有其表，最不争气，只要连续护理悦子、稍许劳累一点，她自己就病倒了，反倒给别人增添麻烦。因为幸子生长在莳冈家的鼎盛时代，被故世的父亲视为掌上明珠，独享宠爱。时至今日，虽说孩子都七岁了，却还有很多被宠坏了的孩子的毛病，精神上体质上都没有什么韧性，动不动反要受两个妹妹的责备。就因为如此，不仅是护理生病的孩子，凡是管教孩子的事儿，她都极不称职，甚至她还经常和悦子一本正经地斗嘴。

于是有人说，幸子把雪子当家庭教师用，不愿放她走，因此雪子的婚事更加难以成功。即使有了好对象，幸子也要从中作梗等。这些流言蜚语，七拐八弯地传到本家的耳中，姐姐虽然没有轻信流言而误解幸子，但是背地里还是嘀咕："雪子都成大宝贝了，所以不放她回这边来。"

贞之助也顾虑到了这点，他说："雪子住在这里也未尝不可，只是她插在我们家三人之间毕竟有些令人不快。她和悦子的关系是否可以稍微疏远一点？而且，如果悦子变得疏远你而亲近雪子可就麻烦了。”

幸子回答说：“你这是过虑了。别看悦子还是个孩子，也有她的乖巧之处，她喜欢在雪子面前撒娇，但内心里还是最爱我的。她知道关键时刻还得靠我，雪子早晚还得嫁人，这些悦子都是知道的。托雪子的福，有她来照料孩子，为我省了很多事，帮了大忙。但这只是暂时的事，最多到雪子出嫁。更重要的是，雪子比我喜欢照料孩子，所以我想，把悦子交她照管，多少会使她忘掉婚期延误带来的不幸。小妹有制作偶人的工作可做，而且也有收入（似乎还有了私订终身的意中人），这一切，雪子一样也没有，说得严重一点，她到了没有安身之所的境地，我对她极为怜惜，所以情愿让悦子起到玩具的作用，抚慰她的孤独。”

雪子是否体察到了幸子这种苦心，不得而知，但实际上当悦子生病时，无论是她母亲还是护士，都不会像雪子那样富有献身精神地去护理她。每当悦子在家须留人陪伴时，雪子总是让幸子夫妇和妙子出去，由自己来承当此任务。像今天这样的星期天，以往总是雪子留在家里。不凑巧，今天的小型集会是到阪急线御影的桑山邸宅，听雷奥·希罗达[①]的钢琴演奏，并且她们三人都受到了邀请。若是其他聚会，雪子定会乐于弃权，但钢琴演奏却不可不听。散会之后，幸子和妙子约好了，与去有马一带远足的贞之助会合，一起在神户吃晚饭。唯独雪子，放弃了这份享受，一人先行回家。

7

“喂，二姐还在打电话吗？”姐妹俩早在大门前等候，可是幸子却迟迟未

① 雷奥·希罗达（Leo Sirota，1885—1965）：俄罗斯的犹太人钢琴家。

见出来。“快到两点了。”妙子说着,走向司机已经打开的车门前。

“这电话真够长的。”

“怎么还不挂断呢?”

“恐怕是欲挂不能,正急着呢。”雪子又像是事不关已似的感到可笑,“小悦,你去和你妈说,叫她少说几句,快点来!”

“我们上车吧,雪姐。”妙子拉开车门让雪子。

“等等吧。”一向谨守礼仪的雪子只是漫应着。

妙子无奈也只好站在车前。这时,已见悦子向屋里跑去。为了不让司机听见,妙子压低声音对雪子说:

“井谷女士说媒的事儿,我听说了。”

“是吗?”

“照片也给我看了。”

“是吗?”

“雪姐,你认为怎么样呢?”

“光看照片怎么知道呢?”

“就是嘛,那就见见面吧?”

“……”

“人家一番好意来说媒,如果说面都不愿意见,二姐也为难呀。”

“话是这样说,可是,有什么理由要这么急呢?”

“嗬,二姐说了,你一准儿会这样说,不过……”这时,她们听见呱嗒呱嗒的脚步声,幸子向这边走来了。

“啊,我忘了带手帕了,谁给我拿来?手帕、手帕!”幸子一边整理着露出来的长衬衣袖子,向门口匆匆走来,“让你们久等了。”

“这电话真长。”雪子说。

“是够长的,不过,我真不知该怎么解释……好不容易才挂断了。”

“哎呀,好了,这事儿以后再讲。”

“快上车！”妙子接着雪子的话催促道。

从幸子家到芦屋川车站有七八百米距离，像今天这样时间紧迫就乘车去，有时她们也会悠闲地信步走去。这条傍山大路和阪急线铁路并行，当地人称之为水道路。偶尔，在天朗气清的日子里，三姐妹沿着这条路迤逦而行。她们穿戴时兴的服饰，款款而行，风姿绰约，无怪乎惹人瞩目。住在这一带的人，无不熟悉她们的面容，而且还多有议论，却很少有人确知她们三人的真实年龄。幸子有了悦子这么一个孩子，照说她的年龄容易猜度，然而幸子看来无论如何也不过二十七八，更何况未婚的雪子，充其量也不过二十三四，妙子更不用说，总被误以为只有十七八岁。因此，雪子姐妹这么大年龄还被以“姑娘”“小姐”相称，不免有些好笑，但是谁都不认为这样称呼有何不当。同时，她们三人非常适合穿着色调鲜艳、花样时尚的衣裳，并非她们穿着华丽而显得年轻，而是因为容貌和体态洋溢着青春之美，必须穿戴华美方为相称。去年，贞之助和她们姐妹一道带着悦子去锦带桥观赏樱花，三人并排在桥上照了一张相片。当时，贞之助吟咏和歌一首：

姐妹三丽人，锦带桥上留倩影，花映镜中春。

一般姐妹只是徒然相似，而这三姐妹则各有特长，交互辉映。另一方面，她们又确有共同之处，任何人一看便知这是极好的三姐妹。首先是身材，幸子最为高挑，然后是雪子、妙子，高度按顺序稍稍递减。她们联袂而行，便是一道亮丽的风景线。她们的衣着、饰物、气质各有千秋，最具日本趣味的是雪子，颇有西洋风度的是妙子，而幸子介乎二者之间；妙子是圆圆的面庞，五官轮廓分明，身材丰满，均匀适称，雪子则与之相反，脸型稍长，体态婀娜纤细，幸子则取二人之长于一身；服装上，妙子穿西装的时候为多，雪子总爱穿和服，幸子则在夏天多穿西装，其他季节穿和服；论长相，幸子和妙子大体像父亲,属于同一类型,面容明朗,只有雪子与众不同,看上去面容清寂。但她有个奇妙之处,并不宜于穿那种东京风味的素雅衣着,却适穿颇具贵族侍女情调的、绣上图画的华丽绉绸和服。

参加一般音乐会,尚且是盛妆前往,更何况今天是应邀赴私人邸宅,不待言,她们更是尽心竭力修饰打扮。这是个秋高气爽的艳阳天,当这三姐妹一齐走出汽车、踏上阪急电车的站台时,一下子便把所有在场者的目光吸引过来了。因为是星期天,开往神户的电车里空空荡荡。她们依次并排就座,瞅见雪子正对面有个中学生,腼腆地低头而坐,眼见得他那两颊泛起红晕,渐渐地竟像火烧一般。

8

悦子玩够了“过家家”,叫阿花从二楼的房间拿来作业本,在西式房间里写作文。

这幢住宅大部分为日本式房间,西式房间只有客厅、餐厅相连的两间。合家团聚、接待宾客都使用西式房间,一天的大半时光都在这里度过。而且客厅里摆着钢琴、收音机、留声机,冬天壁炉中烧着木柴,寒冷的日子里,大家更是成天聚集在这里,自然是最热闹的处所。除非楼下来客拥挤,或是因病躺在床上,悦子白天里很少到二楼去,整天窝在这间房里。她楼上的那间房是日本式的,却摆着西式家具,兼作卧室和学习室,但悦子不论学习、玩“过家家”,总喜欢在客厅里,学习用具和玩具往往扔得四处都是,每当来了不速之客,总要弄得大家手忙脚乱地收拾。

入夜时分,听见大门铃响,悦子丢下铅笔迎了出去。雪子手上拎着临走时说好的礼物走进了客厅，悦子跟在她后面跑进来。

“这个不准看！”她说着慌忙把作业本扣在桌子上，“礼物呢，让我看看！”说着就把礼物包拿过来，打开后把里面的玩具摆在沙发上。

“谢谢了！”

“是这个东西吧？”

“嗯，是这个，谢谢！”

“作文写好了吗？”

“不，不准看！”悦子说着拿起作业本，紧紧抱在胸前，跑到客厅那头去了，“这可是有原因的。”

“什么原因呀？”

“嘻嘻嘻，因为里面写了二姨的事。”

“写了也不要紧，给我看呀。”

“等一会儿，等一会儿给你看，现在不行。”

悦子说这篇作文题为“兔子的耳朵”，里面写了点二姨的事。现在就让二姨看怪不好意思的，等自己睡后让二姨慢慢儿看，为她改正错误，明天她早一点起床，上学前再誊清。

雪子知道，幸子他们难免要看场电影什么的，回家一定很晚了。吃过晚饭，她和悦子一起泡澡，八点半左右就上了二楼寝室。悦子虽是小孩，却很不容易入睡，上床以后二三十分钟，总是兴奋不已地讲话，所以哄她安静入睡倒成了一桩重要工作。雪子经常打发悦子躺下，一边和她聊天，一边自己也睡下，有时一觉睡到天亮，有时睡了一阵，为了不弄醒悦子，自己又蹑手蹑脚地爬起来，在睡衣外面披上和服外套，下楼和幸子她们谈话、喝茶。有时贞之助也参与进来，端出干奶酪就白葡萄酒，每人喝上一杯。雪子偶尔肩膀酸疼，这天晚上疼得厉害，难以入睡。她想幸子他们还得过一阵才回家，正好趁此机会看看那篇作文。她听见悦子呼呼睡得正香，便起身翻开那个放在枕旁台灯下的作业本，看了起来。

兔子的耳朵

我在养兔子，有个人说“送只兔子给小姐”就拎来了。因为我家养了狗和猫，我就把兔子单独放在大门旁。每天早晨我去上学时，总得把它抱一抱，摸一摸。

这是上个星期四的事了，早晨去上学出大门时，我看了看兔子。嗬！兔子的一只耳朵竖着，另一只却耷拉着。我命令它：“哎呀，真奇怪，把那只耳朵竖起来！”但是兔子不理睬我。我说：“那我来帮你竖。”就用手去扶那耳朵，可是，只要一松手，耳朵马上又倒下去了。我对二姨说：“二姨，请把兔子的耳朵竖起来！”二姨用脚夹着兔子耳朵，它就竖起来了。可是，二姨的脚一松开，那只耳朵又倒下去。二姨说：“多奇怪的耳朵呀！”说着她就笑了。

雪子看完，连忙用铅笔把“二姨用脚夹着兔子耳朵”一句中“用脚”两个字画掉了。

在学校里，悦子的作文也属优等，这篇文章也写得很好，雪子查了查字典，改正了三处写错了的假名，其余处处符合作文的要求，唯一难以处理的是“用脚”二字。最终，雪子把“二姨用脚”到“倒下去”那几句改成：“……二姨夹着兔子耳朵，它就竖起来了。可是，二姨一放开那只耳朵，它马上又倒下去……”把“用脚”改成“用手”当然是最为简单的办法，可当时确实是用脚拨弄的，雪子考虑到不应教孩子写假话，结果就修改成这样模棱两可了。雪子想到，如果自己不知情，悦子拿到学校里让老师看了，可就糟了。雪子心里激灵了一下，转而一想，这种不雅的动作被悦子写进作文了，又不由得独自笑了起来。

这个“用脚”的来由是这样的。

芦屋这个家的院子和邻家院子相连。半年前，隔邻搬来了一户姓舒尔茨的德国侨民。两家院子仅隔一张稀疏的铁丝网，悦子很快就和舒尔茨家的孩子认识了。一开始,双方像动物一样隔着铁丝网互相嗅嗅鼻子、瞪瞪眼睛,没过多久,他们就穿越铁丝网常来常往了。这个德国家庭最大的孩子,是个叫佩特的男孩,其次是个女孩,叫罗斯玛丽,最小的男孩叫弗里茨。佩特看上去有十岁或十一岁,罗斯玛丽看似和悦子年龄不相上下,但是西方小孩个头大,实际年龄可能小一两岁。悦子和他们兄妹特别是罗斯玛丽很要好,每天从学校一回来,都要邀她一起到院子里草坪上玩耍。罗斯玛丽直呼悦子之名,后来似乎有人提醒过她,不久就改口叫"悦子小姐"了。悦子则像她的父母兄弟一样,以其爱称"露米"称她为"露米小姐"。

舒尔茨家的狗,是德国短毛猎犬,猫也是欧罗巴种的,全身纯黑,另外,在后院做了个木箱,饲养安哥拉兔。悦子家里也养着狗和猫,并不觉得稀罕,唯独珍爱兔子,经常和罗斯玛丽一起喂兔子,有时还拎着兔子耳朵抱着玩儿。不久,她自己也想养兔子了,就缠着母亲要买兔子。幸子认为养动物是可以的,但是喂养从没养过的动物,如果弄死了又觉得可怜。再说家里为喂好狗狗约翰和猫咪铃铃,已是颇费周章了,如果再加一只兔子,光是喂食就够麻烦的。更何况为了不让约翰和铃铃咬死兔子,还得找个地方圈养,但家里没有合适的地方,所以一直犹豫不决。这时,一个常来清扫烟囱的男人,不知从哪里拎来了一只兔子,说是送给小姐的。这只兔子不是安哥拉兔,是普通品种,但全身雪白,非常漂亮。悦子和母亲她们商量,终于决定在大门口的土间圈养兔子,这样可以安全地和狗、猫隔离。悦子说,无论自己和兔子说什么,它只是睁开通红的眼睛,毫无反应,与狗和猫大不相同呢。大人们都感到可笑。无论如何,兔子不像狗和猫那样通人性,只觉得它是一种奇妙的、和人类毫无关系的、惊惶不安的生物。

悦子的作文写的就是这只兔子。雪子每天早晨叫醒悦子,照料她吃早餐,检查书包,送她上学,然后又钻进被窝,暖一暖身子。那天时令已是深秋,早晨寒气沁人肌肤。雪子在睡衣外再披上纺绸长袍,穿着布袜,袜扣也没扣,把悦子送到大门口。悦子一个劲地扶兔子耳朵,却怎么也竖不起来,悦子说:

“二姨，你来扶扶看。”雪子担心悦子迟到，想快点帮她竖起兔耳朵，但是又不太愿意用手碰那软乎乎的东西，于是抬起穿着布袜的脚，用拇指开叉处夹住兔子耳朵尖，把它竖起。但是，脚刚放下，耳朵又立刻倒伏在脸上了。

“二姨，这里为什么不行？”第二天早晨，悦子看了雪子改过的作文问道。

“不行呀，不写‘用脚夹着’也可以。”

“可你不是用脚夹的吗？”

“哟，那是因为用手去碰它，怪不是滋味儿。”

“嗯。”悦子还是一副茫然不解的神情。“把这个理由写上不就得了吗？”

“可是，那样奇怪的动作怎么能写？你老师读了会认为二姨举止不佳。”

“哦。”悦子答应着，但似乎还未完全明白。

9

“如果明天不方便，听说十六号是个大吉日，就定在十六号怎么样？”那天幸子出门前被井谷的电话缠得不能脱身，井谷这样催逼道，幸子无奈只得应承下来，整整两天费尽唇舌，才好不容易劝得雪子吐出一句话：“那就去看看也行。”

而且，雪子还附加了一个条件，即井谷得遵从事先的约定，只是随意招待双方吃餐饭，尽量不使人产生相亲的感觉。时间定在当天下午六点，地点是东方饭店。出席者，东道主方面是井谷及其在大阪铁屋公司国分商店工作的二弟村上房次郎夫妇。房次郎是濑越的老朋友，这一次又是他牵线，当然是当晚聚会不可或缺的人物。濑越方面只他一人出席未免显得孤单，但这种场合也不宜特意到家乡去请近亲，幸好他有一位同乡长辈五十岚先生，在房次郎任职的那个国分商店任常务董事,便由房次郎邀请这位中老年绅士作陪。女方有贞之助夫妇加上雪子三人,主客共有八人。

此前一日,幸子为第二天聚会要做个头发,便和雪子一起上井谷的美容院来了。她自己只打算做个发型,便让雪子先去烫头发。幸子正在等着轮号,井谷抽空走进来了。

"我说……"她小声说着弯腰贴近幸子的脸,"说实话吧,我对夫人有个请求。"随后她凑近幸子耳边,"这事儿我不说您自然也知道,请您明天尽量穿素净一些。"

"好,这我知道。"

井谷不让她说完便抢着说:"稍微素净些还不行,真的,要尽可能素净。当然,小姐也很漂亮,但是不知怎么的,脸有点儿长,又老是愁眉苦脸的,和夫人站在一起,就显得有几分逊色了。夫人面容又特别明朗艳丽,不怎么打扮也容易招人注意。所以明天无论如何您要显得老十岁、十五岁,还要请小姐尽量打扮得出众一些。不然的话,一桩本来有希望成功的亲事,只因有夫人陪伴,说不定又吹了。"

幸子并非初次听到别人如此提醒她。至今为止,她曾有几次陪同雪子去相亲。有人说:"那姐姐明朗、时髦,而妹妹看上去有点腼腆、阴郁。"还有人说:"那位姐姐面容青春靓丽,光照四座,妹妹与她相比就黯然失色了。"有人甚至说:"只由本家的大姐陪她就行,请分家的二姐回避一下吧。"

每当听到这样一些说法,幸子总会为雪子极力辩解,她说,说这些话的人是不会欣赏雪子的美。的确,像自己这种开朗的面容可说是现代型的,但有这种外貌的人近来多了去了,一点也不稀罕。也许夸赞自己的妹妹有点可笑,从前那种娇生惯养的大家闺秀,看上去弱不禁风,楚楚动人,我家雪子不就是这种风韵的美貌吗?如果不能领略雪子的美丽,不说非她不娶,自己绝不会把妹妹嫁给他。

但是,她内心仍有难以抑制的优越感,不过,只是在丈夫贞之助面前,她才多少流露出来，她不无骄矜地说：“我陪雪子前去相亲，倒还妨碍了她呢。”贞之助也说：“那么我一个人陪她去得了，你还是回避回避吧。”有时，贞之助要幸子再改一改衣着和化妆。他说：“不行！这样还是不行！不弄得再朴素一点，人家又会说你抢了妹妹的风头。”可是，幸子清楚地看到，贞之助在为自己有这样如花似玉的妻子而沾沾自喜。

就为这事儿，幸子有一两次没有陪雪子去相亲。但是，作为本家大姐的代表，大多数场合幸子还是不得不出席，而且雪子也往往说二姐不陪她就不去。这种时候，幸子只有尽可能装扮得不那么惹眼，不过，她日常使用的衣着、饰物都很华丽，怎么换也有个限度，事后还是屡屡有人挑剔说：“这样还是不够素净。”

“……好，好，我常常听到大家这样说，我知道了。您不用再讲了，我明天一定穿朴素一些去……”

候客厅里，只有幸子一人，谁也不会听见她们谈话。但是，用以区隔相邻的美容室的帷幕却揭起来了，雪子正坐在那间房里，头上罩着烘发罩，通过镜子反射她能清楚地看见她俩的正面。井谷满以为雪子罩着烘发罩，听不见她们的谈话。可是，她俩交谈的情形，雪子却是一目了然。似乎雪子想知道她们在说什么，一直眼睛向上直勾勾地盯着她俩。幸子担心，雪子会不会根据口型推测出谈话的内容。

当天下午三点左右，姐妹俩开始帮雪子化妆，贞之助也提前从事务所赶回，一时间化妆室里竟有人满为患的感觉。贞之助对衣服的花色、搭配和发型之类都颇有兴趣，喜欢欣赏女人们梳妆打扮。另外，这几姐妹一贯缺乏时间观念，使他吃过不少苦头，今天晚上约定时间为六点，为免迟到，他也得在旁监督。

悦子从学校回来，把书包往客厅里一扔就跑上楼来，冲进门就叫：

“听说今天二姨去相女婿呀！”

幸子吓了一跳，瞧见镜中雪子的脸色骤变，她不动声色地问：

“这事儿你听谁说的？”

“今天早晨听阿春说的呀！是吗，二姨？”

“不是。”幸子说，“今天是井谷女士邀妈妈和二姨上东方饭店吃饭。”

“可是，爸爸怎么也去呢？”

“也请了你爸爸呀。”

“小悦，你下楼去吧！”雪子对着镜子说，“下去叫春丫头来一下，你就不用上来了。”

平常雪子支使悦子走开，她并不怎么听的，今天她察觉雪子口气不同寻常，便“嗯”了一声乖乖地走开了。

不一会儿，阿春诚惶诚恐地推开隔扇，两手撑着门槛边伏身问道：“您有什么吩咐？”看来，她已从悦子那里听见了一些风声，脸色也变了。一见形势不妙，这时贞之助和妙子也赶紧溜走了。

“春丫头，今天的事情，你为什么对小姐说？”幸子记得，今天相亲的事并未向女佣们说过，但是，自己也有过错，本不应让她们知道，却不小心走漏了风声。这样，幸子感到自己有责任当着雪子的面追究阿春。“你说呀！春丫头……”

“……”阿春低着头战战兢兢地说：“我错了。”

“你是什么时候对小姐说的？”

“今天早晨。”

“为什么要跟她说？”

“……”

阿春是位刚满十八岁的姑娘，十五岁就来做用人，现在在内宅侍候，被当成家里人一样看待。当然，也不完全是这个原因，一开始因为顺口就只在她的名字后加个“丫头”（悦子有时尊称她为“阿春姐”，有时就直呼其名“阿春”）。悦子每天上下学，都得穿过交通事故多发的阪神国道，必须要人护送，一般总是由阿春迎送。这样一步步盘问方才知道，阿春是今天早晨送悦子上学途中说的。平素阿春能说会道,受到责问后,竟然神色沮丧,显出一副可怜相,旁人看来反而觉得可笑。

“哎,早几天我当着你们的面打电话,这也许是我的疏忽,不过,既然听到了那个电话,就更应该知道今天并不是正式的相亲,只是普通的聚会,而且不能对外人说。即使真有那么回事,不也有该说和不该说的么? 何况这事情还没谱儿,能对小孩讲吗? 你是什么时候来我家的? 又不是初来乍到,这点儿事还不明白吗?”

“不光是这一件事。”这下雪子开腔了,“你总是多嘴多舌,不该说的也要说,真是坏毛病……”

她俩轮番说的话,阿春是否听进去了不得而知,她只是低着头跪在那里,动也不动。“好了,你可以走了。”幸子说过这话之后,她还像死人一样动也不动,直到幸子说了两三遍“你走吧”,她才用几乎听不见的声音赔了不是,起身走出去。

“经常劝导她也不顶用,还这样翻嘴弄舌!”幸子说着,瞟了一眼尚未息怒的雪子,又说,“都怪我没注意。打电话的时候本可以说得隐晦一些,让她们听不懂。没想到她竟会讲给孩子听……”

“不只是电话,最近我们商量相亲什么的,都没有避开春丫头。我一直担心着这事儿。”

“有这种事吗?”

“有好多次了。我们正说着话,她走进来了,这时候谁也不吭声了。可是,她刚走出去,人还在门外,我们这里又高谈阔论了,我想她一定听见了。”

雪子所说的是,前几天有几次时过十点,悦子入睡后,贞之助、幸子和雪子,有时还有妙子,在客厅里商量今天相亲的事,阿春不时通过餐厅送饮料之类来客厅。餐厅与客厅之间用三张拉门区隔,拉门之间都有手指宽的缝隙,即使在餐厅里也能很清楚地听见客厅里的谈话。何况已是夜深人静,交谈时本应格外小声,可是,事实上谁都没注意到这一点。也许唯独雪子有此意识，不过，她何苦直到现在才说出来呢？当场提醒岂不更好？雪子说话素来轻柔，当时也并未使人觉得她在有意压低声音，她自已不说，谁也不会理会到她有这种戒心。的确，像阿春那样饶舌固然令人恼火，但像雪子这样成天闷声不响也够受的。尽管如此，幸子从雪子用敬语说“高谈阔论”来看，她的批评似乎是冲着贞之助去的，而且也不难理解当时雪子没有直说，是出自对贞之助的客气。事实上，贞之助的声音特别高亢，在那种场合最容易被人听见。

“你既然注意到了，当时提醒一下就好了。”

“唉，我希望以后再也不要当着她们说这些事儿！我并不讨厌去相亲……但是，每次让这些人认为这次又吹了，我很难受。”雪子说着说着突然带有鼻音，幸子看见镜中雪子的脸上一滴晶莹的泪珠摇曳着坠下去了。

“话虽这么说，但是至今为止，被男方拒绝的一次也没有。喏，雪子，你是知道的，对方总是请求许婚，只是我们觉得不中意才吹的。”

“不过，她们可不会这样想。假如这一次又不成功，她们一定会认为又是别人拒绝了我，她们即使不这样想，也一定会把这事情传出去……所以……”

“好了，好了，话就说到这里吧。都怪我们不好，以后一定照你说的做。脸上的妆没弄花吧？”幸子想走近雪子给她补妆，又担心这样做反而会惹得雪子泪流不止，就停住了。

10

已经过了四点钟，逃进别屋书房里的贞之助，见女人们还未妆扮停当，正担心误了时间，突然，他听见院子里八角金盘的枯叶啪嗒作响，似乎有什么东西落在叶子上，便靠着桌子伸手打开拉窗朝外看去，刚才还晴朗的天空，这会儿下起小雨来，细微的雨脚像断了线似的疏疏落落地敲着屋檐。

"喂，下雨啦！"贞之助急忙向正屋跑来，人还在楼梯上就大声嚷嚷着走进化妆室。

"真下雨了。"幸子望着窗外说，"这是阵雨，马上就会停的，一定会停。你看，那边天空不是蓝蓝的吗？"

说话间，窗外的屋瓦眼看全都湿了，刹那间，竟下起了哗哗大雨。

"要是汽车还没订好，现在就得去叫。要车子一定在五点一刻来。下雨的话，我就穿西装，穿那件藏青色的好吧。"

一下骤雨，芦屋一带的出租车就供不应求，尽管按贞之助吩咐随即打电话预约了，但是三个人整装待发，一直等到五点十五分、二十分，汽车还杳无踪影，雨却越下越大。女佣说正在逐一向所有汽车公司挂电话，他们的答复是："今天是吉日，结婚的有几十对之多，不凑巧又碰上下雨，全部汽车都出去了，只要有车回来，马上派往府上。"今天打算打车直达神户，只要五点半能开车，正好六点可以赶到。但是，现在已过五点半了，贞之助坐立不安，他想必须趁着井谷来电话催促以前去说明一下，于是给东方饭店挂了电话，对方回答：这边客人都已到齐了。不大工夫差五分就六点了，汽车才终于来了。此时瓢泼似的暴雨往下倾泻。那司机撑着伞，把他们一个一个地小跑着接到车内。幸子的脖子上溅了不少凉丝丝的雨点。她一钻进汽车就觉得放心了，随即回想起来，前几次雪子去相亲，都碰上了下雨天。

"哎呀，迟到了三十分钟！"贞之助一见正在衣帽间迎候的井谷，还没问候就先道歉，"今天是个吉日，结婚的人多，又突然下雨，汽车很难叫到……"

"可不是嘛，我来这儿的路上，也看见好几辆坐着新娘的汽车。"井谷说着话，瞅着幸子和雪子去寄存外套的当儿，向贞之助递了个眼色，"哎，您来一下！"她把贞之助叫到一旁说："我这就领诸位去那边，介绍给濑越先生他们……嗯，去前我得向您讨教一下，府上的调查都完了没有？"

“啊，情况是这样的，对于濑越先生本人的调查都结束了，无可挑剔，非常令人高兴，只是，本家已派人到他家乡调查去了……不过，这也大致上了解了，据说基本上没什么问题。只是我们委托的某一方面做的调查报告还没收到，请您再等上一个星期就行了。”

“哦，是这样……”

“承蒙您多方辛苦周旋，我们又把事情耽搁了，实在抱歉。这是因为我们本家的那几位，做事古板，慢条斯理，所以……我充分理解您的一片热忱，这门亲事我是非常赞成的。到现在还要一味拘泥旧时的门望，只会更加延误婚期。所以，我极力劝说她们，只要本人好，其他情况大体了解一下就行了。今天晚上会面以后，如果他俩没什么意见，我看多半会谈成吧。”

因为事先和幸子对好口径了，贞之助说得很圆滑。尽管如此，后面那几句话却真实地道出了他的心声。

时间已不早了，在候客厅里简单地介绍以后，八个人随即乘电梯来到二楼小宴会厅。餐桌两端坐的是井谷和五十岚，一侧坐着濑越、房次郎夫人和房次郎，另一侧是雪子和濑越相对而坐，接着是幸子和贞之助。昨天在美容院商量座次时，井谷提出，一侧是房次郎夫妇分坐于濑越左右，另一侧是贞之助夫妻分坐于雪子两旁，而幸子则提议改成这个样子。

“诸位好！我没有想到能有幸陪同诸位……”五十岚看准了时候，一边舀汤一边说起开场白来，“我和濑越君是同乡，正如诸位所见，在年龄上我痴长许多，忝为先辈，但是并没有和他同校读书，勉强说来有缘的是和濑越君同居一镇，住处邻近。因此，今天能够忝陪末席，确实荣幸之至。只是我不揣冒昧，深感不安。说实话，我是被村上君勉强拉到这里来的，这位村上君啊，实在是——怎么说呢……他的姐姐，这位井谷夫人能言善辩，远胜须眉，而他的口才也毫不逊色。他说：‘邀请您参加今天这种极有意义的宴会，您不痛痛快快答应算什么呢？您不参加，今天这个难得的聚会恐怕有不顺。这种场合非得有位老人参与不可，所以，即使看在您这秃头的分上，也容不得您找借口推辞！’就这样，我被硬拉到这里来了。”

“哈哈哈！可是，董事先生，”房次郎笑着说，“尽管这么说，您出席这次宴会，心情绝对不坏吧。”

“不，这个宴席上不该称‘董事先生’。今天晚上我想忘掉生意上的事儿，从从容容地叨扰一顿。”

幸子想起她未出阁时，船场莳冈商店里也有这么一个滑稽可笑的秃顶掌柜。现在多数大商店都变成了股份公司，“掌柜”也就升格为“董事”，由和服改穿西装，船场话也变为一口东京标准话了。但就他们的气质和心情而言，与其说是公司的董事，还不如说是店铺里的店员。往昔，那种点头哈腰、巧舌如簧、一心取悦东家的可笑的能干掌柜和伙计，在任何店铺里都可觅得一二。幸子也察觉到了井谷的良苦用心，今夜特意安排这样一位人物，是为了不使聚会冷场。

濑越在一旁满面春风地听着五十岚和房次郎你来我往。在贞之助和幸子姐妹看来，濑越相貌和照片所见大体差不离，比照片还略显年轻，看上去最多三十七八岁。他五官端正，却比较缺乏魅力，给人以朴实沉稳的感觉。正如妙子一语所评，他有一张“平凡”的脸。无论相貌、高矮、胖瘦，西装和领带的款式，他的一切都可用“平凡”二字概括无余，全然不像受过巴黎风气熏陶的样子。不过，他也并不令人生厌，是个稳健的职员型的人物。

贞之助认为他给人的第一印象还是合格的，便问道：“濑越先生在巴黎住了几年？”

“整整两年，都是陈年往事啦……”

“这么说来是什么时候？”

“已经有十五六年了，学校毕业以后不久就去了。”

“那么，您是一毕业就进了这家公司的吧？”

“不，不是的，回国以后才进了这家公司。当初我去法国的时候漫无目的。说实话，那时父亲不幸去世，虽然谈不上有什么遗产，多少还有点钱供我自由支配，我就带着这笔钱出国了。啊，如果勉强说有什么目的的话，那就是想进一步学好法语，另外，如果能在法国找到工作，在那边就职也行。其实，这些想法都是很模糊的。结果，任何目的也没达到，完全是漫游一番而已。”

“濑越君毕竟不同寻常哟！”房次郎从旁解释道，“一般人到了巴黎都说不愿意回国了。可是，濑越君对巴黎这个国际大都会彻底失望，害了严重的思乡病才回来的。”

“噢？那是为什么？”

“为什么我自己也说不清楚，总而言之，我想是最初抱的希望过高了吧。”

“到了巴黎，反而知道了日本的好处，所以就回来了，这绝不是什么坏事呀！濑越君这才喜欢纯日本趣味的小姐了吧？”五十岚一边取笑濑越，一边从餐桌这端向突然羞答答地低下了头的雪子迅速瞟了一眼。

“虽然回国了，但是在这家公司工作，法语大有长进了吧？”贞之助说。

“也没多大长进。虽说公司是法国的，职员却大部分是日本人，只有两三个法国人担任董事。”

“这么说来，讲法语的机会不太多吧？”

“这个嘛，有时法国邮船公司的船只进港了，才去说一说。另外，商业信函一直是由我来写。”

“雪子小姐现在还在学习法语吧？”井谷问道。

“是的……因为姐姐在学，我是陪她学……”

“老师是哪一位呢？日本人还是法国人？”

“法国人……”雪子刚说一半，幸子就接过话头说：

“是一位日本人的夫人。”

平常就寡言少语，今天当着众人，雪子更是木讷讷的。在这种场合，她用东京话讲敬语并不流畅，说到话尾巴时自然就含混不清了。在这一方面，这些拗口的话尾巴，幸子说来也难免敷衍，但是，她一口浓重的大阪口音用得颇有技巧，不很刺耳，在任何场合都比较自然，应用自如。

"那位夫人会说日本话吗？"濑越正面注视着雪子问道。

"啊，最初不会说，以后慢慢地学会了，现在已经讲得非常流利了……"

"这样对我们反倒没什么好处。"幸子又接过话头，"我们原来约定了学习的时候决不准讲日语，结果没有做到，不知不觉冒出了日本话……"

"我在隔壁房间听过你们学习，三个人几乎都说日语。"

"哎呀！没那回事！"幸子转向丈夫想也没想就冒出了大阪话，"我们也讲些法语，只是你那里听不见罢了。"

"这也有可能。那么偶尔也像是在讲法语，害羞似的说不出口，声音小得像虫子似的，也难怪隔壁都听不见。这样学习一辈子也别想学好。反正太太小姐们学习外语，到哪里都是这样吧。"

"哟！看你说的！不过，我们不光是学法语，老师还教我们烧菜、做点心、毛线编织什么的，这时候就用日语呀。前些日子吃的墨鱼你非常满意，不是说了要我们再请她教几道菜吗？"

夫妻俩唇枪舌剑，像是餐后娱乐节目似的，说得大家都笑了。

"您刚才说的墨鱼是怎么做的呀？"房次郎夫人追问道，幸子便花了一些时间来说明，墨鱼烧西红柿，搁少许大蒜，就是一道法兰西风味的菜肴了。

11

幸子从席上看到，濑越喝酒不拘斟多少总是一饮而尽，那酒量一定相当了得。房次郎像是酒量很小，而五十岚早已红到耳根，每当侍者斟酒到他跟前，他双手直摆："不行啦，我不行啦！"只有濑越与贞之助旗鼓相当，两人脸也不红,也毫无醉态。不过,幸子曾听井谷说过,濑越先生并非每晚都喝酒,但也不讨厌酒,遇到机会可以喝上很多。幸子认为这也不一定是坏事。因为幸子姐妹的母亲早早去世,父亲晚年都由她们侍奉进餐,晚上不得不陪父亲喝点儿酒,所以,从本家的大姐鹤子数起,几姐妹都能喝几口。再加上女婿辰雄和贞之助都嗜好喝夜酒,所以,幸子觉得滴酒不沾的人反倒有点无趣。酒后发疯的又当别论,多少能喝点酒的丈夫毕竟较为理想。雪子虽然没有提出这种要求,幸子推己及人,察觉到她心中大概也作此想。雪子这样的人,胸中有什么忧愁不易排遣,总是闷在心里,如果不时常陪丈夫喝上几口,恐怕会更加抑郁消沉,另一方面,丈夫娶了这样性格的妻子,如果她不陪他喝几盅,想来他也会沉闷不堪。因此,幸子一想到雪子如果嫁给一位酒不沾唇的丈夫,便感到特别寂寞可怜。所以,今天晚上,幸子也不想让雪子过于沉闷。

"雪妹,稍稍喝点怎么样?"她时而小声对雪子说,并用眼睛睃着摆在雪子前面的白葡萄酒杯示意,时而自己也喝一口以为示范,时而附在侍者耳旁吩咐:"喂,给邻座的这位上点儿葡萄酒……"

雪子暗中瞥见濑越喝酒的劲头,不由得受了鼓舞,自己也想再活跃一点,有时就不引人注意地抿一口。雪子的袜子被雨淋湿了,脚尖湿漉漉地有点不舒服,喝了酒,那酒劲儿直往上涌,却怎么也没有那种陶然舒畅的感觉。

濑越一直装作没看见,这时问道:"雪子小姐喜欢白葡萄酒吗?"

雪子淡淡一笑支吾过去,低头不语。幸子插嘴说:"是的,能喝一两杯……濑越先生好像酒量很大,一次能喝多少呢?"

"怎么说呢……放开量喝,清酒也许能喝两三斤。"

"喝醉了可有什么余兴节目?"五十岚问道。

"我素来不懂风雅哟。不过比平常多讲几句话而已。"

"那么,莳冈小姐呢?"

"小姐弹钢琴。"井谷回答,"莳冈府上都爱好西洋音乐。"

"不,也不尽然……"幸子回答,"我小时候学过古琴,最近又想温习温习。最小的妹妹近来开始学习山村舞[1],所以我接触古琴和地呗[2]的机会也多一些了。”

“啊,小妹在学舞蹈吗?”

“是的,别看她那么洋气,小时候的那些兴趣又逐渐恢复起来了。您也知道,我那个妹妹还算机灵,舞跳得相当优美,也许是从小学过的原因吧。”

“这方面的专门知识我知晓不多,但是我知道,山村舞确实很不错。什么都效仿东京并不是好事儿,这种乡土艺术应该大力提倡……”

“啊,对对,别看我们的董事先生——不!五十岚先生,”房次郎搔着头说,“五十岚先生特别擅长歌泽[3],已经练了好多年头了。”

“不过,提起学那玩意儿——”贞之助说,“像五十岚先生这样技艺高超者又当别论,可是,据说初学阶段特别想唱给谁听,不由自主地就跑到茶楼妓院去了,对吗?”

“对,对,确实如此。不适宜在家庭演唱,这是日本短曲的缺点。不过,我是一个例外,我决不是有野心想让女人迷恋才学习的。在这一点上,我倒是个铁石心肠。你说呢,村上君?”

“对对,因为我们是铁屋公司的嘛!”

“哈哈哈!……对,我又想起了一件事,得向诸位女士请教一下。诸位都带着粉盒,里面装的是普通的香粉吧?”

“对,是普通的香粉……”井谷接过话头说,“这有什么奇怪的。”

“那是一个星期前的事,那一天我坐阪急电车。在我上风头的邻座,坐着

---

① 山村舞:山村流舞蹈,由关西舞蹈演员第一代山村友五郎创始,是天保(1830—1843)已降京都大阪等地最为尊崇的舞蹈流派。

② 地呗:从江户初期开始在关西流行的艺术性的三味线歌曲的总称,与江户长呗不同,多与古琴合奏。

③ 歌泽:歌泽节之略,由三味线伴奏的短曲,江户歌谣的一种,安政年间(1854—1856)由笹本彦太郎创始。

一位花枝招展的女士，她从手提包里掏出粉盒，就这样往鼻头上啪啪地扑粉，就在这个时候，我接二连三地打喷嚏。这是怎么回事儿呢？”

“哈哈哈！可能是五十岚先生的鼻子出了什么毛病吧？是不是香粉的原因可说不清楚。”

“是啊，如果只有一次，我也会这样想，可是，不久以前也有过一次同样的经历，这是第二次了。”

“嗯，这是真的。”幸子说，“有两三次我在电车上打开粉盒，弄得邻座的人直打喷嚏。据我的经验，越高级的香粉越会发生这样的事情。”

“哈哈，果然如此，不，最近这一次我碰上的不是您，可是，以前那次会不会就是夫人呢？”

“真的，说不定就是我，那时实在是失礼了。”

“我今天第一次听说有这种事……”房次郎夫人说，“下次我要装上高级的香粉到车上去试一试。”

“别开玩笑了！如果诸位都这么干可就麻烦了。但愿今后女士们乘电车的时候，如果下风处有人决不要使用粉盒。莳冈太太刚才已经道歉了，可以既往不咎，可是上次那位女士看着我接连不断地打喷嚏，竟然一副若无其事的样子，真是岂有此理！”

“我家的妹妹说，有一次她在电车上看见一个男人的西装领子里露出了马鬃，她情不自禁地想去拈掉。”房次郎夫人说。

“哈哈哈！”

“哈哈哈！”

“我现在还记得小时候，看见棉袄里的棉花露出来了，我真想有多少就扯出来多少。”井谷说。

“看来人都是有这种奇妙的本能的。喝醉了总想按别人家的门铃，在车站的站台上明明写着‘禁止触摸此铃’，反而想去按一按，所以得注意尽量不靠近它，是吧？”五十岚说。

"嗨,今天晚上真笑够啦!"井谷说着舒了口气。这时,餐后水果已经上桌,井谷意犹未尽似的说:

"莳冈夫人!咱们说点儿别的吧。夫人有没有这种感觉?近来年轻的太太——不,夫人您还是够年轻的。不过,我是说比您还小几岁,结婚才两三年,只有二十几岁的那些太太们,怎么说呢,这些人不论是当家理财也好,养儿育女也好,很多人都讲究科学,脑子好使,真使我这号人深切感受到时代不同了。"

"是的,您说得太对了!和我们那时候相比,现在的女子中学的教育方法有了巨大改变,看到现在这些年轻太太,我也觉得时代变了。"

"我有一个侄女,小时候从乡下来这里了,由我监护着,在神户的女子中学念到毕业。她最近结婚了,新房在阪神线的香枦园,丈夫在大阪一家公司上班,月薪九十元,外加一些奖金,房租每月三十元由老家补贴,这些加起来平均每月不过一百五六十元的收入。因此我有点担心,她怎样安排每月的生活呢?我去她家一看才知道,月底她丈夫把九十元工资带回家,她立刻拿出几个信封,标记有'煤气费''电费''服装费''零用钱'等,把钱分别放进去,就这样安排下个月的生活。照说这种日子会过得紧巴巴的。可是,两口子留我吃晚饭,出人意料地做出好些个精美菜肴来。室内的装饰也不寒酸,可以说是相当讲究。不用说,另一方面她也很精明。前些日子,我和她一块儿去大阪,我把钱包递给她,要她买电车票,她居然买了回数券[①],剩下的就落进她腰包了。这件事儿真让我佩服得五体投地。我这样的人还去当她的监护人,还为她瞎操心,我真是蠢到家了,想想都害臊。"

"完全不错,比起现在年轻人,反而是当母亲的一代经常为她们瞎花钱。"幸子说,"我家附近也有一位年轻的太太,她有一个两岁的女孩。前几天,我有点儿事去找她,一到家门口,她就一再邀请我进去玩玩,我进屋一看,虽然没有请女佣,可家里收拾得整整齐齐。还有,对了,我老认为这样的太太

① 回数券:车票、饮食券、影剧票等的本儿票,每张票比零售便宜一两成不等。

大多数在家里也一定穿西装、坐在椅子上[①],不知是不是这么回事?反正她总是穿着西装。那天屋子里有个婴儿车,很巧妙地把小孩放在里面,让孩子爬不出来。我正在逗着小孩儿玩,她说:'对不起,请您照看一下,我去给您沏茶。'说着把孩子托付给我后起身离开,一会儿,她捧着红茶来了,顺便还把喂孩子的牛奶煮面包碎也带来了。她先向我致谢,请我用茶,刚在椅子上坐下又看一下手表说:'啊!肖邦的音乐就要开始了,太太您也听听吧。'说着打开了收音机,一边听音乐,手也没闲着,拿汤匙给小孩喂牛奶。就这样,这段时间她一点也没浪费,又陪客人,又欣赏音乐,又喂小孩,三件事一块儿做,真是头脑灵活,安排得当……"

"养育婴儿的方法,现在也完全不同了!"

"那位太太也说了,她母亲时常想来看看孙子,这当然是好事儿,但是,好不容易养成了孩子不要抱的习惯,可老太太一来就老抱着。过后总有一段时间,孩子不抱就会哭闹,再要改过来可费神呢。"

"这倒也是。如今的孩子不像从前那么爱哭了。据说带孩子上街的时候,绊着什么摔倒了,如果孩子自己能爬起来,当妈妈的绝不走过去抱他,全当没看见,继续往前走,孩子反倒不哭,自个儿爬起来追上来。"

宴会结束,大家来到楼下候客厅里,井谷对贞之助夫妇说,如果方便的话,濑越先生希望能和小姐单独谈一二十分钟,而雪子也没有拒绝,随即两人去别处谈天,其余的人又闲聊了一会儿。

"刚才濑越先生说了些什么?"在回家的汽车上,幸子问道。

"他问了一些事儿,不过……"雪子嗫嚅着回答,"……并没有什么特别的,东一句西一句的……"

"啊,是搞智力测验吧?"

"……"

车外的雨小了,就像春雨一般悄然无声地飘飞。雪子先前喝了白葡萄

---

① 日本传统的房间都是铺设榻榻米席地而坐,西式房间则使用椅子等家具。

酒,此刻似乎酒劲儿上来了,她觉得两颊像火烧一般。汽车飞驰在阪神国道上。透过车窗,雪子带着微醺出神地望着湿漉漉的柏油马路上,无数道汽车的灯光交相辉映。

12

第二天傍晚,贞之助刚回家,一见幸子便说:"今天井谷女士到事务所去了。"

"为什么又去你事务所呀?"

"她说:'本来应该到府上拜访,正好今天到大阪来办点事儿,我想跟您谈比跟夫人谈更直截了当,所以才突然地来打扰您。'"

"她说了些什么呢?"

"大体上还不错,好,我们去那边谈吧。"贞之助把幸子带到书房。

据井谷说,昨天晚上贞之助他们走后,其余的人又谈了二三十分钟。总之,濑越非常满意,对于雪子小姐的人品和容貌都无话可说,只是看上去弱不禁风的样子,担心是否有什么病。井谷的弟弟房次郎早几天去了小姐念过书的女子中学,看了读书时的成绩表,缺课的次数像是不少,是不是在学生时代就时常闹病呢?他们有这么一些疑问。

贞之助回答说,对那时的情况我也不太清楚。缺课多的问题必须问过我内人和她本人才能奉告。不过,至少从我认识雪子以来,她从来没生过什么大病。的确,雪子长得纤弱、骨骼细、瘦削也是事实,体质说不上强壮,但是,她很少伤风感冒,这一点在四姐妹中应数第一。我可以保证,除开本家的姐姐,能够吃苦耐劳的就数她了。可是,看了她那个弱不胜衣的模样,过去甚至有人怀疑她有肺病,所以濑越先生的担心也不无道理。我想回去后,尽快与内人和她本人商量,再求得本家同意,为了使对方放心,我会劝她去做一次健康诊断,如果可能,照一张 X 光片子给对方看看。

井谷听贞之助这么一说,便说:"不,不必那样较真,听您的说明就足够了。"贞之助说:"不,不,这件事还是弄清楚为好。虽然我作了保证,但没有正式听过医生的意见,这正是一个好机会。不管如何,检查一下,我们自己也放心,我相信本家也和我们想法一致。如果给你们送上一张片子,胸部没有任何阴影,一目了然,您也会很高兴吧。"

贞之助对幸子说:"就算这门亲事谈不成,可能今后还会受到这方面的怀疑,现在准备好了 X 光片也不会没有用处,本家也不会有意见,明天就带她去阪大[①]怎么样呢?"随后又追问幸子,"在女子中学念书的时候,缺课那么多,那时是不是有病呢?"

"不是,那时的女子中学不像现在这样严格,父亲老让她逃学,好带她上戏院,带我去的更多,如果去调查一下,我缺课比雪子还要多。"

"那雪子会同意照 X 光吧。"

"不过,不去阪大也行吧?栉田先生那里也有 X 光机。"

"哦,对了,还有个问题……就是那褐斑,"贞之助用手按着自己的左眼圈给幸子看,"这也是个问题。井谷对我说:'我一点也没注意,但是男人们却出乎意料地看得仔细。昨天你们走后,有人说小姐的左眼圈上有点褐斑,有人同意是斑点,也有人否定说不是斑,是光线使人产生了错觉。各有各的看法,他们问我究竟有没有褐斑。'"

"昨天晚上是看到了一点儿,当时我还想真不凑巧,看来毕竟成了问题。"

"他们好像并不怎么介意。"

雪子的左眼圈,说准确一点是上眼睑眉毛下的部位,最近有个小翳点时

① 阪大:大阪大学的简称,此处指大阪大学附属医院。

隐时现。贞之助他们也是三个月或是半年前才注意到的。当时贞之助曾暗地里问幸子,雪子脸上什么时候出现了这么个东西呢?其实幸子也是那一阵子才发现它的。之前没有这个东西,即使最近也不是始终出现;平素想看个仔细,它却淡得几乎分辨不出,有时甚至完全消失;忽然有个把星期,颜色又变浓了。幸子很快就注意到褐斑变浓是在月经前后。她最担心的是雪子自己对这褐斑是怎么想的,因为这是她自己脸上的事,她肯定第一个发现,但愿这事没有给她造成什么心理影响才好。虽说至今没有结婚,可雪子并不悲观、乖僻,原因是她对自己的容貌颇有自信;可是,一旦知道自己有这么个意想不到的缺点,她心情又将如何?幸子暗中担忧,但又不能冒失地去问雪子本人,只好不动声色地观察她的神情。表面看来,雪子好像毫无变化,似乎丝毫没有注意到那褐斑,或者说是毫不在乎。

有一天,妙子拿来一本两三个月前出版的《妇女杂志》问幸子看过没有。幸子一看,这本旧杂志的《生活顾问》栏目中,有一位二十九岁的未婚女子,正像雪子一样,自诉有这些恼人的症状。她也是最近才发现,褐斑同样是在一个月中时出时没,时浓时淡,大体是月经前后最为显著。栏目编辑的答复是,像您这样的症状,是过了适龄期而未婚的女子常发生的生理现象,不必为此焦虑不安,一般婚后会痊愈。即使不结婚,连续注射少量女性荷尔蒙也多可治愈。幸子看完之后总算放心了。其实幸子自己也曾有过类似的经验。那是她在结婚以后,距今已有好几年了,嘴唇上长出一些黑斑点,就像小孩吃豆沙馅弄脏了一样。当时去瞧大夫,被诊断为阿司匹林中毒。大夫说不用管它,自然会好的。幸子听了大夫的话,过了一年,褐斑果然消失无影,从此再未复发。联想到那件事,幸子觉得也许姐妹俩都是长褐斑的体质。根据自己的经验幸子知道,自己嘴唇上的褐斑比雪子的颜色深得多,尚且没多久就消失了,因此对雪子的毛病并不怎么担心。这回幸子读了杂志的这段短文以后,更是完全放心了。妙子说拿来这本旧杂志的目的,就是要设法让雪姐读读这篇短文。雪姐虽然表面看来没什么变化,但也许心中闷闷不乐。因此,她想告诉雪子,正如杂志所载，她丝毫不必忧虑。虽然婚后将不治而愈，有可能的话还是婚前治好为佳。妙子想找个机会劝雪子主动接受治疗——虽说雪姐很不容易被说服。

幸子没和任何人谈过雪子长褐斑的事儿，直到这时才开始和妙子谈到。她这才知道妙子也和自己一样为这件事暗中着急，她也看得出来，除了体贴雪子的一份骨肉之情外，妙子心中还有一层算计：雪子如不早日完婚，自己和奥畑的婚期也得拖延下去。那么，究竟由谁送杂志给雪子看呢？两人商量的结果还是妙子去为宜，幸子去送反而是小题大做了，恐怕会使雪子胡乱猜疑，误以为连贞之助也一起商量过；由妙子轻描淡写地谈起这事要好得多。其后有一天，雪子褐斑很显眼时，看她独自在化妆室里照镜子，妙子装作偶然碰上，试着小声说：

"雪姐，眼皮上的那点东西不用担心。"

"嗯。"雪子只用鼻子哼了一声。

"《妇女杂志》上登了一篇文章，雪姐看过吗？如果还没看过，我拿给你看看吧。"妙子尽量避免与雪子的视线相交，继续低头说道。

"可能看过吧。"

"啊，看过了？……那东西，说是一结婚就会好的，打针也能治好。"

"嗯。"

"你知道了，雪姐？"

"嗯。"

妙子感觉雪子是不大愿意触及这个问题，所以才淡漠地应付着。不过，毕竟那个"嗯"还是肯定的回答，大概她只是羞于让人知道她曾经读过那本杂志，因此佯作不知罢了。

小心翼翼地进行试探的妙子这才松了一口气，便劝她："你既然看过了，干吗不去打几针呢？"雪子似乎了无兴趣，对她的忠告也只是鼻子"嗯"了两声敷衍了事。就雪子的禀性而言，除非有谁勉强拉着她，否则她是不肯到一位陌生的皮肤科大夫那里去的。另一方面，旁人暗中忧虑不已，她本人竟丝毫不在意那点褐斑。在妙子劝过她后的某一天，悦子好像初次发现了那褐斑，她好奇地瞪着雪子的脸，高声问道：

“哎呀！二姨，你眼睛那里是怎么了？”

不凑巧，在场的除了幸子以外还有一些女佣。刹那间，全场阒然无声。当时，雪子却平静得出乎意料，她面不改色，只是含含糊糊地说了些什么支吾过去。最令幸子和妙子提心吊胆的是褐斑很显眼的时候，雪子和她们一起遛大街、逛商店。在姐妹们看来，如今的雪子正处在婚前阶段，就像一件待售的重要货物。纵令不是去相亲，只要是盛装外出，说不定在什么地方就会被谁看见。所以在褐斑出现的那个星期内，必须深居简出，即使出去，化妆时就要多花点心思遮掩；可她本人却毫不介意。在幸子和妙子看来，雪子的脸本宜浓妆艳抹，但在褐斑明显时若搽的底粉过厚，光线从侧面射来，反而清晰地映衬出白净皮肤下的铅黑色褐斑，这期间倒不如薄薄地敷一层粉，再多搽点胭脂为好。无奈雪子素来讨厌搽胭脂（人们怀疑她有肺病，原因之一就是这种苍白的妆容，而妙子却恰恰相反，即使不敷粉也少不了要搽胭脂），她仍旧敷厚粉化妆出门，有时运气不佳还真碰到了熟人。有一次，妙子和她一起乘电车，看见她脸上褐斑特别引人注目，就悄悄地掏出胭脂盒来递给她说：

“搽搽这个吧。”

尽管旁人如此在意这件事，雪子本人却漠不关心似的。

13

“那么，你是怎么跟她说的呢？”幸子问贞之助。

“照实说呗，我说：‘褐斑并不经常出现，某某杂志上也说根本用不着担心,我在别的杂志上也读到过。我想反正要去照 X 光,还是顺便去阪大看看皮肤科,证实一下是否真像杂志所写的那样能够治好。既然已经作为问题提出来了,我想这是必须做的,我去劝一劝她吧。'”

雪子一月之中大半住在分家,本家的姐夫、姐姐自然不会注意到这件事。贞之助觉得自己明明知道而又置之不理,是自己的过失,但主要还是因为那是最近才出现的,以前每次相亲从未发生什么问题。再说贞之助见幸子的褐斑并不像担心的那样严重,而且不药而愈了,所以他一直没有重视这件事。就幸子而言,雪子的褐斑呈周期性出现,在几天前就可以推测出来,只要把相亲的日期错开就行了。之所以造成上次的失误,一来是井谷催得紧,二来幸子也有点疏忽大意,因为她估计那几天纵然褐斑不能完全消失,也不会怎么引人注目,也就没把它放在心上。

这天早晨,丈夫上班之后,幸子悄悄地向雪子探问昨天相亲的感想,得知雪子愿意听姐夫姐姐们的安排。幸子担心这门亲事好不容易朝好的方向发展了,自己可别说话不当又出什么纰漏。这天晚上悦子睡后,幸子连贞之助也让回避了,单独和雪子商量照 X 光、看皮肤科的事情。不料雪子竟爽快答应了,说是只要二姐陪着去就行。这事情讲定以后,雪子眼圈的褐斑却一天一天地淡化、消退了。幸子本想得等到下个周期褐斑明显的时候再去瞧大夫。可正合井谷之意,这一次,贞之助也催促幸子一天都不要耽搁。因此,幸子第二天便去了上本町的本家,一来报告相亲的经过,二来催促他们调查濑越的情况,同时也把带雪子去阪大的事告诉了大姐,征得她的同意。第三天,幸子便带雪子前往阪大,特意对女佣们说是和雪子去三越百货店。

去阪大诊察的结果,内科也好,皮肤科也好,都和原来估计的一样,X 光片也当天等着冲洗出来了,胸肺部毫无阴影。几天后,收到了检验报告单,血沉为十三,其他均为阴性。当日皮肤科的诊察完毕之后,医生把幸子叫到一旁毫不避讳地说,这位小姐要尽快让她结婚。幸子询问道,听说打针也能治好。医生回答说,虽然打针也行,但是她的褐斑并不严重,不是看不出来吗?

与其打针还不如早点结婚，这是最理想的办法。

这事儿就这么了结了。归根结底，杂志所言非虚。

“那么，你把这些送给井谷女士吧。”贞之助说。但幸子推辞道：“我送去也可以，不过，井谷说跟你谈更直截了当，人家是冲着你来的，还是由你去送吧。倒不是因为她撇开我了，我心里不痛快，她总是催得这样心急火燎，我很难跟她说话。”“这有什么？没有什么不好办的，我们也把它当工作来办就好了。”贞之助回答说。

第二天，贞之助在事务所先在电话里给井谷说了个梗概，随后用加快挂号信寄去X光片和诊断报告书。过了一天，下午四点左右，井谷打电话来说是一小时内前来拜访。刚好五点钟，她走进了事务所。井谷说：“昨天承蒙迅速寄来了挂号信，非常感谢！我收到以后马上转给了濑越先生。他说，寄来如此详细的诊断报告书，尤其是还特地照了X光片，真是过意不去。现在他当然完全放心了，而且他一再要我向你们道歉，说他提出了过分要求，非常失礼。”说过这些客套话，井谷又说，“还有一件事，真叫人难以开口。濑越先生想和雪子小姐再单独见次面，比上一次稍微从容一点，哎，也就是一小时左右吧。不知道府上能不能同意。”井谷还补充说，“别看濑越先生岁数不小了，谈恋爱的经验可一点也没有，还像个情窦初开的小伙子似的，上次有些怯场，都不记得说了些什么，加上小姐也是那样腼腆……不，腼腆当然是好的，不过，那个时候是初次见面，似乎有些拘束，所以濑越先生希望再见一次，双方更畅快地谈一谈。旅馆或饭店过于显眼，如果府上同意，虽然简陋些，可否到阪急线冈本我的住所见面呢？濑越先生希望定在下个星期天。”

“喂，怎么办？雪子会答应吗？”

“雪子倒没什么，主要看本家怎么说了。她会不会说事情还没有确定下来，交往不要太深呢？”

“对方说不定是想再看看雪子脸上的褐斑。”

“真的，肯定是这样。”

“既然如此，还是见见面为好。现在一点儿也看不出，如果不让濑越看见雪子平常就是这样，我们岂不亏了？”

“可不是嘛。如果拒绝的话，像是我们害怕让他看似的。”

夫妇间这番交谈的第二天，恐怕用家里的电话又惹出麻烦，幸子到附近的公用电话亭和姐姐通了话。不出所料，大姐追问为什么非要再见面。幸子投了五次币跟她解释。大姐说，虽然不无道理，但是结果如何还不得而知，能否答应两人单独见面，自己也拿不定主意，要等晚上和辰雄商量以后明天再答复。

第二天，幸子趁本家还没来电话又跑去挂公用电话，得知姐夫总算是许可见面了，只是提出了时间、场所、监督等附加条件。回家后，幸子试着去问雪子，她通情达理地马上答应了。

到这一天，幸子也带上一束鲜花当礼物，陪雪子上井谷家。最初，四人一块儿喝红茶聊了一会。随后，井谷把濑越和雪子请到二楼，幸子就在楼下和井谷边谈边等。本来约定一小时，但超过了三四十分钟之后，两人才下来。濑越说是要晚一点走，姐妹俩便先行告辞了。这天是星期日，考虑到悦子在家，幸子便直接从井谷家去了神户，到东方饭店的候客厅喝茶，向雪子打听双方会面的情况。

“今天确实说了不少话。”雪子说。

雪子今天也比较轻松，杂七杂八地说了不少。据她说，濑越问了四姐妹之间的关系、雪子和妙子为什么多半日子住在分家、妙子曾经发生的新闻事件及其后续发展等，问得十分深入。凡是雪子认为没有妨碍的，都尽量作了回答，但是，对本家姐夫不利的话她一句也没说。濑越说不要光等他提问，也请雪子提出问题。见雪子一再谦辞，濑越就主动地谈起自己的事。他说，自己追求的不是“现代美”而是“古典美”的女性，以致迟迟没有结婚。雪子这样的女性，配自己委屈了。他说了两三次“身份不同”，表示实在是高攀了。

他还说，过去自己和任何女人都无瓜葛，只有一件事想告诉雪子。他透露了一件意外的事，说他在巴黎的时候，曾和一个法国的百货店女售货员有过交往。他虽未说出详情，最后似乎是受了那女人的骗，他也因此患了思乡病，开始寻求纯日本趣味的女性，这都是那件事的反作用。濑越还说，那件事只有他的老朋友房次郎知道，并未告诉其他任何人。不过，他和那女人的交往是清白的，希望雪子务必相信——幸子从雪子那儿听到的大体就是这些。濑越对雪子说得如此坦诚、深入，其心思不问可知。

第二天，井谷迫不及待地给贞之助挂来电话说："濑越先生说昨天承蒙赐予机会，他也没什么可说的了。小姐脸上的褐斑，昨天他也看清楚了，正像您说的，根本不成问题。现在他一心等候府上的答复，看够不够格做小姐的丈夫。"转达了濑越的意思之后，她又催问本家方面的调查完了没有。在井谷看来，从最初提起这门亲事已过去一月有余，前些日子她来芦屋拜访时，还有后来在东方饭店相亲时，这边都是说"希望再等一星期"，她有些等得不耐烦了，也是理所当然。事实上，是在十天或半个月以前，幸子才去和本家商量的这件事。纵令不是如此，本家对婚姻调查历来郑重其事，也不会很快答复。总之，都怪幸子被井谷逼急了，随口说了"再等一个星期"，贞之助无奈也只得妻云亦云，把话说死了。实际情况是，据本家大姐说，她去信请求濑越原籍地的村公所寄来其户籍的抄本，迟至两三天前才收到。而信用调查所关于他家乡情况的报告还需要一些时间，最终要拍板时，为了慎重起见，还必须派人去他家乡实地调查。

贞之助夫妇更加为难了，除了一再请求再迟延四五天以外，别无他法。在这期间，井谷上芦屋来催了一次，又去大阪的事务所问了一次。她说这门亲事最好快点给办了，好事多磨，要是合适的话，最好在年内举行婚礼。到后来，井谷似乎不耐烦到了极点，竟直接打电话催促从未谋面的本家的大姐。鹤子大为惊愕，事后马上打电话告诉幸子。鹤子比幸子还要慢条斯理，问她一件事儿，至少要过五分钟才回答。幸子这时似乎看见了电话那头她那副惊慌失措的样子，忍不住笑了起来。据说井谷对大姐也说了那句话“好事多磨”，这张快嘴，像是极力劝说了大姐一番。

14

不知不觉间又到十二月了。有一天，女佣来说本家的太太来电话了。幸子一接电话，姐姐说：“这门亲事尽管调查晚了一些，总算基本调查清楚了，我这就上你那儿去。”幸子正要放下话筒，姐姐又说了句：“不是什么好消息，你不要高兴得太早了。”不等姐姐明说，幸子从开始听到姐姐声音的那一瞬间，就感到这次又吹了。她放下话筒回到客厅，长叹一声，颓然瘫坐在安乐椅上。她已经数不清这种事情有多少次了，总是最后阶段功败垂成。幸子也习以为常了，所以每次她并不十分灰心。唯独这一次，细想起来，这门亲事即使错过了也不值得特别惋惜，但幸子却感到格外沮丧。究其原因，是以往自己和本家的意见一致，都是不赞成的，而这一次她完全以为会成功。这次由于是井谷撮合、推进，幸子夫妇所处的地位也有所不同。贞之助过去一直置身事外，最多只是被拉来跑跑龙套而已，这一次他却尽力从中斡旋。再则，雪子也是一反常态：那样急促的相亲，她也答应；一而再地要求单独谈话，她也同意；照 X 光、看皮肤科这些提议，她也采纳，毫无厌烦的神情。这种态度可说是雪子前所未有的，也许是她急于结婚，心境也有所变化。雪子对眼圈上出现的褐斑，表面上像是满不在乎，实际上心里多少受些影响。总之，由于各种原因，使得幸子认为这次必须办成，也似乎能办成。

因此，幸子在没见着姐姐听说原委之前，还认为话虽如此，也许还可想些办法，并未完全绝望。但等到姐姐说完详情，她不得不承认事情已无可挽回。和幸子不同,姐姐有很多孩子,只有趁着几个上中学小学的孩子放学以前,利用下午的一两个小时来一趟,并且她知道正好这天下午两点雪子外出学茶道去了。姐妹俩在客厅里谈了一个半小时左右。一见悦子从学校回来,姐姐便说:“那么,怎样去回绝,就交给你们了,你和贞之助仔细商量商量吧。”说完便起身告辞了。

据姐姐说,濑越的母亲自从十几年前丈夫去世以后,一直住在那栋旧房子里,因病长年闭门不出,儿子濑越也很少回家探望,由母亲寡居的胞妹照料其生活起居。她的病对外说是中风,而据经常出入她家的商人说不像是中风,实际上是一种精神病,严重到连儿子也不认识。这件事在信用调查所的报告上也曾隐约提及,有些令人难以放心,所以本家特意派人去调查,结果是确有其事。姐姐接着说:“难得一些好心人出于关心来提亲,结果给人的印象像是每次都是本家在作梗,我们也很为难,但是,这决不是我们有意阻挠。事到如今,什么门第呀、财产呀,我们决不想过于拘泥。事实上,我们还认为这门亲事非常理想,正因为想谈成功,才派人到乡下去调查。这不是一般的问题,这可是有精神病的血统呀!只好死了这条心。雪子的婚事,总要遭遇不可逾越的障碍,到头来无论如何都要回绝对方,真让人不可思议!还是雪子妹妹命苦,不能说‘未年生人’这个说法纯属迷信。”

大姐刚出门,幸子就看见雪子怀里揣着茶道用的小绸巾走进客厅,正好悦子也到舒尔茨家院子里玩耍去了。

“大姐来过了,刚才回去的。”幸子说罢,沉默了一会儿。因为雪子照例只“嗯”了一声便没有下文了,幸子无奈,只得接着说:“那件事又不行了。”

“是吗。”

“他母亲,说是中风病,可实际上好像是精神病。”

“是吗。”

“如果是精神病,那就成问题了。”

“嗯。”

“露米小姐,来呀!”远处传来悦子的声音。看见两个小女孩从草坪向这边跑来,幸子压低了声音:

“哎,详细情况以后再谈,先让你知道这事儿吧。”

“您回来啦,二姨!”悦子跑过花坛,站在客厅门口的玻璃门外,罗斯玛丽随后跟来了,跟她并排站在一起。四只穿着奶黄色羊毛袜的小脚,可爱地并成一线。

“小悦,今天在屋里玩吧,外面风可冷呢。”说着,雪子走去打开玻璃门,“啊,露米小姐也请进来吧。”雪子的声调依旧平静如初。

雪子这方面就这样了结了,但贞之助却没有这么容易平复。傍晚回家后,他听说本家的姐姐来说了不同意这门亲事,顿时露出不满意的神态,仿佛在抱怨:这次又要拒绝?这一次,贞之助被井谷看中,凡事都和他交涉,他对这门亲事也越来越积极了。如果本家又提出不合时宜的“门当户对”论来推搪,他打算尽力去劝说他们改变态度:一是濑越不曾结过婚;二是看上去比实际年龄显年轻,与雪子站在一起也大致般配,即使将来有其他方面条件更好的亲事,这两点也弥足珍贵。因此,听完幸子详细介绍后他仍没完全死心。然而,想来想去,这件事本家是当然不能同意的。假如姐夫反问贞之助:“如果让你来承担责任,让她和一个有这样血统的男人结婚,你能保证她丈夫和未来的孩子绝对不出问题吗?”那么,贞之助也不免忐忑不安。

去年春天谈过一门亲事,与其相似,也是一位四十来岁的未婚男子,家境相当富裕。当时合家欢喜,连订婚的日子都选定了,却突然听到某一方面的消息说,男方和另一女人关系极深,只是娶个妻子以遮掩世人耳目。莳冈家只得慌忙取消了婚约。以往雪子的亲事,到头来总会蹊跷地暴露出诸如此类的阴暗面。因此,本家的姐夫他们也变得更加小心谨慎。归根结底,毕竟女方提出的条件太苛刻,逾分以求,希望匹配十全十美的对象,这样反而容易陷于异常的诱惑之中。想来也是,过了四十岁仍然未婚的财主,当然会有点什么毛病的。

也许是因血统有如此弱点,濑越至今未婚。但很明显,他并未存心欺瞒女方。在他看来，既然已经花了这么长时间到他故乡去调查，应该了解其母亲的病情，当然是在此前提下同意与他交往的。他说的“身份不同”“配自己委屈了”之类谦辞，大抵也隐含了一种感激之情。在MB公司的同事中间早已有风声流传，说“这一回濑越攀上了一门好亲事”，而濑越自己也不加否认，还有人说“那样一位兢兢业业的人，最近竟无心工作，失魂落魄似的”。这些议论也传到女方家人耳中，贞之助听见后，不禁十分同情濑越，总觉得这一次是无端地使这位出类拔萃的绅士丢人现眼。总之，如果早调查、早回绝，这事儿也就无声无臭地了结了。一开始是幸子耽搁了，本家接手以后也没有从速处理。更糟的是，为了拖住对方，在这段时间一直对濑越说调查已基本结束，尽量使其抱有希望，十有八九会成功。贞之助他们并非信口开河，而是希望成全这桩婚事，其结果却是给对方闹了一场恶作剧。对于这一点，贞之助与其责备幸子和本家，还不如首先责怪自己轻率。

贞之助和本家的姐夫虽然同为赘婿，至今为止他尽量避免过分介入妻妹的婚事，偏偏偶尔被卷进这个旋涡；虽然破局难以避免，但自己处理也有失当之处，才给当事人造成了种种不快；而且，是否会使妻妹今后更为不幸呢？一念及此，他感到特别对不起雪子，虽然他没有说出来。

大凡相亲这种事情，也不限于这一次，男方回绝女方倒也无妨，而女方的回绝不论言辞多么委婉，都会使男方感到屈辱。果真如此的话，不得不认为莳冈家迄今已受许多人的怨恨了。再加上本家的姐姐和幸子这些人不谙世事、拖拖沓沓，总是慢慢悠悠地拖着对方，拖到最后再回绝，这种做派更是令事情雪上加霜。贞之助担心，这样日积月累，不仅人们怨恨莳冈家族，而且这些怨恨也可能造成雪子的不幸。贞之助很清楚，幸子肯定会逃避出面回绝对方，而自己多少也有弥补过失的想法，无奈只得自认倒霉去见井谷，请她多加谅解。不过，此话究竟怎么说才好呢？事到如今，濑越有何想法也只能随他去了，可是，往后还有求于井谷，只希望她不要有怨气。为了这件事，井谷也费了不少时间和精力，这一阵子，芦屋的分家和大阪的事务所她都跑了好几次。井谷经营美容院，雇用了很多学徒，生意忙碌，但她还是挤出时间热心奔走，确实像外面风传的那样爱管闲事，但是，这并非一般的好意和热心肠所能做到的。从极小处说，仅是打“元的[1]”和其他交通费用她也破费不少。贞之助认为，那天晚上在东方饭店见面，名义上虽说是由井谷请客，实际费用应由濑越和这方面分担。当晚临分手时他曾提及此事，井谷一口回绝说：“那不行！这一次已经说了由我请客，怎么说我也不会答应的。”贞之助一想，反正这门亲事还得麻烦她，迟早有一并酬谢的机会，当时就搁置下来了，可现在却没理由再拖延下去了。

“真的呀，送钱吧，她不会接受，只好送点礼品了。不过……”幸子说，“现在一时也想不出送什么好，你看这样行不行……不管怎样，你什么也不带，光去说一趟。至于送礼嘛，以后和姐姐商量好了，买点什么适合她的东西，由我去送得了。”

“好事儿都轮到你头上！”贞之助不服气似的说，“那么，就这么办吧。”结果就这么定了。

15

从十二月起，井谷突然不来催促了。或许她已经意识到了情况不妙。若是如此，反倒是好事。贞之助打电话给井谷说，因为担心别人听见，所以不去美容院，改而去冈本她的住宅登门拜访。事先弄清了她在家的时间以后，这天傍晚，他比平常迟一些离开事务所，径直去往冈本。

贞之助被请进房间，里面已经开了灯，那是一个罩着深绿色大灯罩的台

① 元的：“一日元的士”的简称。当时市内一定距离之内出租车均价为一日元。

灯,室内空间上半部一片幽暗。井谷坐在阴翳里的安乐椅上,从这里看不清楚她脸上的表情。这对不像个会计师,而具有文学青年的纯真气的贞之助来说,倒容易开口了:

“今天来向您说的事情,是很难启齿的……实话说吧,自那以后,我们到那位先生的家乡做了一番调查,其他各方面都很合适,只是他母亲患的是那样一种病……”

“啊?”井谷稍偏着头,似乎不解。

“这个……原先听说是中风,可派人去调查,好像是精神病。”

“啊,原来如此!”井谷突然心慌意乱地连声调都变了,她接连点头,说了好几声“原来如此”。

井谷究竟知不知道精神病这回事,贞之助早有怀疑,根据前一阵子那样卖力催促和现在这一副狼狈相来看,不得不认为她早已知情。

“如果您有什么误解就不好办了。今天我向您说这事,毫无责怪您的意思。我也想过,本应该找出一些无伤大雅的借口来回绝更符合常识。但是,我又觉得这一段时间承蒙您竭力斡旋,如果回绝的理由得不到您的理解,我们也过意不去。”

“是啊,是啊,您的心情我很理解呀!哪里有误解?只怪我也没有充分调查,做事轻率,非常对不起。”

“不,不,您这样说我们就愧不敢当了。只是,人们好像以为莳冈家总是讲究门当户对,多好的亲事也要拒绝,这种看法真使我们痛心……其实绝不是那么回事,这一次也实在是迫不得已。世人说三道四且不管他,至少我们想求得您的谅解,请您不要生气。我想今后还得请您多加关照。当然,这些话我只说给您一个人听。濑越先生那里,就请您替我们婉言谢绝吧。”

“您这样客气,真叫我过意不去。我不知道您是怎么个看法,但是,精神病这件事我也是刚才听您说的,完全被蒙在鼓里了。不过,幸亏府上调查了。既然是这样,您是应该这样照直说的。对方确实值得同情,我好好跟他说得了，这个请您放心好了……”

听了井谷这番委婉周到的话，贞之助放心了，该说的话一说完，他便匆匆告辞。井谷把他送到门口，反复说请不要难过，该说对不住的是她，还一再说：“我必须弥补过失，您就等着吧！一准再给小姐介绍个好对象。即使你们没有托付我，雪子小姐的事儿我一定得包了，请您对夫人也这样说。”贞之助觉得，以井谷平素的为人来看，今天说的并不全是敷衍之词，所以，看样子这事并没怎么伤她的感情。

几天后，幸子去了大阪的三越百货店，买了和服衣料，亲自送到冈本。井谷尚未回家，幸子把礼物搁在那里，留下几句话便回家了。第二天，井谷给幸子寄来一封措辞恳切的致谢信，信中说：“我并无寸功，反因行事不慎，给你们增添了许多无谓的麻烦，承蒙您这样破费，更使我羞愧不安。”信中又一再重复“一定要弥补这次的过失”这句话。

过了十来天，又到年终了。某一天傍晚，在芦屋的家门前，像往常一样突然停了一部出租车。不一会，大门外响起了井谷寒暄的声音，说是“顺便到门口来问候一下”。不凑巧，幸子患感冒卧病在床，幸好贞之助已经回家。尽管井谷说了“就此告辞”，贞之助还是硬把客人请进客厅聊了一会儿。贞之助问：“近来濑越先生还好吗？他本人确实很优秀，就因为那点事情而不能结亲，确实有些遗憾……他的身世真是令人同情……”随后他转过话头问，“不过，他是不是以为我们早已知道他母亲的病情了呢？”井谷也说：“说来也是，濑越先生最初特别客气，并不是很上心的样子，直到后来才渐渐热乎起来。很可能最初还是因为有母亲的那桩事他才那样谨慎。”贞之助说：“这样说来，得怪我们调查费了不少时间，才使他产生了那种错觉，全都是我们的错。”贞之助接着又重复此前说过的话：“请您不要介意，今后还得请您帮忙。”这时，井谷突然压低声音说：“如果孩子多也不在乎的话，眼下倒是有一门亲事。”她试探着想打动贞之助似的。贞之助才想到井谷是存心说媒才来的，便仔细问了她一番。井谷说，这个人是奈良县下市町一家银行支行的经理，有五个孩子，最大的是男孩，目前在大阪上学，其次是个女儿，正当妙龄，待她不久出嫁之后，家中不过三个孩子而已。至于生活方面，在当地属一流的有钱人，丝毫不用担心。已有五个孩子，家在下市町，贞之助一听这两条便知根本不必考虑，不待井谷话说完便露出兴趣索然的神情。井谷看在眼里，便说“这种人家，府上很不乐意吧”，随即把话打住了。贞之助心想，井谷为什么提出这样一门不可能被接受的亲事呢，也许是心怀不满来讥讽一番：只有这样的人家才和你们门当户对吧。

送走井谷后，贞之助上了二楼的房间，幸子正躺在床上，用浴巾捂着脸，吸入治疗感冒用的药剂。吸完后，幸子用浴巾揩着眼睛鼻子一边问：

“井谷太太又来说媒了？”

“嗯……你听谁说的？”

“刚才悦子来告诉我的。”

“唉？这真是……”刚才，贞之助和井谷说话的当儿，悦子曾悄悄地走进来，坐在椅子上竖耳细听。贞之助说：“你到那边去！这些话不是小孩儿该听的。”看来，悦子被撵走之后，一定又溜到餐厅偷听了一阵。“到底是女孩子，对这些事好奇。”

“有五个孩子吧？”

“怎么，这也对你说了？”

“是呀，大儿子在大阪上学，大女儿也到了要出嫁的年龄……”

“啊？”

“奈良县下市町的人，在一个什么银行当支行经理……”

“这可真没想到，一点都不能疏忽大意。”

“真的，往后如不加倍小心，会捅大娄子的。幸好今天雪子不在家。”

每年年底到新年头三天，雪子和妙子都回本家过年。今年雪子比妙子先走一步，昨天就回去了。想着如果她在家，还不知会发生什么事情，夫妇俩总算松了一口气。

一到冬天幸子就患支气管炎，医生警告说如果恶化，有可能转成肺炎。幸子被吓坏了，所以，卧床个把月也是常事，哪怕有一点点感冒也加意提防。幸好这次病情只波及咽喉部，体温也好歹恢复正常了。转眼间到了二十五号，年关将近，幸子打算还在房里待一两天，正坐在床上翻看新年杂志，妙子进来道别，说是这就回本家去。

“怎么了，到新年还有一个星期呢。”幸子稍感惊讶，“去年你不是除夕那天才回去的吗？”

“是吗？”

近来，妙子为了来年尽早举办第三次个人展览，一直在忙着制作偶人。一个多月以来，每天大部分时间都泡在夙川的公寓里。同时，她说舞蹈学习也不能放弃，每周还去一次大阪的山村舞教习所。因此，幸子觉得好久没有和这位妹妹聊聊天了。幸子也知道是本家想叫妹妹们回大阪过年，并不打算把她留在身边。不过，比雪子更不愿意回本家的妙子，一反往常这么早就要回去，还是令人诧异。尽管如此，幸子并未往坏里想、猜疑她是否和奥畑有什么约会，只是有一种淡淡的惆怅——这位早熟的小妹，原来是最依赖自己的人，随着一年一年长大成人，将离她而去。

“我的工作好不容易做完了，我想回大阪后每天去学学舞蹈。”妙子的话似解释又不似解释。

“最近你学什么舞来着？”

“快到新年了，现在跟老师学《万岁》[①]舞。二姐能伴奏吧？”

“嗯，大概还记得。”幸子说着，口里哼起了三味线曲：

“青春永长，万寿无疆，圣代荣昌。寸叮咚，敬爱不忘，新春吉祥……”

妙子随着她的节拍站了起来，摆出了跳舞的架势，又叫住了幸子：“等一等，二姐。”说着跑回自己房里，麻利地脱下西装换上和服，抓了舞扇又跑回来。

---

①《万岁》：城志贺作曲，产生于宽延年间（1748—1750），歌词由当时民间流行的万岁歌《言立》《京之町》等构成，是庆祝新年的喜庆曲。

“……齐寸齐寸，寸，玎玲，美女还数京都女，美女还数京都女……请吃大小鲷鱼大鰤鱼，还有蝾螺和鲍鱼，蛤子蛤子真美味，叫卖的是大美女！走过一家又一家，隔邻货架美如画，金线织花锦缎靓，丝绸绉绸眼看花，咚咚绉绸咚绉绸……”

这些“美女、美女”的歌词，还有合着三味线乐音“咚咚齐里门、咚齐里门”一起唱的“咚咚绉绸咚绉绸”，由于“齐里门”和日语“绉绸”的发音相似，特别有趣。小时候，幸子姐妹就把这首地呗念得滚瓜烂熟，所以至今还未忘记。今天这样一唱，对二十年前船场时代家庭的记忆，重新清清楚楚地苏醒过来，父母慈祥的面容仿佛又浮现在眼前。那时家里也在让妙子学习舞蹈，一到新年，经常由母亲和姐姐用三味线伴奏，她来跳这段《万岁》乐舞。当唱到“元月三日，正当寅时，叮咚，手捧若夷[①]……”的时候，她伸直可爱的右手食指直指天空，一副天真烂漫的神态，那情景仿如昨天，历历如在目前。然而，自己面前这位手持舞扇翩翩起舞的妹妹，还是当年那个小姑娘吗（而且，不论是这个妹妹还是雪子妹妹，两人都还待字闺中，九泉之下的双亲是用怎样的目光看着她们）？幸子想到这里，不由得热泪盈眶：

“你过了年哪天回来呢？”幸子说着，任凭自己的泪珠簌簌滚下。

“初四就回来。”

“新年还得跳《万岁》舞，可要好好练呀，我也得练一练三味线。”

幸子自从在芦屋安家以来，与在大阪时大不相同，拜年的客人寥寥无几。加之两位妹妹也不在家，近几年的新年都过得寂寥冷清，马马虎虎打发着日子。夫妇俩偶尔安静几天倒也不错，只是悦子特别寂寞难耐，急不可待地盼着二姨和小姨回来。元旦这天过了中午，幸子就拿出三味线，用指甲弹奏《万岁》这段舞乐，反复温习，一直持续了三天。到后来，悦子也听会了，一弹到“咚咚绉绸咚绉绸”时，她就一块儿唱起来：“咚咚齐里门、咚齐里门。”

① 若夷：元旦天亮时发卖的纸牌，印刷有七福神之一的惠比寿神像。

16

这一次，妙子借用神户鲤川路的一个画廊办个人展，为期三天。也得益于在阪神地区交游很广的幸子暗中活动，第一天就取得了不俗的成绩，大部分作品被订购一空。第三天傍晚，幸子特意带了雪子和悦子过来帮忙收拾会场，拾掇停当走到外面时，幸子说：

“小悦，今天晚上要小姨请客，她成财主了。”

“是呀，是呀。”雪子也怂恿说，“上哪儿好呢？小悦，吃西餐还是吃中国菜？”

“嘿嘿，可我还没拿到钱呢。”妙子想装糊涂却装得不到家，哧哧地笑着说。

“没事儿，钱我先给你垫着。”幸子知道，扣除各种杂费以外，妙子还有不少进账，存心想让她请客。妙子和幸子大不相同，是现代派的精于算计的女子，虽不像井谷的侄女那样锱铢必较，但是遇上这种场合，也不是稍加怂恿就会乖乖地掏出钱包。

“那么，就上东雅楼怎么样？那里最便宜。”

“真小气！你豁出来去东方饭店吃一顿烤肉吧。”

东雅楼位于南京町，是一家广东风味的小饭店，店堂前面也零售熟牛肉、猪肉。四个人走进去时，一位站在账房前付款的年轻西洋女人打招呼说：“晚上好！”

“啊！卡塔莉娜小姐，很幸运能遇见您。请让我来介绍一下——”妙子说，“这一位就是我最近说过的那位俄国人。这是我二姐，这是我三姐。”

“哦，是吗？我叫卡塔莉娜·基里连科。我今天去看了展览会。妙子小姐的偶人都卖光了，恭喜您！”

“小姨，那个西洋人是谁？”那女人走后，悦子问。

“是小姨的学生。”幸子说，“我经常在电车上看见她。”

“长得很可爱吧？”

“那个西洋人爱吃中国菜？”

“她是在上海长大的，对中国菜十分在行。她说，要吃中国菜，越是一般西洋人不去的脏兮兮的饭馆味道越好，她说这一家是神户最好吃的。”

“她是俄国人吗？看上去不像俄国人。”雪子说。

“嗯。她在上海读的是英国人的学校，又在英国人开的医院当护士，后来还和一个英国人结过婚，还有孩子。”

“哎？她有多大了？”

“哎，她有多大呢？不知比我大还是比我小。”

据妙子说，这一家姓基里连科的白俄，住在夙川的松涛公寓附近，是那种新式小型住宅，楼上楼下只有四个房间，老母亲、哥哥和她三人一起生活。过去妙子和她只是在路上遇见时点头致意而已。有一天，她突然来到妙子的工作室，说想学习制作偶人，特别是日本式偶人，请妙子收下她这个学生。妙子答应了，她当场就称妙子为“老师”。妙子窘极了，执意要她改口称“妙子小姐”。这已是一个月前的事了，自那以后，妙子和她很快地亲近起来，近来在往返松涛公寓的途中，时不时顺便去她家坐一坐。

“前几天她还对我说：‘我老是在电车上遇见你的姐姐们，都很面熟了。她们都非常美丽，我很喜欢她们。’最近她一直求我介绍她跟你们认识。”

“他们靠什么生活呢？”

“据说她哥哥是个毛织品的贸易商，不过，从家里的摆设来看不像很宽裕的样子。卡塔莉娜说，她和那个英国丈夫分手时得了一笔钱，她就靠这个生活，并没有让哥哥养着。不过，她穿着打扮还是挺讲究的。”

今天的菜肴有悦子喜欢吃的炸虾卷、鸽子蛋汤，幸子爱吃的烤鸭，鸭皮蘸着酱和葱用薄饼包着吃。这些菜肴都盛在锡质餐具里，大家围桌而坐，免不了闲聊一通基里连科家的事情。卡塔莉娜的孩子看照片是个四五岁的女孩，由父亲一方抚养，现在已回英国去了。卡塔莉娜学做日本式偶人，是出于单纯的兴趣，还是盘算着他日凭这门技艺谋生，还不得而知。不过，作为一个外国人，她的手还算灵巧，也爱动脑子，对日本和服的款式、颜色等等也领会很快。她在上海长大，是因为十月革命时全家人七零八落，祖母带着她逃到上海，而哥哥由母亲领着来到日本，也曾在日本的中学读书，多少有一些汉字知识。因此，姑娘受英国影响颇深，而哥哥和母亲却非常崇拜日本。到她家去看时，楼下一间房挂着天皇和皇后陛下的照片，而另一间房却挂着尼古拉二世和皇后的肖像。哥哥基里连科的日语理所当然说得很好，卡塔莉娜来日本后，没多久日语也讲得相当熟练了。最难听懂又逗人发笑的，是她那老母亲的日本话，真让妙子头痛不已。

"说起那老太太的日本话，前些日子，她本来想说'对不起您'，可是由于发音奇怪，说快了就像是'您家乡细（是）哪里'，所以我忙着回答'我是大阪人'。"

妙子最擅长模仿别人的缺陷，无论模仿谁都活灵活现，每每博得大家一笑，这是她的拿手好戏。这位"基里连科老太太"的姿态和腔调，她模仿得太可笑了。幸子她们虽没见过这位洋老太太，单凭想象也不禁捧腹大笑。

"不过，那位老太太是帝俄时代的法学士，似乎是个了不起的老太太，她说：'我日语说得糟，可细（是）我能说法语、德语。'"

"过去可能很有钱吧，她多大年纪了？"

"嗯……已经六十多了吧。不过，她一点儿也不显老，特别精神呢！"

过了两三天，妙子又带回了那位"老太太"的趣闻，姐妹们很乐了一阵。妙子那天去神户的元町买东西归来，在尤海姆咖啡馆喝茶时，正碰上那老太太带着卡塔莉娜走了进来。她说要到新开地[1]的聚乐馆屋顶平台旱冰场去溜冰，还不断劝妙子有空一起去玩玩。妙子没溜过冰，她们说可以教她，不用多久就能学会。妙子对这类运动颇有自信，真的跟着她们去了。妙子练了个把小时，已大致掌握要领。老太太说："您已经细（是）很拿手了，您第一次溜

① 新开地：在神户市兵库区凑川公园以南，是旧凑川填埋地的一部分，剧院、电影院、饮食店林立，是神户内屈指可数的繁华地带。

冰,我细(是)不相信。”她大大赞扬了妙子一番。更使妙子诧异的是,那老太太一上溜冰场,就一阵风似的滑了起来,那飒爽英姿大有超过青壮年之势,不愧是昔日锻炼有素,腰杆儿挺得笔直,不但丝毫不令人担心,时不时露一两手高难度动作,满场的日本人看得目瞪口呆。

之后某一天,妙子深夜归来,说是应卡塔莉娜邀请去她家吃晚饭了。

妙子说,俄国人那么能吃,真令人惊奇。最初上冷盘,后来又上了几盆热菜,不管是肉还是蔬菜,分量都特大,堆得盆满钵满。面包也是各种形状,种类繁多。妙子光是吃些冷盘就相当饱了,尽管她一再说“吃够了”“不能再吃了”,他们总是说“您为什么不吃呀?”“这个怎么样?”“这个怎么样?”。基里连科一家一方面劝个不停,一方面大吃特吃,同时咕嘟咕嘟地大口喝着日本酒、啤酒和伏特加。基里连科那样能吃会喝倒也不足为奇,连卡塔莉娜也是如此,甚至那老太太也毫不示弱地豪饮大啖。到九点了,妙子说该回去了,他们不让走,又拿出扑克牌,妙子陪他们玩了一个小时。十点一过,他们又端出夜宵来,妙子一看就觉得腻了,可他们是又吃着夜宵喝起酒来。他们喝酒的方法是把酒倒进喝威士忌的小玻璃杯里,满满一杯脖子一仰咕嘟一声喝光,与其说是喝酒,不如说是径直往喉咙里灌。日本酒且不说,纵是伏特加那样的烈性酒,他们说也非这样一饮而尽,否则就不过瘾,若无一个硕大的胃袋,如何对付得了?菜肴倒不见得如何可口,有一道汤菜稍微新奇一点,用面粉捏的团子浮在上面,与中国的馄饨或者意大利的饺子相似。妙子接着说:

“他们还委托我,说:‘下次请您姐夫和姐姐,请您一定带他们来。’就让他们请一次怎么样?”

这段时间,卡塔莉娜请妙子做模特儿,让她把头发盘成岛田髻[①],穿上长袖和服,手拿毽子板,她很着迷制作这种姿势的偶人。有时妙子没去夙川,她就不请自来,赴芦屋求教,这一来,自然和全家人都亲近了。贞之助也和她混熟了,还说凭她的资质大可去好莱坞碰一碰运气。但她却没有美国人的那股

① 岛田髻:女子未婚时或举行婚礼时梳的一种发髻。

粗俗味,而颇有善于和日本妇女交往的那种安详和优雅。

纪元节[①]那天下午,只见基里连科穿着灯笼裤跟在妹妹后面走了进来,说是要去高座瀑布远足,路过幸子家门口,顺便来瞧一瞧。他们并未进屋,而是踱到庭院里,坐在花坛的椅子上。贞之助和他是初次见面,寒暄过后,请他喝了几杯鸡尾酒,闲聊了半小时左右。

“这样一来,我倒想见见那位‘细老太太’了。”贞之助开玩笑地说。

“真想见一见!”幸子也表示赞同,“不过,小妹给我们学过那老太太的举止模样,虽说还没见面,也好像见过她本人一样。”说罢也笑了起来。

17

最初,他们并不真想去卡塔莉娜家做客,但是妙子的话渐渐勾起了他们的好奇心,加上对方再三邀请难以拒绝,他们终于到基里连科家去了。

这一天,虽说时令已值春季,但是还在汲水节[②]期间,寒气袭人。对方邀请幸子全家都去,但她考虑到回家会很晚,便没让悦子去,雪子也陪她在家,只有幸子夫妇俩和妙子三人去了。在阪急线的夙川车站下车后,他们穿过铁桥底下,朝山脚方向走五六百米,走到别墅街尽头,踏上了乡间小路。看见对面小山上有片松林,山麓有几栋很小的新式住宅,两两并排相向而立,其中又以基里连科家那一栋最小。不过,白墙壁是新粉刷的,仿佛童话故事插图上的房屋。

① 纪元节:旧时日本的四大节之一,2 月 11 日。1950 年废除,现改称建国纪念日。

② 汲水节:3 月 1 日至 14 日在奈良东大寺二月堂举行修二会的法事,13 日拂晓举行仪式,汲取堂前的若狭井的井水作为一年间供奉观音菩萨的香水收纳于堂内。汲水节为关西地区季节由冬入春的标志性活动。

卡塔莉娜一见他们便立刻迎了出来,把他们让到楼下相连的两间房靠里的那一间内。房间十分逼仄,如果主客四人围着房子中间的火炉坐下,就会挤得不能动弹了。四人各自就座,一条长椅两端各坐一位,余者坐在唯一的安乐椅和一把硬木椅上。他们坐下后,只要稍不注意身子往前挪一挪,就会碰着火炉的烟囱,动一动手肘又有打落桌上东西的危险。楼上大概是母子三人的寝室,楼下除这两个房间以外,里面应有一间厨房。外面那间像是餐室,大小亦如此间。贞之助他们颇为担心,那间房怎能坐下六个人?然而,更令人奇怪的是,似乎只有卡塔莉娜一人在家,她哥哥基里连科和那位"细老太太"连踪影也不见。西洋人晚餐时间比日本人要迟,他们事先没有问明时间,也许是来得太早了,但窗外已一片漆黑了,可家里还是鸦雀无声,餐室那边也毫无动静。

"请看这个,这是我最初学着做的偶人。"卡塔莉娜说着,从三角搁架下面的格子里拿出一个舞伎偶人。

"嗯?这真是您做的吗?"

"是的。只是原来有很多不好的地方,都是妙子小姐给我改好了。"

"姐夫,请看那根带子的花纹,"妙子说,"它和我教的不一样,是卡塔莉娜小姐自己设计自己画的。"

偶人系的是垂带[①],她哥哥基里连科或许也出了主意,在黑底上用油性颜料画了将棋[②]棋子桂马、飞车。

"请看这个,"卡塔莉娜又拿出她在上海时的影集,"这是我以前的丈夫,这是我女儿。"

"这小姑娘可真像卡塔莉娜小姐,是位小美女哟!"

"您觉得像我吗?"

"哎,真像。您不想见见您的女儿吗?"

"这个姑娘,现在在英国。看不到,没有办法。"

---

① 垂带:日本妇女系腰带的一种方式,带端长垂,现仍保存于京都祇园舞伎之间。

② 将棋:日本特有的一种棋牌,类似中国象棋。

“住在英国什么地方,您知道吗? 如果您去英国,能见到您女儿吗?”

“这可不知道。不过,我想见她。我,说不定会去看她的。”卡塔莉娜并不怎么伤感,颇为平静地说着。

这时,贞之助和幸子早就饿了,偷偷地看一下手表,又互相交换一下眼色,等到谈话中断时,贞之助就问道:

“您哥哥怎么了? 今天晚上不在家吗?”

“我哥哥每天晚上都是很晚才回来。”

“妈妈呢?”

“妈妈到神户买东西去了。”

“哦,是这样……”

看来这位“细老太太”是采购今天晚餐的食品去了。不久,挂钟打了七点,还不见她回来,真令人如坠五里雾中。妙子拉姐姐他们来这里,自知负有责任,也渐渐焦急起来,顾不上礼貌,时不时朝那毫无备餐迹象的餐室瞟一眼。但不知卡塔莉娜是否察觉,她时不时朝火炉里添煤块,因为火炉小,煤烧得很快。沉默时更加觉得饥饿难耐,必须寻些什么话来说说,眼见得也没什么话可说了,突然之间,四个人都相对无言。这时十分寂静,只听见燃烧的煤块噼啪作响。一只德国短毛猎犬系的杂种狗,用鼻子拱开门进来了,选了一块炉火烤得最暖的好地方,钻进人们脚与脚之间的空隙,把脑袋伸出来枕在前腿上,满不在乎地趴在那里。

“博里斯!”卡塔莉娜叫它,那狗只是翻眼瞥了她一下,丝毫不愿离开火炉。

“博里斯!”贞之助无聊已极,也照样喊着并弯腰抚摸狗的脊背,就这样又过了三十分钟。

“卡塔莉娜小姐……”突然,贞之助脱口而出,“……是不是我们弄错了?”

“什么呀?”

“啊，小妹，是不是我们听错了呢？要是这样，可给她添麻烦了……不管怎样，今天晚上还是我们告辞为好。”

“不会听错的……”妙子说，“哎，卡塔莉娜小姐……”

“什么呀？”

“啊……我说，还是让二姐说吧……我，真不知该怎样说才好。”

“幸子，这种时候法语不是派上用场了吗？”

“卡塔莉娜小姐会法语吗，小妹？”

“不会。英语倒是说得很好……”

“卡塔莉娜小姐，我……我有点担心……”贞之助用英语结结巴巴地说，“……您……没料到……我们……今天晚上……会来……”

“为什么呀？”卡塔莉娜眼睛瞪得圆圆的，用流畅的英语说，“今天晚上我们家招待诸位，我一直等候你们光临呢！”

挂钟敲八点，卡塔莉娜起身朝厨房走去，只听得一片叮咣乱响，她手脚麻利地把各种东西搬进餐室，然后把他们三人请了进去。贞之助他们看见了摆在桌上的各色冷盘，有熏大马哈鱼、咸鳀鱼、油焖沙丁鱼、火腿，还有干酪、咸饼干、肉馅饼以及好几种面包，全像变魔术一样突然出现在眼前，桌子上几乎摆不下了。见此光景，他们总算放下心来。卡塔莉娜一人忙个不停，光红茶就给他们沏了好几次。早已腹内空空的三位客人，不引人注意地迅速地吃着，菜肴太丰富了，又加上卡塔莉娜不断布菜，他们很快就吃饱了，时不时把吃剩的食物偷偷丢给桌子下的博里斯。

这时，外面咯噔一声响，博里斯向大门飞跑而去。

“像是老太太回来了……”妙子小声对二人说。

走在前面的老太太拎着五六包买回的零碎物品，飞快地走进大门，消失在厨房里，随后，基里连科带着一位五十来岁的绅士走进了餐室。

“晚上好！我们已经在叨扰了。”贞之助说。

“请便！请便！……”他一边点头一边搓着双手。就西洋人而言，基里连科是个矮个儿，体格纤弱，长着羽左卫门[①]型的长脸，两颊让春夜的寒风吹得通红，他和妹妹用俄语交谈着什么，日本人只能听出“妈妈奇卡”这个词儿，估摸应是俄语“母亲”之爱称。

“我和妈妈在神户碰头一起回来的，还有这位——”基里连科拍着那位绅士的肩膀说，“妙子女士认识吧，我的朋友渥伦斯基先生。”

“啊，我认识……这是我姐夫和姐姐。”

“是姓渥伦斯基吗？《安娜·卡列尼娜》里面有这么一位人物。”贞之助说。

“啊，是的。您读的书可真不少。您读过托尔斯泰吗？”

“托尔斯泰、陀思妥耶夫斯基的小说，日本人都很喜欢。”基里连科对渥伦斯基说。

“小妹，你怎么认识渥伦斯基先生的呢？”

“这位先生住在附近一个叫夙川住宅的公寓里，特别喜爱孩子，无论谁家的小孩，他都喜欢，说起‘喜欢小孩的俄国人’，在这一带还很有名呢。谁也不叫他‘渥伦斯基先生’，而叫他‘科朵姆斯基[②]先生’。”

“他的夫人呢？”

“没有夫人。好像有一段伤心的经历……”

渥伦斯基先生的确像爱孩子的人，性格温和，似乎有点怯懦，凄凉的眼神隐含着微笑，眼角有几丝皱纹，默默地听着对自己的议论。他比基里连科个头要大，肌肉紧绷，皮肤像是让太阳晒成的茶褐色，头发浓密斑白，瞳仁漆黑，看上去近乎日本人，有几分像是当过海员似的。

“今天晚上悦子小姐没来吗？”

“是的，她有很多作业要做……”

---

① 羽左卫门：此指十五世的市村羽左卫门（1874—1945），长相清秀，歌声优美，被誉为最后的真正的歌舞伎演员。

② 科朵姆斯基：与日语“喜爱小孩（kodomo suki）”发音相似。

“太遗憾了！我告诉渥伦斯基先生，今天晚上要让他看一位非常可爱的小姑娘，才把他带来的。”

“哟，真是对不起……”这时，那位“细老太太”进来打招呼了，“我，今天晚上我细(是)非常高兴……妙子小姐的另一个姐姐，一个小的小姐，为什么没有来呢？”

贞之助和幸子听见这个“细”字，觉得一看妙子就会憋不住笑，于是尽量不和妙子目光相对，但是看到妙子目不斜视装得一本正经的样子，又忍俊不禁了。虽说是老太太，但她并不像常见的那种肥胖的西洋老妪，背脊挺拔，脚踏高跟靴，两腿苗条优美，走路时踩得地板咚咚直响，像鹿一样轻快地——说粗暴也不过分——走来走去，看她这模样不由使人想起妙子说过的她在溜冰场上的飒爽英姿。她张口笑时，才知她掉了牙齿，从颈到肩的肌肉已经松弛，脸上也布满了小皱纹，但是皮肤白皙似雪，远处看来，这些皱纹和松弛的肌肉并不怎样明显，看上去要年轻二十来岁。

老太太把桌子拾掇一番后，又把自己买来的生牡蛎、鳟鱼子、酸黄瓜、猪肉鸡肉肝脏等灌肠，还有几种面包，重新摆到桌上，最后又端出酒来。有伏特加、啤酒和装在啤酒杯里烫热了的日本酒，他们先后劝客人喝各种酒，俄国人中只有老太太和卡塔莉娜爱喝日本酒。果然不出所料，桌子周围坐不下，卡塔莉娜靠着没生火的壁炉站着，老太太一边忙活，瞅空儿从人们背后伸出手来，又吃又喝的。因为刀叉不配套又数量不足，有时卡塔莉娜干脆用手抓食物，偶尔被客人看到了，卡塔莉娜便羞得满脸通红。贞之助他们竭力装作视而不见。

“你别吃那牡蛎。”幸子凑到贞之助面前耳语道。虽说是生牡蛎却不是经过精选的深海牡蛎，从颜色看一定是从附近市场买来的货色，而这些俄国人却颇为勇敢地大嚼特嚼，由这一点不得不认为他们比日本人野蛮得多。

“啊，已经吃得很饱了。”几位日本人趁着主人没注意，不断把吃不完的食物丢给桌下的博里斯。贞之助掺杂着喝了几种酒，似乎有些醉意了，他指着与沙皇尼古拉二世肖像并排挂着的一座壮丽的建筑物的照片高声问道：

“那张照片上的是什么？”

“那是皇村的宫殿，是沙皇在彼得堡（这些人不说列宁格勒）附近的一座宫殿。”基里连科回答。

“啊，那就是有名的皇村……”

“我们家，细（是）住在离皇村宫殿很近的地方，沙皇坐马车，从宫殿里出来，我们细（是）每天都可以看见的，连沙皇说话我们都细（是）能听见的。”

“妈妈奇卡……”基里连科叫母亲用俄语说，随后他用日语解释说：“她并不是真正听见沙皇坐在马车里讲话，因为马车从那么近的地方经过，仿佛听到了沙皇的声音。总之，咱们家紧挨着那座宫殿，那时候我还小，只有一些模糊的记忆了。”

“卡塔莉娜小姐呢？”

“我还没上小学，什么也不记得。”

“那间房里还挂着日本天皇和皇后陛下的御照，那是出于一种什么心情呢？”

“哦，那细（是）理所当然的。我们白俄生活，托天皇陛下的福。”老太太的表情突然变得严肃了。

“白俄都认为和共产主义斗争到底的是日本。”基里连科说过这话，继续问道：“您认为中国会变成什么样子呢？那个国家很快就要成为共产主义吧？”

“这个，我们对政治上的事情不太了解。但是，不管怎么说，日本和中国关系不好，我们难过。”

“你们认为蒋介石怎么样？”刚才一直拿着空酒杯在手掌间抚弄、静听别人说话的渥伦斯基这时问道，“对去年十二月在西安发生的那件事，你们怎么看？张学良逮了蒋介石，但是又留了他的命。那是什么道理呢？……”

“这个……我觉得不像是报纸上所说的那样简单……”

贞之助对于政治问题尤其是国际事件颇感兴趣，报纸和杂志登载的那些知识他也知晓，但是，他任何时候也不从旁观者的态度超越一步。这年头稍不留心说漏了嘴受到牵连可不值得，贞之助很有戒心，特别是在互不知心的外国人面前，他决定不再发表任何意见。但是，对于这些被逐出祖国、漂泊异域的人来说，这些都是一天也不能置之不问的生死攸关的大问题。他们几个俄国人继续谈论了一会，而以渥伦斯基对这些消息知之最详，似乎还很有些什么主张，其他人都落得听他说。为了让贞之助他们能够听懂，他们尽量讲日语，渥伦斯基说到复杂的问题时就讲俄语，基里连科便随时充当翻译。老太太也是一位了不起的评论家，不光是老老实实地倾听男人们的谈话，还积极参与争论，说得起劲时，她的日语就更加支离破碎。日本人也好，俄国人也好，都不懂她说些什么。

“妈妈奇卡，请您说俄语吧。”基里连科提醒她。

贞之助他们没弄明白，不知因何缘故，这场议论演变成了老太太和卡塔莉娜之间的口角。似乎是老太太攻击英国的政策和国民性，而卡塔莉娜奋起反驳。卡塔莉娜认为，自己虽然出生于俄国，却被赶出祖国流亡到上海，受英国人的恩惠长大成人，英国人的学校教育了她，从未收她一文钱学费，学校毕业后又当上护士，在医院拿上工薪，这一切都是托英国的福，那个英国有何不好呢？而老太太却说：“你还年轻，不了解事实的真相。”母女俩渐渐争得激烈起来，甚至脸都白了，幸好有哥哥和渥伦斯基出来调停，没到索然扫兴的程度，一场争斗刚刚冒烟便平息了。

“妈妈奇卡和卡塔莉娜经常为英国的事争论不休，真使我苦恼！”母女争吵平息后，基里连科说。

后来，贞之助他们又改而坐到隔壁房里，闲聊一会，玩了一阵扑克，不一会，又被请进餐室。可是，几个日本人纵是山珍海味也吃不下了，只得去填博里斯的肚子。尽管如此，唯有喝酒贞之助没有认输，与基里连科和渥伦斯基一决雌雄，奉陪到底。

“可得注意呀，你走路都摇摇晃晃的了……”幸子叮嘱贞之助。这时已过了十一点，他们已踏上归途，正走在暗黑的田间小路上。

“嗬，这凉风吹在脸上真舒服呀！”

“真的。先前那会儿，我真不知道会怎么样，只有卡塔莉娜在家，都到什么时候了，吃的喝的都没影儿，肚子也越来越饿……”

“正好在这时候，各种各样食物摆出来了，结果我们都成了饿鬼。俄国人怎么那么能吃呢？喝酒我并没有输给他们，吃东西我远不是他们的对手。”

“咱们大家应邀去了，老太太好像很高兴。俄国人住在那么小的房子里还喜欢请客。”

“他们过的那种日子毕竟寂寞，所以愿意和日本人交往。”

“姐夫，那个渥伦斯基呀，”妙子跟在后面两三步远，在黑暗中说，“有过一段不幸的经历呢。据说年轻的时候有过一个恋人，十月革命爆发使两个人失去了联系。过了好多年，他才知道他的恋人到澳洲去了，他又追寻到澳洲，费尽周折才找到了她的住地，见面倒是见面了，但是，没多久他的恋人就生病去世了。从此他就抱定独身主义，为她终生不再结婚。”

“怪不得了，听你这么一说，感觉他确实是这样的人。”

“在澳洲，他很苦了一阵子，甚至当过矿工，后来做买卖发了财，现在少说也有五十万块钱的财产。卡塔莉娜哥哥的生意，好像请他投资了一些钱。”

“哎呀，哪儿的丁香花儿开了。”走到别墅街，路旁是连绵不断的篱笆，幸子说，“哎，还得等一个月樱花才开，好难等呀！”

“我也细（是）等得不耐烦了。”贞之助模仿着老太太的腔调说。

18

原籍 兵库县姬路市竖町二十号

现住 神户市滩区青谷四丁目五五九号

野 村 巳 之 吉

明治廿六年九月生

学历 大正五年东京帝大农科毕业

现职 兵库县农林课水产技师

家庭及亲属关系 大正十一年娶田中家次女德子为妻,生一男一女。长女三岁死亡。妻德子于昭和十年患流感去世。其后长子于昭和十一年死亡,时年十三。双亲早故,有妹一人,嫁太田家,现住东京。

三月下旬,幸子的女子中学同学阵场夫人邮寄来了一张四寸的照片,照片的衬纸背面有本人用钢笔写的上述事项。直到这时,幸子才想起了这回事。去年十一月底,正当濑越那门亲事陷入了停顿状态,某一天,幸子在大阪樱桥交叉路口遇见了阵场夫人,站着和她聊了二三十分钟。当时曾谈到雪子的事。阵场夫人说:“哦,这样说来,你妹妹还没结婚?”幸子说:“如果有适合的对象,请你帮忙介绍。”说完两人便分手了。不过,当时濑越这门亲事还有可能成功,所以她的话半是应酬而已。然而,阵场夫人似乎挂在心上了。她在来信中说:“后来令妹的情况怎样了?实话说,那天我一时疏忽忘了说,我丈夫的恩人、现任关西电车公司经理的滨田丈吉有个表弟,前几年妻子去世,眼下正准备续弦,滨田热心托我丈夫为他表弟找一门好亲事,并把他的照片放在我们这里。我忽然想起了令妹的事。虽然我丈夫对他不太了解,但他说,有滨田的保证,想必不会错的。我会另函寄照片给你们看看。如果有意,请府上对衬纸背面所写事项做进一步的调查。如果认为合适请来信通知,我随时效劳介绍。这件事本应赴府上面谈,又怕有强人所难之嫌,所以暂先写信询问。”第二天又收到这张照片。

幸子立刻写了回信,表示已经收到照片并向她致谢。不过,她吸取了去年遭受井谷责怨的教训,这回决定不轻易答应。她在回信中老老实实地写道:

“承蒙关怀，不胜感激。不过，要等一两个月后才能给您答复。原因是最近刚有一门亲事谈崩了，考虑到舍妹的心理状态，还是再过一段时候为好。而且，这次希望尽可能慎重，在充分调查以后，需要劳动大驾时再拜托您。您也知道舍妹婚事耽误已久，安排她相亲也有多次，但都一无所成。我身为姐姐实在觉得她可怜。”

和贞之助商量这件事时，幸子说：“这一次可要不慌不忙，由我们慢慢地调查以后，如果觉得合适再告诉本家，最后再和雪子说吧。”不过，说实话，幸子对这门亲事意兴阑珊，当然，不经过调查是很难说的。财产有无，对方只字未提，但是，若只看衬纸背面记载事项，与濑越相比也相差甚远。首先年龄比贞之助大两岁，其次是结过婚的。不过，前妻和两个子女都已不在，这一点还无须多虑。幸子推想雪子大概不会中意，首先是看不上他的相貌，照片上此人很显老，给人感觉脸上脏兮兮的。照片与本人往往有些差别，不过为了求婚送来的照片尚且如此，恐怕本人只会更加苍老而不会更显年轻吧。不是美男子也无妨，年龄比贞之助大也未尝不可，但日后一对新人比肩举杯时，这位新女婿竟像一位老爷爷，不仅雪子可怜，为雪子亲事操劳奔走的幸子夫妇面对列席的亲戚朋友，脸上也毫无光彩！要求新郎翩翩年少固然勉为其难，但至少也要精力充沛，脸色丰润，精神抖擞。幸子左思右想，对照片上的这一位怎么也看不上，也就没有急于着手调查，就这样搁置了一个星期。

可是，这几天幸子想到了，那天写有“内有照片”的信件送到时，雪子曾看了一眼，她是否察觉了？假使她已知道了，自己默不作声反而显得是故意瞒着她，令她产生误解。幸子认为，雪子表面像是没有什么变化，但濑越之事多少使她受了一些心灵创伤，照说不应急着又提亲。但雪子可能会猜想：那照片是哪儿寄来的？二姐为什么不向我讲明？这样她会误认为姐姐的良苦用心是在耍什么花招，反倒弄巧成拙。既然如此，倒不如一开始就把照片给她，看看当事人究竟怎样说，有何反应，也许不失为一个办法。于是，幸子改变了主意。

某一天，幸子要去神户买东西，在楼上的化妆室换衣服，雪子走了进来。

“雪妹，又来了一张照片。”幸子突然说道，没等雪子回答又说，“就是这个。”说着从衣橱的小抽屉里拿出照片给她看，“那背面写的，也请看看。”

雪子默默地接过照片瞟了一眼，又看了看背面，问道：“谁寄来的？”

“你应该认识阵场夫人，女子中学时代她姓今井 。”

“哦。”

“记不得是哪一天了，我在路上碰到她，说到你的婚事，就拜托了她。看来她很上心，寄来了这张照片。”

“……”

“这事儿用不着马上回复。其实，这一次我本想先调查清楚后再告诉你，可是倒像我要隐瞒什么似的，怕你会感到奇怪，还是先给你看看好了……”

雪子把照片放到交错搁板橱架上，走到走廊的栏杆边，呆呆地俯视着庭院。对着雪子的背影，幸子继续说：

“现在你什么也不用想，如果看不上就全当没听到这回事。不过人家特意来提亲，我想调查一下看看……”

“二姐，”雪子似乎想起了什么，缓缓转过身来，嘴角上勉强挤出一丝微笑，“亲事嘛，我也希望有人来提。与其完全无人登门，倒不如这个那个来提一提，感到有点奔头……”

“是吗？”

“只是希望在调查好了以后再相亲，其他的事不必为我想得太多。”

“真的吗？你能这样说，我再操心也值得。”

幸子装扮完了，说了声“我出去一会儿，晚饭以前回来”，便独自出门去了。雪子把她换下的衣服挂在衣架上，腰带和带扣也归到一起，然后凭栏观赏院子的景色。

芦屋这一带原来大部分是山林和旱田，大正末期才逐渐开发。这个院子虽然不很宽大，但是从院内尚留存的两三株大松树，还可窥见昔日风貌之一二。西北方向，透过邻家院子的树丛，可以远眺六甲一带的山岳丘陵。雪子偶尔去上本町的本家住四五天，回来后登楼凭眺，总有隔世之感。她现在俯瞰的南面一带，有草坪和花坛，再往前是一座玲珑的假山，开着雪白小花的珍珠梅，立在岩石砌成的悬崖上，下临一个已然干涸的池塘，在右侧岸边，樱花和紫丁香已是盛开。樱花为幸子之至爱，她认为哪怕在院子里栽一株也好，便可足不出户地赏花，所以，两三年前叫人栽下了这株樱花。每逢樱花时节，就在那树下摆上帆布折椅，铺上地毯，合家赏花。但不知何故，这株樱花长势不佳，每年挂的朵儿都很稀疏、瘦小，而紫丁香如今已像雪花一样盖满枝头，散发馨香。紫丁香树的西边，是还未吐芽的楝树和梧桐，楝树南边是一种法语叫"塞琳嘎"的灌木。雪子姐妹的法语教师塚本夫人是法国人，她说在她的祖国"塞琳嘎"漫山遍野，而来日本后却从未见过。她见这个院子里有这种灌木，感到十分珍奇，而且被勾起了乡愁。所以，雪子她们也开始留意这种树，翻检《法和辞典》，知道日语称之为"萨摩水晶花"，属于水晶花之一种。这种树总是在珍珠梅和紫丁香凋谢以后，同栽种在别屋篱笆附近的重瓣棣棠花差不多同时开花，现在才萌出一点嫩芽。那"萨摩水晶花"的对面便是舒尔茨家的后院，中间隔了铁丝网，沿着铁丝网栽种的梧桐树下，下午的阳光暖洋洋地洒在草坪上，悦子和罗斯玛丽正蹲在那里玩"过家家"。雪子从楼上的栏杆看下去，玩具的小床、西服衣柜、桌椅、洋娃娃，零零散散摆在地上，一览无余，历历可辨。两位少女清脆的语声清晰可闻。她们压根儿没注意到雪子在看她们，一心扑在游戏上。

罗斯玛丽左手拿着一个男娃娃说"这是爸爸"，右手拿着一个女娃娃说"这是妈妈"，把两个洋娃娃的脸贴在一起，口中吧唧一响。最初，雪子看不出来她在做什么，后来看久了，才看出她是让两个洋娃娃接吻，自已用舌头发出响声来模仿接吻声。罗斯玛丽又说"婴儿来了"，边说边从女娃娃的裙子下面掏出一个小洋娃娃，而且不止一次地重复这个游戏，不停地说"婴儿来了""婴儿来了"。雪子终于察觉到"来了"实际上是"生了"的意思。雪子心想，听说西洋人哄小孩说婴儿是鹳鸟叼来放在树枝上的，而她却懂得了是从肚子里生出来的。雪子忍住笑,一直悄悄地注视着两个女孩儿的游戏。

19

当年,幸子和贞之助新婚旅行时,住在箱根的旅馆里,曾谈及对食物的嗜好。贞之助问她最喜欢吃什么鱼?她回答说:“鲷鱼呗。”贞之助笑话了她好一阵,因为他觉得鲷鱼过于平凡。可是据幸子看来,这种鱼无论形态还是味道都是最具日本风味的,不喜欢鲷鱼的日本人简直就不像日本人。在她心目中只有自己生长的京都、大阪地区,才是味道最美的鲷鱼的产地,从而她隐含一种矜耀的心理,认为只有这些地方最能代表日本的风貌。同样,你要问她最喜欢什么花,她会毫不踌躇地回答说:“樱花。”

自《古今集》以来,有关樱花的诗歌何止千万?很多古人急不可耐地盼着樱花开满枝头,又百般惋惜樱花匆匆凋落,反反复复吟咏这一主题,留下无数诗歌。在少女时代,幸子读这些诗歌时,认为写得平凡,大都毫无感触,匆匆读过完事。随着岁月流逝,自己也亲身感受到昔人盼花、惜花的心声,绝非徒有言辞的自命风雅。因而每逢春暖花开时节,幸子总是邀丈夫、女儿和妹妹们去京都赏花,几年来从未误过一次,不知不觉竟形成了一种惯例。不过,贞之助和悦子有时因为上班和上学而缺席,但是幸子、雪子、妙子三姐妹却是每年必去。幸子在叹惜落花的同时,还痛惜两位妹妹的青春易逝,因此每年赏花时节,幸子口中虽没说,心里却在默念:今年恐怕是最后一次和雪子一起看花了吧。她的这种心情,雪子和妙子似乎同样体察到了,不过大致上不如幸子那样关心花事。可是,她们内心却总是乐于循此惯例踏青看花,而且从过了汲水节,就期盼着樱花开放,甚至连赏花时穿的外褂、腰带以及长衬衫等都在暗中准备着。那情形，旁人一眼就可看出来的。

终于，那樱花时节姗姗来临，虽有消息说哪几天花事最盛，最宜赏玩，但为了将就贞之助和悦子，必须选在星期六和星期日。至于是否正好遇上盛花时分，是否会遇上风雨，她们也不能免俗地和古人同样有种种担心。芦屋的分家附近也有樱花，坐在阪急电车上朝窗外望去，也可以远眺樱花如云的美景，并不一定要去京都。可是，幸子认为鲷鱼不是明石鲷就不鲜美，不是京都的樱花，看了也等于白看。去年春天，由于贞之助唱反调，提议偶尔改换游地，于是到锦带桥去了。可是回来以后，幸子怅然若失，说是“只有今年春天过得不像个春天”，还是逼着贞之助到京都去，总算赶上了观赏御室[①]盛开的晚樱。

按照惯例，他们在星期六下午出门，在南禅寺的瓢亭[②]提早吃了晚餐。观看了每年必不可少的都踊[③]以后，在归途中于祇园夜赏樱花，当晚投宿在麸屋町的旅馆，第二天从嵯峨去岚山，在中之岛的临时茶棚附近打开带来的便当盒用餐，下午返回市内，到平安神宫的神苑赏花。有时会让两位妹妹和悦子先回去，贞之助和幸子再留宿京都一晚，这一年一度的赏花盛事便在当天结束。

她们总是把去平安神宫安排在最后一天，因为这里神苑的樱花，在京都之内最是绚丽多姿，引人瞩目，圆山公园的垂枝樱已经衰老、姿色年年减退的今天，可说除了此处的樱花，无处能代表京都的春色。她们在每年赏花的第二天下午，从嵯峨方面回来时，正是春日日暮时分，特别选了这令人

---

① 御室：此处指位于京都右京区御室的仁和寺，寺内有二百多株重瓣樱花，四月下旬盛开，自古以来御室樱花深为人们所喜爱。

② 南禅寺位于京都左京区，是临济宗南禅寺派的大本山。瓢亭是寺前的日本餐馆，自古以南禅寺的门前茶屋闻名。

③ 都踊：每年四月一日到五月中旬，京都的艺伎在祇园花见小路的歌舞练场举办的舞蹈会演。

平添许多留恋惋惜的黄昏，曳着行乐半日稍感疲乏的双足，在这神苑的樱花树下徘徊。在池畔，在桥头，在花径曲隐深处，在回廊画檐之前，她们几乎在每一株樱花树下流连、欣赏、赞叹，抒发无限的深情。回到芦屋家中后，直到来年春天，一年之中，那众多的樱花颜色、枝条姿态，总是在眼前浮现，宛然一幅图画。

幸子他们今年也是在四月中旬的星期六和星期日到京都去赏花。悦子穿的印花绸子的长袖和服，一年也穿不上几次，去年赏花时穿的衣裳今年已经小了，加上本来她就穿不惯和服，今天穿来更显拘束。悦子今天破例薄薄地敷了脂粉，容颜为之一变。她每走一步都得提防脚穿的漆皮木屐滑脱。在瓢亭狭窄的茶室里，悦子坐在榻榻米上，因平常习惯穿西装，无意中敞开了衣服前襟，露出了膝盖，大人们打趣她说："喂，小悦，瞧你像个辩天小僧[1]。"悦子拿筷子的姿势不正确，是小孩子那种特有的奇怪拿法，再加上这身装束，袖子缠紧了手脖子，更加束手束脚，吃东西也不灵便。她想夹食案上摆的一团慈姑，那东西却从筷子中间滑落下地，沿走廊滚到院子里，在青苔上骨碌碌翻滚。悦子和大人一起高声大笑。这是今年赏花第一桩引人发笑的事。

第二天早晨，他们先到了广泽池[2]畔，在一株枝叶临水的樱花树下，以整个遍照寺山为背景，贞之助用徕卡相机为并肩而立的幸子、悦子、雪子、妙子照了相。关于这株樱花还有一段回忆：有一年春天，他们来这湖旁时，一位陌生绅士手持照相机，恳求她们让他拍照，于是任他拍了两三张，照完后他殷勤致谢，说是效果好的话一定寄给她们，然后记下地址道别而去。他没有爽约，十天后寄来了照片，其中最好的一张拍的是幸子和悦子伫立在樱花树下凝

---

① 辩天小僧：辩天小僧菊之助。河竹默阿弥（1816—1893）创作的歌舞伎剧《青砥稿花红彩画》中的有名盗贼，第三幕中他男扮女装在浜松屋骗了一百两钱，被人识破，他撩开后襟与人大吵。

② 广泽池：位于京都市右京区嵯峨，方圆一公里是赏花和赏月的名胜景点。

视湖面的背影。这张照片以泛起涟漪的湖水为背景,将母女俩无意间看得出神的姿态,甚至落花沾在悦子衣袖花纹上的风情,咏叹即将逝去的春天的心情都不假雕饰地表现出来。从那以后,她们每年来赏花时总要来这湖边,忘不了站在这株樱花树下凝望湖水,重拍这种姿势的照片。幸子还记得,湖畔的那条道路边,篱笆内有株好看的山茶花,每年都开出红彤彤的花儿,她也必定到那篱笆前流连一会儿。

她们走上大泽池的堤上看了一阵,然后走过大觉寺、清凉寺、天龙寺的门前,今年又来到渡月桥的桥头。正值京都赏花人如潮涌的高峰,此时又增添了一种异国情调,许多身着鲜艳的单色朝鲜服的朝鲜妇女,混杂于人流之中。走过渡月桥后,看到附近的水滨花荫里,三三五五的朝鲜妇女正蹲着吃午餐,其中竟有喝得酩酊大醉的。幸子她们去年在大悲阁、前年在桥头的三轩家打开便当盒用膳,今年选在法轮寺的山上。这个寺供奉了以十三朝拜闻名的虚空藏菩萨。[①] 餐后他们再次走过渡月桥,踏上了天龙寺北篁竹掩映的一条小路。“小悦,这里是麻雀住的地方!”[②] 他们说着朝野宫方向走去。下午起风了,突然有了一些寒意。待走到厌离庵的庵室,那入口处的一株樱花,让风吹落,竟纷纷扬扬飘了不少在姐妹们的衣袂上。后来,他们又一度经过清凉寺的门前,在释迦堂前的车站乘爱宕电车回到岚山。第三次走过渡月桥,在北桥头稍作休息以后,乘出租车前往平安神宫。

进入神宫大门,迎面就是大极殿,从西边的回廊踏进神宫,便有几株红垂樱——这是美名盛传海内外的樱花。今年,那花儿又是怎样一种风姿呢?是不是来迟了不能一睹花容?年复一年,跨进回廊之前,她们的心儿老是令人难以置信地怦怦直跳。她们今年也是怀着同样的心情穿过回廊的门洞,忽

---

① 在京都每年阴历三月十三日(现为阳历四月十三日),家长带领十三岁的少男少女盛装朝拜法轮寺的虚空藏菩萨。

② 典出日本传说《舌切崖》,故事中麻雀住在矮竹丛中。

地仰头看去,只见傍晚的天空上铺满了锦绣般的红云,大家不约而同惊叹一声“啊!”就在这一瞬间,两天来的赏心乐事达到顶点。这一瞬间的欢乐,正是去年暮春以来漫长的一年中大家所翘首等待的。他们想:啊!这就好了!今年我们赶上了樱花开得最娇妍的时候!在心满意足的同时,他们又愿望明年春天也能欣赏此花的国色天姿。只有幸子暗中思忖:明年我再度站在这花下时,恐怕雪子已经出嫁了吧?花落自有花开日,而雪子的青春却即将消逝,但愿这是她在家做老姑娘的最后一年!我自己虽不免寂寞,但为雪子着想,唯愿那一天早日来临吧。老实说,去年春天,还有前年春天,站在这株树下,幸子也曾沉浸在这种感慨之中,每次都以为这是最后一次和这位妹妹一起赏花。但今年又能在这花荫下看到雪子,真是不可思议!想到这里,她觉得雪子可怜兮兮的,不忍心正面去看她一眼。

樱花的尽头处,还有刚绽出嫩芽的枫树和橡树以及修剪成圆形的马醉木。贞之助让三姐妹和女儿走在头里,自己拿着徕卡照相机跟在后面;在走到白虎池长满菖蒲的水滨时,在苍龙池的卧龙桥石上人影倒映水中时,从栖凤池西侧的小松山走向大路、在一株株枝丫伸展堆云铺锦的樱花树下四人并排站立时;总之,凡是能够拍照的地方,他都一一摄下了她们的美景倩影。在这里,她们一行每年都要被一些素不相识的人摄入镜头,有礼貌的人会特意请求许可,没教养的人就擅自按下快门。她们对前一年在哪些地方做了什么事情,记得十分清楚,连一些微不足道的小事,走到那个地方,也会原原本本回忆起来,并照样再做一次。譬如,曾经在栖凤池东侧的茶室饮茶,在楼阁的桥栏杆上丢麸饼喂锦鲤。

“啊!妈妈,瞧新娘子!”突然,悦子叫了起来。原来,一对在神社举行了结婚仪式的新人从斋馆出来,准备上汽车,两旁挤满了兴致勃勃瞧热闹的人群。从这儿仅仅看见蒙着白色盖头、身穿礼服的新娘的背影,在汽车玻璃窗内晃了一下。实际上,他们在这里遇见新婚夫妇已经有好多次了。每逢这种场合,幸子总感到心里受到巨大的冲击,急忙走开。但雪子和妙子却意外地平静，有时还混在人群中等着看新娘走出来，事后还要详细告诉幸子新娘长相怎样，衣着如何。

那天晚上，贞之助和幸子留在京都又住了一宿。第二天，夫妇俩访问了幸子父亲在其全盛时期出资修建于高尾的神护寺境内的尼庵不动院，和院主老尼追忆亡父的生平，度过了闲静的半日。这里以霜天红叶享有盛名，但是现在为时尚早，树头一片新绿，只有庭院水管旁的花梨树，刚刚绽出一个花骨朵儿。他们一边欣赏这俨然世外的尼庵景致，一边喝了不少杯清冽甘美的山泉，然后趁着天还未黑，赶完两公里多山路，走下山来。

归途中，他们从御室的仁和寺门前经过，明知这里的樱花盛开尚需时日，幸子还是催促贞之助到树下休息一阵，尝一尝花椒芽酱烤豆腐串，于是又进了仁和寺。根据以往的经验，贞之助知道，这样磨磨蹭蹭到日暮时，幸子会想在外面再睡一宿。所以，随后在嵯峨、八濑大原和清水各处都未停留，意犹未尽地赶到七条车站时，已是下午五点多钟了。

两三天后，有一天早晨，贞之助上班去了，幸子像往常一样去整理书房，偶然发现丈夫桌上摆着一张写坏了的信笺，空白处用铅笔写下了这样的和歌：

四月某日于嵯峨

美人试春衣，
京畿嵯峨花盛时，
赏樱人如织。

在女子中学时代，幸子也曾一度热衷于写诗，近年来受到丈夫的影响，也常在笔记本上记下不假推敲的诗句，自得其乐。现在读了这首诗，忽地萌动了诗兴，早几天在平安神宫吟咏的一些句子，还未整理成篇，琢磨了一会儿，她想出来了：

平安神宫看落花有感

韶光去匆匆，
惜春心事付飞红，
依依藏袖中。

她用铅笔把诗抄在丈夫那几行诗后的空白处，照原样摆在桌上。贞之助晚上回家后，不知看到没有，什么也没说，幸子也忘记了。第二天早晨，幸子去收拾书房时，发现桌上那信笺还像昨天那样摆着，在幸子的诗后，贞之助像是为她修改似的，写了如下一首：

纵是赏花时，
也将花瓣来藏秘，
留得春踪迹。

20

“你将就一点儿得了，那样不要命地干，会累坏的。”

“可是，干起来了就不好歇手。”

今天是星期天，贞之助打算邀幸子前往他们上个月曾去赏樱的京都，欣赏郊野的新绿。但幸子说打早晨起就不舒服，身子疲倦乏力，贞之助只得作罢，下午，他就在院子里一个劲儿地除草。

当初买进这块宅地时，原业主曾说过，这院子里种了草也不能生长，贞之助不顾其忠告，硬是要人铺了这块草坪。由于他细心照料，好容易长成现在这个样子,不过与其他草坪相比,还是长势不良,也绿得晚些。贞之助自认负有首倡者的责任,比旁人多花一倍的心血来拾掇草坪。他发现草长得不好的原因之一,是早春刚出芽时麻雀就飞来啄食嫩芽,从此每年一到初春,他就拼命防止雀害,看见麻雀就扔石子赶跑,他还不厌其烦地要求全家人来驱雀,所以妹妹们经常打趣说:“喃,又到姐夫扔石子的时节了!”等到风和日暖了,贞之助经常像今天这样,戴着遮阳帽,穿上束脚裤子,拔掉草坪中杂生的荠草和车前草,或者用剪草机咔嚓咔嚓地修剪草坪。

“悦子她爸,蜜蜂,蜜蜂,大蜜蜂!”

“在哪儿?”

“喏,向你那边飞去了。”

阳台上已像往年一样搭起了遮阳苇棚。幸子坐在苇棚下一把带皮白桦圆木椅上,蜜蜂从她肩头掠过,绕着摆在中国瓷墩上的芍药花盆飞了两三圈,嗡嗡地哼着,又向开着红白花的平户百合的方向飞去了。丈夫埋头剪草,沿着那铁丝网渐渐钻进枝叶繁密的大明竹和橡树的暗丛中去了。从幸子这儿,越过一片平户百合花,只能看见丈夫遮阳帽的帽檐。

“蚊子可比蜜蜂厉害得多,戴着手套都给叮了。”

“那么,你就别干了吧。”

“你不是说不舒服吗?还出来干什么?”

“躺着反而觉得累,这样坐着稍微舒畅点儿。”

“累,是怎么个累法?”

“头沉得很……老想吐……手脚也没力……像是有场大病来呢。”

“说些什么呀,神经过敏!”突然,贞之助似乎松了一口气似的大声说:“啊,不干了!”说着站起身来弄得竹叶窸窣作响,扔掉掘车前草根的小铲子,脱下手套,手上露出蚊子叮的红包。他用手背拂去额上的汗,使劲伸直腰背并向后仰了几仰,然后,拧开花坛边的水龙头洗手。

“有祛蚊油吗？”他用手搔着手腕上红肿的地方走上阳台。

“春丫头，快拿祛蚊油来！”幸子向屋里高喊。

贞之助又走下院子，这次是去摘萎谢了的平户百合花。这里的百合花四五天前开得最旺盛，现在已经凋谢了六成左右，又脏又难看，特别是白花，像弄脏了的黄纸屑一样。他一一摘掉，再细心地掐去残留的髯状雄蕊。

“喂！祛蚊油拿来了。”幸子说。

“嗯。”贞之助应了一声，又去侍弄了一会，“这里叫她们清扫一下吧。”说着他走到妻子跟前接过祛蚊油时，“哎呀！”他瞅着妻子的眼睛突然惊叫。

“怎么了？”

“哎，你到这亮处来看看。”太阳快要落山了，苇棚下更加昏暗，贞之助把幸子拉到阳台尽头，让她站在傍晚的余晖中。

“嗯？你的眼睛怎么变黄了？”

“变黄了？”

“哎，眼白变黄了。”

“那么，是什么病呢？也许是黄疸吧？”

“可能是。吃过什么油腻的东西吗？”

“昨天不是吃了牛排吗？”

“对呀，就是它。”

“嗯，嗯，这就明白了——老是恶心想吐，一定是黄疸。”

幸子刚才听见丈夫失声惊叫，不由得大吃一惊。如果真是黄疸倒用不着如此担心了，她马上放下了心。说来有点奇怪，这时她反倒流露出了高兴的眼神。

“来，让我看看。”贞之助用自己的前额探了探妻子的额头说，“不怎么烫人。哎，把病拖重了就糟了，你还是去躺着吧。无论如何，得请栉田大夫来看一看。”说完他把幸子送到二楼，随后立刻给栉田先生挂了电话。

栉田先生在芦屋川车站附近开诊所，因为诊断准确，医术高明，在当地很受欢迎,他总是在晚上巡回出诊,经常过了十一点还没回家吃晚饭,很不容易找到他。所以,非请他不可时,贞之助就要挂电话给一位叫内桥的老护士请托一番。但若非重病,他是不会在病家希望的时间来的,甚至可能爽约,所以在电话中要把病情讲得严重一些。这一天,也是等到过了十点。“栉田大夫今天说不定要我们白等了。”两口子嘀咕着。快到十一点时,门前响起了汽车停车的声音。

“这是黄疸,没错!”栉田大夫说。

“昨天吃了一大块牛排。”

“就是这个原因,好吃的吃多了……最好每天喝些蚬子酱汤。”

他说话爽快,也是因为太忙了,所以总是简单、匆匆做出诊断,又匆匆如风地走了。

从第二天起,幸子开始过病室生活,时卧时起,并不十分难受,但也没有明显好转。原因之一正当入梅之前,既不下雨也非天晴,天气异常闷热;另一个原因是这样讨厌的天气已经持续多日,纵令没有生病、身体挺得住,也无处可去。幸子两三天没有洗澡,她换下有汗臭味的睡衣,并叫阿春拿来洒了酒精的热毛巾给她擦背。这时悦子上来了。

“妈妈,壁龛里插的是什么花呀?”

“罂粟花。”

“我觉得那花儿可怕。”

“为什么呢?”

“我看见那花,就觉得要被它吸进去似的。”

“真的。”

确实如此,孩子的话往往一语中的。这几天,幸子总感到待在病室里像有什么压着她头似的,感觉沉重,原因似乎就在眼前,她却找不出来,现在让悦子一语道破了。看来,那壁龛上的罂粟花的确是一个原因。这种花成片开放在田野里很美,但这样孤零零地插在花瓶里、摆在壁龛上,看着有些令人害怕,“要被吸进去似的”这句话颇为贴切。

“真的,我也有这种感觉,不过大人反而说不出来。”雪子也不无钦佩地说,她急忙把罂粟花撤下来,换了配有燕子花和山丹花的盆花。可是,幸子瞅着这盆花也觉得郁闷,倒不如什么花也不要,她求丈夫挂一幅清爽的和歌挂轴,虽然时令还早了一点,不过还是在壁龛里挂了一幅香川景树[①]所作和歌《夏日傍晚岭上骤雨》的条幅:

骤雨爱宕峰,
清清峰下清泷河,
如今想应浑。

可能是病室这样的陈设多少有些效果,第二天,幸子感觉心情舒畅多了。下午三点过后,她听见门铃响,接着似乎传来了客人的脚步声。这时阿春上楼来说:“丹生夫人来了,和一位叫下妻、一位叫相良的夫人一块儿来的。”

幸子和丹生夫人已久未见面,丹生夫人曾两次来访,她都不在家,若是她只身前来,是不妨请她来病室叙谈的。但是,幸子和下妻夫人过从并不怎么亲密,尤其是相良夫人连名儿都没听说过,一时不知怎样应付才好。这时要是雪子能代为接待就好了,不过,雪子决不愿意与不熟识的人应酬。如果推说有病请她们吃闭门羹,又觉得对不起跑了几趟空的丹生夫人,正赶上自己也苦于百无聊赖,于是她要阿春先去致歉,说自己因为身体不适,时卧时起,衣着不整,叫阿春先把客人请进楼下客厅。随即,她急忙坐在梳妆台前,在有脏污的脸上敷了一层白粉,换上一件清爽的单衣,走下楼来,足足用了三十分钟。

“请让我介绍一下,这一位是相良夫人。”丹生夫人指着身穿道地美国式

---

① 香川景树(1768—1843):日本江户后期的歌人。创始模仿《古今集》的桂园派歌风,主张以优美纤细的笔触率直地呗咏真情实感,有歌集《桂园一枝》等,对后世的影响延续到明治时期。

西服、一看即知是出洋归来的夫人说,“她是我女子中学时代的好友,相良先生在邮船公司工作,他们夫妻俩以前一直住在洛杉矶。”

“非常高兴和您见面——”说话间幸子马上后悔不该见这些客人,她最初也曾犹豫,如此病容憔悴时是否适合会见初次见面的客人,但没料到这位夫人竟如此时髦。

“您生病了?是哪儿不舒服?”

“得了黄疸病,您瞧,眼睛发黄了吧?”

“可不是,很黄呢。”

“您很难受吧?”下妻夫人问道。

“是呀……不过今天好多了。”

“真是对不起,这种时候来打扰您。丹生夫人,都怪您不机灵,我们在门口告辞就好了。”

“啊,怎么都怪我呢?你真坏。莳冈夫人,实情是相良夫人昨天突然来了,她对关西不怎么了解,我答应为她当向导,我问她想看什么,她说让我带她见见阪神地区有代表性的夫人。”

“啊,所谓代表性,是哪个方面的代表性呢?”

“你这样问倒把我难住了,反正是各个多方面的代表,我琢磨了半天,最后选中了您。”

“瞎胡闹。”

“不过,我认为是您够格才让我盯上了,即使您有点儿病,您也一定会坚持和我们聊一会儿。啊,还有……”丹生夫人说着,把进门时就搁在钢琴座椅上的包袱解开,拿出两盒又大又漂亮的西红柿说:“这是相良夫人送的。”

“哟!真漂亮!这是什么地方出产的呀?”

“相良夫人自家院子里种的,哪儿都买不到这么好的西红柿。”

“可不是吗?……对不起,您府上在哪里?”

“住在北镰仓。不过,我去年回国以后,在家里只系(是)住了一两个月。”

这个“系”和那位俄国老太太的“细”,同样是奇怪的说法,幸子自己也学不像,她想要是让以模仿这类缺陷为能事的妙子听听就好了,想到这里她不禁暗自笑了。

“这样说起来,您去什么地方旅行了吧?”

“在医院里住了一段时间。”

“啊,什么病?”

“严重的神经衰弱。”

“相良夫人得的是富贵病。”下妻夫人插嘴说,“不过,在圣路加医院[①]住下去也不错吧?”

“那儿靠海,很凉快,特别是夏天住在那儿更好。不过,离中央市场太近,常常吹来带腥臭味儿的风。另外,本愿寺[②]的钟声也很刺耳。”

“本愿寺都成那样的建筑了,还打钟吗?”

“嗬,就系(是)嘛!”

“我总觉得会鸣汽笛什么的。”

“还有,教堂也打钟。”

“哎,”下妻夫人突然叹了口气说,“我也许要去圣路加医院当护士了。喂,怎么样?”

“那敢情好。”丹生夫人轻描淡写地搪塞了一句。

幸子早就听说下妻夫人家里有些不称心的事,感到她这句话意味深长。

“话说回来,听说在胳肢窝下夹饭团能治疗黄疸。”

“啊?”相良夫人正在用打火机点烟,诧异地瞪着丹生夫人的脸说,“您

① 圣路加医院:圣路加国际医院,位于东京市京桥区(现中央区)明石町旧侨民居留地内,当时以外科、妇科为其专科。

② 本愿寺:此指筑地本愿寺,位于东京都中央区三丁目,原寺毁于1923年9月1日关东大地震后的火灾。新寺由东京理工大学名誉教授、建筑史学家伊东忠太设计,外观不同于其他日本寺庙,为石头钢筋水泥的印度式建筑,竣工于1934年。

可真知道不少奇闻怪事呢。”

“说是在两边胳肢窝下夹上饭团，饭团会变黄。”

“那饭团想想也脏呀。”下妻夫人说。

“莳冈夫人，您夹饭团吗？”

“没有，我今天才初次听说呢，原来知道喝些蚬子酱汤有效。”

“这种病无论如何也花不了几个钱。”相良夫人说。

幸子看三人带了那么些礼物，察觉到了是想让自己留她们吃晚饭。但是她一想到吃晚饭还要等两小时，便和最初预想的相反，觉得陪她们这么长的时间太难熬了。她认为相良夫人这种类型的女人，无论风度、态度，言谈、举止，哪一方面都是道地的东京气派，她觉得难于应付。她在阪神地方的太太们中间，也算得上是能讲东京话的佼佼者了，但是在这位夫人面前，总觉得有点怯场。甚至可以说，她感到讲一口东京口音有点浅薄无聊，所以想故意不讲东京话而多说本地方言。另外，那位丹生夫人平常和幸子说大阪话，今天为了陪客而满口东京话，简直判若他人，使交谈很难融洽。诚然，丹生夫人虽是大阪人，因为曾在东京上女子学校，和东京人交往很多，能讲流畅的东京话也毫不足怪。可是，她今天那东京话竟讲得如此得心应手，幸子感到对长期交往的丹生夫人还有不尽了解之处。今天的丹生夫人完全不像平日那样稳重，无论是使眼色的方式、嘴唇两端往下撇的样子，还是吸烟时食指和中指夹烟的姿势，都与以往不同。也许讲东京话首先就要从此类表情和动作开始，否则就不够意思，但是，怎么会使人觉得连人品都突然变低劣了呢？

要是平时身子稍许不舒服，幸子也会强打起精神周到地应酬，唯独今天听着她们叽里呱啦，竟焦躁起来，心里觉得厌烦时，身体也更加倦怠，最后脸色也变得难看了。

“喂，丹生夫人，久坐不很方便吧——咱们告辞吧。”下妻夫人机警地说着，一边站起来。幸子连勉强挽留她们的样子也没做一个。

21

幸子的黄疸虽然不很严重，但恢复得很慢，直到入梅后才开始好转。有一天，姐姐打电话来探问病情，顺便告诉了她一个意外的消息：这次姐夫升任东京丸之内支行行长，最近本家就会从上本町举家搬往东京。

“嗯，什么时候走呢？”

“你姐夫下个月就要在东京上班，必须让他先去东京，等找下住所我们随后再去。不过，孩子们要转学，最晚八月底以前也得走了……”姐姐说着说着呜咽起来，在电话中也听得很分明。

“早就有消息了吗？”

“哪里？真是突如其来的，连你姐夫也说从来没听说过。”

“下个月不是太急了吗？大阪的房子怎么处理呢？”

“怎么处理才好，压根儿还没考虑。我做梦也没想过要搬到东京去呀。”

一打电话就说个没完的这位姐姐，刚要挂断又说了起来，反复了几次，足足讲了三十分钟，絮絮不止地倾诉着：有生以来从未离开大阪的土地，到三十七岁这年却不得不离开，多么辛酸……

姐姐说，亲戚和丈夫的同事都异口同声祝贺荣升，无一人能理解她的心情。偶尔向谁吐露一言半语，人家听了只是一笑置之，说她时至今日还如此因循守旧，并不认真搭理她。的确如他们所说，这既非远赴异国外邦，也非投身交通闭塞之穷乡僻壤，而是去东京中心丸之内任职，有幸迁居天子膝下，还有什么值得悲伤的呢？她自己也未尝不作如是想，并在心中自宽自解，但一想到要离开大阪这块住熟了的土地，就不由得悲伤起来，甚至流下眼泪，连孩子们都笑话她。

幸子听姐姐这么一说也觉得可笑，她也未尝不能体谅姐姐的心情。姐姐很早就代替母亲照料父亲和妹妹们，父亲去世，妹妹们渐渐长大成人的时候,她又招了女婿生了小孩,和丈夫一起尽力挽回日渐衰落的家运,在四姐妹中数她操劳最多。从某种意义上说,她接受的是最旧式的教育,至今还保有昔日那种不轻易抛头露面的大家闺秀的纯洁气质。现如今大阪的中产阶级太太们活到三十七岁还未去过东京,简直匪夷所思,而事实上姐姐一次也没去过。当然,大阪家庭里的女孩儿一般不像东京的姑娘那样外出旅游。幸子和两个妹妹也很少去过京都以东的地方。尽管如此,由于有学校组织的修学旅行等机会,三姐妹都曾去过东京一两次。然而,姐姐老早就承担起了家务,根本没有空闲去旅行,另一方面,她笃信天下没有比大阪更好的地方,看戏有雁治郎[①],下饭馆有播半和鹤屋[②],足以令她心满意足,从来不想去陌生的地方。所以,纵有外出的机会她也让给妹妹们,自己乐得留在家里。

姐姐现在上本町居住的也是一幢纯大阪式的古色古香的建筑。从高墙门进去便是有棂子格门窗的房屋,从大门的土间起到后门,中间穿过一个中庭,庭中栽有树木花草,光线微弱,使得室内哪怕是白昼也是昏昏暗暗的,只有擦得光滑铿亮的铁杉柱子在暗中熠熠发光。幸子她们不知道它是什么年代修建的,大概是一两代以前的先祖所建,作为别第和隐居处所,有时又租借给分家和析居另住的族人使用。她们原来住在船场的店铺里面,到了父亲晚年,时兴住宅与店铺分开,她们才搬来这里。因此,她们住的时间也不长,不过在幼年时代,有些亲戚们住在这里时,也曾来过几次,加上父亲又是在这里咽气的,所以对这个家有特殊的记忆。幸子察觉到姐姐对大阪故乡的一片深情中,对这个家的执着恐怕占了相当大的比重。尽管幸子为姐姐的古板恋旧感到可笑,但当她在突然听见这个消息时,也不免大吃一惊,因为她想到今后再也不能去那个家了。平时,她老爱和雪子、妙子背地里说那幢房子如何不好,什么“再也没有那样光线差、不利于健康的房子了”,什么“真不懂住在那

① 雁治郎:此指第一代中村雁治郎(1860—1935),继承关西歌舞伎精髓的著名演员。

② 播半、鹤屋:同为大阪代表性的高级饭馆,前者在南区末吉桥,后者在东区今桥。

里的姐姐他们是什么样的心情”，什么“我们住上三天一准会头痛”等。不过，从此以后，大阪的家就全然乌有了，也丧失了故乡的依托之处，幸子自然产生了一种难以言状的寂寞感。

说到底，自从姐夫放弃世代经营的祖业而充任银行职员以来，本就有转至地方支行任职的可能，姐姐说不定哪一天就要离开这个家。然而，不论姐姐还是幸子和妹妹们，都从没想到这种可能性，这便是她们的迂阔之处。不过，在八九年前，曾有一次上司要调辰雄去福冈支行，当时辰雄报告上司，因家庭关系实难离开大阪，宁可不加薪也希望留在现在的职位上，终于得到同意。此后，银行方面也考虑到了他是世家女婿的身份，好像默认了唯独他不再调任外地。尽管从未得到明确的认可，但她们却无形中认定了能够永远定居大阪。因此，这个消息对于她们不啻晴天霹雳。这次调动一是银行高层有人事变动，改变了方针，二是辰雄也希望能晋升，哪怕是离开大阪也成。因为在辰雄看来，和他同年辈的人都先后出人头地了，唯独自己是“吴下阿蒙”，未免窝囊；另一方面，这几年孩子也多了，生活费用也看涨，由于经济界的变动和其他原因，再也不能像以前那样依赖岳父的遗产过日子了。

幸子十分同情姐姐被迫离开故土的酸楚，自己也对那个家依依难舍，本想尽早去看望姐姐，但是老有事儿缠着，磨磨蹭蹭又过了两三天。姐姐又打电话来说：“不知什么时候才能再回大阪，已经决定便宜一些租给‘音爷爷’一家来住，顺带也请他们守着这个屋。眼看就到八月了，必须收拾好行装，我最近每天都趴在仓库里。父亲去世以后，家具、器物都堆积在仓库里，看着这七零八落、堆积如山的东西，我一直茫无头绪，不知从哪儿着手才好。这些东西中或许有我们不用而你看得上的，你还是来一趟吧。”

“音爷爷”叫金井音吉，是父亲以前在滨寺的别墅使唤的一个老爷子。如今他儿子娶了媳妇，在南海[①]的高岛屋百货店干活儿，他也过上了悠闲的日子，但是自那以后始终还有来往，所以托他们一家子看管家屋。

---

① 南海：南海电铁，连接大阪与和歌山的南海电铁干线的终点站难波车站有高岛屋百货店。

接到第二个电话的第二天下午，幸子回本家去了。一进门只见中庭那边的仓库门正开着，幸子在左右两扇分开的门口叫了声“姐姐”朝里走去，姐姐正在楼上蹲着，头上包着头巾，全神贯注地清理东西。正值梅雨季节，仓库里潮润润的，充满了霉味儿。姐姐的前后左右，都是码得五六层高的旧箱子，箱子皮上写着“红漆胡桃木腿食案二十只”“汤碗二十只”等字样，旁边有一个长方形衣箱，箱盖已经打开，里面装满了小盒子。姐姐小心翼翼地解开盒子的缘带，把志野窑[①]的点心碟、九谷[②]产的酒壶等等一一检查后放归原处，把要带走的、要留下的和要处置的东西一一分开。

“姐姐，这是不要的？”幸子问她。

“嗯、嗯。”姐姐心不在焉地答应着，一双手忙个不停。幸子忽然看见姐姐拿出来的箱子里有一方端砚，马上想起了当年父亲被蒙哄买下它时的情景。父亲这人对书画古玩毫无眼力，却有个毛病，认为无论什么东西只要价格高准不错，经常被人糊弄买下一些毫无价值的货色。这方砚石也是一个经常来往的古董商送来的，开口要价几百元，父亲二话没说就买下来了。幸子当时正好在场看见，幼稚的她心里在嘀咕：一块砚石值那么多钱吗？父亲既不是书法家也不是画家，买那玩意儿干什么？更糊涂的是和这方砚石一起，他还买了两块治印的鸡血石。父亲一位挚友，擅长写汉诗的医学博士，不久就到花甲寿辰，父亲准备选一些祝词刻在印石上赠以庆贺，谁知那篆刻家却把石头退回来了，说是非常抱歉，石头有杂质，不宜雕刻。但这又是花了大价钱买下来的，舍不得丢，就长期收藏在一个什么处所，后来幸子也见到过几次。

“姐姐，不是有两块叫鸡血石的石头吗？”

“嗯……”

“那东西还在吗？”

---

① 志野窑：古田织部指导濑户的陶工烧制的一种陶器，乳白色杂以红赤色的火色，自古以茶具闻名。

② 九谷：位于石川县，所产彩画瓷器为日本代表性的瓷器之一。

“……”

“喂，姐姐！”

“……”

姐姐正把一只写有“高台寺泥金画文卷箱”字样的小箱子搁在膝上，手指死劲插进关紧了的箱盖缝隙间，一心想把它掰开，幸子的话她像是一句也没听见。

幸子很少看见姐姐这个模样，争分夺秒、专心致志地干活，甚至连别人说话也充耳不闻。要是让知道的人瞅见，谁都会称赞她是一位能干、勤勉的主妇，但实际上姐姐并不能干。每逢发生了什么事情，一开始她就茫然不知所措，精神恍惚，过一阵子，就像今天这样鬼神附体似的干开了。因此，旁人见此情景，一定会认为她是一位舍死忘命干活的能干妻子，其实她只是陷入亢奋状态，昏头昏脑地瞎忙乎罢了。

“姐姐可真有意思，昨天她在电话里哭出了声，说什么‘哪怕我说得流泪也没人听，幸子你一定要来听我说一说’，但是，我今天去看她，她却一头钻在仓库里整理东西，我叫‘姐姐’她都不吭一声。”傍晚，幸子回来后和妹妹们谈着。

“姐姐不就是那么个人吗？”雪子也说道，“你们等着瞧，等她缓了这口气，一准又会哭鼻子的。”

隔一天，姐姐打电话叫雪子去一趟。雪子说“这次让我去看看她是个什么样子”便去了，住了一个星期才回来。

“行李似乎大致整理好了，不过姐姐还是那副鬼神附体的架势。”雪子说着笑了起来。据雪子说，姐姐叫她去看家，因为夫妻俩要回名古屋辰雄的老家辞行。她去后第二天即星期六的下午他俩动身，星期天深夜便回来了。可是，那以后的五六天中，姐姐每天伏在书案前练习写字。问她为什么练字，她说在名古屋还走访了辰雄的一些亲戚，受到了盛情款待，必须给每家写封致谢信，这对于姐姐来说无异于一项大工程。特别是辰雄的嫂子书法上乘，姐姐想写得毫不逊色，于是铆足了劲儿练字。平日给名古屋这位嫂子写信时，她案头总是摆着字典和《尺牍文范》，草书的写法也毫不含糊地查清，遣词造句反复斟酌，打几遍草稿，写一封信就要花一整天时间。何况这次要写五六封，光草稿就不容易完成，所以，她成天就鼓捣这事儿。而且，她还拿着草稿给雪子看，商量怎样修改："雪妹，这样写行吗？还有什么写漏了的？"今天，直到雪子要回来时，好不容易才写了一封信。

"总之，姐姐每逢要去银行董事家里问候的时候，早两三天就暗暗背诵准备要说的话，甚至自言自语地念叨。"

"所以我说呀，这回去东京的事来得太突然，所以前些日子总是悲悲戚戚、哭哭啼啼的，不过，她现在已经做好思想准备了：没事儿，既然这样，干脆尽早去东京，非让亲戚们大吃一惊不可。"

"真的，姐姐总是把这些事情看作人生的意义。"

你一言我一语，三位妹妹把姐姐笑话了好一阵。

22

辰雄从七月一号起开始在丸之内支行履职，所以六月末就先行赴京，暂且在麻布的亲戚家寄居，自己着手同时也委托他人寻找适合的住房，终于在大森找到一栋，大体定下来后就写信回来了。信中还说，全家人过了八月的地藏盆节[①]后，于二十九号星期天晚上乘夜车赴东京，辰雄提早一天于星期

① 地藏盆节：阴历每月二十四日是地藏会，七月二十四日最接近盂兰盆节（七月十五日），以近畿地方为中心的地区盛行地藏盆节。大正以后，已改为阳历八月二十四日举行，地藏菩萨是儿童的守护神，当地儿童聚集参拜地藏菩萨，近似于儿童游戏集会，因为靠近盂兰盆节，同时也举行仪式祭奠先人。

六回大阪，出发的当夜在车站上再次与前来送行的亲戚朋友话别。

姐姐鹤子自八月以来，挨家挨户去向亲戚和丈夫银行方面的熟人辞行，每天走一两家，该去的都去了，最后才到芦屋的分家幸子这儿来住了三两天。这与徒具形式的辞行有所不同，这一阵子为了迁居，准备万端，忙得她晕头转向，“鬼神附体”似的干了这么久，她也该休息几天了，另外，时隔多年，姐妹四人能亲密无间地轻松聚会，从容述说对关西的依依不舍，姐姐很珍惜这一段时光。鹤子说这几天想要把一切通通忘掉，于是托付音爷爷的老婆看家，一身轻松自在，只有三岁的小女儿让保姆背着带来了。说真的，四姐妹上次像这样集合在一个屋顶下，不受时间限制，悠闲地谈心聊天，还不知是哪年的事儿了。仔细想来，时至今日，鹤子只来过芦屋分家几次而已，都是趁着家务活的间隙来坐一时片刻。而幸子去上本町的本家时，因为有一大帮孩子缠着，也没有空闲能安静地说会儿话，至少可以说这姐妹俩出嫁后从没有说私房话的机会。因此，姐姐也好妹妹也好，早就盼着这一天来临。这件事想说说，那桩事儿要问问，从做姑娘时起直至如今，十几年中该积累了多少话题啊。

可是，等到这天姐姐住到这里时，竟是那样地疲乏不堪，不只是这一阵子累的，简直是十几年来操持家务的疲劳一齐涌出来了。首先，她叫人来做了按摩，大白天都趴在楼上寝室里，无拘无束地随意躺着。幸子想到姐姐对神户不太熟悉，打算带她上东方饭店和南京街的中国饭馆，可是姐姐推辞说，与其去上馆子，倒不如就在这里毫无顾虑、悠闲自在地伸展胳膊腿儿，即使没有美味佳肴，茶泡饭也能心满意足。也是因为炎天暑热，前后三天时间，她们没有好好儿说过一次话，就这样无所事事地过去了。

鹤子回去后又过了几天，眼看再过两三天就要动身了。这一天，亡父的一位妹妹、姐妹们称为“富永姑母”的老太太突然来访。幸子从未见过的这位姑母，冒着酷暑从大阪赶到这里，幸子察觉到一定有什么事情，而且是什么事也大体猜出来了。不出所料，她正是为雪子和妙子的事来的。姑母说:“至今为止本家在大阪,两位妹妹两边轮换住住也没有什么,但是今后就不能这样了。因为她们原来是属于本家的人,应当借此机会和本家一起到东京去。雪子也没有什么需要准备的,希望她明天就回上本町去,和全家人一起动身。妙子因为有工作,为了处理善后,多少晚一点也是没有办法,但是,希望她在一两个月以后也一定要到东京去。当然,这并不是叫她停了工作,到东京以后也不妨专心去制作偶人,何况在东京从事那样的工作,有利条件更多一些。你姐夫也说了,这工作已经开始得到社会的承认,只要她态度认真,也允许她在东京拥有工作室。其实,上次鹤子来这里就应该和你们谈这个问题,但是她是来休息的,不想提起这些沉重的话题,所以什么也没说就回去了。鹤子说辛苦姑母去说一说,今天我就是受鹤子委托来的。”

自从听说本家要迁到东京那天起,幸子就料到这个问题迟早会提出来,两位当事人虽然口里没说,心中却颇为郁闷。这一段日子,鹤子准备搬家忙得不可开交,雪子和妙子当然知道,不待说也该回上本町去给姐姐帮忙。可是她俩都尽量避免到本家去,这主要是为了先发制人,借以表示她们希望留在关西的意愿。尽管如此,雪子还是被叫去住了一个星期。妙子突然声称活儿忙,成天躲在工作室里,连芦屋的分家也几乎不来落脚,只是早几天姐姐来时回家歇了一宿,大阪更是压根儿没回去过。

姑母还说:“这些话只在这里说说,我听说是因为和辰雄关系不好,雪子和小妹不愿回本家。但是,辰雄绝不是雪子她们所想象的那样一个人,对她俩也没有任何意见。他是名古屋的旧家庭出身,考虑问题非常古板。因此,像这次搬家,她俩不跟随本家而留在大阪叫人看着不光彩。说得难听点,这关系到他这个姐夫的面子问题。如果她俩说了也不听,鹤子可就夹在中间左右为难了,所以这次我特地来拜托你,因为她俩听幸子你的话,由你去好好说服她们。请你不要产生误解,我虽然这样了,但是绝没有把她俩不回本家一事归咎于你的意思。她们都是通情达理的大人了,照说早已到了做太太的年龄了，不用说，她们自己不愿意，旁人无论怎么说，也不会像哄小孩那样轻易把她们弄回去。但是，无论由谁来说都不如请你出面有效，这是我们商量好了的，请你一定答应。”

姑母接着问道：“今天雪子和小妹都不在家吗？”她这时说的是过去的船场方言。

“妙子近来一直忙着做偶人，很少回来……”幸子让这种老古董的语言吸引住了，不觉也用方言说，“雪子在家，把她叫来吗？”

刚才听到姑母在大门口的声音后，就不见雪子的人影了，幸子估摸她大概是逃到二楼躲起来了。幸子上楼，透过帘子看见雪子果然在那六铺席间的寝室里，坐在悦子床上，在那里低头沉思。

“姑母到底来了。”

“……”

“怎么办呢，雪子？”

尽管日历上已经入秋了，但这两三天酷暑卷土重来，和盛夏不相上下，这间通风不良的房间充满了热气，连雪子也罕见地穿上了乔其纱的连衣裙。她自知身体过于纤细不宜穿西服，不太热时都是规规矩矩穿着和服、系上带子，一整夏只有那么十来天热得不堪忍受时，才穿上这身衣裳。而且，只在中午到傍晚这一段时间，在家人面前穿穿，甚至还不愿让贞之助看见这副模样。贞之助偶尔看到她这身打扮，就会想到今天真是热到顶点了。他看到藏青色乔其纱连衣裙下面露着的肩胛骨，瘦得可怜，瘦削的肩膀和胳膊上的皮肤白如冰雪，一见便使人顿生凉意，甚至觉得连汗也倏忽间消了。她自己虽不知道，但旁人看她一眼不啻如服了一剂清凉剂。

“她说了要你明天就回去，和大家一起走。”幸子说。

雪子默默地低着头，如同裸体日本偶人似的，一双手无力地耷拉在两侧，一双赤脚踩在床旁悦子当足球踢的一个玩具大橡皮球上，待脚心热了，又把球滚到另一边踩着。

“小妹呢？”

“小妹有些工作没完，没叫她马上就走，但是以后一定得搬去，据说这是姐夫的意思。”

“……”

“姑母说得很委婉，不过，归根到底他们认为是我要留着你，她是来说服我的。虽然很遗憾，不过，请你也考虑一下我的处境吧。”

幸子一方面怜惜雪子，另一方面，由于人家动辄说她把雪子当家庭教师使唤，致使她对这些责难产生了强烈的对抗情绪。本家的姐姐有一大帮小孩，好歹都由她一个人拉扯，而分家的妹妹仅有一个女儿需要照料还要借助他人，假如社会上有这样的议论——甚至雪子也多少有那样一点施恩的想法——那就伤害了幸子作为母亲的自尊心。的确，眼下雪子在为她代劳，但是，不能说没有雪子她就不能教好悦子，何况雪子早晚要出嫁，自己不能总是依靠她。雪子走后悦子自然会觉得寂寞，但她不是不懂道理的孩子，一时的寂寞肯定能够忍受，她决不会像雪子担心的那样哭闹撒娇。自己仅仅是想给迟迟未婚的妹妹一种安慰，并不打算强留雪子而得罪姐夫，既然本家要带雪子回去，劝说雪子服从命令才是正理。而且，好歹让雪子回去一次，让雪子也让其他人看看，没有雪子她自己也能教好悦子，这也许不失为一个好办法。

“这一次，你还是看在富永姑母的面子上回去吧。”雪子只是无言地听着，但是从她萎靡不振的神态可以推知她的心思，既然幸子的话说得这样清楚，她也只好听从了。

“去了东京以后，也不是就不回来了……前一阵子阵场夫人说的那件婚事，还一直搁着的。但是，如果要相亲什么的，必须要你回来的，即使不相亲也一定有其他的好机会。”

“嗯。”

“那么，我就对姑母说你明天一定回去，行吗？”

“嗯。”

“既然这样定了,那就打起精神去见见姑母吧。”

雪子要稍微化个妆,换下连衣裙穿上单和服。幸子先下楼来到客厅里说道:

“雪子马上下来。她很懂道理,完全答应了,您就不用再提这事了。”

“是吗? 那我这一趟也算没白跑了。”

姑母的心情全变好了。贞之助也快回家了,幸子劝她慢慢地吃了晚饭再回去,她谢绝道:“不不,我还不如早点回去,好让鹤子放心。可惜这次没见着小妹,请幸子替我好好说一说吧。”等到傍晚稍微阴凉了些,她就回去了。

第二天下午,雪子和幸子、悦子简单地告了别,说是“出去一下”就走了。住在芦屋期间,出客的衣服都是根据需要,三姐妹互相换着穿用。她的行李只有自己几件丝绸单衣和替换的内衣内裤而已,还有一本没读完的小说,一齐包在一个小小的绉绸包袱皮里,由阿春拎着送到阪急线车站。那行装甚至比出门旅行两三天的还要轻简。昨天富永姑母来时,悦子正在舒尔茨家玩耍,到晚上才告诉她这件事,说雪子只是暂时去帮帮忙,不久就回来。所以,正如幸子预想的那样,悦子并未怎样追着赶着要雪子。

启程那天,辰雄夫妇和以十四岁孩子为首的六个小孩,加上雪子,全家九人,另外带了女佣和保姆各一人,共计十一人,在大阪站搭乘那趟晚八点半开的列车。幸子照说应去送行,但她担心自己去了恐怕会使姐姐哭得更难看,有意回避,只有贞之助一个人去了。候车室里早已安排了专人接待,前来送行的将近一百人,其中有蒙受了先代恩顾的艺人,新町①和北新地②的老板娘和老妓女也混杂其中。虽然不再有昔日的威势,但是作为一个依然以旧时名

① 新町:位于大阪市西区的红灯区,宽永(1624—1643)年间的妓女聚集到这里形成了红灯区,与京都的岛原、江户的吉原齐名。

② 北新地:位于大阪市北区的红灯区。

望为豪的世家，这举家迁离故土的场面也是与之相称的了。妙子一直躲到最后一天也没去本家露面，临到要开车了，她才跑到站台上，在一片混乱中和姐夫、姐姐简单地道了别。她正要回去，从站台走向检票口途中，身后有人说：

"非常冒昧，您是莳冈家的小姐吗？"

妙子回头看时，原来是位叫阿荣的老妓女，当年善舞，在新町一带颇有名气。

"是啊，我是妙子。"

"是妙子小姐吗？您在家排行第几来着？"

"我是最小的。"

"啊，是小妹哪，长这么大了，念完女子中学了吧？"

"哈哈……"妙子笑着把话岔开了。每当别人把她当作刚从女子中学毕业不到二十岁的小姑娘时，她都这样老练地敷衍过去。在父亲事业的全盛时代，阿荣就已是徐娘半老了，她常到船场的家里来请安，家里人都亲热地叫她"阿荣姐、阿荣姐"。妙子当时不到十岁，说来这已经是十六七年前的事情了，从那时算起，应该算出妙子不至于那样年轻。想到这里，妙子心里不由得暗笑。她自己也明白，今天晚上她又特别穿戴着小姑娘间流行的帽子衣服，也难怪阿荣估摸不准。

"小妹多大岁数了呢？"

"已经没那么年轻了……"

"您还记得我吗？"

"嗨，记得的，您是阿荣姐吧？……您可是一点儿也没变呢。"

"哪能没变呢，早就成老太婆了。——你怎么不去东京呢？"

"暂时还要在芦屋的二姐家住一阵子。"

"是吗？本家的哥哥姐姐走了，一定很寂寞呢。"

妙子走出检票口，便和阿荣分手了，刚走两三步，又让一位绅士叫住了：

"您不是妙子小姐吗？好久不见了！我是关原。这一次莳冈君荣迁——”

关原是辰雄的大学同学，在位于高丽桥附近的三菱系的某家公司任职。辰雄刚入赘莳冈家时，他还是单身，常来他们家玩，跟鹤子的妹妹们也熟悉了。他结婚以后，又被派往伦敦的分公司任职，在英国侨居了五六年，直到两三个月前才调回大阪总公司。妙子听说过他最近回国的消息，但是已有八九年没见面了。

“我刚才就看到小妹了。”关原马上不叫“妙子小姐”，恢复用昔日的称呼“小妹”，“真是很久不见了，最后一次看到您过去多少年了呢。”

“恭喜您这一次平安归国！”

“啊，谢谢！刚才在站台上一晃看到您，我想肯定是小妹，但是，又觉得看上去太年轻了，所以……”

“嗯，嘿嘿！”妙子像刚才一样敷衍地笑着。

“这样说来，和莳冈君一起上火车的就是雪子小姐？”

“是的。”

“我刚才错过和她打招呼的机会了，你们俩实在太年轻了！这样说也许有些失礼，我在外国的时候，也老是回忆船场时代的往事。这次回来时我又想过，雪子自不必说，多半妙子也结婚了，而且成了好太太、做妈妈了。后来听莳冈君说您两位都还待字闺中，我总觉得自己离开日本五六年不是真实的，像是做了一个长梦似的……说这些也许不合适，真叫人不可思议！不过，今天晚上看到你们，雪子也好，小妹也好，都还那么年轻，又使我大吃一惊，我甚至都怀疑自己的眼睛呢！”

“嗯，嘿嘿！”

“不不，真的，这绝不是奉承话。说来也是，像你这样年轻，还没有结婚也就不足为怪了……”关原赞赏地从上到下打量着妙子，问道：“怎么，幸子小姐今天晚上没来吗？”

“二姐躲开了，她说姐妹们分手的时候哭哭哭啼啼地让人笑话。”

“啊，原来如此！刚才我向令姐告辞的时候，她满眼含着泪水，到现在她的感情还那么丰富呢。”

“哪有去东京还哭鼻子的人呢，别人会笑话的。”

“不，没有那回事。像我这种人，时隔多年，又看到了日本女性这种真情流露，倒勾起了怀旧之感……小妹留在关西吗？”

“啊，我只是暂时……因为这边还有些事情……”

“啊，对了对了，我听说小妹都成艺术家了！我听说了，真了不起！”

“得了吧，这些奉承话一准是你从英国学来的。”

妙子记得关原爱喝威士忌，看来他今天晚上也灌了好几杯。当关原邀请说“怎么样？到那边去喝喝茶”时，妙子巧妙地摆脱了他，匆匆向阪急车站方向跑去。

23

拜启

分别后，每天忙得写信的时间也没有，很久没有问候，恳请原谅。

出发之夜，火车开动后，姐姐强忍住的眼泪一时夺眶而出，她只好将脸别在卧铺窗帷后面。随后秀雄发高烧伴有腹痛，一夜上了多次厕所，闹得姐姐和我也几乎彻夜未眠。更麻烦的是原指望在大森租住的那栋房屋，房主因故突然解约。这件事在出发前一日东京方面就已告知，但事到临头无计可施，只有如期动身来京。好歹住进麻布的种田先生家中，直至今天。突然之间多达十一人要加以照应，给种田先生全家带来多大的麻烦可想而知。秀雄及早请了医生，诊断为急性肠炎，昨日已开始好转。住房之事经多方托人寻找，终于在涩谷的道玄坂找到了一栋，是供出租的新建房屋，楼上三间，楼下四间，也没院子，月租五十五元。虽然还没去看过房子，其狭窄可知。看来很难住下这一大家子人，但不想再麻烦种田先生，宁可不久再搬也要暂且住进去，所以决定这个星期天搬家。房子位于涩谷区大和田町，下个月可以装上电话。姐夫去丸之内大厦上班，辉雄去新学校上学都较方便，而且听说那地方对健康也有益。

暂且禀告至此。

请代为问候贞之助兄并小悦、小妹。

雪子

九月八日

又及：

今晨凉风侵肤，东京已是满目秋天景象，你们那儿又是如何呢，请多保重身体。

幸子收到这封信的那天早晨，关西地区一夜之间变得秋高气爽。悦子上学去后，幸子和贞之助面对面坐在餐厅里读报，报上刊登了“我航空母舰飞机空袭汕头和潮州”的消息，这时，幸子闻到从厨房飘来煮咖啡的浓香。“秋天来了！”她突然抬起头来对贞之助说，“你不觉得今天早晨的咖啡特别香吗？”

“嗯……”

贞之助应了一声，仍然全神贯注地读着摊开的报纸。这时，阿春端咖啡进来了，托盘边上摆着雪子的来信。

幸子正在想他们已经走了十几天怎么还不见消息，便急忙剪开信封，看那草草的笔迹，像是抽空匆忙写成的，她立刻体会到姐姐和雪子忙碌到何等程度。麻布的种田是姐夫上面的哥哥、商工省的官吏，幸子姐妹十几年前在姐姐的结婚典礼上见过他一面，现在连他的模样都记不清楚了，姐姐恐怕也不常见到他。只是因为姐夫从上个月起在他家寄居，这一大家子只得暂且住进了他家。姐夫和他是同胞手足自无不可，而姐姐和雪子来到一个陌生的地方，而且住在名古屋男方的亲戚家，对方又是大伯子，该是何等困窘？雪上加霜的是，正在这时孩子又生病了，还要请医生来看病。

"那封信是雪妹来的？"贞之助终于眼睛离开了报纸，端起咖啡杯问道。

"我正在想他们怎么不写信来，出了麻烦了。"

"究竟是怎么回事？"

"哎，你看看吧……"幸子说着把三张信纸递给了丈夫。

又过了五六天，才收到辰雄迟迟寄来的铅印的住所变更通知，通知上还有调职的致辞，对此前众人送行的致谢之语，而雪子自那以后再没有写信来。只是音爷爷的儿子庄吉去帮他们搬家和探望，星期六晚上赶赴东京，星期一早晨回来后，受托到芦屋来报告了一些东京新家的情况。他说，昨天星期天已经顺利地搬了家，在东京租的房子比大阪的粗糙得多，特别是门窗很差，隔扇更是质量低劣。房屋面积是：楼下四间分别是两铺席、四铺席半、四铺席半、六铺席大，楼上三间分别是八铺席、四铺席半和三铺席大。但由于是"江户间[①]"，八铺席只相当于"京间"的六铺席，六铺席只相当于"京间"的四铺席半，所以十分狭窄简陋。如果说到优点，因为是新建住宅，给人感觉很明亮，坐北朝南，光照很好，比上本町那栋阴暗的房子有益健康。自己家里虽没有院子，但是附近有许多豪华的邸宅和庭园，环境闲静幽雅。从那里走到道玄坂，就有繁华的商店街，还有好几家电影院。孩子们什么都觉得新鲜，反而像是喜欢东京似的，秀雄也全好了，这个星期就要上附近的小学念书了等。

"雪妹怎么样？"

"好着呢。秀雄少爷闹肚子那一阵，雪子小姐护理他，比护士还要得法。这是太太说的，她感动得不得了。"

---

① 江户间：江户（东京旧称）测量房间面积时使用的单位，五尺八寸为一间，现在以六尺（1.818 米）为一间，关西现在还是以六尺五寸或六尺三寸为一间，称为京间。

“悦子生病时她也是照看得很周到，我已经料到她对姐姐是大有帮助的。”

“可怜的是住在那样一栋屋子里，小姐连个房间也没有。现在楼上那个四铺席半的房间，既当孩子们的学习室，又当小姐的寝室。老爷也说了，如果不快点儿换一所大屋子，让雪子单独住间房，她就太可怜了。”

这位庄吉很健谈，说完这些他又压低嗓门补充说：

“雪子小姐回去了，老爷可高兴呢，喃，我看得很清楚，他不想让她再走掉，所以，一个劲儿地讨好小姐，尽可能不去磕碰她。”

听他说了这些，幸子大体可以想象出东京的情况了，但雪子还是毫无音信。幸子又想，雪子虽然不像姐姐那样，但也把写信看得很郑重，平常就懒于动笔。加之她没有自己的一间房，难以静下心来写东西。想到这里，她对悦子说：

“小悦，你给二姨写封信吧。”便让悦子在妙子的偶人明信片上简单写了几句话寄出去了，但是雪子仍然没有回信。

过了二十号，就是赏月的中秋之夜了。贞之助提议说：“今天晚上我们集体写一封信寄给雪子吧。”大家一致赞成，晚餐后，贞之助、幸子、悦子、妙子四人，坐在楼下日本式房间的缘廊里，缘廊上已摆好了赏月的供品，他们叫阿春磨墨，随后展开卷筒信纸写起来。贞之助写了一首和歌，幸子和悦子写的类似俳句，妙子对这些都不擅长，就对着月轮悬在松间的景色一挥而就，画了一幅水墨写生画。

庭中松郁郁，静待丛云流逝尽，展枝揽圆月。 **贞之助**

圆月下，唯缺一人影，惹情思。 **幸子**

二姨呀，今夜在东京，看月亮。 **悦子**

随后就是妙子的水墨画。幸子的“圆月下”那首俳句，最初写作“缺了一人影”，悦子那首原写作“二姨呀，在东京看见，月夜啊”，都由贞之助做了改动。最后贞之助说：“春丫头，你也写一首吧。”阿春立刻拿起笔，出人意料流利地写了出来：

团团月，开始看得见，出云中。 **阿春**

阿春字写得不怎样好，又是出奇的小。之后，幸子抽下一枝供月用的狗尾巴草，把那花穗剪下来，放进卷筒信纸里。

24

寄出这封信后不久，幸子就收到了雪子的回信，说是她满怀喜悦地反复读览了他们的诗画。十五那天夜里，她也在二楼独自眺望窗外的明月；读着这些诗句，去年在芦屋中秋赏月的情景宛如昨日，云云；那笔调颇有点伤感。自那以后，又暂时绝了音信。

雪子走后，幸子决定在悦子的床下敷一个睡铺，由阿春陪着她睡。过了半个月，悦子讨厌阿春了，便换上阿花。才过了半个月，她又厌烦阿花了，又让做杂活儿的阿秋来顶替。前面已经交代过，悦子不像个小孩，难以入睡，睡前总要兴奋地说二三十分钟话，而这些女佣谁也不能陪着她聊半小时，总是比悦子先睡着了。这好像是悦子焦躁的原因。她越焦躁就越睡不着，甚至半夜暴躁地跑过走廊，“吧嗒”一声拉开父母寝室的隔扇，一边哭着大声嚷嚷：

“妈妈，我怎么也睡不着！阿春真讨厌！她睡着了‘呼噜呼噜’直打鼾，讨厌！太讨厌了！我要杀死阿春！”

“你这样兴奋反而睡不着，不要勉强睡，你要这样想，睡不着没关系，去试试看。”

“可是，现在睡不着早晨就困得起不来……不是又会迟到吗？”

“嚷什么呀，那么大的声音，安静点儿！”幸子训斥着，又送她回寝室哄她睡觉。无论怎样还是睡不着，悦子哭诉着：“睡不着呀，睡不着呀！”惹得幸子大动肝火，忍不住又骂了她一顿，于是悦子更闹得昏天黑地。屋子里闹出这么大的动静，那女佣仍然呼呼大睡。

近来幸子老觉得心慌，知道该打针了而又懒得打。她心想今年又到了“缺B”的季节，家里人好像都多少有点脚气病的光景，悦子会不会是这个原因呢？幸子想到这里便用手摸摸她的胸部、把把脉，觉得有点心跳过快。第二天，尽管悦子怕痛，幸子还是强按着她注射了维生素B，以后隔日一次，连续打了四五针，结果心悸消失了，脚步也轻松了，身体也不感觉那么疲乏了，不过悦子的失眠却越发严重了。幸子本以为不必请大夫来出诊，就打电话和栉田医生商量，他建议临睡前服一片阿达林[①]试试。但是，悦子服一片效果不大，增加剂量早晨又睡不醒。早晨幸子见她睡得正香，就让她睡下去，可是当她醒来看见枕旁的小钟，就哇的一声哭起来：“今天又要迟到了！”她大喊大叫道，“这么晚了，我不好意思去学校了！”既然如此，要是把她叫醒不让她迟到，她又说“我昨晚一会儿也没睡着”，说罢怒气冲天地把被子蒙着头又睡，再醒来时又哭着说是迟到了。

悦子对女佣的爱憎变化也很剧烈，厌烦起来什么极端的话都说得出口，动辄喊要杀这个要杀那个。而且，她正当发育时期，原来就食欲不振，自从有了这个毛病，每餐只吃一点点，还只爱吃那些老人喜好的东西，什么盐海带、冻豆腐干之类，勉强吞点儿茶泡饭。她喜欢那只母猫铃铃，每当吃饭时总把它唤到脚下，给它各种各样吃的，稍微油腻点儿的食物，大部分喂了铃铃。她还有极严重的洁癖，吃饭时，她经常呶呶不休地抱怨她的筷子被猫沾了，被苍

① 阿达林：二乙溴乙酰脲，镇静药。

蝇叮了，被用人的袖子碰了，要放进沸水里烫上两三回。侍候她吃饭的用人也都心照不宣，每次开饭时总是先备下一大壶热开水放在餐桌上。她特别害怕苍蝇，真让苍蝇叮着食物了自不必说，但凡看见苍蝇飞到近处，就说苍蝇叮过了而拒绝吃那东西，或者执拗地追问周围的人有没有被苍蝇叮过。还有就是，由于筷子没有夹住，哪怕食物落到刚洗过的桌布上，她也说是弄脏了而不吃。有一次，幸子带她到水道路散步，她看见路旁有一只死老鼠，蛆虫在里外蠕动。她从旁边已经走过去半里路了，好像打听什么可怕的事情似的，紧挨着幸子身边小声问：

"妈妈……我没有踩到那只死老鼠吧？……我衣裤上没有蛆虫爬吧？"

幸子大吃一惊，不由得盯着她的眼睛。她俩为了避开那只死老鼠，是从旁边四五米远的地方绕过去的，怎么也不应该产生那种错觉。

还在念小学二年级的小姑娘也会患神经衰弱吗？幸子过去并不怎么担心，还老是骂悦子。但她从死老鼠的事情上察觉到了事态的严重性，第二天就把栉田医生请来了。医生的意见是，小儿患神经衰弱症绝不少见，恐怕悦子就是患了这种病。虽然他认为并没有什么大不了的，但他还是准备介绍一位神经科医生，请他来看看，自己只治疗脚气病。他说神经科医生以西宫的辻博士为好，他会打电话请辻先生今天前来出诊的。傍晚，辻博士来了，诊察过后，又问了悦子一些问题，最后诊断为神经衰弱，并且说了一些注意事项：首先必须完全治愈脚气病；可以服用药物以增进食欲，要改正偏食的习惯；上学要随心情而定，迟到早退都无妨，但也不可停学到外地疗养，因为精神无所寄托就容易产生各种各样的妄想；不要使她兴奋，即使她说了错话也不能斥责她，必须循循善诱；等等。说完他便告辞了。

雪子不在这里的结果竟以这种形式在悦子身上表现出来，幸子很难这样断定，她也不愿意这样想。但是，对付悦子实在是很棘手的事情。她不知道怎样做好，有时甚至想哭。每逢这种时候她就想：如果是雪子在这种场合，一定会很耐心地说服悦子，使悦子听从。幸子思之再三，悦子的病不可等闲视之,事关重大,若向本家暂借雪子来住一阵,他们也不会有异议吧。即使不说借,只要写封信让雪子知道悦子的情况,她一定会不待姐夫同意就飞奔前来。但是,即使是不怎么要强的幸子,要这么做也有点难为情:不到两个月就服输了,要讨救兵,暂且再看看吧……哎,只要自己还能勉强应付下去……她就这样左思右想挨过了一些日子。

至于贞之助的态度,不用说是反对把雪子请来的。原来,吃饭时筷子用热开水消毒好几次,连掉在桌布上的食物都不肯吃,这些都是幸子和雪子教给悦子的,她们自己早就是这样做了。贞之助也曾不断提醒幸子:那些做法不妥当,会把她侍弄成神经质的懦弱的孩子。要想矫正这些习惯,首先大人得以身作则,哪怕冒点险也要吃苍蝇叮过的食物给她看看,吃了没有生病,事实会教育她的。"错就错在你们总是严格要求消毒,而不注重生活规律,最重要的是要让她过有规律的生活。"但是贞之助的主张无论如何也行不通。幸子认为,像丈夫那样身体健康、抵抗力强的人,不理解自己这样娇弱而易生病者的心情;贞之助却认为,筷子沾上细菌就染病的机会只有千分之一,如果因为害怕得病而采取那些做法,抵抗力会越来越弱。这边说,对女孩子而言,优雅的风度比有规律的生活更为重要。那边说,不对,那是陈旧的观念,哪怕在家吃饭和游戏的时间也要有规律,不能放任散漫。这边说:"你是毫无卫生观念的野蛮人!"那边回答道:"你们那种消毒方法一点也不合理!筷子用开水或茶烫一烫,也不一定就能杀死细菌,何况,在食物送到你们面前之前,天晓得它在什么地方接触过什么不洁的东西。你们误解了欧美人的卫生思想,上次那些俄国人不是毫不在乎地吃生牡蛎吗?"

本来,贞之助信奉放任主义,特别是对女孩子的教育,他历来主张都交给母亲。但是,最近随着卢沟桥事变的发展,有朝一日可能会要妇女在后方执行任务,想到这一点,贞之助便忧虑起来。今后女孩子如不锻炼得刚健一些将会懦弱无能。有一次,贞之助看见悦子和阿花玩"过家家",悦子竟拿一管旧注射器往麦秆做的洋娃娃胳膊上打针。他想,这是多么不健康的游戏。他认为这也是幸子她们的卫生教育的余毒造成的。他一直在考虑今后更需要设法纠正。只是,关键在于悦子最听雪子的话,而雪子的做法又得到妻子的支持,如若自己干涉不当有令家庭徒生风波的危险,所以他只有静待时机。现在雪子走了,从这一点看,对于贞之助似乎是件好事。本来贞之助深切同情雪子的境遇,女儿的教育固然重要,如加干涉就不能不考虑雪子精神上所受的打击。既要使雪子离开悦子,又不使雪子产生偏见、觉得自己“碍事”了,这绝非易事。而这一次问题自然而然地解决了。贞之助成竹在胸,只要雪子不在,妻子自好对付。他对幸子说:“同情雪子的心情,我和你都是同样的。如果雪子自己说想回来,我不拒绝,但为了悦子去叫她回来,我难以赞成。的确,她照料悦子很有办法,如果请她回来,无疑暂时会有所帮助。但是依我看,悦子之所以得了神经衰弱,说远一点,也跟你和雪子的教育方法有关。因此,即使忍受一时的困难,也要趁此机会消除掉雪子对悦子的这些影响,以后再慢慢地顺其自然地改变原来的教育方法。暂时还是不要让雪子回来为好。”贞之助就这样劝阻了幸子。

到了十一月,贞之助因公出差到东京去了两三天,初次访问了涩谷的本家。孩子们已完全习惯了新的生活,东京话也讲得很好,能够在家庭和学校分别使用不同方言。辰雄夫妇和雪子也很高兴,都挽留他说:尽管屋子狭窄简陋,还是住在家里吧。可是房子实在太挤,贞之助只得住在筑地,不过碍于礼节,仍在本家住了一晚。第二天早晨,辰雄和孩子们都出去了,贞之助趁雪子上二楼去拾掇房间的空隙,对鹤子说:

“雪妹的情绪也好像稳定下来了,还行呢。”

“这个,怎么说呢,看上去像是没什么,但是……”鹤子说,“刚搬到这里的时候,雪子也高高兴兴地帮着做家务,照看孩子。现在呢,也不能说她改变了态度,不过,她老是待在楼上那间四铺席半的房间里不下来,不大见她的人影。我上楼一看,有时她坐在辉雄的桌子前面托着腮寻思,有时抽抽嗒嗒地哭泣。起初是十来天哭一次，现在却越来越频繁了。遇到这种时候，她就是下楼来了也是半天不吭声，甚至当着人面也忍不住眼泪吧嗒吧嗒往下掉。辰雄和我对待雪子都相当小心谨慎，也想不出有什么事伤了她的心。归根到底，只能说她是留恋关西的生活，无妨说是犯了乡愁病吧。为了排解忧愁，我劝她继续学茶道和书法，但她全不理会。"鹤子接着说，"由于富永姑母巧言劝导，雪子老老实实地来了，我们打心眼里高兴。但是万万没想到这竟令雪子这样痛苦、难受，如果说她住在这里痛苦得要哭，我们也还有办法可想，可是究竟为何雪子那样厌恶我们呢？"说到这里鹤子自己也哭了起来，"我们虽然有点怨雪子，但是看到她那一味愁思苦想的样子，又可怜又心疼。我也想过，既然她那么留恋关西，倒不如依了她的心愿。尽管辰雄不会同意她长期待在芦屋，不过，现在这里房子小，可以让她住到我们换了宽敞的房子为止。不行的话，哪怕让她去住上个把星期十来天，使她得到一点安慰，精神振作一点也好。哎，话虽这么说，没有个恰当的借口还是不成。反正，雪妹现在这个样子，我都不忍看下去，我们比她还难受。"

听了姐姐这番话，贞之助说："这种情况想必使您和姐夫为难了，不过，这事幸子也有责任，实在抱歉。"他也只能说这些应酬话，至于悦子生病之事，当然只字未提了。回来以后，和幸子谈起东京的事情，幸子询问雪子的近况，他只好如实相告，把鹤子的原话一字不漏地讲给她听了。

"我也没想到雪妹会那样讨厌东京。"

"说到底，还是不喜欢和姐夫住在一起吧？"

"说不定也有这个原因。"

"对了，是想见见悦子吧？"

"总之，有各种各样的原因，雪妹这个人本来就不服东京的水土。"

幸子回忆起，雪子从小就有忍性儿，无论有什么痛苦都缄口不言，只是独自低声啼哭。此刻，她仿佛看见了妹妹倚着桌子偷声饮泣的模样。

25

为了治疗悦子的神经衰弱症，除了时时让她服用镇静剂溴化钾之外，幸子还采用了饮食疗法。幸子发现，即使是油腻的食物做成中国菜，悦子也很喜欢吃，这使她多吸收了一些营养。到了冬天，悦子的脚气病也好了。学校的老师告诉她要注意恢复健康，不必担心功课。这样，由于各种措施奏效，她的病情渐渐好转，当然不必再求助于雪子了。但是，幸子自从听到东京的消息后，总觉得不见雪子一面心里就不踏实。

现在想来，富永姑母前来说项的那天，自己对雪子的做法未免过于冷酷，不应该用那种命令似的口吻撵她走。既然妙子能够延期两三个月，自己也该有点人情味，帮雪子讲讲话，多少也给她一些宽限就好了。可是，竟然连从容惜别的时间都没有给她。特别是那天，她莫名其妙地产生了强烈的赌气的情绪，没有雪子我也干得了，结果采取了那样无情的态度；而雪子却一言半句牢骚也没发，温顺地听从了。现在回想起来，雪子真是又可爱又可怜……幸子现在才明白，当时雪子之所以情绪还不错，轻松得像是出去旅行似的拎着点行装就走了，正是因为她自己随口安慰了一句什么：过不多久就会找个借口叫你回来。雪子信以为真，为了使本家满意，就跟着他们去了东京。可是事后幸子却毫无动静了……而且只有自己一个人跟着去了东京，妙子却稳坐钓鱼台，到现在还留在关西逍遥自在地生活……幸子想，雪子自然会认为只有她一个人是傻瓜，上当受骗了。

幸子想，既然姐姐是这样一种心情，本家方面大概没有什么阻碍了，但不知丈夫的意见如何？也许贞之助会说“等一段时间为好”，或者说“既然已经过了四个月了，悦子也安定下来了，让雪子回来住上十天半个月也无妨”。幸子想，还是到开春以后再和丈夫商量商量吧。正巧在一月十号前后，一直没有消息的阵场夫人来信了，信中说：“去年曾寄上某人照片的那件事,究竟怎样了?当时您说不能很快答复,要求暂且等待一下,所以我们一直在等着。是不是令妹无意呢?如果没有缘分,麻烦您退还照片。如果多少有些意思,现在也还不迟。不知后来你们是否调查了对方的情况?大体上就是他本人在照片背面上写的那些情况,此外没有什么值得奉告。只是写漏了一点,他自己没有财产,全靠工薪维持生活,希望您理解这一点。因此,也许令妹有不尽满意之处,不过对方已将府上的情况全都调查清楚了,令妹的芳容他好像在何处看见过,所以他表示久等无妨,务望成全这段姻缘。这是他通过滨田先生热诚地提出来的。好歹要让他们见上一面,我在滨田先生面前才能保住面子……”这于幸子可谓雪中送炭。于是她写了一封信给姐姐,并随信寄去原来收到的野村巳之吉的照片和阵场夫人这封信。幸子在信中说:“这门亲事不知姐姐意下如何?阵场夫人似乎急着要让他们见面,因为有前车之鉴,雪子可能会说不先调查了解不愿意见面。因此,如果你们同意的话,可由我们尽快进行调查,但我们首先想听听姐夫和姐姐的意见。”过了五六天,姐姐极为罕见地写了一封长信寄来:

拜复

给你们拜个晚年!为你们合家团聚、欢度新年感到高兴!我们这里人地生疏,没感觉到多少新年的气氛,匆匆忙忙就过完了松之内[①]。早就听说东京冬天特别寒冷难耐,没有一天不刮那有名的干风,三九之后更是严寒沁骨,真是有生以来第一次领教。今天早晨连毛巾都冻成棍子一样,咔吧咔吧直响,这在大阪是前所未见的。据说东京旧市区多少会好一点,而我们这一带地势高,邻近郊外,更加寒冷,全家人先后患了感冒,连女佣们都病倒了,唯独我和雪妹只是有点鼻塞,几天就好了。但是,这里与大阪相比,灰尘较少,空气清新,这也是事实。证据是衣服领

① 松之内:日本从1月1日至7日,门前饰有松枝,此期间称为松之内。

子不易弄脏,一件衣可穿十天左右还不怎么脏。你姐夫的衬衣在大阪仅能穿三天,在这里可以穿上四天。

至于雪子的婚事,总是由你们操劳,实在感谢不尽。那封信和照片我马上给你姐夫看过并和他商量了。最近他的心境变了,不像以前那样说三道四了,大体上是听任你们处理。只是认为,一个农学士四十来岁还是个水产技师,以后估计不会增加工薪了,也无希望升迁,再加上没有什么财产,将来的生活不会富裕。但是,若雪子本人情愿,你姐夫也不反对。至于相亲之事,只要她本人有意,你们不妨安排个适当的时机,任何时候均可。本来依照先后顺序,应在详细调查以后再见面,不过,对方既然希望早日见面,那就把详细调查推迟到见面之后也行,你看如何呢? 我想你大概已从贞之助那里听说了吧,对雪子我也束手无策,正在考虑找个机会让她上你那儿去一趟。昨天我也稍微试探了一下雪妹,她只顾眼前,听说能回关西,连相亲的事儿都马上答应了。今天早晨她突然精神焕发,满面春风,使我目瞪口呆,我完全不明白她是怎样一个人了。

只要你们大致把日子定下来,我这里随时叫她动身。我和她说了相亲完后四五天再回来,但是也可延迟几天,我会和你姐夫说好。

来东京后一直没给你写信,一写就拉长了。我现在也觉得背冷如凉水泼,拿笔的手也冻僵了。芦屋很暖和吧? 但也请你多多保重,不要得了感冒。

请代向贞之助问好!

鹤子

元月十八日

幸子不太熟悉东京,说起涩谷或者道玄坂附近,都涌现不出什么实感,只有任意驰骋自己的想象,勾勒出一个与大阪完全不同的环境。她还记得,她曾坐在东京山手线[1]电车上浏览窗外郊野的村镇——幽静的山谷，起伏的丘陵，众多的树林，三三两两的人家错落其间，那后面扩展开的是一眼望去凛冽、清澈的苍天。当幸子读到“背冷如凉水泼”“拿笔的手也冻僵了”这些话时，便想起凡事都墨守成规的本家，在大阪的时候冬天也几乎不使用火炉。上本町的家中客厅里装有取暖的电炉，但实际上只用于偶尔来客的场合，而且是极冷的日子里，平素只用火盆取暖。过去，幸子前往拜年，和姐姐相对而坐时总会感觉“背冷如凉水泼”，往往患了感冒回来。据姐姐说，在大阪只到大正末期，家庭暖气才逐渐普及，连凡事追求豪奢的父亲，也只是在逝世的前一年，才开始在居室里安装了煤气火炉，而且他说装了只是显摆，实际上并不怎么用。“我们都是从小不论多冷也只用火盆取暖，就这么长大的。”诚如鹤子所说，幸子也是和贞之助结婚数年后，搬到芦屋来时才用上了火炉。一旦尝到甜头就觉得冬天无它不可，反觉得孩提时代竟然靠一个小小火盆熬过了冬天，简直不可思议！然而，姐姐到了东京还在一味因循守旧。幸子想：“只有结实的雪子才能忍受，若换了我岂不会得肺炎。”

确定相亲的日期一事，滨田在阵场夫人和野村之间居中联络，很费了些周折。因为对方提出希望尽量在节分[2]以前见面，幸子便立即通知姐姐把雪子送来，这是这个月二十九号的事。幸子吸取了上次打电话的教训，让丈夫火速在别屋的书房里装上了电话。三十号下午收到了姐姐寄来的明信片，说是最小的两个孩子一起患了流感，四岁的女儿有可能转成肺炎，全家乱成一锅粥。本该雇用护士，但是房子太窄没法住，而前阵子雪子照看秀雄比护士还使人放心，就没再请护士了。因此，她们希望阵场夫人暂时宽延些时日。最后，她又补上一句：“梅子终于并发了肺炎。”幸子看这事情不像是十天八天能了结的，只好先向阵场夫人说明原委，要求延期。阵场夫人答复说：“他说等多久也不在乎，您就不必担心了。”只是幸子想起雪子动不动被当作护

① 山手线：东京市内的环行电车线。

② 节分：立春（立夏、立秋、立冬）的前一日。

士使唤,尽干些苦活儿,更觉雪子可怜。

在推延相亲的期间,原先安排的调查已有进展,信用调查所的调查报告寄来了。报告说野村的地位是高等官三等,年薪三千六百元,另有奖金若干,月平均收入为三百五十元左右。其父似在家乡姬路经营旅馆,现在老家已无房产。亲属中一胞妹嫁给东京一位姓太田的药剂师,在姬路有两个叔叔,一人是古董商兼教授茶道,一人在注册处任司法书士。另外就是这个表兄滨田丈吉,现任关西电车公司经理,这是唯一值得夸耀的亲戚和靠山。(另外,此人又被阵场夫人称为恩人,据说其丈夫曾在滨田家看门,滨田家恩准他白天上学晚上看门。)报告书上记载的大体就是这些。此外,调查结果表明正如野村所言,其昭和十年死去的前妻,确系死于流感,两个孩子的死因也绝非遗传性疾病,等等。其次,关于本人的品性,贞之助通过多方面打听,了解到并无其他缺点。只有一个怪毛病,据其兵库县政府的同事说,野村经常极突然地自言自语,说些毫无意义、不着边际的话,自以为旁边没有听者,实际上往往被人听见了。时至今日,同事中无一不知,而他已经故世的妻子和小孩也熟知他有这个毛病,都笑话他是“说古怪话的爸爸”。举一个例子,有一次,他一个同事在县政府厕所里蹲着,听到间板隔壁像是进来了一个人。过一会儿,便听见那边问,“喂!喂!您是野村先生吗?”反复问了两遍,同事差一点就要回答:“不是,我是某某人。”此时这位同事意识到,那是野村本人的声音,他又在自言自语了。与此同时,同事想到野村一定不知道隔壁有人,心生怜悯,便屏声静气地蹲着,但是,等了很久还不见他出来,已经蹲累了,也就先走出去了,没让野村看见他是谁。野村可能也知道了隔壁有人走出去,会觉得“这可糟了”,可是他终究不知道那人是谁,以后他便若无其事似的照常工作去了。情况就是这样,自言自语说的都是些天真幼稚的话,正因为如此,更使听者感到突然和可笑。虽然他的自言自语像是无意说出来的,但也并非毫无意识,很明显,有人在场时他不会说,要是不担心旁人听见,他就令人吃惊地大声嚷嚷,这时碰巧在暗地听到的人就会吓一大跳，怀疑他是否发疯了。

好在这不是一个特别打扰别人、令人不快的毛病，也许也不是大不了的事。但是，挑来挑去，还是不要挑选这种人做丈夫为妙。更要命的是，从照片上看他似乎远不止四十六岁，像个五十开外的老爷子。幸子认为这是最大的难点，可以说十之八九雪子不会中意，不难预料，第一次见面就注定会落选。因此，幸子夫妇对这桩婚事并不抱希望，但是要用这个借口把雪子叫来，好歹也得让他们见上一面。这便是幸子夫妇真实的心情。而且，反正这桩婚事谈不成，也就没必要让雪子知道这些讨厌的事情，所以他们商量好了不告诉雪子他有这毛病。

26

今日乘海鸥号动身　雪子

悦子从学校一回来，就请妈妈和阿春帮着在客厅里搭架子，准备摆列偶人。这时，等待已久的这封电报送来了。

按照关西的习惯，女儿节[①]一般要晚一个月，说起来离现在还有一个月。但是，四五天前，收到雪子来信说近几天要回家，而妙子凑巧为悦子做了一个菊五郎[②]演的《道成寺》偶人。幸子突然想起说：

① 女儿节：日本依地区不同，在阴历或阳历三月三日为家中的女孩儿过节，陈列精美的古装偶人。

② 菊五郎：此指第六代尾上菊五郎（1885—1949），大正（1912—1926）以降风靡一世的歌舞伎名演员。

“小悦，这个偶人也和女儿节偶人摆在一起吧，我想偶人也欢迎二姨回来。”

“怎么啦？妈妈，偶人节不是在下个月吗？”

“桃花还没开呢。”妙子也说，“不是说不按季节摆偶人女孩子就不容易找到婆家吗？”

“是的，是的，小时候老听我母亲这样说，过了节她就赶紧把偶人收起来。不过，早一点摆是不打紧的，过了节还摆着就不好了。”

“哦，原来是这样，我还不知道呢。”

“好好记住吧，你这可不像个万事通了。”

这家的女儿节偶人，是悦子第一次过女儿节时在京都的丸平[1]定制的，搬来芦屋以后，每年都在楼下合家团聚用的客厅里摆设偶人架，虽是西式房间，可是大家都认为那里最合适摆列偶人。幸子说为了使半年未回的雪子高兴，准备提前一个月，从阳历的节日起到阴历节日止摆列偶人一个月，她估计雪子会在这里待这么久。这个提议被采纳了，今天是阳历三月三日，便开始装饰起来了。

“瞧，妈妈说中了吧？”

“真的，二姨果然是今天来。”

“你二姨赶来过节，和偶人一块儿来的。”

“真是大吉大利呀！”阿春说。

“这回该做新娘了吧？”

“当着二姨的面你可不准说这些话！”

“嗯，嗯，我知道哟，这点儿事。”

“知道就好。春丫头，你也得小心一点，别像上次那样。”

“是，我知道了。”

“反正是大家都知道的事情，背地里说说倒没什么，可是……”

---

① 丸平：位于京都市中京区四条大道，是有名的偶人老店。

“是……”

“可以给小姨打个电话吗？”悦子兴奋地问道。

“我帮您拨吧？”阿春说。

“你自己去打吧。”

“嗯。”悦子说完，飞也似的跑到电话前，接通了松涛公寓：

“……嗯，是的，果然是今天回……小姨你可得快点回来呀……不是‘燕子’号，是‘海鸥’号……阿春要到大阪去接……”

幸子正往大内偶人[①]的皇后头上戴挂有璎珞的金冠，听见悦子尖锐的声音传来，向电话机那边大声喊道：

“你和小姨说，有空的话叫她去接二姨！”

“喂，妈妈说了，您有空就请去接二姨……嗯嗯……大阪，九点钟。小姨去吗？……那么，阿春就不用去了吧？”

妙子应该非常清楚幸子让她去大阪站迎接雪子的用意。去年，富永姑母说好了，雪子回去两三个月后也要把妙子叫去。可是到了东京以后，本家一直忙乱不堪，根本顾不上妙子这一茬，就把这事搁下来了，妙子反而比以前更加自由自在了。妙子觉得有些对不起雪子，好像是她让雪姐触了霉头，自己一个人得了便宜，于情于理也应该去接接她。

“也给爸爸打个电话吗？”

“不用打了，他就要回来了。”

傍晚时分，贞之助回来了。一去半年，今天，他很想念雪子，回想起自己曾有一阵子不愿让她回来，甚至深感内疚。他体贴入微地吩咐女佣准备好洗澡水，让雪子回来后马上能入浴。他想到她在餐车上吃过晚餐了，一定要让她在临睡前再吃点什么。他叫人拿出两三瓶她喜欢的白葡萄酒，亲手揩掉灰尘，查看出产年份。大家都劝悦子先睡，明天有的是时间陪二姨，她说什么也不听，一定要等二姨，眼看已经九点半了，只好叫阿春把她领到楼上。不一会

① 大内偶人：取形于日本天皇和皇后的一对古装偶人。

儿，她听见大门的电铃响了、狗向大门跑去，她叫道：

“啊！二姨！”说着冲下楼来。

“你回来啦！”

“您回来了！”

“我回来了。”

约翰尼高兴得直往雪子身上扑，她站在大门的土间，嗨的一声喝退它。跟着进来的是拎着衣箱的妙子，与近来精神百倍的妙子相比，由于旅途疲乏，雪子的脸色憔悴许多。

“给我的礼物搁哪儿了？”悦子说着早已自己打开箱子，在里面翻了起来，并马上发现了一束彩色手工纸和一盒手绢。

“听说小悦最近在收集手绢。”

“嗯，谢谢！”

“还有一样东西呢，你看那下面。”

“找到了，找到了，是这个吧？”悦子说着拿出来一个有“银座阿波屋”字样包装纸的盒子，里面是一双红色漆皮草履。

“哟，真漂亮！木屐、草履这些东西还是东京的好。”幸子拿在手里仔细瞧着，“这得好好收着，等下个月赏花的时候再穿。”

“嗯，谢谢二姨！”

“怎么？你等得着急了，就是等这些礼物吗？”贞之助说。

“好了，行了吧，把这些都拿上楼去吧。”

“今天晚上我和二姨一块儿睡。”

“知道了，知道了。”幸子说，“二姨现在要洗澡，你先上去和春丫头睡吧。”

“快点来呀，二姨！”

雪子洗完澡已将近十二点了。之后，时隔多日，贞之助和三姐妹重又聚集在客厅里，大家围着摆有白葡萄酒和干酪的桌子聊天，听着壁炉里熊熊燃烧的木柴噼啪作响。

“这里可暖和多了……刚才在芦屋站一下车，我就觉得这里和东京毕竟大不相同。”

“关西的汲水节已经开始了。”

“能差那么远吗？”

“差老远呢。首先，东京的风吹到脸上没有这样柔和。那出了名的干风可厉害呢……两三天前，我去高岛屋买东西，回来时走到外壕线[①]的大街上，突然一阵风把我手里拎的包给吹跑了，我赶紧去追，它骨碌骨碌地直滚，很不容易抓住。这时候下摆又要被风卷起来了，一只手还得摁着它。真的，东京的干风真是名不虚传！”

“去年到涩谷的时候，我曾经想过，小孩子为什么这么快就学会了东京话，那是十一月，他们到东京才两三个月，就能讲一口标准的东京话，而且越是小的讲得越地道。”

“像姐姐那个岁数怕是学不好了吧？”幸子说。

“那是不行。首先是姐姐不想学。前一阵子，她在公共汽车里讲大阪话，别的乘客都瞅着她，我都觉得难为情，但是，姐姐在这一点上真有勇气，别人瞪着她也满不在乎，照说不误。当时有人听着听着还说‘大阪话倒也不难听’。”

雪子这句“大阪话倒也不难听”是用东京腔说的，说得很地道。

“上了岁数的妇女都脸皮厚。我认识的一个城北的艺伎，已是四十多岁的老伎了。她说，她在东京坐电车，故意用大阪口音大声说‘下车’，这样一准能让车停下来。”

“辉雄说他不愿意跟妈妈一起走，因为妈妈讲大阪话。”

“孩子们也许都是那样。”

“姐姐还觉得是在东京旅行吗？”妙子问。

① 外壕线：从饭田桥沿着皇居的外壕通往港区的札之辻的东京市电（现在的都电）的通称。

“嗯,和在大阪的时候不同,她在东京无论做什么也没人说三道四,似乎也轻松愉快一些。姐姐还说东京这地方,女性都注重个性,穿着不必赶时髦,只拣自己适合的穿,这一点也比大阪强。”

也许是喝了葡萄酒的缘故,雪子也破例欢快地高谈阔论起来。看样子,她嘴上虽没有说,时隔半年能够重返关西的欢欣,能够在芦屋的客厅里和幸子、妙子一起待到深夜的喜悦,都毫无掩饰地流露出来了。

“差不多该睡了吧?”贞之助虽这么说,只是谈得兴起时他又起身去添几根劈柴。

“过些日子也带我到东京去一趟吧,不过,听说涩谷的住房太窄了,到底什么时候换房呢?”

“哎……可不像在找房子的样子。”

“那是不打算搬了?”

“大概是的,去年还经常说这么窄,实在不像话,要换房子什么的,可是今年却很少提了,姐夫、姐姐似乎都改变想法了。”

雪子说罢又道出了一件意外的事情。这是根据她自己的观察,姐姐姐夫倒没有明确地说过。他们俩原来十分不愿离开大阪,但终于下决心前往东京,起因于姐夫那向上爬的强烈欲望,而产生这种欲望的原因,是这个八口之家靠吃亡父的遗产已经混不下去了,夸张点儿说,他们开始感到生活困难了。刚到东京时,他们还抱怨房子狭窄,渐渐住习惯了,便觉得并非不能忍受。最重要的是被五十五元一月的房租诱惑了,虽不是向谁解释,姐夫也好、姐姐也好,他们经常念叨这栋房子虽然不理想,但是房租太便宜了。他们这样说着说着,不知不觉间便被这便宜俘虏了,所以也就改变了主意,愿意将就住下去了。住在大阪需要注意维护门望,讲究排场,而现在已来到东京,说“莳冈”也无人知晓,与其追求虚荣倒不如多花些心思使财产增值,转而实行这种实利主义也毫不足怪。其证据是,姐夫现在身为支行经理,薪水增加了,经济上当然也宽裕些了。可是,若用大阪时代的眼光去看，凡事他都成了吝啬鬼。连姐姐也心领神会，省吃俭用到了令人惊奇的程度，每天厨房里买的食物也明显地节省了。当然，要供六个孩子吃饭，哪怕是买一样菜，动不动脑子都有相当大的差别。说得难听一点，连家常菜单也和大阪时代不同了，每餐尽可能只做一种，如土豆炖牛肉、咖喱饭和豆酱杂烩之类，只用少数几种食材而能让一大家子吃个饱。就说牛肉吧，难得吃一次火锅，也只能让你见到一两片漂在表面上的便宜肉。偶尔孩子们先吃完了，大人们另外做几个菜，雪子这时才可以悠闲地陪着姐夫吃顿晚饭。尽管东京的鲷鱼不好吃，但是有红肉鱼的生鱼片，这也只有在这种时候才能吃上。这顿加餐说是为了姐夫，实际上是为了照顾雪子，夫妇俩顾虑雪子老陪着孩子们吃，怪可怜的。

“看到姐姐他们的样子，我感到他们也就那样了……哎，看着吧，那个家不会搬了。”

“哦，原来是这样，到了东京，姐姐他们的人生观都改变了吗？”幸子说。

“哎，说不定雪子的观察是对的呢。”贞之助也说，“趁着移居东京的机会，抛弃从前的虚荣心，大力奉行勤俭储蓄主义——姐夫这样考虑也不是没有道理的，说给谁听也是件好事。那个屋子窄是窄，但是，要将就的话还可以凑合着住。”

“不过，既然如此跟我讲清不就行了吗？可是到现在他们还经常跟别人解释，说什么‘雪子连房间都没有真不方便’，这不可笑吗？”

“哎，人不会那样说变就全变了，所以多少也要装装门面。”

“我还要住到那么窄小的房子里去吗？”妙子问起了与自己利害攸关的事情。

“呀……你去了连睡的地方也没有……”

“那么说，暂时不去不打紧吧？”

“反正眼下他们把你的事儿忘了似的。”

“喂，该睡了。”壁炉架上的座钟打过两点半，贞之助仿佛吃了一惊，站起身来,"雪妹今天也累了。"

"本想跟你商量一下相亲的事情,那就算了,明天再说吧。"

雪子没搭理幸子说的话,先上楼去了。进寝室看时,悦子睡着了,她枕头旁边的桌子上,摆着刚才那些礼物,连阿波屋的草屐盒也摆在那儿。她凝视着台灯光影中悦子静谧的睡态,又一次感到回到这个家里来的愉悦涌上心头。阿春躺在悦子和她的铺位之间的地板上,早已沉沉入睡。

"春丫头!春丫头!"摇了两三次她才醒来。雪子让她下楼去了,自己这才就寝。

27

阵场夫人说过,相亲的地点和时间另行通知,不过,八号是个吉日,希望定在八号这天。幸子本打算照此安排才叫来了雪子。但是,五号晚上发生了一件意想不到的事情,只得要求对方延期。原来就是这天早晨,幸子约好两三位朋友去有马温泉,探望一位病后在那里疗养的太太。本来乘电车去就好了,她们却坐汽车翻越六甲山前往有马。不过,回来是坐的神有电车[①]。那天夜里上床后不久,幸子突然发现下身流血,颇为痛苦。贞之助急忙请栉田医生来出诊。出人意料地,医生说像是流产,于是立刻请来了产科大夫,结果和栉田医生的诊断一致。第二天早晨就流产了。

夜里,幸子开始说难受,贞之助就把自己的铺盖卷了起来,一直在她的枕旁伺候。第二天,只是在做流产后的处理时离开了片刻,妻子的痛苦缓解以后,他还是没有去事务所上班,整天守候在病室里。他两条胳

① 神有电车:神户有马电气铁道的略称,从神户市内的凑川到兵库县有马温泉。

膊撑着圆火盆的边缘，一双手掌叠放在火筷子头上，整天无所事事地低头枯坐在那里，时而感到妻子饱含泪水的眼睛朝自己看来，便稍微别过脸去：

“哎，算了吧……”他安慰道，“……已经掉了也没法了。”

“你能原谅我吗？”

“怎么了？”

“怪我没注意呀。”

“哪儿的话？我反而觉得将来有希望呢！”

听他这样说，妻子两行泪珠夺眶而出，顺着脸颊淌了下来。

“话虽那样说，真可惜呢……”

“不要再说了……一定还会有的。”

夫妇俩一日之中不知多少次重复着这样的对话。贞之助注视着妻子失血而苍白的脸色，也不可掩饰地流露出沮丧的神色。

老实说，幸子这次两个月没来月经，并非没有预感，只因生下悦子已经快十年了，医生也曾说过，不动手术她以后也许不会怀孕了，所以疏忽大意而坏了事。不过，她知道丈夫想要个儿子，自己虽不指望像姐姐那样儿女满堂，可是只有一个女孩，还是觉得太寂寞了，所以她也曾想过要真怀上就好了，并且准备到第三个月时，为了慎重起见去医院检查一次。因此，昨天同行的朋友们提议翻越六甲山时，她也曾想到还是小心一点为好，但又觉得这是胡思乱想，于是打消了这个念头。她想大家都乐意翻山越岭去有马，自己也不必反对。因此，她的疏忽大意情有可原，不一定非受责备不可。但栉田医生也说她做了件可惜的事情。幸子自己也后悔，为什么要在这时候相约去有马呢？为什么竟稀里糊涂地坐公共汽车呢？她不由得流下了悔恨的眼泪。丈夫安慰她说：“我本来已经死了心，认为你不会怀孩子了。但是出乎意料，现在事实证明了你能够怀孕，所以我不但不悲观，反而为将来有希望再生孩子而高兴。”她看得出丈夫尽管嘴上这么说，内心也很失望，丈夫越是温柔地照料和安慰她,她越难受,不管怎样说都是自己的过错——而且不是一般的过错,这是否认不了的。

第二天,丈夫也振作起来,也快活一些了,按时上班去了。幸子独自躺在楼上,明知后悔也枉然,还是不免冥思苦索这件事。这当儿好不容易雪子有了喜事,所以还得不让雪子以及悦子、女佣们看见。但是,当她独自一人时,眼泪不知不觉就涌了出来……她想,要自己不是那样粗心大意,十一月份孩子就会生下来……到明年这时候,一逗他就会笑了。这次一定是个男孩,果真如此,丈夫自不必说,悦子又会多么高兴啊!假如我毫无察觉倒也罢了,但是当时已有预兆,为什么还要坐公共汽车去呢?虽然一时间想不出适当的借口,但是借口多的是,当时只要随便找一个,自己随后赶去就行了。为什么不这么做呢?悔之又悔,再也没有比这更令人后悔的事了。如果真像丈夫说的那样,以后有幸怀孕倒也罢了,否则,恐怕自己不论多少年后也不会忘记,那孩子如果还活着的话该有这么大了!这件事大概会使自己懊悔一辈子,纠缠不已,难以消除。

对阵场夫人,幸子已经屡屡延期了,所以谁去向她道个歉就行了,但贞之助和她无一面之识,再则对方也总是由夫人担任交涉,她丈夫阵场仙太郎还从没有出面。所以在六号晚上,贞之助出面写了封信给阵场夫人:"再次延期,实在难以启齿,但很不凑巧,内人感冒发烧,请原谅我擅作主张,务请将原定的八号之约再次延期。不过,原因完全在此,并无其他情况,万勿误解。内人感冒似不严重,请再等一个星期就会好转。"写完后用快信寄出了。

不知对方是怎样理解的,七号下午,阵场夫人突然来访,说是顺便来探望病情,如果能见夫人则很想见上一面。女佣传进话来,幸子让用人把她请进了病室。幸子想,让她亲眼看见自己卧病在床,她会更加放心,会谅解自己。但是,当幸子看到知心老友之后,越说越亲近,便想顺便和盘道出真实病情。她说:"因为正在谈婚论嫁,所以在信中是那样写的,不过,对您用不着隐瞒。”接着,她简略地讲了五号晚上发生的事,接着说:“我把痛苦的心情也多少说给您听了,这些话只对你一个人讲,请你向对方多多美言。事情就是这样,衷心希望不要弄得对方不高兴。而且,医生也说过经过良好,过一星期就可以外出走动了,所以请你根据这种情况,再考虑一下日期。”阵场夫人说:“真是可惜!你家先生该多么沮丧呀!”她刚说到这里见幸子的眼睛潮润起来,便急忙转换话题说:“如果一个星期就可以的话,定在十五号怎样呢?快信是今天早晨收到的,在来这里之前我已经和对方商量好了。这个月从十八号到二十四号是‘彼岸’[①],要避开这段日子,八号以后除了十五号就再没有好日子了。如果十五号不行,就要推到下个月。从现在起,正好还有一个星期,尽可能定在十五号吧。实际上,我也是受滨田先生委托来说这件事的。”听她这样说,幸子觉得再依着自己性子来行不通了。既然医生都那样说了,到时候即使稍微勉强点儿还是可以出门的。她没和丈夫商量就大致答应下来,打发阵场夫人回去了。

幸子那以后的经过还算顺利,但是到十四号还有少量出血,只能时卧时起地休息。贞之助一开始就为她担心,曾说过她:“你这样答应人家不要紧吗?”如果真要十五号相亲的话,在那种重要的宴席上可不能出纰漏。幸好只有阵场夫妇知道真相,好好向阵场先生解释解释,决定幸子不去而让贞之助一人陪雪子去,也未尝不是一个办法。但是,这也有不合适之处,因为幸子不去连介绍双方见面的人都没有了。雪子担心地说:“用不着为了我去勉强自己,要求再一次延期就是了。万一吹了也就算了。这个时候发生这种事情,也许本来就没有什么缘分。”听雪子这么一说,幸子觉得对妹妹的同情心突然高涨起来——这些天,由于自己的悲伤竟忘记了她。迄今为止,每逢雪子相亲,多半会发生阻碍,总不太顺利。如果说这一次也预计到了未免可笑,可是幸子一直在担心别发生什么事情,恰恰在这当口,

① 彼岸:春分、秋分加上前后各三天共七天,寺庙举行名曰“彼岸会”的法会,信徒到寺庙参拜,听僧人说法以及扫墓等。此习俗印度、中国均无,唯独见于日本。

先是本家的外甥女得病耽搁了时间,她的病好了自己又流产了。又撞上了不吉利的事,连幸子都不禁感到恐惧,会不会因为血缘关系而被卷入妹妹的厄运中去。意外的是,雪子本人竟像毫无感觉似的,叫人看着更添许多怜悯。

十四号早晨,贞之助临去上班时还倾向于不让幸子赴会,幸子却说无论如何都要去,双方意见相持不下。三点钟左右,阵场夫人打来电话问:"这几天你的情况怎样呢?"幸子脱口而出答道:"嗯,已经大体好了。"对方立刻追问:"那么,就定在明天好吗?下午五点在东方饭店的候客厅集合,这是野村先生决定的,就这样吧。只是在东方饭店会合,先随便喝点茶,再决定到哪家饭店去吃晚饭,现在还没想定去哪一家。虽说是相亲,实际是几个人不拘形式的聚会,等明天到饭店会面后再商量到哪里去也行。野村先生方面只有他一个人,我们夫妇俩代表滨田先生作陪,你们那边三个人的话,一共就是六个人。"幸子在听她说话时已在心中决定了明日要出席。对方最后又叮问:"那么,就这么办了?"这时,幸子没让她挂电话,再三求对方照顾,说:"说实话,我虽然快好了,但是,出血还没有完全停止,明天是第一次外出。这话真难说出口,明天请您多费点心,尽量不要走路,哪怕是短距离也希望坐出租车。只要你能把这一点放在心上就没有大碍了。"

通电话时,雪子上井谷美容院为明日的事做头发去了,回来听幸子一说,其他的事她都同意,只是对在东方饭店会合一事面有难色。雪子说,上次和濑越相亲就是在那个饭店,且不说兆头不好,那些男女招待是会记得的。"瞧,又是那位小姐来相亲了",被他们以那种眼光瞅着会令人不愉快。幸子刚才听阵场夫人说时,也曾想过雪子可能有意见,她也知道,雪子一旦说出口了,如果不换地方雪子会不高兴,于是走到丈夫书房里打电话给阵场夫人,如实说明了理由,希望改变地点。过了两个小时,阵场夫人回电话说:"和野村先生谈过了,如果东方饭店不适合,眼下也想不出一个适当地点,那就直接去餐馆好了。至于去哪家餐馆,这方面单独决定恐怕又会生出什么障碍,所以想听听你们的意见,看在哪里为好。说句唐突的话,东方饭店只是会合的地点,如果雪子小姐能将就一下就再好不过了,不知道行不行?……我看,雪子小姐大可不必介意……”正好这时贞之助回来了,幸子和丈夫商量以后,认为尊重雪子的意愿为好,于是对阵场夫人说:“这样未免固执了一点,很对不起,但是……”就这样把她顶了回去,要求对方让步。阵场夫人回答说:“那么,让我好好考虑一下,明天早晨再商量吧。”十五号早晨,她打来电话问定在东亚饭店如何,终于把这件事谈妥了。

28

这一天,虽说汲水节已过,天气还有点冷。虽然没有风,但是天空阴沉,像要下雪的光景。贞之助早晨起床第一件事就问幸子:“出血还没止吗?”下午他提前回家了,又问幸子:“怎么样?还出血吗?”并说,“如果身体不舒服,现在去推辞还来得及,今天这事,我一个人就够了。”幸子每当听到这样的问话时,总是回答说一点点见好,出血也越来越少。事实上,由于昨天下午去书房打了好几次电话,走动太多,今天出血量反而多了。加之她好多天没洗澡了,只把脸和脖子简单地洗了一洗,坐在镜台前一看,显然是一副贫血的脸色,自己都觉得太憔悴了。转而一想,井谷不是说过,陪妹妹去相亲时要尽量打扮得朴素一些,这么个衰萎的模样不是正好吗?

等候在饭店门口的阵场夫人,看见雪子夹在幸子夫妇当中走进来,立刻迎上前去:

“幸子夫人,让我介绍一下,这是我丈夫。”说着便招呼恭恭谨谨地站在她身后两三步远的丈夫仙太郎:“你来呀!”

“初次见面,我是阵场。贱内经常给你们添麻烦……”

“不,不,是我们经常麻烦夫人,这次又有劳夫人无微不至的关照,十分感谢!特别是今天,我们提的要求也未免太只顾自己了,真是对不起……”

“喂,幸子夫人……”阵场夫人这时小声说,“野村先生已经在里面等着了,我这就给您介绍。不过,我们和他也只是在总经理先生那儿见过一两次,并不怎么熟悉,总觉得有点儿不自然……因此,关于他本人的情况我们什么也不知道,无论什么希望你们直接问他。”阵场默默地站在夫人旁边,听她喋喋不休地说着,待她这段悄悄话终了才说:

“请,请到这边来!”他彬彬有礼地微弯着腰伸出一只手。

幸子夫妇没等介绍,便凭照片的印象认出了野村。他独自坐在候客厅的椅子上,慌忙把点燃的香烟在烟灰缸里摁三两下弄灭了站了起来。他体格意想不到地健壮、结实,但不出幸子所料比照片更要显老,一副猥琐的容貌。首先是在照片上没看出来,他虽没秃顶,头发却白了一大半,稀稀拉拉地拳曲着,脏兮兮、乱蓬蓬的,脸上有很多小皱纹,看来少说也有五十四五岁。他实际年龄只比贞之助大两岁,但外表却像大十岁。何况雪子又显年轻,勉强看也只像二十四五岁,他俩完全像是父女。幸子觉得,光是把妹妹拉到这里来相亲,就已经对不起她了。

双方介绍完毕,六个人围着茶桌交谈,谈得很不投机,时不时出现冷场。因为野村这个人使人感到难以接近,而居中介绍的阵场夫妇又对野村很客气,更显得拘谨。因为野村是恩人滨田的表弟,所以阵场夫妇很自然地流露出这种态度,但是看上去却过于卑躬屈膝了。平时,贞之助夫妇在这种场合会很有技巧地避免冷场,但今天幸子精神不振,贞之助也受到妻子心情的影响,多少有些郁郁寡欢。

“野村先生在县府工作,主要是哪些方面呢?”

听见贞之助这样问他,野村才慢慢地说开了。他说他的工作主要是指导和视察兵库县全县的香鱼生产，并谈到了县内何处的香鱼味美以及龙野和瀑野的香鱼，等等。这期间，阵场夫人把幸子叫到一旁站着谈了些什么，又回到野村旁边讲了几句耳语，随后跑进电话室，回来后再次喊幸子到一旁嘀咕，如此奔忙了一阵子，才回来就座。

她一就座，幸子说声“你来一下”，把贞之助叫出去了。

“什么事？”

“喏，就是上哪家馆子的事，你知道山手的北京楼那家中国餐馆吗？”

“不，不知道。”

“野村先生常去那儿的，他希望定在那里。吃中国菜倒没什么，只是今天我不能坐椅子，想要个日本式的房间。他们说，那里虽然是中国人开的中国餐馆，但也有一两间日本式房间，刚才阵场夫人已经用电话定了日本间，你看这样好吗？”

“只要你好，我上哪儿都行，不过……你不要那么来回走动，安静地坐一会儿。”

“可是，人家总是叫我……”幸子说罢走进洗手间，在里面待了二十分钟左右才回来，脸色更加惨白。这时，阵场夫人又叫幸子，贞之助忍不住了：

“不！我去吧。”说着站了起来，走到她身旁说：“哎，她身体还没有完全恢复……有什么事请跟我说吧。”

“啊，是这样。是这么回事，来了两辆汽车，野村先生、雪子小姐和我坐一辆，另一辆是您夫妇二人和我丈夫，您看这样行吗？”

“那……是野村先生这样要求的吗？”

“不是，他没有那个意思，只是我想是否可以这样安排……”

“啊……”

贞之助不由得感到很不快，好不容易才克制着没让表情垮下来。贞之助最不满的是，今天幸子忍受着疾病的折磨，多少冒着点危险来的，昨天就已经和阵场夫人说清楚了，刚才又一再暗示。阵场夫妇明明知道，却一句慰问和同情的话也没说。当然，也许是她图吉利，故意不提这件事，但也不妨暗地表示一下怜恤幸子的心情，他们夫妇真是太麻木不仁了。可是，贞之助转而一想，以上这些都是站在自己立场上的想法，而阵场夫妇也许在想，就是你们一再延期才拖延到今天，幸子既然来了，做出那么一点牺牲也是应当的。贞之助又想到，何况这不是为了别人，而是为了幸子的妹妹，阵场夫妇只是好心帮忙，在他们看来，姐姐为了陪妹妹相亲忍受一点痛苦又何妨？怎么还要叫人家感恩，岂非本末倒置？贞之助又想，这也许是自己的偏见，这对夫妇的想法和井谷一样，认为他们是在帮我们的忙，为迟迟未嫁而陷入困境的妹妹做媒。正因为他们有这种想法，才觉得只有他们才有权要求人家感恩。贞之助又想，据幸子说，阵场在滨田丈吉任总经理的关西电车公司当电力课长。他为了效忠经理，一心逢迎野村而做得太过分，不知不觉便把其他的事都丢到九霄云外去了，这种解释也许最为中肯。让野村和雪子同坐一辆车，是阵场夫人为了讨好野村而想出来的点子，还是野村授意的尚不得而知。但无论怎样，在今天这样的场合，却有点不合常情，贞之助感到自己被愚弄了。

“您认为怎样呢？如果雪子小姐不反对的话……”

“啊，雪子那样性格的人，是不会说反对的。不过，只要事情谈得顺利，那种机会今后一定有很多……”

“是的，是的。”阵场夫人这么说着，渐渐看出了贞之助的脸色，皱着鼻子苦笑了一下。

“……还有，如果让他俩坐一辆车，雪子会更害羞，更少开口了，结果反而不好。”

“啊，是那样……不，我只是一时想到的，就说给您听听而已。那么……”

但是，令贞之助大动肝火的还不止如此。听说北京楼位于铁道省营电车线的元町车站旁边山上的高坡上，贞之助一再叮问汽车能不能开上去，他们回答“没事儿，不用担心”。车开到那里时，确实能停在门前的大路上。这是沿着从元町至神户站的高架铁路北侧的一条大路，从大路到饭店大门口，还得上几级很陡的石阶，从大门口上二楼，又要上楼梯。幸子由贞之助搀扶着，在后面慢吞吞地走着，好不容易才挪到二楼。这时，早已上来的野村，正站在走廊上眺望大海，对幸子的困苦视而不见，兴高采烈地问：

"怎么样？莳冈先生，这里的景致相当不错吧？"

和他并肩站着的阵场也随声附和说："真的不错，您可真找了个好地方呢！从这里俯视港町，感到像是到了长崎似的，有一些异国情调。"

"对，对，的确有长崎的情调。"

"我常去南京町的中国餐馆，可不知道在神户还有这么一家馆子。"

"这里离县府很近，我们经常上这儿来，菜也还相当好吃。"

"啊，是这样的……提到异国情调，这栋房子有点儿像中国港口城市的那种建筑式样，非常别致。中国人开的中国餐馆，往往有煞风景的地方，但是，这种栏杆和栏杆之间的雕刻、室内的装饰，还是很有特色，有些趣味。"

"港口里像是停了一艘军舰呢！"幸子也无奈打起精神应酬着说，"那是哪国的军舰呢？"

这时，到楼下账房去交涉的阵场夫人匆匆忙忙走上来，为难似的说：

"幸子夫人，非常对不起，他们说日本间都满了，请将就坐中国间……刚才打电话的时候，他们还说，明白了，保证留下日本间。不过，这里的招待都是些中国人，尽管我再三叮嘱了，到头来还是没听懂我的话。"

贞之助一上楼便发现面对走廊的中国间里已经准备好了，就感到有点奇怪。假如是招待听错了，也不好责怪阵场夫人，但接电话的既然是那样靠不住的中国人，就应该想方设法再落实一下。这只能使人感到她太不怜恤幸子了。而且，不论是她的丈夫阵场还是野村，对于餐馆违约一事不作任何分辩，一个劲地称赞这个地方风景好。

"那么，就在这里将就将就吧！"阵场夫人不容分说地双手紧握着幸子的手，像小孩死乞白赖要东西似的央求着。

“哈，哈，这个房间也不错嘛！真的，野村先生让咱们知道了一个好地方。”

幸子注意到丈夫比自己还不痛快，转向丈夫说：“悦子她爸，以后咱们也带悦子和小妹她们来一次吧。”

“嗯，这里能看到港口的船只，说不定孩子会喜欢的。”贞之助脸色阴沉地答应着。

大家围着圆桌就座，野村和幸子相对而坐。首先上来的是冷菜、日本酒和绍兴酒。阵场先提起了这两天的热门新闻——德国和奥地利合并为联邦，接着谈了一阵奥地利总理许士尼格辞职、希特勒总统进入维也纳等等。莳冈家的人偶尔也插嘴说一两句，往往只是野村和阵场两人交谈。幸子尽量装作若无其事似的应酬着，不过，她在东亚饭店查看了一次，到了这里入席之前又看了一次，知道今晚从家里出来后出血量明显增加了，无疑是因为身体突然活动过多。而且不出所料，幸子坐在这样高靠背的硬木餐椅上很不舒服，她忍受着不快，又担心会出什么差错，心中觉得很难受，不久就是一副萎靡不振的样子。贞之助越想越生气，他分明看出妻子在尽力支撑，自己要是横眉竖眼的，她便会出来竭力周旋，这就更加重了她的负担。这样一想，结果他也借着酒力多说了些话，努力不冷场。

“对了，幸子夫人能喝几杯吧？”阵场夫人向男人们斟过酒后，顺便把酒壶送到幸子面前。

“我今天不能喝酒——雪妹，你喝一点吧……”

“那么，雪子小姐，请！”

“要喝的话，我就喝这个。”说着，雪子抿了一口加了冰糖的绍兴酒。

雪子看到姐姐姐夫那样意兴索然，加上野村不停地从对面直勾勾地盯着她，她更加害羞，老是低着头，那一双削肩渐渐缩得像个纸偶人一样。野村却随着酒力发作，渐渐变得饶舌了，眼前这个雪子，似乎也是令他兴奋的原因。

看来他颇以自己是滨田丈吉的亲戚而洋洋自得，把滨田这个名字，不知叨咕了多少遍。阵场也是“总经理、总经理”地喋喋不休，谈论了一阵有关滨田的事，暗示滨田是怎样地在背后庇护他的表弟野村。更令贞之助惊异的是，不知在什么时候，雪子自身的事自不待言，野村还把莳冈姐妹的经历、亡父的生平、本家辰雄夫妇的情况以及妙子的新闻事件等有关莳冈家族的事情，全都查得一清二楚。而且，当贞之助说“有什么疑问都请提出来”时，野村开始问了许多细节。从中得知，为了了解雪子的情况，他进行了多方面的调查。或许滨田背地里为他提供了方便，他调查得很详细。从野村的话中得知，井谷的美容院，栉田医生的诊所，塚本的法国太太那儿，以前教雪子钢琴的教师那里，都肯定派人去过。甚至连和濑越的婚事何以吹了，雪子到阪大去照过X光，这些事他都知道。贞之助心想，这除了在井谷那儿打听得来别无途径（记得井谷曾向幸子说过，某方面来打听过雪子小姐的情况，她说的都是些不致有碍的话。这使幸子想起了雪子脸上的褐斑，这次回芦屋后全已消失，幸子也很放心。虽然她认为井谷不至于连这些事都说出来，但是，这时还是有点提心吊胆）。贞之助自己揽着与野村交谈，不久就发现野村这人颇为神经质。如此看来，有那种自言自语的怪癖也就不足为怪。而且，从刚才的情形来看，野村完全没有察觉对方的心思，一心认定能成功，才那样追问一些鸡毛蒜皮的事儿，才如此兴高采烈，仿佛变成了另外一个人，完全打破了在东亚饭店刚见面时难以接近的印象。

贞之助他们的真实心情是只要聚会好歹结束了就片刻不停地早早回去。岂料临回家时又横生枝节，原来说定，回大阪的阵场夫妇用汽车送贞之助一行到芦屋，他们再从那里乘阪急电车回去。听说汽车来了，贞之助他们出去一看，只来了一辆车。阵场说：“野村先生府上在青谷，方向相同，虽然绕远了些，还是请他也坐这辆车吧。”走新国道直线回家与绕道青谷，不但距离相差很远，而且青谷这条路很差，起伏不平，颠簸得很厉害，这是明摆着的。贞之助坐在车上左思右想，愤懑不已，觉得他们也太不知道体恤人了。每逢车子急转弯时,贞之助都心惊肉跳,不知妻子会被颠成什么样子。三个男人坐在前面,他又不好每次都回头去看妻子。汽车驶近青谷时,野村突然提出:“请大家稍作停留,喝杯咖啡好吗?”那劝留的劲儿是够热心的,这一方再三推辞,他却执意不从,而且一再说:“寒舍虽然很简陋,但是视野之开阔在北京楼之上,坐在客厅里观望海港,真是一览无余,对这一点,我很以为自豪。请进去坐一会儿,看看我的生活情况再走。”阵场夫妇也在一旁附和说:“既蒙野村先生盛情邀请,请诸位务必进去坐一下。听说野村先生府上只有一个老太婆和一个使唤小丫头,也不用顾虑谁,利用这个机会看看居住条件,也可以作个参考嘛。”贞之助想,怎么说这也是一段缘分,没有听雪子的意见之前,他也不想去拆台。而且,不管这一次结果如何,说不定今后还得请阵场帮忙,如果扫了阵场夫妇的面子也不合适……这些人虽然不怎么机灵,可还是一片好心向着我们呢……他心里本有这种怯懦的想法,正在此时,幸子开口说:“那么,我们就稍微坐一会儿吧。”贞之助也就屈从了。

可是,从这里到野村的家,还要走四五十米又窄又陡很难走的坡路。野村非常激动,像小孩一般高兴,急忙打开客厅朝海那面的木板套窗,先领着客人看了书房,顺便又带他们看了所有房间甚至厨房。这是租来的一栋平房,简陋粗放,共有六间房。有一个六铺席间大的设有佛坛的餐室,里面摆了他前妻和两个孩子的照片,阵场也带他们去看了。一走进客厅,阵场便忙不迭地奉承说:“果然不错,这里的风景真漂亮呀,正像您说的一样,比北京楼强多了!”不过,这间客厅建在高高的石崖边上,贞之助他们觉得,站在这缘廊上身体好像悬在石崖外边似的,很不安稳,如果是自己的话,这样的房子无论如何也不能安心住下去。

端上咖啡后,他们草草喝完,便上了等在那里的汽车。

“今天晚上,野村先生可真高兴呢!”车子开动以后,阵场先生说。

“的确,我从没见过野村先生说那么多话,毕竟是因为有一位年轻漂亮的小姐在旁边呢!”阵场夫人也夫唱妇随地说,“喂,幸子夫人,野村先生的心思不问也知道了，现在就看你们的了。没有财产当然是个缺点，不过，有滨田先生做后盾，万一有个什么事儿，也不会让他生活困难。如果需要的话，就请滨田先生更明确地做出保证好吗？”

“不必了，谢谢您！真的多多有劳您了……等我们回去商量商量，征求本家的意见以后……”贞之助持重地回答。不过，在下车时，他觉得有点对不起阵场夫妇似的，便三番五次道歉：“今天晚上我们真是太失礼了！”

29

隔了一天，十七号上午，阵场夫人又到芦屋来了。听说幸子因为前天勉强活动又卧病在床了，她毕竟有点羞愧了，在枕头旁说了半小时的话才回去。她说：“是野村先生叫我来拜托您的。野村先生的生活状况，你们到他家看过了，大体上想象得出。不过，他现在是单身，将就住在那里。他说，成了家就搬到像样的住宅去。尤其是，如果雪子小姐能俯就的话，他打算奉献出一切的爱。他虽然不富裕，还不至于让雪子小姐感到用钱束手束脚。实际上，我是拜访过滨田先生才来的，他说既然野村那样痴迷，希望我尽力促成这门亲事。他还说了，野村没有财产，对不起下嫁给他的小姐，但是他会为野村想办法的，这件事就交给他了。他现在虽然难以做出具体的保证，但只要有他在，就决不会让小姐受苦。”接着，阵场夫人又说：“既然滨田先生都这样说了，是可以相信他的。野村先生这个人风采就那样，一副可怕的样子，但是感情脆弱，很温柔。听说他很疼爱前妻，妻子弥留之际，他照看得体贴入微，旁人看了都感动得流泪，他现在还把前妻的遗像挂在餐室里，前天晚上你不是看到了吗？要挑毛病可以挑个没完。作为一个女人，最幸福的莫过于能得到丈夫的疼爱。所以请您多加考虑,尽快给我个回话。”

幸子事先为拒绝这门亲事埋下了伏笔,便说:“雪子本人倒没什么,她听我们的,所以这方面没有什么问题。但是,关键在于本家的意见,我们只是代他们出面,调查了解野村先生身世,也是本家的事。”这样就可将责任全推给本家,以免对方责怪雪子。幸子就这样打发阵场夫人走了。

随后几天,幸子身体还是不舒服,听从医嘱保持绝对安静,没有机会征求雪子的意见。相亲后的第五天早晨,偶然只有她俩在病室,幸子趁机试探问:“雪妹,怎么样,那个人?”雪子“嗯”了一声便不吭声了。于是幸子就把大前天上午阵场夫人来访的目的告诉雪子,一边说一边窥视雪子的脸色。

“哎,虽然她那样说,但是你看上去太年轻,而那个人又太显老了,这该怎么办呢?”

“不过,我认为假如嫁了他,他大概会一切都听我的,让我由着性子生活吧。”雪子突兀地冒出这样一句话。

雪子所说的“由着性子生活”的意思,幸子不问也明白,指的是不管什么时候想来芦屋就能来。如果嫁个普通男人难以做到,那么嫁给这位老爷子,即使有点任性也不打紧,有这么一点值得安慰。幸子想,出于这种考虑才嫁过去,对方大概难以接受。那老爷子也许会说:“我不介意,请嫁过来吧!”而一旦嫁过去了就不会那么轻易让她出来了。从雪子的性格看,她虽然现在是这样说,要是日后让那老爷子的爱情羁绊了,说不定很快就把芦屋这边给忘了,有朝一日生了一男半女就更是如此。幸子想到,野村如此恳切要求迎娶迟迟未婚的妹妹,未尝不是一件好事,如果完全摈弃似乎有点可惜,于是幸子问:

“真的,这倒值得考虑,你要是有这种心思,说不定也不错……”

幸子见渐渐谈得入港,正想问个究竟,雪子却说:

“不过,如果讨好过了头,我也受不了……”她哧哧笑着把话岔开,再也不接这个茬了。

第二天,幸子躺在床上给东京写了一封信,简单地报告相亲已毕,而姐姐没有回复。"彼岸"期间,幸子在病室里时起时卧地度过了。

有一天早晨,春天青葱的天色撩动了她,她拿了一个棉坐垫,坐在病室外的缘廊上晒太阳,忽然看见雪子正从楼下的阳台向草坪走去。她正想喊住雪子,但是立刻察觉雪子是送悦子上学后,想趁上午安静的时刻,在庭院里休息一会儿,便透过玻璃窗默默地看着。雪子绕花坛缓缓踱了一圈,细细查看水池畔的紫丁香和珍珠梅的枝丫,抱着向她蹦来的铃铃,蹲在修剪得像圆球的栀子树下。从楼上俯视,看见雪子在用面颊去亲小猫,每一低头便露出脖颈,看不到她脸上的表情,但完全能看出她的心事。恐怕雪子已经预感到被召回东京的日子为期不远了,有意无意地在和庭院中的春色告别吧?也许她在祈愿能多待几天,等看到紫丁香和珍珠梅全开后再走。虽然东京的姐姐还没说什么时候叫她回去,但是她成天提心吊胆今天还是明天会来通知。旁观者一眼就看得出来,她希望哪怕是多待一天也好。幸子了解这位内向的妹妹的内心并不似其外表,很喜欢外出,本打算自己能够出去走动时,每天都陪她去看看电影喝喝茶,但雪子等不及了,这些日子每当天气好的时候,就拉着妙子去神户,没事也去元町一带逛逛再回来,好像不这样便不能心安理得似的。而且,她总是先给松涛公寓的妙子打个电话,约好碰头地点,然后兴高采烈地出门,那一股高兴劲儿,像是把婚事什么的全丢到脑后去了。

妙子经常被雪子拉出去,有时便到幸子的枕头边,拐弯抹角地发牢骚,说她近来工作很忙,偏偏下午这一段最宝贵的时间,如此频繁地陪着雪子玩,真是受不了。有一次,她来说:"昨天有一件有趣的事呢!"接着她说了事情的经过:

"昨天傍晚,我和雪姐在元町散步,在铃兰店前买西式糕点的时候,雪姐突然慌慌张张地说:'怎么办?小妹……来了!'我问她:'来了,谁来了呀?'她慌里慌张地连声说:'啊,来了,来了!'到底她说些什么,我也没弄明白。这时,正在里面茶室喝咖啡的一位素不相识的老绅士,站起来径直朝雪姐走来,殷勤地打了招呼后说:'怎么样?如果没有什么妨碍,请到里面喝喝茶,就耽误您十五分钟,您看行吗?’雪姐更是慌成一团、脸涨得通红,只是‘那……那……’慌得一句话也说不出来。那位绅士站在那里问了两三次‘怎么样?’最后才死了心,说声‘啊,非常对不起!’彬彬有礼地告辞走了。雪姐说:‘小妹,快点儿,快点儿!’她急忙叫店员装好糕点,飞快地跑出店门。我问她:‘那个人是谁?’她说:‘那个人,就是前不久会面的。’我这时才知道原来他就是相过亲的野村。

“总之,从没见过雪姐那副慌了手脚的样子,本来好好地谢绝他就得了,可她只是‘那……那……’地急得团团转。”

“雪子遇到这种场合就不知道该怎么办,到这个岁数了还像个十七八岁的姑娘。”

正好说到这件事了,幸子便问妙子听到什么没有,雪子对那个人有什么看法,说过什么没有?妙子说:“我也问过她是怎样想的,她说:‘婚姻大事都是由大姐、二姐做主,她们让我嫁谁我就嫁谁。不过,只是不想嫁给这一位。也许我说话太放肆了,拜托你转告二姐一定回绝掉这门亲事。’”妙子又说,“我昨天看到野村的时候也是大吃一惊,觉得他比听说的还要显老,雪姐讨厌这位老爷子是理所当然的。毫无疑问,这就是雪姐厌恶他的原因。不过,雪姐对他的风度、长相并没说什么,只是说上次相亲的那天晚上,他硬要拉大家进青谷的那个家,看到佛坛上供着他前妻和小孩的遗照,使她很不愉快。雪姐的意思是,即使明知是去续弦,看到他把前妻和孩子们的照片挂在那里,心里也不好受。他现在还是独身,挂着那些遗照,为他们祈求冥福,这种心情也不难理解。但是,邀请雪姐去看他家的时候,不应该把那些东西摆在外面,可是野村不仅没把那些照片急忙收起来,反而特意领她去看佛坛,真是岂有此理!仅凭这一点看,就知道他很不理解女性的细腻心理。从雪姐的语气来看,这一点最令她讨厌。”

过了两三天,幸子总算能走动了。有一天吃罢午饭,她收拾打扮了一番,对雪子说:

“那么，我去阵场夫人那里去回绝人家啦。”

“嗯。”

“这件事，早几天我听小妹说了。”

“嗯。”

按照早就盘算好了的那样，幸子以本家不赞成为借口，委婉地表达了拒绝之意就回来了，对雪子也只是说顺利地回绝了，并未告诉她详情。雪子也不想多问。到年底，阵场寄来了那次在北京楼的账单，说是不揣冒昧希望付一半的金额。幸子立刻寄去一张汇票，这桩亲事就此了结。当然，这是后话。

幸子将这些情况写信报告了本家，但本家仍无只言片语回复。幸子一点一点地开导雪子说：“你来这里已经一个月了，把你留在这里太久了，弄得这一招不灵了也不好，为了以后能再来，你先回去一趟吧。”因为每年的女儿节，照例都要为悦子举办茶会招待她的同学，往年都是由雪子亲手做馅饼和三明治，所以她本人也说过了节就回去。等到过了节，又听说再过三四天就是在祇园夜晚挑灯赏樱的大好时候了。

“二姨，看了樱花再回去吧，不看完樱花无论如何也不回去，好吗，二姨？”悦子不断央求着。但是，这一次最热心挽留雪子的是贞之助。他认为既然住到今天了，雪子不看了京都的樱花就回去会感到遗憾，而且，每年的赏花活动雪子都参加了，缺了她这位重要人物也不圆满。但贞之助更真实的意图是：妻子自从流产以来特别多愁善感，偶尔只有夫妇俩在一起时，提起胎儿她就泪汪汪的，使他深感苦恼。和妹妹们去看看樱花，也许可以稍许分解她的愁闷。

已经决定了九号、十号（星期六、星期日）上京都赏花，雪子还是像过去一样磨磨蹭蹭地不说清楚九号之前是否回东京去。一直到星期六早晨，她才和幸子、妙子一同走进化妆室，开始打扮起来。化妆完后，她打开从东京带来的衣箱，从底层拿出一个纸盒，解开了带子，原来里面正是她准备赏花时穿的和服。

“原来雪姐把那件和服都带来了呀！”妙子站在幸子身后为她打太鼓结，趁着雪子出去的当儿，觉得可笑似的说着。

“你别看雪子她不声不响的，什么事都得按照她自己的主张做。”幸子说，“等着瞧吧，结婚以后她一定会让丈夫听她的摆布。”

在京都，哪怕看见赏花的人群中有抱着婴儿的人，幸子都每每眼睛潮润起来，弄得贞之助不知如何是好。因此，今年他们夫妇俩没多停留，星期天晚上和大家一块儿回家了。过了两三天，到了四月中旬，雪子就动身回东京去了。

中　卷

卷 中

1

自从去年患黄疸以来，幸子养成了一种习惯，时不时对着镜子察看眼白的颜色。一年过去了，今年院子里平户百合花已匆匆开过，又到了凋零的时节。有一天，她百无聊赖，来到像往年一样张挂了遮阳苇棚的阳台，坐在白桦木椅上，欣赏着初夏夕阳映照下的庭院景色。忽然，她想起正是去年这个时候丈夫发现她眼白发黄的，便走下阳台像丈夫那样把枯萎了的平户百合花一朵一朵地掐掉。丈夫讨厌看百合花残败的样子，他一小时后就该回家了，幸子要把院子拾掇干净让他看着高兴。大约过了三十分钟光景，身后传来了木屐声，只见阿春装模作样地手里拿着名片，踩着踏脚石走来了。

"这位先生求见太太。"

幸子接过一看，原来是奥畑的名片。记得前年春天，这位青年曾经来过一次，但是平素并没有允许他来往，而且当着女佣的面连他的名字也不提。但是，从阿春那表情来看，显然她已经知道那个新闻事件，察觉了这个青年和妙子的关系，因而起了猜疑。

"我这就去，你先领他去客厅吧。"幸子走到盥洗室洗掉手上沾的花蜜，又到楼上稍稍化了下妆，才走进客厅。

“让你久等了。”

奥畑上穿纯白的手织毛呢上衣，一看便知是产自英国，下着灰色法兰绒裤子。他一见幸子进来，便不自在似的、夸张地迅速站起，一副立正的姿势。他比妙子大三四岁，今年该有三十一二了，上次见面时还保留了几分少年时代的模样，时隔一两年，已经相当肥胖，快成一个大腹便便的绅士了。不过，他那笑容可掬地不断窥探幸子的脸色，稍微挺着下巴像诉说着什么似的带鼻音说话的样子，还是保留着“船场少爷”的甜腻味儿。

“好久没来问候了……总想着来看望您一次，但不知没得到您的允许就来拜访是否妥当。到府上门前来过两三次，还是没敢进来。”

“啊，真对不起！为什么不进来呢？”

“我胆子太小了。”

奥畑很快就像老熟人似的用鼻子轻轻笑着。

奥畑心中想些什么不得而知，但幸子对他的看法，与他以前来访时多少有些改变。近来她常听丈夫讲，奥畑家的启少爷已不是昔日那个纯洁的青年了。因为应酬的需要，贞之助有很多机会涉足花街柳巷，经常从那里听到一些奥畑的消息。据说，奥畑不仅经常出没于宗右卫门町①一带，而且好像还有个相好。贞之助说：“小妹知道奥畑变成了现在这个模样吗？如果小妹还打算等雪子成家就和启少爷结婚，他也准备履行这个约定的话，你最好提醒小妹注意。如果是因为和小妹结婚的事迟迟不能得到同意，等得不耐烦了而自暴自弃，也不是没有商量的余地。但是，有了这些放荡的行为，他的所谓‘纯真的爱情’就成了虚伪的幌子。首先，在现在这种非常时期②，应该说是行为不检点，如果他不改弦更张，就连我们这些一直暗中同情他们的人，也不好为促成他们的结合而继续出力了。”

---

① 宗右卫门町：位于大阪市南区，邻近繁华地带道顿堀，以最高级的红灯区闻名。

② 第二次世界大战时日本法西斯体制化，1938 年 4 月公布的《国民精神总动员法》中的“非常时期”一词开始流行，要求国民忍受贫困、振奋士气。

看来贞之助颇为焦虑，所以幸子拐弯抹角地探问过妙子，可是妙子说："启哥儿一家从他父亲那一辈就经常出入花街柳巷，他的哥哥和伯父也喜欢上妓院，并非只有他一个人是这样。正如二姐夫所说的那样，他是因为和我结婚的事进展不顺利才去寻花问柳的。我认为他这么年轻，有那些事也是不得已的。我从没听说他有什么相好的艺伎，那些事恐怕只是谣传而已，如果有确凿的证据又当别论，否则我是不相信的。不过，在这种时局下，免不了有人批评他不检点，引起误解。我会劝告他以后不要再上妓院了。他对我言听计从，一定不会再去了。"看来妙子并未因此而怪罪奥畑，似乎那点事儿她早就知道了，不值得大惊小怪。她说得如此沉着、镇静，幸子只有甘拜下风。贞之助说："既然妙子这样信任启少爷，我们也不必多管闲事。"尽管话是这样说了，他仍然放心不下，一有机会便向那些女人打听奥畑的情况。也许是妙子劝告的结果吧，最近没怎么听到他拈花惹草的消息了，贞之助也不禁心中暗喜。然而，在半个月前的一天夜里十点左右，贞之助从梅田新道送客去大阪车站途中，在汽车的前灯光圈中，忽然看见了醉得步履蹒跚的奥畑，被旁边一个女招待模样的女人搀扶着一闪而过。他才发现原来奥畑最近躲到这一带来寻欢作乐了。当晚贞之助便说给幸子听了，还叮嘱她暂时别告诉小妹，幸子也就没有和妙子说。但是，今天面对这个青年，也许是心理作用，幸子总觉得他的表情、言谈都缺乏真诚，不由得对丈夫这句话产生了同感："对现在的奥畑无论如何都没有好感。"

"……你问雪子啊……嗯，嗯，承蒙很多人关心，不断有人来提亲说媒。"

幸子心想，奥畑一再打听雪子的亲事，可能是间接地催促他们早些同意他和妙子结婚。反正他肯定是为此而来。估计他就要说起这件事，该怎样回答他呢？上次她也是采取姑妄听之的态度应付过去的，并未给他任何许诺。这一次，既然丈夫的看法已有改变，讲话就要更加谨慎。自己和丈夫无心阻挠他们结合，但已不是理解他们恋爱的同情者，所以，说话时需要注意，至少

不要让他误以为自己仍然同情他们。幸子心里正在嘀咕,奥畑忽然端正了坐姿,用拇指把烟嘴上的烟灰弹到烟灰缸里,开口说道:

“其实,我今天是为了小妹的事情不得不拜托姐姐,才来打扰的……”他仍然称幸子为姐姐。

“啊,是什么事呢?”

“……我想姐姐一定知道的,最近小妹到玉置德子的学校去学习西装裁剪了。这固然可以,但是,因为这个她渐渐对做偶人不怎么热心,最近几乎没做什么了。我问她究竟是怎样想的,她说已经讨厌做偶人了,打算进一步学习裁剪,将来专门从事这个工作。现在由于接受了许多订货,又带着徒弟,不能马上歇手,但准备把这摊子事儿逐步让给徒弟,自己转向裁剪方面。她还说要争取得到姐姐们的同意,让她到法国去学个一年半载,在那里拿个修业证书再回来……”

“啊?小妹是这样说的吗?”幸子听说过妙子在制作偶人之余学习裁剪,但是刚才奥畑说的这些还是初次听到。

“是的,我无权干涉小妹的事情,但是小妹好不容易靠自己的力量创造了一番事业,连社会也承认它是小妹独到的艺术,现在说要放弃它,这个决定对吗?如果说只是放弃这份工作还可以理解,要说去干裁剪可就莫明其妙了!据她举出的一个理由是,偶人不论做得怎样精美,不过是流行一时,社会需要很快就满足了,过不多久就没人买了。裁剪是项实用性工作,无论什么时候需求都不会减少。但是,一个名门闺秀为什么要做这种活儿来挣钱呢?马上就要结婚的人还需要谋求独立生活吗?我再不中用也不至于让小妹没钱花。所以,我不希望她做职业女性之类的事。当然,小妹是个心灵手巧的人,不愿无所事事,这种心情可以理解。但是,不以赢利为目的,作为一种兴趣去干,至少可以挂上艺术的名,多有品位,名声多好听啊。制作偶人是有身份的小姐和太太的业余爱好,说给谁听也不羞耻,我只希望她别再干裁剪了。我跟她说,恐怕这不仅是我的看法,本家和您肯定也同意我的看法,我对她说我可以打包票,不信你去谈谈看……"

奥畑平素说话慢慢悠悠,大模大样的,以显示阔少爷的身份,看上去令人不快,但今天他似乎有些激动,语调也比平常急促。

"原来是这样的,谢谢你好意提醒我。不管怎么说,我得好好地问一问小妹……"

"好,请您务必问问她。我提出这种要求也许冒失了一点,如果她真有那种打算,还是请姐姐劝她打消这个念头。还有出国的事,我并不反对她去法国,如果她是去学点儿更有意义的东西,去一趟也无妨。说句失礼的话,费用全由我包了,我也可以陪着她去。要是出国只为了学裁剪,我无论如何也不能赞成,我想你们也不会同意她去的,希望姐姐劝她放弃这种想法。如果小妹想出国,结婚以后去也不晚嘛,对我来说可就方便多了……"

实际上,如不问问妙子,幸子很难理解她是出于何种考虑对奥畑说那些话。这且不提,听到奥畑以俨然妙子未婚夫的口气说话,她又不由得产生一些反感而且觉得可笑。

奥畑的如意算盘是,自己说是为拜托这事而来,幸子就会大为同情,会和他推心置腹地商量,如果进行得顺利,幸子还会把他介绍给贞之助。所以他特地选准了这个时间来,而且谈完了正事还赖着不走,东拉西扯地想摸幸子的底。幸子则尽量回避主要问题,说的都是些客套话,如"妹妹的事,承蒙提醒我注意,非常感谢"云云。说着她听到大门外响起了皮鞋声,像是丈夫回家了,她急忙跑去开门说:

"喂!启少爷来了。"

"他来干什么?"贞之助站在土间,听幸子低声地简短地说明了原委,便说:"既然这样,我就不必见他了。"

"我也是这么想的。"

"你随便说些什么打发他回去得了。"

可是,奥畑仍又磨蹭了半个小时,终于看出贞之助不会露面了,这才恭恭敬敬地客气一番，起身告辞。

“恕我招待不周，非常对不起……”

幸子说着送他出了门，至于丈夫为什么不见奥畑，她没做任何解释。

2

奥畑的话倘若属实，妙子的心思便令人费解。最近妙子总是说活儿忙，早晨大抵和贞之助、悦子同时出门，晚上也总是最晚回家，每三天有一次要在外面吃了晚饭才回来。当晚，幸子没有和她讲话的机会，第二天早晨，丈夫和悦子走了之后，妙子随后正要出门，这时幸子叫住了她：“等一等，有件事要问你。”说着带她到客厅谈了起来。

妙子对奥畑告诉姐姐的事情一概没有否认，诸如说她不想制作偶人转而从事西装裁剪，为此打算到法国去短期学习等等。可是，幸子追问下去，发现这些都有道理，是妙子深思熟虑的结果。

她厌恶制作偶人是因为她已经长大成人了，与其总是做那些女孩子做的稚气的玩意儿，不如做点对社会更有益的工作。从自己的天赋、爱好，以及便于掌握技术等各方面来考虑，她想到学习裁剪最为适合。她早就对做西装有兴趣，能熟练地使用缝纫机，参考《时装》和《时装艺苑》等外国杂志，不仅为自己还为幸子和悦子做过西装。说是学习，但已用不着从入门开始，进步会很快，而且她相信自己将来能成为这个行业的佼佼者。奥畑认为制作偶人是艺术，裁剪西装是卑贱的职业，她对此付之一笑。她说，我并不稀罕什么艺术家的虚名，说裁剪西装卑贱也无所谓。启哥儿说那些话，是因为他对形势认识不足，现在已经不是做哄孩子的偶人就可以自我陶醉的时代。在这种时代,即便是女性,如果不做和实际生活紧密结合的工作也是可耻的。

幸子听她这么一说,竟感到所言不虚,毫无反驳的余地。可是仔细琢磨,妙子竟然有这样的想法,从另一方面看,她是否有厌弃奥畑的意思呢?归根到底,她与奥畑的关系连报上都宣扬过,在姐夫姐姐们和世人面前,她有要强之心,不好那样随便就抛弃奥畑。她嘴上尽管不服输,实际上对奥畑已经绝望,打算一有机会就解除婚约。她想学习裁剪,是因为看到了到时候除了独立谋生之外别无出路,这是未雨绸缪的意思。奥畑不了解妙子的真实意图,所以才不理解“名门闺秀”为什么想挣钱,想成为职业女性。幸子这样一分析,便能理解妙子去法国的意图了。妙子的目的不仅是去学裁剪,更主要的是借此机会摆脱奥畑,因此不便让奥畑跟着去,她恐怕会找个借口一个人去。

然而,细谈下去,幸子觉得自己的推测只对了一半。幸子最希望妙子不待旁人劝说便能主动甩掉奥畑,她也相信妙子有这点辨别能力。所以,她尽量不说令她不快的话,只是一点点地拐弯抹角地探问,尽管她弄不清楚究竟有些是妙子的真心还是嘴硬,但把妙子无意中流露出来的要点综合起来,只能做出这样的判断,即妙子眼下并不打算抛弃奥畑,还准备在不久的将来和他结婚。

妙子说:“我现在比任何人都清楚,启哥儿是个典型的船场公子哥儿,是个一无所长、毫无价值的男人。事到如今,关于这一点,根本不需要二姐夫和二姐再提醒我。当然,八九年以前,刚和他恋爱的时候,我还是个思虑欠周的小姑娘,真不知道他是这么个不中用的人。可是恋爱这种事,不应该只看对方有无出息来决定成败。至少我不能以那种功利主义的理由来嫌弃初恋情人,只能认为自己爱上这种没出息的人也是因缘注定的,我并不后悔。我担心的只是和他结婚后的生活问题。他目前是奥畑股份有限公司的董事,据说婚后还可以从长兄那里分到他应得的一份动产和不动产。他把社会上的事想得太天真,无忧无虑。可是,我总觉得他这人将来会一贫如洗,就说现在吧,他过的是入不敷出的生活,每月付给茶楼、西服店和杂货店的开支都相当多。听说他总是央求母亲给他一些私房钱。可那只能是母亲活着的时候,一旦他母亲去世了,长兄必定不会容他那样奢侈。不管奥畑家有多少财产,启哥儿排行第三,长兄已成为一家之主了,很难指望分到很多份额。特别是那位长兄不大赞成他和我结婚,就更不能抱什么希望。即使分得一些财产,但是他生性容易上当,或者输在股票投机上,或者被人诓骗,到头来说不定会被他的兄弟们抛弃,有朝一日连饭都吃不上。我总为这事情感到不安。我可不愿意到时候让人在背后骂我活该倒霉。因此在生活方面我要完全不依靠他。相反,为了在任何时候都能养活他,我才打算有个职业。我要从一开始就不靠他的收入过日子,这就是我想靠裁剪西装自立谋生的动机之一。"

另外,幸子还从妙子话中大体察觉到,她已经决定不回东京的本家。雪子也曾说过,本家只能凑合安顿下雪子,目前似乎无意接妙子回去。而现在即使本家要接妙子回去她也不会同意。妙子听到姐夫去东京后变得更悭吝了,她说:"我多少有点积蓄,做偶人也有收入,所以每月的生活补贴我可以少领一些。本家的六个孩子都快长大了,雪姐也要他们照顾,开销很大。我要设法减轻他们的负担,我准备过不了多久就完全不要补贴,只是想请姐夫姐姐务必允许我明年去法国学习,并把父亲交给他们保管的我的结婚费用,拿一部分或者全部都用来做出国费用。我不清楚姐夫为我保管的钱有多少,估计够我在巴黎住上一年半载和买往返的船票,所以,一定请他们拿出来,即使为出国花得一文不剩我也没有怨尤。以上想法和计划,请二姐在适当的时候,不一定是现在,转告本家的姐夫姐姐,取得他们的谅解。为了这事,我自己去东京和他们谈一次也行。"至于奥畑说愿意承担她的出国费用,她压根就没当回事,她接着说:"启哥儿总说出国费用由他出,但是,他目前有没有这个能力,我比他本人清楚得多,他也许打算去哀求母亲掏腰包。现在我们还没有结婚,我不愿接受这种恩惠。就是结婚以后,他的钱财我也分文不沾,我的钱他也别想染指。我希望不管到哪里都用自己的钱、自食其力地生活。而且,我会好好地交代他,叫他老老实实等着我回来,再也不要到二姐这儿来说些讨厌的话,请放心好了。”

贞之助听了幸子的转述后说:“既然小妹考虑得如此周到,我们就不要多嘴多舌了。只是,我们得弄清楚小妹的决心究竟有多么认真和坚定,等到我们觉得不用为她担心了,我们就尽力帮助她,为她向本家传话什么的。”

这个问题就此告一段落。此后,妙子仍然忙忙碌碌地生活。奥畑曾说她近来不很热心做偶人了,但她自己并不承认。她说:“不,我本不打算再做了,但是还有不少人来订货,我也想多攒一点钱,加上生活费用也相当高,由于这些原因,近来我工作更忙了。正因为早晚要停止这个工作,我才加倍努力,想尽量多出一些好作品。”这段时期,她每天都用一两个小时,到本山村的野寄的玉置德子的裁剪学院去学习,而且她还在继续学习山村舞。

妙子学习山村舞并非单凭兴趣,她似乎有野心,想要日后获得许可袭用师傅的艺名,在这方面成为一代宗师。她大概每周去一次舞蹈讲习所。这个讲习所的师傅,是第二代的山村作、亦即第四代市川鹭十路的孙女,俗称“鹭作师傅”。大阪有两三个号称山村舞的世家,据说这一家传承的舞蹈保持了最纯粹的古老风格。讲习所位于岛之内的叠屋町的一条小巷里,在一座艺伎馆的楼上。只因处在这种环境里,前来习舞的多半是烟花女子,良家妇女不多,大家闺秀更是屈指可数。妙子总是拎着一个装有舞扇、和服的小提包,到屋角落里脱下西装,穿上和服。等候轮到自己上场练习时,妙子便混在艺伎群中观看师姐妹练舞,和熟悉的艺伎和舞伎交谈。按照妙子的实际年龄来看,她的言行举止并不足为怪,但师傅和旁人都以为她只有二十岁左右,待人接物却这般沉着、机灵,都很为诧异,让妙子觉得啼笑皆非。到这里来学舞的人,不论是烟花女子还是良家妇女,对于近来京阪舞蹈逐渐被东京舞蹈压倒的倾向感慨不已,担心长此以往传统舞会逐渐衰微,为了发扬光大传统的乡土艺术，她们中许多人对山村舞寄予厚望，一些热心的支持者还特地组织了“乡土会”，每月在神杉律师的遗孀家里集会一次。妙子非常热衷出席这个集会，自己也多次在会场翩翩起舞。

贞之助和幸子也曾带雪子、悦子去看妙子跳舞，自然和乡土会的一些人混熟了。由于这种关系，乡土会的干事四月底托妙子传话，请求借芦屋的住宅举行六月的集会。实际上，乡土会从去年七月以来，顾虑到时局而中止了活动。现在有人提出这是研究性质的普通集会，只要谨慎地举行应当无妨。还有人说每次都麻烦神杉夫人，建议这一次换一个地方。幸子她们也喜欢山村舞，答复说虽然没有神杉夫人府上那样完善的设备，只要大家不介意就行，决定提供房间供集会之用。神杉家备有现成的木板舞台，但要从大阪运到芦屋来未免太麻烦了，因此莳冈家准备把楼下两间相连的西式房间里的家具撤去，在餐厅后面立一架金箔屏风，把那儿做舞台，客厅做观众席，让大家坐在绒毯上观赏。后台设在楼上的八铺席间。集会定于六月的第一个星期天，即六月五号下午一点至五点左右，到时候妙子也要表演《雪》[①] 舞。这事商定以后，到了五月，妙子更加勤奋了，每周去讲习所练习两三次。特别是二十号后的这一周间，每天鹭作师傅都到芦屋来指导她排练。师傅今年已有五十八岁，原来就是蒲柳之身，又有肾病宿疾，平素很少外出授艺。此时正逢初夏，烈日炎炎，她从大阪城南坐阪急电车来赐教，真是破格的美意。原因之一，妙子身为纯洁的大家闺秀混在烟花女子中专心钻研舞技，这股热诚感动了她，此外，她也认识到要挽回山村舞的颓势，不能再像从前那样消极因循了。这样一来，因为讲习所环境的关系无法学舞的悦子都想学了。善于劝诱的鹭作师傅在一旁怂恿道：“如果小姐要学舞，今后我可以每个月到府上来教她十次。”于是悦子从此入门学习舞蹈。

鹭作师傅每天来的时刻并无一定，大体今日临回去时约好明日什么时

---

① 《雪》：流石庵羽积作词、峰崎勾当作曲的民谣，咏叹被男子抛弃的艺伎的心境，对寒冬积雪的情景表现特别出色。

候再来，但是总不准时，有时相差一两个小时，天气不好时就干脆不来了。忙忙碌碌的妙子，很早就等候她来，后来习惯了，便嘱咐用人在师傅来后再打电话告诉她，让悦子先学着，她再从夙川赶回。抱着病躯的师傅到这里来也颇不容易。她来了以后总是先在客厅里休息二三十分钟，一边抽烟一边和幸子聊天；然后，再到桌椅挪到一旁的餐厅里慢悠悠地教舞，口里哼着三味线曲子做示范动作。有时气喘吁吁，十分辛苦，有时脸浮肿苍白，只听她诉说"昨晚肾病又犯了"。不过，她还是强打起精神，说什么"我的身体是靠跳舞保下来的"，看来也不怎么为疾病发愁。不知是谦虚还是出于本心，她自称"我是个笨嘴拙舌的人"，实际上能言善辩，尤其善于模仿别人，哪怕闲聊几句也逗得幸子她们乐不可支。恐怕这种才能是从她祖父即第四代市川鹭十郎那里传下来的。说起来鹭作师傅身材娇小，相比之下，那椭圆的面庞却又长又大，一眼便可看出她有明治时期艺人的血统。这种人要是生在旧时，拔掉眉毛，染黑牙齿[①]，拖曳着长裙，该是何等地适称！当她模仿别人时，那张大脸上的表情千变万化，惟妙惟肖，酷似其人，恰如戴着假面一般自由自在。

悦子放学回来，就穿上每年除赏花之外很少穿的和服，脚套一双不合脚的大布袜，手执山村舞用的水涡底纹的扇面上绘有松竹梅兰图案的扇子，合着"十日戎"的宣传短歌[②]学舞：

御室三月樱花盛开，
幕内三味线鼓乐声催，

① 从奈良时代到明治初，日本上流社会妇女以齿黑为美，为日本历史最悠久的化妆法之一。

② 戎神又称惠比寿，是日本七福神中的财神，每年1月10日举行戎神祭，此日前后开市，商家参拜戎神。大阪今宫神社的戎神祭最为有名，这里是指宣传今宫神社戎神祭的短歌，旋律独特，用三味线伴奏。

赏花仕女顾盼神飞。

已是昼长夜短的时节了，悦子学完之后，直到妙子跳《雪》舞时，庭院里还是亮堂堂的。在葱绿的草坪映照下，那迟开的平户百合花像一簇簇燃烧的火焰。

邻居舒尔茨家的孩子罗斯玛丽和弗里茨，前些日子几乎每天都是一等悦子回来就到客厅里玩耍，而眼下他们游戏的场地和玩伴儿都被夺走了，他们好奇地从阳台上往这里瞅悦子她们跳舞的一招一式，最后连哥哥佩特也来看热闹了。有一天，弗里茨竟跑到练舞的客厅里，学着幸子她们叫师傅的声音喊：

"希傅！"

"哎——"鹭作师傅搞笑似的拖长声音答应。

罗斯玛丽觉得好玩也跟着喊："希傅！"

"哎——"

鹭作师傅始终一本正经地"哎——哎——"回答这对碧眼少年少女的呼唤。

3

"小姨，照相的问他可不可以进来。"为了给今天的集会讨喜，悦子那段"御室三月樱花盛开"的舞蹈安排在最前面。她跳完舞后还没卸妆就跑到作为后台的楼上八铺席间来了。

"有请——"妙子刚穿好《雪》舞的衣裳，因为怕摔倒，她右手扶着床柱子站在那里让阿春给她穿袜子，她头梳凹形岛田髻，一动不动，只把向上看的视线转向悦子答道。

悦子知道小姨平时总穿西装，为了准备这次集会，十天前就梳日本式发型、穿和服了，可是今天看见小姨的变化，她还是诧异得目瞪口呆。妙子穿的是姐姐鹤子当年婚礼用的三层衣裳中最里面的一件。妙子考虑到今天集会人数不多，即使人多在这种时局下也必须节制，不必添置新衣。和幸子商量的结果，她想起了本家姐姐的这套衣裳还收藏在上本町老家的仓库里，便去借了来。这是在父亲全盛时代特意染制的，底样分别由三位画家画下日本三景，最外面一件是黑底上画严岛，第二件是红底上画松岛，第三件是白底上画天桥立。[①] 这套衣服在十六七年前的大正末年，姐姐结婚时只穿过一次，几乎像新衣一样。妙子穿的是出自已故画家金森观阳 [②] 手笔的、画着天桥立景色的那一件，系上一条黑缎带。也许是化了妆的原因，脱却了平时那种小姑娘的模样，看上去像一个高挑丰满的妇女，这样一身纯日本式的打扮，使她脸型更像幸子，在丰满的脸颊上，增添了穿西服时看不到的那种威严。

"照相的！"悦子冲照相师喊，"喂，说是请您进来。"这是一位二十七八岁的青年，这时正站在楼梯上伸头瞅着楼上走廊上的妙子。

"叫'照相的'可不好，你该叫'板仓先生'。"妙子这样说时，板仓说声"打扰了"就走了进来。

"小妹，就那样别动。"板仓说着在门边屈膝举起了徕卡照相机，接连从前后左右照了五六张。

---

① 严岛位于广岛湾西南，松岛位于本州东北部宫城县，天桥立位于京都府的宫津西北，称"日本三景"。

② 金森观阳（1883—1932）：活跃于明治末到昭和初的画家，出生于富山市，后在大阪居住，也以报纸小说插图画家闻名。

在楼下的会场，在悦子后面依次演出了《黑发》《取桶》《大佛》[①]以后，第五个节目是一个袭名“作幸”的姑娘表演《江户土产》。现在是休息时间，招待客人喝茶、吃什锦寿司饭。用作观众席的客厅里，因为没发请帖邀请外人参观，充其量不过二三十人，都是今天表演者的亲属。只有罗斯玛丽和弗里茨是例外，他俩混在客人堆里，坐在最前排。从悦子的第一个舞蹈起，他们一直老老实实地跪坐在坐垫上，不过有时会伸一会儿腿，有时又盘腿坐一会儿。门外面的阳台上，有他们的母亲希尔达·舒尔茨夫人。她听孩子们说今天有这么个集会，便说一定要来看。刚才悦子开始跳舞时，弗里茨去报信，她就从院子进来了。主人请她进去看，她推辞说：“不，我在这里好。”等用人搬来一把藤椅，她便坐在阳台上瞧着舞台。

“弗里茨，今天你真老实呀。”鹭作师傅穿着绣有家徽的和服，从舞台金箔屏风的后面走出来，对弗里茨打趣说。

“哟，这是哪个国家的孩子呀？”观众席中的神杉遗孀问道。

“是这家小姐的朋友，德国人的孩子，和我很要好，老叫我‘希傅’呢。”

“是吗？真该夸一下，看得多认真啊！”

“还有，您瞧他们坐得多么规矩！”不知谁也这么赞扬说。

“我说，德国小姑娘，你叫什么名字来着？”鹭作师傅一下子想不起罗斯玛丽的名儿，“你，还有弗里茨，你们那样坐着，脚不痛吗？如果痛就伸开腿吧。”

尽管她这样劝说了，但不知什么缘故，罗斯玛丽和弗里茨今天一反常态，绷着个脸，默不作声地坐在那里。

“夫人，您吃这个吗？”贞之助看见舒尔茨夫人把装有什锦寿司饭的盘子放在膝上，笨手笨脚地捏起了筷子，便问道，“您大概不能吃这种东西吧？如果您不喜欢，不吃就好了。”

贞之助对正在观众席上沏茶的阿花说：“喂，有什么舒尔茨夫人能吃的

① 此处三首及后文《江户土产》均为关西地区流行的三味线乐舞。

东西吗？”

“不是有蛋糕什么的吗？把寿司撤了，换上别的东西来。”

“不用，我能吃……”阿花来撤寿司盘子时，舒尔茨夫人谢绝了。

“夫人，您真能吃这个吗？”

“是的，我吃，我喜欢吃这个。”

“是吗？您喜欢吃？……喂喂，请给夫人拿把汤匙来。”

看来舒尔茨夫人真喜欢吃寿司，她接过阿花递来的汤匙，不一会，就把一盘什锦寿司饭一粒不剩地吃光了。

休息过后就轮到妙子表演《雪》。贞之助早已坐立不安，楼上楼下来回跑了好几趟，刚在楼下和客人应酬几句，又跑到楼上的后台瞅一瞅。

“喂，快到时间了。”

“你瞧，都准备好了。”

在八铺席间里，妙子坐在椅子上，幸子、悦子和摄影师板仓围着她团团而坐，正在吃什锦寿司饭。妙子怕弄脏衣服，膝上摊着一块餐巾，本来稍嫌肥厚的嘴唇张成个“O”形，更显得厚了，她每次夹一点点饭团送进嘴里，阿春为她端着茶碗，她吃一点饭，喝一口茶。

“你不吃点儿吗？”幸子问。

“我刚在楼下吃过了……小妹，你吃那样多行吗？虽说是‘饿着肚子打不了仗’，跳舞的时候吃得太饱，可难受啊。”

“可是，她说连午饭都没吃好，摇摇晃晃地去跳舞，会摔倒在台上呢。”幸子说。

“听说‘文乐’[①]的艺人不唱完不吃东西，舞蹈虽然和‘义大夫’[②]不同，还是不要吃得太饱为好。”

“姐夫，我吃得并不多。我怕碰到口红，每次夹一点点送进口，多夹了几

① 文乐：指“人形净琉璃”，即日本传统的三味线伴奏说唱木偶剧的综合艺术。

② 义大夫：在元禄年代（1688—1703）由竹本义大夫创始的净琉璃的一派。

次，看上去像吃了很多似的。”

“我一直在看小妹吃寿司饭，顶佩服的。”板仓说。

“为什么？”

“还问为什么？像是金鱼吞麦麸一样，嘴儿张得圆圆的，看上去很受拘束似的，实际上吃得倒也不少。”

“我早就纳闷，你怎么老盯着人家的嘴呢。”妙子说。

“不过，真是那样的，小姨。”悦子高声大笑。

“是别人教我这样吃的。”

“谁教的？”

“那些跟师傅学舞的艺伎。她们涂了口红，总是注意不让唾沫把口红沾掉，吃东西的时候为了不碰到嘴唇，必须用筷子夹着从嘴的正当中往里送。为了练这点儿功夫，她们当舞伎的时候，就得学习吃冻豆腐。为什么呢？因为冻豆腐吸的汤汁最多，用它来练习，能不掉口红就算合格了。”

“嗯，你知道的可真不少！”

“板仓君，今天是来看舞蹈的吧？”贞之助问道。

“是的，舞蹈也看，但是，我是来照相的。”

“今天拍的照片也要做成明信片吗？”

“不准备做明信片。小妹梳日本发式跳舞，可不容易见到，我想拍些照片留作纪念。”

“今天板仓先生免费给我照相。”妙子说。

板仓经营着一个标榜艺术摄影的小照相馆，叫板仓照相馆，位于阪神国道田中停车站稍北一点的地方。据说板仓原是奥畑商店的学徒，连中学也没毕业，后来去了美国，在洛杉矶学了五六年摄影技术，也有人说他在好莱坞想当电影摄影师而没获得机会。回国后不久，在现在这个地方开业时，奥畑商店的主人——启少爷的兄长多少出了一点资金，给他介绍了一些顾客，多方照顾，启少爷也为他捧场。正好妙子要为宣传自己的作品找一位摄影师，经启少爷介绍就把这一工作交给了他。从那以后，妙子作品的摄影，不论是用于制作小册子还是明信片，都由板仓一手包办。板仓因为长期接受妙子交付的工作，也为自己做了广告，加之他了解妙子与启少爷的关系，对妙子也像对启少爷一样毕恭毕敬，旁人看来他们像是主仆关系似的。他与贞之助他们也过从甚密，当然这是因为他和妙子的这层关系。他接受过美国的熏染，圆滑机灵，见缝就钻，所以，他如今也钻进了这个家庭，对女佣们他也不吝一一讨好，比如开玩笑说不久就要恳求太太把阿春嫁给他，等等。

“免费的话，也请给我们照一张吧。”

“行啊，那就照一张吧。小妹在中间，大家在那里站一排。”

“怎样站呢？”

“请老爷和太太站在小妹的椅子后面。对，对，悦子小姐，请站在小妹右边。”

“春丫头也来照。”幸子说。

“那么，春丫头站在左边。”

“要是东京的二姨在这里该多好呀！”悦子冷不丁说。

“真的，”幸子说，“以后说给二姨听了，她会多么遗憾！”

“妈妈，你为什么不叫二姨来呢？今天的事，不是上个月就知道了吗？”

“我不是没想过，可她是四月份刚回去的呀……”

正在对光的板仓发现幸子的眼睛突然微微湿润起来，不禁大吃一惊，抬起头来。贞之助也注意到了，他想究竟为什么妻子的表情如此急剧地变化？从三月份那次流产以来，她常常触景生情，一想起胎儿的事就伤心流泪，每每令他惊愕。可是今天并不像是那么回事，实在难以捉摸。或许是看见坐在椅子上的妙子的装束，想起了姐姐昔日穿着这身衣服举行婚礼而感慨无量，不然的话，若不是这种令人愉悦的事，是想什么时候能看见妙子如此盛装出嫁？或许还联想到妙子前面还有个雪子待字闺中而不禁悲从中来？贞之助心想或许是这千头万绪涌上了她的心头。不过,想亲睹妙子今日芳姿的,除雪子以外应当还有一个人。想到这里,连贞之助也感到那个男人委实可怜,他突然又猜想:或许是启少爷吩咐板仓来照相的吧。

"里勇女士!"照完相后,妙子看见房里穿衣镜前正在化妆的一个女人,便向她喊道。她大约二十三四岁,将在《雪》之后表演《茶音头》[1],看上去是个艺伎。"对不起,我有事求您。"

"什么事呀?"

"哎,能不能请您到那间房里去一下?"

今天参加演出的人中有四五个是内行,是以教授舞蹈为职业并已承袭艺名的妇女和两个艺伎,里勇是来自宗右卫门町的艺伎,是鹭作师傅最为钟爱的山村舞高手。

"我没有拖着下摆跳过舞,老担心跳不好,请您到那边去教我怎样拖下摆好吗?"妙子说着走到里勇跟前,低声说了几句。

"我也没有把握。"里勇说。

"教一教我吧。"妙子说罢拉着里勇向走廊另一头走去。

楼下乐队好像已经到齐了,听见胡琴和三味线在校音。

妙子关上拉门和里勇两个人在房间里待了二十分钟左右。

"小妹,老爷说要你快点儿!"来迎接她的板仓说。

"嗯,已经好了。"妙子说着拉开了门,"板仓先生,请帮我提着下摆。"她让板仓提着和服的下摆走下楼来。

贞之助、幸子和悦子跟在妙子后面鱼贯而下。舞蹈开始了,贞之助悄悄走进观众席,拍了一下弗里茨的肩头。这位德国少年坐在观众席上全神贯注地瞪着舞台上的妙子。

"弗里茨,那个人,你知道她是谁吗?"

---

① 《茶音头》:地呗。也称《茶之汤音头》。作词为横井也有,作曲三味线部分为京都的菊冈检校,筝编曲为八重崎检校,是一首旋律明朗轻快的名曲。

弗里茨仍然板着面孔，只是回头看了他一眼并点点头，马上又把脸转向了舞台。

4

那次集会以后，正好过了一个月，七月五号早晨发生了一件事情。

大体而言，今年五月以来降雨量比往年要多，入梅以后一直连续下雨。进入七月，三号又开始下雨，四号下了一整天，五号黎明，突然暴雨倾盆，看那阵势不知何时才能停止。可是，当时谁也没有料到一两个小时后，阪神地区发生了创纪录的惨重的大水灾[①]。在芦屋的家里，七点钟左右，先是悦子像平日一样由阿春送去上学，雨具备得齐全，她们并没有特别在意，冒着瓢泼大雨出了门。悦子的学校靠近芦屋川的西岸，越过阪神国道往南走三四百米，在阪神电车轨道的南面。平时，阿春把她平安地送过国道便折回来，可是今天雨下得太大，她把悦子一直送到学校，回来时已经八点半了。回来的路上，阿春看见那雨势格外惊人，自卫团的青年东奔西走地忙着防汛，她便绕道走上了芦屋川的大堤看涨水的情形。她说，业平桥一带可不得了啦，水一个劲地猛涨，眼看就要没过桥面了。但大家还没想到会有那么大的灾祸来临。阿春回家后又过了一二十分钟，妙子穿上了翠绿色的油绸雨衣和橡胶雨靴，正准备出门，幸子劝阻她说："雨下得这样大，你还出去吗？"但是妙子今天上午不是去夙川，而是上本山村的野寄的裁剪学院。她开玩笑地说："这么点雨没事儿，涨水才有趣呢。"说着便出去了，幸子也没再阻止她。唯独贞之助打

---

① 指阪神大水灾。1938 年 7 月 3 日到 5 日，阪神地区降水超过六百毫米，河流泛滥，堤坝决口，神户市内发生山崩，死亡二百人，下落不明四百人。

算等雨小一点再走，在书房里磨磨蹭蹭地翻看资料。不久，便听到响起了刺耳的警报声。

这时雨势最为猛烈。贞之助朝外看去，书房东南角梅树附近是邸宅内地势最低的地方，即便下一点点雨也常常积水，现在那里积了一摊面积六平方米大小的水洼，除此以外家中别无异常。而且，这里距芦屋川西岸有七八百米之遥，他还没感到有危险已迫在眉睫。他首先想到了悦子的学校更靠近芦屋川，如果河堤决口了，会在哪儿决口呢？那个学校该不要紧吧？他体贴幸子，不想让她不必要地担心。他故作镇定地稍稍等了一会儿，离开书房向正屋跑去（从书房到正屋只有五六步远，便浑身淋得透湿）。幸子问拉警报是怎么回事，他回答说，还不清楚，估计不会有什么大不了的事，反正打算到那边去看看。他一边说着，一边在灰白花纹棉布单衣的外面罩上雨衣朝大门走去。这时阿春从后门跑进来不停地喊道："不得了啦！"她脸色发白，腰以下全是泥水。她说，她刚才看那洪水的涨势以后，一直惦记着小学校，一听见警报便飞跑出去。她说，洪水已涨到住宅东面一个十字路口，从山脚往海里流、从北向南滔滔奔涌。她试着踏水往东走，最开始水深只到小腿肚，才走了两三步便淹到了膝盖，差一点就被水冲倒，猛然听见有人在屋顶上气势汹汹地大喊："喂！喂！这么大的水，你到哪里去?！女人家可别胡来！"阿春想看看是谁，虽然对方穿了自卫团的服装，她还是认出了他是常记蔬菜店的少东家，便叫："我说是谁呀，您不是常记蔬菜店的吗？"对方也认出是阿春了："春丫头，你到哪儿去？这么大的水，你发疯了吗？就是男人也不能往前走了！河边上有些房子冲垮了，有人淹死了，出大事了！"阿春再问下去，才知道芦屋川和高座川的上游像是发生了山崩。阪急线路北侧有一座桥，把上游冲下来的房屋、砂土、岩石和树木堵住了，堆积如山。河流阻塞了，洪水向两岸泛滥，河堤下面的道路上，污浊的河水卷起了旋涡，有的地方水深达到一丈，很多人家从楼上呼救。阿春最担心小学校，便问他那边的情况如何。他回答说："很难说，那边的情况不大清楚，不过，总体说来，从国道往上灾情更加严重，下游也许好一点。另外，据说东岸受灾损失更大，西岸没有东岸那样严重。只是不知道小学校那一带怎么样。”听他这么说，阿春还是放心不下，她说想设法绕道去学校。他说：“不行！不论你怎样绕，没有一条路没被水淹没，而且越往东走水越深。光是水深还好说，水流得太急，随时有被冲倒的危险。如果被上游冲下来的大木头和石头砸了你就完蛋了，弄不好就会被卷到海里去。自卫团员豁出命来抓着绳子，才勉强蹚过去。你一个小娘们，这一身行头，无论如何也过不去。”阿春回来以后说：“实在没有办法，我只好先回来了。”

贞之助立即就往小学校挂电话，但是电话已经不通了。“好吧，那我去一趟。”他对幸子说了这话，却不记得幸子怎样回答的。只记得他临出大门时，幸子泪汪汪地盯着他，突然扑上去紧紧地抱住他。他换下和服，换上最次的西装，脚蹬橡胶长筒靴，披上雨衣，戴一顶防水帽，便出门了。

贞之助走出五十米光景，回头一看阿春从后面跟来了。她刚才穿的连衣裙溅满了泥水，回家时成了落汤鸡，这回换了件单和服，用带子把下摆扎起来，露出了红内裙，贞之助厉声喊道：“不用跟我来！回去！”她说：“我马上回去，就送您一段路。”说着她又追上来说：“老爷，那边不能走，要从这边走才行。”她没往东走，而是往南直行，贞之助也跟着她走上了国道。然后他俩尽量往南迂回，没蹚多少水就成功地走到阪神电车轨道以北一两百米的地方。可是要去小学校，一定得从这里向东横插过去，幸而这一带水浅，只有长筒靴那么深。贞之助越过阪神电车轨道，走到旧国道边时，意外地发现水更浅了。这时已经可以看见前面的小学校了，学生们从二楼的窗口伸出头来。“啊，学校平安无事，太好了！”贞之助听到身后有人非常兴奋地自言自语，他回头一看，阿春还是尾随而来了。起先贞之助走在阿春后面，记不得后来在什么地方赶过了她。水流很急，贞之助必须一步步踩牢才敢行走，靴子里又灌进了水，更是举步维艰，他只顾自己走路而没注意到阿春。比贞之助矮小的阿春,红内裙几乎全浸在泥水里,洋伞也干脆不打了,当拐杖使。为了不被洪水冲倒,她一路上扶着电线杆和人家的墙壁走,所以远远落在后面了。阿春喜欢自言自语的毛病是颇有名的。看电影时她老是一个人时而拍手叫好,时而表示惊讶,口里念叨着“太好了!”“不知他要做什么呀?”大家都说和阿春一起上电影院受不了。贞之助想到她身处随时有可能遭受灭顶之灾的洪流中又犯了老毛病,不由得感到好笑。

丈夫出去以后,幸子一直坐立不安。幸好雨稍微小了点了,她走到大门口张望时,正巧芦屋川车站前出租汽车站的司机打门前经过,向她打招呼,她忙不迭地向他打听小学校的情况。司机说,虽然他没去看过,但是那所学校恐怕是最安全的地方。据说,虽然去学校的几条路都被水淹了,但是那所学校地势很高,没遭水淹,大概没什么问题。幸子听他这一说稍许放心了一点。司机还补充说,人们都纷纷传说,虽说芦屋川涨水严重,但是住吉川洪水泛滥更加凶猛。好几路电车,阪急线、铁道省营线和国道线都不通了,详细情况不很清楚。但是听从西边走来的人说,从这里到铁道省营线的本山车站一带,涨水不大,沿着电车轨道走,不必蹚水就走得过去,但是再往西而去,就是一片浊流的汪洋大海,巨大的浪涛从山那边一个接一个轰涌翻卷而来,把各种各样的东西冲向下游;有的人趴在榻榻米上,有的人拽着树木,一边呼救一边随着洪流滚滚漂去,但是谁也没办法救他们。听了司机这番话,妙子的安危更令人担心了。她去的那所本山村野寄的裁剪学院,位于公路旁甲南女子中学前的车站稍北处,离住吉川河岸只有二三百米远。如果像这位司机所说,那里肯定被淹没在浊流的大海之中了。幸子说,妙子往裁剪学院去的时候,要步行到国道的津知车站,从那里再乘公共汽车。司机说:“您这么一说,我想起来了,府上的小妹刚才往下走向国道的时候,我碰见她了,她穿一件绿色雨衣。那时候出去,到那里没多久大概就涨水了。野寄那边比小学校更令人担心。”幸子情不自禁地急忙跑进屋里声嘶力竭地喊:

“春丫头！”

女佣们说，阿春跟在老爷后面出去了，一直没回来。这时，幸子像小孩一样咧着嘴哭了起来。

阿秋和阿花惊诧地一声不响地瞪着幸子哭泣，幸子觉得有些难为情，便从客厅逃到阳台上，一边抽抽搭搭地哭，一边朝院子的草坪走去。就在这时，舒尔茨夫人从铁丝网的上方探出头来，脸色苍白。

“太太，”她问道，“太太，你的先生怎么的了？悦子小姐学校怎么样？”

“我丈夫接悦子去了。悦子的学校多半没事儿。太太，你家先生呢？”

“我的丈夫到神户接佩特和露米去了。真叫人担心呀！”

舒尔茨的三个孩子中，只有弗里茨年幼尚未入学，佩特和罗斯玛丽在神户的山手那边德国人俱乐部附设德国小学念书。他们的父亲舒尔茨也在神户工作，以前常见他们父子三人一起出门。自从卢沟桥事变以来，生意日益萧条，父亲时常不去上班，最近，每天早晨只有两个孩子结伴而行。今天早晨，父亲也没上班，因为惦记着孩子的安全，说是无论如何得去一趟神户，刚才走了。当然，当时他既不知水涨到了什么程度，也不知电车已经不通。他的夫人为他担忧，但愿他在路上不要出什么差池才好。夫人的日本话说得不如孩子们好，会话还很吃力。幸子夹杂着半生不熟的英语与她沟通，尽可能地劝慰她，要她放心。

“你家先生一定、一定会平安回来的，何况只是芦屋和住吉这一带水灾闹得凶，神户不会遭灾的。我相信佩特和露米准没事儿，您放心好了。”她反复安抚过后，最后说声“再见”便回到了客厅。

不一会儿，幸子看见贞之助和阿春带着悦子，从一直开着的大门走了进来。

果然，悦子的学校完全免于水灾，只是学校周围全淹在水里了。由于水在不断上涨，学校停了课，把学生全部集中在二楼的教室里。渐渐地，有些担心孩子安全的家长到学校来接孩子，校方将学生一一交给他们。因此，悦子自己丝毫不觉得可怕，反倒惦记着家里不知怎样了。正在这时，父亲和阿春赶来，贞之助是最早来接孩子的家长之一。在贞之助之后，其他家长也陆续赶来了。

贞之助向校长和老师一一问候致谢以后，领着悦子大致沿原路走了回来。这时，阿春鞍前马后地跟着他，真是立下了大功。她在学校的走廊里看到悦子安然无恙，高兴得大喊一声“小姐”，不顾浑身泥浆扑上去紧紧抱住悦子，把周围的人都看傻了眼。在回家的路上，她走在前面迎着激流保护着贞之助前进。这时水比来时又上涨了一两寸，水流也更湍急，在一些地段，虽然距离不长，贞之助不得不背上悦子蹚过去。但是，背着她走特别吃力，贞之助险些摔倒，多亏阿春在前面用身体抵挡激流，减少了冲力，贞之助才能跟着她前进，否则非常危险，他一步也不敢迈。阿春十分艰难地在前面开路，水深的地方甚至淹到了她的腰部。水自北往南奔流，所以他们沿着东西向的道路往西走，而横过两三处十字路口是最紧张的时候。有一处拉起了绳索，他们抓着绳索蹚过去，另一处，有担任警戒的自卫团员帮助他们，但是有一个路口，没有任何便利的条件，主仆俩只好身体紧紧地靠在一起，阿春拄着那把洋伞，好不容易才横渡过去。

可是，幸子无暇庆幸悦子平安归来或是为此感激丈夫和阿春，听完丈夫说了以上话后便迫不及待地问：

“喂，小妹呢？”说着又哭起来了。

5

平时，往返小学校一次不到半个小时，而这一次贞之助却用了一小时以上。这段时间里，关于住吉川泛滥的消息渐渐传来，国道的田中车站以西，全是一片浊流，旋涡翻卷，势若江河，因而野寄、横屋和青木等地受灾最为惨重，公路以南的甲南市场和高尔夫球场都淹没了，已与大海连成一片，人畜死伤、房屋倒塌流失不计其数。幸子等人约略知道了以上种种情况，总而言之，传来的都是些令人悲观的消息。

不过，贞之助曾在东京亲身经历过关东大地震①，知道这种情况下的传闻，往往会夸大其词，他便以这个例子来宽慰幸子，因为她对妙子的生存已不抱太多希望了。贞之助说："听说沿着铁道走，能走到本山车站，总之能走多远我就走多远，亲眼去看个究竟。如果水势真像传闻那样严重，即使自己去了也无能为力。不过，我总觉得不至于那么严重。大地震时我已经知道，发生这类天灾时，人的死亡率却小得出乎意外。旁人认为在劫难逃的场合却往往幸免于难了。无论如何，现在又哭又闹还为时过早，你沉住气等我回来就是了。另外，哪怕我回来晚一些也请不必为我担心，我决不会盲目冒险，走到不能再前进的地方我就会折回来。"贞之助说罢叫人准备一些饭团以防饥，还在口袋里装了点白兰地和两三种药品，刚才穿长筒靴吃了苦头，于是换上了短筒雨靴，再套上一条灯笼裤，又出发了。

沿着铁道走到野寄大约有四公里路。平时喜爱散步的贞之助，对这一带的地理环境非常熟悉，也经常从那所裁剪学院前面经过。使他犹抱一线希望的是那所学院的位置：从铁道省营线的本山车站往西走千余米的南边，隔一条马路就是甲南女子中学，从这所学校再往西走不远，以路轨为起点再往南走一百米左右的地方便是裁剪学院。如果能沿着路轨走到女子中学附近，也许就能走到裁剪学院，即使走不到也能探明那所学院的受灾状况。

贞之助一出门，阿春又冒冒失失地追上来了。"不行，这次你不能去！更

① 关东大地震：1923年9月1日，日本关东地区发生地震。死伤十五万人，损失财产六十五亿日元。

主要的是，只有幸子和悦子在家，我放心不下，你好好看家吧！”他严厉地把她撵了回去，朝北走到离家五十米处，登上了电车轨道，走出几百米远，全然没有看见水，只是树林两侧的田地里有两三尺深的积水。穿过树林来到田边时，反而只有电车轨道的北边有水，南边与平时一样。但随着渐渐走近本山车站，南侧也能见到积水了。但是在电车轨道上行走还是安全的，贞之助并不觉得特别的困难和危险。他时不时遇见三三两两的甲南高等学校的学生结伴走来，便叫住他们打听情况，他们都说：“这一带还没什么，本山车站那边可不得了。再走过去一些就能看到，那边都成汪洋大海了。”贞之助告诉他们，他打算到野寄的甲南女子中学的西边去，他们说：“那一带恐怕灾情最严重。我们离开学校的时候，水还在往上涨，现在也许连西面的电车轨道也淹没了。”不一会，贞之助走到了本山车站，发现这一带水势的确令人惊骇。他想歇息一阵，便从路轨走进车站。站前的马路已完全泡在水里，水不断地涌入车站内，入口处已码起了沙袋和草席子，车站员工和学生们轮流用扫帚把渗进来的水扫出去。贞之助想，若在此间停留少不得自己也要拿起扫帚忙活一阵。因此，他抽了一支烟，又冒着一阵更猛烈的大雨，重新上了路轨往前走去。

山洪全是黄而混浊的泥水，很像扬子江水，黄水中不时翻滚着像豆沙馅一般黏糊糊的黑东西。贞之助不知不觉间已走在水中了，他吃了一惊，不觉叫了一声“啊呀”。这时他察觉到了，他散步时经常来田中这一带，这里的一条小河现在也泛滥了，而且河水漫上了架设在河上的铁桥。走过铁桥不久，路轨上又不见水了，可是两侧的水位相当高，贞之助站在这里朝前眺望，这时才真正体会到了刚才学生们说的“汪洋大海”的意味。在这种场合下，用“雄伟”“壮观”之类词语来形容也许不太适合，然而，事实上最初给人的感觉与其说是可怕，不如说用这些字眼更为恰切。与其说是惊讶，不如说是他看得茫然着迷了。这一带大体处在从六甲山脚到大阪湾的朝南倾斜的缓坡上，这里有田园、松林、小河，其间疏落点缀着古朴的农舍和红屋顶的洋房。据贞之助看来,这里地势高旷,空气干爽,景色明丽,在阪神地区算得上最适宜散步的处所。而现在风貌恰恰为之一变,不禁使人想起了洪水泛滥的扬子江和黄河。而且,与普通洪水不同,它是从六甲山深处山崩倾泻的泥水,后浪追逐前浪,掀起雪白浪花的怒涛喷扬飞沫,看上去恰似一锅煮得沸沸扬扬的滚汤。确实,当巨浪起伏的时候,那不是河流,而是海洋——乌黑、混浊的土用波[①]涌来时的泥海。贞之助脚下的这条路轨,像码头一样在这泥海中延伸,有的地段眼看就要沉没在渐渐逼近的洪水之中,还有一些地段,路基的泥土已全被水淘空,只有枕木和铁轨像梯子一样悬浮在水面上。贞之助忽然发现脚跟前有两只小螃蟹在匆促地爬行,大概是因为小河泛滥,它们逃到路轨上来了。在这种场合,如果他只是独自步行,恐怕会在这里退回去。可是,在这里他又碰上了甲南高等学校的学生,和他们结成了旅伴。今天早晨,他们抵校后一两小时便发生了这场水灾,只得停课,他们涉水逃到冈本车站,听说阪急电车已不通车,又跑到铁道省营线的本山车站,谁知也不通车,便在车站暂时休息(刚才在站内帮着扫水的就是他们)。水还在一个劲地往上涨,他们待在那里也惶惶不安,决定分成两组沿着路轨回家,一组回大阪,一组回神户。这些人都是朝气蓬勃的青少年,并不感到怎样危险,有时谁陷进了泥水,大家还觉得可笑,高声起哄。贞之助紧跟在他们后面,走在悬在空中的铁轨上,从这根枕木跳到那根枕木,好不容易走完这一段,脚下却是令人头晕目眩的滚滚激流。由于流水和下雨声音的干扰,直到此刻他们才听见有人在呼喊“喂——!喂——!”抬眼一看,前面五十米远的地方一辆列车抛锚了。几个同校的学生从车窗里探出头来喊这边的同学:“你们打算到哪里去呀?再往前走很危险,听说住吉川水很大,根本过不去,还是上车来吧。”贞之助无可奈何,也只好和他们一起走进车厢。

这节车厢是下行快车的三等车厢,除甲南的学生以外,还有各种各样

① 土用波:立秋前十八日间的大浪。

的人在避难：其中有几家朝鲜人坐在一处，大概是房屋都被水冲垮了，仅以身免，逃到这儿来的；一个带着女佣的老太婆，面有病色，不一会儿，她便唧唧哝哝地念起佛来了；还有一个绸缎行商模样的男人，只穿着麻布衬衣和短裤，哆哆嗦嗦地将一个沾满泥水的装绸缎的大包袱放在身前，把淋湿了的单衣和毛线围腰晾在坐椅背上。也许是因为同伴增加了，学生们更加兴奋得直嚷嚷。有的从口袋里掏出太妃糖来吃，还分给朋友们；有的脱下长筒靴倒放着，倒掉里面的泥沙污水；有的脱下袜子，瞅着自己那泡得发白的脚丫子；有的在拧湿透了的制服和衬衣；有的光着膀子在擦身；有的因为浑身湿淋淋的，不好意思就座而愣站着。他们轮流看着窗外，七嘴八舌地嚷着喊着。"瞧！一个屋顶漂来了！""漂来榻榻米了！""木材！""自行车！""哎呀，冲来一辆汽车！"

"喂！有一条狗！"突然，有一个学生嚷道，"……去救救那条狗吧！"

"你说什么？不是条死狗吗？"

"不，不！还活着呢！你看，就在路轨上。"

这是一只中等大小的杂种狸犬，浑身是泥，缩着身子蹲在雨打不着的车轮下面 哆嗦。几个学生一边说着"去救它、去救它"，一边下车把它拉了上来。那畜生一进车厢，便扑棱扑棱地晃了晃脑袋，抖掉身上的水，走到救它的少年跟前，温驯地跪了下来，用受惊后充满恐惧的眼光直直地仰视着他。有人把糖送到它鼻子前面，它只是闻一闻，压根儿不想吃。

因为雨水湿透了西装，贞之助也觉得冷起来了。他脱掉雨衣和上衣，搭在椅背上，喝了一两杯白兰地，点上了香烟，看手表已是下午一点，可是一点也不觉得饿，不想打开便当盒。他从座位上朝山边望去，看见了正北面泡在水里的本山第二小学校。学校一楼南侧的一排窗户，恰似巨大的闸门一样洞开着，浊流轰涌而出。既然能看到那小学校，那么这列车所停的位置是在甲南女子中学的西南方向，距离不过五十米左右。因此，要是平时从这里去裁剪学院只要几分钟。

过了不久，车厢内的学生们渐渐不像先前那样兴奋了，不约而同地哭丧着脸，即使是这些血气方刚的青年人，也难以否认事态的发展越来越令人笑不起来了。贞之助探头朝外看时，刚才自己和学生们一起走过来的路——本山车站和列车之间的路轨已完全被水淹没了，只剩下列车所在处还像个孤岛兀立着。可是，这里也说不准什么时候会被淹没，弄不好铁轨下面的路基也会崩坍。看起来这段铁道的路基有六七尺高，但水还在不断上涨，从山上涌来的浊流猛烈地冲击着路基正面，像波浪撞击礁石一样，碎裂成浪花、哗啦哗啦地激起飞沫，连车厢里都浇得湿漉漉的，大家慌忙把窗子关上。看窗外，只见浊流滚滚，互相撞击，掀涌起巨浪，翻卷着旋涡，鼓荡起水花。这时，突然有一个邮递员从前面车厢逃进这节车厢，紧接着十五六个避难者蜂拥而入，随后乘务员也跟着来了，他说：

“诸位，请到后面那节车厢去！水已经涨到前方的路轨上来了。”

大家十万火急地扛起行李，搂着晾的衣物，提着长筒靴，迅速向后面的车厢转移。

“乘务员，可以躺在卧铺上吗？”有人问。原来这是三等卧铺车厢。

“没问题，在这种情况下……”

有的学生在卧铺上躺下了，看来还是沉不住气，很多人又坐起来眺望窗外。轰隆轰隆的波涛声渐渐剧烈，在车厢里也是震耳欲聋。刚才那位老太婆现在又开始虔诚地念佛，喃喃念佛声中还夹杂着朝鲜人小孩们突如其来的哭叫声。

“啊！水涨到路轨上来了！”

不知谁惊叫了一声，大家都站起来拥到北面窗口朝外看。尽管洪水还没有涨到这条下行路轨，但已逼近路基边沿，快要漫过相邻的上行路轨了。

“乘务员，这儿安全吗？”一位像是住在阪神地区的三十岁左右的太太问道。

“怎么说呢……如果能逃到更安全的地方还是逃出去为好……”

贞之助呆呆地看着一辆拖车在旋涡中旋转着漂流而去。出门时,他曾对幸子说过不干冒险事,看到有危险便中途退回,可是不知不觉中却陷入了这种困境。他并没有想到"死"字。他认为没有什么了不起,自己又不是妇女和孩子,即使到了紧急关头也可以设法逃出生天。这时他突然想起了妙子所在的裁剪学院大部分是平房,不禁感到极端不安。刚才还觉得妻子的过分忧虑有点超出常识,现在想来毕竟是同胞骨肉才有某种预感——这时,贞之助脑海中特别鲜明地浮现出一个月前即六月五号妙子跳《雪》舞的娇美可爱的姿态。他又不禁一一回想起来:那天以她为中心的全家合影,妻子毫无来由地流泪,等等。说不定这时妙子正趴在那栋房子的屋顶上呼救。自己已经来到与她近在咫尺之处,难道真的无计可施吗?自己只能一直待在这里徒唤奈何吗?既然都来到这里了,哪怕是冒点儿险,如果不设法把妙子带回去,怎么向妻子交代呢?……这时,他眼前一会儿浮现出妻子充满感激的笑脸,一会儿浮现出刚才她那绝望哭泣的面孔。

贞之助一边七思八想,一边目不转睛地瞪着窗外,突然,他发现了一件令人激动的事情:不知什么时候路轨南侧的水位降低了,不少地方露出了沙子。相反,北侧的水头还在继续上涨,浪头越过上行路轨,正向这边涌来。

"这边的水退了!"一个学生喊道。

"啊,真的。喂,这样就能走了!"

"到甲南女子中学去吧!"

学生们最先跳下车,接着大部分人提着箱子,背着包袱,纷纷下车,贞之助也是其中之一,他不顾一切地朝路基下跑去。这时,在轨道北侧,一股巨大的浪潮从北面猛烈地冲击列车,发出凄厉的啸声如同瀑布一般从头顶上倾泻下来。一根大木头突然从横里冲过来。贞之助好不容易从浊流中逃脱出来,走到退了水的地方,冷不防一双脚深深陷进了泥沙里,一直没到膝盖,他使劲拔出脚来,一只靴子又陷在泥沙中了。他在泥沙中挣扎着走了五六步,又遇到一条两米来宽的激流。前面的人几次差点儿被水冲倒、跌跌撞撞地走过去了。那激流的冲力远不是先前背悦子蹚水时可以比拟。半路上他好几次都感到绝望了:“我要被冲走了”“这下完蛋了!”好不容易渡过激流,他又噗嗤一声陷进了没腰深的泥沙里,他慌忙抱住一根电线杆爬了上去。这里离甲南女子中学的后门只有十来米了,除了跑进学校别无他法。但是,在这十多米之间还有一股激流,虽然近在咫尺却过不去。这时,门打开了,有人伸出一根耙子样的东西,贞之助抓住它,好歹被他拉进了校门。

6

这天下午一点多钟,雨势才真正减小,而洪水仍然毫无减退的迹象。直到三点钟左右雨才完全停止,漫天乌云中随处露出蓝天,水势也慢慢退了下去。

看到太阳出来了,幸子走到阳台的苇棚下一看,雨后的草坪青翠欲滴,两只白蝴蝶翩翩飞舞,紫丁香和楝树间杂草丛中积了一摊水,鸽子飞落在那里正在觅食,确实是一副悠闲的光景,唯有这里丝毫没有山洪肆虐的痕迹。尽管水、电和煤气全都停了,与其他灾区一样。但家中除自来水以外还有水井,饮用水和其他用水并无不便之处。幸子预料丈夫他们回来时会是满身泥水,刚才已吩咐女佣烧了洗澡水。阿春邀悦子到附近看洪水去了,家中一时鸦雀无声。只有后门口好像左邻右舍的男女仆佣轮番来打井水,因为马达停了,时不时听见吊桶落在井中“扑通”作响,也听见他们和阿秋、阿花谈论水灾的消息。

四点左右,在上本町看家的音爷爷的儿子庄吉从大阪来了,他是亲友中最早赶来探望的。在南海的高岛屋百货店工作的庄吉，因为大阪平安无事，做梦也没想到阪神之间竟会遭受如此的灾难，直到中午出了号外，他才知道住吉川和芦屋川沿岸受灾严重，下午便请了假急匆匆地跑出来，现在才赶到这里。途中他先后换乘了阪神电车、国道电车、阪国公共汽车等，甚至还拦过卡车和出租汽车，勉强让捎一程。车不能走的地方，就只得徒步或者蹚水。他背了一个装有食品的帆布背包，溅满泥水的裤子高高卷过膝盖，提着靴子，光着脚丫子。他说："在业平桥附近，看见那一片惨状，心想府上不知被糟践成什么样子了，感到心痛。可是走到这条街上一看，这里竟然这样安宁平静，简直令人难以相信。"他首先说了一通祝贺幸子的话。正在这时悦子回来了，他说："啲，小姐挺好啊！"平素表情丰富、爱饶舌的庄吉，今天装作鼻子不通似的声音说。过了一会儿，庄吉才像突然想起似的说："有什么我能效劳的吗？您只管吩咐。老爷和小妹怎么样了？"幸子就把今天早晨以来令她提心吊胆的事情详细地又说了一遍。

不过，幸子现在比今天早晨更加惴惴不安，因为她后来又听到了各种传闻：住吉川上游，从白鹤美术馆[①]到野村公馆一带，数十丈深的山谷都被砂土与巨石埋得踪迹全无；国道上架在住吉川上的大桥，上千斤的大石头和刮光了皮的大树重重堆积，交通为之阻塞；桥南二三百米处，地势低于马路的甲南公寓前面漂来许多尸体，全身粘满泥沙，形貌莫辨；神户市内洪灾也相当严重，阪神电车线的地下铁道被水淹没，淹死的乘客也大有人在。虽然这些流言一定掺杂着不少臆测、夸张的成分，其中最令幸子揪心的是甲南公寓前的尸体云云。因为，妙子所去的裁剪学院，正好在国道北侧五十米处、夹国道与公寓相对。公寓前漂来那么多尸体，正说明了它正北方向的野寄一带遇难者很多。

刚才，阿春和悦子一块儿回家了，阿春的报告像是进一步证实了幸子这

① 白鹤美术馆：位于神户市东滩区住吉町。为名酒"白鹤"酿造家嘉纳治兵卫（鹤翁）于1934年设立，展出他收集的东洋美术品。

种不祥的猜测。阿春和幸子的心思一样,逢人便打听野寄一带的灾情,人们众口一词:住吉川东岸灾情最严重的就是那一带,其他地方的水位已明显下降,只有那里仍无退水的迹象,有的地方水深一丈有余。

幸子相信丈夫不会莽撞行事,临出门时他还说过不会冒险,起初幸子并不怎么担心他。但是随着时间推移,她不光是担心妙子,也为丈夫忧虑了。既然野寄一带灾情那么严重,他就不可能走到那里,也该中途折回来了,可现在还没到家,究竟出了什么事呢?是不是他一心想着再往前走一点、再走一点,不知不觉地走进了危险区、被洪水卷走了?或者是,丈夫虽然行事谨慎,但是他一旦打定主意,很少半途而废,想方设法也要到达目的地,走这条路不行就绕另一条路,从各个方向试探着前进,或许他在什么地方等待水势减退。即使到达目的地成功救出了妙子,因为要涉水而归,自然很费时间,即使六七点钟到家也毫不足怪。幸子想象着最好的和最坏的情况,但是,她动不动就觉得坏的情况最有可能发生。庄吉说:“不会有那种事的。不过,既然您这么不放心,我就去看看吧。”幸子觉得,庄吉不一定能碰巧遇到他们,不过多少也感到些安慰,便说:“那就请你辛苦一趟吧。”庄吉迅速地做好了出发的准备,幸子把他送到后门,这时已将近五点了。

这栋房子的前门和后门各临一条街,幸子想顺便活动活动腿脚,就从后门往前门兜了个圈儿。今天电铃不管用,前门一直敞着,她跨进门朝院子走去。

“太太,”舒尔茨夫人从铁丝网上方探过头来说,“悦子的学校没出事,您放心了吧?”

“谢谢。悦子没事儿,可是妹妹太叫我担心了。我丈夫接她去了,可是现在还……”

幸子用舒尔茨夫人能听懂的说法,复述了一遍对庄吉说过的话。

“啊,原来是这样……”舒尔茨夫人皱着眉头、“啧啧”地咋舌说,“您的忧虑,我很理解。我同情您。”

“谢谢。你家先生呢？”

“唉，我家先生还没回来，我很担心。”

“啊，那他真是到神户去了吗？”

“我想是这样的……但是神户也闹水灾了，滩、六甲、大石川都是水、水、水！……我丈夫，佩特、罗斯玛丽，不知道都怎么样了？现在在哪里呢？……我，非常非常担心！”

这位夫人的丈夫舒尔茨先生，体格魁梧，一见便知是个可以信赖的伟丈夫，也是一个理智健全的德国人，幸子认为他不至于遇到一点洪水就会出事。至于佩特和罗斯玛丽，他们那所学校，位于神户地势较高的地区，肯定不会遭灾，恐怕只是因为洪水阻碍了归路而已。可是舒尔茨夫人却难免胡思乱想，不管幸子怎么宽慰，她一句也听不进去，只是说：“不，我听说了，神户的水挺大，很多很多人死了。”看她那泪流满面的样子，幸子也像她的亲人一般感到难受，说着说着，最后她也不知道说什么好，只有笨嘴笨舌地反复说些客套话：“一定不会出事……衷心祝愿您全家平安无事……”

幸子正在为安慰舒尔茨夫人挠头时，约翰尼朝大门方向窜去，像是来了人的光景，莫不是丈夫他们回来了？幸子不由得心里扑通直跳，只见一个穿藏青色西装戴巴拿马草帽的人影儿一晃，从花木丛的那边向门口走去。

“是哪一位？”幸子看见阿春从阳台上走到院子里，迎上前去问道。

“是奥畑先生。”

“哦……”幸子显得有点狼狈，她压根儿没有想到奥畑今天会来探望。然而，可不是么？他理所当然应当来的。但是，该怎样应付他呢？事实上，她自己早已想好了，丈夫也吩咐过她，奥畑再来时要尽可能冷淡一些，在门口见上一面便打发他回去。但是在今天这种情况下，他也许会要求在这里等待小妹的消息，如果冷冰冰地拒绝，似乎太没人情味了。说实话，今天幸子也想让奥畑在这里等候，叫他看到妙子平安归来，和大家一起高兴一番。

“奥畑先生问小妹在不在家，我说还没回来，他说，既然是这样，他想见一见太太……”阿春说。

他和妙子的事情，除幸子以外对家中的人都保密，他也应该知道这一点。可是，这位惯于装模作样、慢条斯理的奥畑，今天竟然着起急来一反常态，向传达的女佣打听妙子。幸子觉得在今天这种情况下可以原谅他，纵然有失检点，但也还博得了幸子的一些好感。

“先请他进来吧。”

幸子趁此机会向仍旧伸着脑袋站在铁丝网前的舒尔茨夫人说：“我家来客人了……”道过歉后，她上楼去了。从今天早晨起，她哭了不知多少遍，眼泡都肿了，得稍微修饰一下。

因为停电冰箱不能用，幸子吩咐女佣给奥畑端去在井水中镇凉了的麦茶，并让他稍等片刻。过会儿，幸子走进客厅，奥畑又像上次一样站起来，摆出一副立正的姿势。他那拾掇得笔挺的藏青哔叽西装裤上，褶痕笔直，几乎没沾一点泥水，这和刚才来的满身泥泞的庄吉相比，简直天差地别。据奥畑说，他刚才听说阪神电车的大阪至青木段已经通车了，便乘电车到了阪神线的芦屋车站。从车站到这里只走了一公里多路，途中有的地方水还没有退尽，但不大碍事，脱掉鞋子卷起裤腿就走过来了。

“本来应该早点儿来问候，可是，我一点儿也不知道出了号外，我是刚才才听说的。我想今天是她上裁剪学院的日子，也许她还没出去就发洪水了，如果那样就好了……”

老实说，今天幸子请奥畑进来也有她的私心。她心想，在今天这种情况下，也许奥畑最能理解自己的忧虑，向他倾吐自己怎样祈祷丈夫和妹妹的平安，能使自己坐立不安、分分秒秒企盼亲人归来的心情稍稍得到宽解。但是，当她隔着桌子与奥畑相对时，又觉得自己想错了，对奥畑过于吐露心声并非好事。虽然奥畑想知道妙子消息的心情并非伪装，但他那忧虑的表情和言谈，总让人觉得有点做作。这使得幸子迅速产生了戒心：是不是他想借此机会钻入这个家庭呢？幸子尽量不带感情地回答了他的问题：涨水发生在妙子到裁剪学院后不久；裁剪学院附近灾情特别严重，妙子的安危令她极为担忧；因为忧心如焚就拜托了丈夫，无论如何要就近去打听消息，丈夫是上午十一点左右出门的；一小时前从上本町来问安的庄吉又去了；可是至今谁也没有回来，使人越发心惊肉跳；等等。不出所料，奥畑吞吞吐吐地说："那么，请允许我在这儿等一等可以吗？"幸子痛快地答应了他："请便，你随意休息会儿吧。"幸子说罢便径自上楼去了。

"客人说还要在这里坐一会儿，你们拿点什么读物给他送去。"幸子让女佣送去两三种新杂志，还给泡上红茶，自己再没有下楼。突然，她想起刚才悦子对来客感到好奇，不时从走廊里窥看客厅，便站在楼梯口喊她："小悦，你来一下！"叫来悦子后，她说：

"你可有个坏毛病！有客人的时候，你干吗偷看客厅？"

"我没偷看。"

"撒谎！妈妈明明看见了。你这么做对客人不礼貌！"

悦子脸红了，眼睛朝上翻，低着脑袋，但马上要又下楼去。

"别下去，待在楼上。"

"为什么？"

"在楼上做作业。明天你们学校该上课了。"说着幸子不由分说将悦子关进六铺席间，给了她课本和笔记本，在桌子底下点上蚊香，然后走到八铺席间的缘廊上，凝望着街上丈夫他们回家的那个方向。忽然，从舒尔茨住宅方向传来洪亮的喊声："喂！"幸子朝那边看去，只见舒尔茨一边高举双手大喊夫人的名字"希尔达！希尔达！"，一边从大门转向后院，身后紧跟着佩特和罗斯玛丽。正在后院做着什么的夫人也尖叫一声"啊！"，立即抱着舒尔茨一阵狂吻。虽然太阳已经下山，院子里还明亮，透过篱笆墙梧桐和楝树的树叶间隙，幸子清楚地看见在西洋电影中常见的那种拥抱的镜头。夫妇俩刚分开了，接着佩特和罗斯玛丽轮流扑到夫人怀里。依在栏杆边蹲着的幸子，悄悄地从缘廊躲到拉窗后面，舒尔茨夫人好像没有发现让幸子看到了似的，她放开罗斯玛丽，兴高采烈地从篱笆上伸出头来。

“太太！”她一边睁大眼睛在院子里搜寻，一边大叫，“太太，我的丈夫回来了！我的佩特和罗斯玛丽也回来了！”

“啊，太好了！”幸子情不自禁地从拉窗后面跑到栏杆边站住，与此同时，在隔壁房间学习的悦子，也把铅笔一扔跑到窗边。

“佩特，露米！”

“万岁！”

“万岁！”

三个孩子楼上楼下一个劲地挥手欢呼，舒尔茨夫妇也伸出手来挥个不停。

“太太！”这次是楼上的幸子在叫喊，“你家先生去神户了吗？”

“我丈夫在去神户的路上碰到了佩特和罗斯玛丽，就一起回来了。”

“啊，是在路上碰到的，真是太好了……喂！佩特！”夫人的日语听着让人着急，就对佩特说，“你是在什么地方碰上爸爸的？”

“在国道的德井附近。”

“啊，从神户到德井是走着去的吗？”

“不，不是。从三宫到滩，有铁道省营电车。”

“哦，电车通到滩了吗？”

“是的。我带着露米从滩走到德井，就遇见爸爸了。”

“能遇上你爸爸，真是太巧了！从德井回来是走哪条路呢？”

“走国道，不过，也走过别的地方，铁道省营电车的路轨啦，比它更靠近山脚的地方啦，没有路的地方啦……”

“那可真不容易！洪水没退的地方还很多吗？”

“不多了……只有很少的地方……东一片西一片的……”

佩特说的情况，再追问下去也有些不甚了了，比如他们是经过什么地方、怎样走过来的，哪一带的水还没有退，路上情况如何，等等，都问不出个究竟。然而,像罗斯玛丽那样的小女孩都平安回来了,而且他们三个人的衣服也没沾很多泥水,想来他们在回家途中没有遭遇多大的困难和危险。这样一来,幸子对丈夫和妹妹的迟迟不归就越发百思不解。既然这样的少男少女尚且在这么短的时间内从神户走回来了,丈夫和妹妹早就该回来了,而他们至今未归,只能认为他们是发生了什么事故,而且这个事故很可能发生在妙子身上,而贞之助,也许还有庄吉,都是为了营救或者寻找妙子才花费了这么多时间。

"太太,你家先生、妹妹怎么样了?还没回来吗?"

"还没回来。舒尔茨先生和孩子们都回来了,不知道他们为什么还不回来,我真担心!"幸子说着说着,忍不住哭起来了,让梧桐叶遮住了半边脸的舒尔茨夫人,照例啧啧咋舌。

"太太!"这时阿春上楼来伏在门槛上说,"奥畑先生说他也想去野寄方面看看,要我向太太禀告一声。"

7

幸子走下楼时,奥畑已经站在大门旁的土间,拄着一根白蜡木手杖,手杖上镶的饰件金光闪闪。

"我刚才听到你们谈话,那么小的西洋人的孩子都回来了,为什么小妹还没回呢?"

"是啊,我也这么想呢。"

"不管怎么说,实在太晚了,我想到那边去看看,说不定我还会来的……"

"那太感谢了,不过,天都黑了,还是在这儿再等一等……"

“但是,我有些坐不住了,与其在这里干等,不如去跑一趟。”

“啊,是这样的……”在今天这种情况下,无论谁视妹妹为亲人,她都感激涕零,终于她当着这个青年的面也不禁热泪滚滚而下。

“那么,我走了……也请姐姐别这样担心……”

“谢谢!你也得注意着点……”幸子自己也走下土间,“喂,你带了手电吗?”

“带了。”奥畑说着从放在木板台阶上的巴拿马草帽底下慌慌张张地掏出两样东西,把其中一样匆匆塞进口袋。一样是手电筒,但塞进口袋里的肯定不是徕卡就是康太斯照相机,也许他觉得在这种时刻还带着这玩意儿有点难为情。

奥畑走后,幸子靠着门柱伫立了好一阵,一直眺望那苍茫暮色,看那光景丈夫他们还不会回来,她只好返回客厅。为了镇定一下自己的焦急不安,她点上蜡烛,坐到椅子上。这时,阿春进来说晚餐已经准备好了,幸子见她畏畏葸葸察言观色的样子,这才注意到晚餐时间早已过了,但是她毫无食欲,便说:“我不吃,你让悦子先吃吧。”可是,阿春上楼问了一声,马上下楼来说“小姐也说等一会儿再吃”。平时独自待在楼上就会感到寂寞难耐的悦子,今天做完了作业还老老实实缩在房里,真是件稀罕事儿。幸子觉得奇怪,或许悦子也知道在这种时候去烦妈妈准得挨骂,决定不靠近母亲身边。幸子坐了二三十分钟又沉不住气了,不知怎么想的,她走上二楼,也不惊动悦子,悄悄地走进妙子的房间,点燃蜡烛,身不由己似的朝南面挂着的镜框下走去,开始一一端详其中嵌着的四幅照片。

这是上月五号乡土会时板仓给妙子拍的《雪》舞照片。那天妙子跳舞时,板仓始终把镜头对着她,拍了大量照片。傍晚,她卸妆前,板仓又要求她站在金屏风前摆出各种姿势照了几张。这镜框中四张照片,是妙子从他送来的大量照片中亲自挑选出来并让他放大为四开相纸大的,也都是后来应板仓的特别要求拍摄的。板仓拍照时忙得不亦乐乎,在光线、效果等方面煞费苦心。令人佩服的是，板仓好像看舞蹈极为上心，要求妙子摆姿势时，他还记得一些台词和动作，诸如“小妹，有一处叫作‘衾寒枕冷’吧？”或者“请摆一个‘枕上独听霰雪声’时的姿势！”有时他还演示给妙子看。因此，这些照片也可以说是板仓的杰作了。说来奇怪，幸子看着照片，竟清清楚楚地回忆起那天妙子无意中说的话、做的事，哪怕是一个小小的动作，一个眼神，一个词儿。那一天是妙子首次公开表演《雪》舞，却跳得非常出色。不止幸子有那种感觉，连鹭作师傅也赞赏不已。这当然是师傅每天不辞辛苦远道而来精心指导的结果，也是因为妙子从小就学过舞蹈，再加上生性聪颖，尽管这样说有些偏心自己的妹妹。遇事容易激动流泪的幸子，那天看到妹妹跳舞大有长进，不由得流下了热泪。幸子如今对着这些照片，那种激动又涌上心来。

在这四张照片中，她最喜欢的是伴唱者唱了“心随夜半钟声远逝”之后演奏过门时妙子所摆的姿势。她把打开的伞放在身后，弯腰下跪，上身斜向左方，双袖合拢，侧耳倾听由近而远消逝在雪空中的钟声。幸子屡次看见练习时妙子合着师傅口哼的三味线曲摆成这个姿势。到了演出那天，加上服装和发型的映衬，看来比练习时又精彩出几倍。为什么如此喜爱妙子这么个模样，幸子也说不出所以然，恐怕是因为这显示了时髦的妙子平时不为人见的一些柔情吧。在幸子看来，妙子在姐妹中别具一格，性格活泼，富有进取心，是一个想到什么都敢旁若无人去做的新女性，有时甚至令幸子感到可恨。但现在端详这个舞姿，她发觉妙子毕竟还保有往昔日本女子的安详、温柔，一种与过去不同的怜爱油然而生。妙子梳了从来未梳过的发式，又使用了旧式化妆，容貌为之一变，那种天生的年轻泼辣劲儿消失了，呈现出与实际年龄相称的端庄、持重的美，这也令幸子颇有好感。

如今想来，正好在一个月前，妹妹以这优美的姿态照下这种照片，幸子总觉得并非偶然，有一种不祥的预感。这么说来，那一天贞之助、幸子和悦子把妙子围在中间照相，会不会成为一张可怕的纪念照呢？幸子记得当时看见妙子穿着姐姐的婚礼服装，无缘无故地伤感欲泣。她曾期待有朝一日能看到这个妹妹盛妆出嫁，难道这个愿望已成泡影，这照片上的姿容也成为她最后的盛装了？幸子想极力打消这个念头，但她长久地凝视着那镜框竟感到害怕起来，转而把视线移向壁龛一角的交错搁板橱架，那里也摆着个妙子最近制成的《羽毛小侍女》[①]偶人。两三年前，当第六代尾上菊五郎在大阪歌舞伎剧院饰演这个和《游方僧》[②]时，妙子去看过几次。看来她当时仔细观察过第六代的舞蹈，这个偶人虽然脸不怎么像，但在身段等方面巧妙地把握住了演员特点，活脱脱就是菊五郎。真的，不论让妹妹做什么她都能心灵手巧地做出来……妙子出生最晚，成长过程最为艰难，她比几个姐姐都老于世故，反而把自己和雪子当妹妹看待……自己总是过多地怜恤雪子，对这位妹妹多少有些疏远，她不禁深感内疚，今后要一视同仁对待妙子和雪子。当然，她不会有什么意外，只要她平安归来，一定要说服丈夫让她出国，甚至成全她与奥畑的婚事。

外面天色已全黑了，没有电灯，夜色更加浓重幽邃，远处传来几声蛙鸣，更显得寂静。从院子里的树叶间隙突然透漏出来灯光，幸子到缘廊里一看，原来是舒尔茨家餐厅里点燃了蜡烛。幸子听到舒尔茨在高声讲着什么，还夹杂着佩特和罗斯玛丽的声音。大概是他们全家团聚，坐在餐桌周围，父亲、儿子、女儿，轮流把今天的历险记告诉母亲。幸子看着那摇曳的烛光，可以推知邻家欢聚晚餐的幸福情景，同时，自己又忐忑不安了。正在这时，她听到约翰尼从草坪上跑出去的声音。

---

① 《羽毛小侍女》：濑川如皋作词，第一代杵屋正次郎作曲的歌舞伎舞蹈《春昔由缘英》的别称。天明五年（1785）在江户的桐座首演。将侍候高级妓女的小侍女舞蹈化，有对打羽毛毽子、踢毽子等舞蹈动作。第六代尾上菊五郎饰演的小侍女颇得好评，有开幕时肩扛毽子板从布帘后伸出头来亮相等造型。

② 《游方僧》：清元节（净琉璃的一派，曲调清婉，富于民众性）的剧目。原是文化八年（1811）首演的歌舞伎舞蹈《七枚续花之姿绘》（第二代樱田治助作词、第二代杵屋正次郎作曲）中之一段。昭和六年（1931）第六代菊五郎将其改编为清元节重新演出。

"我回来了！"门口传来庄吉兴奋的喊声。

"妈妈！"隔壁的悦子尖叫道。

"啊，可回来了！"幸子也喃喃说了一声，两个人随即从楼上飞奔而下。

大门那边漆黑一团，看不清楚，不过在庄吉说过"我回来了"后，她又听到丈夫的声音说："回来了！"

"小妹呢？"

"小妹也回来了！"丈夫立即答道。但没听到妙子回答，幸子不放心，急忙问：

"怎么的了，小妹？……怎么的了？"

幸子朝土间望去，这时阿春从后面擎来烛台。在闪烁不定的烛光中，幸子逐渐看清了他们三个人，这时她终于看见妙子了，她身穿一件从未见过的、与今晨出外时完全不同的绵绸单衣，站在那儿睁大眼睛直愣愣地瞪着这边。

"二姐……"妙子极其激动地颤声呻吟着，一刹那从紧张中松弛下来，便抽抽噎噎地哭了起来，身子像倒下去似的低头伏在木板台阶上。

"你怎么了，小妹？……受伤了吗？"

"没受伤。"又是丈夫回答，"她今天可真是九死一生，多亏板仓救了她。"

"板仓？"幸子朝他们三个人身后看去，并不见板仓。

"待会儿再说吧，先给我提桶水来。"贞之助浑身是泥，雨靴也不知哪儿去了，赤脚穿着一双木屐，木屐上、脚上和小腿上全都是泥。

8

妙子遇险的经过，当晚由她本人和贞之助相继说给幸子听了，其概况如下：

这天早晨，阿春送悦子上学回来后不久，大约八点四五十分钟，妙子出门了。像平常一样，她在国道的津知车站坐上公共汽车。当时已是大雨倾盆，但汽车还在运行，她照例在甲南女子中学前车站下车，当她走进与学校只有几步之遥的裁剪学院大门时已是九点钟前后。这里虽名为学院，其实更像散漫的私塾。由于天气恶劣，纷纷传说要涨水，缺席者很多，来了的也惶恐不安，所以学院决定停课一天。大家都回去了，只有妙子让玉置女士留下来喝咖啡。她俩在位于别栋的玉置住宅中坐下来聊天。玉置比妙子大七八岁，丈夫是工学士，在住友轧铜厂任工程师，有一个上小学的男孩，她自己也在神户的一家百货店的妇女西装部当顾问，同时经营这所裁剪学院。

这座住宅是一栋西班牙风格的别致的平房，庭院和校园相连，中间开有一扇便门。女士对妙子的亲近超过一般的师生关系，经常邀请她来家里。当时妙子在会客室里，听玉置女士介绍法国的有关情况以作留学的参考。玉置女士曾在巴黎进修数年，她劝妙子一定要去法国一趟，自己会尽微薄之力为其引荐。说着她点燃了酒精炉开始煮咖啡，这时暴雨正以令人恐惧之势倾泻而下，妙子犹豫地说："唉，怎么办呢？这样可就回不去了……"玉置安慰她说："没事儿，等雨小了我也要出门，请再休息一会儿。"两人正在交谈，只听得一声"我回来了"，玉置十岁的孩子阿弘气喘吁吁地跑进来了。"学校怎么了？""今天只上了一节课就放学了，说是一涨水回家的路上会有危险，就提前放学了。""嗬？涨水了吗？"女士追问道。"您说什么呀？刚才我在前面走，水就在后面哗啦哗啦直追，我拼着命儿跑才没让它撵上。"

阿弘说话间院子里已经哗哗地冲进滔滔泥水，眼看就要漫过地板了。玉置和妙子慌忙把这边的门关上。这时，又听到走廊那边犹如涨潮似的喧嚣声，水从刚才阿弘进来的那房门轰涌而入。门从里面刚闩上又马上被洪水冲开，三个人只得用身体暂时顶住门。但是，洪水还是嗵嗵地撞击着门，似乎非要破门而入不可。三个人一起动手把桌椅都搬来顶门，一把安乐椅也顶在后面，阿弘也盘腿坐在上面拼命抵抗。没多久，阿弘突然哈哈大笑。原来，洪水掀开门冲了进来，把安乐椅连同阿弘都给浮起来了。“啊，糟了！别让唱片弄湿了！”玉置高声喊道，她们慌忙把唱片从柜中搬出来，想放在高处，可是没有搁架，只得堆在已泡在水中的钢琴上。她们正忙活着，水已淹齐腹部，三张一套的桌子、煮咖啡的玻璃壶，还有糖罐和康乃馨花等，各种各样的东西东一个西一个开始浮起来，在室内四处晃荡。玉置说：“喂，妙子小姐，那个偶人不要紧吧？”她注意到摆在壁炉架上的妙子制作的法兰西偶人，“放心吧，水不会涨那么高。”实际上，直到这时三个人还觉得有点好玩，说说笑笑的。阿弘的书包被水冲走了，他伸手去抓，冷不防被漂来的收音机的一角磕了一下头，他叫一声“哎哟！好痛！”玉置、妙子和捂着脑袋的阿弘都感到好玩，一齐笑了起来。就这样闹腾了半小时左右，忽然间，不知从什么时候起，三人不约而同地绷着脸儿谁也不吭声了。据妙子回忆，一眨眼工夫水便淹齐胸脯，她抓住窗帘靠在墙上，大概是给窗帘碰着了，一个镜框从头上掉下来，漂浮在她眼前。那是玉置女士珍藏的岸田刘生[1]画的《丽子像》，那镜框在水中载浮载沉地朝房间一角漂去，玉置女士和妙子都束手无策，虽然心疼，也只能眼睁睁地看着。“阿弘，不要紧吧？”玉置女士这时声音都变了。“嗯”那孩子应了一声，因为脚够不着地，他已爬到钢琴上去了。

妙子这时想起了小时候看过的西洋侦探电影里的一个场面：侦探突然掉进地下室，地下室像四面密封的箱子，水不断灌进来，侦探一点一点地被水淹没。当时三个人的位置也是分散的：阿弘在东边的钢琴上，妙子在西窗的窗帘处，玉置女士坐在房中原用来撑门又被水冲回的桌子上。妙子觉得自己站不住脚了，便抓住窗帘，用脚试探有什么垫脚的东西，正好碰到了三张一套

---

① 岸田刘生（1891—1929）：西洋画家，东京出生，参加了白马会、木炭画会，创立了草土社，喜好北欧古典画、中国画，代表作有《丽子像》《村女》，著作有《初期亲笔浮世绘》等。

桌子中的一张,她便将它横倒,站了上去(后来才知道当时泥水浓厚,大部分是砂土,反而起了粘着作用。水退了以后去看时,桌椅等物都埋在砂土里难以移动。还有很多房屋因里面灌满了砂土,才免于倒塌和流失)。他们不是没有想过要逃出去,也许可以破窗而出,但妙子朝窗外一看(那是上下活动的窗子,刚才雨打进来时才关上了,上部留了一两寸空隙),外边水位和室内一般高,而且室内的水像沼泽一样渐渐沉淀了,相反,窗外的激流却非常湍急。窗外四五尺远处有一个挡西晒的藤棚,除此以外,那里是一片草坪,既没有大树,也没有房屋。倘若从窗口跳出去,设法游到藤棚边,再爬上去那就太好不过了,可是泅不到藤棚就会被激流卷走。阿弘站在钢琴上伸手在天花板上摸来摸去。确实,此刻如能打通天花板爬上屋顶,无疑是目前最好的方法,但是只凭一个小孩和两个女人的力量无论如何也做不到。“妈妈!不知道阿兼怎么样了?”阿弘忽然问道。“啊,好像刚才还在女佣室里,现在不知道她怎么样了?”“怎么没见她吭声呢?”孩子追问道。但玉置女士没再回答他。三个人默默注视着把他们彼此隔开的水面。这时水又上涨了,离天花板只有三四尺了。妙子把横倒的桌子竖起来,站到上面去(搬桌子时,桌子埋在泥里变得很沉,桌腿儿也陷在泥中了),牢牢抓住窗顶的金属窗帘挂钩,只有脑袋勉强露出水面。站在房子中间桌上的玉置女士,情况大体和她相同,正好她头顶上有一个三根粗链条吊着的碗状铝合金枝形灯,是用于间接照明的,玉置女士眼看要摔倒时抓住了它。

“妈妈,我会死吗?”阿弘问,“你说呀,妈妈!”玉置默不作声,阿弘又反复问:“我要死了吧?会死吧?”

“哪会死呢,这样的事情……”玉置像是嘟嘟囔囔地说了些什么,恐怕她自己也不知说什么为好。

妙子看着只有头还露出水面的玉置,心想人在死到临头之际大概就是这副模样吧。她清楚地知道自己的表情也与玉置相差无几。她还体会到当人们面临死亡而无法得救时反而会变得平静,任何恐惧都消失了。

妙子觉得自己陷入此种状态，时间过得很慢，仿佛有三四个小时，可实际还不到一个小时。妙子紧紧拽着的玻璃窗上端，正如前面已经交代的，打开了一两寸，浊流从那儿涌进来，妙子一手抓着窗帘，另一只手拼命想去关上。正在这时，不，实际上略早一点，她们所在那间房子的屋顶上传来了咯吱作响的脚步声。这时，有个人影轻捷地从屋顶跳到藤棚上，妙子还没缓过神来，那人影已经来到藤棚的最东头，也就是离妙子朝外张望的那扇窗子最近的一头，抓着藤棚边下到浊流中。不用说，他全身都泡在水里，眼看就会被洪水卷去，他的手一刻不松地抓着棚边。他身体转向窗子方向和妙子打了个照面，瞥了一眼妙子，接着就着手做着什么。最初妙子不理解他的意图，过了一会儿她才明白，他一只手抓着藤棚横过激流，想方设法让一只手够着窗户，这时妙子才认出这位身穿皮夹克、戴着飞行员皮帽、只有眼睛露在外面一眨一眨的男人，原来是摄影师板仓！

这件皮夹克，据说板仓在美国时经常穿，但妙子从没见他穿过，他的脸又让那帽子遮住了，何况此时此地，妙子做梦也没想到板仓会出现。再说暴雨和激流使这一带烟雾蒙蒙，更主要的是她惊魂未定，由于种种原因，仓促之间，她自然没认出他是板仓。一旦认出他后妙子不禁大叫："啊！板仓先生！"这一声与其说是叫板仓，不如说是告诉室内的玉置和阿弘有人来营救了，给她们鼓气。接着妙子使出全身力气拉开那被水压紧的窗子，之前她一直往上推，现在反而要把它往下拉开到能钻出去，她费尽九牛二虎之力才拉开那么宽。这时她看到板仓伸出手来，便探出上半身，用右手抓住板仓的手。此时，她的身体猛然受到激流的冲击，她左手仍旧死死抓着窗户上的挂钩，但是眼看就要抓不住了。"把那只手放开！"板仓这时开腔了，"我抓住了你这只手，把那只手放开！"妙子只好听天由命，照他说的做。转眼间，只见板仓拉着妙子的手像一根绷紧的伸得老长的锁链，眼看就要被冲入激流，说时迟，那时快，板仓用力一拉便把妙子拽到了他跟前（后来板仓说，他自己也没想到有那么大的气力把她拖了回来）。板仓又说："像我一样抓住这里。"妙子照他那样伸开两手拽住藤棚边，可这比在室内要危险得多，眼看着就要被洪水冲走。“我不行了，我会被冲走！”“再坚持一会儿，不能松手！紧紧抓住这儿！”板仓说着一边与激流搏斗，一边攀上了藤棚。随后他扒开藤蔓，在藤棚上开了个洞，从那儿伸下双手把妙子拉了上去。

这一瞬间，妙子首先感到的是自己终于得救了，虽然洪水说不定马上涨到藤棚上来，也可以从这里逃上屋顶，而且不管发生什么事情都有板仓保护她。在此之前，她一直在那斗室中挣扎，无从想象外界的变化。这时，她站在藤棚上，清楚地看见仅仅一两个小时之间外面成了一个怎样的世界。她当时之所见，与贞之助站在田中河铁桥、从铁道省营线路轨上所看到的“汪洋大海”的景象恐无二致！不过贞之助是从东岸眺望这茫茫大海，而妙子是兀立于这一片汪洋之中观望四周翻滚咆哮的怒涛。她刚才还在庆幸自己得救，现在看到了这大自然狂暴的威势，才发觉自己不过是一时幸免于难，结果如何，吉凶未卜，她自己和板仓怎样才能逃出这洪水的包围呢？但眼下，她担心的是玉置母子的安危，频频催促板仓：“老师和她的儿子阿弘还困在屋子里呢！你想办法救救他们吧！”正在这时，有什么东西“咚”地撞得藤棚直晃，原来是漂来的一根圆木。“好了！”板仓说着下到水里，开始用这根圆木在藤棚和窗户间搭桥。圆木的一端捅进窗子，另一头由妙子帮着用藤蔓绑在藤棚的柱子上。桥搭成以后，他沿着桥走进了窗口，可去了好一阵子不见他露面。后来才知道，他当时是站在窗旁，撕开窗帘的绦带做绳子，他把绳子投向靠窗子较近的玉置女士，女士接过来又扔给站在墙边钢琴上的阿弘，让母子二人抓住绳子，拽到了窗边，接着，沿着圆木把阿弘拖到藤棚边，然后把他抱上棚顶。然后，他又回到窗旁，用同样的方法救出了玉置。

板仓的这一系列行动像是费了相当长的时间，又像是没多久，实际上究竟用了多少时间事后回想也弄不清楚了。当时板仓虽然戴了手表，那是他引以为豪的、在美国买的自动防水手表，但是不知什么时候停了。他好歹把三个人救出了险境，他们在藤棚上或站或坐的那一阵子，雨还在猛烈地泼洒，水还在不断往上涨。这样待在藤棚上仍有危险，他们又踩过那根木桥，逃上了屋顶（除了那根圆木，又漂来了两三根树木，并在一起做成了一个筏子，起了很大作用）。直到转移到屋顶上，妙子才有时间问板仓以解心头之疑团：为什么在这种危难关头，板仓会突然出现，好像从天而降？

据板仓说，他从一早起就预感到今天会发大水。早在今年春天，板仓就听人说过有一位老人预言今年会闹水灾，回溯历史可知阪神地区大约每隔六七十年有一次山洪暴发的记录，而今年适逢其年。连日的暴雨使他这几天忧心忡忡。到了今天早晨，附近果然动荡不安起来，听说住吉川堤防快决口了，又看见自卫团员们在巡逻警戒。他坐立不安，想亲自去看看水情，走到了住吉川附近。他步行察看住吉川两岸，意识到即将发生大灾祸了，当他经水道路返回野寄时遇上了涨水。即使如此，即使他已预感到会涨水，他为什么一开始就有所准备、穿上皮夹克出门，特意到野寄附近转悠，仍有令人费解之处。他知道今天是妙子上裁剪学院的日子，莫非他出门时就打算好了，万一妙子遇到危险他要最先赶去营救？其中还不无疑问，但现在不必追究，尽可置之不问。不管怎样，妙子在藤棚上听到的说法是，他被洪水逼迫得东逃西窜，偶然想起小妹到裁剪学院来了，就是排除万难也必须前来救助，就不管三七二十一从浊流中跑来了。关于他拼死搏斗走到学院的经过，妙子打听得颇为详细，但不必在此一一记述了。只是，他也和贞之助一样，先走上路轨从甲南女子中学方向赶来的。但他比贞之助早一两个小时，所以可以设法蹚过洪水。不过，他自己说，他曾三次被洪水冲倒，险些儿丢掉性命。当时，除他以外无一人在激流中涉水，这也并非虚诳吧。当他历尽艰辛走到学院时，洪峰已达顶点。他站在校舍的屋顶上，茫然不知所措，忽然看到玉置女士住宅的女佣房间屋顶上站着一个人，正向这边频频挥手，那是女佣阿兼。阿兼知道板仓已经发现了自己，便用手指了指会客室的窗子，随后伸出三个指头示意，接着又在空中用片假名比画妙子的名字。板仓据以知道那个窗户里有三个人，其中之一是妙子，便再度跳进激流。他时而被水冲走、时而被卷进水中，他不停地拼命划水，才成功地泅到藤棚边。不用说，这最后一搏特别冒险，他豁出命来立下了这份功劳。

9

板仓进行上述营救活动时，贞之助正在列车上避难。贞之助好不容易逃进甲南女子中学，在楼上一间权充收容灾民的临时休息室里待到下午三时左右。不久雨停了，洪水开始徐徐退去，他离开学校向仅有一箭之遥的裁剪学院走去。当然，这一段路可不像平常那样容易走。虽说水退了，但是泥沙依然原封未动，堆积如山，有的地方甚至高过了屋檐，茫茫一片，如同冰封雪裹的北国城镇的景色。最难对付的是，稍不留神走到泥沙上，就像吃人的沼泽一样，身体会被它逐渐吞没。贞之助刚才也曾陷进那种泥沼里，已经掉了一只靴子，剩下的一只他也干脆脱下扔掉，光穿着布袜子走。平时走这段路只要一两分钟，而今天却足足花了二三十分钟。

走近一看，裁剪学院一带变得面目全非。学院大门几乎全被埋没，只露出一点儿门柱的头，校舍是平房，也只剩下石板瓦屋顶了。贞之助曾设想妙子她们会在屋顶上避难，但屋上一个人影也没有，学生们都怎么样了？是幸运地逃过这场灾难了，还是被洪水冲走了？还是被泥沙掩埋了？他失望了，还是横穿校舍南面、从前有花坛和草坪的庭院（这一带相当危险，每走一步泥沙都陷到大腿），朝玉置女士的住宅走去，只见藤棚仅有藤蔓缠绕的棚顶露出地面，旁边有几根漂来的木头堆在一起，纹丝不动。这时，他意外地发现了妙子、板仓、玉置女士、阿弘，另外还有女佣阿兼，一起待在住宅的红瓦屋顶上。

板仓对贞之助讲了自己救出三人的经过，接着说："洪水已经退了，本来准备送小妹回芦屋，一来她很疲劳，二来我走了玉置老师和少爷会感到不安，所以决定暂时休息一会儿，看看情况再说。”实际上，不是亲身经历这种遭遇的人不能理解，虽然事后回想起来甚至觉得滑稽，但当时无论是玉置、妙子还是阿弘，都患了严重的恐惧症，分明眼前天已放晴，水也渐渐退去，还不太相信已经安全脱险了，止不住全身颤抖。板仓早已催促妙子：“老爷和太太都在担心着呢，您得早一点回去，我来送您。”妙子自己想回去，但总觉得地面上有什么灾难正虎视眈眈地等着她似的，没有勇气下去。其实，沙土已经堆得高达屋檐，从屋顶抬腿就可下去。而且，玉置女士也惊魂未定，她说：“妙子小姐和板仓先生走了，我们怎么办呢？虽然我丈夫可能赶回来，可是万一他今天回不来，天又黑了，我们就得在这屋顶上过夜了。”阿弘和阿兼也再三央求板仓再待一会儿。正在这时，贞之助出现了。他爬上屋顶，打算休息片刻，于是伸展疲乏已极的身体躺下去，不料一时间连站起来的力气都没有了。他就这样躺了一个多小时，仰望着阳光照耀的碧空。

四点半左右（贞之助的手表也弄坏了），住在御影町的玉置家的一家亲戚担心她母子的安危，派男仆前来看望，贞之助和板仓便趁此机会护送妙子回家。妙子的体力还没恢复，神志也有点恍惚似的，一路上都要贞之助和板仓搀扶，或者是由他们背着走。住吉川原来的河道已完全干了，东边出现了另一条住吉川，夹在国道的甲南女子中学前车站和田中一带之间向前流去。因此，要过去是相当困难的。他们蹚水走到河中间时，正巧碰上了从东边涉水而来的庄吉，会合为一行四人。

来到田中以后，板仓说：“我家就在这附近，请上我家稍微休息一下吧。说实在的，我也担心家里不知成了什么样子了。”贞之助急于回家，可是看到妙子累成那个样子，为了让她休息一下，又在板仓家里歇息了一小时光景。独身的板仓和一个妹妹在一起过活，楼上是摄影室和工作室，楼下做住房。走进门一看，他家地板上水深一尺，灾情相当严重。他将贞之助等人请上二楼摄影室，从泥水中捞出几瓶汽水招待他们。趁此机会，妙子脱下被泥水浸得透湿的薄纱衣服，揩干身体。经板仓提醒，借了他妹妹的绵绸单衣给换了。贞之助直到此时还光着脚，出门时又借了板仓一双萨摩木屐[①]。板仓要送他们，贞之助劝阻道："有庄吉在，已经不要紧了。"板仓执意不肯，要再护送一程，直到把他们送出田中才返回家去。

幸子心想，奥畑可能是在什么地方错过了妙子，说不定他过一会儿还会来探问，然而那天晚上他终于没再露面。直到第二天早晨，他才派板仓替他前来慰问。据板仓说，昨夜板仓送走妙子回家后不久，启少爷就到他家去了。奥畑对板仓说："今天晚上在芦屋的莳冈家等候小妹，可是老不见她回来。我准备到那边去接她一程，就顺着国道走到这里来了，可能的话，我想去野寄看看。但是天全黑了，再往前走大路都变成了河，要涉水过去也够呛，所以才到你这儿打听一下情况。"板仓回答说："那就请放心好了。"接着，他把自早晨以来的过程，如此这般，原原本本说给奥畑听了。奥畑说："既然这样，我就径直回大阪去了。虽然不再去一趟芦屋不大妥当，就请你明天早晨去转告他们，就说我是知道了小妹平安无事以后放心了，就没再去探望，直接回大阪了。另外，还请你说明白，是我叫你去慰问小妹的，看看她今天情况怎样，尽管没有受伤，也没有患感冒吗？"板仓转达了他的原话。

今天早晨，妙子已经缓过劲来了，与幸子一起来到客厅，再次向板仓致谢，一起回忆那一两个小时的危险经历。妙子逃到屋顶上以后，仅穿一件夏装，在暴雨中整整淋了两个小时，居然没有感冒，连妙子自己都觉得不可思议。板仓说，人到了那种时候精神过度紧张，反而什么事也没有了，说罢他便告辞走了。可是，在水中折腾那么久，对妙子的身体毕竟有影响。第二天起全身的关节开始痛起来了，特别是右腋下痛得厉害，她担心是不是肋膜炎，但幸好过几天就好了。只是，那以后过了两三天，傍晚下了一会儿雷阵雨，她听到那哗哗的雨声又不寒而栗。害怕下雨，这真是有生以来第一次的感受，恐怕还是那时的恐惧潜藏在心中的原因吧。几天后，又一次半夜里下雨了，她

① 萨摩木屐：杉木制作的男用宽木屐。

担心又会发洪水，一整夜都没睡着。

10

从第二天起，报纸上开始报道水灾惨烈的全貌，阪神地区的民众重又为此震惊不已。芦屋的幸子家里，此后四五日间，每日来访的客人络绎不绝，他们或来观察，或来慰问，为了招待他们，全家忙得不可开交。随着电话、电灯、煤气和自来水逐日恢复，喧闹也逐渐平息下来。不过，因为受卢沟桥事变的影响，人手和货车不足，到处堆积如山的砂土不能迅速清除，盛夏的街头，行人走在一片白茫茫的尘埃里，那景象仿佛往年关东大震灾后东京街头的翻版。阪急线的芦屋川车站等处，从前的站台都埋在泥沙中了，为了恢复通车，开始了一系列工程，在泥沙上修建临时站台，桥上再架设高桥，供电车行驶。从那座阪急线上的桥到国道业平桥之间，河床几乎和两岸的道路一样高，下一阵小雨就有泛滥成灾的危险，工程一天也不能耽误。连日来派遣了大量建筑工人挖掘搬运，但像蚂蚁移糖山那样，竣工遥遥无期。可惜的是河堤上的松树全被灰沙弄得污秽不堪。而且天公不作美，水灾以后连日骄阳似火，更是漫天尘土，一片迷茫，往日芦屋高级住宅区驰名之风貌如今已荡然无存。

正是这样一个尘土飞扬的夏日，时隔两个半月，雪子从东京回来了。

发生洪灾的当天，东京的晚报就报道了消息，但是详细情况不得而知，那一晚涩谷家中举家焦虑万分。雪子读了报载的“住吉川和芦屋川沿岸受灾最重，甲南小学校有学生遇难”报道，她最急于知道的是悦子的安危。次日，当贞之助从大阪的事务所挂来电话时，鹤子和雪子轮流通话，将各自想问的事情问了一遍。当时雪子说放心不下，打算明天就动身去芦屋看看，看样子是要征求贞之助的意见。贞之助回话说:“你想来当然没有问题,但是,这里已经安全了,你犯不着特地从东京赶来看望,而且从大阪往西的铁路还没恢复通车。”说罢把电话挂了。

当天晚上,与幸子聊起东京的消息时,贞之助说,雪妹想来芦屋,我已经劝她不用来,但是,听她口气肯定会以探望为借口回来的。果然不出所料,几天后,雪子给幸子写信来了,说是想和九死一生的小妹见一面,也想亲眼看一看深切怀念的故乡芦屋给糟蹋成什么模样了,总觉得不回来一趟于心不安,也许近几天就会突然回来,云云。

因为已经事先通知了,那天她就没发电报,径直乘燕子号快车离开了东京,在大阪转乘阪神电车,在芦屋站下车后正好遇上一辆出租车,不到六点钟便到了姐姐家。

“您回来了!”

雪子把手提箱递给出迎的阿春后,径直走进客厅,家中一片寂静。

“二姐在家吗?”

阿春把电扇风向转向雪子,回答道:“在家,不过,刚才到舒尔茨先生家去了……”

“小悦呢?”

“今天小姐和小妹都应邀到舒尔茨先生家喝茶去了。不过也该回来了,我去请她们回来吧。”

“不必了,你别管了。”

“不过,小姐说您今天可能回来,都等得不耐烦了,我还是去说一声吧……”

“不必了,不必了。你别管了!”

不远处,舒尔茨家的后院里传来了孩子们的喧哗声,雪子阻止了阿春,一个人走到阳台上的苇棚下,坐到白桦木椅子上。

刚才乘车沿途而来,只是从车窗看到的业平桥附近的惨状,已远远超出她的想象，令她心惊肉跳。如今眺望这里的景色，却一如往常，一草一木也毫发无损。正是傍晚时分，风突然停歇了，固然暑气逼人，但是静立不动的树木更显得青翠欲滴，草坪的一片葱绿令人赏心悦目。今年春天她去东京时，紫丁香和珍珠梅争妍斗艳，萨摩水晶花和重瓣黄刺梅含苞待放。如今雾岛杜鹃花和平户百合花都已凋零，只有开残的栀子花一朵两朵还沁着清香。与舒尔茨家搭界的那些楝树和梧桐，枝繁叶茂，蓊蓊郁郁，把他家那座二层楼的洋房遮掩了一半。

铁丝网篱笆的那一边，孩子们大概在玩电车游戏，虽然看不见人，却听得见佩特模仿乘务员说话的声音：

“下一站是御影，下一站是御影。诸位乘客，这趟电车从御影直达芦屋，中途不停车。有到住吉、鱼崎、青木、深江的乘客，请在这里换车。”他说的简直和阪神电车的乘务员口气一模一样，一点儿也听不出是西洋孩子在模仿。

“露米，那咱们去京都吧。”是悦子的声音。

“好，咱们去东京。”这是罗斯玛丽。

“不是东京，是京都。”罗斯玛丽似乎不知道京都这一地名，无论悦子教多少遍，她还是说“东京”，悦子急躁起来：

“不对，露米，是京都！”

“不是去东京吗？”

“不是，到东京要停一百次车呢！”

“是吗？明后日该会到吧？”

“你说什么，露米？”

“明后日能到东京。”

“明后日”的这种发音，罗斯玛丽舌头不太好使也是个原因，因此说惯了“后天”的悦子，突然听到这种说法，大概没有听清楚。[1]

---

① 日文中“后天”写作“明後日”，有音读 myogoniti 与训读 asatte 两种读法，日本人习惯用训读，而露米此处用音读，所以悦子说“没有这样的日本话”。

“你说什么呀？露米，没有这样的日本话。”

“悦子，这树用日本话怎么说呀？”佩特突然摇得那株梧桐树叶沙沙响，说着又爬了上去。这株梧桐树的枝丫一直伸向舒尔茨家，平常孩子们总是从舒尔茨家那边踩着铁丝网攀着树枝爬到树干上去。

“那是梧桐。”

“梧桐桐吗？”

“不是梧桐桐，是梧桐。”

“梧桐桐……”

“梧桐！”

“梧桐桐……”

佩特不知是开玩笑还是真的念不好，总是说“梧桐桐”而不说“梧桐”。悦子发火了：

“不是桐桐，只说桐一遍！”

当雪子听到“桐一遍”时，觉得怪有意思的，忍不住扑哧一声笑了起来。[1]

11

没多久暑假开始了，舒尔茨家的孩子和悦子，每天都约在一起玩耍。早晚凉快的时刻，在院子的梧桐树和楝树附近玩电车游戏或爬树，白天在屋子里，遇上只有女孩子时就玩“过家家”，有佩特和弗里茨参加进来就打仗玩儿。客厅里的长椅子和安乐椅太重，他们四个人齐心协力，把它们抬到这里

① 日语“桐（giri）”的读音与“義理”相同，“桐一遍”与日语俗语“義理一遍”（走过场）读音相同，所以雪子听了觉得好笑。

那里，或者连成一排，或者堆起来，当作堡垒和据点，拿气枪瞄准，向它发起进攻。佩特是指挥官，他一发出号令，其他三人一齐射击。这时候，德国小孩包括还没上小学的弗里茨，称敌人必是“弗兰克拉依希，弗兰克拉依希”。开始时，幸子她们不明白是什么意思，贞之助告诉她们那是德语的“法兰西”的意思，她们才进一步认识到德国人是这样进行家庭教育的。但这给莳冈家添了不少麻烦，由于玩这种游戏，孩子们总把客厅的家具弄得乱七八糟，要是来了不速之客，女佣们先得让客人在大门口等着，然后全体出动拆除这些“堡垒”和“据点”。有一次，舒尔茨夫人偶尔从阳台上看到房间里的这模样，吓了一跳，便问幸子：“佩特和弗里茨老上您家这样胡闹吗？”幸子无奈只得点头承认，夫人苦笑了一下就回去了，此后是否批评了她的孩子不得而知。不过，他们那种无法无天的行为却一点儿也没有收敛。

客厅让给孩子们玩耍，白天幸子三姐妹大多待在餐厅西边的一个六铺席大的日式房间里。这间房隔走廊与浴室相对，是脱衣服和放置待洗衣物的场所，南面是院子，但是屋檐深，昏昏暗暗，像点了灯笼的暗室①似的。因为太阳晒不着，西墙上又开了一个低的扫出窗②，白天也有习习凉风穿过，算是全家最阴凉的所在。所以，三姐妹争先恐后地聚集在扫出窗前，躺在榻榻米上度过下午炎热难当的两三个小时。每逢夏末溽暑季节，她们都会食欲减退，导致“缺B”，苦夏。特别是平素纤弱的雪子，看上去更加瘦削。她自今年六月份开始闹脚气病，始终不见好转，所以，她来这里也有转地疗养的意思，可是到这里以后，脚气病反而加重了，不断地要姐妹给她打维生素B。幸子和妙子也多少有些症状，她们相互注射，可以说这成了她们近来每日必做的功课了。幸子老早就穿上了裸露背脊的连衣裙。到了七月二十五六号，连素日不喜欢穿西装的雪子也扛不住了，不顾自己身体瘦削得像纸捻编成的偶人，穿上了薄绉绸的衬衣。妙子在三姐妹中是最好动的，但是从那次在洪水中折

---

① 暗室：原文为“行燈部屋”，指旧时妓院里用来软禁付不出嫖资的嫖客的暗室。

② 扫出窗：日本式房间的低窗，为扫出室内尘土而设。

腾一番后，好像身体还没有完全恢复，今年夏天也没有往年那么精神。不过，裁剪学院自那以来一直停课，夙川的松涛公寓虽然幸免于水祸，继续工作应无妨碍，但她这一阵子也提不起兴趣，连工作室也很少去。

自那以后，板仓常来这里。据他说，从闹水灾后没有人到他那里照相了，生意很清淡。他想去灾区走走，把实况拍摄下来，出一本纪念水灾的相册。只要天气好，他就穿着西装短裤、拎着徕卡相机在灾区转悠，有时忽然跑进来，晒得黝黑的脸上汗水直淌，一进门，首先就绕到厨房门口，大声喊道：

“春丫头！水！水！”阿春递给他一杯加了冰的水，他直着脖子一口气喝干，然后仔细掸掉上衣和短裤上的白灰，径直穿过厨房，走到幸子姐妹所在的六铺席间去聊天。他所谈的无非是观察各处灾情的观感，诸如今天到了布引，到了六甲山，到了越木岩，或者到了有马温泉和箕面等。有时他带来冲洗好了的照片，一边说明一边大谈他那独特而深刻的观感。

有一次，他说“太太，去洗个海水浴吧！”高声叫嚷着走进房来，“哎，起来！起来！成天这么窝着对身体有害呢。”幸子她们的回答含糊其词，他便劝说道：“就到芦屋的海岸去一下，有什么不行呢？脚气病什么的一游泳就好了。”他只差没动手拉她们起来了。随后他自作主张吩咐道：“春丫头，你去把太太、小姐们的游泳衣拿来，再叫一辆出租车，到海边的海水浴场去。”他把三姐妹连同悦子在内，都用车子拉走了。有时，幸子也想带悦子去游泳，自己又懒得动，提不起精神，就让板仓带悦子去。这样板仓和她们的交往日渐密切，说话也随便了，显得有些粗鲁无礼，甚至随便打开她们的壁橱，做出一些令人看不入眼的举动。但他也有不少长处，凡事委托他做，他总是不厌其烦尽力办好，而且说话风趣，和蔼可亲。

有一天，三姐妹躺在六铺席间里，像往常一样享受从扫出窗吹进来的凉风，这时从庭院里飞进一只大蜜蜂，起初它在幸子的头上嗡嗡直兜圈儿。

“二姐，蜜蜂！”

妙子这样一说，幸子慌忙爬了起来。蜜蜂从雪子头上飞到妙子头上，接着又飞到幸子头上，就这样在三人头顶上盘旋，三姐妹半裸着身子在房间里东逃西窜。那蜜蜂像存心捉弄她们似的穷追不舍，三人吓得哇哇直叫，跑到走廊里，蜜蜂也追了出来。

“啊，又来了，又来了！”她们尖叫着从走廊冲进餐厅，又从餐厅窜进客厅，正在和罗斯玛丽“过家家”的悦子大吃一惊。

“怎么了，妈妈?!”话音未落，那蜜蜂又嗡嗡地飞来了，一头撞在玻璃窗上。

“啊，来了！来了！”这时，罗斯玛丽和悦子也好玩似的加入了这个行列，五个人像和蜜蜂捉迷藏似的，一边哇哇喊叫着一边在房间内逃窜。这蜜蜂不知是因这种喧闹兴奋得慌忙乱窜，还是它习性如此，眼看要往院子飞去，忽然又折了回来。五个人又从餐厅穿过走廊拥进六铺席间。正当她们在家中东奔西跑、吵嚷嚷、乱纷纷的当儿，板仓突然从后门走进来说：

“怎么回事呀？闹哄哄的！”他从厨房门口掀开门帘，探出头来看走廊。看来他今天又是来邀她们去海边的，他在游泳衣上面穿了一件单和服，头戴泳帽，把毛巾缠在脖子上。

“春丫头，怎么回事？”

“被蜜蜂撵得到处跑。”

“嗬！真够精彩的！”板仓正说着，她们五个乱成一团，像练习跑步似的，前后摆动着两拳在他眼前跑过去。

“你们好！真够呛呀！”

“蜜蜂！蜜蜂！板仓先生，快抓住它——”幸子尖叫着，仍然一步不停地跑过去。她们虽然龇牙咧嘴、眼睛发亮地笑着，但脸上的肌肉绷得紧紧的，表情非常严肃。板仓立马脱下浴帽，啪嗒啪嗒几下把蜜蜂扇了出去，然后把它从客厅撵到院子里。

“哎呀，可把我吓坏了！多倔的蜜蜂！”

“岂有此理，蜜蜂才吓坏了呢！”

“不过，这可不是闹着玩儿，刚才我真吓坏了！”雪子还没缓过气来，煞白的脸上勉强挤出一丝笑容。透过薄薄的绉绸衣，看得见她那因脚气病而容易悸动的心脏突突直跳。

12

进入八月不久，有一位学习山村舞的徒弟，给妙子寄来一张明信片，说是鹭作师傅因肾病恶化，住进了附近的一家医院。

教习所照例每逢七八月放假，但在今年六月举办乡土会时，因为鹭作师傅健康情况欠佳，当时就决定假期延至九月。妙子并非没把师傅的病体放在心上，却好久没去问候她，主要是因为师傅住在天下茶屋一带，从阪急线的芦屋上车，从北往南穿过整个大阪，在难波再换乘南海线电车。而平日练习舞蹈只需到岛之内的教习所，所以她从没去过师傅家。这时突然接到这样的通知，并说肾脏病已发展成为尿毒症，可见师傅病势已经相当危笃。

“不知师傅怎么样了？小妹，明天你去看看她吧，过几天我也要去的……”

六七月间为了辅导妙子和悦子，鹭作师傅每天大老远地赶来辅导，说不定这对她的身体有不良影响，幸子还想，但愿这不足以成为她发病的远因就好了。幸子当时就注意到师傅的脸苍白浮肿，她一边教舞一边忙不迭地喘气，虽然她本人说跳舞保住了她的健康，但事实上有肾病的人最忌劳累过度。幸子也曾想过要婉言辞退她，但又不忍心使正在兴头上的女儿和妹妹失望，加上师傅本人比谁都热心，终于没有开口。时至今日，她十分后悔当时没有劝阻她。因此，她决定近日就去探望师傅，在接到明信片的第二天暂且要妹妹先去看看。

妙子本来说要趁早晨凉快出门，但是，她们商量要带什么礼品和其他一些事，耽搁了时间，一直拖到中午才顶着火辣辣的太阳出门。到五点左右，她呼哧呼哧喘着气回来了，连声嚷着大阪那边太热，走进六铺席间，把那身被汗水黏在身上的衣服，像剥皮似的从头上脱下来，仅穿条裤衩，光着身子钻进盥洗室去了。过一会，她走了出来，头上裹着湿毛巾，腰缠大浴巾，然后找出一件宽大的单和服披上，带子也没系，说声“对不起”从两位姐姐面前走过去，站到电扇前面，敞开衣襟，让风吹胸部，这才开始谈起师傅的病况。

师傅虽然一直说身体不好，不过上个月病情并不特别严重。平素，她不大愿意给徒弟颁发承袭艺名的许可证书，但在七月三十号，她许可一位小姐袭名，并在自己家里举行了仪式。当时，师傅不顾炎天暑热，规规整整地穿上印有家徽的礼服，祭祀前代师傅的遗像，并在遗像前，依照祖母传下的方式庄严地举办了酒宴。次日即七月三十一号，师傅到那位小姐家去道贺时，脸色就很难看了，八月一号就病倒了。

大体说来，南海线电车沿线与阪神之间颇为不同，树木稀疏，房屋凌乱密集，妙子找到那座医院时，全身已经汗透，而师傅住的那间病房又当西晒，暑气蒸人。仅有一个徒弟在照看她。她寂寞地躺在病床上，水肿并不怎么严重，脸也不是想象的那样浮肿。妙子走到她的枕边毕恭毕敬地问候，她却是毫无知觉的样子。据护理她的徒弟说，偶尔也有清醒的时候，但基本上处于昏迷状态，不时说些谵语，全是有关舞蹈的事体。妙子待了三十分钟便告辞出来，那徒弟送她到走廊里告诉她，医生通知说这次恐怕不行了。妙子刚才看到病情也大体明白了这一点。她冒着酷暑气喘吁吁、汗流浃背地赶回家。她想，这只是偶尔一日跑个来回尚且如此劳累，而师傅拖着病躯每天往返奔波，那份辛苦如今算是深切体会到了。

幸子听她这么说，第二天要妙子陪着去探望了一次。过了五六天便接到了讣告，这时，她们才因吊丧有了去师傅家里拜访的机会。师傅是大阪唯一继承了正宗山村舞的传人，她的先人以前住在南地的九郎右卫门町，所以称为九山村。师傅是这个名门的第二代传人，她却住在一个萧条的大杂院里，令人难以置信。目睹这凄凉的晚景，只能认为她过的是勉强度日的落魄生涯。这是因为已故者忠于艺术家的良心，对破坏传统舞蹈姿势的流弊深恶痛绝，不肯顺应时代，一言以蔽之，她是一位不善谋生处世的人。听说第一代的鹭作师傅曾在南地演舞场当过师傅，设计芦边舞[①]的动作。第一代师父去世后，也曾有人请第二代师父去花街柳巷传授舞艺，她说了声“碍难从命”就此谢绝了。这是因为，当时正值藤间[②]和若柳[③]等流派的浮华舞蹈全盛时期，如果到花柳界去当舞蹈师傅，自然要受到那里的主事人的干涉，被迫改变舞姿、手势以趋时尚俗，师傅讨厌这样做。她的这种狷介的禀性当然是处世之大忌，因此，她的弟子很少。她幼年双亲亡故，由祖母一手抚养成人。听说在当艺伎时，曾有一位主顾为她赎身；但是，她既没有正式的丈夫，也没有子女，家庭生活也很不幸。所以，她故世了也没有近亲来奔丧。在阿部野[④]举行葬礼那天，也是一个酷热的残暑日子，参加者寥寥无几，而这些人几乎都留下来将她的遗体送往相邻的火葬场。在等待遗骸火化的时候，大家说了许多缅怀故人的话：师傅不喜欢乘坐交通工具，特别怕坐汽车、乘船；尽管如此，她信仰诚笃，每月二十六号一定要参谒阪急线沿线的清荒神[⑤]；此外，她还说要巡回参拜一百二十八神社，每月参拜住吉、生玉、高津三社及其附属神社；每逢节

---

① 芦边舞：每年四月在南地（大阪市南区道顿堀一带的红灯区）的演舞场举行的艺伎的舞蹈公演。

② 藤间：第一代藤间勘兵卫（？—1769）在江户创始的舞蹈流派，主要在歌舞伎界发展。

③ 若柳：第一代若柳寿童（1845—1917）离开其老师花柳寿辅而创立的舞蹈流派，主要在红灯区发展。

④ 阿部野：大阪市的地名，指的是天王寺以南到住吉区一带，此处指的是位于该地的市营殡仪馆。

⑤ 清荒神：兵库县宝塚市蓬莱山清澄寺的别称。清澄寺为宇多天皇在宽平八年（896）创建。传说在落成法会上有三宝荒神现身，所以将其作为清荒神祭祀。

分她要到上町的各个寺院参拜地藏菩萨，并按照自己的岁数献上供饼。师傅教授舞蹈十分热心，凡是关键之处，她都仔细地讲解舞蹈动作要表达的心情，譬如《汐汲》[①]中的“何人赠君黄杨梳，速汲潮水桶中留”等处，都不厌其烦地加以说明，她说“一轮明月，两个月影”，要想到水桶中还有个月影。在《铁轮》[②]中唱到“事到如今应知悔，叫你尝尝何滋味”处，要做出用铁锤敲钉子的姿势，这时要注意弯腰，眼睛要全神贯注。万事因循守旧的师傅，近来看到京都、大阪一带的传统舞蹈日趋衰落，毕竟焦灼不安了，她动了念头一有机会就要到东京去。她本人并没想到死，她还说过，当过六十岁生日时，要借城南的演舞场举办一个豪华的舞会，等等。本来，妙子是新入门的弟子，只不过近年来才渐渐和鹭作师傅亲近，所以她和幸子只是恭恭敬敬地听着大家的议论。师傅对妙子青睐有加，妙子也未尝不想有朝一日承袭艺名，可是，如今这个愿望也已成为泡影了。

13

“妈妈，舒尔茨先生要回德国去了。”有一天，悦子应邀到舒尔茨家玩儿，傍晚回来时说道。

幸子觉得小孩说的话有点儿靠不住，第二天早晨，幸子隔着铁丝网和

---

① 《汐汲》：歌舞伎舞蹈曲，长呗，第二代樱田治助作词，第二代杵屋正次郎作曲，取材于谣曲《松风》，文化八年（1811）在江户市村座首演。表现海女松风穿戴着故世的情人在原行平遗物的衣帽怀念他而翩翩起舞。

② 《铁轮》：地呗，趣旨取自谣曲《铁轮》，内容是弃妇为复仇，头戴铁轮，到贵船神社参拜，得神托而成为鬼叙说怨恨。

舒尔茨夫人相遇时,便问道:“昨天听悦子说了一下,可是真的?”夫人回答说是真的。据夫人说,从日本全面开战后,她丈夫的生意就完全歇了,神户的商店从今年起几乎处于停业状态。原以为战争很快会结束,可是一直等到现在,也不知道要等到何年何月,她丈夫反复考虑过后决定回德国去。她接着说,丈夫先前在马尼拉做生意,两三年前才来神户,好不容易在东洋有了一个立足之地,但几年的努力落得一场空。就这样回国,他感到很遗憾,而且自己和孩子们为有莳冈家这样的邻居,感到无比荣幸。现在不得不分别,心里非常难受,尤其是孩子们更加难舍难分。他们计划舒尔茨先生和长子佩特这个月内先行出发,经由美国回国,夫人带着罗斯玛丽、弗里茨,下个月先去马尼拉,在妹妹家里短暂停留,然后返回欧洲。因为妹妹的家属这次也要回国,但目前妹妹本人正因病在国内休养,夫人要到妹妹家去给她料理善后,收拾行李,除自己的孩子以外还要带妹妹的三个孩子一道回国。所以,夫人和罗斯玛丽还有二十来天才出发,而舒尔茨先生和佩特已预定了八月下旬从横滨出港的加拿大女皇号客轮的船票。这真是迫在眉睫的事了。

莳冈家里,七月底以来,悦子又患了轻微神经衰弱和脚气病,虽然没有去年那么严重,但有食欲不振、失眠等症状。幸子想趁她病情不太严重,带她去东京请著名专家看一看。再说,悦子还没去过东京,平常总是羡慕地说,同学中有谁和谁曾经参拜过皇宫前的二重桥,如果带她去东京开开眼界,就此一点也足以令她高兴不已。再加上,幸子还未去过涩谷的本家,这也正是一个好机会。幸子、雪子和悦子三人原准备一到八月就动身,正赶上鹭作师傅病情恶化,以致一再拖延,她们正在嘀咕,不知这个月能不能去得成。不过,幸子盘算着如若佩特父子这几天就从横滨上船,也可以顺便把他们送到东京。不凑巧,他们启航这天正赶上地藏盆节,她无论如何也得代表本家姐姐到上本町寺内施舍饿鬼。无奈她们只得在十七号为佩特举行送别茶会,招待佩特、罗斯玛丽和弗里茨。隔一天也就是十九号,舒尔茨家为孩子们举办话别茶会，邀集了佩特和罗斯玛丽的朋友，都是德国的少年少女，悦子是他们邀请的唯一的日本孩子。第二天下午，佩特一人前来辞行，和莳冈家的人一一握手。他说："我明天早晨和爸爸一道从三宫出发去横滨，经过美国到达德国，大约是九月上旬了。在德国我们住在汉堡，有机会请你们一定来汉堡。"说了这些客套话后他又说："经过美国，想买点儿礼物送给悦子，你想要什么东西请跟我说。"悦子和母亲商量后，决定请他买双鞋子。于是佩特说："那么，请借悦子的鞋用一下。"说完就拿了一只鞋回去，不一会他又拿了纸、笔和卷尺回来说："我跟妈妈一说，妈妈说，借鞋还不如量一下悦子脚的大小，所以我量脚来了。"说着他铺开纸，让悦子踩在上面，照妈妈说的那样描了脚型和尺寸就回去了。

二十二号早晨，悦子由雪子带着到三宫车站为舒尔茨父子送行。当天晚上，全家围着餐桌又谈起了那父子俩的事情：今天早晨，佩特一副留恋不舍的模样，他一直反复对悦子说："你什么时候去东京？可能的话，能不能到船上去一趟呢？定在二十四号晚上开船，如果咱们想见面的话，还可以见上一面。"直到火车出站他还在念叨着，真是怪可怜的。说到这儿，幸子说："既然这样，你就去横滨看看佩特吧。妈妈得过了二十四号才能走，你和二姨坐明晚的火车走，后天早晨到横滨一下车就径直到船上去看他？妈妈在二十六号左右动身，你先让他们带你在东京玩儿，在涩谷等我。"大家认为这也可以，就这样匆匆决定了。

"雪子，明天晚上你能出发吗？"

"还有很多东西要买呢……"

"明天一整天都办不完吗？"

"那……那火车太晚了，小悦会困的……后天早晨早点走也能赶上。"

幸子非常理解雪子此时的心情，雪子不愿回东京，哪怕在这儿多住一天也好。

"那倒也是，那就后天走好了。"她若无其事地说道。

“那么急着走干吗？你刚来没几天嘛！”妙子带点儿戏谑的口吻说道。

“我是想再多住些日子，不过，为了小悦和佩特，唉，没有办法……”

雪子七月份来时本打算在这里住两个月左右，可是，后天就要走了，她多少有些失望，内心感到沮丧。固然这次是和悦子一道去，随后幸子还会赶来，不像一个人回去那样凄凉，但幸子母女不会待多久，悦子在开学前就要赶回神户，那以后自己又被撂在东京了。雪子思忖自己愿意在芦屋居住，固然是因为想和二姐一家一起生活，但更主要的是对关西这块故土的眷恋；而对东京感到厌恶，固然是和本家的姐夫不合脾气，但是她与关东的水土不合也是原因之一。她觉得自己也很清楚这一点。

幸子体察到雪子的这种心情，到第二天，她故意保持沉默，心想雪子和悦子觉得怎样好就怎么办得了。雪子在家里磨磨蹭蹭了一上午，但她看到悦子一心想走的样子，到下午便独自草草地化了一下妆，让妙子打了一针维生素 B，也没和谁说一声，带着阿春不知上哪里去了。傍晚六点多钟，她提着许多纸包回来了，一看包装纸就知道是从神户大丸和元町的商店买的。

“我把这也买来了！”雪子说着从腰带间掏出两张明天早晨的富士号特快车票。这趟车上午七点前从大阪出发，下午三点前可达横滨，三点刚过便可赶到码头，这样至少还能聚会两三小时。如此迅速决定之后，她们就急忙收拾行装，还上舒尔茨夫人家告诉她这件事。

雪子见悦子兴奋得不肯睡觉，便催促道：“明天一早就要起来，快去睡吧！快去睡吧！”硬把悦子推上楼以后，她才慢慢地收拾衣物、装衣箱。拾掇完毕后，看到贞之助还在书房里翻看什么，于是她拉了姐姐和妹妹在客厅里聊天，一直谈到十二点多钟。

“睡吧，雪姐。”妙子说着，毫不拘礼地打了个大哈欠。在三姐妹中，这位妹妹是最不讲究礼数的，在这一点上她与雪子恰成对照，一到夏天她更加放肆。今天晚上，她也是洗过澡以后只穿件单和服，带子也没系，时不时露出胸脯，一边摇着团扇一边闲聊。

“你困了就先去睡吧。”

“雪姐不困吗？”

“今天走了很多路，可能是累过了头，一点儿也不想睡。”

“再给你打一针吧？”

“还是明天早晨出门前再打吧。”

“这次真对不起你了……”幸子看着雪子的脸，只见往常那些褐斑，时隔许久又隐约出现了，“希望年内能有事情请你再来一趟，明年是你的厄年[①]啊。”

舒尔茨父子是从三宫站出发，而雪子和悦子不想那么早起床，决定在大阪乘车。即便如此，为了赶上火车，也必须六点赶到铁道省营电车的芦屋车站。幸子原打算只把她们送到大门口，但舒尔茨夫人说要带着孩子送到芦屋车站。所以，这天早晨，幸子、妙子和阿春都到车站去了。

“我昨天晚上已给船上拍了电报，把火车到站时间通知他们了。”在等电车时舒尔茨夫人说。

“佩特一定会在甲板上等我吧？”

“噢，会的。你对他真好，我很感谢。”夫人说完这一席话，转而用德语对罗斯玛丽和弗里茨说：“向悦子小姐说‘谢谢’！”幸子等人只听懂了“谢谢”两个字。

“那么，妈妈你得早点儿来呀！”

“嗯，二十六七号一定去。”

“一定哦！”

“一定。”

“悦子，早点儿回来呀！”电车开动了，罗斯玛丽追着用德语喊，“再见！”

“再见！”悦子一边挥手，一边也用不知什么时候学会的德语回答。

---

① 厄年：日俗视女性 19、33、37 岁为厄年，是为本厄年，前后各一年为前厄、后厄，为坎坷之年。

14

幸子准备乘二十七号早晨的海鸥号赴京。前一天晚上她收拾行李,加上带往涩谷的礼物大小提包共有三个。她觉得自己一人携带甚为不便,便想趁此机会也带阿春上东京去逛逛。贞之助起居的照顾,有妙子在家,可不用担心,而她把阿春带去却有很多便利之处。待悦子快开学时,说不定叫阿春先送她返回神户,自己在东京多待一些时日。因为她很久没有去东京了,想在那里悠闲地逛逛戏院什么的再回来。这是幸子私下的打算。

"啊!阿春也来了!"悦子和雪子以及本家的长子辉雄,三人到东京站接幸子,悦子意外地发现阿春跟在母亲后面走下火车,不禁高声欢呼起来。在出租车上,她俨然一副"小东京"的样子,叽里呱啦说个没完:"那是丸之内大楼,它对面是宫城。"

虽然只有短短几日,幸子发觉悦子的气色好多了,脸颊也丰满了一些。

"小悦,今天富士山看得真清楚。是吧,春丫头。"幸子说。

"嗬,可真是,从上到下一丝云都没有呢……"

"我们来的那一天,天有点阴,看不见山顶。"悦子说。

"哦,真的吗?那就是我阿春的运气好!"她只在对悦子说话时自称阿春。

汽车开到皇宫的护城河边时,悦子见辉雄摘下帽子示意,便说道:"喂,阿春,那就是二重桥。"

"前几天我们在那儿下车,行过最敬礼呢!"雪子说。

"嗯,嗯,是这样的,妈妈。"

"是哪一天的事儿?"幸子问。

"前几天,二十四号那天。舒尔茨先生、佩特、二姨和我,在那儿排队行了最敬礼。"

“哎？舒尔茨先生他们到二重桥来了？”

“二姨带他们来的呗。”

“有那么多时间吗？”

“舒尔茨先生说时间不够，老是看表，心里急得很。”

那天，雪子和悦子急匆匆地赶到码头，舒尔茨父子早已在甲板上等候许久了。雪子问他们几点钟开船，他们说是晚上七点，雪子便提议说：“这么说还有将近四小时的时间，本想邀你们去‘新豪华’喝喝茶，但是现在时间还早，不如索性去趟东京，乘电车往返估计一小时就够了，还剩下三小时，如果坐汽车跑一圈，至少能把丸之内一带游览一番。”雪子知道舒尔茨先生也没到过东京，更不用说佩特了。然而，舒尔茨先生有些犹豫不决，一再叮问：“来得及吗？能赶上船吗？”最后他才同意了。四个人立刻乘车赶到横滨樱木町上电车，在东京的有乐町下车后，首先到帝国饭店喝茶，四点半走出饭店，包了一辆出租车，预定观光一小时。他们先到二重桥前，下车行了最敬礼，然后到了陆军省、帝国议会、首相官邸、海军省、司法省、日比谷公园、帝国剧场和丸大厦等处，有时在车上眺望，有时下车稍稍停留，以最快的速度游览了一遍，五点半到达东京车站。雪子和悦子打算再随他们去横滨，送他们上船，但舒尔茨先生再三推辞，加上悦子从清早起就一直没休息，雪子担心回去太晚了会累坏她，所以就依从了舒尔茨的意见，在东京站前分手了。

“佩特高兴了吗？”

“他说东京太气派了，像是很吃惊。是吧，小悦？”

“嗯，他说多么高的大楼啊，东张西望个不停。”

“他爸爸去了欧洲很多地方，可是佩特只知道马尼拉、大阪和神户。”

“瞧他那样子，他像是在想：到底是东京啊！”

“小悦也是这样想的吧？”

“我不是日本人吗？没来东京以前我早就知道了。”

“不管怎样，只有我一个人熟悉东京，向他们介绍可费劲了。”

“三姨，您用日本话讲解吗？”辉雄问道。

“是呀，我先跟佩特说，他再翻译给他爸爸听。可是‘帝国议会’呀，‘首相官邸’呀，这些词儿佩特也听不懂。所以，有时我也说几句英语。”

“‘帝国议会’‘首相官邸’这些词儿的英语，您都还记得呀！”唯有辉雄一人操一口道地的东京腔。

“我是在日语中夹杂一句半句英语说的，‘帝国议会’还记得，‘首相官邸’就只能用日语说‘这里是近卫[1]先生住的地方’。”

“我也讲德语了。”悦子说。

“是说了‘再见’吧？”幸子问。

“嗯，在东京站告别的时候我说了好几遍。”

“舒尔茨先生也一个劲地用英语道谢……”

幸子想象着，平素寡言少语、拘谨畏缩的雪子，穿着印花绸和服，手牵身穿西服的悦子，充当外国绅士和少年的向导，出现在帝国饭店的候客厅、丸之内的官署街以及高楼林立的商业街的情景，那是多么奇怪的一支小队伍呀！而且幸子还能大致推想，那位陪着孩子来的舒尔茨先生，忍受着语言不通的不便，一边不停地看手表，一边默默地跟着到处转悠，他那副傻样儿该是怎样可笑。这对他本人又是怎样的为难？

“妈妈，你在那家电影院看过电影吗？”当汽车开到明治神宫外苑前面时，悦子问道。

“妈妈看过的。你可别把妈妈当乡巴佬。”

尽管幸子这么说，但她对东京并不怎么熟悉。老早以前，她才十七八岁，还是当姑娘的时候，有一两次曾跟随父亲上京，在筑地采女町的旅馆住过几天，当时也看过不少地方，不过，那已是大正十二年关东大地震以前的事。重建后的帝都，她只是赴箱根旅行结婚归途，在东京帝国饭店住了两三晚而已。

① 近卫文麿（1891—1945）：日本首相，任内发动侵华战争。日本投降后，畏罪自杀。

这么算来，自悦子出生后，九年间一次也没到东京来过。她刚才还在笑话佩特和悦子，但实际上，在列车开出新桥站到达东京站之间，时隔多年，她又重睹了帝都的威容，看到那高架电车线两侧高层建筑，也不无兴奋之感。近年来，大阪的御堂大道扩建了，从中之岛到船场，现代建筑如雨后春笋巍然耸立，若从朝日大厦十楼的阿拉斯加餐厅俯瞰市容，也堪称蔚然壮观，然而无论如何也赶不上东京。幸子上次见到的是复兴后不久的帝都，对它后来的发展她无从想象，而她从那高架电车线上纵目远眺，与她从前看见的东京已经判然不同了。当她看到车窗外渐次迎来又渐次退去的巍巍街巷，每每从街巷断开处隐约可见的议事堂的高塔，不禁重新体会到九年岁月的悠长，不仅是帝都的面貌发生了巨变，她自己与周围的人事也历经了种种变化。

老实说，她并不怎么喜欢东京。诚然，提起祥云缭绕的千代田城就令人诚惶诚恐，然而东京的魅力究竟在何处呢？无非是以皇宫的松林为中心的丸之内一带，保持了江户时代筑城的规模，被高楼林立的大街所簇拥，看上去壮丽、雄伟，还有外濠城门和护城河畔的青翠，令人赏心悦目等，不过如此而已。的确，这一切是京都、大阪所没有的，看多少次也不会厌倦，但除此以外可说并没有什么特别吸引人的。从银座到日本桥一带的大街虽然豪华、气派，但她总觉得这里空气干燥，不是适合她居住的地方。特别使她讨厌的是，东京郊区的街道大煞风景，今天她经青山大街向涩谷驶去的途中，尽管是夏日的傍晚，却感到有一股寒意，仿佛来到了一个遥远、陌生的国度。她记不清自己以前来东京时是否到过这里，但眼前的街景与京都、大阪和神户大不相同，仿佛来到了东京以北的地方，例如北海道或者满洲那些新开辟的地方。虽说是郊区，但这一带已属大东京的一部分，从涩谷车站到道玄坂两侧，店铺鳞次栉比，形成了一个繁华的商业区。然而，幸子总觉得这里不够湿润，不知何故，路上行人的脸色看上去都显得苍白冰冷。幸子不禁想起自己住的芦屋，那儿的天空明澈，土地秀朗，空气柔润。若是在京都市内，即便偶然来到一条从没来过的街道，也觉得亲切，好像早已熟识，情不自禁地想和那儿的人们交谈，而东京不论什么时候来都是一块和自己无缘的、生疏的土地。幸子简直不敢相信，自己的姐姐、一个地地道道的大阪人，现在居然住在这个城市的这个区域。她的心境好像是，她仿佛做梦似的走在一条完全陌生的街道上，走到母亲或者姐姐的住所一看，才知道这里住着母亲或姐姐。她在嘀咕着，姐姐怎么能在这样一条街上过日子？到姐姐家之前，她还不敢相信这是真的。

汽车快到道玄坂的尽头时，拐向左边一条寂静的住宅街，这时，突然看见一个十岁左右的孩子带着两三个小孩朝汽车两边跑来。

“姨妈，姨妈！”

“姨妈，姨妈！”

“妈妈在等着您呢！”

“我们家就在前边儿！”

“危险！危险！靠边一点走！”雪子在徐徐减速的汽车中喊道。

“哟，他们都是姐姐家的孩子吧？——那个最大的是哲雄吧？”

“是秀雄。”辉雄说，“是秀雄、芳雄、正雄。”

“都长这么高了！要是不说大阪话，我还真不知道是哪家的孩子呢！”

“这些家伙东京话都说得挺溜，他们是为了欢迎姨妈，才说大阪话的。”

⑮

幸子常从雪子那里听到涩谷的姐姐家的生活情况。但是，孩子们把每间房都弄得乱七八糟，无处立足，却超出了幸子的想象。这栋房子是新建的，光线充足也没得说，但房柱细小，地板低劣，一看便知是专供出租的粗糙建筑。当孩子们从楼梯上跑下来时,整个房子都震得直晃。隔扇和拉窗纸都破了,而这些褪色了的低廉门窗架却还是新的,相形之下更令人觉得可悲可怜。幸子不喜欢上本町老家的房屋,格局陈旧,光线昏暗,但是旧式的房子毕竟比这种房子协调,虽说阴暗了一点,还有个花树扶疏的小院子。坐在茶间里,透过院中的花木,能看见仓库的门前,那情景至今还不时在眼前浮现,令幸子怀念不已。而这个家里只有墙边屋角有点空地放几个花盆,院子什么的更是无从谈起。姐姐说住楼下会让孩子们吵着幸子,好歹把楼上一间接待客人用的八铺席间腾出来了。幸子暂且把旅行箱搬进这间房,在这里,她竟然看见壁龛上挂着一幅从大阪带来的栖凤[①]的香鱼画轴。父亲在世时,曾搜集过栖凤的作品,她们清理遗物时把大部分都卖了,这是仅存的一两幅作品中的一件。房间内幸子眼熟的不只是这幅画。那挂轴前放置着一张朱漆八腿食案,栏间挂有赖春水[②]的书法字幅,靠墙摆着一个泥金画的棚架,架上是一只座钟。这些东西一一看去,竟使人产生幻觉,仿佛这里是上本町家中的一角。姐姐特意把这些东西从大阪搬来,也许是想把它们当作昔日荣华之纪念品置于身旁不时观赏,或者是想用来装点这间过于寒碜的客厅吧。可是,依幸子看来,这些东西勉强塞在这里,非但不能美化房间,反而带来相反的效果。这些摆设使造价低廉的客厅的寒酸相更加刺眼。正因为这些摆设是亡父心爱的遗物,将它们搬来摆在东京郊区的这种地方,的确有些莫名其妙,幸子认为它恰恰微妙地反映了姐姐目前的境遇。

“姐姐,难为你把那么多东西都摆下了。”

“是呀,行李刚送到这里的时候,我也发愁,这么多东西往哪儿放呢?后来也不知道东西放哪儿了、怎么放的,好歹都放下了。房子再小,你要硬塞还

① 竹内栖凤(1864—1942):日本画家,京都人,与横山大观齐名的泰斗,将西洋画写生吸收到传统画法中,开创了日本画的新境界。

② 赖春水(1746—1816):江户后期的朱子学者,出仕广岛藩学问所,长于诗文,书法亦佳。

是塞得进的。”

那天傍晚，鹤子把幸子领到二楼，姐妹俩坐下来拉起了家常。就在她们聊天时也有孩子们拥上楼来，搂着她俩的脖子不放。姐姐一边和幸子说话一边不停地呵叱：“这样的大热天，快下楼去！把姨妈的衣服都揉皱了。”

“喂，正雄，你下去说一声，叫阿久快点儿给姨妈送冷饮来。啊，正雄，听妈妈的话。”姐姐说着，把四岁的梅子抱到膝上，“芳雄，你下去拿团扇来！秀雄，你不是哥哥吗？做哥哥的应该先下去！好了，妈妈好久没和你姨妈聊天了，你们这样缠着还能聊吗？”

“秀雄几岁啦？”

“我九岁了。”

“才九岁就长得这么高！刚才在门口碰到的时候，我还以为是哲雄呢。”

“白长个儿，这样老猴在妈妈身边，一点也不像哥哥的样子……哲雄快上中学了，功课够忙的，倒没有这样淘气了……”

“女佣就阿久一个人吗？”

“嗯，美代最近刚走，她说想回大阪去，梅子也走得很稳当了，我想用不着保姆了……”

幸子原来想象姐姐被家务拖累得憔悴不堪，出乎意料，姐姐的发型漂亮，衣着齐整，这使她不得不佩服，姐姐无论什么时候都不忘打扮自己。以十五岁的孩子为首，以下十二岁、九岁、七岁、六岁、四岁，共有六个孩子，还要照料丈夫，却只雇一个女佣，应该是更加衣衫不整，蓬头垢面，顾不上打扮，看上去比实际年龄老十岁也不足为怪。然而，今年已三十八岁的姐姐，看上去只有三十出头，真不愧为她们的大姐。莳冈家四姐妹中，大姐和三姑娘雪子像母亲，老二幸子和小妹妙子肖父亲。母亲是京都人，姐姐和雪子的长相有几分京都女子的风韵，只是姐姐的身量要比她大一些。自幸子以下身高依次降低，同样，姐姐又比幸子更高一点，与个头儿小的姐夫并肩而行时，姐姐还显得高些。而且，姐姐体态丰腴，虽说同是京都女子却不像雪子那样纤弱单薄,楚楚可怜。姐姐结婚时,幸子已是二十一岁的大姑娘了,得以列席婚礼。迄今她也不能忘怀当时姐姐绝世的美貌和风度。姐姐眉清目秀,俊俏端庄,脸呈鹅蛋形,一头秀发像平安时代的人那样站立时长可曳地,梳成一个光亮的岛田髻,确实是仪表堂堂,既艳丽又端庄。幸子心想,让这样的美女穿上十二单衣[①]将是怎样一副模样呢?当时幸子姐妹听说,姐夫家乡和公司的一些人赞赏不已,都说姐夫被一位绝代佳人招到家里做赘婿了。妹妹们也私下认为有这些议论也是理所当然的。自那以后,经历了十五六年的变迁,姐姐生下了六个孩子,生活不像以前那样宽裕,含辛茹苦,已经不像当年那样光彩夺目。然而,她至今还保持了如此的青春,也许得益于她那颀长的身材、丰腴的肌体吧。幸子边想边看着姐姐怀抱中的梅子用手掌啪嗒啪嗒拍着母亲的胸脯,在那儿,雪白、光润的肌肤仍然毫未松弛。

幸子出门时,贞之助曾嘱咐她:"带着孩子住在涩谷太麻烦姐姐了,打搅他们一两个晚上,还是到筑地的滨屋去住吧,必要时我挂个电话或者写封信去拜托一下。"

但是,幸子想要是与丈夫一起且当别论,她对和悦子两人去住旅馆丝毫不感兴趣。再则,她想和姐姐东拉西扯地聊聊天,还是在姐姐家里方便些。因此,她把阿春带来了,也是打算好了母女俩在这里搅扰时,让她下厨房帮帮忙。然而,这样过了两天,她意识到还是听从丈夫的意见为好。姐姐说,孩子们平常吵得没这么厉害,现在是暑假,他们成天在家里闹得昏天黑地。再过几天就开学了,白天可以安静一阵子了。可是,芳雄以下还有三个孩子没有上学,姐姐实在没有闲着的时候,只能瞅空上楼来说会儿话,可紧接着那三个小孩就爬上来瞎缠。孩子不听话时,姐姐逮着就打屁股,这样一来反而吵嚷得更凶,又哭又叫,震耳欲聋。这样的戏码大概每天都要上演一两次。姐

① 十二单衣:从平安时代到镰仓时代,日本贵族女子竞相穿着多层单衣以示华贵,少则五层、七层,多至十二层、二十层。

姐喜欢对孩子动粗，幸子从大阪时代就曾见识过，也知道身为一大群孩子的母亲若非如此就照管不过来。但是，弄成这模样，姐妹俩连从从容容说会儿话的空闲都没有了。刚来两三天，悦子由雪子带着去逛靖国神社、泉岳寺等地，但是正当炎天暑热，也不能老到外面去玩，不多久她也就厌倦了。幸子原来以为，悦子没尝过兄弟姐妹相处的滋味，会疼爱比自己小的女孩儿，想趁此机会让她亲近小表妹，这也是她不愿住旅馆的原因之一。然而，梅子偏偏只要妈妈，连雪子也不大搭理，悦子就更拿她没辙了。这样，悦子渐渐地在母亲耳边唧唧哝哝："学校快开学了，不早点儿回去的话，露米也到马尼拉去了。"另外，悦子自己从没挨过揍，每当姨妈打孩子时，她总是害怕地偷偷瞟着她的脸。幸子担心，在姐妹中最和蔼可亲的姐姐，会给悦子留下坏印象，万一对悦子的神经衰弱产生不良影响呢？因此，她认为最好让阿春带悦子先回去。但是，使她为难的是，栉田先生介绍的东京帝国大学的杉浦博士，眼下正在旅行，要到九月上旬才能回京，如果不等他回来，就没有达到带悦子来京的目的。

幸子想如果还要盘桓一个时期，也许搬到旅馆去住为好。滨屋这家旅店她虽然不曾去住过，但那位老板娘原是大阪的播半餐馆的招待，父亲在世时跟她很熟，自己当姑娘的时候就和她相识了，因此不会像住陌生的旅馆那样不便。据丈夫说，这是一家由专供客人招艺伎陪酒的酒馆改成的旅馆，房间甚少，客人也大都是了解脾性的大阪人，女佣也以讲大阪话者居多，简直是宾至如归，令人不觉得是住在东京。幸子想，索性住那里去吧，但是看到姐姐这般尽心款待自己，她有些难以启齿。加之姐夫也热情有加，说是在家里很难悠闲地吃顿晚饭，请她去东京颇有名气的道玄坂的二叶西餐馆吃了一顿。他还带上自己的孩子到附近的北京亭中国餐馆为悦子办了一次小型欢迎宴会。幸子想，姐夫这人原来就喜好请客，虽说近来抠门起来了，但在这些地方依然故我，也许是他对妻妹献殷勤积习难改，所以才这样吧。幸子不清楚原因何在，但在姐夫那方面，也许是他听到社会舆论，说他与妻妹们关系龃龉而耿耿于怀,才以这种形式表现出来吧。姐夫还对幸子说:“你们只知道播半和鹤屋这些豪华餐馆,却不知在道玄坂一带有许多为花柳界服务的小菜馆,在这些坐在椅子上就餐的小店里,反而能让你品尝到东京那些一流的宴席餐馆吃不到的美味。所以,经常有带着太太、小姐的客人光顾。幸子,不吃不知道,你们就陪我去领略一下东京风味吧。”他有时把姐姐留在家,带了幸子和雪子到附近的小店随便吃点风味小吃。

幸子回想起,当年这位姐夫刚入赘时,她们几位妹妹常常为难他,姐姐知道后也曾哭过。这次亲眼看见姐夫懦弱、善良的一面,看他比姐姐还要体贴她们,她心中想:决不能再像做姑娘时那样为难他了,这次也只好住在这里,待杉浦博士诊察完毕就尽快回关西去。幸子就这样思前想后,终于在涩谷住到了八月底。

16

这是第二天,即九月一号晚上的事情。

那天晚上,六个孩子和悦子已先离席,姐夫和姐姐、幸子、雪子还在继续边吃边聊。这天正好是关东大地震纪念日,由地震的话头自然谈到此前的阪神地区的山洪暴发,妙子遇险的经过,青年摄影师板仓的救险过程,等等。幸子说:“我算是运气好,没遭受那样可怕的劫难,这些都是后来听小妹说的。”说过开场白后便把当时的情况详细说了一遍。

倒不是说一语成谶,但是,恰好在当天晚上,大正以来多年不曾有过的猛烈台风袭击了关东一带,对幸子来说,这是她有生以来第一次经历了这么恐怖的两三个小时。幸子生长在风灾甚少的关西,压根儿不知道到有这么狂暴的飓风，所以她格外惊恐。其实，四五年前，昭和九年的秋天吧，关西也曾遭遇过一次台风，天王寺的塔都吹倒了，京都东山的树木扫得精光。幸子记得当时有二三十分钟她也感到惶恐不安，但是，芦屋一带并没有多大损失，所以当她从报上得知狂风吹倒天王塔时，甚至感到意外，她没想到风有如此猛烈。但那根本不能与这次在东京经历的风灾相比。说实在的，正因为有那时的记忆她才倍加恐惧，心想那样大的风都能吹倒五重塔，今天的暴风如此凶猛，这个家大概保不住了。加之，今天的风势威烈，偏偏她住宿的涩谷这种房子又质量低劣，使她感到的风势要比实际大五倍甚至十倍。

刚起风时，孩子们还没就寝，大约是晚上八九点吧。十点左右，狂风大作。幸子、悦子和雪子这几天都睡在楼上的八铺席间，那天晚上她们起初也待在楼上。狂风摇撼得屋子直晃，悦子紧紧地搂住幸子喊着："二姨，到这里来！"把雪子也拉近母亲的铺盖，自己夹在她们中间，两手抱着她们的脖子不放。最初，每当悦子高声叫喊"我怕！"幸子和雪子就说："没什么可怕的，风马上会停下来，放心吧！"渐渐地，她们也和悦子一样，死劲儿搂住对方，三个人脸贴脸抱成一团。楼上的八铺席间隔壁是三铺席间，隔着走廊有一个四铺席半间，辉雄和哲雄睡在那里。辉雄起身冲着八铺席间喊道："姨妈，下去吧！下去也许安全些，喂，到下边去吧！好像楼下大家也乱成一团了。"因为停电，一片漆黑，幸子看不清辉雄的脸，但可听出他语调异常紧张。幸子早就感到屋子有倒塌的危险，只因怕吓着悦子才没说出来。每当一阵狂风吹得屋梁直晃，她就默默地念叨"这次可完了！"冒出一身冷汗。幸子听到辉雄叫喊后毫不迟疑地喊道："雪妹、小悦，快下去！"她们跟在辉雄后面，幸子走在头里，手拉着手走下楼梯。走到楼梯中间时，又是一阵大风刮来，幸子想："屋子这回该倒了！"她感觉，平时走走都咯吱咯吱响、会弯曲的薄木片似的楼梯，夹在两侧被风吹得鼓成帆一般的板壁之间，咔嚓咔嚓地摇摇欲坠。房柱和墙壁之间裂开了缝，狂风卷着沙尘直往里灌。她觉得自己的身体仿佛受到两壁的夹击，差点儿把辉雄撞倒，跌跌撞撞地跑到楼下。

在楼上时，只听到风声和树叶、树枝、白铁片、招牌等等东西在空中乱飞时发出的声响，下得楼来，才听见屋子里一片“我怕！我害怕！”的哭喊声。秀雄以下四个孩子，都聚集在父母住的六铺席间里，围在双亲周围。幸子等人进来刚坐下，芳雄和正雄叫声“姨妈”，便偎了过来分别抱住幸子的双肩，悦子无奈只好抱住雪子。姐姐双手把梅子搂在怀里，秀雄抓着她的衣袖（秀雄那害怕的样子也挺奇怪的：风一停，他就紧紧地揪住妈妈的袖子侧耳倾听，不一会听到从远处呼呼传来风的呼啸声，便急忙放开妈妈的衣袖，用低沉嘶哑的声音哭着说“我害怕”，一边用两手捂住耳朵，双目紧闭，脸颊贴在榻榻米上）。这样四个大人七个小孩，蹲坐在那里的姿势，看上去像是恐怖的群像。除了姐夫辰雄，鹤子、幸子和雪子三姐妹虽不曾言语，却已做好了思想准备，就这样大家一起被压死算了。事实上，如果那风吹得再长一些、再猛烈些，这屋子肯定倒塌了。何以这样说呢？刚从楼梯上跑下来时，一半是由于自己恐惧，幸子才有那种猜测，而事实上每当狂风呼呼刮过来时，房屋的柱子和墙壁之间便出现一两寸宽的裂缝，这是她来到楼下六铺席间以后亲眼看到的。房里只亮着一只手电筒，借助那微弱的亮光，看见那裂缝像是有五寸甚至一尺宽，实话说，说它裂开了一两寸绝非夸张。裂缝并不总是开着，风一停就合拢来，风刮来又裂开，而且一次比一次裂开得宽一些。幸子记得丹后的峰山地震[①]时，大阪那个家就摇晃得非常厉害，但地震只是一瞬间的事儿，不像刮风的时间这样长。总之，房屋的柱子和墙壁一会儿裂开、一会儿合拢，幸子还是第一次看见。

大家都吓得战战兢兢的，一直竭力保持镇静的辰雄，看到墙壁的光景也有些不安了，他说：“只有咱们家才这么摇晃吧？邻居的房屋结实些，不至于这样摇晃吧。”辰雄这么一说，辉雄紧接着说：“小泉先生家准没事儿，那房子很牢固，而且是平房。是吧，爸爸，到小泉先生家去避一避吧！万一被压死

① 指昭和二年（1927）三月七日的奥丹后地震，峰山町因地震继发的火灾全毁，为仅次于关东大震灾的大地震。

在这里可不值得……”“房子倒不会垮,不过,去避一下也许更安全些……但是,人家已经睡了,把人家叫起来不合适吧?”辰雄犹豫地说,鹤子说:“这不是讲究那些的时候!这么大的风,小泉先生家的人也一定起来了。”她这么一说,大家都赞成去避一下。小泉先生家只隔一堵后墙,从后门出去一步便可跨进他家的后门。听说小泉先生是一位退休官吏,夫妇俩和一个儿子三人一起度日。正巧辉雄这次转学到他儿子念书的那所中学,因为是同学关系,得到过他家一些照顾,辰雄和辉雄都到他家客厅去过两三次。阿春和阿久好像在女佣房中嘀嘀咕咕商量着什么,这时她走过来说:“那就让我和阿久到小泉先生家里去探听一下,如果方便的话,我就去求求他们。”阿春说到“小泉先生”家去,可是连他家在什么地方都不知道,看来她对办此类事情颇有信心,她认为只要阿久带她去,就由她去恳求人家。阿春回过头来对阿久说:“好吧,就这么办。喂,阿久,趁这阵风停了咱们快去吧!”幸子她们还未置可否,阿春就自作主张揽下来了。“注意别让风刮倒了,可别伤了哪儿!”鹤子和幸子放心不下,一再嘱咐,可阿春全当耳边风,催促着阿久从后门出去了。不一会儿她就返回来说:“他们说没问题,请赶快过去。哎呀,快点儿去吧,真像辉雄少爷说的那样,这么大的风,他们的屋子一动也不动,真叫我不敢相信。”她说着把背转向悦子说:“小姐,我背你去吧!你走不了。连我阿春都被风刮得倒退了两次,只好爬着去。各种各样的东西满天飞,要不让砸着得顶着棉被才行。”辰雄说:“那么,你们去吧,我留下来看家。”说着就坐下不动了。

最先走的是辉雄、哲雄、幸子、雪子、悦子和阿春。鹤子不放心丈夫留在家里,正不知如何是好,阿春又只身跑回来,说了声“嗨,少爷走吧”,便飞快地把正雄背走了。当她再次转回来要背芳雄走时,鹤子到底待不住了,自己抱着梅子,让阿久背着芳雄去避难了。这一阵子,来回奔忙的阿春的表现最令人吃惊,当她第二次折回来时,不知哪儿落下个晒衣台,掉在小巷里,险些砸在她身上。她看见阿久背着芳雄,便说:“秀雄少爷过来,我背你!”鹤子说:

"他大了，自己能走。"阿春理也不理，背起吓傻了的秀雄就跑。

就这样，连阿久也逃到小泉先生家来了，大约过了半个钟头，不知辰雄如何想的，他从后门走了进来，似乎不好意思地说："我也来搅扰府上了。"此后有一阵子，风越刮越猛，外面不断传来狂风的怒吼声，而来到小泉家一看，那柱子和墙壁都纹丝不动，根本不必担心房屋会倒塌。房屋建筑质量的好坏，给人的安全感竟有如此大的差别，使他们感到不可思议。就这样，莳冈家的人一直待到第二天早晨四点钟左右，等到风势渐渐平息，才回到那所令人讨厌的脆弱的住宅里，走进屋子时还不由得有些胆战心惊。

17

台风过后，第二天早晨，马上又变得碧空明净，秋气爽人。但是，昨夜那恐怖的记忆，始终像梦魇一般缠绕在幸子脑中，尤其是看到被吓坏了的悦子那副神经过敏的样子，她觉得不能犹豫了，上午就给大阪事务所的丈夫挂了加急电话，托他向筑地的滨屋旅馆订个房间。她想可能的话今天就搬过去。傍晚，滨屋旅馆来电话说："刚才接到老爷从大阪打来的电话，我们已经把房间准备好了。"幸子对姐姐说："晚饭我到那边去吃。请你留阿春在这里住三四天。请姐姐也到旅馆去玩一玩。"匆匆说了几句，她就往筑地去了。

幸子由雪子和阿春送到了旅馆，打算大家到银座散散步，再吃顿西餐。老板娘建议说："那就不妨到尾张町的罗迈亚西餐馆去看看。"幸子让阿春作陪请雪子在那里吃了西餐，回来的路上又逛了逛夜市，在服部钟表店[①]的拐

① 服部钟表店：位于日本东京都中央区银座四丁目，是当时银座的标志性建筑。

角处与雪子和阿春分了手，幸子和悦子走回滨屋旅馆时已是九点多钟了。把丈夫留在家中，同女儿两人住宿在旅店里，这在幸子还是破天荒第一遭，再加上夜阑人静时，昨夜的恐惧又袭上心头，她试服了阿达林，又喝了一点随身带来当药用的白兰地，还是辗转不眠，直到听见清晨电车的响声。悦子似乎也是如此，焦躁地不断嚷嚷"我睡不着"，她还撒娇说："妈妈，我要明天就回去，不用请杉浦博士看病了，这样下去神经衰弱只会加重，还不如早点儿回去见见露米……"可是到了早晨，她却呼呼打着鼾睡得很香了。到了七点左右，幸子觉得反正也睡不着了，为了不惊醒悦子，悄没声儿地起来，拿了报纸，来到走廊上，在藤椅上坐下，从这儿能看见筑地川。

近来世界舆论集中在亚洲、欧洲发生的两个事件上，即日本军队进攻汉口和捷克的苏德台问题。幸子想了解结果如何，急不可待地读每天的晨报。但是来到东京以后，看的不是《大阪朝日新闻》《大阪每日新闻》，也许是对报纸的版面不熟悉，那些报道也难看进去，提不起兴趣，看了一会儿就腻味了，心不在焉地眺望着筑地川两岸的行人。从前做姑娘时和父亲一起住过的采女町那家旅馆，就在河对面从此处看得见屋顶的歌舞伎剧院前面的小巷内。所以，这一带对幸子而言并非全然陌生，多少有些值得怀念之处，非道玄坂所能比拟。不过，那时东京剧场和演舞场还未修建，河畔景色也与今日大不相同。而且，父亲总是趁三月间放假时带她来，她从未在九月的这个时候来过东京。如今她坐在这里，哪怕身处闹市区，风儿吹在身上也觉得凉飕飕的，颇有秋意。现在阪神地区还不会有这种感触，也许是东京毕竟比关西冷，秋天也来得早些吧；也许这是台风过后一时的现象，炎热的日子还会卷土重来；也许是旅途的风比家乡的风更容易侵入肌肤……不管怎样说吧，还要过四五天杉浦博士才给悦子看病，该怎样打发这段日子呢？幸子想，到了九月菊五郎的剧院应该开演了，正好趁此机会带悦子去看看。悦子喜欢舞蹈，肯定喜欢歌舞伎的舞蹈剧。还有，等到她长大成人后，说不定歌舞伎剧的传统已经失落了，若不趁现在看看菊五郎他们的戏……幸子小时候每每由父亲带着去看雁治郎的演出，此时设身处地才产生了这种想法。但是，一看报纸她才知道，一流的歌舞伎剧九月份无论哪家都不开演。这样，除了每晚到银座去散散步以外，没有什么特别想去的地方。想到这里，不知怎的突然动了乡情。倒不是因为悦子说了什么，而是她自己恨不得今天就启程回家，把悦子看病的事推到下一次。她转而又想，自己偶尔来住个把星期尚且如此思念关西，雪子住在道玄坂那个家里一心想回芦屋以至于时常哭泣，那种心情，她今日才真正体会到了。

十点左右，阿春打来电话说："这儿的太太说想去看您，由我陪她去。老爷来了一封信，我会带去。另外还需要带什么吗？"幸子回话说："没有什么要带的。不过，请你转告姐姐，要她在这儿吃中饭，请她早点来就是了。"说完便挂断了电话。幸子想，今天要把悦子交给阿春，时隔多年，自己和姐姐两个人从从容容地吃顿午饭，究竟上哪家馆子为好呢？她想起了姐姐爱吃鳗鱼，便向老板娘打听过去她和父亲常去的一家鳗鱼餐馆，那地方叫作蒟蒻岛，店名是"大黑屋"，不知那馆子如今还开没开？"啊，这我也说不上，如果是小满津，我倒是听说过。"老板娘翻过电话簿才又说道："啊，有了，果然有家大黑屋。"于是，幸子托她用电话定下了房间。等姐姐来了后，她吩咐悦子跟阿春到三越百货店去玩玩，随后便和姐姐去大黑屋了。

姐姐说："雪子好不容易找借口把梅子哄上楼，趁这当儿我赶紧换身衣服就来了，这阵子肯定叫雪子够受的。不过，我已经出来了，今天就慢慢儿吃吧。"姐姐眺望着餐厅外绕弯而过的河流说道。"这里真像大阪呀，没想到东京也有这样的地方。"

"真是太像了！当姑娘的时候，每次跟父亲到东京来，他总带我来这里。"

"这里叫蒟蒻岛，这是个岛吗？"

"谁知道呢，以前好像没有这样沿河的餐厅，不过地方肯定在这里。"幸子说着，也朝窗外纵目望去。当年跟随父亲来时，这条沿河大道还只有一边有房子，而现在沿河也建起了房屋，大黑屋将马路夹在中间，做好的饭菜像是从对面正屋端到沿河餐厅来。与过去相比，现在这座餐厅的景致更使人觉得身在大阪了。这是因为餐厅建在河流拐弯处的石崖上，另有两条河朝这个拐弯处汇集而来，恰成一个“十”字。坐在拉窗旁，不禁使人想起在大阪的四座桥边的牡蛎船[①]上朝外望见的景色。这里的“十”字河流之间，没有四座桥，只架设了三座。这一带的工商业者居住区，江户时代就有了，在关东大地震以前，它与大阪的长堀一带相似，有着古老街道共有的静谧感觉，但现在无论人家、桥梁和马路都已全部翻新，而来往的行人却稀疏了，使人觉得这是一条新开辟的街市。

“您要来点汽水吗？”

“嗯，那……”幸子看着姐姐的脸说，“喝点什么？姐姐？”

“喝汽水就行了，因为是午饭……”

“喝点啤酒总可以吧？”

“如果你能帮我喝半瓶的话……”

幸子知道姐姐在四姐妹中酒量最大。姐姐非常喜欢喝酒，有时好像很想慢慢地品尝似的，她最爱喝日本酒，也并不讨厌喝啤酒。

“姐姐近来恐怕没时间慢慢喝酒了吧？”

“倒也不是，每天晚上都陪你姐夫喝一点，再加上常常有客人来……”

“客人，都是些什么人呢？”

“麻布的哥哥来了一准得喝酒。他还说什么在那样简陋的屋子里，孩子们又吵又闹，喝起酒来别有一番滋味……”

“姐姐，那够你忙的！”

“不过，和孩子们在一起，我只管酒就行了，不费什么事，至于下酒的菜用不着我一一吩咐，阿久都安排得好好的。”

---

① 大阪市南区和西区的边界，西横堀川和长堀川十字交叉，分别有上系桥、岩屋桥、下系桥和吉野屋桥形成井字架设其上。河边系有牡蛎船，冬季供应广岛著名的牡蛎菜肴，从江户时代就享有盛名。

“那姑娘现在真顶用了。”

“她最初也和我一样，老说不喜欢东京，还哭鼻子呢，总是念叨着‘让我回大阪，让我回大阪’。不过，近来倒是不大提起了。无论如何，我得留着她帮我，直到她出嫁为止。”

“她和春丫头哪个大些？”

“春丫头多大了？”

“二十了。”

“那就是同年的咯。幸子，那个春丫头也放不得呢，一定要留住她。”

“那姑娘十五岁来的，前后快六年了。我说过多少次叫她上别的地方去，她说什么也不肯走，不过，她实际上也是虚有其表，没有你们想的那么好。”

“我也听雪子这么说过，可是，你看前天晚上她那功劳可不小呢！在那种场合，阿久慌得团团转，比阿春可差远了，你姐夫也大吃一惊，直夸春丫头是个‘了不起的姑娘’。”

“她在那种时候，确实热情，有人情味，也够机灵的，上次闹水灾的时候也是这样的。”

姐姐要的中份烤鳗鱼段和幸子要的烤小鳗鱼串还没烧好，她们边吃边等，幸子一一数落了阿春的短处权当下酒菜。

听着别人夸奖自己的女佣，作为主人自有几分得意，绝无不快之感，也用不着宣扬人家的缺点，所以，当别人称赞阿春时，幸子总是不置可否地听着。何况像阿春这样获得外界好评的女佣是颇为罕见的。因为她善于交际，办事机灵周到，而且慷慨大方，自己的东西也好，主人的东西也好，都可以毫不吝惜地送人，所以在那些常来常往的生意人和手艺人中间大受欢迎，大家都“阿春姑娘、阿春姑娘”地捧着她。连悦子的班主任、幸子的那些太太朋友们，也特意托人传话说阿春实在是一位值得佩服的女佣，往往使得幸子目瞪口呆。最了解幸子苦衷的是阿春的继母，她住在尼崎，时常来芦屋请安，逮着幸子再三请托：“不管别人怎样说，这么个难侍弄、惹麻烦的姑娘，您都留下来使唤，您的大恩大德我一辈子也忘不了。为了这姑娘我不知哭了多少回，所以我知道太太您拿她有多头痛。万一您辞掉她，无论哪家也不会收留她这号人。哪怕给您添麻烦，也请您忍着性子留下使唤，不给工钱也行，您怎么骂她也可以，可一点也不能娇惯她，一天到晚训她都不为过。”

当初，张惣浆洗店的老板领着阿春找到幸子说：“有个十五岁的姑娘，名叫阿春，请您留下来使唤吧。”当时幸子看她长得俊俏可爱，有意试用一下。可是一个月不到，就越来越觉得自己雇错了人，明白了她继母说的“难侍弄、惹麻烦的姑娘”绝不是谦虚的客套话。令全家人最头痛的是这姑娘不爱清洁。在刚来试工时，幸子就注意到了她手脚又黑又脏，还以为是她家境遇使然。不久大家就明白了，她特别不喜欢洗澡、洗衣，原来是生性懒惰。幸子为了矫正她这些坏习惯，不知费了多少口舌，提醒她注意，但只要稍不留神，她又故态复萌。其他用人干完一天的活儿必定要洗个澡，只有她到了晚上就在下房里打盹儿，连睡衣也不换就睡着了。她连贴身的衣裤也懒得换洗，脏衣服接连穿好几天也毫不在乎。为了把她弄干净，幸子甚至叫人看着她，强迫她脱光衣服去洗澡，又常常检查她的衣箱，把她乱塞在里面的脏衬衣、内短裙等统统抖搂出来，叫她当场洗干净。这比管教自己的女儿还要劳神得多。比幸子更直接深受其害的是女佣们。她们首先叫苦不迭，有的说：“自从春丫头来后，下房壁橱里都让她的脏衣服堆满了，脏得不成体统。她自己说什么也不洗，没法子，我们想帮她洗洗，掀出那些脏衣服一看，我们都吓了一跳，里面竟然有太太的内裤！这个人，她嫌麻烦不洗衣服，连太太的衣服她都偷来穿。”有的说：“走到她身旁就臭气熏人，不光是身子臭，她还经常买零食吃，又偷嘴儿，胃也像是吃坏了，那口臭更难闻。晚上和她睡在一块儿真是遭罪。”有的说：“我们也惹上了她身上的虱子。”此类诉苦声不绝于耳，幸子曾几次跟她说明缘由，打发她回尼崎家里去；但总是被她父母轮番送回，讲一大串道歉的话，不管幸子同意与否，把她丢在这里就走了。据说，在尼崎家里还有两个弟妹，只有她是前妻所生，生性较劣，学校的成绩也比弟妹差得多。父亲对后妻有顾虑,而继母对父亲也多心,把她留在家里真是风波不止。她父母磕头作揖恳求幸子:“情况就是这样的,无论如何请您收留她,直到她出嫁为止。”特别是继母满腹牢骚,她说:“左邻右舍对这孩子评价出奇的好,连弟弟妹妹也都护着她,所以我动不动就被人误解,好像是我虐待了继女似的。我说这孩子有这样那样的毛病,她父亲根本不信,还暗地里袒护她,我委屈得不得了,只有太太您能理解我。”听她这么一说,确实如此,幸子理解了她身为继母的尴尬的处境,反倒同情她了。

“总之,说起她不整洁,看看她衣服怎么个穿的就知道了,别的女佣也笑话她:‘春丫头,你连那里都露出来了。’可她直到现在一点儿也没改。她生性就是这样,怎么劝也是白搭。”

“是吗?她的脸不是很干净吗?”

“她就脸看得要紧,背着人化妆,还偷偷地抹我们的雪花膏和口红呢。”

“这姑娘怪怪的!”

“别看阿久不爱说话,但是她自个儿能动脑子做好饭菜。可这姑娘已经干了六年了,如果我不告诉她怎样做,她一样菜也做不好。到吃饭的时候我空着肚子回家,问她做了什么吃的,她总是说:‘没有,我还没做呢。’”

“是吗?听她说话倒是伶牙俐齿的。”

“她并不笨,不过,总而言之,她喜欢接待客人什么的,不愿做家中的零碎活儿。打扫客厅这类活儿,本来是每天必做的,可只要我们不盯着,她马上就撂下了。早晨你不喊她,她还是起不来,晚上依旧不换衣睡觉……”

这样说着说着,幸子想起许多事情,一半是觉得有趣,就又说了出来。阿春嘴馋,偷吃是她的拿手戏,从厨房端菜到餐厅的那一会儿工夫,糖煮板栗什么的少一两颗是常事。在厨房里,她也是嘴不停地嚼着,突然喊她时,经常吓得直翻白眼,慌慌张张背过身子去答应,这种事儿可说是家常便饭。晚上幸子叫她按摩,还不到一刻钟,她就伏在幸子身上打起盹儿来了,慢慢地,还厚着脸皮伸开腿躺下去,最后竟然在幸子铺盖上四仰八叉睡下了。有好几次,她不是打开煤气睡去了，就是忘记关电熨斗把衣服烧焦了，差点儿引起火灾。当时幸子决心要把她辞掉，到头来经不住她父母好说歹说，又留下了她。叫她出去办事，她总是在外面四处转悠，一去大半天。

“真是的，像她这样子，不久以后结了婚，不知道会怎么样。”幸子说。

“我也是这么想的。不过，如果嫁了人有了孩子的话，就不会这样了吧。唉，别那么说了，留着她吧，她不是也有讨人喜欢的地方吗？”

“是呀，在我们家也待了六年了，就和自己的女儿一样了。虽然有点儿狡猾，但是还没有后娘带大的孩子那样乖戾。她性格直率，重情义，尽管觉得她是个惹是生非的姑娘，但是一点也不怨恨她，这姑娘毕竟品德不坏嘛！”

18

她们从大黑屋返回滨屋旅馆后，又一直闲聊到傍晚，姐姐才回去。因为那天晚上阿春救了孩子，姐姐十分喜欢她，也是酬劳的意思吧，临行时她提议让阿春和阿久去日光游览一次。实际上阿久当初老说要回大阪，姐姐为了挽留她，早就许愿让她去日光玩一趟。只是找不到合适的旅伴才拖延到现在，现在正是一个好机会。姐姐说：“就叫阿春陪她去吧，我也没去过日光，听说乘坐从浅草开出的东武线电车，下车就有公共汽车接送，从东照宫到华严瀑布，再到中禅寺湖游览，当天就能返回。你姐夫也说务必让阿春去玩一趟，费用由我们负担。”

幸子觉得这似乎太便宜了阿春，可是，不让她去阿久也去不成，也怪可怜的。而且，阿春好像也听到了点风声，也高兴坏了，若不允许她去岂不是自己的过错。不管怎样，还是听凭姐姐安排吧。

第三天早晨，姐姐打来电话说："昨天晚上跟她们说了去日光的事情，两个人乐得一夜没睡，今天一大早就走了。虽然让她们做好了当天回不来的准备，不过预计今天晚上七八点钟前就能赶回来。另外，雪子说她就要上你那边去。"幸子想，雪子来了三个人可以去看美术院的院展和二科展[①]，幸子一边想着放下了话筒。这时女佣从隔扇缝隙间塞进来一封快信。悦子诧异地捡起了信，看了看信封背面，不声不响地放在母亲正凭靠着的桌子上。幸子一看，显然不是丈夫的笔迹，长方形的西式信封上写着"滨屋旅馆时冈幸子夫人亲启"。幸子颇感奇怪，因为除丈夫以外没有谁会向东京这家旅馆写信来。一看信封背面的寄信人是"大阪市天王寺区茶臼山町二十三号 奥畑启三郎"。

她避开悦子好奇的视线，急忙剪开信封，里面是三张折成四折的硬质的西式信笺，正反面都密密麻麻地写满了。她展开信笺时，好像听有声电影一样，那信纸哗啦哗啦直响，而信的内容却是她完全意想不到的。全文如下：

拜启

突然寄上这封信，请原谅我失礼之处。明知姐姐看到此信定会惊惶，但我不能错过这个机会。

我近来一直想写封信给您，但担心在中途被小妹截获，所以才拖下来了，今天在夙川见到了许久未见的小妹，得知姐姐现在东京，跟悦子两人住在筑地的滨屋旅馆。滨屋是我一位朋友上京的宿处，所以我知道其地址。因此，确信信件可到您手中，不顾失礼，急忙写成此信寄上。

我想尽可能写得简单一些，首先讲讲我的怀疑。现在，这也许只是我一个人的怀疑而已，近来小妹与板仓之间似乎有什么关系。不过，当然只是精神上的，为了小妹的名誉，我不愿意臆测他们的关系已经超出了这个范围，但是他们两人之间至少也萌发了恋爱的苗头。

---

① 院展指"日本美术院展览会"，二科展是民间美术团体"二科会"的展览，至今每年秋季在东京都美术馆举办。——编注

我意识到这件事是在那次水灾之后。事后回想当时的情况,觉得板仓跑去救小妹,其中颇有蹊跷。在那种情况下,为何板仓置自己的家产与妹妹于不顾,冒着生命危险去救小妹呢?无论如何不能认为他仅仅出于好心。首先,他怎么知道小妹当时在裁剪学院?他似乎和玉置女士也极为亲近,这难道不很奇怪吗?很可能他经常出入裁剪学院,在那里和小妹幽会,或是取得联系吧?我对此曾作过调查,掌握了证据,在此就不记述了,等必要时我再告诉您。更主要的是请姐姐另行调查,我想恐怕还会有许多意外的发现。

我产生这种怀疑以后,也曾质问过小妹和板仓,他俩都坚决否认。然而奇怪的是,从我提出这件事以后,小妹总是躲着我。她很少到夙川去;我往芦屋府上打电话,多半是阿春出来接电话说小妹不在家,不知是真是假。而板仓说的都是几句现成的话,什么从水灾以后和小妹只见过一两次面,并说今后会注意不使我再产生疑虑等。尽管他这么说了,我还是进行了调查。自水灾以来,他不是几乎每天都去芦屋府上吗?他不是和小妹两个人去海滨游过泳吗?这是我用某种方法一一了解到的事实,他别想瞒得过我。板仓也许使您认为,是我叫他当我和小妹之间的联络人,殊不知我从未要他这样做过。他和小妹如有见面的必要,也只有摄影的事要商量,而最近我已禁止他为小妹照相,所以这项工作也没有了。然而,最近他到府上去得越来越频繁了,小妹也干脆不到夙川去了。虽然那样,有尊夫妇从旁监督倒也未尝不可,但不幸的是,眼下姐夫早出晚归,而姐姐、悦子甚至阿春都在东京,会不会发生什么事情,真令人万分担忧(姐姐肯定不知道,姐姐不在家时他每日必去府上)。小妹为人稳重可靠,不会出什么差错,可是板仓这个人却完全不可靠。总之,他曾漂洋过海到美国去,在那里做过五花八门的事情。姐姐也知道,他很有些手腕,只要有机可乘,无论什么家庭他都能钻进去赖着不走。至于向人借钱呀,欺骗女人呀等,那是早有定评。他做学徒时我就认识他，所以对他很了解。

我和小妹的婚事，也有很多需要求您帮忙之处，这一些留待他日再谈，当前的首要问题是要使板仓远离小妹。即使小妹打算解除和我的婚约（小妹说她没有这种打算），如果她和这种人的闲话传到社会上去了，小妹就会身败名裂。作为莳冈家的千金小姐，小妹也绝不会真的嫁给板仓这种人。由于最初是我把板仓介绍给小妹的，所以我也有责任，深感有义务向作为监护人的姐姐将我的怀疑说出来，提请您注意。

我想，您作为姐姐一定有自己的想法和对策。在这件事情上，如果有用得着我的地方，您尽管吩咐，我可以随时登门听命。

最后我请求您保密，别让小妹知道我写了这封信。万一被小妹知道了，我想只会招致更坏的结果，决不会使我们的关系好转。

以上是想趁姐姐在滨屋期间收到此信而仓促写成的，字迹潦草，难以辨认，请姐姐谅解。信笔写来，杂乱无章，文字拙劣，说不定还有失礼之处，一并请多多原谅。

谨呈

莳冈姐妆次

奥畑启三郎

写于九月三日夜

幸子双肘撑在桌上，两手捧着信笺，反复看信中的有些段落。为了避开悦子好奇的视线，她把信重又装进信封，叠成对折，塞进腰带里，然后走到走廊，在藤椅上坐下。

这一打击来得太突然，若不平息激动、使自己镇静下来，就什么事也考虑不成。她想："尽管如此，这信上写的都是真的吗？……照此说来，我们也许太憨厚了，对板仓这个青年太大意了。他没来由地老是来串门子，我们竟丝毫不感到奇怪，听之任之，只能说是麻痹大意了，也是因为我们从没想到过他会有这个目的。对他的家世、经历都不了解,只知道他是奥畑商店的学徒出身。哎,老实说,一开始就认定了他和我们不是同一阶级的人,万万没想到他竟对妙子有非分之想,他自己甚至说过要娶阿春,莫非是玩弄计谋不成?即使他对小妹有意,也很难想象小妹会答应他。至少只读奥畑这封信,还不能认定小妹会有那种念头。尽管小妹曾经有点过错,也不至于如此抛掉自尊心、自暴自弃吧!再怎么不济,小妹毕竟是莳冈家的小姐呀(想到这里,幸子不禁热泪盈眶)!奥畑胸无大志,小妹和他有些什么矛盾也是可能的,这都可以原谅,但小妹怎么可能和板仓那青年扯上关系呢?……小妹对板仓的态度、说话的口气显然视之为下等阶级的人,而板仓自己不也甘为仆从么?

“既然如此,这封信的内容就没有多少根据了。尽管奥畑说调查过了,确有证据,可他一个证据也没明确说出来,也许只是他的猜疑罢了。他想防患于未然,才故意夸大其词以示警告。不知道奥畑是用什么方法去探听事实的,不过,比如说小妹和板仓两人去洗海水浴就不是‘事实’。我再麻痹大意也不至于不加管束到这种程度。和板仓两个人去洗海水澡的是悦子,而小妹总是和我、雪子和悦子一块儿去。其他时候,他们很少有单独在一起的机会。我们并不曾有意去监督他们,因为板仓说话风趣,很多时候他一来我们就聚集在他周围,从来没有发现小妹和他有什么可疑的举止。总之,信中所说的大概都是奥畑根据左邻右舍那些不负责任的流言,任意捕风捉影而描绘出来的吧……”

幸子极力想否定奥畑所说的这件事,但不能否认的是,她刚才读信的瞬间好像有什么东西令她心中动摇了。老实说,虽然她认定板仓属于不能与莳冈家通婚的阶级,可是她并非完全没想到奥畑信中所写的那种事。至少幸子也曾隐隐约约地意识到,板仓冒着生命危险营救妙子,后来又频繁出入自己家里,或许有什么意图。她也曾为妙子设身处地想过,在那危急时刻得到援救而免于灭顶之灾,作为青年女子会何等感动,对救命恩人何等感激。只是有“身份不同”的阶级观念先入为主,幸子虽然有所察觉,却没放在心上,也没去追究——毋宁说她想避免去追究。因此,今天奥畑这封信把她不愿看见、害怕看见的事实,突然毫不客气地摆到她眼前,真使她狼狈不堪。

幸子本来就归心似箭,现在手里捏着这封信,更加觉得在东京一天也待不住了。她想,必须尽快回去查明事实真相,这是当务之急。然而用什么方法去调查呢?该怎样盘问才不会刺激到他们呢?要不要和丈夫商量这件事呢?不,不,这件事得由自己负责到底,不能让丈夫也不能让雪子知道,要秘密地追查事实真相。即使不幸坐实了,也不能伤害当事人,让他们悄悄地断绝关系才是上策。这些想法在幸子脑中纷至沓来,但燃眉之急是自己没回家之前,怎样阻止板仓上芦屋呢?因为信中说的"姐姐不在家时,他每日必去府上"这种话特别令幸子胆战心惊。假若两人之间潜藏有恋爱的萌芽,现在正是这萌芽成长的绝好机会。"姐夫早出晚归,而姐姐、悦子甚至阿春都在东京,会不会发生什么事情,真令人万分担忧"这句话更吓得她魂飞魄散。她后悔自己做事太糊涂了:把妙子一个人留在家里,把雪子、悦子甚至阿春都带到东京来,这个主意不正是自己想出来的吗?自己简直为他俩提供了恋爱的温床。遇上这种难得的机会,不毛之地也必定会萌发爱情。因此,即使他们出了什么差错,该责怪的不是他俩而应该是自己。不管怎样,此事刻不容缓。她觉得此时此刻就有可能出什么问题……

她感到焦躁难耐。带悦子回去,还要等一两天,这一两天该怎样防范他们呢?最简单的办法是立刻给丈夫挂个电话,叫他在自己回家以前禁止妙子和板仓见面。但是,这法子毕竟不大理想,因为她不想让丈夫知道这件事。不得已,只有向雪子讲明,让她今天晚上坐夜车回去,不动声色地监督他们,这也是一个办法,好过让丈夫知道。但是,这个办法她也想尽量避免采用。首先,即使雪子能够体谅自己,她也没有刚来涩谷又匆忙返回关西的理由。在这种情况下,还不如让阿春先回去,这是最自然而又不会得罪任何人的办法。当然,也不能向阿春讲明真相。只要阿春在妙子身边,即使不能阻止板仓到家里来,至少也能牵制两个人接近。

可是,幸子想到阿春是位嘴快的姑娘,对此最后一策也踌躇起来。如果阿春置身其间,两人没有任何可疑的行径那倒是好,如果她察觉了有什么暧昧,她那张快嘴难保不会到处宣扬弄得满城风雨。即使没有什么情况,阿春也对这种事比较敏感,她也许会猜出为什么要她先回去。另外,幸子还担心她会被妙子和板仓收买过去。阿春和蔼可亲,圆滑机敏,相应地也就容易受诱惑,遇上那位巧舌如簧的板仓,三下两下就会被笼络过去。想到这里,幸子觉得这件事无论如何也不能托付他人,只有自己早早回去,今天也好明天也好,只要悦子看完病,无论坐多么晚的夜车也要赶回神户去。

不一会儿,幸子看见雪子撑把阳伞,从歌舞伎剧院方向过了桥,由沿河大道向这边走来,她缓缓步入房间,为了观察自己的脸色,她坐在套间的梳妆台前,拿起胭脂刷,在脸颊上抹了两三下。她突然想了起来,为了不让悦子听到,她轻轻打开旁边的化妆盒,从里面拿出一瓶袖珍白兰地,倒了三分之一瓶盖抿进嘴里。

19

幸子已经毫无兴致去展览馆了,不过,想到去看一看也许能排遣烦恼,下午便三个人一起去了上野。她们一连看了两个展览便筋疲力尽了,拗不过悦子一再央求,又拖着沉重的双腿,在动物园走马观花地转了一圈,回旅馆时已过了六点。幸子本打算上馆子吃晚饭,但累成这样更想早点回旅馆休息,结果连雪子也带回来了,洗澡之后,就在房里吃晚饭。正在这时,只听得一声“我回来了”,便见阿春走了进来。她满头大汗、脸红通通的,明石绸和服也皱巴巴的。她说:“我刚从日光回来,顺路来看看太太。我是和阿久一块儿从雷门坐地铁回来的,我想应该来见太太一面,为今天的事儿道声谢,就一个人在尾张町下车，先到这儿来了。”说罢，她拿出三盒日光牌羊羹和彩色明信片说：“这是送给悦子小姐的。”

“难为你买了这么些礼物，不过，不如送给涩谷那边吧。”

“是，是，我也给那边买了，由阿久先带回去了。”

“这真是……这也太多了……”

“华严瀑布去看了吗，阿春？”悦子打开彩色明信片问。

“看了，从东照宫到华严瀑布，再到中禅寺湖……托太太的福，哪儿都去看了。”

兴高采烈谈了一阵游览日光的见闻后，阿春说她还看见富士山了，还因此引发了一番争论。

“啊？看得见富士山？”

“是。”

“在什么地方看见的？”

“在东武电车上。”

“在东武电车上能看见富士山？”

“春丫头，可是真的？不会是一座像富士山的什么山吧？”

“是真的，真是富士山呢！乘客们都说看见富士山了，没错。”

“是吗？那就是说在什么地方能看见富士山咯。”

幸子从今早起就牵挂着悦子的事儿，便叫阿春用桌上的电话打到杉浦博士家里，对方回答正好他刚刚旅行回来了，约好了明天（六号）上午带悦子到他住宅去接受诊察。幸子原来说要在五号回去，但是估计总得推迟两三天，想不到能这么快就看完病。既然这样，幸子马上叫阿春通知旅馆的账房，预订三张明晚的卧铺票，尽量安排同一车厢连号的铺位。“二姐，明天就回去吗？”雪子不无惊讶地问。幸子说：“明天上午能给悦子看完病，下午买些东西，坐夜车回去，这样当然匆忙了一点，我倒没有什么特别急的事儿，只是悦子的学校已经开学了，不能让她缺课太多，所以我想还是早点回去为好。雪子和春丫头，你们明天中午到这里来，那时候我们也从杉浦博士家回来了，下午一起去买东西。照说不去涩谷辞行是不大好，不过实在挤不出时间了，就请雪子代我向姐夫、姐姐致意吧。”饭后，幸子打发她们回去了。

第二天是相当忙碌的一天。幸子一早就带着悦子去本乡西片町的杉浦博士邸宅去看病，又转到本乡药局配处方药，在赤门前叫了一辆出租车回滨屋旅馆。到达时雪子和阿春已在等候了。雪子先打听诊察的结果，幸子告诉她，杉浦博士的见解与辻博士大体相同。只是他说这一类神经质的少年少女，天资聪颖、成绩优秀者居多，只要引导得法，他们在某些方面可能超越常人，所以不必担心。关键在于发现孩子哪方面才能出众，就让她把精力集中这一方面。他还说了主要依靠饮食疗法，他也开了处方，不过与辻博士的处方大不相同。

下午，一行四人到池端的道明、日本桥的三越百货店，山本海苔屋，尾张町的襟円、平野屋和西银座阿波屋等商店走了一圈。不凑巧，残暑卷土重来，尽管有风，还是骄阳似火，她们不得不到三越百货店的七楼、日耳曼点心店和野鸽咖啡馆等处稍事休息，喝些冷饮解渴。阿春扛着买来的大包小包，从很多包之中露出一只脑袋，脸上汗水直淌，跟在她们后面走着。她们也都各提一两个包。此后又去了一趟尾张町，最后在服部钟表店的地下室又买了几样东西，这时已是吃晚饭的时刻了。幸子说再去罗迈亚西餐馆没意思，便来到数寄屋桥边的新豪华西餐馆，这样比回旅馆吃饭也省时间，另一方面也是迁就喜欢吃西餐的雪子。因为过了今夜又要有一段时间不能相见，大家围着餐桌喝着生啤酒，也有即席话别的意思。吃罢晚饭，她们急忙回到旅馆，整理行李，赶到东京火车站，在候车室里和前来送行的姐姐站着谈了五分钟，登上了晚上八点半发车的快车卧铺车厢，姐姐和雪子送她们到站台，趁悦子走下车与雪子说话的时间，姐姐走近站在车门外踏板上的幸子跟前，小声说：

“雪子的亲事，那以后再没人来提了吗？”

“没有……我想过不了多久又会有的……”

“今年之内不定下来的话，明年可是她的厄年哦！”

“我也是这么想的，所以在四处拜托人呢……”

“再见，二姨！”悦子登上踏板，举着蔷薇色的薄绉纱手巾，“什么时候再来呢，二姨？”

“啊，不知道什么时候……”

“快点儿来哟！”

“嗯。”

“一定呀，二姨！……好吗？一定哟！”

卧铺是一个上铺两个下铺，铺位相连，幸子让悦子和阿春睡相对的两个下铺，自己选了上铺，马上爬上去，穿着长衬衫和衣躺下。她知道只是伸伸腰腿而已，反正睡不着，也就没勉强自己入睡。她迷迷糊糊地刚闭上眼，刚才姐姐和雪子泪汪汪地目送自己的面影就久久地浮现在眼前。回想起来，从上月二十七号到今天已经十一天了，她从没经历过这样心神不定、惶恐不安的旅行。最初住在姐姐家里被孩子吵得坐卧不宁，随后又被台风吓个失魂落魄，狼狈不堪地逃到滨屋旅馆，可连喘气的功夫也没有，奥畑的来信又像炸弹一样猛然袭击她。只有和姐姐去大黑屋好歹过了一天消停的日子。好在让杉浦博士给悦子看过了病，最重要的任务总算完成了，可是，来东京一趟连剧院门槛都没跨一下。从昨天到今天，冒着烈日在东京尘土飞扬的街上东奔西走，真是令人头晕眼花的两天。在短暂的时间内这样四处奔忙，如不是在旅途中，绝对不能做到。她只要这样一想，身体就更感疲乏，不知怎的，她像是从高处被扔了下来似的，与其说是睡了还不如说是被打倒在床上了，但她却越来越兴奋，毫无睡意。她想抿几口白兰地也许能打个盹儿，可是连起来拿酒瓶的气力都没有。她那不眠不休的头脑中，回去后亟待自己裁断的那件麻烦事——从昨日起一直悬而未决的问题，化作种种疑问和忧虑，忽而纠结在一起，忽而又消逝了。那封信上写的确实是真的吗？……如果是真的该怎样处理才好呢？……悦子不会觉得奇怪吗？……她把奥畑来信的事告诉雪子了吗？……

20

悦子只是回来的当天休息了，第二天就开始上学了。而这两三天间，幸子一天比一天感到疲倦，只好叫人按摩，每天都睡个午觉。无聊时她独自坐在阳台的椅子上眺望着庭院的景色，消遣着时日。

这个庭院反映了女主人的趣味，与秋天相比幸子更喜爱春天的花木，如今仅仅在假石山阴影里开着一树瘦弱的芙蓉花，另外靠舒尔茨家界墙处，依偎着一丛白色胡枝子花，此外再也没有特别惹人瞩目的景致了。夏天冒着酷热可着劲儿伸展枝丫、繁衍树叶的楝树和梧桐，宛如一片毛毯一样铺展的绿油油的草坪，与她前不久去东京时并无多大变化，不过日射多少减弱了，稍许有些凉意的清风中，不知从何处飘来桂花的馨香，令人感到秋天悄然来到了身边。阳台上那遮阳的苇棚也该在近日拆除了。这两三天中，虽然她还惦记着那件事，但还是满怀眷恋地欣赏这看惯了的庭院。说真的，应当偶尔去旅行一次。幸子虽然离家只不过十来天，也许是不常出门的原因，总觉得出去了一个月似的，那种时隔许久回家的喜悦不断涌上心头。这时，她想起雪子住在这里时，经常那样留恋不已、依依不舍地在院子里徘徊、伫立的情形。这样看来，作为一个道地的关西人，不仅是雪子，自己也深沉地爱恋着这片故土。虽然这个普通的庭院并无值得一提的风致，每当徜徉在这里，闻闻洋溢着松树香味儿的空气，看看六甲方向的群峦叠嶂，仰首望望澄净的碧空，就会感到没有任何地方比阪神间更令人心情舒畅、平和。而那人声嘈杂、尘土飞扬、灰雾蒙蒙的东京，是多么令人生厌啊！正如雪子常说的那样，东京和这里相比，风吹在身上的感觉都不一样。自己不必搬迁到那里，与姐姐和雪子相比，真不知何等幸福！幸子沉浸在这种感慨里觉得无比快乐，她有一次拉着阿春说：

“春丫头，大姐请你到日光去游览过，你摊上了好事，但是，我在东京那地方没遇上一点好事，还是自己家里最好。”

整个夏天妙子都没制作偶人，她说前些日子就想重新恢复工作，但是，幸子不在家时也不大出门。幸子回来后，第二天起她就去夙川了。妙子还说，裁剪学院还不知何时复课，山村舞的师傅也去世了，眼下除了做偶人外也无事可干，所以打算趁此机会学习早就想学的法语。幸子说：

“那就请塚本夫人来吧，我也是雪妹没学后就停了，不过，如果你开始学的话我也一起学。”

“我要从头学起，我们一起学不合适，而且法国人收的学费也很贵。”妙子说着笑了。

妙子不在家时，板仓来过一次，说是“太太回了，我来问候一下”，在阳台上和幸子说了二三十分钟话，又转到厨房听阿春说了一通游览日光的见闻就回去了，后来再没来过。

实际上，幸子一方面是等待疲劳消除，另一方面在寻找与妙子谈话的时机。就这样过了几天。奇怪的是，从东京卷回的那些疑云迷雾渐渐淡薄了，那天早晨在滨屋的客房里打开信时的震惊，第二天也继续纠缠在心中的忧虑，睡在卧铺上也像梦魇一样使她苦恼了一整夜的问题，当时感到那样急迫，连一天也不能耽搁。可是，从回到家里迎来第一个明朗的早晨的那一瞬间起，不可思议地、紧张情绪就渐渐松弛下来，觉得大可不必那样慌张。说实话，若是有关雪子品行的话，无论谁说什么，幸子压根儿不会相信，肯定会斥为毫无根据的中伤。但妙子以前曾有过那么一件事，她的为人之道与自己和雪子大有不同，说露骨点，就是在某些方面还不可完全相信。这也是那封信使幸子颇为狼狈的原因所在。回家以后，看到妙子神态毫无变化，脸色开朗坦然，幸子反而觉得这位妹妹不会做那种亏心事，反而觉得自己当时那样心慌意乱未免可笑。这样想来，也许是自己在东京期间也感染上了悦子的神经衰弱症。实际上，像自己这种人住在东京那种使人焦躁不安的环境中，神经不可能不受刺激。到头来，当时的担心也许是病态的，现在的判断才是正确的吧。

回来后大约过了一周，有一天，幸子终于抓住了一个向妙子问那件事的机会。这时她的心情已经轻松多了。

这天妙子从夙川回来得较早，走进楼上自己的房间，把刚从工作室带回的偶人放在桌上端详着。这偶人是个中年女人，身穿黑底白碎花纹和服，脚穿木屐，蹲在石灯笼下，题名《虫声》，使人觉得那女人正在静听虫鸣，这是她早就构思好了的心血之作。

"啊，做得真好呀！"幸子说着走了进来。

"这个还不错吧。"

"好呀！真的。这是近来少有的杰作……不做妙龄少女而做一个半老徐娘，构思很巧，那种凄凉的感觉表现出来了……"随后她又评论了几句，才换了话头叫了声"小妹"，接着说："说实话，我这次在东京收到一封奇怪的信。"

"谁来的？"妙子还是盯着偶人若无其事地问。

"启少爷。"

"嗯。"妙子这才向姐姐转过脸来。

"就是这封信……"幸子说着从怀中掏出那封仍旧装在西式信封里的信，"这信里说了些什么，你知道吧？"

"大概知道，不就是板仓的事吗？"

"是的，你先看看吧。"

妙子每逢这种场合，脸色不变，从容不迫，镇定自如，使人难以窥探她的内心。幸子只见她不慌不忙地把三张信笺摊在桌上，连眉毛也没扬一下，一张一张从正面到反面慢悠悠地都看完了。

"无聊！前些日子他一直威胁我，说要把这些事告诉二姐。"

"这对我可是晴天霹雳，把我吓得够呛！"

"这种事情，你不要理睬他就得了。"

"他说不要把他写信的事儿告诉小妹，但是，我想和谁商量也不如直接和你谈，我想问你，真有那种事吗？"

“他自己拈花惹草，所以才怀疑别人。”

“不过，你怎样看板仓呢？”

“那种人我没把他当回事。不过，和启哥儿说的那种意思不同，我只是感激板仓，把救命恩人往坏里想，良心上过不去。”

“如果是这样的话，我明白了，我想准是这样的。”

据妙子说，奥畑对她和板仓产生怀疑，信上写的是“从水灾以来”，但是实际上在这以前就有了，不过对妙子还有所顾忌，而对板仓却不时说些夹枪带棒的话。过了好久，妙子才知道了这个情况。最初，板仓认为这是因为自己能自由出入芦屋莳冈家，而奥畑却不能随意进出，不由得怒火中烧而心生忌妒，所以才像小孩子一样对他发泄愤懑，因此并没怎么在意。但是从水灾以后，奥畑说得越来越难听了，甚至对妙子也全盘说出了自己的怀疑。奥畑对妙子说：“这件事我只问一问你，板仓并不知道，希望你不要告诉那家伙。”妙子想，非常要面子的奥畑大概不会对板仓说这种事，所以妙子也避免直接和板仓谈及此事，而板仓也一直没有把自己所受的责难告诉妙子。因为这事，妙子和奥畑吵了一通，他打来电话她也犟着不接，还故意不给他见面的机会。只是最近觉得奥畑真的十分忧虑，可怜起他来，像这信上所写的那样，在这个月的三号，时隔多日才与他见了一面。（平常她与奥畑像是在她往返工作室途中的某处相会。奥畑信中也写了“在夙川见到了”的话，但到底在何处、怎样见面，妙子从未详细说过。幸子问她时，她说是在那一带的松林里边散步边讲话，讲完后便分手。）这次见面时，奥畑说他掌握了种种证据，拿出信上所说的那些事质问妙子，并要求她与板仓绝交。妙子说没有和救命恩人绝交的道理，拒绝了他，不过她答应今后尽量避免与板仓见面，叫他少到芦屋去，完全断绝工作上的来往（指委托他照宣传照片），等等。为了履行这些承诺，到头来妙子免不了要向板仓说明理由，所以，妙子便自己拿主意对板仓说了这件事，一说开，妙子才知道，原来板仓也被奥畑封住了嘴，被迫答应过奥畑不把他的怀疑告诉妙子。妙子说，由于这些原因，从答应了奥畑以后、即这个月三号以来,自己一次也没见过板仓,板仓也没找过她。只是二姐回家后,板仓说他突然不来问候反而不自然,所以前几天来问了个安,不过也是特意趁她不在家时来的。

然而,即使妙子没有问题,板仓对妙子的想法又如何呢?即使奥畑猜疑妙子没什么理由,怀疑板仓也并非毫无道理。据说,奥畑曾说过,妙子根本用不着对板仓感恩,因为板仓的英雄行为从一开始就抱有不可告人的目的。那样一个狡猾之徒,如果不是希望得到巨大的报酬,决不会去冒那样的危险。板仓说那天一大早他就穿着停当到那一带转悠,这就表明了他的行动是早有计划的。对这样一个不知分寸、野心勃勃的人,有什么理由非要感谢呢?首先,他想要抢夺旧主人的恋人,这不是忘恩负义吗?但是板仓极力否认。他对妙子说:"启少爷这样说是莫大的误解。我去救您正因为您是启少爷的恋人。正因为我没有忘记旧主人的恩情,才不顾命地来报效旧主人。而他这样看待我,我实在难以忍受。这一点常识我还有,您会不会嫁给我这样的人,我心里清楚得很。"那么,妙子又如何判断他们两人的说法呢?她说:"讲实在的,我也不是没有隐隐约约察觉到板仓的真实心情。板仓很机灵,有那样的企图也不会流露出来。他冒着生命危险去救我,大概不是单纯地对旧主人报恩尽忠,不管他自己是不是意识到了这一点,与其说他是报效启哥儿,还不如说是报效我。不过,即使是这样也没关系,只要他没有越轨的行为,我们装作不知道就行了。像他这样特别能干又能勤勤恳恳地为我做事的大宝贝,我尽可能利用他就好了,他以替我效劳为荣,让他那样去想得了。我是抱着这种想法和他交往的,而启哥儿气量狭小,爱吃醋,我也不愿意蒙受无聊的误解,所以和板仓说定了,不是绝交,但是尽量不来往。因此,现在启哥儿的疑虑也已经消除了,放心了。恐怕他现在还在后悔向二姐写了这封信呢!"她又说,"像板仓那样的人,他爱怎么想我,就让他去想得了。可笑哇,启少爷。"

"像你这样有主见就没有问题了。不过,启少爷大概还做不到吧。"

近来,妙子在幸子面前已经毫无顾忌,她从腰带间掏出白鳖甲烟盒,抽出一支烟用打火机点燃。这是一种时下价格很高的进口货,带金嘴儿的,她厚嘴唇噘得圆圆的,吐出一串烟圈儿,暂时陷入了思索之中。

“那么,我出国的事……”她侧脸对着幸子说,“不知道你为我考虑了没有?”

“嗯,我也考虑了,不过……”

“在东京你没提起这事吗?”

“和姐姐东聊西聊的时候,话都快说到嘴边儿来了,但是因为牵涉钱的问题,我觉得必须好好地谈谈,所以这次就没提,搁以后再说。要说的话,就请你二姐夫去说吧。”

“二姐夫是怎么说的呢?”

“他说,如果小妹意志坚定,态度认真,他也可以去说说。可是,欧洲说不定要打仗了,他有些担心。”

“会打仗吗?”

“还不清楚,不过,他说还是看看形势再说。”

“这样也行,但是,玉置女士决定最近启程。她说了,我要去的话可以带我去……”

实际上,幸子也一直在琢磨,这样一来,且不说板仓,最好让妙子也疏远奥畑一段时间,所以让她出国也是个好办法。但是从报纸上也看得很清楚,欧洲局势越来越紧张,让妹妹只身去那里她放心不下,本家也不会同意,所以她一直犹豫不决;但如果有玉置女士同行,倒还有重新考虑的余地。

据妙子说,玉置女士也不打算去多长久,她已有多年没去巴黎了,如有机会,她想再去一趟研究一下最新流行的服装。正好这次遭灾后需要重建校舍,她决定利用这段时期出国,大约去半年就回来。她说:“照说妙子小姐最好在巴黎进修一两年,但是,如果一个人留在那里太孤独,就和我一起回来。去半年也有半年的收获,我去活动活动,好歹给你弄个文凭什么的。现在的计划是明年一月出发,七八月间就回来,时间不长,大概不会发生战争吧。真要打起来了也就听天由命,有两个人在一起胆子也壮些。幸好我在德国和英国也都有些朋友,一旦有紧急情况找个避难的地方也不难。”妙子说,“既然她这样说了,又不容易有这样的好机会,所以哪怕冒点险我也跟她去一趟。这次因为有板仓的事儿,启哥儿也赞成我出国。”

“我是可以赞成的,不过,不知道你二姐夫怎么说,我去和他谈谈吧。”

“请你去求他支持我,还要请他去说服本家。”

“到一月份才走,用不着那么急嘛。”

“还是宜早不宜迟,不知道二姐夫下一次什么时候去东京?”

“年内还会去一两次吧,不管怎样,你先得学法语。”幸子说。

21

舒尔茨夫人定于这个月十五号,带着罗斯玛丽和弗里茨乘柯立芝总统号客轮去马尼拉。没想到悦子在东京待的时间会延长,罗斯玛丽每天都盯着问留在家中的妙子或女佣,“悦子还没回吗?为什么不早点回来呢?”而悦子回来后,她每天急不可待地等着悦子从学校回来。在剩下的几天里,一天不落地两人泡在一起玩儿。悦子回来后把书包往客厅一扔,就跑到那铁丝网围墙下。

“露米小姐!来呀!”悦子夹杂着德国话喊。罗斯玛丽立刻出现了,她越过围墙来到这边院子里,光着脚在草坪上跳绳。有时,弗里茨和幸子、妙子等人也参加进来。

“一、二、三、四……”悦子用德文数着,她可以数到三十,或者用德语说“快!快!”“露米小姐,请!”“还不行。”这类简单的德语她还会说不少。

有一天，在草木茂密的围墙边，罗斯玛丽用日语说："悦子小姐，再见！"

"再见！"悦子用德语回答，然后说，"到了汉堡一定写信来！"

"悦子小姐也写信给我呀！"

"好，我写，一定写，一定！请向佩特问好！"

"悦子小姐……"

"露米小姐！弗里茨……"

在一片你呼我应声中，突然听到罗斯玛丽和弗里茨唱起了德国的国歌"德意志雄踞世界之冠……"，幸子走到阳台上，只见那位小姑娘和她年幼的弟弟已爬到梧桐树上，站在一个高矮适中的树杈上直挥手巾，悦子站在树下回答，像是在预演客轮起航的情景。

"嘿！"幸子也急忙跑到梧桐树下喊"露米！弗里茨……"，一边以站在码头上送行的心情挥舞着手帕。

"悦子的妈妈，再见！"

"再见！再见！露米，一定再到日本来！"

"悦子的妈妈，悦子小姐，请到汉堡来！"

"好！我们去！等悦子长大了一定去！祝露米身体健康！"虽然明知此时此刻在和孩子们做游戏，幸子说着说着也不由得眼眶热了起来。

舒尔茨夫人对孩子们教育很有规律性又很严格，哪怕是罗斯玛丽到悦子家来玩，到一定时间，她准在围墙那边唤"露米"。只是在这十天内，她像是特别体贴这对年幼的伙伴的惜别之情，不像往日那么严格。直到日落时分，女孩们还在家中玩闹着，像往日一样，她们在客厅里把裸体偶人摆成一列，给它们穿各式各样的衣裳。最后，她们把玲玲也抱来，把它当作偶人也给套上衣裳。有时她俩轮流弹钢琴。

"悦子小姐，请再给我一个。"罗斯玛丽经常这样说，意思是"请再弹一支曲子"。

因为丈夫走得匆忙，行装的整理、家产家具的处理，一切遗留事务都由舒尔茨夫人承担,她每天忙得脚不点地似的。幸子在自家二楼也可以看得见她那忙碌的样子,自从这家德国人搬来后,幸子并无意去窥视他家,但是早晚站在二楼缘廊上俯瞰庭院时,他家后门自然而然进入她的视野。那位夫人和阿妈们的举动以及厨房的情形,幸子全看得一清二楚:无论什么时候,厨房里的器物都拾掇得整整齐齐,令人惊叹。以火炉和案板为中心,周围是铝水壶和煎锅,按大小顺序放在一定的位置,每件炊具都擦得像武器一样锃锃发亮。而且,洗衣服、打扫房间、烧洗澡水、做饭菜等,每天都准时进行。幸子家的人看到邻居家做什么家务活就知道什么时间,都不用看钟表了。

阿妈是两位年轻的日本女子。为阿妈的事,他们曾和幸子家起过一场小小的风波。那是他们以前雇的两位阿妈的事情。依幸子她们看来,那两位阿妈都是拼命干活、忠厚老实的人。不过,由于夫人使唤人太过分,她们早就对夫人有一肚子怨气。她们说:“我们太太自己领着干,好像一分钟也不能浪费似的安排活计,一件活儿刚做完马上又赶你去做下一件。我们的工钱比日本人家里的女佣是多得多,她也教了我们各种家务知识。但是成天连喘口气的工夫也没有。我们不得不佩服我们太太是了不起的主妇,但是这样使唤我们,身子受不了。”

有一天早晨,幸子家的粗使女佣阿秋扫完自家墙外那片地后,顺便替她们打扫了,这本是她家阿妈每日必做的活儿。阿秋想平常总是有劳她们帮这边扫,不过是偶尔扫一扫以回报她们,但正巧被舒尔茨夫人看见了,自家女佣的活儿却让别人家的女工干了成何体统?于是严厉地斥责阿妈们。阿妈们也不服气,说这不是我们存心偷懒赖阿秋做,不过是阿秋出于一番好意,而且也只有今天早晨这一次,如果不合适,下次不让她扫就得了。大概也是因为没听懂她们的话的缘故吧,夫人说什么也不肯原谅她们。她们说:“那么,我们就请假算了。”夫人说:“可以,请你们走吧!”这点小事竟闹到这个地步!幸子从阿秋那里听说了这事后想来劝解,但这时阿妈这一方反而强硬起来了。她们说:“不,谢谢您了!这不关您家的事,请您什么也甭说了。实际上,不光是今天这事情，我们拼死拼活地干活，可我们太太一点也不领情。她动不动就说‘你们脑子笨’，那也是真的，我们当然比不上太太脑瓜子那么灵，但是你到哪儿找我们这样忠实、会干活儿的人去？将来雇别人试试看，就会有明白这一点的时候。这位太太自己知错了，哪怕说一句‘是我不对’也就罢了，不然的话，我们就趁这个好机会告辞了。”夫人终于没有挽留她们，因此两个人同时辞工了，不久就来了现在这两位阿妈。但是，前面那两位阿妈的愤慨之词毕竟是有道理的，论头脑机灵、工作效率，她们都是出类拔萃的。后来舒尔茨夫人也曾向幸子流露过，说把她们辞退是个错误。这位夫人的主妇作风于此可见一斑。

尽管如此，她为人不只是墨守成规、一味严格，也有慈爱、温情的一面。例如闹水灾的时候，当她听说附近的派出所逃来了两三个满身泥泞的灾民，就派女佣火速送去了一些衬衫和内衣，还热心地劝阿妈们有单和服也送几件去；她不但担心丈夫和孩子们的安全，还惦记着悦子，急得脸色苍白，泪眼婆娑；傍晚，当她知道丈夫和孩子们平安归来时，发狂了似的欢呼着跑出去。至今，幸子还清晰地记得，透过楝树叶，她看见夫人情不自禁地忘我地紧紧拥抱着丈夫。那样热烈的爱情真令人感动。一般而言，德国的妇女是了不起的，但不会都像舒尔茨夫人这样吧，像她这样出色的人毕竟非常难得。有这样的人做邻居真是自己的福分，可惜和她的交往太短暂了。大体上，西洋人的家庭都不大愿意与近邻的日本人来往，但这一家却在这方面做得很圆通，刚搬来时，他们挨家分送精美的金字塔形洋点心以致意。现在回想起来，除了孩子们合群玩儿之外，自己也该敞开心扉和她更密切地来往，请她教一些菜肴和点心的做法就好了，幸子现在不免有点惋惜。

因为夫人有这样的个人魅力，除了幸子家外，不少邻人都对她依依不舍。经常出入他家的商人，有的以特别便宜的价格买到了缝纫机、电冰箱什么的而分外高兴。她还把不必要的家具尽可能廉价卖给熟人和有来往的人，无人要的东西全都卖给家具店，仅仅留下一些餐具，装进郊游用的篮子里。

她笑着说："这个家里已经什么也没了,我们上船以前就用这个篮子里的刀叉吃饭。"

听说夫人回德国后要布置一间日式房间,房间里打算摆些日本的土特产品以表纪念,邻居们纷纷送来书画、古董,幸子也把祖父母流传下来的绣有古代牛车轮的包袱皮送给了她。罗斯玛丽把自己平素喜爱的洋娃娃和洋娃娃的育婴车送给了悦子,而悦子回赠了上次跳舞拍下的彩色照片,以及当时穿的那件绣有花斗笠的粉红色绫子绉绸长袖和服。

上船的前一晚,罗斯玛丽得到妈妈的许可睡在悦子房里,这一晚两人闹得沸反盈天。悦子为罗斯玛丽让出了自己的床,自己借用雪子的草垫子,但是,两个人压根儿不想睡,贞之助被她们的叫喊声和在走廊里吧嗒吧嗒来回奔跑的声音吵得一会儿也没睡着。

"闹得够厉害呀!"他嘟嘟囔囔说着把被子蒙到头上,可是后来闹得更厉害了,最终,他蓦地一下抬起头来,拉开枕头边台灯的开关。

"哟,已经两点钟了呢!"

"哎?那样晚了吗?"幸子也吃惊似的问。

"让她们闹过火了不行吧,舒尔茨夫人会生气的。"

"只有今天一个晚上,不要紧吧。夫人今天晚上会宽容的……"正说到这儿,突然听见悦子喊"妖怪……",接着听到脚步声向他们寝室来了,"爸爸!"悦子在隔扇外面高喊:

"爸爸!'妖怪'用德语怎么说呀?"

"悦子她爸,她问你'妖怪'德语怎么说,你知道就告诉她……"幸子说。

"Gespenster!"贞之助无意中大声喊出来,他还是不知多少年前学过德语,现在居然还记得这个单词,真是不可思议。

"'妖怪'在德语中叫'Gespenster'。"幸子说。

"Gespenster,"悦子又念了一遍,"露米小姐,我是Gespenster……"

"啊!我也是Gespenster。"

于是她们闹得更不可开交了。

“妖怪！”

“Gespenster.”

她俩前呼后应地喊叫着在二楼上来回奔跑，终于跑到贞之助夫妇寝室前了，罗斯玛丽首先闯了进来。一看时，两人都用被单蒙着头装作妖怪，随后，一边叫着“妖怪”“Gespenster”，一边哈哈大笑，绕着床转了两三圈又跑到走廊上去了。直到三点左右她们才回到寝室，但是不出所料，她俩因兴奋过度一直没有睡着。罗斯玛丽也许是想家了，吵着要回妈妈那里去，贞之助夫妇俩只好轮流起身安慰她，快天亮了才好不容易哄她们睡着了。

开船那天，悦子由母亲和妙子带着，捧了花束去码头送行。因为是晚上七点多开船，前来送行的孩子较少，罗斯玛丽的德国朋友只有一个叫英格的少女，悦子在舒尔茨家开茶会时经常见到她，因为她名字和日语的菜豆读音相似，悦子背地里叫她“菜豆”。日本女孩儿只有悦子来了。舒尔茨家一行在白天就上船了。悦子她们提前吃了晚饭，在阪神线的三宫车站坐上出租车，当汽车驶过海关前面时，立刻看见了装饰有彩灯的柯立芝总统号正如不夜城一样巍然耸立在码头。她们很快就找到舒尔茨夫人的客舱。房间内的墙壁、天花板、窗帘、床铺，都是乳白色透着绿色，床上堆满花束，更显明亮夺目。夫人喊来罗斯玛丽，吩咐她带悦子小姐在船上参观。罗斯玛丽当向导领她到处走走，因为再过十四五分钟就要开船，悦子也焦虑不安，只记得这条船漂亮、豪华，再就是上上下下爬了好多趟楼梯罢了。悦子返回客舱时，只见夫人和母亲正在流泪道别。一会儿，她们被准备开船的锣声赶下了船。

“唉，多漂亮呀！真像一座移动的百货大楼！”在秋天海岸的夜风中穿着白罩衫缩着肩膀的妙子赞叹道。此后，在相当长的时间内，还可以看见在彩灯的辉映中舒尔茨夫人她们的身影，慢慢地，越来越小，最后，连谁是谁也分辨不清了，还听见罗斯玛丽在叫“悦子——”那执着的尖细的喊声，从黑暗的海面上不时飘来。

22

一九三八年九月三十日于马尼拉

亲爱的蒔冈女士:

这个月是日本台风最多的月份,我一心惦记着您全家的安全。过去几个月内,你们已经遇到许多灾害,衷心祝愿你们今后不再有那样的遭遇。国道和芦屋附近的那一堆堆岩石和砂土已经完全清除了吧?而且交通也恢复正常,人们又愉快地生活了吧?我们住的那栋屋子又有人租住,你们家又有一家好邻居了吧?我时常怀念那个可爱的庭院,还有那条宁静的小街,我的孩子们在街上骑自行车来回玩儿。真的,他们在那里一直过着愉快的生活,而且在府上还有许多有趣的体验!您亲切关照我的孩子们,在这里,我再一次表示感谢。他们经常念叨着您一家,有时特别想念您和悦子小姐。佩特从船上寄来了信,他说令妹和悦子小姐陪他们在东京游览,度过了非常愉快的时光。她们为他们做了一件好事,我在此深表谢意。前几天我收到电报,他们已经平安到达汉堡,现在寄居在我妹妹家中,妹妹已有三个小孩,这样佩特就成了她家第四个孩子吧。

我们在此地是一个特大家庭,这里有八个孩子,而我就像笼中的唯一的母鸡带着一群小鸡。孩子们有时吵架,但大多数时候和睦地在一起玩。罗斯玛丽年龄最大,也意识到自己是个大姐。我们每天下午骑自行车去美丽的步行街游玩,在那里吃冰淇淋。

在此祝您和大家健康!请代我向您丈夫、令妹以及可爱的悦子小姐问好!如果欧洲总体局势缓和了以后,请你们一定来德国到我家做客。现在欧洲到处剑拔弩张,但是,无论哪个国家的老百姓都不喜欢打仗,战争也许最终打不起来吧。我确信希特勒会处理好捷克问题。

祝愿您身体健康！请不要忘记我对您的敬爱！

希尔达·舒尔茨

敬上

与此信同时给您寄上一幅菲律宾刺绣，希望您能喜欢。

幸子在十月十日收到舒尔茨夫人的这封英文信，补记所述的那件刺绣迟两三天才寄到，那是一块极精致的手工刺绣的桌布。幸子想在几天内就写回信，但是写了请谁翻译呢？丈夫嫌麻烦，婉言谢绝，而一时又找不到合适的人，也就懒得动笔，终至耽搁下来。一天傍晚，幸子在芦屋川堤上散步时，遇到了舒尔茨夫人介绍认识的、德国人亨宁先生的日本夫人，突然想起了这件事而和她商量，她满口应承说："这太容易了，我虽然写不好，但是，我女儿既会德语也会英语，叫她翻译就得了。"而幸子一时把握不好该怎样向遥远的外国写信，于是又搁下来了。终于到了某一天，她自己写了一封信，又叫悦子写了一封，送到亨宁夫人那里去了。

没过几天，悦子收到从纽约寄来的一个小包裹，打开一看才知是佩特回国途经美国，如约买了皮鞋送给她。但是不知何故，当时那样仔细地量了尺码，现在却小了，悦子穿不进去。这是一双上等漆皮鞋，很漂亮，适合出门穿。悦子不死心，穿了好几次，好不容易才把脚塞进去，穿固然穿得，但是紧绷绷地受不了。

"真可惜啊！要是大一些倒没关系……"

"这个佩特，为什么会弄错呢，说不定是尺码量得太紧了？"悦子说。

"也许是你的脚比那时候长了吧。小孩子的鞋非买大一点不可，要提醒他一下就好了，如果他妈妈陪他去买的话，就会注意到这个问题了。"

"真太遗憾了！"

"算了，你还要试多少遍呢？"幸子看悦子还想穿上试试，便笑着制止她，而对这特意赠送的礼物，悦子也不知该怎样表示谢意，到头来连感谢信也没写一封。

这段时间，妙子说要把来自各方面的偶人订货在出国前全部赶出来，一天也不休息地到工作室去。另外，经玉置女士介绍，妙子向一位曾在巴黎居住六年之久的西洋画画家别所猪之助的夫人学习法语会话，每周去三次，每月学费只有十元，特别便宜。所以她白天几乎从不在家。

悦子一放学回来，就走到围墙铁丝网边，透过网孔，怀念地望着那人去楼空的舒尔茨家的庭院，现在庭院里只有杂草丛生和唧唧的虫声。过去一段时间，因为近邻有了好朋友，悦子与同班同学游玩的机会也不多，关系也日渐疏远，现在似乎寂寞难耐，她也打算慢慢地结交些新朋友，但一时间也找不到合脾气的伙伴。她经常说，不知会不会过不久就有人家搬来，家中也有一个像露米那样的孩子。但那栋房屋是专为租给外国人而建的，日本人不来租借；另一方面，现在全世界都出现了战乱的征兆，像舒尔茨家一样，很多西洋人都打算撤离东亚；所以眼下那座房子也不会有人来住。

幸子也颇为无聊，每天或者写写字，或者教阿春弹琴打发日子。她在写给雪子的信中有一段这样写道："不光是悦子觉得寂寞无聊。不知何故，今年秋天我也有些许哀愁。我从来就喜爱春天，也许是年龄的关系吧，今年却开始感觉到秋天的这种哀愁也别有一番情趣……"

说到底，自从今年春天雪子相亲以来，六月举办了舞会，接着是闹水灾，妙子遇险，鹭作师傅逝世，舒尔茨举家归国，东京之行，关东大风暴，奥畑来信卷起阴云……各种各样的事情纷至沓来，而现在都归于平静了，或许正因为如此，她才感到空落落的、百无聊赖。

幸子深感自己的生活，无论是内在还是外在都和两位妹妹紧密联系在一起。所幸她的家庭夫妇融洽和美，悦子多少有些劳神，但毕竟只她一个孩子，照说一家三口的生活应是波澜不惊，静如止水；而两位妹妹却一直不断地给他们生活带来种种变化。但纵使如此，也绝不意味着她厌烦她们，恰恰相反，幸子喜欢她俩使她的家庭生活绚丽多彩，气氛活跃。为什么这样说呢？因为她更多地继承了亡父那种爱热闹、尚浮华的禀性，特别不喜欢家中冷清寂寞，希望总是热热闹闹、充满青春气息地生活下去。妹妹们嫌恶本家，多半住在二姐家，虽说为了照顾姐夫姐姐的面子，幸子从没有劝诱她们这样做，但在心底里还是欢迎的。本家的孩子那样多，与其让她们在那里生活，自然不如留在自己身边，这里既宽敞人也不多。尽管贞之助在这件事上对本家有些顾虑，但是他了解妻子的性情，便愉快地收留了两位妻妹，这也是一个原因。所以幸子和两位妹妹之间的关系，有难以用一般姐妹关系衡量之处。她有时感到惊讶，与贞之助和悦子相比，她为雪子和妙子操心的时间还要多一些。老实说，这两位妹妹对她来说，不仅是比悦子毫不逊色的可爱姑娘，也可说是亲密无间的朋友。而现在自己却落得孤单一人，幸子这才第一次感到她并没有真正的朋友，除了徒有形式的应酬以外，并没有几位趣味相投的太太互相来往。她感到不可思议，但仔细想来，正是因为有两位妹妹而无此必要了。如同失掉罗斯玛丽的悦子一样，现在她也顿时感觉寂寥不堪了。

贞之助早就看到了妻子无精打采的样子。十月底的一天，他看着报纸的戏剧栏说："喂，下个月第六代菊五郎来大阪演出呢。"接着又说，"演出第五天前后去看戏好吗？听说这次他会演《镜狮子》，不知道小妹能不能去？"妙子说她十一月上旬特别忙，自己改日再去；于是那天夫妇俩带着悦子去了。这样，幸子九月份在东京没看上戏的遗憾也弥补了，连让悦子看看菊五郎的拿手戏的愿望也实现了。但是那一夜，当《镜狮子》演完后的幕间休息时，她走到走廊上却突然地掉下泪来，虽然悦子没注意到，却让贞之助瞧见了。尽管妻子遇事多愁善感，他还是觉得奇怪。

"你怎么了？"贞之助悄悄地把她拉到一边问道，这时又见她泪珠儿簌簌直落。

"你，已经忘记了吗？……那是三月的今天的事呀。不然的话，这个月刚好十个月了……"她说罢用手指拂去挂在睫毛上的泪珠。

23

玉置女士一月就要出发，现在十一月上旬已过，妙子焦急不安了，她委婉地问幸子："二姐夫什么时候去东京？"贞之助大概每两个月上京公干一次，但是不凑巧，前一段时间没有机会。看过《镜狮子》几天后，贞之助才要去东京两三天。

贞之助出差总是很仓促，这一次也是动身前一天下午，因其他事情从事务所打电话给幸子时顺便告诉她的。幸子想，让丈夫怎样和姐姐姐夫说呢，有必要仔细考虑。因此，她给在工作室的妙子打电话，叫她立刻回来商量。

妙子想去法国学习，成为出色的洋服裁剪师，这个愿望中还有一个隐衷：将来和奥畑结婚后，有朝一日说不定要自己来养活奥畑。因此，基于这样的考虑，从逻辑上说，首先必须要姐姐姐夫承认这个前提，即妙子和奥畑结婚。这样一来事情就麻烦了，时间太短了操办婚事已经来不及，而转达意见的贞之助也不愿意承担如此重任。在妙子看来，眼下只要能出国就行，也不愿意横生枝节。因此，现在最好避而不谈婚事。那么，要贞之助怎样跟他们说呢？幸子认为妙子可以这样说：自己过去因恋爱问题被报纸宣扬过，虽然不是自轻自贱，但总觉得不能嫁到富贵人家去，所以想成为一个能独立生活的职业女性。话虽如此，如有好对象还是可以出嫁，有一门职业多少是个有利条件。出国弄回一纸文凭，也许可使那些认为她是不良少女的人刮目相看，有助于恢复名誉，因此务必请求他们允许。至于出国动用的费用，将来即算结婚，也不想再要嫁妆了。以上主要是幸子的主意，而妙子也无异议，她说，二姐认为哪种说法好，就拜托二姐夫那样去说好了。

然而，那天晚上幸子向丈夫托付这番使命时，又加上了自己的几点意见。幸子认为最好让妙子尽可能地疏远板仓和奥畑，所以热切希望妙子出国，虽然妙子自己另有出国的理由。幸子从未将板仓的事向包括丈夫在内的任何人透露过，所以她只嘱托丈夫顺便把奥畑的事告诉姐姐、姐夫，就是最近奥畑曾到芦屋来过一两次，为了他和妙子的婚事请求谅解；幸子见了他后觉得他表面上装出一副诚恳的样子，但往日的纯朴已丧失殆尽；根据贞之助暗中调查，发现他经常出没于花街柳巷，茶楼酒馆，诸如此类的行为证实他不像一个前途有望的青年。

幸子还嘱咐贞之助对姐姐姐夫这样说：现在妙子想学习裁剪技术，这是件好事，索性成全她的愿望让她出国。妙子已有二十八岁，决不会像当年那样鲁莽行事了。因为一度有过错失，暂时把她安顿在奥畑手伸不到的地方才安全。幸子想，反正要他们拿出来的钱是妙子自己的，照说本家不会心痛。但是，凡事消极保守的本家，不会轻易答应一个女孩子出国，所以她要贞之助吓唬吓唬他们，就说万一妙子再私奔了可不得了。

贞之助为此特意在东京多待了一天。第三天下午，选在两点左右去涩谷，因为他想姐姐要比姐夫好说话些。姐姐大致听完后说："意思我都明白了，但是我不能做主，等听了辰雄的意见以后，我再写信答复幸子。如果小妹着急的话，我会尽量早点回信。为妹妹们的事三番五次让你操心了，非常抱歉。"既然姐姐这样回答了，当然不可能立即得到答复，所以贞之助只是把姐姐这些话带回来了。幸子知道姐姐尽管这么说了，但她性子慢，姐夫也是优柔寡断的人，估计不会很快有回信。果然，过了十多天还是音讯毫无，终于到了十一月下旬。幸子要贞之助写信催一催，贞之助推托说我已经开了个头，以后的事我就不管了。不得已，幸子亲自写了封信去问姐姐"小妹的事到底怎么办？要去的话一月就得出发了"，但是，仍然如石沉大海。幸子对妙子说："事到如今，你自己去一趟东京吧，这样会快些。"妙子也决定了两三天内动身去东京，而到了十一月三十号，幸子终于收到了如下这封信：

幸子：

自那以后一直没有给你写信，你们一切都好吗？听贞之助说小悦的神经衰弱情况已有好转,我也就放心了。今年也没剩多少天了,我将在东京迎来第二个新年。一想到那令人恐惧的寒冬正渐渐逼近,便不寒而栗。据麻布的那位嫂子说,要经过三年才能适应东京的严寒,她搬到东京后的三年间,一直不停地害感冒。这样看来,你住在芦屋那样的好地方多么幸福!

关于小妹的事情,上次承蒙贞之助在百忙中特意前来关说,十分感谢。经常让你们为妹妹们的事情操心,真是过意不去。本来应该早点回信,但是每天忙于照料孩子们,连安静下来拿笔的工夫都没有,所以才拖到了今天。还有就是你姐夫的意见与你们相反,有负你们的一番美意,我也难于动笔,以致一拖再拖,请多多原谅。

你姐夫反对的理由,一言以蔽之,就是小妹根本用不着因那起新闻事件抱有自卑感。那事已经过去八九年,早已一笔勾销。如果因为那件事而认为嫁不出去或者想当一个职业女性,那就是她偏见太深。这样夸奖自己的亲人不免有点可笑,无论从容貌、教养、才能哪方面看,我都保证小妹能成为一个好媳妇。因此你姐夫希望小妹摒弃那种扭曲的想法。由于这个原因,现在叫我们把存款拿出来也很为难。并不是在小妹的名下有一笔钱,这倒不是说没留下小妹举行婚礼的钱,而是说,并没有不问用途就可随便付给她的一笔钱。你姐夫绝对不赞成小妹去做一名职业女性。他希望将来小妹找一门好亲事,正式结婚,当一个贤妻良母。作为业余爱好,你姐夫希望小妹还是做做偶人,不喜欢她搞服装裁剪什么的。

另外关于启少爷的事,现在不是必须说赞成与否的时候,所以我们不想发表任何意见。不过,小妹已经长大成人,我们也无须像过去那样严格管束,只要幸子暗中监督,在日常社交方面无妨宽容一些。此外,她想当职业女性的想法,得好好加以警惕。

贞之助特意前来关说,实在对不起他。不过情况既然是这样,请你好好向小妹解释。我一想到小妹由于迟迟未婚而如此迷惘,就更为雪子的婚事焦虑。我们真想尽快把雪子终身大事定下来，但是到头来今年又无果而终了！

想说的话好像还有很多，今天就此搁笔吧，请向贞之助、小悦、小妹大家问好。

鹤子

十一月二十八日

"这封信，你怎样看呢？"幸子在告知妙子之前，那天晚上先让贞之助看了信。

"关于钱的问题，小妹所想的和本家所说的像是有些出入呢。"

"问题就在这里。"

"你听说的情况究竟是怎样的呢？"

"这样一来，我也弄不明白究竟谁说的对了。但是我听说过，父亲交了些钱给姐夫保管……这事情先不对小妹说是不是好一些？"

"不行，这样重要的事得尽快告诉她为好，免得产生误会。"

"还有启少爷的事情，你是怎样跟她说的？现在他没有以前好了，你说清楚了没有？"

"说了，我把我们所知道的大致都说了，但是依我看她似乎不太愿意谈论奥畑的事，就没有说得那样深入。我只说了眼下最好是尽量不让他们来往，并没说我们不赞成他们结婚。我打算等她问起来我再说，但一说到这里她就避开了……"

"姐姐信中说了对启少爷的问题不发表任何意见，但是，姐姐他们实际上是希望小妹和启少爷结婚吧。"

"是吧，我也有这样的感觉。"

"早知道是这样，也许先从结婚问题谈起就好了。"

"谁知道好不好呢？就算这样说了，他们又会说，既然要结婚那就更没必要出国了。”

“这倒也是。”

“总之，这种麻烦的事，得小妹自己去一趟直接跟他们交涉，我就告免了。”贞之助说。

幸子最初有些犹豫要不要向妙子原原本本转达姐夫夫妇的意见，因为妙子比雪子更对本家有恶感，但是丈夫主张不要隐瞒，所以第二天她就把信给妙子看了，结果不出所料。妙子说：“我已经不是小孩了，决定自己的前途用不着听姐夫他们的指示，我比任何人都更清楚自己的事情。难道当职业女性就那样不好吗？姐夫他们还拘泥门第、地位那一套，认为自己家里出了一个女裁剪师很不光彩，这难道不是落后于时代的遭人嗤笑的偏见吗？既然这样，我要亲自到东京去，堂堂正正地说出我的信念，批驳他们的错误想法。”说到钱的问题时妙子更加气愤，她说，这都怪大姐，不该听任姐夫那样强词夺理。至今为止，妙子即使攻击姐夫也从未指责过姐姐，但是这次却把锋芒指向了姐姐，她说：“的确，名义上也许那笔钱不属于我，但有一笔钱将来应该给我，现在保存在姐夫那儿，我从富永姑母那里听说过，大姐不是也说过吗？现在，他们现在却说这些含含糊糊的话，真是岂有此理！本家一个劲添孩子，生活费用也增加了，所以姐夫不知什么时候就改变主意了。可是，怎么连姐姐也满不在乎地跟着他瞎掰呢？”

“好吧，既然本家这么说了，我也铁了心了，一定要把那笔钱要回来给他们看看！”妙子流着泪扬言道。幸子极力劝慰她，累出一身汗，她说：“也许是你二姐夫说话笨拙，所以，你不要一味往坏的方面想。你说的话我们都理解，但是也希望你考虑我们的处境。你不妨直接去和他们交涉，但说话是不是可以温和一些呢？如果你存心要和本家吵架，就使我们为难了，我们一向支持你，但是并不支持你和本家吵架。”如此这般，幸子费尽了口舌。可是，看来妙子也不过是一时发泄愤懑而已，并没有付诸实施的勇气。过两三天后便逐渐平静了，又成了平常那个沉着、稳重的妙子，并且从那以后就绝口不提

此事了。幸子虽然松了一口气,但心里还是惦记着。到了十二月中旬,有一天下午,妙子突然很早就回来了,她对幸子说:

“我决定不学法语了。”

“是吗?”幸子若无其事地答应着。

“也不出国了。”

“是吗?……哎,你好不容易下决心要出国,但是,本家既然那样说了,也许不去为好。”

“本家怎样说的都与我无关,是玉置老师决定不去了。”

“啊?为什么?”

“新年过后,裁剪学院就要开学,她没时间出国了……”

玉置女士要出国的理由之一,是野寄的裁剪学院必须翻修,正好可以利用这段时间。可是,后来调查受灾状况时发现原来的校舍完全不能用了,必须重建。在此人手和建筑材料不足的时期,经济上、时间上都不容易完成这项工程。这一段时间她一直在盘算着,幸而找到了一栋价格特别便宜的待售的洋房,位于阪急线的六甲车站附近,而且不用花什么钱便可利用来做学院的校舍,于是决定买下来。而等买进手后,她又想马上开办裁剪学院了。还有一个理由是她丈夫担心欧洲会发生战乱,劝她不要出国。她丈夫也是从某一位刚从欧洲回国的武官那儿听说的:自从去年九月底的慕尼黑会议以来,德国与英法两国的关系表面上虽略有好转,但是绝没有达到真正的谅解。只是因为战备还没完成,英国为了暂时麻痹德国才和它妥协的,德国也看穿了英国的意图而将计就计,所以不久战争必然会爆发。总之,由于上述种种原因,女士打消了出国的念头。因为她不去了,妙子也无计可施,只得作罢。不过,无论本家怎样说,她决不会放弃当裁剪师的愿望。她想过了年后裁剪学院一开学就去入学。从这次事件中她更加痛切地感到,必须尽快独立生活、一分钱也不要本家补贴。从这一点着想,也急需学习掌握一门技术。

“你这样做倒不要紧,但是,你不停止学裁剪,我们对本家可不好交代呀！”

“你装不知道就得了。”

“那样行吗？”

“你就跟他们说，看来小妹还在做偶人，似乎没再学裁剪了。”

“他们知道了可麻烦了。”

幸子觉得，妙子急着要自立谋生，而且准备哪怕翻脸也要索取本家保管的那笔钱，其中似乎潜伏有某种危险的思想。而且她还感觉到，有朝一日她们夫妇俩会夹在姐姐和妹妹中间左右为难。当天无论妙子说什么，她只是连连说“难办啊”。

24

妙子想要获得职业女性的本领和资格，究竟其真实理由何在呢？如果真像她本人所说的，现在还想和奥畑结婚的话，岂不是自相矛盾？据她说，要和启少爷这样毫无出息的人结婚，就得准备万一有朝一日由她来养活丈夫。但若连奥畑那样锦衣玉食的少老板都吃不上饭，真是要到“万一”的时候。以这样站不住脚的理由去学习裁剪或是出国，总有些不自然，她的愿望应当是早日与心爱的人建立新家庭。幸子了解妙子本来就早熟、老练、深谋远虑，婚前她也要为长远的未来做好准备，尽管如此，仍有令人费解之处。想到这里，幸子不禁又加重了对妙子的猜疑，因为幸子曾经感觉到了，妙子已经厌倦奥畑了，她的真实意图是想和他体面地解除婚约，而出国是她的第一步，当职业女性则是她和奥畑分手后的谋生手段。

幸子对板仓之事的疑虑也没有完全消释。从那以后，板仓再没来过家里，也不见他们有电话、书信来往，但是妙子一天到晚大部分时间都在外面，他们不无可能采取某种方法、在某处幽会。幸子觉得板仓一直不露面，反而使人觉得反常，也令人怀疑他们是否暗地里在交往。幸子的这种疑虑虽然朦朦胧胧，也无事实根据，但却日渐加深了，有时甚至觉得定然如此。

在幸子看来，妙子的外表——她的品格、表情、姿态、言谈等各方面——从今年春天以来渐渐在变化，这也是令她产生怀疑的理由之一。原来四姐妹中只有妙子一人举措进退最为得体，往好里说是现代女性。近来却发生了奇怪的变化，她经常有一些粗俗无礼、下流的言谈举止，让人看见自己的肌肤也毫不在乎，哪怕有女佣在场，她也解开单和服带子敞胸吹电扇；洗完澡后一副大杂院老板娘的做派；坐着坐着就歪躺下来，有时盘腿而坐甚至下身也露出来了；她经常不遵守长幼顺序，吃喝东西，出入门口，总抢在姐姐们前面，还经常占着上座。在有来客或者外出时，每每令幸子为她提心吊胆。今年四月间在南禅寺的瓢亭时，她也是抢先走进餐厅，坐在雪子的上首，菜一上来，她比谁都先动筷子。事后幸子悄悄地对雪子说，她再也不和小妹一起下饭馆了。夏天那次去北野剧场时也是如此，在餐厅里雪子沏好了茶一一端给大家，而妙子却袖手旁观，也不帮忙，默默地自顾自地喝着。这些不礼貌的举止，以前多少有一些，但是近来愈演愈烈，更加刺眼了。

前几天的一个晚上，幸子走过厨房前的走廊时，无意中看见那里的拉门半开着，从烧洗澡水的灶口通往洗澡间的那个小门也开了五六寸宽，从缝隙间隐约可见浸在澡盆中的妙子的双肩以上的部分。

“春丫头，你把洗澡间的门给关上！”她命令道。

“不行！不行！不能关！”阿春要去关门时，妙子在澡盆中大叫。

“哎呀，这个门也要开着吗？”

“是呀，我要听收音机，特意开着的。”

听她这一说，幸子才注意到客厅里的收音机正在播放新交响乐团的音乐会，她把从客厅到洗澡间的所有拉门都开一点缝，一边泡澡一边听音乐。

还有一次，那是今年八月的某一天，小槌屋绸缎庄的少东家送定做的衣服来了，幸子正在餐厅里准备下午的茶点，便让妙子在客厅里陪他一会儿。幸子在餐厅里听到了他俩的谈话：

“妹子你这样肉肉的，穿上单衣裤，裤裤会被别人划破哟！”小槌屋少东家说。

“裤裤倒不会被划破，不过，有一大拨人跟在屁股后面呢。”妙子说。

“那一准是这样。”少东家说着哈哈大笑起来。

幸子听着感到恶心，她早就注意到了妙子的谈吐越来越粗俗，但没想到居然说出这样的话来。平素，小槌屋少东家在太太、小姐这些主顾面前说话并不是这种腔调，幸子不禁想象，不如说是妙子在什么地方有失检点，才使对方说话变得如此轻佻了。恐怕在幸子不知道的场合，妙子和谁都是这样说下流话吧。说到底，妙子制作偶人，练习舞蹈，学习裁剪，从事多方面的工作，比姐姐们更多接触社会各阶层，相应地也自然最了解下情。年龄最小却最为通晓人情世故，妙子多少有点自负，动不动把幸子和雪子当小姑娘看待。至今为止，幸子都只视为可爱而一笑了之。而这样一来，幸子也感到不能置之不理了。她认为自己并不像姐姐那样古板，也不愿意被旧思想束缚，但是，自家姐妹中竟有用这种口吻说话的人，还是令她感到不快。而且，妙子的这种倾向暗示着，似乎有人在背后向她施加特定的影响。想到这里，幸子觉得板仓的那种开玩笑的口气，观察问题的方法，以及言语动作的粗俗劲儿，都和妙子有一脉相通之处。

不过，从另一方面看，在四姐妹中只有妙子成了这么个异类，也自有其特殊的原因，光责备她本人也不尽合理。四人中她年龄最小，没充分享受到亡父全盛时代的恩惠。妙子刚上小学时母亲就亡故了，她只模模糊糊记得母亲的面影。父亲是个讲排场好奢华的人，也要让女儿们享受奢侈的生活，但是，唯独妙子没有一件使她铭刻在心终生不忘的东西。仅仅大几岁的雪子还保有许多对父亲的回忆，经常说起当时请父亲为她做这做那的。而妙子过于年幼,即使父亲为她做了什么她也记不清了。哪怕能继续学习舞蹈也好,但母亲逝世一两年后,连这也停止了。她只记得父亲常常说她:"妙子这丫头脸黑不溜秋的,就数她脏!"因为她当时还在念女子中学,胭脂、官粉都不抹,穿的也是不辨男女的服装,准是个有点邋遢的女孩子。当时,她只盼早点毕业,也像姐姐们那样穿上盛装出去风光,到那时,也可以请父亲给自己做漂亮的衣裳,但这个愿望还没实现,父亲就一命呜呼了,与此同时莳冈家的荣华富贵也随之寂灭,此后不久,就发生了和奥畑之间那桩"新闻事件"。

据雪子看来,之所以发生那件事是因为妙子得到父母的疼爱最少,而双亲去世后,她和姐夫的关系又很僵,家庭生活毫无乐趣,其结果使她成为这样一位多愁善感的问题少女。也许不能由哪个人来承担责任,总归是环境的罪过。雪子还说:"论在学校的成绩,小妹一点儿也不比我们差,数学成绩什么的不是数她好吗?"

不过,由于那件事确实给妙子的经历打上了烙印,使她变得更加乖张了。直到今天,她也没从本家得到和雪子同等的待遇。姐夫历来视妙子为家中的异教徒,尽管同是关系不好,他对雪子还表现出亲情,却把妙子看作刺儿头,不知不觉,从每月的零花钱到服饰等等都清楚地显示出了待遇的差别。为了使雪子随时可以出嫁,本家在她衣柜里塞满了嫁妆,却没给妙子添置什么昂贵的服饰。妙子现有的一些值钱的东西,基本上不是自己赚钱买的就是二姐买的。当然,本家说妙子既然另有收入,雪子和她享受同等待遇反而不公平。而妙子也说她用钱不困难,多给雪姐就好了。事实上,现在妙子要本家负担的还不足雪子的一半。虽说妙子每月收入不菲,她一方面储蓄下来,另一方面添置最新潮的西装,饰品也极尽奢侈之能事。对于妙子安排之巧妙,幸子每每钦佩不已,该怎样盘算才能购置那么多行头呢?(幸子也曾暗中怀疑,她那些项链、戒指说不定来自奥畑金银制品店的货架。)四姐妹中唯有妙子深知金钱的来之不易,因为她痛切地忍受过家道衰落时期的悲惨状况,在这一点上,在父亲全盛时期成长的幸子却毫无体会。

幸子担心这位异类妹妹早晚又会掀起什么风波，他们夫妇被卷进去了可吃不消。如果可能，把她交给本家无疑是上策，但她本人不乐意且不说，估计本家眼下也不同意把她领回去。事实上，像这一次他们听了贞之助一番话后，本来应该说妙子留在芦屋我们不放心，叫她来到我们身边以便监护，可是本家绝口不提此事。这是因为姐夫爱面子、不喜欢两个妻妹老往分家跑已是过去的事了，现在他已改弦易辙，显然这还牵涉到经济问题。在本家眼中，妙子现在已经半独立了，每月只要稍许补贴一点就行了。幸子也察觉到了此事，不免为妙子感到可怜，虽然明知麻烦，但事到如今她也不能撒手不管。左思右想，幸子还是感到有必要和妙子本人开诚布公地谈一次，就这些日子的疑虑细细盘问一番。

新年来临，松之内也过去了。妙子故意没告诉幸子，又开始到裁剪学院去了，幸子也心知肚明。有一天早晨，妙子正要出门时，幸子问道：

“玉置女士的学校开学了？”

“嗯。”妙子说着，走到大门口准备穿鞋。

“等一下，我有几句话想跟你说说。”说着把她叫进客厅，面对面坐在壁炉两旁，“学裁剪也是一件事，其实，另外我还有一些事得当面问个一清二楚。今天我把我的想法毫不客气地讲出来，也希望你对我说实话，什么也别隐瞒。”

“……”

在壁炉的火光照射中，妙子搽了脂粉的双颊光泽动人，她默不作声，屏住气息，凝视着熊熊燃烧的木柴。

“我先问启少爷的事儿，你现在还真想和他结婚吗？”

最初，幸子无论问什么，妙子只是默默无言地沉思着，而当幸子把这段时间的各种疑问，不断变换着措辞盘问时，妙子终于热泪盈眶，忽地，拿出手巾揩脸，哽咽着说：

“我被启哥儿骗了！你不是说过，他像是和一个艺伎相好吗？”

“嗯，是的，那是你二姐夫在城南的茶楼里听说的。”

“那果然是真的！”随后，妙子逐一回答了幸子的问题，有了如下一番告白。

去年五月间，从幸子那里听说这事时，妙子当时表面上虽断然否定，实际上她已挂在心上了。本来，奥畑到茶楼酒馆去冶游由来已久，他还对妙子说：“这也是因为和你结婚得不到同意才去散散心，请你宽容一些。我只是叫一些女人一起喝喝酒，绝不会做有污节操的事，请你相信我好了。”所以，妙子对他这种程度的冶游表示了谅解。正如妙子当时对幸子所说的，他们家族里无论兄弟辈还是叔伯辈，都是一水儿的浪子。而妙子自己的父亲也耽于声色，妙子自幼就曾亲眼见过。所以，她认为他有这么点儿事也在所难免，只要他能保持节操，她也不想说不近情理的话。正在这时候，从一个偶然的事件开始，她渐渐发现奥畑的话全是一派谎言，一直都在欺骗她。奥畑除了宗右卫门町的艺伎之外，还和一个舞女有染，甚至生了孩子。当奥畑知道她发觉了这些事后，就花言巧语地把这些丑闻全说出来了，一个劲儿地向妙子赔不是。他说：“和那个舞女来往是以前的事，现在已经断了，那个孩子究竟是谁的，实际上也搞不清楚，只是由我背着黑锅，并且已经彻底断绝了亲子关系。只有宗右卫门町的事，我实在对不起你，但是，我发誓今后一定和她一刀两断。”当时他的态度非常轻浮，不把撒谎当一回事，妙子觉得这样一个无耻之徒，无论如何也不能相信了。关于舞女母子方面，他还拿出脱离关系的赡养费证书给妙子看了，大概不是诳语。但和那个艺伎虽说是断了关系可没有证据，不知是真是假，此外是否还有其他苟且也不得而知。尽管如此，奥畑还表白说，他想和小妹结婚的初衷毫无改变，他奉献给小妹的爱情不能和那些逢场作戏相提并论，但妙子总觉得自己也只是他一时的玩物罢了。实话说，就在这个时候妙子开始厌恶奥畑了。妙子只是怕世人（包括姐姐们在内）说风凉话：“看到了没有？你相信那种男人的话，到头来还不是被骗了吗？”妙子才一时难以下定决心解除婚约。不过，她想暂时离开他，从容地考虑考虑。

因此，出国一定是妙子想到的一种手段，而立志当裁剪师，实际上是准备有朝一日过独身生活。这一切都不出幸子所料。

妙子因与奥畑的婚事暗自陷入了烦恼之中，正在此时，又遇上那次水灾。之前，妙子仅视板仓为一忠仆而已，从那以后，妙子对他的看法发生了急剧的变化。妙子说："二姐和雪姐或许会认为我太过于感情用事，那是因为你们自己没有遭遇到那种危难，不能体会到我对板仓是多么感激！当时连万分之一获救的希望都没有，是板仓救了我一命！启哥儿说板仓的坏话，说他那天的行动别有用心，但是，即使是那样又有什么关系？反正板仓能够赴汤蹈火豁出性命来救我，说风凉话的启哥儿当时又做了什么呢？不用说没去拼命，他不是连一点儿亲情都没有表现出来吗？"妙子从心底里厌弃奥畑，就是从那时开始的。为什么这样说呢？其实，幸子也很清楚，那一天奥畑直到阪神电车通车以后才到芦屋来，说是担心妙子要去探听情况，结果走到国道的田中时，遇到了一点点洪水就没有过去。他在那里转悠了一会儿，转身走到板仓家，听说妙子平安回家后，就径直回大阪去了。据说那天傍晚奥畑到板仓家时，他头戴巴拿马草帽，身穿潇洒的藏青色西装，手拎白蜡木手杖和康太斯牌照相机，在那种时刻竟是那么一副欠揍的打扮！他连田中那点点积水都没蹚过去，也许就是不愿弄湿那条褶线笔直的裤子吧？这和为了搭救她而弄得满身泥泞的贞之助、板仓甚至庄吉相比不是有天壤之别吗？妙子了解奥畑喜好打扮，并不要求奥畑为了她弄得一身是泥。但是从奥畑当时的所作所为来看，他连普通的人情味都没有，如果奥畑真心为妙子平安得救而高兴，理所当然要返回芦屋探望她一次再回去。而且他离开芦屋时也曾对幸子说过回头还会来，幸子也预计他会在回大阪之前来一下，一心等待着他。而奥畑可能认为只要妙子确实平安，他在情理上就说得过去了。话虽如此，在这种时候才可以判断出一个人的真实价值。妙子说，奥畑的挥霍浪费，拈花惹草，没有出息，只要是这类毛病，万事都由缘分注定，未尝不能容忍，可是，他竟不愿为未来的妻子弄脏一条裤子，如此寡情薄幸才使妙子彻底绝望了。

25

妙子说到这里，脸颊上始终挂着泪痕，时不时还擤擤鼻涕，但是还比较沉着，有条不紊、详细地诉说着。然而，随后谈到和板仓的交往时，就渐渐地寡言少语了，非得要幸子费尽口舌，她才回答一个是或者不是，幸子不得不靠自己的想象来填补她话中的空白。因此，以下的话中掺杂了幸子的补缀和解释——

在妙子眼中，板仓与奥畑在很多方面恰成对照，所以她对板仓的感情与日俱增。妙子虽然嗤笑过本家的因循守旧，毕竟还是有家世、门第观念，她也考虑过和板仓结合未免荒唐，并非没想过要克制，但是反抗自己头脑中的旧观念的心情更为强烈。本来无论在什么场合妙子都不失冷静，即使和板仓恋爱，她也不至于盲目。特别是吸取了与奥畑恋爱的沉痛教训，这一次，长远的未来她也考虑了，利害得失她也计算了，经过相当周密的考虑，妙子才认定和板仓结婚是自己通往幸福的康庄大道。

其实，幸子对板仓和妙子的关系作过种种臆测，但万没想到妙子竟决心和他结婚。所以当听到妙子的告白时，幸子不由得大吃一惊。

据妙子说，她十分清楚板仓是学徒出身，没受过什么教育，是冈山的一个佃农的儿子，还有美国移民共有的那种粗野的缺点。她把这些得失利弊通盘比较后才下定了这个决心。据她说，板仓有许多不足之处，但与奥畑那样的纨绔子弟相比，人品要高出许多。不管怎样他有无比强韧的肉体，有在危难时刻舍生忘死的勇气，更重要的是，他有养活自己和家里妹妹的技能，在这一点上，他与那个依靠母亲和长兄供养过着奢侈生活的人大相径庭。他赤手空拳飞到美国那举目无亲的国度，没有得到任何人的资助，靠自己苦学力行掌握了一门技术，而且在需要相当头脑的艺术摄影领域里脱颖而出，这说明他虽然没受过正规教育，却有不逊于他人的理智和感觉。根据妙子的判断，至少比那位拿了关西大学毕业证书的奥畑更有头脑。妙子现在已经丝毫不为家世、遗产以及徒有文凭的学历等所诱惑,她从奥畑身上充分认识到了这些东西毫无价值。与其要这些玩意儿,她宁可采取功利主义。做自己丈夫的人,必须要有强健的身体,有技能、职业,真心热爱自己,有愿为自己献出生命的热情,只要符合这三个条件,其余一概不问。而且,板仓不仅具备这些条件,还有一大优点是,他在乡下有三个哥哥,他不必承担照料父母兄弟的责任(现在住在一起的妹妹,是他叫来在家务和营业上做帮手的,说好了他一结婚就送她回去),也就是说板仓是真正的独身一人,可以无须顾忌他人、尽情地疼爱她。对妙子而言,这比做高门大户、百万富商的夫人都要舒心得多。

感觉敏锐的板仓对妙子的心思,老早就心领神会,并在言语动作上明显流露出来。不过,妙子清楚表明心迹却是不久前的事情。去年九月上旬幸子去东京期间,两人的关系被奥畑察觉了,一时间两人的来往不得不节制,就是在他俩商量这件事的时候,妙子第一次向板仓坦陈自己的情愫。所以,从结果来看,正是奥畑的干涉促使他们更亲近了。当板仓听到妙子的表白不仅是恋爱而且是求婚时,不禁怀疑自己的耳朵,一副慌了神的样子。或许是他故意装出一副感动已极的样子,不然,就是连他也没有料到天下竟会有这种好事。当时板仓说:“这是我做梦也没想过的事,事情来得太突然了,我也不知道如何回答才好,请让我考虑两三天。”接着他又说,“对于我来说,这真是千载难逢的幸运,还有什么好不好的呢。只是请你再仔细考虑考虑,以免将来后悔。”他还说,“如果和你结婚了,我再也不能登奥畑家的门了,这个自不必说,你也会被本家和分家抛弃的,并且我们两个人都将受到社会各方面的误解和迫害。我倒是有和他们斗争下去的勇气,你受得了吗?”他还说,“另外,肯定会有人说我花言巧语勾引莳冈家的小姐,高攀上了一门好亲事。社会上有这些风言风语倒无所谓,我最怕启少爷也是这样看我。”接着,他变了口气说:“不过,启少爷的误解是无法消除的,他爱怎样想就怎样想吧。说实话,奥畑家确实是我的主人,而实际照顾我的只是已去世的老太爷和现在的老爷（启三郎的哥哥）以及老太太（启三郎的母亲），启少爷只不过是旧主人的少爷，我没有直接受过他的恩惠。我和你结婚，启少爷会气愤，但是，从另一个角度来看，老太太和老爷也许会认为我为他们做了一件好事，因为现在他们仍然不赞成你和启少爷的婚事。虽然启少爷没那样说过，但是据我看一定是那样的。”就这样，虽然板仓一再踌躇不决，最终还是答应了妙子。

两人商定，他们的婚约目前对谁都绝对保密，现在的问题是妙子解除和奥畑的婚约，而这也不能操之过急，要慢慢地使奥畑知道这件事，尽可能让他自发地死心。最上策是妙子出国。他们不妨两三年后再结婚，到那时也许会受到各方面的经济压力，从现在起就必须做好抗衡的准备。准备之一是妙子进一步提高裁剪技术。他们正打算实行这些计划，不久就遭遇了挫折。因为本家反对和玉置女士改变计划，妙子出国的计划顿成泡影。妙子认为奥畑纠缠不放的原因之一是跟板仓赌气，所以自己待在日本难以和他断绝关系。一旦她到了巴黎后，给奥畑写一封信，请他死了这条心，只要自己躲一段时期，到头来奥畑也会死心，现在出国的事吹了，恐怕奥畑会认为她是有了板仓才不肯出国了，会进一步曲解而死死纠缠。另外，她如果远在国外，和板仓一年半载不见面还可忍受，而近在咫尺，一方面有奥畑死缠烂打，另一方面又不能和板仓相会，那简直度日如年。因此，最近妙子逐渐倾向于这样考虑，出不了国也无可奈何，但长此以往很难瞒过奥畑和世人的眼睛，倒不如横下一条心准备和各方面去闹摩擦，早早和板仓结婚得了。只是无论妙子还是板仓，在经济上都没有做好充分准备。另外，他们自己虽能忍受任何社会制裁，但担心会连累到雪子，使她更难出嫁。所以，无论如何也要等到雪子有了着落以后再结婚。实际情况是，他们仅仅因为顾虑到雪子而踌躇不前。

“那么……小妹你和板仓只是口头约定，没有什么其他的事吧？”

“嗯。”

“肯定是那样的吗？”

“是的……除此之外，什么事也没有了。”

“既然是这样的，履行这个约定的事，你是不是再好好考虑一下呢？”

“……”

“我说，小妹……你那样做的话，我还有什么脸去见本家和社会上的人！”幸子觉得眼前突然裂开了一个陷阱。现在，妙子反而镇定自如，幸子却被她激怒得尖叫起来。

26

那以后的两三天里，每天早晨丈夫和悦子出门后，幸子就叫妙子进来探问她的态度，而妙子心如磐石，毫无动摇的迹象。幸子说：“你和奥畑断绝关系，不管本家怎样我们都赞成，必要的时候，可以请你二姐夫去和他把话挑明，叫他以后不再纠缠；你学习裁剪的事，我们现在还难以公开表示赞同，我们就睁只眼闭只眼；至于你将来要做一名职业女性，我们也不会从中作梗；存放在本家的那笔钱，马上想取出来还有困难，以后如果有正当用途，在适当的时候，我们可以出面去关说一番，交到你手上。”幸子说尽了好话，只试图劝阻她和板仓结婚，而妙子的口气是：我们本想马上就结婚，只是为了雪姐才等待的。希望你们理解这已是最大的让步，也希望雪姐尽早谈婚论嫁。幸子又劝说她道：“身份和阶级且当别论，对板仓这个人我怎么也信不过。他从学徒开始当上了照相馆老板，也许和启少爷那样的公子哥儿不一样，但是正因为如此，这样说也许不好，我总觉得他很世故、狡猾。虽然你说他有头脑，可是，我们在交谈的时候，感到他有个毛病，好为微不足道的事情而自认为了不起，洋洋自得，令人感到他头脑简单、低级，趣味和教养也无从谈起。这样看来，他那点照相技术，只要有点工作能力和小聪明就可以掌握。你现在也许看不到他的缺点，但是，难道没有必要仔细考虑吗？据我看，生活水平完全不同的人结合的婚姻不可能持久。说实在话，像你这样懂事明理的人，怎么会想到要嫁给那样一个低层次的人呢？我奇怪得不得了。我可以打包票，你和他这样的人过日子，很快就会厌倦、后悔。和这种咋咋呼呼的人打一会儿交道还觉得有趣，和他待上一两个小时怎么也受不了。"幸子连这样的话也说了。

但妙子说："他从小就出外谋生，后来又当了移民，满世界漂泊，也许变油滑一些了，但那是境遇造成的，有不得已之处。可是，他出人意料地淳朴、诚实，绝不是那种狡猾、吝啬的人。他有为微不足道的事而洋洋自得的毛病，这是事实，有时也令人感到讨厌。但是，从另一角度来看，这不正好证明了他单纯、孩子气吗？说他教养不足，水平低，也许是这样的。但是，这些我都已经了解了，所以请你不要介意好了。没有高尚的趣味，不懂什么大道理也不打紧；咋咋呼呼，粗枝大叶也无妨；比自己稍逊一筹的人反而容易对付，不用操心。你说我们不般配，板仓却为能娶上我感到非常光彩。不仅是他本人，他在田中的家里的妹妹，还有他乡下的父母兄嫂都说：'那样的大家闺秀能够下嫁到我们家来，我们家也扬眉吐气了。'喜欢得直掉眼泪。我到他在田中的家里去的那天，板仓逮着他妹妹说：'像你这种身份的人，是不该站在这里向小姐打招呼的，照过去的规矩，要在隔壁的小房间里双手扶地跪着请安。'他们兄妹特别热情地款待了我一番。"等等。最后，妙子竟津津乐道地说起他们的恋爱故事来了。幸子听到这些话，仿佛看到了板仓得意洋洋地向人夸耀："我要娶莳冈家的小妹了！"虽然他们说暂时要保密，但板仓不是已经把这件事宣扬到他家乡去了吗？幸子想到这里就更加不愉快了。

尽管如此，妙子说过因为以前那次新闻事件连累了雪子，这一次在雪姐结婚以前决不轻举妄动，所以，尚未马上陷入不可收拾的局面，这使幸子多少松了一口气。她也担心，眼下如果要强行压制，反而还会激起妙子的反抗，反正雪子的婚事少说要半年之后才能定下来。她盘算着在这段时间，耐心劝说妙子，再做些工作，引导她慢慢地改变想法。幸子觉得眼下只好姑且依着妙子的性子、尽量不去拂逆她，只是这样一来，雪子的处境就更加可怜了。雪子会觉得妙子是为了自己而等待，她肯定不愿亏欠妙子。何以这样说呢？本来，雪子的迟迟未嫁也有其他原因，那次新闻事件只是被溅上了点飞沫，丝毫没理由说妙子亏欠了她。更主要的是，雪子也许会说："我根本不急着结婚，也不怨小妹连累了我，自己的命运也不会为那件微不足道的小事所左右。因此，小妹不必顾虑，先结婚得了。"而妙子也没想要雪子感恩。事实上是她等雪子结婚已经等得不耐烦了。就说那件新闻事件吧，如果当时雪子已经订婚或者即将订婚，即使妙子幼稚无知，也不会采取那种非常手段。总之，这对姐妹关系融洽，绝不至于发生争吵，但幸子冷静地观察，她们之间毕竟潜在着相当可怕的利害冲突。

幸子从去年九月接到奥畑那封使她大吃一惊的信，直到今天，从没向任何人透露过妙子与板仓的事。可是这样一来，她感到把这一切都压在自己心中太沉重了。现在看来，她总以妙子的同情者、理解者自任，支持她制作偶人，替她租借夙川公寓，默认她与奥畑来往，每逢发生什么事总是出面与本家调停，千方百计庇护她，而现在妙子竟是一副恩将仇报的架势；她对妙子的做法不禁感到愤懑。可是另一方面，她也觉得正因为自己居中斡旋，事情才没有更加恶化，否则兴许又闹出轰动社会的乱子来了。不过，这只是幸子自己的看法，世人和本家姐姐他们未必会作如是观。最使幸子恐慌的是，每逢雪子有人来提亲时，信用调查所来调查这方面的身世，就会把妙子近来的所作所为彻底掀出来。老实说，幸子对妙子的行为、她怎样在奥畑和板仓之间周旋也知之不详，但不难想象，在旁人看来肯定颇有些行为不端，可能已经招致了一般人的误解。本来，在莳冈家里，雪子的纯洁无瑕任何人都清楚，也没有让人说三道四的缺点，只是她有妙子这么一个异类妹妹容易引人瞩目，而调查者往往放过雪子，把重点放在疑问重重的妙子身上。因此，关于妙子的事情，家里人或者不知道，或者为她辩护，相形之下，社会上却知之甚详。幸子不禁想起，尽管她四处托人为雪子提亲，但从去年春天以来，竟无一人前来说媒，莫非是妙子不中听的名声广为流传，到现在还在妨碍着雪子？若是这样，为了雪子她也不能置之不顾。还有，那些流言蜚语在背地里嘀嘀咕咕倒也罢了，如果七拐八弯传到本家耳朵里去了，那时该责备的只有她自己一个人，那可够受的。那时候也许连贞之助和雪子也会责怪她，既然发生了那样的事为什么不和他们讲明、不和他们商量？幸子也琢磨着，要使妙子回心转意，单靠自己的力量也嫌不足，倒不如和贞之助、雪子三个人轮番劝谕也许会有效些。

“嗯……那到底是什么时候的事？”贞之助问幸子。这是一月二十号过后的一天傍晚，贞之助正在书房里翻看新来的杂志，幸子心事重重似的走进来坐在一旁，他觉得有些诧异，于是抬起头来，不多久，幸子就把这事大略说了。

“他们定情那事，据说是我去年到东京去的时候。当时，我和悦子还有阿春都不在，板仓好像每天都到家里来了……”

“那么说，连我也有责任了？”

“那倒不是，不过，你一点也没察觉吗？”

“我一点也没察觉……不过，听你这一说，好像在水灾以前他们就很合得来了。”

“不过，板仓对谁都是那么个劲儿，并不光是对小妹那样。”

“你说的也对……”

“闹水灾的时候他怎么样？”

“那时他确实是做得尽善尽美，没有像他那样亲切，那样周到的人了。我真心实意地钦佩他，小妹打心眼里高兴。”

“尽管那样，为什么小妹这样的人会不知道他没品位呢？真是不可思议！我说板仓没品位，小妹就生气了，说什么虽然有那么点缺点，但是有什么什么优点，一个劲地为他辩解，真是岂有此理！……小妹毕竟是位大小姐，心地善良，被人家哄得团团转了。”

“不对！小妹是经过深思熟虑的。说来这就是功利主义嘛，即使那人品位低一点，只要身体健康，吃苦耐劳，为人可靠就行了。”

“她自己也说要采取功利主义……”

“功利主义不也是一种信念吗？”

“你说什么呀！难道你认为妙子和那样的男人结婚也行吗？”

“不是那个意思，不过，要问我妙子和谁结婚好的话，和板仓结婚要好过奥畑。”

“我的看法正好相反。”

夫妇俩说到这里产生了分歧。幸子开始讨厌奥畑，最初是受了贞之助的影响，她现在对奥畑也确实没有好感。不过和板仓一比较，反倒觉得奥畑有点可怜。他是个公子哥儿出身的浪荡子，毫无出息也是事实，一看便知是个轻薄的、使人印象很差的青年。但是，他和妙子本是一对青梅竹马，是船场的世家出身，和妙子属于同一层次，从这一点来看，好歹都是一个圈子里的事情。让他和妙子正式结婚的话，哪怕将来出现大麻烦，眼下在世人面前还说得过去，但如果妙子和板仓自由结婚，则显然会招致社会的嘲笑。因此，孤立地考虑妙子和奥畑结婚，这个婚姻绝不理想，但是已发生了她和板仓的问题，为了防止她和板仓结婚，宁可选择奥畑。这是幸子的意见。

可是，贞之助在这一方面观念比她进步。他说，除了家世这一条外，奥畑没有任何地方胜过板仓。作为结婚的条件，正如小妹说的那样，最重要的有三条：爱情、健康、独立谋生的能力，如果事实证明板仓已经具备了这些条件，什么家世、教养都不必拘泥。不过，贞之助对板仓也不那么中意，他只是说与奥畑相比宁可选择板仓罢了；所以，他深知本家决不会答应妙子和板仓结婚，也没有主动去本家关说的意愿。他认为：小妹这个人，无论从性格还是从过去的经历来看，都不适于按老一套的规矩结婚，她会自己找个喜欢的对象，和他自由结婚。而且对小妹而言，这种做法要比一般的婚姻更有利些。正因为小妹有自知之明才那样说的，所以，我们大可不必干涉。换了雪子，就不能放手把她抛到社会的大风大浪中去，我们必须照料到底，按照常规的途径为她寻找美满姻缘。这样一来，对方的血统、财产等就不得不考虑。小妹可不同，哪怕被人遗弃了她也能独立生活下去。贞之助的态度始终是消极的。他对幸子说："你要问我的意见，我只能这样回答，但是，我这只是对你说说，不要把我的意见如何如何说给本家和妙子知道，在这件事上，我想当一个彻头彻尾的局外人。"

"为什么呢？"幸子责问他。

"小妹这个人性格复杂，有一些我不大了解的地方……"他吞吞吐吐地说。

"那倒也是的……我一直护着她，哪怕自己遭到误解也尽力帮她，可是，却被她给卖了……"

"哎，话虽那样说，不过，她那种性格有特色，倒也有意思……"

"既然那样，她也应该早点告诉我，可她瞒得我像铁桶一样，想起来我就有气……这次可气坏我了……"幸子哭泣时脸庞就像淘气的孩子似的，满面通红，委屈得眼泪直流，贞之助瞅着妻子，猜想她小时候和姐妹们争吵时，大概就是这样的表情吧。不由得心生许多怜爱。

27

近来，幸子常常思念在东京寂寞生活的雪子。妙子不怕麻烦别人，也不管别人怎样评价，为所欲为，与其相反，雪子却全然缺乏自主行动的能力。去年九月，在东京车站分别时，姐姐再三拜托她为雪子找个好婆家，今年正当雪子的厄年，她本想在去年解决雪子的婚事，结果指望落空了。她又想过哪怕在今年春分以前解决也好，可是，眼见到春分只剩下一个星期了。而且，万一真如自己所料，妙子不好的名声妨碍了雪子的婚事，那么自己也有一半的责任。幸子想到这些，就愈加感到对不起雪子。幸子想到大概只有雪子最能理解她对妙子的不满。她早就想把雪子叫来向她诉诉苦衷，但又顾虑把妙子的新恋情告诉雪子会对她有心理影响，还是拖下来了。然而，她也考虑到一直隐瞒下去，万一让雪子知道了自己反而下不了台。加之，幸子本打算要贞之助帮着出出主意，可他却是那样一些论调，现在只剩下雪子一个人可以商量了。因此，幸子还是想找个借口把她叫来，正巧赶上了为故世的鹭作师傅祈求冥福的舞会。舞会定于次月下旬，在大阪三越百货店的八楼大厅举行。

为山村舞鹭作师傅祈求冥福

山村流舞会

时间：昭和十四年二月二十一日（下午一时开始）

地点：高丽桥三越百货店八楼大厅

节目：《手炉》（供奠节目）、《油菜叶》、《黑发》、《擂钵》、《八岛》、《江户土产》、《铁轮》、《雪》、《芋头》、《蛎鹬》、《八景》、《集体茶舞》、《因缘之月》、《取桶》（演出次序容有不同）。演出者名单及节目单当日呈发。

会费：免费（当日无招待券者谢绝入场）

申请日期：二月十九日截止，限于会员及家属，有意参会者请用明信片申请，本会将以该明信片复信并充作招待券。

主办：山村舞鹭作门下乡土会

赞助：《大阪》同人会

早在二月初，幸子就把乡土会印的这份请帖，给本家的姐姐和雪子寄去了，同时给她俩写了信。给姐姐的信比较简短，大意是：“从分别以后，我就期待不久有机会让雪子来一次，可是，去年也终于没人前来提亲，而今年的春分也到了。这次并没有重要的事由，只是我很久没见到雪子了，雪子想必也想念我们，所以，如果没有什么妨碍的话，是不是可以让她在这里住些日子。正好举行山村舞会（随信寄来请帖），小妹也参加演出，她说一定得请雪子来看看。”写给雪子的信稍许详细些：“这次是以为已故师傅祈福为名目的舞会，顾虑到时局，这种舞会看来越来越难举办了，你趁现在这个机会来看一次如何？由于时间仓促，加上师傅去世后小妹也没怎么练舞了，所以她也曾推辞过，但是她想今后一个时期没有跳舞的机会了，而且这是祭奠已故的师傅，就又答应了。因此，如果错过这个机会，以后你也许再也看不到小妹跳舞了。小妹没时间准备新节目，只好赶紧练习去年那个《雪》舞，只是不能再穿上次的那件衣裳。去年我在小槌屋染的那件碎花纹衣，她穿上正合身，就决定给她穿。指导小妹练习的是已故师傅的高徒，叫鹭作以年，在大阪新町有一个教习所。近来小妹每天上新町练习舞蹈，回来后还要我伴奏复习一遍，同时她也去工作室干活，仍然忙这忙那地非常活跃。我每天为她伴奏也忙得不亦乐乎，用三味线弹《雪》这支曲子不太有把握，我现在改用古琴伴奏。为小妹忙这些我也不会埋怨她，不过，近来我真没为她少操心，信中不便多谈，等你来了以后我有很多问题想听听你的意见。悦子也说去年办舞会时你不在，这次无论如何也要二姨来看看。”

可是，鹤子、雪子都一直没有回信，大家都猜测也许雪子会像上次那样突然而来。纪元节那天傍晚，妙子说今天要穿着舞衣、曳着衣襟跳一跳，正在客厅里练习舞蹈。

“啊，二姨！”悦子最先听到门铃声，急忙跑了出去喊道。

“您请进吧！大家都在这儿呢。”紧接着阿春也起身走过去，打开了客厅里的门。

雪子走进来一看，只见屋里仅剩下一把长椅子，桌子和扶手围椅全都搬开了，地毯也卷到一旁去了。妙子站在屋子中间，梳凹形岛田髻，扎着浅粉红色的发带，穿的是幸子信中说的那件衣裳——葡萄紫色的料子上印着带雪的蜡梅和山茶花的碎花纹，手上拿着一把伞。幸子坐在屋角，坐垫铺在地板上，面前横摆着一张六尺长的光琳菊[1]泥金画的古琴。

“我刚才在想怎么开始演出了呢？……”雪子向贞之助微微点头注目致意后说，贞之助上穿大岛捻线丝绸的夹袍，底襟下露出了长棉毛裤，正坐在长椅上看妙子练舞。“……老远就听到琴声了……”

“你不写信来说一声儿，我正在想是怎么回事呢。”

幸子戴着象牙指甲的手指搁在琴弦上，抬头打量半年不见的雪子。这位腼腆却爱热闹的妹妹脸色苍白，似乎是坐火车累了，当她看到这光景时，突然绽开了笑容。这一切都让幸子看在眼里。

“二姨是坐燕子号来的吗？”悦子问。

“那头上戴的是假发吗？”雪子没有回答她，而问妙子。

“是的，今天才做出来的。”

“太合适了，小妹。”

“有时我挽髻子也要戴它，是我和小妹共同做的。”

“雪姐喜欢的话，也可以借给你。”

“做新娘的时候戴吧。”

“胡说！我的脑袋戴着合适吗？”对于幸子的打趣，雪子满面春风地回应道。雪子的头特别小，但是头发密，看上去也不怎么显小。

“雪子，你来得正是时候。”贞之助说，“今天，小妹假发做出来了，说是要穿上舞衣跳跳。还有，二十一号是星期二，不知道我能不能去，今天请她正式跳一跳给我看。”

“悦子二十一号也不能去，太遗憾了。”幸子说。

“真的，为什么不在星期天举行呢？”雪子问。

“也许是为了时局的原因，不想太招摇了吧。”

---

① 光琳菊：由江户时期的著名泥金画师尾形光琳创始的一种菊花纹样。

“那，二姐。”妙子撑开伞，右手笔直地擎着说，“刚才那一段，请你再弹一遍。”

“别那么说，从头来吧。”贞之助说。

“是呀，小姨，跳给二姨看看！”悦子也接着话茬说。

“再跳一遍，会把你小姨累坏的！”雪子说。

“哎，当是练习嘛，从头再跳一次。”幸子也劝道，“不过，我坐在地板上冷得受不了。”

“太太，给您点个怀炉来吧？”阿春说，“把它放在腰上就不冷了。”

“好，你去点一个来吧。”

“那我也休息一会儿。”妙子把伞放在地板上，提着衣襟，缓缓地走近长椅子，在贞之助旁边坐下说：“对不起，请给我一支烟。”拿了一支德国 Gelbe-Sorte 牌香烟，点燃了。

“我也去洗洗脸。”雪子说着也上洗手间去了。

“遇上这种场合，雪妹总是笑嘻嘻的呢！”幸子说，“悦子她爸，今天晚上雪妹也来了，你又叫小妹跳了好几遍，晚上你得请客吧？”

“要我来犒劳她们吗？”

“是呀，你要尽点义务嘛，我早就想好了，所以今天晚上家里一点也没准备。”

“无论如何要让姐夫破费一顿！”妙子说。

“你说吃什么好呢？小妹，去与兵吃寿司还是去东方饭店吃烤肉？”

“我吃什么都行，你还是问雪姐吧。”

“她去东京这么久了，恐怕会想尝尝新鲜的鲷鱼吧。”

“那么，为雪妹带上瓶白葡萄酒去与兵吧。”贞之助说。

“好呀，有姐夫犒劳，我得拼命跳了。”

妙子看见阿春拿怀炉来了，把沾了口红的烟放在烟灰缸边上，提起了衣襟。

28

贞之助原说这个月忙于某公司的整顿工作，二十一号可能去不了，而当天上午，他从事务所打电话给幸子说，他只想看看小妹的《雪》舞，要她在《雪》舞演出时提前通知他。下午二点半左右，幸子打电话告诉他现在来正合适。他正要出门时，来了一位客人，又谈了三十分钟，正谈着，阿春又挂电话来说，不快点来就赶不上了。贞之助赶忙把客人打发走了。从堺大道今桥的事务所到会场只有几步路，他连帽子也没戴就跑进了电梯，下楼后穿过电车道，向对角的三越百货店跑去。他走到八楼的会场一看，妙子已经在台上翩翩起舞了。幸子说了，今日的舞会，参加者除了乡土会的会员外，主要是《大阪》同人会的会员以及该会机关杂志的读者，不对外公开，不会有很多人。但因为近来极少举行这类舞会，似乎有很多人托关系搞到了招待券，几乎座无虚席，在后面站着的观众也有一大拨。贞之助没时间找座位，只好站在后面从人群的肩头间瞅着舞台。突然他看见，在离自己两米左右远处，有个人站在观众背后，手拿徕卡照相机对着舞台，脸贴在取景镜上，丝毫不错就是板仓。贞之助大吃一惊，趁对方没有发现他，连忙躲到一旁。贞之助时不时瞟一下板仓，只见他的外套领子竖着，遮住了脸，很少抬起头来，接连不断地拍妙子。他也许是想遮人眼目穿了件外套，殊不知那外套像是他在洛杉矶时穿的，是电影明星喜欢的华丽式样，反倒引人注目了。

妙子去年曾跳过《雪》舞，这次演出并没出什么差错。不过，一年多来疏于练习，直到决定参加这次演出后才急忙练了个把月。而且，过去虽说是乡土会举办的舞会，要么使用神杉邸宅的日本式客厅里铺设的木板舞台，要么是利用芦屋的西式客厅，而这次是登上有观众席的正式舞台，在妙子还是破天荒头一遭，所以，她总觉得舞台空间太大，自己镇不住场子，这也是无可奈何的。妙子早就担心到这点，想借助乐队助威，今天特意请了教幸子古琴的师傅菊冈检校的女儿来为她弹三味线。尽管如此,她并没有紧张或怯场。在贞之助看来,妙子那镇静自如的本性丝毫未失,从始至终从容不迫地翩然曼舞,不像只练了一个月就初次登上这大舞台的模样。一般观众看法如何不得而知,贞之助感到她跳舞时,有一种旁若无人、褒贬毁誉一概置之度外的气派,看来竟有点儿可恨。不过,她今年已是二十九岁了,如果是艺伎的话也可称为老伎了,有那种气派也不足为奇。他还记得在去年的舞会上,平素看上去要年轻十多岁的妙子,那一天却显露出了她的真实年龄。这样看来,穿上日本的这种德川时代的服装就会显老。但也许这只限于妙子,一是穿上古典服装与她平素的那种活泼的洋装打扮反差较大,再就是因为她跳舞时显出的那种老练的舞台风度吧……

贞之助看见这段舞蹈一完板仓就挟着照相机急匆匆地向走廊走去,他的背影刚在门外消失的一刹那,一位绅士便从观众席中飞快地跑出去,像是要追赶那个华丽外套的后影似的,身体咚地一下撞开门便冲出去了。这是一瞬间的事,贞之助看得目瞪口呆,随即他发现那位绅士就是奥畑,他也紧跟着来到走廊上。

"……你为什么要给小妹拍照?……不是说好了你不照了吗?"

奥畑毕竟顾虑到周围的环境,不像平日那样动辄大吼大叫,而是压低了声音质问板仓。虽然板仓气得腮帮子胀鼓鼓的,但是听凭奥畑斥责,耷拉着头老老实实地听着。

"把那个照相机给我!"奥畑说着就像刑警检查行人似的,在板仓身上上下摸着,解开外套的纽扣,把手伸进上衣的口袋里,敏捷地把照相机扯出来塞进自己口袋里,旋即又想起什么似的又把它掏出来,手指颤抖抖地把镜头部分全部拉出来,使劲把照相机往水泥地上"咣当"一声砸去,头也不回地走了。事情发生得太快了,等到在场的人们注意到时,奥畑的影儿已不见了。板仓捧起被摔得老远的照相机,也垂头丧气地走出去了。只有贞之助目睹了整个过程,尽管奥畑那样骄横,板仓始终直立不动地低着头,在旧主家的少爷面前完全抬不起头来，眼睁睁看着那架平素看得比性命还要紧的相机在地上翻滚，一动不动地强忍着，也没有动用自己引以为傲的体力和腕力。

贞之助去后台露了个面，向人们打过招呼，慰劳了妙子之后，随即回事务所去了，当时他什么也没说。当天深夜，悦子和妻妹们就寝后，他才把白天目击的事情告诉了妻子。据他看来，板仓或是自发，或是应小妹之请去的，以照《雪》舞的舞台照为目的，估算好了时间悄悄溜进来的。达到目的之后，他正要匆匆离开之际，被一直躲在观众席上的奥畑逮着了。奥畑是何时进场的不得而知，但他肯定是估计板仓会来，一直在四下里张望，所以很快就发现了板仓。直到舞终，大概与贞之助从远处观察板仓同时，奥畑也从某一角度监视着板仓。在板仓要退场时，奥畑不失时机地抓到了他。总之，从现场的情况分析，事情的经过大致如此。但贞之助也不清楚，当他在一旁看着走廊演出的那幕短剧时，是他们两人都没有注意到他呢？还是明明看到了他，由于难为情而装作没看见呢？

幸子说："说实在的，我也想到过启少爷会来看舞会，担心他在会场上找我说话，那可就麻烦了。所以我问过小妹，她说今天舞会的事儿没跟他讲，多半他不知道吧？而且，除了星期天以外，他每天下午得在店里上两三个小时的班，不是什么时候都可以出来的。但是，我想今天的舞会在报上的演艺栏里有两三行报道，说不定他看到了，看到了当然会想到有小妹的节目，或许会从什么地方弄到招待券来看看，我还时不时地留意着观众席，但是直到演出《雪》舞之前，确实没有发现他。特别是雪子，她一多半时间坐在观众席上，假如他来了的话自然会发现的，但是雪子什么也没说，照此看来，他是和你前后脚入场的吧。不然的话，他也是早就盘算好了，为了不让我们看见而躲在哪儿看吧？所以，关于板仓来拍照的事儿，不清楚小妹是不是知道，但我和雪子是不知道的，发生那幕闹剧的事，就更不清楚了。幸好后台的人好像谁也不知道，要是知道了，可真丢人呢！"

"是啊，这是因为板仓忍让总算没把事情闹大。不过，两个大男人为了小妹竟在大庭广众之下吵闹起来,也太丢人现眼了。趁这事儿还没传播到社会上,想个什么办法解决了才好。”

“既然你这样说了,就请你多操点心吧。”

“心是要操的,不过,我想不该由我来出面。雪妹知道板仓的事了吗?”

“这次叫雪妹来也是想和她谈这事,不过,还没有跟她说。”

其实,幸子是打算这次舞会后和雪子讲这件事,过了两三天后,有一天早上,妙子对幸子说,想把这次舞姿照下相来,要再借那件衣裳穿穿。她把那件衣裳放进包装盒,连同假发盒、那时用的伞装上汽车里就出去了。这时,正好只剩下她们姐妹俩了。

“小妹一准是拿这些东西上板仓那里照相去了。”说完这句话后,幸子把从去年九月在东京收到奥畑的那封令她惊诧不已的警告信,还有最近舞会走廊里发生的那幕闹剧,扼要地对雪子说了一遍。

“那么说,那部徕卡照相机摔坏了吧?”雪子听完后,首先问起了这事。

“哎,谁知道呢?你姐夫说,那样摔一下,至少镜头给摔坏了。”

“底片恐怕也不行了,所以要重照吧。”

“是呀,也许是那样的。”幸子注意到雪子一直非常平静地听她讲话,“这一次我真觉得被小妹出卖了,想起来我就有气。说来话长,不光是我,包括你在内,谁像妙子那样给我们惹过那么多麻烦?”

“我倒没什么……”

“你还没什么?从那次新闻事件开始,她给我们带来多少麻烦?……我这样说也许你不高兴,你的亲事受了她多大的牵连?……可是,我还一直向着她、护着她,可她一句话都不跟我商量,就和板仓那个家伙订了婚!”

“你和二姐夫说过了吗?”

“说过了,因为无论如何不能都憋在我一个人心里……”

“那他怎样说呢?”

“他说他自有他的意见,不过在这件事上想做个局外人。”

“为什么呢？”

“他说他对小妹的性格不太了解……换句话说，他信不过小妹，不愿意介入这件事……不过，这话只是在这里说，你二姐夫的真实想法是：对小妹这样的人最好是少管她的事，她爱怎么的就怎么的，她要和板仓结婚也行，一切都由她去吧，她一个人会活得很好，所以，这样对她倒好些。他和我的想法截然不同，和他说也没用。”

“我去和小妹好好谈一次吧。”

“你一定得好好跟她谈谈，现在，除了我和你轮流劝她改变主意以外，没有任何办法。不过，小妹也说过要等到雪姐结婚以后再说……”

“如果有稍微好一点的对象，她先结婚也没关系。”

“板仓可太不般配了。”

“或许小妹也有点低级趣味吧。”

“也许是吧。”

“我也不希望有一个像板仓这样的妹夫。”

幸子原来就料想雪子一定和自己意见相同，但从这位素来谨慎的妹妹清楚的话语中，她感到她比自己态度还要强硬。与板仓比较还不如选择奥畑，这一看法，雪子和幸子一致。雪子说：我要尽力说服妙子和启少爷结婚。

芦屋这个家自从雪子回来后，又渐渐地像很久以前那样活跃起来了。雪子不爱说话，成天无声无息地、无论在与不在别人都不知道似的，照理说不会因为增加了她就使家中变得特别热闹。由此可见，在雪子冷清的性格中毕竟潜藏着开朗的一面。另一方面，也许是因为只要三姐妹聚集在同一屋顶下，就能令满室春风荡漾，所以，无论三人中缺了谁便失去了和谐。再说舒尔茨家住过的那栋长期空无一人的房子，也终于有人住进来了，入夜后，从厨房的玻璃窗透出融融的灯光。听说户主是位瑞士人，在名古屋的某公司当顾问，经常不在家。家中有一位年轻的夫人，一身西洋的打扮，但面貌却像是菲律宾人或中国人，雇了个阿妈。他们家没有孩子，不像舒尔茨家那样热闹，多数时候鸦雀无声。尽管如此，自从隔墙那栋荒凉的凶宅似的洋房里住上了人就大有不同了。悦子一直巴望邻家再来一个像罗斯玛丽那样的孩子，这下指望落空了，但她已在同班同学中交了几个亲密的朋友。少女自有少女的情趣，她们经常互相邀请举行茶会、生日庆祝会等，逐步形成了自己的交际圈。妙子还是忙忙碌碌的，每天多半时间在外面，有时甚至三天都不在家吃一顿晚饭。贞之助察觉到妙子不愿待在家里，大概是厌烦幸子和雪子跟她啰唆。他也暗自担心：这一次妙子和两位姐姐的感情产生隔阂了吗？特别是她和雪子的感情会有什么变化吗？

有一天傍晚，贞之助回家后没看见幸子，想去寻她而拉开浴室前的六铺席间的隔扇时，看见雪子正在缘廊上支起一条腿坐着，让妙子为她剪脚趾甲。

“幸子呢？”

“二姐到桑山家去了，很快就会回来吧。”妙子说话间，雪子悄悄把脚缩到衣襟里坐正。贞之助看见妙子穿着裙子跪在地上，把那散落在地的白晃晃的指甲屑，一一拈起来放在手心，他随即把隔扇拉上了。虽只一瞬间，却对这姐妹间的美好情景留下了深刻印象，也使他重新认识到，即使有意见分歧，她们姐妹关系仍然和和睦睦。

三月初的一天夜晚，已经睡下了的贞之助突然感到妻子的眼泪在自己脸颊上流着。他睁开了眼，在黑暗中听到妻子微弱的啜泣声。

“你怎么了？”贞之助问。

“就是今天晚上……老公……今天晚上正好满一周年呀……”幸子说着

抽抽搭搭地哭得更厉害了。

“你要把那事儿忘掉！……老说也没用。”

贞之助把妻子不停地流到他嘴唇上的泪水咽了进去。他感到十分惊诧，因为临睡前幸子还高高兴兴，夜半三更却突然提起这件事来。事情确实像她所说的，正是去年三月，阵场夫妇介绍雪子与野村相亲，今天也许正是流产一周年的日子。贞之助已经毫不在意了，妻子却至今还把那悲哀深深藏在心中。也不能怪她，不过，老这样突然发作还是令人诧异。去年春天到岚山赏花时，秋天在大阪歌舞伎剧院看《镜狮子》时，在渡月桥上，在剧场的走廊上，他都看见妻子这样突然流泪，随即又悄然无事了。而这次也一如既往，第二天早晨，幸子似乎完全忘了昨晚曾哭泣过似的。

这个月中，基里连科的妹妹卡塔莉娜准备乘豪华轮船沙恩霍斯特号去德国。前年贞之助一行曾应邀到夙川他们家中做客，本来说过要回请他们一次，一晃过去两年了，除了偶尔在电车上相遇以外和他们也没什么来往，只是常常从妙子那儿听到那位“老太太”、基里连科兄妹以及渥伦斯基的消息。说是从那以后，卡塔莉娜对制作偶人也没有那样热衷了，但也没有完全放弃。有时她又突然出现在妙子工作室里，带来新作品请妙子批评指教，这两三年来她的技术也有了长足的进步。但不知何时开始，卡塔莉娜搭上了一个德国的叫鲁道夫的“好人儿”。妙子认为，卡塔莉娜似乎觉得和他交往更有趣，制作偶人的热情也就减退了。鲁道夫是一家德国公司神户分公司的青年职员，在元町街头卡塔莉娜曾把他介绍给妙子。从那以后，妙子经常看见他俩散步。看上去他有一副德意志人的面孔，给人的感觉与其说是美男子，不如说是朴实刚健、高大魁梧的伟丈夫。据卡塔莉娜说，这次决心赴德国，是因为和鲁道夫相识以后喜欢上德国了；再则由于鲁道夫的斡旋，她可以到他柏林的姐姐家中寄居。可是，她的最终目的是去英国，她和前夫所生的年幼的女儿的所在地。她去柏林主要是考虑到旅费等方面的原因，一旦踏上了欧洲大陆的一角，就可以把它作为跳板转赴英国。

“嗯，那样的话，‘汤豆腐’[1]也要坐同一条船走吗？”

“汤豆腐”是妙子开玩笑给鲁道夫起的诨号，现在连幸子她们也都叫这位从未见面的男士“汤豆腐”。

“‘汤豆腐’留在日本。卡塔莉娜让‘汤豆腐’给姐姐写了封介绍信，拿着它一个人去德国。”

“那么，她去英国领回自己的女儿，再返回柏林等‘汤豆腐’回国吧？”

“很难说……我想大概不会吧。”

“那么，她和‘汤豆腐’就此分手了？”

“也许是吧。”

“这也太洒脱了！”

“也许真是那样的。”晚餐桌上，聊起这话题时，贞之助也插嘴说，“本来他们就不是恋爱而是逢场作戏。”

“他们那些人单身待在日本，互相之间没有那么点事儿倒是不自然。”妙子辩护似的说。

“那么，哪一天开船呢？”

“后天中午。”

“你后天有时间吗？”幸子问贞之助，“……你也去送一下吧。不去不好，从那以后我们还没回请他们呢。”

“到头来，我们白吃了人家一顿。”

“所以嘛，你还是去送送她吧，悦子要上学，其他人都去送。”

“二姨也去吗？”悦子问道。

“二姨是去看那个沙恩霍斯特号的。”雪子耸耸肩哧哧笑道。

这天上午，贞之助到事务所工作了一小时左右就直接前往神户，快开船了他才赶到码头，来不及和卡塔莉娜从容道别。前来送行的有“老太太”，哥哥基里连科、渥伦斯基、幸子三姐妹，还有那位鲁道夫，这是妙子悄悄地告知

---

① “汤豆腐”日语音读为“yudoofu”，与“鲁道夫”谐音。

姐姐们的，另外还有几位不认识的日本人和外国人。轮船离港后，贞之助他们和基里连科一行边走边谈走出了码头。他们在海滨大道告别时，鲁道夫和其他的人早已不见踪影了。

“那位老太太，不知她多大岁数了，可一点也不显老哇！”贞之助目送着“老太太”显得特别年轻的背影，迈着鹿一样轻快的步伐匆匆离去，不由得感叹不已。

“这位老太太，不知道还有没有机会再和卡塔莉娜见面了？”幸子说，“……不管怎样精神，毕竟年岁不饶人哪！”

“可她一滴眼泪都没流呢！”雪子说。

“真的，反倒是我们这些人哭了，真不好意思。”

“这年头，只身前往即将爆发战争的欧洲，这女儿固然了不起，可是，放她去的老太太也了不起呀！不过，这些人在革命中吃尽了苦头，也许无所谓了。”

“在俄国出生，上海长大，流亡来日本，现在又要从德国到英国去了。”

“那位讨厌英国的老太太，又会不高兴了。”

“老太太对我说了：‘我，卡塔莉娜，经常吵嘴。卡塔莉娜走了，我不“细”悲伤，我“细”高兴。’”很久没有模仿“老太太”的妙子重施故技，大家联想起刚才老太太本人说话的腔调，不由得在街上捧腹大笑。

30

“卡塔莉娜好像比上次见面的时候更有女性魅力了。刚才我大吃一惊，怎么这样漂亮了呢？”贞之助说。他们一行从海滨大道走到生田前，进了今天上午预定了席位的与兵寿司店，按幸子、贞之助、雪子和妙子的顺序坐下，继续议论这些事。

“也不见得像你说的那样漂亮，是化妆的关系吧，再加上今天打扮得很精致。”

“她和‘汤豆腐’交上朋友后，改变了化妆方法，容貌给人的感觉也大不相同了。”妙子接着说，“她本人很自信地说：‘妙子小姐，你等着瞧吧，我到了欧洲一定找个有钱的男人结婚。’”

“那么，她没带什么钱去吧？”

“她过去在上海当过护士，她说如果生活困难就去做护士。这次肯定只带了些零用钱。”

“她今天就和‘汤豆腐’断绝关系了？”

“是吧。”

“作为最后的情意，他给了她一封信，让他姐姐收留她，‘汤豆腐’不也有点可取之处吗？他刚才朝甲板举起手，向女方挥了两三下手，就飘然转身走了，比我们还先离开。”

“真的，日本情侣是做不出来的。”

“日本人要学他的样，就变成醋豆腐了。[①]”

幸子姐妹像是没有听懂贞之助的这句俏皮话。

“这个，好像在哪本法国小说中写过吧？”

“是菲伦茨·莫尔纳尔[②]的小说吧？”贞之助说。

狭窄的店堂内，顺着墙角并排摆放椅子，最多只能坐十来位客人，除贞之助他们外，有一个附近的证券街的老板模样的人带着两三名店员，另一头，

---

① 贞之助从鲁道夫诨名“汤豆腐”联想而来。日本人把一知半解、不懂装懂的人喻为“醋豆腐”。日本有一段单口相声《醋豆腐》，说一个不懂装懂的少爷吃了变馊发酸的豆腐，店家糊弄他说是放了醋。

② 菲伦茨·莫尔纳尔（1878—1952）：匈牙利剧作家、小说家。

有以花隈[1]的一位老大姐为头的三名艺伎，这样就坐得满满当当的了，客人身后和墙壁之间，只能勉强容一人通过。尽管这样，还不断有人拉开拉门扫视早已客满的店堂，恳求甚至哀求老板找个座儿。可是，这家店的老板也是常见的寿司店老板那种类型，以待客简慢为卖点，哪怕是熟客，只要没有预约，他便摆出一副“有没有座位你一看便知”的面孔，粗暴地拒人于门外。因此，初来乍到的生客，如果没遇上好机会，他干脆不让你进门。即使是事先电话预订了席位的熟客，如果迟到了一二十分钟，或者请你吃闭门羹，或者叫你到附近去转悠个把小时再来。

原来这里的老板已去世了，听说曾在明治时代名噪一时的东京两国的“与兵卫寿司店”学过手艺，这家“与兵寿司店”店名即由此而来。但他做的寿司却与昔日两国与兵卫寿司大异其趣。这位老板虽说是在东京学的技艺，却是神户人，做出来的攥寿司颇有浓郁的京阪风味。譬如醋，他不用东京常用的那种黄醋，而用关西的白醋；他用的是东京人绝对不用的关西生产的纯黄豆制的发酵酱油；虾、乌贼、鲍鱼攥寿司，他总是劝顾客先要撒上点盐再吃。而且，他做寿司所用的鱼类，只要是在眼前的濑户内海所捕获的一概可用。据他说，没有不能做寿司的鱼，以前与兵卫的主人也是这种主张，在这一点上，他算是继承了东京与兵卫的传统。他用以做寿司的食材，从海鳗鲡、河豚、红鲷鱼、牡蛎、生海胆、比目鱼的鱼翅、魁蛤的肠、鲸鱼的瘦肉，到香蕈、松蘑、柿子、笋子，唯独不怎么用金枪鱼，至于古眼鱼、贝柱、青柳鱼、烤蛋等，在他店里更不见踪影。做寿司的鱼大多是煮熟了的，而虾和鲍鱼则必用鲜活的，当着食客的面捏成寿司。根据种类不同，他有时不用山萮菜，而用青紫苏、花椒芽以及花椒煮的小鱼虾等夹在饭团里。

妙子和这个老板老早就熟识了，或者她还是与兵的发现者之一。她经常在外面用餐，对于神户市从元町到三宫一带哪里有好吃的店了如指掌。这家店未迁来这里以前，还在交易所对面的一条窄胡同里，面积比如今更小，刚

---

① 花隈：神户市生田区的地名，位于神户车站北。

开张时她就发现了，也向贞之助和幸子他们介绍过了。据她说，这位老板的尊容，与《新青年》[①] 里侦探小说插图中那位头像大木槌的矮小畸形儿十分相似。贞之助他们以前就屡屡听妙子绘声绘色地描述老板的言谈举止，他拒绝客人时的直通通的口吻，操刀时那种兴奋的表情、眼神和手势等。他们到店中一看，他那滑稽的模样果然让妙子模仿得惟妙惟肖。老板首先安置客人一排坐好，大致问一下客人从哪种寿司攥起。但实际上还是按自己方便的顺序，最初总是取出鲷鱼，切成一段段，按照顾客人数攥成寿司一顺端上，依次是虾子、比目鱼，按此顺序一种种地攥。当他端上第二轮寿司之前，如果第一轮寿司还没吃完，他就很不高兴。如果客人剩下两三个没吃，有时他会催促"还没吃完呢"。鱼的种类因日而异，但鲷鱼和虾寿司是他最为拿手的，无论何时从不缺货，所以最先攥出来的总是鲷鱼寿司。如有哪位客人冒冒失失地问"有金枪鱼寿司吗？"他是绝不会欢迎的。而且，有时遇上老板不称心时，给客人放很多山萮菜，呛得那客人"嗳呀"一声跳起来，或者眼泪直流，他在旁边窃窃地嗤笑。他就这么个毛病。

特别喜爱吃鲷鱼的幸子，一经妙子介绍后，一下子让这里的寿司迷住了，成了这里的常客。实际上，雪子受这里的寿司诱惑的程度与幸子不相上下。稍许夸张点说，把她从东京吸引到关西来的种种牵引力中，也许可以说也有这家的寿司。当她人在东京而心向关西驰骋时，最先想到的是芦屋的家，这个自不必说，而在头脑里某个角落，总不时浮起此处店堂的模样，老板的神态，以及在他的菜刀下仍然一蹦老高的明石鲷和对虾。雪子本来属于"西餐派"，并不是特别喜欢吃寿司。但是，在东京住上两三个月，老是吃红肉生鱼片，她舌尖就想尝尝鲜美的明石鲷了，那切口像螺钿一样莹莹闪光的美丽的白肉，在眼前时隐时现，这时她会产生奇妙的联想，似乎同时看见了阪急线沿线的明丽风光和芦屋的姐姐、外甥女的面影。贞之助夫妇也察觉到雪子在关西的乐趣之一是品尝寿司，所以，在她住在芦屋期间总要邀她来这里一两次。

---

① 《新青年》：大正九年（1920）创刊的专门发表侦探推理小说的杂志。

这种时候，贞之助就坐在幸子和雪子之间，不时悄悄为妻子和两位妻妹传杯递盏，以免引人注意。

“好吃，真好吃……”妙子刚才一直在赞不绝口地吃着，而雪子在悄没声儿地弯腰喝贞之助斟的酒。

“姐夫，”这时，妙子对贞之助说，“……这样好吃的东西，也请他们来尝尝就好了。”

“真的，”幸子也赞同地说，“把基里连科和老太太邀来就好了。”

“这我也不是没想过，可是考虑到突然增加这么多人坐不坐得下，又不知道他们吃不吃这种东西……”贞之助说。

“说什么呀？”妙子说，“西洋人也喜欢吃寿司，对吧，老板？”

“对！他们吃寿司。”这时，老板正张开在水中泡胀的五根大手指，把活蹦乱跳的大对虾按在砧板上。“我们店里经常有西洋人来。”

“悦子她爸，舒尔茨太太不是吃过什锦寿司饭吗？”幸子说。

“是的，不过，那天的什锦寿司饭里没有放生鱼片。”

“生的也经常吃。不过，有的生鱼他们吃，有的不吃。金枪鱼他们就不怎么吃。”

“嗬，为什么呢？”证券公司的老板插嘴问道。

“不知道为什么，金枪鱼、松鱼，这些鱼是不吃的。”

“喂，姐姐，那位卢茨先生——”一个年轻的艺伎满口神户口音，小声地对老艺伎说，“他光吃白肉的生鱼片，红肉的一点儿也不沾。”

“嗯，嗯。”老艺伎正掩着嘴用牙签剔牙，对她点头说，“西洋人大概是看那红肉生鱼片的模样感到恶心，所以不太吃。”

“的确是的。”证券公司老板说。

贞之助也接着说：“在西洋人看来，在雪白的米饭上放些看不出原形的血红的生鱼肉，确实叫人恶心吧。”

“喂，小妹。”幸子隔着丈夫和雪子瞅着妙子说，“要是让基里连科老太太来吃寿司,她会说什么呢?”

“不行,不行,在这里可不能学。”妙子强忍着没有模仿“老太太”的口吻。

“今天,你们几位到船上去了吗?”老板一边说着把虾肉切开,每隔五六分宽切一刀,再放在饭团上,随后在妙子和雪子、贞之助和幸子面前各摆了一份。去头的大对虾寿司如果他们一人吃一份,其他的寿司就吃不下了,所以只好两个人吃一份。

“是的,去送一位朋友,顺便看了沙恩霍斯特号。”

贞之助从装盐的小瓶里倒出混合了味精的佐料粉,撒在那还在颤动的对虾肉上,顺着切口挟起,送进口中。

“德国船虽说是豪华客轮,比美国的还是差远了。”幸子说。

“真的。”妙子说,“比上次那条柯立芝总统号差远了！那条船通体洁白、色调明快,可是德国船漆得阴森森的,活像条军舰。”

“小姐,请您快点吃啊！”老板的老毛病又来了,他见雪子盯着眼前的寿司还不动筷子,便催促道。

“雪姐,你在做什么?”

“这虾还在动呢……”雪子到这里来吃寿司时,最为难的是必须和其他客人吃得同样快。而且,对于这种切成一段段后虾肉还在瑟瑟颤抖的、被老板称为“活寿司”的东西,虽然雪子对其喜好不亚于鲷鱼,但是它还在哆嗦着,总觉得恶心,一直要看到它不动了才敢吃。

“就是活的才值钱嘛！”

“快吃吧,吃下去也不会变成妖精。”

“对虾即使变成妖精也没什么可怕的。”证券公司老板打趣道。

“对虾倒不怎么可怕,不过,吃青蛙才可怕呢！是吧?雪子。”

“嘿,有那样的事吗?”

“嗯,你是不知道的,我住在涩谷的时候,有一次,姐夫请我和雪子上道玄坂的烤肉串店。鸡肉串呀什么的倒没什么,最后又杀青蛙来烤,杀青蛙的时候青蛙呱呱直叫,我俩脸都吓白了,雪子说她那天一整夜都听见青蛙的叫声……”

“啊呀,快别说了……”雪子说着又仔仔细细端详那虾肉,直到“活寿司”确实不动了才拿起筷子。

31

四月中旬的星期六、星期天,贞之助和三姐妹以及悦子共五人依照惯例去京都赏樱,归途在电车中,悦子忽然发高烧。本来,在一周以前,她就说过觉得身体疲乏,在京都时也是萎靡不振的样子。那天晚上回家后一量体温将近四十度,急忙请来栉田医生出诊。他怀疑是猩红热,说明天还要进一步诊察,便回去了。第二天,除了口周外,悦子满面潮红,栉田医生说,已经毫无疑问,除嘴周围外整个脸像猴子一样全红了,这正是猩红热的特征。栉田医生建议到有隔离病房的医院去住院,但悦子很讨厌住院。虽说猩红热是传染病却很少传染成人,并且一家人接二连三得这个病的也罕见。所以,家中只要隔离出一间房来,尽量不让家中人出入,在家中治疗也行。幸好,贞之助的书房是单独一栋,虽然贞之助有点不满,说书房被占了不方便,但幸子勉强说服了他,暂时把书房迁到正屋去,腾出来权当病室。四五年前,幸子患重型流感时也曾用来做病室,从正屋可以穿木屐到这栋房子去,房子是六铺席间带一个三铺席间的套间,煤气、电热设备一应俱全。更方便的是,在幸子患病时连自来水管也铺设了,还可以煮点简单的东西。贞之助把桌子、小型文卷箱和一部分书架,搬到二楼八铺席间两夫妇的寝室里,一些碍事的东西收到仓库和壁橱中。之后,悦子带着护士搬进去了，暂时和正屋的断绝了来往，但这也不是完全隔绝，病人和护士的饮食品，都必须一一由正屋送去，需要一人担任联络。做这种工作，收拾洗涤餐具的勤杂女工是危险的，眼下只有阿春最适合，她不怕传染病，比谁都勇敢，她很乐意接受这个任务。可是让她干了两三天后，她自己毫无恐惧固然是好，但她出入病室从不消毒，接触过病人的手什么都去摸。这样，雪子第一个抱怨说这样做无异于四处传播病菌。结果，换下了阿春由雪子接任。雪子熟悉护理工作，特别细心谨慎，但她也不会无谓的恐惧，护理工作确实做得相当周到。凡是病室里的餐具，她决不让女佣接触，从做饭、送饭到洗涤全由自己一手承担。在悦子连续发高烧的一个星期内，她和护士轮流每隔两小时换一次冰袋，几乎没睡什么觉。

悦子病情逐渐好转，一周后开始退烧。但这种病，要等全身的小红疹隐退，疮痂脱落，浑身上下脱了一层皮才算痊愈，这样还得四五十天。因此，原来打算在京都赏花后不久就回东京的雪子，不得不继续待一段时间。她写信向东京说明了原因，并要大姐寄来换洗衣物，一门心思看护悦子。尽管她揽下了这种苦差事，对她来说，在芦屋生活也比回东京要快乐些。她严格禁止其他人接近病室，她还说二姐容易被感染，连幸子也要离得远远的。因此，幸子虽说女儿生病了，可一点也没累着，成天百无聊赖地打发着光阴。雪子劝她说："小悦已经不用担心了，你上歌舞伎剧院去看看戏吧。"这是因为菊五郎这个月来大阪演出《道成寺》。在菊五郎所演的剧目中，幸子最喜欢看他的女装舞蹈，尤其是他在《道成寺》中的表演。她本打算这个月无论如何也不错过这个机会，不凑巧遇上悦子生病，对看戏已经不抱什么希望了，雪子这句话正好道破了她的心事。可是，作为母亲这种时候去看戏，也显得太无忧无虑了，所以，只得借助于听听和风[①]的《道成寺》的唱片，稍许解解馋，以寄托对舞台上的第六代菊五郎的向往。幸子说："我不去了，小妹你去吧。"这

① 和风：指第四代松永和风（1874—1962），长呗松永流的宗师。

样，似乎只有妙子一个人悄悄地去看了。

在病室里，悦子随着病情向愈，也渐觉无聊，便成天放留声机听。有一天，新搬到原舒尔茨家的那个瑞士人托人来提意见了。这位瑞士人看来不好相处。一个月前，说是被狗叫得不能睡觉也来提过意见，要求想法儿解决。这种时候，他并不直接来说，而是要他家的房东佐藤家来传话，佐藤家与幸子家是只隔一栋的邻居。每次都是佐藤家的女佣送来瑞士人写的便条，上面写着两三行英文。

上次是这样写的：

亲爱的佐藤先生：

实在对不起，为邻居犬吠一事，想麻烦您一下，我每天因那犬吠而彻夜不眠。请您向邻家转告以引起他们注意。

这一次便条写的是：

亲爱的佐藤先生：

实在对不起，为邻居放留声机一事，想麻烦您一下。近来邻居每天从早到晚都放留声机，吵得我们不胜其烦。如果您能向邻家传达我的意思，劝告他们采取措施，则不胜感激。

佐藤家的女佣总是有些过意不去的样子说："博格施先生要我来说这件事，好歹我拿来请您看看。"她笑着说罢，放下便条就走了。上一次，约翰尼整夜地叫，只不过是一两晚的事，没理睬它也就过去了，但是这次可不能置之不理。因为悦子那个病室也就是贞之助做书房的那栋房子，篱笆墙不是用铁丝网而是用板壁与邻相隔，虽然邻家完全看不见，但离邻家最近，以前舒尔茨一家居住时，贞之助经常被佩特和罗斯玛丽吵得苦不堪言。因此在那里放留声机，当然会使这位喜欢吹毛求疵的瑞士佬大动肝火。在这里还要顺便补充说说博格施氏的事。前面也说了，此人好像在名古屋工作，但从他屡屡提意见来看，他有时也回来住住。他究竟是个什么样的人呢？莳冈家还没有人瞻仰过他的真容。舒尔茨家住在这里时，他本人以及夫人和孩子们经常在阳台和院子里露面。但是，自博格施家搬来后，除了夫人身影时不时晃过外，博格施本人从未露过面。虽然，他似乎偶尔也搬椅子到阳台上，悄悄地坐在那里。但是如今那阳台的铁栏杆里面围上了板壁，正好与坐在那里的人的头部一样高。总之，博格施这个人肯定害怕被人看见。不管怎样，他是个相当古怪的人。据佐藤家女佣说，他身体多病，颇为神经质，每夜为失眠万分苦恼。

不知是不是有什么情况，有一天，一个刑警到莳冈家来了。他说，那个外国人虽然自称是瑞士人，但是否属实仍未查明，他的行动可疑，所以希望你们注意他，万一有可疑的举动，请立刻报告警察，交代一番就走了。既然做丈夫的国籍不明，又常年外出旅行，他那位妻子又像中国人的混血儿，令人怀疑也难以避免。另外，据那刑警说，那个像中国人混血儿模样的妇女并非他正式的妻子，像是苟且同居的光景，而且她的国籍也不太清楚。在日本人看来，她的容貌最像中国人，但她本人却否认在中国出生，说是在南洋出生的，究竟在南洋的何处她也不肯讲明。幸子曾应邀去过她家一次，走进她房间一看，一色中国式紫檀木家具，也许她就是中国人而有意隐瞒这一点。不过，显而易见的是，她是兼有东洋的魅力和西洋的匀称的妖艳女子。从前有位美国电影女明星叫安娜·梅伊·沃恩，是法国人和中国人的混血儿，感觉和她有点相像，是个具有某种为欧洲人所欣赏的异国情调的美人。因为丈夫总是外出旅行，她生活颇为寂寞，她有时打发阿妈请幸子去玩玩，有时在路上相遇也当面邀请过，一心想和幸子交往。但幸子自从听过刑警的警告后，恐怕受到牵连，尽量避免接近她。

“小姐生病的时候放放留声机都不行吗？难道那个西洋人连怎样做邻居都不知道吗？”阿春愤愤不平地说。“好了，好了，博格施先生是个怪人，没有办法,而且,这年头从早到晚放留声机也不太好。”贞之助制止了她们。因此,从那以后悦子就每天玩扑克牌。可是,雪子对玩扑克牌也有意见,她说猩红热进入恢复期大量脱痂时,最容易传染。悦子正处在这个时期,必须特别注意,玩扑克牌有传染给对方的危险。平常总是护士“水户小姐”和阿春做她的玩伴儿。因为这护士长得很像松竹电影公司大船制片厂的女演员水户光子,所以悦子这样称呼她。这位护士曾患过猩红热,有免疫力。阿春说她即使被传染上了也不怕,病人吃剩的鲷鱼生鱼片,别的女佣弃之唯恐不及,她却认为是天赐良机,吃得津津有味。最初,由于雪子一再严厉训斥,阿春才没敢接近悦子,但是悦子感到寂寞时频频让人去叫她。“水户小姐”也说用不着那样担心,不是那么容易传染上的,于是,雪子的训诫马上失效了,最近,阿春整天都猫在病室里。只是玩玩扑克倒也罢了,有时她竟和“水户小姐”两人捉住悦子的手脚,兴致勃勃地剥那些疮痂。“小姐,你看!这样有多少都能剥掉呢!”她一边嚷着一边捏着疮痂的边缘撕下来,就这样,悦子身上的疮皮都让她们剥干净了。她还把这些疮痂拈起来放在手中,返回正屋的厨房,在那些粗使女佣面前炫耀:“嘿!从小姐身上剥下来这么多皮!”恶心得她们直起鸡皮疙瘩,但是,后来大家司空见惯,也就不怕了。

五月上旬,悦子的病况逐日向愈。不知妙子如何想的,她突然提出最近要到东京去一次。她说:“无论如何我也要去和大姐夫直接谈一次,那笔钱的问题不解决我是不甘心的。我决定不出国了,如今也不急着结婚,只是有个小小的计划,如果能要得到钱的话,我想早点到手,如果大姐夫死活不肯给,我只好另作打算。不用说,这件事我不能使二姐和雪姐为难,所以,我打算单独地、心平气和地交涉,请你们放心。再就是,本来不一定要这个月去,只是考虑到雪姐住在这里的时候,我住在他们那里也方便些,所以忽然想到这个月去一趟。我并不想在那样狭窄的、孩子们吵吵闹闹的地方待多久,事情办完了马上就回来。我也就想看看戏,但是前不久在这里刚看过《道成寺》,这个月看不看都无所谓了。”幸子问她去交涉是和谁交涉,所说的计划是什么样的计划。近来动辄遭到两位姐姐的反对，妙子也不轻易对幸子讲真心话了。她没有直截了当地回答幸子，只是透露了她准备先找鹤子谈，如果问题解决不了，哪怕直接向姐夫把话挑明也在所不辞。至于“计划”是何物，她仍然不愿明说。幸子一再追问，才从她支支吾吾的话语中听出一点端倪：她好像是得到玉置女士的支持，想开一个小规模的女式西装店，需要一笔资金。幸子觉得如果是这样的话，妙子虽是煞费苦心，但她的要求恐怕姐夫不能接受。姐夫至今没改变初衷，除非是经他认可的正式结婚，否则不肯拿出那笔钱来。况且他那样强烈地反对妙子成为职业女性，他会说这样的计划简直是荒腔走板。但是，也不见得完全没有商量的余地。这里还有一线希望，这微弱的可能性在于妙子直接去同姐夫交涉。因为姐夫生性胆小怕事，从年轻时起就一直被幸子她们几个妻妹欺负。尽管他背地里嘴硬，可当着面腰杆子就直不起来了。只要对他稍微强硬一点，他就会让步的。所以，如果妙子吓唬他一下，也不一定没有结果。妙子肯定是看准了他这个弱点，才抱着一线希望到东京去的。姐夫也许会东藏西躲不让她逮着，而妙子也不好糊弄，说不定她会横下心来守着，直到逮着他为止。

幸子推测，妙子突然在这时提出要到东京去，莫不是算定了幸子和雪子眼下都不可能跟她一块儿去。这样想来，幸子又担心了，妙子口头上虽说要心平气和地去交涉，但是，她内心可能抱有不惜与本家断绝关系的决心去和姐夫谈判，正因如此，她才不愿意幸子和雪子跟她一起去吧。即使如此，估计妙子未必会做出那样偏激的事来，但也不排除情急之下说出什么过头的话。如果事情闹成那样，说不定姐夫会产生误解：幸子是想为难自己才让妙子一个人到东京来的。妙子到东京要钱，而幸子不跟她一起去，只是尽力表明自己与此无关，不过也可以看作是幸子存心让姐夫陷入困境，她自己好作壁上观。姐夫这样误解还可勉强忍受，万一连姐姐也误以为幸子不仅不劝阻小妹去东京，反而纵容她来胡言乱语，势必会怨恨自己，那幸子真是无地自容了。如果将计就计，暂时将悦子托雪子照料，自己也跟着妙子去东京，那就必然会卷入兄妹之间这场围绕金钱的纷争中去。而且更令她为难的是,在这种场合下该支持哪一方呢?她自己也拿不定主意。据雪子推测,小妹经营西装店的计划,背后显然有板仓在插手。往坏里猜测,这不过是向本家要钱的借口,只要钱到手了,也不见得不会改变计划。别看小妹那样子,她也有善良可欺的一面,恐怕已经是对板仓言听计从,为他所用了。因此,只要小妹不和板仓分手,还是不把钱给她为妙。这固然也是一种看法。可是,在幸子看来,妙子那样兴致勃勃地筹划着,如果自己横加阻挠而使她失败了也于心不忍。她虽然不满妙子不听忠告而执意要与板仓结合,但是一想起一个青年女子,不想依靠任何人,一心想独立自主生活的那种勇气,她也不愿站在姐夫一边欺凌一个弱者。幸子认为,不管妙子怎样用那笔钱,总之她是用来作独立谋生的资金,而且她实际上有运用那笔资金的能力;既然姐夫手中保管着这笔钱,幸子还是希望拿出来给妙子。可是,如果和妙子一同去东京,不管幸子愿意与否,势必会夹在本家与妙子之间,陷于尴尬的处境。说不定幸子还会被姐姐说服,不得不违心地站在本家一边。幸子不愿意这样做,但是,实话实说,她更没有勇气断然站在妙子一边和姐姐姐夫抗争。

32

雪子本来就反对让妙子一个人去东京。她说:"无论如何二姐都得跟着去,小悦的病也完全不要紧了,又有我留在这里看家,你就安心去得了。也不用急着回来,从从容容地多住一阵子。"但妙子听说幸子要跟着去,脸色有点异样。幸子解释说:"我只是考虑到本家的想法才决定同你一起去,决不想去妨碍你。你无论采取什么行动、和谁去交涉都行。也许姐夫和姐姐会要我到场，但那绝不是我的本意，所以我会尽量回避。万一推辞不了，我在场也会严守第三者的公正立场，不做对你不利的事儿。”幸子还事先给东京的姐姐写了封信，大体讲了妙子此番去东京的目的，并说：“虽然我跟着来了，但是小妹似乎不希望我介入，我自己也不想牵连进去，请你们直接和她谈吧。”

幸子这次仍然住筑地的滨屋旅馆。妙子为了避免造成和幸子同谋的误解，使用的战术是住进涩谷一直到谈判结束。她们在大阪上了海鸥号，当日傍晚到达东京。幸子先把妙子带到滨屋旅馆，给姐姐打电话说：“我本想把小妹送来，不过我今天很累了，所以不能去，而她又不熟悉路，请你派辉雄或者谁来接她好吗？”姐姐说：“那么，我来接好了，如果你们还没吃晚饭，我想三个人在什么地方碰头，一块儿吃顿晚饭，到银座去怎么样呢？”妙子说如果去银座，就去闻名已久的新豪华或者罗迈亚。于是幸子决定上罗迈亚，而姐姐说她也没去过，反而问幸子在数寄屋桥下车后怎么走。

她俩洗完澡走到罗迈亚西餐馆时，姐姐已经订好座位在等着了，并说今日由她来请客。平常在这种场合，总是由手头宽裕的幸子付账。今晚姐姐特别热情，对妙子说了很多安慰话，像是道歉似的再三说：“你的事我们也没忘记，只是房子太狭窄了，安顿雪子一个人都很勉强，本想过些日子把你接来，只是忙得顾不上。”说话间姐妹仨每人喝了一大杯德国啤酒。走出罗迈亚以后，三人沿着初夏之夜的银座大街向新桥款款漫步，幸子把她们送到新桥车站就分手了。

幸子决定在妙子的事儿没谈妥的几天内不去本家，一个人总得设法打发日子，她有女子中学的同窗嫁到东京来了，幸子打算去她家拜访。第二天早晨，她正在房内看报时，妙子来电话说：“我现在到你那儿去可以吗？”“你有什么事要商量吗？”“没什么，我只是闲得无聊。”“那事情谈得怎样了？”“今天早晨跟姐姐大体上讲了一遍，她说姐夫这个星期很忙，到下星期再说。这几天这么干等着也难受，我想到你那儿去玩玩。”“今天下午，我已约好了去青山的朋友家，到傍晚五六点才回来。”幸子说完挂断了电话。

在青山，那位朋友执意挽留幸子吃了晚饭，七点过后回到旅馆时，妙子正好同时来了。妙子说今天等到辉雄从学校回来后，便叫他带着去明治神宫了，刚才五点钟左右，两人曾来过这里一趟，等了好久也不见幸子回来，肚子也饿了。旅馆的老板娘请他们在这里用餐，但是妙子还念念不忘昨夜德国啤酒的味道，于是，今晚请辉雄又去了趟罗迈亚，刚才在尾张町和辉雄分手后就来了。看样子她已经决定了要幸子留她在滨屋歇宿了。随后她说，在涩谷，姐夫姐姐都对她盛情款待，姐夫今早临出门时还说："你好不容易来了，这次要多住些日子，只是房子狭窄，实在抱歉，但是现在雪妹不在家，好歹还可以凑合住住。不凑巧的是我最近很忙，过五六天后就有空了，不管哪里我带你去玩玩吧。不过，中午我有一小时休息，今天也好，如果你中午到丸之内来，我陪你去下馆子。"还说："我今天去丸之内大厦的售票处买歌舞伎戏票，过两三天，你和鹤子、幸子三个人去看看吧。"那种热情的程度简直令人作呕，至今为止姐夫从没有这样亲热地和她说过话。妙子在姐夫和孩子们都出门后，立即逮住姐姐，用了一小时把那件事相当详细讲了一遍，姐姐从始至终不厌其烦地听着。最后，姐姐说："不知道你姐夫会怎样说，我和他商量一下吧。你姐夫的银行正在合并，他非常忙，晚上很晚才回来，所以请你暂时等几天，我想他下个星期大概就有时间跟你谈了。这几天你就悠闲地玩玩吧，小妹好久没来东京了，权且当一回'乡巴佬'，让辉雄带你到处转转怎么样？再说，幸子一个人待着也没意思，你也可以到筑地去陪陪她。"妙子说，不清楚会是怎样的结果，暂时只得听姐姐的话等着好了。妙子还开玩笑说，昨天坐火车经过沼津时，看见富士山大半都被云给遮掩了，可能不是什么好兆头。看来这次来东京的目的能否达到，她自己不仅缺乏信心，而且还提高了警惕，心想别被本家姐姐姐夫给笼络了。即使如此，难得他们夫妇那样曲意逢迎，妙子的心情似乎很不错，她虽然说过"如果说那些话是打算骗骗我，我可不答应"，却是一副很高兴的样子。

昨夜，幸子孤身一人睡在滨屋旅馆的二楼，虽说是在旅途之中，也不免有凄凉之感，彻夜没有睡稳。幸子正在犯愁，还要过五六天这样寂寞的日子，没想到今夜妙子来了，在十铺席间的客房里，时隔多年，姐妹俩又并枕而眠。回想起来，从船场时代起到妙龄之际，这多少年间，她们总是起卧于一室，直到幸子与贞之助结婚的前一夜。不清楚这是多久以前的事了，从幸子上女子中学时起，只有大姐睡在另外的房间，而幸子三姐妹就睡在二楼的六铺席间，她很少只和妙子两个人睡在一起，通常在两人之间夹着雪子。因为房子狭窄，有时两个铺盖睡三人。雪子睡觉老实，哪怕是大热天的晚上，薄棉睡衣也盖到胸前，睡觉的姿势规规矩矩。今夜睡在这里，幸子怀想当年情景，仿佛又看见了纤瘦的雪子端端正正睡在自己和妙子中间。

第二天早晨，她们仍然像闺阁时代那样，睡醒之后躺在床上闲聊一阵。

"你今天干什么呢？"

"干什么呢……"

"你没有想去看看的地方吗？"

"都说东京、东京怎么的，来了也没有什么想看的。"

"我们还是觉得大阪和京都好啊。……昨天晚上在罗迈亚吃得还好吗？"

"昨天晚上换了菜了，有维也纳炸牛仔排。"

"那辉雄该高兴了吧？"

"我们正在吃饭的时候，辉雄有个同学正好坐在对面的角落上，由他父母亲带着。"

"嗯。"

"辉雄被他同学看见了，一脸通红的，连连说'糟了、糟了'。我问他为什么，他说'和小姨一块吃饭，即使我告诉他你是我姨妈，他也不会相信的'。"

"可不是嘛。"

"首先是餐馆那个侍者来问'您二位吗？'一副感到奇怪的表情。我说'请给我来杯啤酒'，他一边答应着一边不可思议似的盯着我，像是把我看成孩子了。"

“小妹穿上那件西装，看来是像辉雄的姐姐。他一准认为你是个不良少女了。”

快到中午时，涩谷打来电话告诉她们已经买好了明天的歌舞伎戏票。今天一天无事可做，下午她们去银座喝了一会儿茶，在尾张町叫了部出租车从靖国神社起，沿永田町、三宅坂一带转了一圈，到达日比谷电影院，在横过日比谷十字路口时，妙子看着窗外的行人说：

“东京很流行箭状碎花纹布，刚才从德国点心店到电影院的前面，我就看见七个人穿了。”

“你数了？”

“嗬！你看，那里有一个，那里又有一个……”她说罢，隔了一会儿又说：“中学生两只手插在口袋里走路可危险呢，记不得是什么地方来着，关西有个中学，制服的裤子上不准做口袋，那倒不错。”

幸子知道这位妹妹从小就爱说大人话，今天又感到她实际到了讲这种老气横秋的话的年龄了，也就随声附和说：

“真是这样的。”

33

第二天姐妹三人在歌舞伎剧院看戏，当压轴戏《吃又》[1]快要开幕时，从舞台的扩音器中不断传出找人的声音，如“本所绿町某某”“青山南町某某”“西宫某某”“下关某某”，最后还呼叫“菲律宾的某某”。大家都赞叹不已，

① 《吃又》：近松门左卫门作的木偶剧净琉璃《倾城反魂香》的别称，后被移植为歌舞伎剧。主人公浮世又平有口吃，所以剧名称为《吃又》。

不愧是歌舞伎剧院,不仅有全国各地的,连南洋的游客都给吸引来了。忽然,妙子说:“听听!”她制止了她俩的谈话竖耳听着。

“芦屋的莳冈小姐!”扩音器果然是这样呼唤的,“兵库县芦屋的莳冈小姐!”第三次改成这样喊了。

“不知道是什么事,小妹,你去看看吧!”听幸子一说,妙子就出去了,不一会就返回来了,拿了自己座位上的小提包和丝网披巾。

“二姐,你来一下!”说着把幸子带到走廊上。

“什么事呀?”

“刚才,滨屋旅馆的女佣到剧场门口来了。”

妙子说是这样的——

剧院方面说在门外来了位客人要见莳冈小姐。她走出正门入口,只见台阶上站着一位滨屋旅馆的女佣。那女佣说:“刚才从芦屋的府上打电话来了(这位女佣也是大阪口音),要老板娘把这件事转告给太太。但是,往歌舞伎剧院打了好多遍电话,都占线打不通,老板娘才叫我来跑一趟。”

妙子问她电话的内容,女佣说:“电话是老板娘接的,不是我接的,不过,似乎是说病人的病情很严重。不过,据说病人的名字不是府上的小姐……前些日子听说府上的小姐得了猩红热,躺在床上了。但是,这个病人不是小姐,是一位住进耳鼻喉科的病人,老板娘反复嘱咐我说,小妹很清楚,请太太不要搞错了。老板娘还在电话里对府上的人说,现在太太和小妹都在歌舞伎剧院看戏,她马上去转告。老板娘还问府上还有没有别的事情。府上的人说,哪怕小妹一个人也好,尽可能赶今天晚上的夜车回去。如果有时间,出发前最好打个电话回去。”

“那么说来是板仓了?”在来东京的火车上,幸子略微听见妙子说了,板仓要做一次耳科手术。

当时妙子说,四五天前,板仓因患中耳炎、内耳积脓,到神户的中山手附近的矶贝耳鼻喉科医院治疗。医生前天说,引起了急性乳突炎,必须做手术,昨天入院做了手术,幸而手术经过良好,本人非常精神。他叫妙子不用管他,尽管去东京好了。妙子觉得既然好不容易做好了去东京的准备,再加上板仓平素身体健壮,像是杀也杀不死的铁汉子,所以不用担心,才决定如期动身。

看来板仓的病情发生了什么突然变化。据滨屋旅馆女佣说,打电话来的似乎是另外一个小妹,所以多半是板仓的妹妹或者是谁从医院里通知了雪子,雪子也没敢耽搁立即向这边挂电话来了。急性乳突炎只要做了手术也就不用怎么担心了,但是手术如果迟了,往往病菌会侵入大脑,也是性命交关的事情。总之,雪子特地打电话来通知,他的病情一定不乐观了。

"怎么办呢?"

"我这就回滨屋,马上动身回去!"妙子脸色未变,还是平常那样镇静自若。

"我怎么办呢?"

"二姐,你只管看完吧,把姐姐一个人丢在这里可不好。"

"怎么对姐姐说呢?"

"随便你怎么说吧。"

"你这次跟姐姐提到板仓的事了吗?"

"没有说,"妙子在大门口把奶油色的丝网披巾披在肩上,"……不过,你告诉她也不要紧。"一边说着一边走下台阶去了。

幸子回到座位上时,《吃又》已经开幕了。姐姐全神贯注地看着舞台一言不发,这正合幸子的心意,直到散戏时,姐妹俩被挤挤攘攘的人群推出大门后,姐姐才问道:

"小妹呢?"

"刚才有一位朋友来找她,像是一起走了。"

幸子匆忙间这样搪塞着。幸子把姐姐送到银座大街,在尾张町分了手,就折回旅馆来了。老板娘说:"小妹刚走没几步。"接着说,"因为是这么个电话,所以我先叫人给她买了一张今天晚上的卧铺票。票刚买回来,她就从剧院赶回来了。她说那就坐这趟车回去,心急火燎地走了。临走前,好像还给芦屋的府上挂了电话。详细情况我没有问她,电话里也说不清楚。不过,小妹对我讲,似乎是病人手术过程中感染了恶性细菌,非常痛苦。她叫我转告您,她坐这趟车直达三宫,明天早晨从车站直接赶往医院。另外,在涩谷放着一个提包,请您回去的时候给她带回去。”听老板娘的口气似乎她已察觉了病人和妙子的关系。

幸子也觉得坐立不安,又往芦屋挂了个加急电话给雪子。但雪子说话很难听清楚,完全不知说些什么。这并非通话距离太远,而是雪子声音太小,尽管她声嘶力竭地喊,但是她的声音用“微茫”来形容颇为贴切,微细得渺茫难辨,实在听不清楚。幸子平素觉得没有比跟雪子通电话更令人恼火的事,雪子自己也怕接电话,总是请人代劳。可是,今天事关板仓,雪子不便吩咐阿春,也不好拜托贞之助,无奈只得自己出马。只讲了几句话,雪子的声音细得像蚊子在哼,幸子觉得“喂喂”喊话的时间比通话的时间还多,好不容易才断断续续听清楚了一些。大意是今天下午四点左右,自称是板仓妹妹的人打来电话说,板仓因耳科手术住院,经过良好,但从昨夜开始,病情突然恶化。幸子问雪子,病情恶化是不是影响到大脑了。雪子说,她也担心这一点,但板仓的妹妹回答说大脑没什么,是脚出了事。幸子问脚到底是怎么样了?雪子说她也搞不清。据板仓妹妹说他痛得厉害,稍微碰一下就痛得直跳,不停地扭着身子哼。他妹妹说,他只是喊痛呀、痛呀,并没说叫小妹回来。但他妹妹觉得那样痛苦不是一般的毛病,恐怕已经不是耳鼻喉科的事儿了,她想找其他科的大夫来看看,但是她一个人做不了主,她也实在想不出别的办法,想来想去才给芦屋打电话。幸子问雪子知不知道后来的情况,雪子回答说,刚才她接了小妹电话说是今晚赶回来,就打电话通知了板仓的妹妹。现在他病情越来越严重,像发狂一样拼命挣扎,她已经给老家打了电报,估计明天早晨父母亲也会赶来。幸子说,妙子现在已经动身走了,自己留在这里也没有用,准备明天回去。最后快挂断电话时，幸子又问了悦子的情况。雪子说她已完全恢复健康，不肯老老实实待在病室里，只想跑出去溜达，真不好对付，疮痂也几乎掉光了，只有脚心还剩了一点点。

幸子自己也要匆匆离去，不知该怎样去和姐姐辞行。她煞费苦心也编不出一个能自圆其说的借口，所以做好了心理准备，即使姐姐感到奇怪也没有办法。第二天早晨，她在电话中告诉姐姐说，妙子因为有急事昨天晚上回关西去了，自己今天也回去。很想在哪儿和你再见一面。当幸子提出自己到涩谷去时，姐姐说："既然这样，我去旅馆看你吧。"不多久，她就拎着妙子的提包来到滨屋旅馆。在姐妹之中，只有姐姐最为沉稳，无怪乎让妹妹们说她"反应迟钝"，妙子到底有何急事，她竟连问也不问。幸子揣测，也许是这位带着难题来的小妹，不待答复就回去了，姐姐暗中松了一口气。她嘴上说我马上就要回去，却和幸子在旅馆里吃起午餐来。

"小妹近来还和启少爷来往吗？"姐姐突然问。

"嗯，好像还有些来往。"

"除了启少爷以外，还有个什么人，是吗？"

"你听谁说的？"

"最近，有一个人想娶雪子做媳妇，调查了我们家的情况。不过，那事儿后来没谈成，我也就没对雪子讲。"

姐姐还说："那位做媒的人出于好意才告诉了我们，我也没有仔细向他打听。这位媒人说：'据说小妹和一个比启少爷身份低得多的青年关系亲密。您听说过那些奇怪的风声吗？当然，那不过是一些风言风语。我只是提请您稍微注意一下。'因此，我总觉得，这门亲事没谈成，雪子本身无可挑剔，是不是小妹的那些风声连累了她呢？不过，我是相信你和小妹的，那事情究竟有多少真实性？那个青年究竟是个什么样的人？这我不打算问。不过，说实在的，姐夫和我现在最希望小妹和启少爷结婚。什么时候等雪子的事儿定下来了，我想去和对方谈谈。所以，这次有关钱的问题，像我曾经在信中说过的那样,不准备答应小妹的要求。但是,看小妹那个架势,弄不好又会和你姐夫吵起来,所以我跟她说了,我要好好考虑后再答复她,最好是让小妹平平和和地先回去。这几天我一直在伤脑筋,不知道用什么办法说服她。"听那口气,姐姐像是松了一口气似的。

"真的,如果能和启少爷结合是最好不过的,我和雪子都是这样想的,也经常这样劝小妹。"

也许鹤子认为,幸子的这番话像是为自己辩解,所以她并不搭腔,在吃饭过程中,只顾说她自己想说的话。

"叨扰了!"姐姐放下筷子马上就准备起身,"那么,我回去了。也许今天晚上不能来送你了。"饭后也没休息一下就回去了。

34

第二天早晨,幸子回家后从雪子那里听到的情况大致如下:

前天傍晚,女佣说是板仓先生的妹妹给雪子小姐打来电话时,雪子还不知道板仓住院的事,也没见过他妹妹,就问是不是找妙子搞错了。但女佣说,没有错,她是说要找雪子小姐。雪子出来接电话时,对方说,也知道小妹去东京了,非常对不起。接着把她哥哥的情况如此这般地讲了一遍。板仓做耳科手术是在妙子去东京的前一日。那天妙子去探望他时,他的心情颇为愉快,但到了夜间就开始说腿痒,最初他妹妹给他搔一搔痒,可是到第二天早晨开始由叫"痒"转为喊"痛",而且越来越痛。这种状态持续了三天,一个劲地叫痛,不见好转。尽管病人如此痛苦,院长却一直不理睬,只是说刀口已经愈合了,每天上午来换一次纱布就急急忙忙出去了。到今天已经整整两天了，他把如此痛苦的病人丢在那里不闻不问。护士们说，这次手术是院长先生的一次失败，病人真可怜。板仓病情恶化后，妹妹便把田中的家门锁上，片刻不离地守在病床前。妹妹眼看他病成这样了，想找谁来商量一下，否则万一哥哥有个三长两短自己也有责任。她想除了让妙子尽快回来别无他法，只好给芦屋打了电话（像是在医院以外的什么地方打的）。她说："我这样冒冒失失地给您打电话，说不定以后哥哥还会训我。"电话中也听得见她哭泣的声音。不难想象，雪子还是和往常一样，只是"啊啊"地答应着，倾听对方泣诉。但雪子也曾听妙子说过，这位妹妹在农村长大，还不习惯城市生活，只有二十一二岁。从她急促的呼吸声和语调可以察觉，她担心哥哥的安危，才鼓足勇气打来电话。因此雪子回答说，知道了，我马上给东京挂电话。很快就采取了那些措施。另外，妙子昨天从三宫车站下车后，径直去医院了。到傍晚才回来，待了个把小时又出去了。据妙子当时说，平素耐力极强、从不叫苦的板仓，竟那样卑懦地惨叫着"痛呀！痛呀！"持续不断地号着，看了真觉得可怕。今天早晨妙子走进病房时，她妹妹走到病床前说："小妹回来了！"但病人只是痛苦地瞟了妙子一眼，还是接连不断地喊"痛呀！痛呀！"仿佛他忍受那痛苦需要付出全身的气力，再也顾不上别的了。他就这样没日没夜地呻吟，既不睡，也不吃。那患处看来既不肿也没脓，到底是哪里痛也不太清楚。病痛部位似乎是从左膝到脚尖，翻个身或者别人轻轻地碰他一下，都会引起剧痛，这时的喊叫声更加撕心裂肺。雪子问，耳科手术和腿痛有什么关系呢？到底是什么原因呢？妙子也不太清楚。这是因为院长不但不向家属说明病情，而且患者腿痛以来，就尽量躲得远远的。根据护士透露的话，以外行的见识去推测，好像是在手术时感染了什么恶性细菌，细菌产生的毒害影响到腿了。今天早晨，他的老父母和嫂子从乡下赶来了。他们在病房外的走廊上开始和矶贝院长商量办法，因而院长也不能置之不理了。下午先请了某外科医院的院长来出诊，两人待在一间房里缜密地讨论了一阵，不一会那位外科院长就告辞了。他刚走,又来一位外科大夫,诊察过后,他和矶贝院长嘀嘀咕咕了一阵也扬长而去了。家属问过护士,据护士说,这里的院长自己无法处理,所以邀请了神户最负盛名的外科大夫,对方说必须从大腿以下截肢,但是现在为时已晚了。事到如今院长更加慌了,请来了另一位外科大夫,但他也说毫无抢救的希望,一走了之。妙子还补充说,今天早晨她看了病人的状况,听他妹妹说了经过后,就想到再也不能犹豫片刻了,现在已不必再顾忌院长,应该立即请信得过的医生来妥善处理。可是乡下的老人们总是慢条斯理的,只是聚在一起商量这琢磨那,始终不能做出决断。妙子明白这样白白浪费时间会造成不可挽回的结果,但因为自己和那些人是初次见面,太越分的话也没说,即使说点什么意见,他们也只是哼哼哈哈地答应着"啊,是吗",根本不采取行动,把妙子可急坏了。

以上是昨天傍晚的事。今天早晨六点左右,妙子又回来了一次,休息了两个小时又出去了。当时雪子问她时,她说,昨天深夜,院长又拉来了一位叫铃木的外科医生,他也不能保证手术结果怎样,如果家属同意的话,他答应来做手术。可是即使到这地步,他父母还下不了决心,两位老人特别是他母亲说,反正救不了,就别做那种残酷的截肢手术,想让他保一个全尸。他妹妹主张应该采取一切措施,哪怕是救不活也罢,显而易见,他妹妹的意见是正确的,但是那些老人很难理解这一点。不过,妙子说无论怎样都回天无力了,自己已经死了心。那位护理板仓的护士似乎对院长有意见,动辄说院长坏话,虽然不可尽信,但是她说了,这位院长是个大酒鬼,再加上年纪也大了,已经患了酒精中毒症,双手颤抖,做手术经常失败,过去也有一两个病人毁在他手上。

事后妙子把这事讲给栉田医生听了。据栉田说,耳科手术感染细菌侵入四肢的事,哪怕是第一流的专家,万分注意地操刀,也往往会发生。医生不是神仙,没有办法万无一失。不过,在手术后万一出现细菌感染的症状,患者的身体某处有点疼痛,如不及时请外科医生处置就有抢救不及的危险,实在是分秒必争的生死关头。因此,矶贝院长的手术失败即使可以原谅,而对一位痛苦呻吟的患者三天内竟看也不看一眼,这种做法,用“怠慢”“毫无诚意”“冷漠”都不足以形容。如果患者父母不是来自乡下的无知无识的老夫妇,说不定会掀起一场轩然大波,一桩医疗事故就这么轻易了结,可说是矶贝院长幸运。同时,板仓不知道他如此不可靠而进了他的医院,只好说自己命蹇时乖了。不过,这些都是后话了。

幸子听雪子说完后,紧接着问她是在哪间房和板仓的妹妹打的电话,电话内容是不是被阿春她们听到了,贞之助知不知道,等等。雪子回答说,最初打电话来时,自己和阿春正在书房,就挂到那里来了。悦子、“水户小姐”和阿春都听到了。“水户小姐”和阿春都是一副感到惊奇的表情,但什么也没说。只有悦子啰啰唆唆地问板仓怎么的了,为什么小姨回来了,真拿她没办法。雪子想既然让阿春听见了,她总归会讲给女佣们听,在这种情况下也是无奈的,而被“水户小姐”听见了可不妙。所以,从第二次以后,都是在正屋打的电话。雪子还把电话内容及自己采取的措施报告了贞之助,得到了他的认可。据雪子说,贞之助也暗中为板仓担心,今天早晨临出门前,还向妙子问了详细经过,还叫妙子劝他们无论如何也要给板仓动手术。

“我也想去看望一下,不过……”幸子说。

“那……先打个电话和二姐夫商量一下看……”

“不管怎样,先睡一觉再说。”

幸子坐夜车没睡好,想补一下觉,走到楼上的八铺席间躺下来,但总觉得放心不下,怎么也睡不着,干脆下楼来洗了脸,吩咐厨房早点准备午饭,然后给贞之助打电话:“板仓得了病,小妹被他们叫回来了,这是不得已的事情。但是,如果连我也出面了,结果像是公开承认他们的关系似的,有点不妥当。但是,闹水灾的时候板仓照顾过小妹,明明知道他病危了都不去看望、最后见他一面,我又觉得会睡不安稳。况且,板仓看来也无药可救了,枉有那样结实的身体,但是总觉得他有些薄命相。”贞之助回答说:“我也有那种感觉,你去看一下也没什么……但是,奥畑会不会去呢? 如果他也去,你还是不去为好。”两人商量了一阵,最后,贞之助概括自己的意见说:“如果不会碰上奥畑的话,还是去看一下,不要待太久就回来,也不要让小妹老守在那里,你回来的时候尽可能把她也带回来。”

接着幸子又打电话问妙子,她去医院会不会碰上启少爷,她回答说:“现在除了病人父母兄弟以外谁也没来,谁也没有通知,即使病情再恶化也没必要告诉奥畑。特别是启少爷一来说不定会使病人兴奋,所以我反对通知奥畑。其实,我正想请二姐来一趟。因为究竟要不要转往外科医院,意见不一致,还没商量出个结果。我和他妹妹极力主张转外科医院治疗,而他父母亲仍然犹豫不决。如果二姐来了也帮我说说就好了。”幸子说:“那么,我吃了饭就来。”说完挂断了电话。

幸子和雪子两人提前吃午饭,幸子一边吃一边和雪子商量“水户小姐”的事。这时要是她把妙子的事泄露出去可不太好,而且近来她已无事可做了,只是陪着悦子玩儿,因而考虑是否今天就辞退“水户小姐”。雪子说“水户小姐”自己也提出想辞工。幸子说,既然是这样,虽然显得有点突然,雪子你还是去说一下,叫她等我回来,吃了晚饭后再让她回去。这样说定后,幸子要女佣叫了部出租车,于十二点钟直接到医院去。

到那里一看,医院坐落在从中山手的电车道往山手方向上去五十米左右的一条狭窄的坡道的半中间。名为医院,实则只是一栋寒碜的二层楼房,楼上只有两三间日本式病房而已。板仓的病房是六铺席间,窗户外紧挨着里面人家的晒台,晾的衣服横七竖八地挡着光线,使房内显得闷热。已是穿哔叽单衣的时节,四五个人挤在一间房内,有的坐在椅子上,有的席地而坐,室内通风不良,充满汗臭味。在右手靠墙的铁床上,病人正面向墙壁弓身躺着。从幸子进入这间房起,就听见病人用低沉而非常急促的声音,一秒也不停地连连喊“痛”。经妙子介绍,幸子与病人的双亲、嫂嫂和妹妹互相致礼,哪怕在这过程中病人也一直如此叫痛。妙子介绍完毕，在床头枕边屈膝小声唤道：

“米！二姐来看你了！”

“痛！痛呀！”

病人依旧背朝着外面，木然地注视着墙壁上的某一点不断哀号着。幸子站在妙子身后，颇为恐惧地瞅着他，只看见右侧朝上横卧着的脸庞并不太瘦，气色也不是想象的那样坏。病人的毯子只盖到腰部，身上穿一件纱布的睡衣，从敞开的衣襟和卷上的袖口看他那胸部和两臂，肌肉还是那样健壮。只见一条绷带从他的头顶部拉到下颏部，另一条从额部拉到后头部，正在耳部打一个十字。

“米！”妙子又喊了一遍，“二姐来看你了。”

幸子这是第一次听见妙子叫板仓“米”。在芦屋的家里说到他时，妙子总是称他为“板仓”，幸子、雪子，甚至连悦子在背地里也直呼其姓“板仓、板仓”。他本名叫“板仓勇作”，“米”这种叫法是缘于他在奥畑商店做学徒时，人们都称他为“米吉”。

“板仓先生！”幸子说，“你可真遭罪了！像你这样坚强的人都那样叫痛……”她说着掏出手绢来捏起鼻子。

“哥哥，是芦屋的太太来了！”妹妹也走近来叫他。

“哎，快别那样说！”幸子制止了她，接着问妙子，“不是说痛的是左腿吗？”

“是的。因为右耳动了手术，不得不右侧朝上躺着，所以痛的腿在下面了。”

“这太不合适了！”

“所以就痛得更加厉害。”

病人忍受着剧痛，那皮肤粗糙的前额，油汗往外直渗。刚才有只苍蝇时不时飞到病人的脸上，妙子一边说话一边用手撵苍蝇。突然，病人没叫痛了。

“尿！”他说。

“妈妈，哥哥要尿尿。”妹妹说罢，靠在对面墙壁坐着的母亲站起来走到床边。

“对不起！”她说着弯下腰，从床下拿出一个用报纸包着的尿壶，从病人的毯子中间插进去。

“哎，又要受罪了！”他母亲说。

“痛啊！”就在这时，病人原来一直像说胡话似的叫痛，现在是全然不同地发狂地吼着：“痛啊！痛啊！”

“痛也没办法，你忍着点儿。”

“痛啊！痛啊！——别碰我，别碰！”

“忍着点，不这样就尿不出来。”

幸子觉得奇怪，不知道碰着什么地方板仓才会发出这样卑屈的声音，又三番五次地去端详病人。病人把左腿移动一尺左右，使身体稍微仰一点，就花了两三分钟，姿势摆停当后，又得暂时默不出声地调整呼吸，等到呼吸平稳下来后，才开始撒尿，一边呆呆地张着嘴，用幸子不曾见过的怯懦的眼神，直勾勾地环视旁边人们的脸。

“他吃什么呢？”幸子问他母亲。

“不，一点儿也不吃。”

“光喝柠檬水，就因为喝这个，才有尿。”

幸子看病人伸到毯子外的那条腿，并无任何变化。也许是她的心理作用，透过皮肤可见青色的血管稍有怒张。病人为了恢复成原来的姿势，那惨叫声仍然毫无二致，只是夹杂在“痛啊”的台词中还有：

“哎呀，我想死！让我死吧！”，或者是“快弄死我！弄死我呀！”

板仓的父亲是一位沉默寡言、眼神不安、没有主见的淳朴老头。母亲像是比父亲有板眼些，不知是睡眠不足，是哭泣过多，还是害了眼病，眼泡浮肿又耷拉着，始终像是闭着眼睛的模样，所以貌似一个表情迟钝、呆头呆脑的老太婆。然而，据幸子刚才的观察，一心一意在身边照料病人的正是这位母亲。病人也像是在母亲面前撒娇似的,凡是母亲说的话不论什么他都默默地听着。据妙子说,病人没有转往外科医院,就是因为老太婆不同意。幸子来后,一方是妙子和妹妹,另一方是板仓父母亲,分成两组,时不时在病房的屋角或者外面走廊上嘀嘀咕咕。似乎处在中间充当调停者的嫂子,一会给叫到那边一会给拉到这边。老夫妇说话声音很低,幸子听不清楚,只听得他母亲像是在频频叹息,那位父亲一副颇为所动的表情倾耳听她说话。这时,妙子和妹妹缠住了嫂子,絮絮叨叨地跟她说,如果不做外科手术、眼睁睁地看着他去死,这是父母和兄弟姐妹的过失,求她想方设法说服母亲。嫂子听她俩这一说,好像认为这也有道理,就走到母亲那里如此这般地劝说一番。但是母亲坚持己见,认为反正要死不如落个全尸。当嫂子劝她不要顾忌这一点时,她反驳说:“做那样残忍的事,你保证他一定得救吗?”嫂子只得又退回来,劝慰妹妹说:“无论我怎样磨破嘴皮,妈妈还是不答应,给老人家说这些道理她也不明白。”于是,妹妹走到母亲跟前说:“妈妈你说什么‘可怜呀’‘残忍呀’,光想着眼前的痛苦,不想真正尽到做母亲的责任。不管能不能得救,为了今后没有遗憾,要采取一切办法抢救,这难道不是我们应尽的责任吗?”妹妹一边哽咽着攻击冥顽不灵的老太婆。总之,这一幕短剧在幸子眼前翻来覆去地重演。

最后,妙子喊一声“二姐”,将幸子拉到走廊尽头,说道:“这些乡下人,怎么这样慢吞吞的,真叫人吃惊。”

“不过,设身处地为他母亲着想,她那样说也不是没有道理。”

“我知道反正已经耽误了,我已经死了心了。不过,他妹妹说了:‘请你求太太去跟我妈妈说一说。别看我妈在家里人面前很顽固,但是一到大人物面前她什么也不会说了,只会满口答应。’”

“我是大人物吗?”

老实说,幸子丝毫不想牵涉进这场争论中去,她认为,局外人多嘴多舌而结果又不太妙时,看那老太婆的样子,以后还不知会怎样怨恨自己,况且眼见得手术十之八九会失败。所以幸子接着说："……等一等再看吧。她虽然那样说，但是心里明白到头来还得照大家说的那样做，只是脑子一时转不过弯来，发发牢骚罢了。"

幸子此时主要考虑的是，现在人情上也说得过去了，必须设法把妙子带回去。她正为没找到好机会而为难。

这时，护士走上来了，正要朝病房走时，看到妙子在走廊上便说：

"喂，院长先生想和家属见见面，请哪一位去吧。"

妙子进房来传话，只见嫂子和妹妹蹲在病人的头这一方，而那对老夫妇站在脚那头。这时，这对老人又犹犹豫豫了，"你去吧""我去吧"地互相推诿了一阵，最后两个人一块去了。过了一刻钟他们才回来，父亲仿佛非常为难似的长叹一声颓然坐下，母亲一边流泪一边在父亲耳边嘟嘟哝哝。不知道院长对他们说了些什么，后来打听当时的情况，似乎院长认为让病人死在这家医院里是件麻烦事，所以，他连哄带骗地说服两位老人，无论如何都要动外科手术。院长说："对令郎耳朵疾病的处理，我已经尽了最大的努力，消毒也很彻底，治疗中没有什么失误。这样看来，令郎腿脚的疾患和耳部的毛病完全是两码事。你们也看到了，他的耳朵已经好了，已经没有必要再住在本医院了。本院考虑到，不能把患有其他疾病的患者留在本院，以防万一，所以昨天晚上已经托铃木先生处理，并且得到他的同意。而你们做父母的却迟迟下不了决心，白白浪费了宝贵的时间。事到如今，我认为说不定已经错过治疗时机了，你们再这样磨磨蹭蹭的，即使发生意外，本院也不负任何责任。"他这样说是推诿自己的过失，好像是由于两位老人犹豫不决而贻误了病机，为自己预设了一道防线。老夫妇只是唯唯诺诺地听院长说完这番话，最后说一句"那就请您多多关照"以后就退出来了。母亲回到病房后，便埋怨父亲，似乎被院长花言巧语哄骗了也是老头子的罪过。但不出幸子所料，母亲也只是过分悲伤而发发怨言罢了。看来，她早有听天由命的想法：最后不得不把儿子转往外科医院，听院长这么一说她也就让步了。

铃木医院位于上筒井六丁目，从前的阪急线的终点站附近。好不容易安排停当把病人抬出矶贝医院时，天色已暗下来了。当时矶贝院长的做法极其冷酷，自从决定转院后，他完全采取甩包袱的态度，自己根本不露面了，连一句客套话也不说。所有照料搬运病人的工作，都是由铃木医院派来的医生和护士担当。在亲属们时不时凑在一起商量的这几小时内，病人不知是否知道他们是在讨论自己的截肢手术，他只是不断地叫痛，像是一个离开了人群的、只会呻吟的怪物，而他的家属也把自己的儿子、小叔子、哥哥看成这样一种怪物，完全不必征求他的意见，或者向他说明原委。他们最担心的是从病房抬往救护车时那“怪物”将发出多么恐怖的惨叫声。因为这病房外面的走廊，像普通住宅一样只有三尺宽，楼梯狭窄，呈螺旋状而且中间没有平台。病人连小便都要发出那样的哀鸣，用担架抬下楼梯时，他所遭受痛苦之剧烈可想而知。家属们与其说是同情病人，不如说是怕忍受不了那刺耳的号叫，一个个提心吊胆。幸子看不下去了，便对护士说：“能不能想个什么办法呢？”铃木医生回答说：“您不必担心，给他打一针再抬下去。”大家这才放心了。果然，病人注射过后稍微安静了些，由医生、护士和母亲把他送走了。

35

在父亲、嫂子和妹妹收拾病房、交费的时候，幸子把妙子叫到一旁劝说道：“我这就回去了，你也回去一下好不好？你姐夫也说了，要我回家的时候尽可能把你也带回去。”但妙子说要等着看手术结果。幸子无奈只好决定用汽车把他们四人送到铃木医院，自己再坐这部汽车回芦屋。当汽车停在医院门前时，她又喊住下车的妙子，絮絮叨叨地劝说："这种时候你是想陪在病人身边吧。不过，病人也好，家属也好，也许是对我们有些客气，看来他们都不太需要你留在这里。所以，如果你能脱身还是早脱身吧，当然，这也要看当时情况而定，但请你在任何时候也不要忘记，不要让别人误解病人和你是未婚夫妻，这是我们最担心的事。事关莳冈家的名誉，尤其是对雪子的影响，请你把这些放在心上。"

幸子的意思是，假如妙子真能和板仓结婚也就罢了；但若板仓就要死了，他们已私订婚约的事还是秘而不宣为好。幸子尽量说得很委婉，但妙子肯定听懂了她的言外之意。

近来这个最使幸子苦恼的问题，自己胞妹将嫁给出身和背景都不清楚的、学徒出身的青年为妻之事，看来就要以不曾料想的这种自然的方式，合乎己方利益地解决了。幸子一想到这里，老实说，无论如何也抑制不了庆幸的心情。虽然想到自己内心深处竟潜藏着希望人去死的恶念，颇有点不快，觉得自己卑鄙。但是，这毕竟是事实。不过，现在怀有这种心情者不只是自己一个人吧。雪子且不必说，贞之助也会有同感吧。如果启少爷听说了，恐怕比谁都会高兴得手舞足蹈。

"怎么回来得这样晚呢？"已从事务所回家的贞之助，像是在客厅里等候妻子归来似的，见她走进来劈头问道，"……你中午就出去了，现在才回来，实在太晚了。我刚才还叫她们打电话问医院了。"

"我想带小妹一块儿回来，慢慢地就耽搁了……"

"小妹也一块儿回来了？"

"她没回来，她说要等他做完手术，我想那也不过分……"

"决定动手术了？"

"是的。我去了以后，动不动手术他们又商量了好久，好不容易才决定下来。我刚把他们送到铃木医院才回来的。"

“那么说，看样子救得过来吗？”

“哎……恐怕多半不行了。”

“真奇怪，他的腿究竟是怎么回事呢？”

“弄不清楚。”

“是什么病呢？你问过病名了吗？”

“一打听病名，那位矶贝大夫就鬼鬼祟祟地回避，而铃木先生似乎对矶贝有顾虑，也不肯说清楚，很可能是败血症或者坏血病吧。”

幸子听说护士“水户小姐”已经打点好了行装正在等着她，于是和她见了面，慰劳了她四十天间的辛劳，打发她回去了。随后幸子和丈夫、雪子围着餐桌吃晚饭，正吃着饭，铃木医院挂来电话，幸子便出去接。贞之助他们在餐厅听到像是和妙子通话，讲了相当久。听起来妙子好像大体上是说：手术已经做完了，目前情况稳定，但是看来需要输血，除了老夫妇以外都验了血型，病人和妹妹是A型，妙子是O型。因而暂时输妹妹的血就行了，但还希望有一两个人给他输血，妙子是O型血，当然有资格输血，但是他亲属不敢提这个要求。现在妙子正在为难，根据妹妹的建议，他们把这事情告诉了板仓的老同事——奥畑商店的几位店员，不多久他们就会来，而妙子不想见这些人。而且，启少爷听到这事后也可能和他们一起来。为了避免和他见面，妙子准备回家一趟。那些店员是板仓学徒时代的老朋友，妹妹是想请他们献血才通知的。妙子说自己很疲劳，请叫一辆汽车去医院接她，她回来后先洗澡后吃饭，请家里为她准备好。

“那么说，到底……”贞之助等幸子回到餐桌旁，更加压低声音问道，“板仓的父母他们知不知道小妹和启少爷的事？”

“他父母肯定不知道吧，如果知道的话，难道他们会同意儿子娶小妹吗？”

“是的，肯定不知道。”雪子也插嘴说，“小妹和启少爷的事，板仓肯定没有对他父母说。”

“也许只有他妹妹知道……”

“奥畑商店的那几个店员,是不是经常在田中的板仓家进进出出的?”

“谁知道呢?从来没听说过他有那样一些老朋友。”

“要是有那样一些朋友来往的话,小妹和板仓的事已经有相当多的人知道了。”

“真的。启少爷说过他已经托人调查过了,什么都知道了,指的可能就是这些人。”

接妙子的车接了电话马上就去了,而她过了一个多小时才回来。妙子说是汽车去医院途中爆胎了,所以她在医院等了很久。这期间那几个店员都来了,而且妙子估计未必会来的奥畑竟也来了,很不凑巧,妙子跟这些人撞个正着(妙子说,照说当时启少爷没在店里,大概是店员打电话告诉他的)。不过,妙子当时尽量躲着奥畑,而他在这种场合似乎也颇为克制。只是在妙子临回来时,他走到妙子身边假模假式地耳语道:“你再多陪他一会儿不好吗?”这句话未尝不可理解为奚落妙子。当店员们主动要求验血型时,奥畑说“也给我验一下吧”。而让人验了血型,不知他打的什么主意,但妙子认为他本来就为人轻浮,也许不过是随口说说罢了。妙子之所以验血,是因为嫂子和妹妹都验了,自己不验有些说不过去,而板仓的父母、嫂子、妹妹都一再劝阻她。

三人围着刚洗完澡穿着睡衣坐在餐桌边的妙子,继续谈论这件事。

“腿是从什么地方切断的呢?”幸子问。

“从这里切断的……”妙子说着从餐桌下抽出腿来,在睡衣上边用手掌模仿切断大腿的动作给他们看,又急急忙忙在那里做了一个祓除不祥的动作。

“你看医生做手术了?”

“看了一下。”

“做手术时你在场吗?”

“我在手术室隔壁的房间里等着……中间是玻璃窗,看得见做手术。”

“就算看得见,你怎么看得下去呢?”

“我本来不想看,可是有些害怕,不知不觉地就想看看,终于扫了一眼。板仓的心脏非常可怕地跳动着,胸脯一起一伏,大概全身麻醉了就是那个样子吧,要是二姐,就连这个你也看不下去。”

“不说这个了!”

“看到这个我倒不在乎,但是,最后我看见更可怕的了。”

“别说了! 怎么还说?!”

“就像刚截开的牛腿。”

“住嘴! 小妹!”雪子申斥她。

“病名现在知道了。”妙子对贞之助说,“是坏疽。在矶贝医院的时候,铃木大夫不肯讲,可是,到了自己医院以后就告诉我们了。”

“嗯,坏疽痛得那么厉害吗? 还是弄那耳朵才得上这病的吧?”

“唉,到底是不是那个原因,那就搞不清楚了。”

后来才知道,这位铃木院长在同行中名声也不太好。连当地的两位一流的外科大夫都认为无法抢救而拒绝做手术的病人,他却以不保证手术成功为条件接受了,想来有点不可理喻,但说不定就是诸如此类的做法,使这位院长名声不佳。当天晚上,妙子并没注意这一点,只是觉得这么大一栋房子,似乎没有别的住院病人,寂静,清闲,看来是个很不景气的医院。另外,这座建筑像是由从前的外国人的邸宅改建的,令人看到它便想起明治时代的旧式洋房。或许是这些缘故吧,走廊上的脚步声震得高高的天花板响起回声,像一所空旷无人的凶宅。事实上,妙子从踏进医院大门第一步的那一瞬间,就觉得一股冷飕飕的阴风迎面袭来。

病人手术后给运回病房,从麻醉中苏醒过来,仰视着站在床前的妙子,悲痛地喊道:“啊! 我成了瘸子了!”尽管悲痛,却是从矶贝医院以来不断呻吟的病人,像正常人一样说的第一句话。而且,这一句话也表明,那个被视为呻吟的怪物的病人,当时已经意识到自己处于什么样的状态,也很明白自己身旁在进行着什么样的交谈。无论如何,看到病人已不再连连喊痛,似乎远比刚才好多了,妙子也就放心了。妙子心想,他是否仅仅失掉一条腿就得救了呢?想象过他恢复健康后拄着拐杖走路的模样。然而实际上,病人只是在区区两三个小时内得到了一点点安静。

正是这个时候,奥畑商店的几名店员和启少爷赶来了,而妙子也看到了他的手术结果,正好趁机离开。再加上,板仓的妹妹知道妙子和启少爷以及哥哥之间的纠葛,所以她设法让妙子尽快离开。不过,妙子对送她到大门口的妹妹说:"要是有什么突然变化,无论什么时候都请通知我。"而且对来接她的汽车司机,妙子也拜托道:"说不定今天晚上还得麻烦你起来一次……"

妙子一边说"累了,累了",一边对三个人说了这一大通话后便就寝了。次日凌晨四点,果然不出所料,她又被从医院来的电话弄了起来,返回医院去了。到天亮时,幸子仿佛在梦中听见汽车从前门开出的声音。她想"啊,这是小妹出去了",旋即又迷迷糊糊睡着了。此后不知过了多久,拉门给拉开了一寸光景:

"太太,"这是阿春的声音,"刚才小妹来电话说,先告诉您一下,板仓先生已经去世了。"

"现在几点了?"

"六点半左右吧。"

幸子原想再睡一阵,可怎么也睡不着了。贞之助当然也听见了,睡在书房里的雪子和悦子八点时起床后,也从阿春那里听说了。

中午时分,妙子回来了。她说,从那以后,病情再度恶化,虽经妹妹和几个店员轮流输了血,仍然毫无效果,板仓虽然脚不痛了,但是病毒却侵入了胸部和头部,他在可怕的苦闷中咽气了。妙子从没见过病人如此痛苦地离开人世。直到临终前,板仓仍然意识清楚,向守候在床前的父母、兄弟姐妹、朋友一一告别，并再三感谢启少爷、妙子在他生前给予他的恩德，并祝愿他们将来幸福；对莳冈家的人，包括先生、太太、雪子姑娘、悦子小姐，都一一道出姓名，连春丫头也说到了，请向他们大家问好；那些彻夜守候的店员们，因为要上班径直从医院回商店去了；启少爷和板仓的亲属一道把遗体护送到田中的家里，妙子也跟随前去了，现在才回来；启少爷还留在那里帮着料理后事，那些亲属们一口一个“少东家”地称呼着他。定于今明两晚设灵堂守夜，后天在田中的家里举行告别仪式等。这时的妙子，虽然因看护的劳累、睡眠不足而稍显憔悴，但是表情和动作十分镇静，连一滴眼泪也没流。

灵堂守夜，妙子只是在第二天傍晚去了个把小时。妙子本想多守一会儿，但是从前天晚上起启少爷总是在那里，看那光景像是要找机会和她说什么似的，她提防着这事儿。贞之助虽然说他们不去参加告别式不太好，但是，现在首先要考虑的毕竟是两位妹妹将来的利益。在告别式上要碰到各种各样的人，特别是发生过那次新闻事件以后，在那种场合和奥畑一家打照面总不大愉快，最后决定自己不参加，只让幸子一人特意在告别式以外的时间去吊唁一下。妙子参加了告别式，但没到火葬场去。她回来说，想不到竟去了那么多人，有些人是她意料之外的，连她也觉得诧异，不知板仓什么时候连这方面的人也结识了。那天启少爷还是那一股轻浮劲，和店员们一起列队站在棺椁旁边等。据说板仓骨灰将由亲属送往家乡的寺院安葬。他们关了田中的照相馆，返回老家时也没来莳冈家辞行，大概是有所顾虑打算不再来往吧。直到板仓死后的“五七”，每逢七日妙子都独自悄悄地到板仓家乡去上坟礼拜，并不到他的亲属家里落脚就回来了。幸子也隐隐约约地知道这事。

“水户小姐”走后，雪子和悦子睡在那孤零零的别屋里也感到寂寞，晚上就叫阿春来睡，而这也只有两晚，在板仓的告别式的前一天，悦子也终于结束了病室生活，搬回正屋的寝室里，别屋用福尔马林消毒后，恢复为贞之助的书房。

在这里附带要说的是，在五月下旬各种事件纷至沓来的日子里，莳冈家收到了一封经由西伯利亚寄来的信函，这是从马尼拉回到汉堡后的舒尔茨夫人寄给幸子的英文信：

亲爱的莳冈夫人：

对您非常诚恳的来信，没有早日回复，十分抱歉。但实际上，不论在马尼拉还是航海途中，我都没一点空闲。由于妹妹有病，现在还在德国，我不得不替她收拾很多行李，一路上我还带着她的三个孩子，一共要照料五个孩子。

我从热那亚到不来梅之间几乎片刻也没休息。我丈夫到不来梅港来接我们，我们为全家平安归国而高兴。看上去我丈夫很健康。佩特也很好，他和我的亲戚朋友一起到汉堡车站来接我们。我还没见到我的老父亲和其他姐妹。

我们想先找个住所，这可非常费事了。我们看了好多处房子，终于找到了我们认为适合的。现在正在购买家具和厨房用具，过两个星期就会准备停当吧。我们托运的大件行李还没运到，估计十天内就会到了。佩特和弗里茨还寄居在朋友家里。佩特在学校里要做很多作业，他要我代他向你们大家问好。

在五月间，我们有几位朋友要回日本去，我托他们给悦子小姐带一点礼物，请把它看作我们对你们的友谊的小小表示吧。你们什么时候能来德国呢？如果能让你们看看汉堡，我将感到骄傲，因为她是一座很美丽的城市。

罗斯玛丽给悦子小姐写了封信。悦子小姐，也请你再写信来吧！英语写错了也不要介意，我也经常出错。

佐藤先生那栋房子现在是谁住着呢？我经常怀念那个可爱的地方。请向佐藤先生转达我的问候，并向府上诸位问好！悦子小姐收到佩特从纽约寄去的皮鞋了吧？我想，您没有为那双皮鞋交什么税吧。

希尔达·舒尔茨敬具

一九三九年五月二日 于汉堡

以上是舒尔茨夫人写的，另外信封里还有一页纸，注明了“这是罗斯玛丽的信，由我从德语翻译成英语”。

亲爱的悦子小姐：

我很久没给你写信了。现在，我给你写封信。我认识了一位住在冯·普斯坦夫人家的日本人，他是横滨正金银行的，他的夫人和三个孩子也到这里来了。他们姓今井。

从马尼拉到德国的旅行很有趣。我们只是在苏伊士运河上遇到过一次沙尘暴。我的表兄弟在热那亚下了船，他们的妈妈带他们乘火车回德国。我们一直坐船到不来梅港。

我们住的旅馆的寝室的窗户下面，有一个黑鸟做的窝。起初它生了蛋，现在得孵蛋。有一天我看见鸟爸爸衔了一只苍蝇来，它要送苍蝇给鸟妈妈，可鸟妈妈飞开了。鸟爸爸很聪明，把死苍蝇丢到窝里又飞走了。没多久鸟妈妈回来了，吃了那苍蝇，又坐在那蛋上。

我们就快有新家了。我们的住所在奥韦尔贝克大街十四号，一楼左侧。

亲爱的悦子小姐，请马上给我回信！

向大家问好。

罗斯玛丽

一九三九年五月二日 星期二

昨天我们见到了佩特，他也说向你们大家问好。

下 卷

1

雪子从二月纪元节那天来关西，到五月底，这次住了将近四个月。她本人好像没有何时回去的打算，无意中像是在芦屋扎了根似的。

进入六月后不几天，稀罕地，东京的姐姐写信来说有一桩亲事。所谓"稀罕"，一是因为自从前年三月由阵场夫人介绍野村以后，时隔两年三个月终于又有人来提亲了。二是这几年来，总是幸子听到有人给雪子提亲后再告知本家，本家自从姐夫尝过一次苦头后从未积极过问此事，而这一次是姐夫先行动起来，然后告诉姐姐，由姐姐通知幸子；这也是"稀罕"的。然而，幸子读完姐姐来信后，觉得这门亲事有些靠不住，不能说有多大的吸引力。

实情是这样的，姐夫的长姐嫁给大垣[①]的一家大地主菅野家，菅野家和名古屋的一家姓泽崎的富豪家颇有交情。听说泽崎家世很好，上一代曾担任过多额纳税议员[②]。这一次由菅野家的姐姐居中斡旋，泽崎家的户主希望和雪子相亲。说来这位姐姐在辰雄的哥哥、姐姐之中，最为了解幸子姐妹们的

---

① 大垣：日本本州中部城市，属岐阜县。

② 多额纳税议员：明治宪法下的帝国议会由众议院和贵族院组成，贵族院由皇族议员、华族议员和敕任议员组成，多额纳税议员为后者之一。各府县遴选缴纳多额国税、年满三十岁的男子一百到二百人，通过他们互选产生。

情况。大概是幸子二十岁那年,和辰雄、鹤子、雪子、妙子一起去长良川[1]用鸬鹚捕鱼,回家途中曾在菅野家住过一宿。过了两三年后,又是同样这班人,曾应邀去采过一次蘑菇。

幸子还记得,从大垣城到菅野家是一条乡间大道,坐汽车也得二三十分钟,顺着县建公路道旁拐弯,便是一条幽深的灌木篱笆小径,它的尽头处矗立着建有街门的住宅,就是菅野家。那是一个十分荒凉的村落,附近只有五六栋静寂的农舍。关原会战[2]以后,菅野家就在这里建成了一个宏壮的庄园,持佛堂[3]的堂宇隔着中庭与正屋并排而立,长满青苔的泉石直铺向后院的菜园,秋天去那里时,栗树果实累累,小女佣们爬到树上打栗子。她家的菜肴虽说都是自家烹饪的蔬菜,但是味道异常鲜美,酱汁煮小芋头和炖藕都非常可口。

姐夫的姐姐即是这家的女主人,现在寡居,也许是她清闲无事的缘故吧,听说幸子下面的妹妹雪子还没结婚,要为她找门好亲事。这一门亲事像是这爱管闲事的遗孀提出来的。

但是,泽崎是个怎样的人?是在什么情况下提出要和雪子相亲?鹤子信中语焉不详。信中只说了,菅野姐姐说是想让泽崎和雪子见见面,无论如何请雪子到大垣去一趟。

泽崎家拥有数千万元资产,与今日的莳冈家已有霄壤之别,两家的门第似乎太不般配了。不过,对方是续弦,且已派人去阪神一带调查过莳冈家的家世和雪子的品貌后,才提出见面的要求,所以并非全无考虑的余地。何况辜负了菅野姐姐提亲的一番美意,姐夫也下不了台。

菅野说,眼下只要打发雪子来就行了,关于对方的情况以后再细说,虽

---

① 长良川:木曾川支流,位于岐阜县和三重县境。

② 关原会战:日本德川家康与石田三成(丰臣秀赖一派)的一次战役,系封建领主集团之间的战争。1600 年 10 月发生于美浓关原(在今岐阜县)。

③ 持佛堂:供奉自己信仰的佛像的佛堂。

然情况不太清楚,但希望幸子不要反对,让雪子去见见面。鹤子信中还说:“另外,雪子在你处也停留很久了,我也想让她回来一次,就算是在回京途中顺道去那里吧。菅野姐姐并没指定让谁陪同,你姐夫说他很忙,我从这边去接她也行,但是,说来有点过意不去,如果你能陪着去就最好不过了……反正不必拘泥虚礼,只是让他们见见面,就算是你带她去轻松愉快地旅行一趟吧。”

姐姐来信说得如此轻巧,但是,雪子果真能说“去”吗?幸子首先就怀疑这一点,于是背地里先让贞之助看了这信。贞之助也感到这未免太唐突了,有点不近情理,竟不像平素的姐姐之所为。诚然,说起名古屋的泽崎在大阪一带也颇为知名,并非来历不明,但对想要和雪子相亲的泽崎本人,究竟是个何等人物,全然不做调查,听凭对方一句话就把雪子送上门去,不免要被人斥为轻率。而且,正因为对方是和莳冈家身份悬殊的富贵人家,就格外凸显出自己这一方的毫无见识。即使不是如此,因为迄今为止的几次相亲都回绝了对方,雪子也曾说过今后相亲之前要充分调查对方,照说姐姐也应该知道这一点。

“这事儿有点蹊跷。”次日,贞之助从事务所回来后说。这天,他向几位知情人打听过了,把泽崎本人的情况尽量详细地问了一番。泽崎今年四十四五岁,早稻田大学商科毕业;妻子是某华族公卿之女,两三年前亡故,给泽崎留下两三个孩子;在贵族院当过议员的是他父亲;财产状况现在也不差,是名古屋一带屈指可数的富豪。这些都大体明白了。但是,关于他的为人和品行这些细节,谁都不肯明确地告诉贞之助。贞之助还说,作为一个能与华族联姻的百万富翁,虽说是续弦,为什么偏偏看中了已经没落了的莳冈家的姑娘呢?这也难以理解。如果他真心想娶雪子,也许是有什么缺陷不能再找一个门当户对的配偶。不过,如果真是这样,菅野遗孀也不至于把雪子介绍给那样的人。因此,思来想去或许有两种可能,一是泽崎喜爱美色,不惜重金托人物色纯日本式的、颇有昔日大家闺秀风韵的美人,偶尔听说了雪子,于是萌起了好奇心,不拘门第要见雪子一面;二是出于人们意想不到的认真的动机而相中了雪子。比方说,他听说在芦屋的分家里,外甥女对雪子的恋慕胜过自己的母亲,她经常像母亲一样代替姐姐照料外甥女,如果是这样的女人,自然会疼爱先妻的儿女,只要她能和孩子们和睦相处,其他可以一概不问。除此之外应当别无原因,恐怕二者之间前者的可能性更大。听说莳冈家的姑娘长得如花似玉,涌起一点好奇心,想看看她究竟长得如何,他觉得反正见上一面于自己无损,一半像是逛商店似的来瞧一瞧。是否如此,本家对这些也并不深究,一味地要雪子答应其要求。仔细考察其中原因,似乎是辰雄在菅野姐姐面前不敢说个"不"字。辰雄是种田家末子又入赘莳冈家,至今在自己的哥哥姐姐面前还抬不起头来,而年齿最长的菅野姐姐,在辰雄眼中无异于母亲、婶婶,她的话对于辰雄半属命令。鹤子在信中写道:"想必雪子不会痛痛快快地同意,希望你好歹劝说她答应。亲事谈不谈得成在其次,不让雪子去一趟,你姐夫就为难了。"鹤子还补充了几句:"虽然我觉得这门亲事不太合情理,希望不大,但是,姻缘这事也说不准。无论如何接受了菅野家这番好意,对雪子没有什么坏处。"

紧接着,菅野也来了一封信,信中写道:"……此事我已向辰雄说过,听他说雪子住在你们那儿,我就不必绕弯子再写信给辰雄了,索性直接和您商量吧。大致的情况,就是鹤子告诉你的那样,但实际上用不着看得那么重大。主要是从那以后,我们时隔多年不曾见面,所以这次想请幸子、雪子、妙子以及那位没见过的悦子姑娘来玩玩。乡下与十多年前相比也没有什么大的变化,但不久便是捕萤季节了。这一带虽然无特别的名胜,然而再过一周,在附近的田圃中一条无名小河的河畔,入夜后萤火纷飞的景色相当美丽。与采蘑菇和赏红叶不同,定能使你们一饱眼福。赏萤季节很短,一个星期后最为合适,过期就不成了。而且与气候也有关系,连续天晴不好,下雨也不相宜,只有下雨后的次日最有妙趣。因此,就安排在下个星期六、日两天,请你们在星期六傍晚到这里怎么样?那样的话,大家来此小住,我会安排雪子腾出点时间见见泽崎就行了。现在还不知是怎样安排，多半是泽崎到这里来，在寒舍和雪子见面吧。那也只花半小时或一小时就够了。即使当天泽崎因故不能来也不打紧，反正主要是邀请你们来捕萤。”

幸子估摸一定是东京方面授意菅野直接来信劝驾。幸子也揣测到，姐姐虽然在信中写了“不太合情理，希望不大”，其实，姐夫、姐姐内心并不是这样想的，他们也许真心实意期望这出乎意料的梦幻变成现实。而幸子自己近来对雪子的婚事也有些气馁，没有勇气断然拒斥这门亲事。不过，四五年前也有过一位像泽崎这样门第的人想娶雪子，大家急如星火地调查，结果愕然发现那人家庭里有过乱伦的丑闻。因此，贞之助怀疑会不会重蹈覆辙，他不无愤慨地说，尽管知道菅野遗孀出自好意，但总有点儿轻侮人的味道。她不按通常的程序，突然要求雪子去会面，这不是很没有礼数吗？但无论怎样说，这毕竟是两年三个月来第一次有人来提亲。幸子一直在想，两三年前求婚者还络绎不绝，现在却突然变得门可罗雀，究其原因，一方面是拘泥于往昔的门第，不自量地抱有奢望，对接二连三的提亲者一一回绝；另一方面，也受到妙子名声不佳的影响。想到这里，幸子颇为内疚，她觉得自己应负一半的责任。正在此时，这门亲事提了出来。幸子曾一度悲观，怀疑已经完全失去了社会上的同情，谁也不来提亲了，因而在她看来，纵然希望微薄、前景渺茫，但如一口回绝，怕又会招致人们的反感。倘使响应这门亲事，即使谈不成，也会以此为转机，今后又会有人来提亲。若是现在回绝了，也许在相当长的一段时间内又无人问津了，更何况今年又是雪子的厄年。此外，哪怕幸子觉得姐夫、姐姐的心思可笑，但又觉得不必太自卑，视这门亲事如“梦幻”般遥不可及。丈夫提醒她多加警惕为妙，但事实果真如此吗？幸子甚至想对姐姐、姐夫说，虽说不知道泽崎家多么有钱，但他是续弦，还有两三个孩子，难道雪子比他逊色到可任由他们摆布的程度吗？莳冈家不也是名门吗？贞之助也认为对方那样盛气凌人，不容我们说个“不”字，那样地看轻我们，既对不起九泉之下的岳父，也对不起雪子。

夫妇俩考虑了整整一晚，最后的结论是看看雪子怎么说，一切听凭雪子自己决定。第二天，幸子把那两封信的大意告诉了雪子，委婉地征求她的意见，出人意料，雪子并不怎么厌恶。一如既往，她并不明确表示去还是不去，只是含糊地回答“嗯”“是”，但幸子从这些细微之处察觉到，这位心高气傲的妹妹可能也有点焦急了，已不像以前那样一提到“相亲”就不好说话。另外，当她告诉雪子这件事时，尽量避免伤害她的自尊心，因而雪子也不感到这门亲事有不般配或者滑稽之处，更想不到对方半是来寻开心的。要是在往常，听说前妻留有孩子，她总要考虑孩子好不好、多大年纪等，但她这次并没计较这些。雪子只说反正要回东京去的，如果大家送她到大垣，去捕捕萤也不赖。贞之助听罢打趣说：“雪妹还是想嫁到富豪人家去呀。”

于是，幸子给菅野遗孀写了一封信，信中写道：“那就仰仗您的美意，我们决定接受邀请，凡事请多加关照。雪子也爽快地答应了与对方见面。到府上拜访有我和雪子、妙子、悦子一共四人。只是有一点要求：悦子病了较长一段时间，最近刚刚痊愈，仍未上学，所以与其星期六、星期天去，不如改为星期五、星期六更为合适。相亲之事，我不想让悦子知道，任何时候都只说是去捕萤，这一点先说给您知道。”之所以要提前一天，是因为雪子要从大垣直接去东京，其余三个人决定把她送到蒲郡，因而她们的计划是，星期五在菅野家住一宿，星期六就住到蒲郡的常磐馆去了。星期天下午在蒲郡车站分手，幸子一行当天赶回家，好让悦子在下星期一上学。

2

夏天乘火车，幸子很想穿西服，但考虑到雪子要“相亲”，只得忍受暑热，身穿和服，系上博多带[1]，看着身穿和悦子差不多的孩子气的连衣裙的妙子，她羡慕不已。雪子原说碍于时局，她不想打扮得花枝招展引起同车的乘客瞩目，要把和服装进手提包里带去。但由于事先没和对方充分沟通，说不定下车时，泽崎已在等候，还是决定打扮齐整了去为好，并在穿着上特别用了一番心思。临行时，贞之助和她们一道乘铁道省营电车去大阪，他仔细端详坐在对面的雪子，像是才发现似的在幸子耳边惊叹道：

“真年轻啊！”

实际上，或许没有人看得出雪子是已经三十三岁、适逢厄年的人。她虽然脸型稍长，眉目间含有几分忧郁，但经着意化妆后分外俊俏。她内穿介乎锦缎和绉纱之间的单衣，外面的薄绸夹衣和服，袖长两尺多、高雅大气的紫色底子印有大竹篮孔图案，并缀有胡枝子、瞿麦和白浪花纹。这是她所有衣裳中特别符合她气质的一件，这次相亲的事情定下来后，特地打电话要东京方面寄来的。

“年轻吧。”幸子也鹦鹉学舌似的说，“像雪子这个年纪，只有她才配穿这样华丽的衣服。”

雪子似乎感觉到在议论自己“年轻”，羞涩地勾下了头。美中不足的是她那眼圈的褐斑，近来几乎不见消失。幸子还记得去年八月间，雪子带悦子到横滨去为佩特送行的前一晚，时隔许久，她重又发现雪子脸上出现了点褐斑。自那以后褐斑时浓时淡，但是从未完全消褪。当然，淡薄的时候，不知道的人不会发现，有心者才能看出一点点痕印。原来大体呈周期性出现，在月经前后褐斑变浓，而近来毫无规律，何时变浓何时变淡无从预测，看来甚至与月经无关了。贞之助也有点担心，他说打针有效的话还是让她去试试，幸子也劝她去请哪位专家瞧瞧。那一年在阪大治疗时，大夫说过要连续注射多次才能见效，并说结婚以后就会好的，不需要治疗。幸子认为，这点小瑕疵看惯了也就不那样刺眼了，只有自家人才会在意，

① 博多带：博多产的丝织物制的双层筒状腰带。

外人并不会把它当回事。更主要的是她本人毫不在乎，所以就这样搁置下来了。不凑巧，像今天这样浓妆艳抹，那褐斑反而在那白粉下浮现出来，正像斜着看体温计的水银柱那样显眼。今天早晨贞之助在化妆室里看她化妆时，就注意到这一点，现在在电车上看时，确实比平素更加清晰，无论怎样偏心，也不能不认为它惹人注目。幸子虽然嘴上没说，却大体推测到了丈夫在想什么。而且，从一开始夫妇俩就对这次相亲不怎么热心，此时心情更加黯然，更加觉得没希望，只是心照不宣地尽量不把恶劣的情绪流露出来。

悦子早已感到此番大垣之行不光是为了捕萤。当在大阪换乘火车后，她问道：

"妈妈为什么不穿西装呢？"

"是啊，我本来也想穿西装，不过，觉得不穿和服可能有些失礼。"

"嗯，"她答应了一声，仍然是副大惑不解的表情，"为什么呢，妈妈？"

"为什么呢……乡下的老年人，对这种事情可爱挑剔了。"

"今天是不是有什么事？"

"有什么事？……今天不是去捕萤吗？"

"可是，要是去捕萤的话，妈妈、二姨干吗穿得那么漂亮呢？"

"小悦，说起捕萤嘛……"妙子出来打圆场了，"你看，画上不是经常看见吗？千金小姐带着很多侍女，穿着长袖衣服，就这样——"妙子做了个手势给她看，"拿着团扇，在池塘边、土桥上面追赶萤火虫，是不是？要捕萤，就得穿上这种印花和服，优雅地走着，不然的话就没有那种气氛。"

"那么，您呢？"

"我没有这个季节穿着出门的和服。这一次，你二姨是千金小姐，我就做摩登的侍女。"

两三天前是板仓的"三七"，妙子还去冈山上了坟。而现在她心情开朗，仿佛那件不幸的事并没在她心中留下特别的创伤。她时不时说些笑话逗悦子和姐姐乐，还像变魔术似的，陆陆续续从小盒子里掏出些甜点心、年糕片，悄悄地往嘴里送或者分给大家吃。

“二姨，你看，看见三上山了！”

很少到京都以东来的悦子，这是第二次欣赏近江[1]路的景色。她一边着迷地眺望窗外，一边回忆起去年九月和雪子上京途中雪子教给她的许多地名：濑田的长桥、三上山、安土佐和山的古城遗址。火车从能登川车站开出不久，“哐当”一声，停在一个莫名其妙的地方了。乘客们都从车窗伸出头去看，只见火车停在田野中间、路轨稍许弯曲的路基上一动不动了，看不出发生了什么事故。这时，机车上下来了一两个员工来回检视车厢底下。乘客们纷纷问他们是怎么的了，但是那些人也许不知道原因，或者是知道了也不说，只是含含糊糊地答应着。原以为过五到十分钟就行了，可是久无动静。过不多久，后面的火车也撵上来停着了，那车上也走下来一些员工，有的来瞅瞅，有的朝能登川车站方向跑去。

“怎么回事呀，妈妈？”

“是怎么回事呢？”

“是不是轧着什么了？”

“看那样子也不像呀。”

“要快点开就好了！”

“这呆头呆脑的火车，停在这地方！”

刚才火车停下来时，幸子首先想到的是轧了人。幸好，还不是那种不吉利的事。但这既不是穷乡僻壤的支线，也不是私营线路，而是在这种主要干线上，火车不明原因地停了半小时以上，虽说这也许是常有的事，但是没有多少旅行经验的幸子，却认为不可思议。而且，谁也没看出发生了什么明显的事故，只是火车渐渐开始慢了，最后自动地“哐当”一声停住了，令人感到有点滑稽，似乎这趟火车也存心搅和今天的相亲一般……之所以这样说，是既

① 近江：近畿地方的滋贺县，古属近江国。

往有人来提亲或者雪子去相亲的日子,多半要碰上些不吉利的事、稀奇古怪的事。所以幸子近来一直惦念着,这次别出什么事才好。而且,今天很幸运,顺顺当当地坐上了火车,看来会平安抵达大垣吧,一颗心总算是放下了,偏偏还是发生了这种事。想到这里,幸子自己都觉得脸色阴沉了下来了。

"也没有什么着急的事儿,趁火车停下来休息一会儿,我们也吃饭吧。"妙子故意调侃着说,"火车这么停着,我们正好可以从从容容地吃顿饭。"

"对,对,趁现在吃吧。"幸子也打起精神说,"这大热天的,不早点儿吃,山珍海味也要变味的。"

她这么说着的当儿,妙子已经起身把行李架上的篮子、包袱拿下来了。

"鸡蛋卷没馊吧?"

"我更担心鸡肉三明治会变馊,还是先吃这个吧。"

"你真能吃呢,刚才你不是嘴里一直嚼个不停吗?"

听雪子的口气,她对姐姐妹妹没说出来的担心,一点也没留意似的。又过了十五六分钟,火车让一辆赶来接它的机车牵引着,终于,轰隆轰隆地开动了。

3

上一次姐妹们应邀来采蘑菇,是幸子的姑娘时代的最后一个秋天。当时她已和贞之助订婚,两三个月后举行了婚礼。回想起来那是大正十四年,距今十四年了,当时幸子二十三岁、雪子十九岁、妙子十五岁。

那时这遗孀的丈夫还活着,他那一口乡音特别浓重。每当听他那地方上特有的口音,将"台"念成"提"、"牌"念成"脾",就特别可笑。每逢老人发出这种口音时,三姐妹你看我、我看你,拼命忍着不笑,憋得死去活来,当老人把“祖先的牌位”说成“祖先的脾胃”时,她们终于爆发了哄堂大笑。幸子至今还记得当时辰雄那副不悦的神色。

乡居武士菅野还出现在描写关原会战的军事小说中,辰雄似乎颇以有菅野这门亲戚自豪,一有机会就带鹤子和妻妹们到这里来,而且得意洋洋地领她们参观附近的古战场和不破关[①]遗址。第一次来时正当盛夏,他用一部破烂不堪的汽车载着她们在尘土飞扬的乡间大道上到处颠簸,累得她们够呛。第二次来时又被姐夫拉着旧地重游,她们一个个兴味索然,默不出声。别人怎样想不得而知,反正以出生在大阪为荣的幸子,从小就喜欢丰臣秀吉和他的侧室淀君,对关原会战根本没有兴趣。

第二次来时,正好是菅野家新建了别屋,邀请她们来,也兼有披露消息的意思。已故的老人,为了有时白天睡午觉、下围棋和留宿客人,修建了这栋名为“烂柯亭”的别屋,一个八铺席间再带一个六铺席间,和正屋以一个“く”字形长廊相连。只有这里有些像茶室,雅致却又不流于纤弱,在某些地方还保留了乡居武士落落大方的风格,不由得令幸子满心愉悦。这时她们又给请进了烂柯亭,也许是因为蕴含了十几年岁月的光泽,烂柯亭显得比当年更加安稳、雅静。

“啊,你们来得太好了!”她们四个人正在烂柯亭的八铺席间小憩,一边欣赏庭院的新绿,菅野遗孀带着儿媳和孙儿们进来致意。这位儿媳的丈夫是当今的户主,现在大垣的一家银行工作。她和幸子姐妹还是初次见面。她怀抱一个出生不久的乳儿,另外一个六岁左右的男孩,害羞地躲在她身后。这儿媳名叫常子,孙子叫惣助,孙女叫胜子。遗孀一一介绍完毕后,大家述说了一阵阔别重逢之情。接着,在这里又谈到了雪子姐妹“年轻”的话题。

菅野遗孀说,刚才听见汽车停车的声音,她到门前迎接时,最初看见妙子走下来,她以为是那位叫悦子的小姑娘,不过,她想这和她眼力不济也有关

---

① 不破关:位于岐阜县不破郡关原町,天武天皇三年(675)作为东山道要冲设立,奈良时代三关之一。

系。随后雪子、幸子依次下来,她又认成是妙子、雪子,她还在嘀咕,怎么没见幸子呢?而且奇怪怎么又走下来一位小姑娘呢?尽管如此,她还不清楚自己认错了人。现在到别屋来寒暄,重新和四个人对面交谈,这才慢慢地弄清楚了。那儿媳常子也接过话茬说:“虽然这是第一次见到您几位,但是老早就听说过你们的情况,也知道你们的年龄,可是,你们从汽车里下来时,我完全分不清谁是谁。恕我失礼了,听说叫雪子的这一位比我大一两岁,可……”她婆婆接着说:“常子三十一岁了。”她数年前嫁到菅野家,已经生了两个孩子,看上去当然要显老一些,看来她今天也悉心打扮了一番,尽管如此,仍然显得比雪子大十来岁。菅野遗孀又说:“要说年轻的话,妙子小姐可真年轻,第一次来的时候,妙子小姐比这位(指着悦子)大一点点吧。第二次来的时候是大正十四年,那时也就十五六岁吧。”她好像怀疑自己的眼睛似的眨巴着眼继续说,“我面对眼前的这位妙子小姐真感到不可思议,真不敢相信从那以后已经经历了十几年的星霜。刚才我把妙子小姐当成悦子小姐,固然是我粗忽,但是,现在仔细瞧瞧,妙子小姐与那时相比大不了多少,顶多就一两岁吧,不管怎么看也只像十七八岁的少女。”

吃过下午的点心凉面后,为了商量相亲的事,遗孀单邀幸子到正屋的一间房里对坐聊天。说实在话,刚听菅野遗孀谈上七八分钟,幸子就后悔不该来了。菅野遗孀话中最使她感到意外的是,也就是近来最有疑问之点——对方的人品性格,菅野遗孀不仅毫无所知,而且她自己也没见过这位泽崎。

菅野遗孀说,泽崎家和菅野家都是历史悠久的世家,老早就有情谊交往,她丈夫生前和泽崎父子过从甚密,但自从丈夫去世后,她儿子和他们不大往来了。因而,对上一代的事不得而知。在她的记忆中,泽崎一次也没来过这里,自己与他一面不识,直到此次提亲以前也没有书信往来。然而,由于世交关系,两家共同的一些亲戚、熟人和来往客人仍然不少,不去打听也自有人告诉她有关泽崎的情况:两三年前泽崎丧偶,近来正在物色填房,说是已经谈过两三个,但结果都没成功。泽崎本人已超过四十岁,尽管他有前妻留下的子女，但是他要求填房是未婚女子，并且最好是二十来岁的，等等。她一直惦记着雪子的事，尽管雪子不符合“二十来岁”这一条件，她认为还是值得一试，因此写信向他提出了这门亲事。她认为照规矩这事应该找个合适的媒人，马马虎虎的人又不能胜任，如果挑三拣四，踌躇不决，白白耽误时间，还不如趁早提出来为佳。所以，多少有些唐突，她直接写封信告诉泽崎，说自己有一位如此这般的亲戚，问他是否有意和女方见一面。自那以后，对方一直没有答复。她以为泽崎无意于这门亲事，而现在看来是他根据菅野的信背地里进行过调查。过了两个月，有一天他来了回信。

菅野遗孀说：“喏，就是这封信。”说着掏出一封信来。幸子看时，这是一封极短的书信：

> 烂柯亭主人在世时，承蒙诸多高谊，而时至今日，仍未获拜谒夫人芝宇之荣，遗憾之至。然日前敬受夫人至为亲切之宝札，愧对美意，感谢之情，无以言表。理当急速复函，唯因俗务繁多，延宕至今，良深歉疚。既蒙垂爱作合，仆亦愿一睹小姐芳姿，请事前二三日赐告，大体安排于星期六、日均可，有何细节亦可用电话磋商。

这封信是用文言文写在卷筒信纸上，字体、文风均依一定格式，可以“平凡”二字尽之。幸子读后一时感觉哑口无言，目瞪口呆。本来，既然是世家，无论是泽崎家还是菅野家，应当比一般家庭更尊重婚娶的风俗习惯，而这样草率从事又算哪门子事呢？特别是菅野遗孀，事先也不和莳冈家商量，就擅自向一个从未见过面的人写信提亲，枉有一把子年纪，竟如此胡来！至今为止，幸子还不知道这位老妇人竟有如此莽撞的一面，现在看来，也许是由于年纪大了才更加变本加厉了吧。她脸上有些傲气，看来又心直口快。幸子不禁联想起姐夫辰雄何以特别敬畏这位姐姐。而泽崎氏答应她的这种要求，也只好说他是缺乏常识，不过，也不妨解释为他不想对菅野家失礼。

幸子尽量不让不满流露出来，菅野遗孀有意无意似的辩解说："我性子急，不喜欢拘泥于形式……所以我想让双方见见面就见分晓了，其他的事儿挪到后面再说。对方的情况我也没调查，但是，泽崎的人品也好，家庭也好，到现在为止还没听说过有什么问题，从这一点看，他似乎没有什么大不了的缺点。如果你们有什么疑问，直接问他本人反而更便当。"尽管如此，她只说泽崎前妻留下两三个孩子，究竟是两个还是三个，男孩还是女孩，她都没有打听过。而菅野遗孀似乎对自己的计划进展如此很为满意，接着她说："我一接到你的回信，马上打电话和泽崎先生商量。他决定明天上午十一点左右来这儿。所以，这方面由雪子小姐、你、我三个人参加会面。没有什么特别的款待，我想由常子亲手做几个菜，请你们吃顿午饭。至于捕萤，就安排在今天晚上，明天早晨，叫我儿子当向导，带着妙子小姐和悦子小姐去参观关原和其他古迹，让他们带便当去，下午两点左右回来的话，我们这边的事也该谈完了。"她眉飞色舞地说："这姻缘的事儿是没准儿的。老实说，我光想着雪子今年已是厄年的年龄了，做梦也没想到她看上去那么年轻，早知如此，说她只有二十四五岁，人家也会相信的，那样的话，年龄条件不也符合了吗？"

在这种场合，幸子很想找个巧妙的借口，说此番只是来捕萤，将相亲的事暂且推迟。说实在的，幸子之所以被菅野遗孀一纸书信就连同雪子一起诳到大垣来，都怪自己过于相信她，以为事情进展到此地步，她已做了相当的准备。但是，听了菅野这一番话，幸子觉得，无论是菅野家还是泽崎家都把雪子看得太轻贱了。听到这些情况，且不说会使雪子心情沮丧，贞之助他们也会格外愤慨。而且，不难想象，人称百万富翁的泽崎，对于这位连一个媒人也不要、只凭一纸书信提出相亲的对象，内心该是何等轻蔑。幸子不禁推量泽崎并不想认真对待这件事。幸子想假如贞之助也一起来了，他一定会设法找个言之成理的借口，请求暂缓相亲：或者提出先调查对方的身世，或者提出按规矩还得找个媒人。而幸子身为女流之辈，站在这位煞费苦心作合、正在兴头上的菅野遗孀面前却不便多说什么，而且还必须考虑东京的姐夫的处境，因而虽然可怜雪子，最终却只好对菅野遗孀说一声“请您多关照”，除了听其自然也无他法。

“雪子，要是热的话，你把那身衣服换下来，也让我把这一身脱下来吧……”

幸子回到别屋时，使个眼色告诉雪子不是今天相亲，自己也开始解下双层腰带，无意中失望似的叹了一口气，却又不得不推说是天气热敷衍过去。菅野遗孀说的那些令人不愉快的话，幸子打算对雪子、妙子都只字不提，她自己一想到此事就感觉憋屈，她也想今天暂且把它丢到脑后去，明天的事明天再说，今天尽兴捕萤就是了。在这种情况下，幸子的秉性是想得开，注意迅速转换自己的心情。然而，当她看到还蒙在鼓里的雪子时，心里又憋闷得慌。为了排遣这种情绪，她从衣箱里拿出波拉呢[1]单衣和单层腰带，换了个一身轻，又把脱下的衣服挂在衣架上。

“你不穿那身衣服去捕萤了吗？”悦子不无疑惑地问道。

“汗湿了一点，才这样晾一晾。”幸子说着把衣架挂到横杆上。

4

也许是换了睡觉的地方，更可能是疲劳过度，幸子此时翻来覆去睡不着。今天早晨起床比平时要早，又冒着暑热在汽车和火车上颠簸了半天，晚上又和孩子们一道，抖擞精神在漆黑的乡间小路上来回奔跑，该走了七八里路吧……不过，捕萤这事儿，以后回忆起来还是令人怀念的……说起捕萤，幸

① 波拉呢：一种精纺三股强捻纱织成的平纹织物，透气性好，适合做夏装。——编注

子只是在大阪的木偶剧场文乐座看过《朝颜日记》[1]的"宇治"的场面——木偶深雪和驹泽在游船上窃窃私语的情景。因此，不由得对妙子的那番话信以为真，以为捕萤的妙趣在于身着印花长袖和服，在原野的晚风中，衣袖和衣襟翩然飘舞，手执团扇这儿那儿追扑着流萤，何等风流雅致！但实际并非如此。菅野遗孀早就叮嘱了："因为需要穿过暗夜的田间小路和草丛，会要弄脏衣服，请换上这些衣服。"她说着，分别递给幸子、雪子、妙子甚至悦子各人一件花纹精选的细洋布单和服，不知是她特意为今夜捕萤准备的，还是她平时为客人储备的。妙子笑着说："真正捕萤可不能像画上那样。"因为夜色愈黑愈好，所以捕萤的乐趣与衣着的争奇斗艳毫不相干。

他们出门时，还能模模糊糊识别人脸，而走到说是有萤火虫的小河边时，天色一下子暗下来了……说是条小河，实际上只是一股比田野中的水沟稍宽的普通的水流，两岸全是高耸茂密的狗尾巴草之类，把小河覆盖得几乎看不见了，最初他们只能看出百米开外有一座土桥。说是萤火虫既怕人声又怕灯光，所以打老远他们就拧灭了手电，不出声儿悄悄地向河边走去。但一直走到河边时，还没见它们的踪迹，有人在暗中嘀咕："今天晚上不会出来吧？""不，出来很多萤火虫了，请到这边来！"这是耕助的声音。他们钻进河边的草丛里看时，正是四周残留的最后一点光辉逐渐溶入墨一般浓的暗夜的微妙的时刻，只见从小河两岸的草丛中，三三两两的萤火虫描着和狗尾巴草一样的低低光弧，向中间的小河轻轻飞去……放眼望去，萤火虫沿着这条小河的两岸，无边无际地在两岸间飞来飞去……刚才没见着它们，是因为那草丛高耸，而在那之间翻飞的萤火虫，不肯飞往上方来，依恋地贴着水面低回摇曳……在坠入完全的黑暗前的那顷刻间，浓重的黑暗从凹陷下去的河面缓缓地扩散着，但人们还朦朦胧胧地看得见近处的野草在夜风中摇动，远远地，

---

① 《朝颜日记》：即根据山田案山子（近松德叟）的遗稿、由翠松园主人校补的江户时代新剧净琉璃《朝颜故事写实》。天保三年（1832）在大阪首演。描写深雪和驹泽次郎左卫门的爱情悲剧。

远远地，直到这小河的尽头处，都看得见萤火虫拖曳着数不尽的弧线，在河两岸交错飞舞，忽明忽灭。那幽灵一样的萤火，幸子现在闭着眼睛还历历在目，甚至像是把长长的光弧曳入幸子的梦中……真的，这一晚上印象最深的就是那一瞬间。哪怕只体味到这一点，这次捕萤也就不虚此行了……诚然，捕萤不像赏花那样如同一幅画，也许可以把它说成带有冥想性质吧，充满童话世界的气氛，富于儿童趣味……要表现那个世界，可能用音乐比绘画更为合适，应该有人把那种感受谱成了古琴或者钢琴曲……

深更半夜，幸子想就在自己这样闭着眼睛躺在铺盖上的时候，在那条小河边，那些萤火虫在一整夜间无声无息地闪耀明灭着，无休止地飞来飞去，想着想着，她就沉浸于一种不可言喻的浪漫的心境中去了，仿佛自己的灵魂飞出去了，混在那成群的萤火虫中，沿着水面忽高忽低、在风中摇摆着飞舞……她记得她们追逐萤火虫时，发现这是一条漫长的、笔直的、没有尽头的小河。她们时不时从架在河上的几座土桥上来回奔走，互相提醒不要掉进河里……一边警惕着眼睛和萤火虫一样发光的蛇，一边走着。跟来的菅野家六岁男孩惣助，熟悉这一带的地形，在伸手不见五指的黑暗中敏捷地跑来跑去。他父亲，今夜担任向导的菅野家的户主耕助，时不时担心地高喊着"惣助！惣助！"。这时萤火虫已经多得不可胜数，大家都毫无顾忌地纵声喊叫。她们已经让萤火虫诱引得分散开了，如果不随时互相呼唤，还担心有人会丢失在黑暗中。幸子不知什么时候和雪子走在一起了，断断续续地听见对岸悦子叫"小姨，小姨"和妙子回答的声音……因为起了一点风，她们的呼喊声有时依稀可闻，有时又消失了。究竟玩这类孩子们的游戏时，三人之中数妙子最活泼，身体灵活，所以，这种时候总是叫她陪着悦子……幸子现在躺在铺盖上，还似乎听到微风中对岸传来的呼唤声："妈妈！妈妈在哪儿？""在这儿呢！""二姨呢？""也在这儿！""我捉了二十四只萤火虫！""小心别掉进河里了！"

耕助拔起路旁的野草，扎成一把扫帚的样子拿在手上。幸子不解其意，原来他是让萤火虫停在上面好捕捉它们。耕助说："以萤火虫闻名的地方要数江州的守山一带和岐阜市的郊外。可是,那些地方的萤火虫,大多数是作为名产贡献给贵人的,所以禁止捕捉。这里虽然不是有名的产地,却随便捉多少也没有人管。”捉得最多的是耕助,其次大概是惣助。父子俩勇敢地走到水边去捕捉。耕助手中那把草束萤光闪耀,成了一把闪光的玉帚[①]了。

幸子姐妹弄不清楚要走到什么地方才往回走,因为耕助一直没说回去,幸子便提议说:“风刮大了,咱们慢慢回去吧。”耕助答道:“已经在往回走了,不过,走的不是来时的那条路。”尽管如此,走了很久还没有到,幸子她们才知道不经意间走得相当远了。突然,耕助说:“喂,到家了。”幸子一看,她们不知不觉地已经回到了菅野家后门来了。大家手上都拿着装了几只萤火虫的容器,幸子和雪子把容器放在袖口里用手握着……

晚上发生的这些事,在幸子脑海中像那萤火一样毫无顺序地纷沓而来,是不是自己在做梦呢?她睁开眼睛,在小电灯的柔和的光照中,只见头上的拉窗的上部,挂着一块白天曾见过的匾额。那上面是有奎堂伯[②]所书的“烂柯亭”三个大字,右上角盖有“御赐鸠杖”[③]的印章。不知“奎堂”为何许人的幸子,她只看了看“烂柯亭”那三个字。昏暗的套间里仿佛有个光点斜着掠过。她抬头看时,原来是不知从哪儿迷迷糊糊飞进来的一只萤火虫,被蚊香熏得东逃西窜。刚才,她们把捉回来的萤火虫大部分都放飞到庭院花草中去了,其中也有不少飞进房里来了,她们临睡前关木板套窗时,全都赶到院子里去了,这也许是躲在哪个旮旯里的一只吧。那萤火虫怯怯地在五六尺高的空中飘着,已经衰弱得没力气再飞了,便斜着掠过房间,落在她挂在墙角衣架上的衣裳上,而且像是沿着和服的花纹往上爬,钻进袖子里了,透过青灰色的绉

① 玉帚:古代正月初子日扫蚕室用的笤帚。

② 奎堂伯:指伯爵清浦奎吾(1850—1942),政治家,熊本人,1924 年出任首相,晚年曾获赐鸠杖。

③ 御赐鸠杖:杖头刻成鸽子形状的老人用的拐杖。第二次世界大战以前八十岁以上重臣由宫中赐以鸠杖。

绸，看得见它发出微弱的光芒。幸子怕蚊香烟雾太浓会刺激喉咙，便起来弄灭了那插在白陶狐狸香炉里的蚊香，接着就顺便捉住那只萤火虫——萤火虫爬在手上怪不是滋味，因而她用手纸轻柔地把它捏住——从套窗的活动窗缝中将它放到外面去。她从窗缝往外一看，刚才在树木丛中、池塘周围有许多萤火虫闪耀，大概逃回小河边去了吧，一个不留地都飞走了，庭院又恢复了一片漆黑。

幸子又躺到铺盖上，还是睡不着，一边翻来覆去，一边倾听似乎睡得很香的她们三人的鼻息声。在这八铺席间里，沿着壁龛，这头睡的是幸子和妙子，另一头是雪子和悦子，四个人头对着头。忽然，幸子听到有人发出了极轻微的鼾声，仔细一听，原来是雪子。她一边听着，一边在心中赞美着，她的鼾声竟是这样细微、轻柔，如此可爱。这时，她原以为睡着了的妙子说：

“二姐，你还没睡？”她一动不动轻轻问道。

“嗯……我一点儿也睡不着。”

“我也睡不着。”

“你一直没有睡着吗？”

“嗯……我换了地方就睡不着。”

“雪妹睡得可香呢，她在打呼噜。”

“雪姐打呼噜就像猫儿打呼噜似的。”

“真的，玲玲就是那样打呼噜的。”

“明天就要相亲，她还这样无忧无虑呀。”

幸子想起在睡眠方面妙子比雪子神经质，乍一想似乎相反，但实际上，妙子向来睡觉不踏实，稍微有点儿动静就醒了。人不可貌相，雪子倒像是毫无挂虑似的，累极了时哪怕在火车上她也可以坐在椅子上昏昏入睡。

“明天，那个人到这里来吗？”

“嗯，十一点左右来，一起吃午饭。”

“我干什么呢？”

“你和小悦，由耕助领着去看关原，雪子、我和菅野姐姐三个人和他会面。”

“你跟雪姐说了吗？”

“刚才稍微讲了一下，不过……”

今天，因为悦子没离身旁，幸子一直没机会和雪子商量明天的事情。刚才捕萤时，在路上趁着只有两人在一起时，幸子低声对雪子说：“明天中午见面。”但雪子只“嗯”了一声再没往下问了，只是静静地跟着她在黑暗中走着，幸子也没有继续讲下去的机会，只好默然无语了。幸子觉得，正像妙子所说的，听她那轻松的鼾声，她并没把明天的相亲当一回事。

“像雪姐这样经历过好多次了，也许对相亲也无所谓了吧。”

“可能是那样的吧，不过，她也太淡漠了。”幸子说。

5

“你母亲和雪子大姨去过关原好几次了，所以在家里待着。小姨还是小时候去过一次，听说她还想去看看，今天就由我陪你小姨和你去好了。”悦子听耕助这么一说，像是领会到毕竟是有什么事，若是平时，她一定要撒娇，非闹着要二姨一起去不可，今天竟乖乖地答应了，跟耕助、惣助、妙子和一个拎便当的老用人一行五人，坐上来迎接的汽车出发了。

过后不久，在烂柯亭的六铺席间内，幸子正帮着雪子在穿衣服，常子穿过走廊前来通知：

“泽崎先生到了。”

她们给请到正屋深处，那是一间十二铺席大、有推拉窗的古式客厅，油黑发亮的厚木板廊子外面，庭院里栽了些此处独有的花草。透过那株老枫树青葱的嫩叶，可以看见持佛堂的脊瓦。洗手水钵附近的石榴正开着花，从那一带到密密敷设了那智黑石[①]的水滨，团团簇簇的木贼草生机勃勃地生长着。幸子纳闷，这儿有这么个客厅和庭院吗？她眺望了一会儿，一段遥远的记忆复苏了，终于想起来了。二十年前，她初次来访时不是让邀到这房间来过吗？不过，当时还没修建那栋别屋，所以姐姐夫妇俩、幸子她们仨一共五人都并排睡在一间宽敞的客厅里，似乎就是这间房。其他的事情幸子都淡忘了，奇妙的是，唯独记得洗手水钵左近的那些木贼。因为走廊下面的木贼繁衍茂盛，纤细的绿茎挤挤挨挨长成一片，宛如那绵密的雨脚，这颇为奇异的景观，给她留下了珍贵的印象，至今还没有让岁月消磨掉。

两姐妹走进去时，客人正在和菅野遗孀互致初次见面的问候，菅野遗孀给双方作了介绍后，依次坐定，泽崎背向正面的壁龛，幸子和雪子背向侧面隔扇、面朝庭院向光而坐，菅野遗孀坐在泽崎对面的末席。泽崎就座以前，曾正面向壁龛跪着，仔细观赏那挂轴上的文字。壁龛里广口金属花瓶中插了一丛蜘蛛抱蛋花，像是未生流[②]插花似的。幸子和雪子趁这机会看了看他的背影。听说他四十四五岁，看来也就是这个光景，是一位瘦小的、脸色像是个腺病质体质的绅士。他谈吐、待人接物也都很平常，并不摆富翁的架子，一件茶色西装虽然还没穿走样，但棱角已经稍有磨损了，那件富士绸的衬衫像是下过了多少次水已然发黄，丝袜上的花纹都看不清楚了。他这一身打扮与幸子她们相比未免过于简慢。这证明了他何等不重视今天的相亲，但也可以说明他过着相当俭朴的生活。

---

① 那智黑石：日本和歌山县那志地方产的黑色、特硬的粘板岩，用作试金石、砚石、围棋子，也用于庭院铺设水滨。

② 未生流：花道流派之一，由山村山硕（1761—1824）创始。

不知泽崎是否完全看懂了挂轴上的诗句，这时他一边说："星岩[①]这首诗真不错！"一边回到席位上来，"听说府上收藏了很多星岩的墨宝吧？"

"呵呵……"菅野遗孀彬彬有礼地赔笑着。看来，拿这类话奉承这老妇人颇为有效，顿时，她的脸上堆满了笑，"听说先夫的祖父曾经师事过星岩先生……"

随后，菅野遗孀告诉泽崎，家中也收藏了几件星岩妻室红兰书写的扇面和屏风，赖山阳[②]的女弟子、名噪一时的江马细香[③]的真迹也存有几幅。曾担任过大垣藩主的侍医的细香家和菅野家似乎有交往，现在还保存有细香的父亲兰斋的尺牍等，这些都成了话题。菅野遗孀和泽崎兴致勃勃地聊了好一阵。泽崎还说起了细香和山阳的恋爱关系，山阳当时游玩美浓的轶事以及《湘梦遗稿》等，菅野遗孀也少不了要附和几句，以显示对那些消息并非全然无知。

"先夫曾经给细香画的墨竹题过赞词，那幅画他一直珍藏着，经常拿出来给客人看，谈论细香的生平，不知不觉我也记住了一些……"

"啊，是啊……总之，府上前一代主人兴趣很广泛嘛。我也曾叨陪他下过几次围棋，他总是叫我来烂柯亭玩玩，我也说要来造访一次，拜赏府上珍藏的字画，可是……"

"今天我本想请您去看看那个烂柯亭，不凑巧的是现在那里已经住上人了……"菅野遗孀说着把脸转向无聊得发窘的幸子姐妹，"我安排莳冈府上几位住在那里了。"

"真的，这个客厅也很不错，"终于，让幸子插上话了，"但是，那儿是单独

---

① 梁川星岩（1789—1858）：江户后期儒者，汉诗人。

② 赖山阳（1780—1832）：江户后期儒者，史学家。有著作《日本外史》《日本政记》等。

③ 江马细香（1789—1863）：江户后期的女画家、诗人，美浓大垣藩侍医江马兰斋的次女，常去京都游玩而与星岩成为至交，也是赖山阳的情人，终身未嫁。《湘梦遗稿》为其死后出版的遗稿集。

一栋，非常幽静，真是个接待客人的好地方，住在那儿比歇在任何旅馆的别馆都舒服。”

“呵呵！”菅野遗孀又笑了，“哪里的话，不过，您中意的话，就请多住些日子吧，我丈夫到晚年也喜爱清静，总是待在烂柯亭里。”

“提起烂柯亭来，‘烂柯’是什么意思呢？”幸子问。

“哟，让我来讲，还不如请泽崎先生解释一下吧……”菅野遗孀用颇有一点测验的口气说道。泽崎的脸色唰地一下变了。

“这个嘛……”他突然装模作样起来，流露出一种不可言喻的不悦神色。

“说是晋朝有个叫王质的樵夫，在山中观看两个童子下围棋，就那一会儿，连斧把儿也烂了，是不是这样的呢？”

“这个嘛……”泽崎的脸色更加阴沉，眉头也皱紧了，菅野遗孀也不再追问，她只是“哼哼”笑了笑，但那笑声听起来有点儿不怀好意似的，一刹那间冷场了。

“请吧，不过没有什么可吃的……”这时，常子说着坐到泽崎的食案前，手拿一把青九谷瓷[①]长把酒壶。

今天的菜肴虽说是由常子亲手做的，但是从菜肴搭配来看，似乎大部分是叫大垣一带的饭馆送来的。幸子想，正当大热天，与其吃这么多生鱼，而且又是这种乡镇饭馆做的常例菜肴，还不如在自家厨房弄几个新鲜菜蔬更可口些，她试着夹了一箸鲷鱼生鱼片，果然不新鲜了，吃到口中软塌塌的。对鲷鱼特别挑剔的幸子，这时急忙端上那杯酒和着生鱼片一起吞下去，就再也没有动筷子了。一眼望去，能够引起她食欲的只有盐烤小香鱼。刚才从菅野遗孀致谢的话中得知，这是泽崎用冰镇了作为礼物带来在这里烤的，和饭馆的菜肴似有不同。

“雪妹，你尝尝香鱼吧。”幸子想，由于自己不乖巧，提出那个问题使得

① 青九谷瓷：有青绿色彩绘的九谷瓷器，九谷瓷器是石川县九谷地方产的瓷器，其特点为有细小花纹和金色彩。

满座扫兴，必须设法打圆场，但泽崎又难以接近，无奈只得对雪子说话。而从最初开始没有一次讲话机会，老是低着头的雪子只是点了点头应了一声："嗯……"

"雪子小姐，你喜欢吃香鱼吗？"菅野遗孀问。

"喜欢……"雪子又点了点头。

"我也喜欢吃香鱼，不过妹妹比我更喜欢……"幸子搭腔道。

"哟，这就好了。今天真的都是些乡下菜，没有一样可口的，正在犯愁着呢，可巧泽崎先生带了这香鱼来了……"

"住在这乡下，可不容易吃着这么好的新鲜香鱼呢。"常子插嘴道，"而且还带了好多冰给镇着，真累赘您了。这香鱼是在哪里捕捞的呢？"

"在长良川……"泽崎的脸色渐渐平和了，"昨天晚上我打电话托付他们，刚才在岐阜车站，让他们送到火车上来的。"

"那可真给您添麻烦了。"

"托您的福，也让我们尝了鲜。"幸子接着菅野遗孀的话说。

这样，又慢慢恢复了交谈，什么岐阜县内的名胜古迹的掌故，日本莱茵河①、下吕温泉②、养老瀑布③，以及昨夜捕萤的事都拉七杂八地谈论到了，但是无论怎样也不像刚才那样谈得起劲，使人感到互相都在忍受着尴尬的气氛，勉强拉扯些话题来维持场面。因为自己颇有酒量，所以幸子想，在这种时候常子要能给她多斟点酒也好，可是，在这宽敞的十二铺席间里，四个人离得相当远，而男客人只有一个，常子照顾不周到也难免。反正在夏日中午，即

---

① 日本莱茵河：位于岐阜县南部和爱知县北部之间的木曾川中游的溪谷，从木曾川与可儿川合流处到犬山城下约十二公里，多见奇岩怪石，水流也富于动静缓急的变化，为游览胜地，称为日本莱茵河。

② 下吕温泉：位于岐阜县益田郡下吕町，为中国唐朝天宝年间发现的有古老历史的温泉，据说对胃肠病和风湿病有效。

③ 养老瀑布：位于岐阜县养老郡的瀑布。

使常子来劝酒也不能喝得太过。菅野遗孀和雪子的食案上,第一杯酒还原封未动地摆在那里,已经凉了,幸子刚才为了送下鲷鱼片已经喝干了,现在杯子空空如也,可是常子只顾着给泽崎斟酒,似乎认定了不给女客人斟酒也无妨。不过,泽崎不知是兴致不高,还是客气,或是真的不太嗜好杯中物,常子敬他三次他才让斟一次做做样子,实际上也不过喝了两三杯而已。菅野遗孀一再劝他坐得随便些,他总是说"不,这样坐着很方便",穿着西装裤的双膝规规矩矩地并拢在一起,一副正襟危坐的模样。

"请问您也经常到阪神地方去吗?"

"是的。不大去神户,但是一年总要去大阪一两次。"

幸子无论如何都不能消除心中的疑团:这位人称"百万富翁"的泽崎是出于什么动机答应和雪子相亲的?今天一开始她就从旁观察这个人是否有什么缺陷。但是根据至今为止的谈吐来看,并不觉得他有什么明显的不正常的地方,稍感滑稽的只是问到他不知道的事情时的态度。不知道就说不知道得了,他却那么快快不悦,大概从这些事上暴露他阔少爷的本性吧。幸子想到这里再加端详,只见他眉间稍下一点,鼻梁两侧的青筋显露,果然是一副易动肝火的相貌。再就是,也许与幸子心情有关,总觉得他的眼神像个女性,阴郁甚至有些怯生生的,像是有什么秘密。更主要的是,幸子早就发觉了,泽崎对雪子不太感兴趣,只是在刚才他和菅野遗孀闲谈时,不停地瞟雪子的脸,像是要找出什么似的,此后,他那阴冷的目光几乎再也没有投向雪子了。幸子看得出来,菅野遗孀和常子煞费苦心拉扯些话题让他和雪子交谈,而泽崎只是碍于情面敷衍一两句,马上又转向其他人。原因之一,固然是无论他说什么雪子只是"是、是"地答应,提不起劲来。但是,很明显,雪子不合泽崎心意。推量其原因,幸子总觉得很可能是雪子的左眼圈。因为,雪子那些模糊的褐斑从昨天起就令幸子惴惴不安,盼望它今天多少淡一点,但今天偏偏比昨天更深了。而雪子照样毫不在意,今天早晨还要像平日那样厚厚地搽粉。幸子也没有提褐斑的事,只是说"你不要搽太厚的粉”，帮着她薄薄敷了点粉，胭脂也匀到了眼下方，尽管采取了各种措施，还是不能遮掩得毫无踪迹，所以幸子自从进入这个客厅起，就一直为这事犯嘀咕。不知道菅野遗孀和常子注意到那个褐斑没有，反正从她们的表情上看不出来，而气运不佳的是，雪子的座位正好把她左脸对着泽崎，从初夏的庭院里反射过来的耀眼的阳光，正照在她的脸上。只是因为雪子没有意识到那是自己的弱点，并未露出胆怯和羞涩，举止极其自然，多少得到一些补救。但幸子觉得，那些褐斑比她昨天早晨在铁道省营线电车上看到时还要显眼得多，幸子感到不忍心让雪子久久地待在这个客厅。终于，泽崎吃完了饭，匆匆地说：

“请恕我失礼，上火车的时间到了。”他简单地告辞后便站起身来。这时，幸子才松了一口气。

6

菅野遗孀说：“好不容易来了就再住一宿吧，明儿又是星期天，可以让人带你们到刚才谈到的养老瀑布去玩玩。”但幸子婉言推辞了，悦子、妙子回来后就立刻收拾行装动身，按照原定计划，赶上了三点过九分的上行火车，这样五点半左右就可到达蒲郡。

虽说是星期六的下午，二等车厢还是很空，四个人正好坐上相对的两排座位。刚坐下不久，昨天的疲劳都涌上来了，一个个筋疲力尽，连讲话的精神都没有。快要入梅了，天气沉闷，车厢内潮湿、闷热。幸子和雪子靠着椅子打起盹来，妙子和悦子亲昵地坐在一起翻阅着《朝日新闻》周刊和《每日新闻》星期日版。读了一会儿，妙子说：“小悦，萤火虫会跑掉的。”她取下挂在窗旁的萤火虫笼子放在悦子的膝头上。这笼子是昨晚营野家的老仆人为悦子赶做的，是把空罐头筒的底去掉，两头绷上纱布凑合而成。悦子看得很金贵，把它捧到火车上来了。不知什么时候缠纱布的线松了，从缝隙间爬出来一两只萤火虫。

“好了好了，我帮你系吧。”马口铁皮的罐头筒滑溜溜的，悦子系不好。妙子拿来放在自己膝上。哪怕是白天放在阴暗处也看得见纱布里的萤火虫闪烁的蓝光。妙子从纱布缝间瞄着里面：

“啊，你来看！”她说着又把那罐头筒递给悦子，“不知道是什么东西，里面有很多东西不像是萤火虫……”

悦子也瞅着里面：

“是蜘蛛。”

“真的。”她们正说着，一个个米粒大小的可爱的小蜘蛛跟在萤火虫后面慢吞吞地爬出来了。

“啊呀！不得了！不得了！”妙子把罐头筒放在椅子上站起身来。悦子也跟着站起来了，幸子和雪子也都睁开眼睛：“什么呀，小妹？”

“蜘蛛，蜘蛛！”混在小蜘蛛中间，还有一只很大的蜘蛛也爬出来了，结果，四个人全都站起来了。

“小妹，扔掉那罐头筒！”

妙子抓起那罐头筒丢到地板上时，也许是受了惊吓，从里面飞出来一只蝗虫，它在地板上直蹦着，飞到过道那一头去了。

“哎，真可惜了，那些萤火虫……”悦子心有不甘地瞅着罐头筒说。

“喂，我来帮你弄掉蜘蛛吧。”斜对面的座位上，正在笑着瞧热闹的一位旅客说。他穿着和服，五十岁左右，似乎是本地人，说着他捡起了罐头筒：“请把发针什么的借我用一下。”

他从幸子手中接过发针，把罐头筒中的蜘蛛一一夹出来丢到地板上，耐心地用木屐踩死。和蜘蛛一起，发针头上还缠出来了一些草，幸好萤火虫没有跑出来多少。

“小姐，萤火虫死了不少哟。”他重新绷好了纱布，握着那罐头筒左看右看，“拿到盥洗间去给它们浇点水。”

“小悦，顺便好好洗洗手，手碰了萤火虫有毒的。”

“萤火虫有股味儿呢，妈妈。”悦子嗅了嗅自己的手说，“是草的气味。”

“小姐，死萤火虫不要扔掉，留着可以做药呢。”

“做什么药呢？”妙子问。

“晒干了保存好，烫伤、碰伤的时候，用饭粒一起搅成糊敷在受伤的地方就行了。”

“真有效吗？”

“我没试过，但是听说有效。”

火车终于驶过尾张一宫车站了。幸子她们从没有坐慢车经过这一带，每到一个她们毫无印象的小站都要兢兢业业地停一下，厌倦得令人难以忍受，竟感到从岐阜到名古屋之间特别地遥远。不久，幸子和雪子又开始打起盹来。“名古屋到了！妈妈！……看见城墙了，二姨！”只是当悦子喊醒她们，旅客们蜂拥而入时，两人才睁开眼睛看了一下，火车一出站她们马上又酣然入睡了。到大府附近时，天下雨了，她们毫无所知仍然熟睡着，妙子起来关上了窗子，不一会，所有的车窗都关上了，车厢内更加闷热，大部分乘客都前仰后合地在打瞌睡。在幸子前面四排、过道的对侧、背对着她们坐着一位陆军军官，唱起了舒伯特的《小夜曲》：

我的歌声穿过深夜，
向你轻轻飞去……

那军官端端正正地坐在座位上、身子一动不动地唱着，幸子她们刚睁开眼睛时，不知道是谁在唱，那歌声回荡在密闭的车厢内，听起来像是哪儿开着留声机似的。从幸子她们这边,只看见他的穿军服的背影和一部分侧脸,显然还是一位二十来岁的青年,有点害羞似的在唱着。幸子她们从大垣上车时就看见了这个军官坐在车上,但只看到他的背影,没看见他的长相。刚才闹萤火虫那一阵,惹得乘客们都来注意幸子她们,那军官不可能没看到她们了。那位军官多半是唱唱歌来排遣无聊、驱散睡意,因此,他对自己的歌喉大概颇有自信,但感到背后有几位如花似玉的女人在听他唱时,似乎有几分不自在。唱完之后,他像是更为羞涩似的低下了头。但是,过一会儿,他又唱起了舒伯特的《野玫瑰》:

少年看见红玫瑰
原野上的玫瑰,
多么娇嫩多么美,
急急忙忙跑去看,
心中暗自赞美,
玫瑰、玫瑰、红玫瑰,
原野上的玫瑰……

这些歌是德国电影《未完成的交响乐》[①]中的插曲,幸子们也都很熟悉。她们说不清是谁带头,也跟着那军官哼起来了,后来渐渐声音也大了,开始跟他合唱起来。她们从后面都看到那军官的脸一直红到脖子。突然,他的歌声带着兴奋的颤音,声音越来越大。军官和她们座位隔了一段距离,这样反而好些,可以毫无顾忌地合唱。不久,合唱完了,车厢内又恢复了沉闷的寂静。军官也没再唱了,仍然腼腆地低头坐着,到冈崎车站时,他悄悄地站起来,像

① 《未完成的交响乐》:1933年制作的奥地利电影,主要描写奥地利作曲家舒伯特的生平和爱情悲剧。该片1935年10月在日本公映,1938年3月德奥合并,作者写作《细雪》时间在该事件发生之后,此处"德国电影"似有误。

逃跑似的溜下了车。

“那个军人，一次也没有让我们看到他的脸。”妙子说。

幸子她们是初次来蒲郡游玩。这一次动了念头，是因为老早就听贞之助说过这里的常磐馆。贞之助每月要去名古屋出差一两次。他常说：“我一定得带你们到蒲郡去一次，悦子她们准会高兴的。”虽然许诺了好几次“这次一准去”，但是每次都吹了。而她们此番的蒲郡之行，正是由贞之助倡议的。“我本想去名古屋的时候顺便带你们到蒲郡去一次，但是，总是事情太多，没功夫陪你们，趁这次机会你们自己去看看吧。尽管稍微有点匆忙，但是可以从星期六傍晚待到星期天下午。”贞之助还打电话和常磐馆联系好了。

自去年东京之行以来，幸子已经有了离开丈夫外出旅行的经验。她为自己和以前大不相同、能大胆地独立行动而孩子似的高兴，当她到达旅馆时，不禁心中再次感谢丈夫为她们安排了这样的日程。因为今天的相亲给她留下了不好的印象，如果就这样和雪子在大垣车站分手，那种不可言喻的恶劣的心绪将会长时间地纠缠不已。她自己不愉快姑且不论，眼看着让雪子遭受了那么一次挫折，又让她孤零零地悄然回东京去，幸子实在于心不忍，多亏丈夫想出了这么个好主意。她尽量克制自己，不去想今天在菅野家发生的事，这自不待言，更重要的是看到雪子似乎也和悦子、妙子一样，尽情享受这一夜的乐趣，她感到由衷欣慰。天从人愿的是，第二天早晨雨也停了，是一个阳光灿烂的星期天。而且这个旅馆的各种设备、娱乐设施和海岸的景色等，都正如贞之助所料，使悦子乐得手舞足蹈。最难得的是，雪子春风满面，好像早就把昨天相亲的事丢到九霄云外去了。幸子感到仅有这一点收获也就不虚此行了。她们在下午两点过后到了蒲郡车站，一切照预定的那样，相隔十四五分钟，分别乘上、下行列车就此东西分袂。

上行列车后开，雪子送走她们后又待了一会儿，坐上了去东京的慢车。她也曾想到这样远距离坐慢车肯定很无聊，但是委托旅馆买快车票和在丰桥换车也麻烦，所以还是决定坐这趟车直达东京。她从提包中拿出阿那托尔·法朗士[1]的短篇小说集，打开书来，但总觉得心情沉重，看不进去，不久又把书丢下，心不在焉地眺望窗外。她这种沉重心情，显然是由于三天来累积的肉体的疲劳，加上直到刚才为止和大家一起尽情享乐在心理上引起的反作用；另一个原因是，她想到此一去又得在东京熬上几个月，不免心情郁闷。特别是这次在芦屋待了很久，使她产生了可以不回东京了的侥幸心理，再加上刚才在旅途中一个陌生车站突然和大家分手，只剩她形单影只，她不禁倍感凄凉。刚才悦子还开玩笑地说："二姨今天别去东京了，送我回去吧。"她当时轻描淡写地搪塞说："我不久又会来的。"但是老实说，那一瞬间，她还真的动了心，是不是今天先回芦屋，改天再去东京呢？

二等车厢比昨天还要空，她一个人坐了四个人的位子，屈膝坐在椅子上靠着椅背想睡一会儿，但是左肩僵得连脖子也不能转动了，不能像昨天那样睡得安稳，她几次昏昏沉沉地刚打个盹又醒了。但这也只是三四十分钟的事，火车驶过辩天岛时，她已经毫无睡意了。她刚才就发现车厢过道对侧相隔四五排的座位上，面朝这方坐有一个男人，实际上是她注意到那人正直勾勾地瞅着她的睡态，才一下子睡意全消。那个男人看见她把脚从座椅上放下，穿上草屐、轻轻地坐端正时，也一时把目光移向窗外。但是好像有什么事情放心不下似的，过一会儿又目不转睛地盯着雪子。最初，雪子对这种无礼的眼光只是觉得不快，不久她渐渐意识到了，他这样老瞅着自己或许事出有因。这当儿，她也觉得在哪儿见过这个男人。他大约四十岁上下，身形瘦小，身穿灰色白条纹西装，内着翻领衬衫，肤色黧黑，分头梳得一丝不乱，总觉得是个乡绅。他两手重叠放在膝间的一把洋伞上，刚才是下巴搁在手背上，现在靠着座椅背坐着。他头顶的行李架上放着一顶雪白的巴拿马帽。"真奇怪呀，这是谁呢？怎么也想不起来。"——男女双方都是一副迷惘的表情，互相窥

① 阿那托尔·法朗士（1844—1924）：法国小说家、文艺评论家、社会活动家，1921年诺贝尔文学奖获得者。

探对方,又避开对方的视线。雪子想起这个男人是刚才在丰桥上车的,这一带照说不会有她认识的人。突然间,她想起了十几年前,由大姐夫介绍自己和一个姓三枝的男人相过亲,当时听说三枝是丰桥市的富豪,这男子多半就是那个三枝了。当时,她嫌这个男人的长相带有乡绅的土气,一点也不灵光,没看上他。不顾姐夫热情撮合,她还是由着性子拒绝了这门亲事。从那以来,又经历了十余年的岁月,今天看来,他还是土气十足。他长得并不怎样难看,初次见面时就显老,但现在与当年相比也不见得老了许多,只是土味儿更浓了。正因为他有这个特点,雪子在模模糊糊记得的许多次相亲中回忆出了这副尊容。当她认出他的同时,那人也仿佛认出了她来似的,倏地局促不安起来,把脸别了过去。尽管如此,他还是将信将疑似的,瞅空儿又瞟了她几眼。如果此人就是三枝的话,除了相亲以外,他还到上本町家里来过一两次,也见过她,并为她的容貌倾倒而热烈求婚。所以,即使雪子忘记了他,他也应该记得雪子。那男人恐怕不是因她徐娘半老才心生疑窦,他诧异的也许是至今她仍然青春焕发、一副大姑娘的装束,与当年相差无几吧。她唯愿那男人执拗地注视她的理由是后者而不是前者。尽管如此,这样被直勾勾地瞅着也绝不令人愉快,她想到,从那以后,自己接连相了很多次亲了,就在昨天又相了一次,今天是在相亲后的归途中。如果此事让他知道了……想到这里,她不由得身子哆嗦了一下。而且不凑巧的是,今天和前天大不相同,她身穿一件并不显眼的印花和服,脸上的妆也很马虎,她也自知乘火车旅行时比别人更显憔悴。好几次她想起身去补补妆,不过,在这种场合,且不说要经过他的身边去盥洗间,哪怕是悄悄地从提包里掏出化妆盒也等于示弱,她不愿意这样做。不过,从他坐慢车来看,可以推测他不是去东京。不知他在哪儿下车?她不时为这事嘀咕着。终于,在快到藤枝车站时,他站起身来从行李架上取下巴拿马帽戴上,临下车时,还毫不客气地瞥了雪子一眼。

然而,那个男人走后,雪子疲乏的脑中还不断浮现出与他相亲前后的事情。那是在昭和二年吧?不对,是昭和三年,那时自己刚刚二十出头,是人生第一次相亲。可为什么不喜欢他呢？记得当时大姐夫兴致勃勃，说三枝家是丰桥市屈指可数的富豪，他又是家业的继承人，雪子不应该不满意；又说，对眼下的莳冈家来说，是一门求之不得的亲事；还说，事情已进展到这种地步，如果雪子不同意我可就无法做人了。总之，姐夫想尽一切办法来说服她，而她一口咬定不同意，原因是他长相似乎不太灵光。事实上，这不是唯一的理由，不光是长相，他说他中学时曾因病没有升学，但雪子了解到实际上是他中学时成绩不佳，这越发使雪子心生厌弃。况且，就是成了家财万贯的阔太太，在丰桥那样的小城镇苦挨一生，也未免太寂寞了。二姐对此大有同感，说是雪子嫁到那样偏僻的乡下，怪可怜的，甚至比雪子本人更强硬地反对。不过，无论是二姐也好自己也好，虽然嘴里没说，但确实是在有意为难姐夫。当时父亲辞世不久，一直低三下四的姐夫突然抖起威风来，她们已经颇为反感，而现在他要依仗姐夫的威势强迫她接受这门亲事，以为雪子好说话，只要压一压便会就范，看他这种做法，且不说雪子，就连二姐和妙子也无名火起，于是三姐妹抱团和姐夫作对。而最使姐夫恼怒的是，雪子一直不明确地说“不”，无论怎样追问，她总是含糊其词，直到毫无转圜的余地时，她才一口咬定不同意。姐夫就此批评她时，她却回答说，作为一个有教养的年轻女子，也不会当面明确做出答复，是否愿意只要看表情自可大体明白。但是，说实在话，她已经知道姐夫银行中几位上司参与了此事，所以她未尝没有存心，要让姐夫陷入更尴尬的处境而有意迟迟不做明确答复。总之，是雪子和他没有缘分，而他的倒霉在于偶然地置身于这种家庭不和中，成为兄妹之争的导火线。雪子想，自那以后再也没有想到过他，也没听到他的消息，估计那以后不久他就和谁结婚了，现在也该有两三个孩子了，而且恐怕已经继承了三枝家的家业，成了百万富翁了。雪子想到这里，觉得如果自己是那位乡绅的妻子的话……她并非不肯服输，但她决不认为那是幸福。像这样的，他的生活就是在东海道线偏僻的小站与小站之间，乘坐这种慢吞吞的普通列车来来往往，年复一年地打发着光阴。跟这样的人终此一生又有何幸福可言呢？她只好认定，还是不嫁给他为好。

那天晚上十点过后，雪子回到了道玄坂的家里，也没和姐夫、姐姐讲与那男人邂逅的事。

7

那天，在回神户的火车上，幸子也不由得想起了许多事。她回味前夜的捕萤，从昨夜到今天上午在蒲郡纵情游玩的乐趣，但是，刚才和雪子分别时，她孤苦伶仃地站在站台上目送她们远去的身姿，以及眼圈褐斑和昨天一样明显的憔悴的面容，却长久地萦绕在她脑海中。随即，幸子又一次回想起这次令人不愉快的相亲。至今为止，她不知参加了多少次雪子的相亲。这十年来，如果连这样简略的会见也算上的话，大概不下五六次了，但她们从来没有像这次这样感到自卑。以前她们总是自以为条件优越，抱有自信和自豪参加相亲，而对方只是一味乞求她们同意，她们总是说“不同意”而使对方“落选”。但是，这次从一开始她们就处于下风。最初接到菅野来信时本当一口回绝，她却先让了一步。后来在菅野家听到遗孀那番话时，要拒绝的话也并非拒绝不了，她却又让了一步。就算是看在菅野遗孀和姐夫的面子上一让再让，可在昨天相亲宴上，自己为什么会那样战战兢兢、畏畏缩缩呢？既往历次相亲，幸子总认为无论带雪子到哪里都问心无愧，很愿意在人前炫耀自己的妹妹，可昨天每当泽崎看雪子时，她总是提心吊胆的。思来想去，幸子总觉得昨天她们是“考生”，而泽崎是“考官”。一想到这里，幸子就感到自己和雪子受到了从未受过的屈辱。更主要的是，妹妹如今的容貌有了不容否认的缺陷，尽管微不足道，但毕竟是缺陷，这种忧虑也沉重地压在她心上，不能轻易消除。

看来不能指望这次相亲会有什么好结果，可是今后怎么办呢？如此看来，当务之急是要治好雪子那块褐斑。然而，那块褐斑果真能顺利消褪吗？褐斑治不好的话，恐怕雪子就更难嫁出去了。不过，昨天出现那种情形，可能是因为那褐斑特别深，再加上光线、位置和角度都构成了不利条件。不过，有一点可以确定，今后再也不能怀着以前那种优越感去“相亲”了。恐怕今后再有相亲的机会，她又不得不像昨天那样心惊肉跳地看着对方打量自己的妹妹。

妙子也看出幸子异常郁闷，似乎并不完全是疲劳所致，像是在思索什么似的，趁着悦子去给萤火虫笼子浇水去了，妙子悄悄问道：

“昨天的情况怎么样？”

幸子像是懒得开口似的，过了一两分钟才像是突然记起了似的说：

“昨天呀，简简单单地就结束了。”

“这次不知道怎么样。”

“哎……怎么说呢，反正到那里去的时候火车抛了锚……”幸子说完又沉默了，妙子也没再追问。

那天晚上回家后，幸子向丈夫报告了昨天的情况，只是没有详细说那些不愉快的遭遇，以免夫妇俩再咀嚼一遍苦果。贞之助说：“假如对方肯定要拒绝的话，倒不如由我们主动拒绝对方。对付他那样的对手，不要被他小看了我们才好。”但这也只是说说而已，冲着菅野家和本家也不能这么做。而且，无论怎么说，幸子还心存侥幸，抱有一线希望。但是，不容他们夫妇仔细考虑对策，像是追随幸子而至似的，很快就来了菅野遗孀的这样一封信：

莳冈幸子夫人妆次：

谨启者，日前承蒙远道莅临寒舍，只缘地处穷乡，招待不周，失礼之至，今又不揣冒昧，恳请诸位于今秋前来采摘蘑菇，无任翘盼。

现寄呈泽崎氏今日来函一通，请夫人寓目。特意斡旋，却徒劳无功，纵尽绵薄，而结果如斯，良深愧歉，还请宽宥一二。然日前犬子曾托名古屋某相识了解对方情形，昨已收到复函，据其所云，窃以为纵令对方执意恳求，贵府亦未必俯允，可知原非特别值得惋惜之姻缘。唯有劳夫人及诸位旅途奔波，歉疚之情，无以言表。信末请代向雪子小姐殷勤致意。

菅野安 谨具

六月十三日

同一信封内还有泽崎的一张信笺：

菅野安夫人：

时值梅雨，天气沉闷，恭颂阖府倍加康健。前日承蒙多方斡旋，且赐款待，深致谢忱。所述者，有关莳冈小姐之事，后经商议，皆曰碍难联姻，故请向对方转述此意，事关贵府亲戚，故急切奉复如上。

承蒙种种关怀之处，再次向夫人致谢。

泽崎熙 拜具

六月十二日

这两封极不自然的信，在种种意义上说，必然使贞之助夫妇再次感到不愉快。首先，这是第一次被对方明确宣告"落选"，即第一次被打上"败者"的烙印。对此他们早有思想准备，且当别论。最令夫妇俩生气的是泽崎和菅野遗孀的来信的写法以及处理这件事的方式。虽然说这些已毫无用处，比如泽崎的信是用钢笔写在一张条格信纸上（日前遗孀给幸子看的那封信是用毛笔写在卷筒纸上），像凑数似的写得满满当当，光看这个就令人不舒服。信中虽说"后经商议"，但不难推测实际上他十号那天就已经拿定主意了，他本要立即回绝，还是客气了一下，回去后隔了一天才写信。但这封信既不是直接写给幸子的，就不必用这样不自然的语气，完全可以采取使菅野遗孀多少能够理解的回绝方式。他只说"碍难联姻"，又不说明理由，且不说那么老远把别人叫来一趟已是过分了，就是对菅野家不也是失礼吗？还有“皆曰碍难联姻”的“皆”究竟是指谁呢？从前面的文字“后经商议”看大概是和家属、亲戚商量，大家都说难以联姻。果然如此，那百万富翁的见识又从何谈起呢？无论如何，这个“皆曰”一句更加虚伪得令人作呕。菅野遗孀把这封信原封不动转来又是何居心呢？假如她不知其内容还情有可原，有必要把一封不是给幸子的信特意寄给她看吗？难道菅野遗孀对这封信的写法毫无感触吗？照说菅野遗孀应该不动声色地藏起这封信，另外编一个不伤女方感情的借口，告诉幸子亲事没有谈成，这才算她没白活这么大岁数！“纵令对方执意恳求，贵府亦未必俯允，可知原非特别值得惋惜之姻缘”云云，事到如今说这些假惺惺的话，丝毫不能使人宽慰。总之，菅野遗孀作为一个颇有历史渊源的地方豪族的夫人，却不能理解都市人的细腻心理。贞之助夫妇的结论是，错就错在不了解她是这么一位粗枝大叶的人而托她做媒。这样一来，自然要归咎于姐夫。在贞之助他们看来，菅野遗孀姑且不论，这件事是姐夫提出来的，他们是出于对他的信任才同意去相亲的。作为熟知菅野遗孀行事作风的姐夫，既然介入此事，应该事前做做调查，估摸一下可能性。而姐姐来信说，辜负菅野家的好意会使姐夫为难，亲事谈不谈得成在其次，只希望能让雪子去见见面。既然这样说，那么姐夫也要考虑雪子的立场，事先问清菅野遗孀是否已经调查过了。如果姐夫有这么点儿关怀就好了。可他只是传传话后就撒手不管了。到头来，贞之助、幸子和雪子除了徒添烦恼以外一无所获，只是为了顾全姐夫的面子折腾一番罢了。贞之助私下担心，自己和幸子倒也没什么，姐夫和雪子的关系可能会因此恶化。好在这两封信，没有寄给本家而是寄给幸子了。幸子听从丈夫的意见，故意拖延了半个月才向姐姐写了封信，在信笺上若无其事地写上一句，已收到菅野姐姐来信，那件事好像进展不顺利，并且补充了一句：希望姐姐委婉地告诉雪子，如果难以启齿暂时不讲也行。

8

那以后又过了半个多月，到了七月上旬，贞之助到东京去了两三天。他回来后对幸子说："不知道雪子后来怎么样，我有点担心，趁着有半天空闲到涩谷去了一趟。没见着姐夫，姐姐和雪子心情都很愉快似的。雪子说要给我做冰淇淋到厨房去了，我趁机和姐姐聊了一会儿，但是压根儿没提上次相亲的事。我想，菅野遗孀可能已经给本家写信了，说明了事情的原委，对方究竟在什么地方看不上雪子。不知是菅野家没去信呢，还是去信了只是姐姐瞒着不说。不过看得出来，姐姐想尽量避免谈那件事。她一而再再而三地谈到，今年是母亲二十三年忌辰，再下个月大家都得去大阪。雪妹并不像我担心的那样，心情很好。大概是她满心希望到时候又能回关西吧。"

姐姐说，母亲的忌辰是九月二十五日，他们决定提前一天于二十四号（星期天）在善庆寺举行法事。因此，姐夫、姐姐须在星期六去大阪，而六个孩子都带去也太麻烦了，他们决定除了长子辉雄以外，在读书的几个都留在家，而正雄和梅子不能不带。看家当然以雪子最为理想，但追荐母亲的法事她不参加也不行，另外又无人可托，只好叫阿久照看几天，反正只有几天，大概不要紧吧。姐姐认为，一行六人住在一家的话太麻烦人家了，只得分成两处歇宿，一多半姐姐会住在芦屋，等等。

"还是两个月以后的事情，她现在就操起心来了。"贞之助说道，实际上，幸子也一直在想，今年是母亲二十三周年忌辰，不知姐姐打算怎样操办，正准备要写封信去问问。在这之前，昭和十二年十二月父亲的十三周年忌辰时，辰雄没到大阪来，就在道玄坂附近某个和善庆寺同属净土宗的寺院里，草草弄了一场法事。当然，那年秋天本家刚搬到东京，忙得不可开交，一大帮人马上又返回大阪也勉为其难。所以当时姐夫通知关西的亲戚说："这次亡父忌辰，我已擅自决定在东京举办法事，如果哪位因事上京顺便参加，那就感激无量,眼下诸位都非常忙碌,不必专程前来。请于当天各自去善庆寺参拜。”姐夫还分赠给亲戚们红漆香盆以示谢意。姐夫这样做多少也有些理由,但实际上,幸子察觉姐夫内心深处,还是担心在大阪办法事过于隆重,无谓的开销太多。因为父亲在世时喜欢捧艺人,直到三周年忌辰时,还有相当多的演员和艺伎来参加纪念活动。在心斋桥的播半举办的开斋宴会上,甚至还有春团治[1]的单口相声等余兴节目。排场极大,使人不禁缅怀莳冈家昔日的荣华。因此,辰雄汲取了那次开销过大的教训,在昭和六年的父亲七周年忌辰时,请帖只发给家族成员,但有人没忘记这个忌辰,或者是听别人说了,还是有很多来宾,结果,辰雄简朴行事的做法行不通,原来打算不在饭馆设宴,准备去寺院以便当招待客人,到头来还是到播半去了。有人高兴地说,虽说要行事从简,但故人是喜好奢华的人,在法事上多用点钱也是孝敬父亲。当时辰雄就说,这道理固然不错,但是办事要与身份相适应,莳冈家的地位早已今非昔比,所以这次法事应当办得朴素,九泉之下的父亲也会体谅他囊中拮据的苦衷。

看来姐夫就是出于这些原因,故意不在大阪举行父亲的十三周年忌辰活动。亲戚中的一些老人都纷纷批评辰雄,说什么“为了父亲的法事,从东京到大阪来一趟又算得了什么?听说本家近来吝啬起来了,即使多花几个钱,究竟父亲的法事不同于别的事”。鹤子夹在中间左右为难。当时辰雄辩解说,等到十七周年忌辰时到大阪去找补找补。

因为有那些先例,幸子在思忖,今年母亲的法事究竟怎么办呢?如果又在东京敷衍一番,且不说亲戚们人言可畏,自己家里人也于心不安。

姐夫辰雄从未见过母亲,自然没有什么感情,而幸子思慕母亲的心情,与对父亲的怀念不同,是一种特殊的感情。父亲因脑溢血在大正十四年十二月,五十四岁时逝世,未尝不能说是短命,可是母亲却是在大正六年、年仅

---

① 春团治:此处指第二代的桂春团治(1894—1953),大阪的单口相声家,作为第一代春团治的弟子,在昭和九年继承名号。

三十七岁就去世了。幸子想到这里，联想到自己今年已经到了母亲逝世的年龄，而姐姐比当年的母亲还大两岁。在她的记忆中，母亲当年比现在的姐姐和自己还要美丽、清秀得多。当然，这也是和母亲去世时周围的环境和疾病的状况大有关系。

在当时才十五岁的少女幸子眼中，母亲的风采远比实际清爽秀丽。多数肺病患者病情恶化时变得又丑又瘦，肤色也难看，可母亲虽然患上了肺病，但直至临终仍然不失其娇媚，肤色还是白皙透明，一点都没变黑，身体虽然消瘦，然而直到最后手脚还保持着光泽。

母亲是在生妙子后不久患病的。母亲最初是在滨寺，其后在须磨疗养，最后说是住在海滨对病情反而不利，便在箕面租了一幢小屋住下来。在母亲患病的晚期，只允许幸子每个月去看望一两次，而且还得尽快辞别，所以幸子回到家里后，那海滨寂寞的涛声和松涛与母亲的面影融成一体，仍然久久地萦绕在她的脑海里。正因为如此，她才把母亲理想化了，而这个理想化了的形象就成了她思慕的对象。不过，自从搬到箕面以后，家里知道母亲将不久于人世了，也便允许幸子较频繁地去探望母亲。

母亲临终那天早晨，很早就有电话来了，幸子她们赶到后不久，母亲就咽气了。那天，已经连续几天的绵绵秋雨毫无止意，潇潇打在病室缘廊的玻璃窗上，一片烟雨迷离。拉窗外是个小巧的庭院，从庭院顺着一条缓缓的下坡路可以走到小溪畔。从庭院到溪畔山崖的胡枝子花快凋谢了，在秋雨中瑟缩着。那天早晨，因担心溪水上涨会引起山洪暴发，村里的人们都骚动不安。远比雨声更猛烈的激流声震耳欲聋，河床的巨石不时互相撞击，发出咚咚的巨响，震得屋子直摇晃。幸子她们一边担心溪水上涨、惶惶不知所措，一边守候在母亲枕前。就在这样的氛围中，看着像露珠消逝一般死去的母亲十分安详、毫无杂念的遗容时，她们竟忘记了恐惧，沉浸于一种清静的、净化了的感情之中。这无疑是一种悲哀，然而是惋惜一个美好事物离开了人间的悲哀，可以说是超脱了个人关系、伴有音乐的美感的悲哀。幸子她们对母亲不能挨过这个秋天早已有思想准备，但若她的遗容不是那样美丽，当时的悲哀也许会更难忍受，而且那种阴暗的回忆会更长久地留存在心中。

听说父亲很早就过着花天酒地的放荡生活，直到二十九岁，才和比自己小九岁的母亲结婚，当时应算是晚婚的了。听亲属中的老人说，那样一位父亲竟然有相当长时间不涉足花街柳巷，可见夫妇琴瑟和谐之一斑。另外，和父亲挥金如土的豪爽气派相反，母亲是京都的商家女子出身，容貌、举止、风度都是标准的“京派美人”。正是有这些性情正反相补之处，堪称天作之合，旁人看来也是一对值得艳羡的夫妇。然而，这一切是幸子姐妹记忆中没有的、遥远的往事。她所记得的父亲是一位经常在外放荡而毫不顾家的父亲，而母亲却满足于这样一位丈夫，毫无怨尤地伺候他的贤妻良母。自从母亲离家疗养后，父亲更加肆无忌惮地冶游，甚至到了挥霍无度的地步。不过，今天回想起来，当时父亲在京都游玩的时候远多于大阪，自己也屡屡由父亲带着上祇园的茶楼，还认识了几个和父亲要好的艺伎。由此看来，父亲毕竟还是喜欢“京派美人”类型的女子。

同是妹妹，幸子更喜爱雪子，这中间有多种理由，但也许有一点是：唯独这个妹妹比谁都更像母亲吧。前面已说过，在四姐妹中幸子与妙子像父亲，而鹤子和雪子却肖母亲。只是鹤子身材高大，面容虽给人以京都女子的印象，但缺乏母亲所具有的那种纤弱、婀娜的风韵，母亲是明治时代的女子，身高不满五尺，手脚小巧可爱，手指也纤细、优美，像是精巧的工艺品似的。母亲比姐妹中身量最小的妙子还要矮，因而比妙子还高五六公分的雪子与母亲相比，不免显得高大。即使如此，她毫无疑问在性情和体态方面，最多地继承了母亲的优点；甚至母亲周身散发的那种馨香，也在她身上隐约可闻。

幸子只是间接地从丈夫那里听到有关这次法事的消息，七、八两个月中没有收到姐姐或雪子的片言只字。直到九月中旬本家的正式通知才来了，但使她感到意外的是，本家准备把亡父的十七周年忌辰提前两年，和亡母的二十三周年忌辰同时举办法事。贞之助说他也是初次听说此事。他记得在东京只听到姐姐谈到母亲二十三周年忌辰一事，并未谈及父亲十七周年忌辰。幸子想，姐姐暂且不论，大概姐夫当时就已经盘算好了。不过，把双亲中某一方的忌辰提前一些合并举办，也不乏先例，似乎无可厚非。但是姐夫曾因前年把岳父的法事办得简慢而遭人责难，他应该考虑自己曾许诺过要体体面面操办十七周年忌辰以图补救。不过，如果说如今和那时形势不同，在这种时局下迫不得已而为之，也未尝不能理解；但是得事先和那些喜好吹毛求疵的亲戚们商量，取得他们的谅解。事到临头，才这样冷不防地通知大家这个决定，还是有欠稳当。通知的内容极为简单：

> 兹定于九月二十四日（星期日）上午十时，于下寺町善庆寺为先父逝世十七周年和先母逝世二十三周年举行追荐法事，届时敬请光临。

收到通知后又过了几天，姐姐才打电话来谈了详细情况。她说："前些日子贞之助来东京的时候，我们还没有这个打算。你姐夫早就说过，现在正是高喊'国民精神总动员'[①]的时期，已经不是在法事上浪费金钱的时代，所以想把父亲的忌辰提前一起操办。话是这样说了，但是直到最近还没打算真正那样办，通知也准备只写母亲的忌辰。但是，欧洲战争爆发以后，你姐夫的想法又改变了，他说：'也许日本的局势会越来越严峻，卢沟桥事变以来打了三年仗，还没有结束，弄不好会卷入世界动乱的旋涡中去。所以，今后我们必须更加紧缩开支。'这才突然决定把父亲的事合并到一起来办，这次没有邀请很多人参加。所以通知书不是印刷而是一张张用手写的，因为是中途改变的计划，是请银行的年轻人急忙改写后寄出去的。因此来不及和亲属商量，

① 国民精神总动员：1937年7月中日战争全面爆发后，10月近卫内阁创立国民精神总动员中央联盟的外围团体，发起使"尽忠爱国"的思想浸透到国民日常生活中、以强化战时体制为目的的强大运动。从此"非常时期"这一口号流行，强化了对言论、思想的钳制，经济生活也逐渐显著贫穷。

但是我想不会有人像上次那样指责了吧？不过，这回我也是心甘情愿地赞成你姐夫的做法。”姐姐辩解、说明了一番后又说，“我和雪子带上正雄和梅子坐二十二号的燕子号火车来神户，住在你们那里。你姐夫和辉雄星期六晚上上车，星期日早晨到大阪，又坐当天的夜班车回东京，这样就不用搅扰谁家了。我有两年没回大阪了，有阿久看家我也还放心，又不知什么时候再来大阪，所以我想住上四五天，但最迟在二十六号也得回去。”幸子问她当天的午饭怎么办，姐姐回答说：“开饭就借用寺院里的客厅，由高津的八百丹饭店送饭菜去。这一切都打电话吩咐过庄吉了，他会给我去办，我想都安排停当了，但是还得请你操心去寺院和八百丹确认一下。人数估计有三十四五个人，饭菜预定四十份，每人准备一两合酒。我们打算请善庆寺的女眷[1]帮忙烫酒，但在客厅招待来宾得由我们承担，你要有思想准备。”姐姐的毛病是很少打电话来，一打就唠叨个没完，一再延长通话时间，她接着又说，“本想让雪妹和小妹也出来招待来宾，但是，她俩都还没有出嫁，实在不合适。”说完后又要和幸子商量带什么礼物给亲戚，这时，幸子趁机说一声：“礼物的事儿，我们后天见面再商量吧。”这才结束了这番长谈。

9

幸子从姐姐电话中最后说的那句话中察觉到，姐姐虽然让雪子和妙子出席，可是这两个妹妹还待字闺中，让她们在稠人广众前抛头露面，作为姐姐来说是一种痛苦，恐怕不仅是姐姐，姐夫肯定也心里憋屈。幸子猜疑这也是姐夫不愿操办法事的理由之一。在姐夫夫妇看来，他们大概希望哪怕是雪子

① 日本寺院的和尚可以娶妻生子，嗣子继承寺院。

一个人也好,能在今年的忌辰前将终身大事定下来。已经三十三岁的雪子,至今还被人家称为“小姐”,而比她小的堂妹们大都做了太太,其中还有带孩子来参加法事的,而雪子至今还没有找到合适的人家。

记得在昭和六年的父亲七周年忌辰时,当时雪子也有二十五岁了。人们都对她的年轻大为吃惊,并说些“一点也看不出有那么大岁数”之类的奉承话,姐夫夫妇听来好像已很刺耳,这一次他们一定更为痛心疾首。固然,雪子与那时相比并无多大变化,看上去仍然那样年轻,尽管亲戚中的姑娘们后来居上,她也没有丝毫自卑。正因为如此,又更惹人怜悯,这样一位白璧无瑕的“姑娘”,一直独身一人,真是咄咄怪事! 人们会说,九泉之下的双亲不知会怎样叹息呢? 好像责任全在于本家似的。这样一来,幸子也暗自思量自己应负一半的责任,所以她更能体谅姐夫夫妇的心情。说实话,除了雪子的事情,幸子另有忧虑的问题。听说姐姐时隔两年又来大阪,幸子最犯难的是:妙子的私生活最近又出现了新的变化。

板仓刚死的那一阵,妙子像是绝望了,对什么都丧失了兴趣,但没多久,只过了一两个星期就像恢复正常了。她原想顶住一切压力也要遂愿的恋爱,突然打上了终止符,所以她一时茫然不知所向。只因她生性不喜忧郁,能自己振作起来,不知什么时候她又开始去裁剪学院了。她内心如何暂且不论,从表面上看她很快又像原来那样活泼好动了。幸子对此也很佩服,曾对贞之助说:“这一回,那样坚强的小妹肯定也够呛,但是她毫不示弱,真了不起! 她真是什么都拿得起放得下,我是学不来的。”

记得是七月中旬,有一天幸子请桑山夫人上神户的与兵餐馆吃午饭时听侍者说,刚才妙子打电话来预定了晚上六点的两个席位。妙子那天早晨就出去了,幸子不知她是从哪儿打来的电话,也琢磨不出她和谁来吃晚饭。与兵的青年侍者说,最近妙子和一个男人来过两次了。幸子不由得吃了一惊。她很想追问那男人的长相、衣着,但碍着桑山夫人在座,只得说声“啊,是吗”,装着若无其事似的敷衍过去了。老实说,她既想问清那男人是谁,但又害怕问清楚。那天，从与兵走出来和桑山夫人告别后，她又去新开地重看了法国电影《望乡》[1]，五点半看完电影走出影院时，她想，如果现在去与兵附近转悠一会儿，正好能遇上妙子和那男人，但一转念又打消了这个念头径直回家了。

这样又过了一个月，八月中旬，菊五郎到神户来演出。贞之助、幸子、悦子和阿春四人到松竹剧场去看戏（这段时间妙子常常单独行动，就是幸子邀她去看电影或是看戏，也很少一起去，她总是说自己也想去看，可是今天去不了），在多闻大街的八丁目的电车道附近下了出租汽车，通过新开地的十字路口往聚乐馆那边走去，贞之助和悦子先过了马路，幸子和阿春遇上了红灯，这时从楠公前车站方向开过来一辆小汽车，在两人眼前一刹那间开过去，车中坐着的是奥畑和妙子。这是夏天大白天发生的事情，丝毫不必怀疑。只是，他俩正在说什么，似乎没注意到她们。

"你可不许告诉老爷和悦子！"幸子马上堵了她的口，阿春看见幸子脸色唰地一下变了，也表情严肃地答应了一声"是"低头走着。幸子为使自己突突乱蹦的心平静下来，眼望着走在百多米前的贞之助和悦子的背影，有意放慢脚步缓缓而行。在这种时候，她常常连手指尖都发凉，不知不觉间握住阿春的手，但是不说话更觉得憋得慌似的。

"你知道小妹的什么事吗？……最近，小妹像是在家里一会儿也待不住似的……"

"是。"阿春又答了一声。

"啊？要是知道什么就讲啊……刚才那个人没来过电话吗？"

"来没来过电话我不清楚，不过……"她踌躇起来，过了一会儿终于吞吞吐吐地说"……老实说吧，前阵子，我在西宫碰见过他两三次……"

"是刚才那个人吗？"

---

① 《望乡》：1936 年制作的法国电影，朱利安·迪维维耶导演的代表作之一，以阿尔及利亚的卡斯帕为背景，描写甘古和佩佩的悲剧，主演是让·迦本。

“是的，哎……还有小妹……”

当时就只说到这里，在第一场《野崎村》[1]之后的幕间休息时，幸子和阿春上厕所，在走廊上幸子又向她打听下文。据阿春说，上个月下旬，她在尼崎的父亲因痔疮手术住进了西宫一家痔疮专科医院，她请了两周假照看父亲。那段期间，为了送饭什么的，每天都要在尼崎和医院之间跑个来回。医院正在西宫的惠比寿神社附近，她总是从国道的札场路车站乘公共汽车到尼崎去。在那往返途中，曾有三次遇见过奥畑。第一次是她刚要上车时，奥畑走下车来擦身而过。第二次是在车站等车时相遇的，奥畑和她的方向相反，总是坐开往神户方向的车，一次也没坐开往野田的。阿春候车得由南往北横过国道，站在靠山一侧的车站，而奥畑是从这个车站后边的曼播里走出来，由北往南通过公路，站在靠海滨一侧的车站上的。（阿春说的“曼播”是现在只在一部分关西人中使用的旧方言，指的是短隧道，相当于现在的地道。听说这原是荷兰语的“曼扑”演变来的，所以也有人那样发音，而京阪地方一般都像阿春这样说。在阪神国道的西宫市札场路附近的北侧，国营电车线路和铁道是东西走向，在路基下开了一个隧道，与其说它像个地道还不如说像个小洞，穿过这条行人勉强能直立行走的隧道，就来到了那个公共汽车的车站。）第一次遇见他时，阿春还在犹豫是否要打招呼，奥畑先取下帽子朝她微微一笑，阿春也就向他鞠了一躬。第二次时，双方都等好久了，汽车总不来。站在对面的奥畑像是想起什么似的，大大咧咧地穿过马路向她走来说：“春丫头，又碰见你了，你是有什么事到这边来的吧？”阿春如实告诉了他，他们站着说了一会儿话，奥畑独自笑嘻嘻地说：“嗬，原来是这样，才到这里来了，以后到我家去玩玩吧，我家穿过那个地道就到了。”他说着用手指着那曼播口说，“你

---

① 《野崎村》：近松半二作的新剧净琉璃《新版歌祭文》中的一场。该剧安永九年（1780）在大阪首演，描写卖油店老板女儿阿染和徒弟久松的恋爱故事。分为上下两场，上场为《野崎村》，剧中阿染托词去参拜位于大阪大东市的野崎观音，前往看望被放逐回乡的久松。

知道一棵松[1]吧，我家就在一棵松旁边，很容易找的，请你一定来。”他好像还想说什么，这时开往野田的汽车来了，阿春说一声“失陪了”就上了汽车（阿春的习惯是谈这类事情时一一模仿对方的口气，绘影绘声地表演给你看）。就这样，阿春和奥畑三次相遇，时间总在傍晚五点前后。这三次都只遇见奥畑一个人。但另外有一次，在同一时间同一车站遇见了妙子。阿春正站在那里候车，妙子从她身后走来，拍了一下她的肩膀叫道：“春丫头！”“啊呀！您到哪儿去了？”阿春脱口而出，又急忙闭上了嘴。她见妙子是从后面来的，猜度她是从那个地道里钻出来的。随后妙子问她说：“你什么时候回来？……你父亲的病情怎样了？……”问过之后又哧哧地笑着问她，“听说你碰见启哥儿了吧？”阿春冷不防被这一问噎住了，答不上话来。“你还是快点儿回来吧。”妙子说完就走过马路，坐上开往神户的车走了。不知她是直接回家了，还是到神户的什么地方去了。

在剧场的走廊里就说了这些。但幸子觉得阿春似乎还知道一些什么，便在第三天的早晨，这天是悦子学钢琴的日子，等妙子走后，特意让阿照送悦子去学琴，然后把阿春叫到客厅来盘问。

阿春说：“其他的事情不知道，但是……”接着又说，“我一直以为他住在大阪，他说他家在西宫的一棵松附近，我觉得有点意外。有一天，我穿过那个曼播，走到一棵松附近一看，还真有他的住宅。房子前面有一道矮篱笆，是一栋红瓦白墙的新式两层楼房，门上挂着只写有‘奥畑’两个字的门牌，那门牌还是新的，看得出来是最近搬来的。我是傍晚六点半以后去的，天色已经很暗了，楼上的窗户全开着，白色花边的窗帘里灯光明亮，留声机正开着。我站了一会儿想探听一下情况，确实是启少爷和另一个人——像是个女人在讲话。但是，因为留声机太响，我听不清楚他们说什么。（说到这里，阿春还说：

① 一棵松：位于西宫市常磐町的一棵古松，古松根旁有“一棵松地藏尊”等两块石碑，现已成为地名，附近有一棵松巴士站。

哎,哎,那张唱片是什么来着？嗬,对了,是那个达尼尔·达黎欧[1]在《晓归》中唱的那支歌。)我只有那次去看过那栋房子,本想有时间再去打探点情况,但是,过了两三天父亲就出院了,我也回芦屋来了,终归再没机会了。我一直拿不定主意,这些事儿该不该报告太太。因为无论是启少爷还是小妹,在车站相遇的时候虽然说了那些话,并没有特地堵我的嘴,我想也许太太也知道这些事,如果是那样的话,我不做声反倒不好,但是,我又想最好不要多嘴多舌,所以就没向您报告。这段时间,恐怕小妹经常去他家。如果有必要,我可以到他家附近去听听街谈巷议,更详细地了解一下情况。”

幸子那天看见他俩在汽车中,事出突然,不免吃了一惊。渐渐冷静下来以后,她又认为,自板仓事件以来,妙子虽说是对奥畑十分失望,但也没有和他完全断绝关系,何况板仓已经不在了,两个人偶尔在一起走走也不值得大惊小怪。不过,记得大概是板仓死后十天左右,报纸登载了奥畑母亲的讣告,幸子看了后对妙子说,“启少爷的母亲去世了”,说着偷偷观察妙子的脸色,妙子只是毫无兴趣地“嗯”了一声。“病了很长一段时间了吗？”“谁知道呢……”“最近你一次也没见到他吗？”“嗯。”妙子还是鼻子哼了一声算是回答。幸子察觉她似乎相当讨厌谈论奥畑的事,所以从那以后,当着妙子的面连个“启”字都不提。尽管这样,也没听妙子说过已和奥畑绝交。而且,幸子一直担心妙子早晚还会找一个板仓式的人物。幸子想与其让她再找一个不三不四的对象,倒不如和奥畑重修旧好,这既显得自然,面子上也光彩,任何方面都符合心愿。不过,光听阿春一番话就认定他们已经破镜重圆未免为时过早,但是,很可能就是那么回事儿。妙子知道本家和幸子她们对自己和奥畑恋爱表示理解,因而即使这是事实也无隐瞒的必要,但是,有一段时间她对奥畑那样厌恶之极,现在要由她自己坦白与他重新和好,面子上也下不来。

---

① 达尼尔·达黎欧(Danielle Darrieux,1917—):法国电影演员。《晓归》1938 年出品。亨利·杜安出演,内容为男主角和匈牙利某一农村年轻妇女的一夜情的故事。达尼尔·达黎欧演唱保罗·米斯拉基作曲的法国民歌。

但是，让幸子她们知道这事也有方便之处，所以她希望阿春能传话。幸子琢磨着大体是这样的。几天后的一个早晨，餐厅里只剩下她俩的时候，幸子若无其事地问：

“前不久，我们去看菊五郎演出的那一天，你坐汽车打新开地经过了？”

“嗯。”她点头答应。

“与兵也去过吧？”

“嗯。”

“启少爷为什么要在西宫安个家呢？”

“被他哥哥撵出来了，不让住在大阪的家里了。”

“为什么呢？”

“为什么嘛，他不肯明说。”

“前些日子他母亲去世了吧？”

“嗯，好像跟他母亲死了有关系。”

尽管含糊其词，妙子还是点点滴滴地透露了一些情况：那栋房子是每月四十五元租的，奥畑和他从前的乳母两人住在那里。

“你从什么时候又开始和启少爷来往了？”

“板仓的‘七七’那天碰见他的……”

板仓死后，妙子毫不懈怠地逢“七”日就去给他上坟。上个月上旬板仓“七七”那天，她很早就去冈山祭扫完毕了，准备坐火车回家。走进车站时，看见奥畑站在正面入口处，他说：“我知道你来上坟，所以在这里等你。”就这样，妙子只好和他一起从冈山回到三宫。板仓死后一时断绝了的交往又恢复了。接着，妙子又解释道：“可是，这也不是说我改变了对启哥儿的看法。虽然他说了一些像是很有志气的话，什么母亲去世后才看清了社会，被赶出家门后他才醒悟了，但是，我并没有把这些话当真。只是看到他被赶出家门孤零零的，谁也不理睬他，我可不能那样冷酷无情地对待他，所以才和他来往了。不过，我如今对他的感情，不是爱情而只是怜悯而已。”

10

幸子见妙子不肯多说，不高兴她细问似的，从此就没再提奥畑这件事了。可是，了解这些情况以后回过头来再看，幸子就看出一些端倪来了。近来，妙子经常很晚才回来，在什么地方待那样久也不清楚，虽然还住在家里却又不像是这个家庭的一员。个中原因，都可以由此说明。还有，妙子近来回家后往往不洗澡了，而看她的脸色肯定是在什么地方洗过了。她本来不惜在穿戴上花钱，但自从和板仓相好以后，感到有存钱的必要而注意节约了，甚至烫发也尽可能去便宜的美容院。最近，她从化妆到衣裳、饰物，又引人注目地变奢华了。幸子还注意到，她的手表、戒指、手提包、烟盒、打火机等，在这两个月内全都更新换代了。妙子原来用的那架照相机，就是板仓生前爱用的那部徕卡（曾在大阪三越百货店的八楼被奥畑摔到地上，有那么一段复杂经历的照相机，后来由板仓请人修好并继续使用），在死者"五七"后，由他冈山的家属送给妙子作为纪念。妙子一时好像经常带着它出门，而最近换了一部崭新的克罗姆徕卡。

最初，幸子想得很简单，以为是恋人之死而使其人生观为之一变，放弃了存钱的打算而大手大脚花钱。但实际上也不是这么简单。比如说，妙子早就没有制作偶人了，听说不知什么时候连夙川的工作室也转让给徒弟了，裁剪学院也似乎不太去了。幸子本想把这些事暂且放在心里，从旁观察一段时间再说，然而，妙子这样公开地与奥畑来往，两个人大摇大摆地招摇过市，说不定什么时候会被贞之助撞着。丈夫本来就十分厌恶奥畑，如果知道这件事后肯定会有不满。幸子考虑到这一点，有一天向丈夫讲了这事。

不出所料，丈夫满脸的不高兴。两三天后的一个早晨，贞之助对走进书房来的幸子说："你坐一会儿，我从某个地方打听到启少爷被家里撵出来的内情了。"贞之助说，"前几天听到你说的那些情况，我就觉得有问题，所以请人去调查了。原来是他和奥畑商店的店员合伙偷了店里的东西，而且还不止一次。以前也有一两次，据说那时都是由母亲求情，他哥哥才饶了他。可是这一次母亲去世了，又因为是重犯，他哥哥大发雷霆，说是要控告他；只是有人求情，好歹等到过了母亲的‘五七’，就把他撵出了家门。”

贞之助又说：“小妹究竟是否知道这件事，我也不清楚。只是本家也好，你也好，既然已经知道这件事了，是不是要改变想让小妹和启少爷结合的想法？特别是像姐夫那样的人，听到这件事后肯定会改变主意。直到现在，姐夫和你们都很宽容地看待小妹和他的交往，甚至内心好像还为此而高兴，都是因为你们认为最好是让他俩结婚。如果放弃了这种想法，我认为再让他们这样交往下去是不合适的。即使你和姐姐、雪子都认为，与其让小妹嫁给一个身份不明、不三不四的男人还不如嫁给启少爷，姐夫也绝不会同意。除非他哥哥饶恕了他，在此基础上，他和小妹的婚姻得到奥畑家的承认，并且正式结婚，否则姐夫是不会首肯的。因此，让他们这样交往下去，对双方都没有好处。另外，过去奥畑家有母亲和哥哥监督他还要好一点，现在他已经被赶出家门，住在独立的一栋小房子里，可以为所欲为，所以更为棘手。也许被驱逐出来的时候得了一点生活费，结果他把它当成求之不得的好事，不计后果，罄其所有地挥霍，而且小妹会不会也多少花了他一些钱呢？如果小妹对他的感情不是爱的话，我虽然不愿意恶意揣测，但是从另一个角度考虑，很难理解为单纯的怜悯，也可以做更坏的解释。放任小妹这样混下去，万一两个人糊里糊涂地同居了又怎么办呢？不！即使不发展到那种程度，只要小妹成天泡在西宫的那栋房子里的事，让启少爷的哥哥知道了，他又会怎样看我们呢？小妹被说得不名不誉固然在所难免，连我们这些监护者也会遭白眼吧？”贞之助还说，“我过去对小妹的行为一直采取旁观的态度，这一次我也不想积极干预。不过，如果小妹继续和他这样交往，希望你能跟本家说一声，征得他们的许可，至少也要得到他们默认才行。否则，这一次我们在本家面前可无法交代了。”

实际上,贞之助最近开始打高尔夫球了,经常在茨木俱乐部碰见奥畑的哥哥,他怕到时候会难堪。这也似乎是他的顾虑之一。

“不过,你认为本家能默认吗?”

“这个嘛,不大可能。”

“那怎么办呢?”

“可能还得让小妹和他断绝来往。”

“如果真断了就好了,可是,要是他们秘密来往的话……”

“假如小妹是我的亲妹妹或者女儿,她不听话,我也把她赶出去了,不过……”

“那样的话,她不是更要跑到启少爷那里去吗?”幸子说着,眼眶很快就潮润了。的确,如果这一方也抛弃妙子,禁止她出入,对于社会和奥畑家固然都交代得过去了,但这不等于主动招致丈夫最不愿看到的结果吗?

丈夫的意见是,小妹已是有独立生活能力的二十九岁的女子,所以,想让她按照我们想法行事是错误的。到底会怎么样,不妨把她推出去看一看,哪怕她因而和启少爷同居也无办法,如果连这些也要我们操心的话,那就没完没了。在幸子看来,就这样给妙子打上“逐出家门”的烙印,想想都觉得可怜。迄今为止无论遇到什么事情总在本家面前庇护妙子,现在就因为那点儿事把她撵出去吗?丈夫未免把这位妹妹想得太坏了。别看小妹那个样子,怎么说还是名门闺秀,是个心地柔弱、人品优秀的女子。幸子可怜这位从小就丧失了母爱的妹妹,虽然做得还有欠缺,但是一直代替母亲疼爱着她,决不能在要为母亲办法事的时候把她赶出家门。

“我也不是说非那样做不可嘛。”贞之助看着妻子的眼睛,有点狼狈地说,“我说的是一种假说,是说假设小妹是我亲妹妹的话……”

“这件事你就让我来处理吧……等姐姐来了,我悄悄说给她听,让她知道就行了……”

可是,幸子心中却是这样打算的:是否告诉姐姐到时候再说,反正不把二十四号的法事顺利办完不提此事。

二十二号姐姐一行到达芦屋当晚，幸子只跟雪子单独谈了这事，想听听她的意见。雪子说：“他们能重修旧好总是好事。不必把启少爷被赶出家门的事看得那样严重，虽说他拿了东西，拿自己店里的究竟不同于偷别人的。这种事情他是干得出来的。断绝关系恐怕也是一时的惩戒，大概不久就会饶恕他吧。如果他们不在外面招摇，只是暗中来往，我们就不必深究。只是，最好还是别跟姐姐说，你跟她说了，她肯定会告诉姐夫。”

幸子虽然觉得和本家对着干并不太好，但总觉得这次法事有不足之处，所以一是为了弥补其不足，二是为了慰劳久别重逢的姐姐，打算在善庆寺的聚会之后，姐妹们单独办一个小规模的纪念活动。决定在法事完后的第三天即二十六号，选定父母生前关系密切的播半的一个客厅，连贞之助也请他回避，除了姐姐和她们三个妹妹外，只邀请富永姑母和她的女儿染子。余兴节目，决定请菊冈检校和女儿德子。演出的节目有德子伴奏、妙子跳舞的《袖香炉》①，检校用三味线、幸子用古琴演奏的《残月》②。半月前就做出了这个决定，那以后，幸子急忙在家里练琴，而妙子也每天上大阪的作稻师傅那里练习舞蹈。

姐姐二十二号到神户后，二十三号一大早就起来了，只带上梅子出去买东西、挨家挨户问候亲朋，应邀在什么地方吃过晚饭才回来。

二十四号当天，姐姐、正雄、梅子、贞之助夫妇、悦子、雪子和妙子八人，还带了阿春，八点半就出了门。妇女全都穿了印有家徽的礼服：姐姐是黑纺绸，幸子以下三姐妹都是紫色绉绸，只是颜色深浅略异，阿春是黑紫色捻线绸。途中，在阪急线的夙川站，卡塔莉娜的哥哥基里连科走上车来，他下穿短裤、露出毛茸茸的大腿，看到车厢内这几位乘客服装色彩纷呈，他突然一下睁

---

①《袖香炉》：地呗，是为天明五年（1785）去世的谷贺检校创作的有名追悼曲，由鎊屋次郎兵卫作词、峰崎勾当作曲。但是曲调没有凄凉感，旋律柔美热情。

②《残月》：地呗，是峰崎勾当为追悼其爱徒松屋某的女儿去世一周年创作的名曲，创作于宽正年间（1789—1800），用三味线、琴、箫伴奏。

大了眼睛,他走到贞之助一行前面,揪住了吊环:“这是上哪儿去呀?”他微微弯了弯腰问:“今天大家可都到齐了。”

“今天是我内人的母亲逝世纪念日,大家一起去寺庙参拜。”

“啊,令岳母什么时候去世的?”

“已经二十三年了。”妙子回答。

“基里连科先生,卡塔莉娜小姐有信来吗?”幸子问。

“对对,我忘了。最近来信还写了向你们问好呢。卡塔莉娜现在在英国。”

“已经不在柏林了吗?”

“在柏林没待多久,很快就去英国了,还见着她女儿了呢。”

“那可真好呀,在英国干什么工作呢?”

“在伦敦的一家保险公司工作,做公司经理的秘书。”

“那么说,和女儿在一起生活了?”贞之助问。

“不,还没有。为了把女儿要回来,正在打官司。”

“是吗?那可真是……”

“您下次写信时,请代我们向她问好。”

“行,不过因为打仗,寄信也要很长的时间吧。”

“你妈妈一定担心她吧?”妙子说,“伦敦也快要遭空袭了。”

“但是不用担心,我妹妹胆子大着呢。”基里连科也用大阪方言回答。

还记得当年播半的豪华场面的人,都会感到这次法事后的宴会未免寒酸,善庆寺的客厅是打通了的三间大居室,坐上四十来号人就餐,也并不显得怎么冷清。除亲戚外,还有几个经常来往的人,如木匠师傅塚田以及代表音爷爷的庄吉等,船场时代的职员也有两三人出席。宴席间的招待工作,理应由鹤子和几个妹妹承当,却由堂姐妹、阿春和庄吉的妻子等人代劳了,姐妹们几乎没动什么手。

幸子眺望着庭院的风光,只见高高伸展着的胡枝子的红花、白花即将凋谢,不由得回忆起母亲去世时箕面那个院子的情景。男人们多半在高谈阔论欧洲战事,女人们照例是称赞“雪子姑娘”和小妹的年轻,只是拿捏好了分寸,不让辰雄听着刺耳。只有原来的一个叫户祭的店员喝醉了,坐在末席扯着嘶哑的嗓子大声嚷嚷道:“俺听说雪子姑娘还没嫁人啦……”他还毫不客气地追问一句,“这到底是为啥呢?”眼看着有点儿冷场了。

“我们反正已经迟了呗。”妙子坦然自若地说,“在慢慢儿地寻一个好主儿。”

“你们也太慢了。”

“胡说八道!不是说‘现在也不晚’[①]吗?”

一时这里那里响起了女人们克制的笑声。雪子也默不出声,只是笑嘻嘻地听着,辰雄则假装着没听见。这时,脱掉了国防服上衣、只穿件衬衫的塚田从对面喊道:

“户祭君!户祭君!听说你最近做股票生意赚了不少钱呢,是吗?”他那张黝黑的脸上露出镶的金牙闪闪发光。

“没有的事。不过,这往后俺可要大大地捞一把了。”

“是谋上了什么好事呢?”

“这个月俺就要到华北去了,是这么回事:俺妹妹在天津的一个舞厅里混事,让军部看中了,当上了间谍。”

“哎——”

“她现在找了一个支那浪人[②]做丈夫,神气得不得了,一千两千地寄钱

---

① 昭和十一年(1936)“二·二六事件(右翼青年军官叛乱)”发生时,发布了以戒严司令官香椎浩平中将署名的布告《告士兵》,其中呼吁参加叛乱的士兵“返回原部队现在也不晚”。事件发生后,这句话成为流行语。

② 指明治以后去中国大陆的混迹于军政界的日本民间人士,略含贬义。特别是中日战争前后,出于日本经营中国大陆的国策,很多日本人抱着各种目的前往中国,其中也不乏身份可疑的人物。

回来。”

“咦，我怎么就没有这么个好妹妹呢！”

“俺那妹妹写信来说，这年头可不要在国内傻待着，她那儿能赚大钱的事儿多的是，所以要俺去天津。”

“也把我带去吧，有好机会我这木匠活儿随时都可以不干。”

“俺是想，只要能发财，干什么都行，当妓院老板也不打紧。”

“对！对！没有这点勇气可不行！”塚田接着喊，“春丫头，把酒壶拿过来！”他把阿春叫到身边，开始喝酒了。这个木匠在芦屋的家里喝赏酒时，也是由阿春斟酒，灌得醉醺醺的。这种时候他老是反反复复地说：“喂，春丫头，你做我老婆好吗？只要你答应了，我立马把我家里的休掉，不，不是开玩笑，这是真心话！”而阿春总是一边和颜悦色地应付他，一边又觉得有趣而捧腹大笑，所以他也经常这么逗她。只是，今天阿春让他灌了不少酒，所以她看准了机会说道：“我去拿点热酒来。”说着一溜烟往厨房那边逃去，不顾塚田在后面“春丫头、春丫头”地喊着追了上来。她走下后门的土间，躲进后院的杂草丛里，从黑缎子的腰带间掏出粉盒，在微醺发红的脸上重新抹上一些粉，偷偷瞄了周围一圈，见确实没有人，打开了那个经常来往的杂货店老板背地送给她的珐琅烟盒，抽出一支光牌香烟，急急忙忙地吸了半支，又把火摁灭，放回烟盒里，最后又折回客厅去了。

11

姐姐说二十六号一定要动身回去，这天中午应邀在播半聚餐后，没有回芦屋，在心斋桥一带逛了个把小时，之后由幸子她们直接送往梅田车站。

“姐姐,恐怕又要相当长时间不能来了吧。”

“倒不如你到东京来好了。”姐姐从三等车厢的窗口里探出头来说。因为带着孩子,买了卧铺票也睡不成,二等三等都一样,为节约起见,她坐了三等车厢,“这个月菊五郎没有演出,下个月有他的戏。”

“上个月菊五郎在神户松竹剧场演出,我们还去看了,但是没有在东京、大阪看过他的戏。他演了《保民》[1],但是延寿太夫[2]也没有演出……”

“听说下个月菊五郎要在舞台上用真鸬鹚演出长良川渔夫的戏[3]。”

“那是新排的戏剧了,我最想看的还是舞蹈。”

“你这一说呢,小妹的舞蹈,富永姑母一个劲儿直夸,说什么没有比她跳得好的了。”

“雪姨不上车吗?”正雄一口东京口音问道。

“……”

雪子站在幸子身后,倒成了送行的一方,笑嘻嘻地似乎在说着什么,这时开车的铃声响了,谁也没听清她说的话。姐姐一开始就猜度出了雪子的心思,这次和她一起西下,反正是想要留在这里,所以姐姐既然没说要她一起回京,雪子也未多加解释,自然而然就决定了。

幸子依照雪子的意见,有关妙子的事对姐姐只字不提。而妙子好像把幸子再也不提那事,理解成默认了自己的行为似的。从那以后,她越来越放肆,每天都往西宫跑。如果只是白天去倒也罢了,竟十天八天都不回来吃晚饭。这样一来,连贞之助都有时不免脸色阴沉了,幸子不由得暗中为

① 《保民》:清元舞蹈剧。篠田金治作词、清泽万吉(后来的第一代清元斋兵卫)原作、藤间大助舞蹈设计,文政元年(1818)在江户首演。剧中主人翁安倍保名抱着自杀的恋人遗物窄袖和服在原野中狂走,所以剧名也叫《保名狂乱》。

② 此指第五代清元延寿太夫(1862—1943)作为清元节的师家,明治三十年(1897)袭名,以歌喉优美广为人知,大正三年(1914)创立清元会,是当代清元净琉璃的第一人。

③ 此指永井衡吉新作歌舞伎剧《渔夫之家》,昭和十四年(1939)十月首演,正如书中说的,菊五郎精心使用真鸬鹚做道具演出该剧,获得了好评。

她捏一把汗。每每在这样的晚上,贞之助、幸子和雪子都尽量不提“小妹”,但是,正因为知道彼此都在刻意为之,就更觉得别扭。此外,幸子也考虑到对悦子的影响。虽然母亲和雪子都对悦子说,小姨近来回家晚是因为忙着制作偶人,但是悦子显然不相信。虽然没人教她,她在晚餐桌上也从不说妙子。幸子屡屡提醒妙子,至少也要注意不在丈夫和悦子面前太肆无忌惮了。妙子只是不痛不痒地“嗯”两声,两三天回得早一些,随即又依然故我。

一天晚上,丈夫终于忍耐不住了似的问道:“这次你跟姐姐说了小妹的事没有?”

“我想跟她说,但是没有机会……”

“为什么?”丈夫一反平常,用的是斥问的口气。

“说实话,我跟雪妹商量过了,她说还是不要对姐姐说为好……”

“雪妹为什么那样说呢?”

“因为她同情启少爷,她大概认为要宽容点看待他那些事吧。”

“同情也得看是什么事情呀!这样下去,不知道会给她自己的婚事带来多大的影响。”丈夫板着脸说道,便再也不做声了。所以幸子也猜不透丈夫在考虑什么。

十月中旬,丈夫又到东京去了两三天。他回来后,幸子问道:

“你到涩谷去了吗?”

“去了。我跟姐姐讲了那件事。”丈夫回答,“不过,姐姐只说她要好好考虑一下,当时什么意见也没说。”

这样,幸子也就一直没有再触及这件事。到了月底,出人意料地,姐姐寄来了如下这封信:

幸子:

上个月我们一行人给你添了不少麻烦,又蒙你在播半盛情款待,得以品尝到久违的故乡的美味,感到非常喜悦。

回到东京后，每天忙忙碌碌，一直没有写信道谢，今天又出于无奈不得不写这封令人讨厌的信。但是，这是无论如何也要告诉你的事，迫不得已只好提笔。

这就是小妹之事。前些日子，我才从贞之助那里听到有关小妹的详情，实在大吃一惊。贞之助说要把事情全说出来，从板仓的事直到最近启少爷被赶出家门，原原本本都告诉我了。我越听越感到全是意外的事。过去虽然也曾隐约听到一些有关小妹的坏话，但是我认为她无论如何不会做那种不检点的事，何况有你在她身边应该不会让她出什么差错。但是，我想错了。正因为不想让小妹变坏，我才操那么多的心，但是，每当我要出面干涉时，不就是你从中庇护她吗？我为家中出了这样一个妹妹感到羞耻，这对于莳冈家也是极不体面的事。听说连雪子也站在小妹一边，说是没有必要把这件事告诉我们。雪子也好，小妹也好，都瞧不起你姐夫，不肯回本家来，这次又做出这样的事情，她们究竟安的什么心？我总觉得你们三个人是有意为难你姐夫，故意使坏。这一切也许都是因为我们有做得不周之处吧……

信笔写来，或许有过火之处，也请你让我讲一遍，触犯之处，请你宽恕。

至于怎样处置小妹，老实说，我们本来认为如果可能的话，最好是让她和启少爷结婚。但是，既然知道了这些情况，已经不作此想了。退一步说，即使将来启少爷得到家庭饶恕，恢复了和家庭的关系，那时我们还可重新考虑，但是，现在必须绝对不允许小妹出入被放逐在外的启少爷的家。就小妹而言，如果她将来一定要和启少爷结婚，那么现在更应和他断绝来往，否则只会伤害奥畑家的感情。因此，你姐夫说了，即使小妹答应和他断绝交往，也不足使人相信，所以要她暂时住到东京来。你也知道，我们这里住房狭窄，与你那里生活程度也有差距，要她来住也有些过意不去，但现在不是讲究这些的时候了。请你好好向她解释，一定要她来这里。你姐夫说，不能因为房子狭窄就放纵她们，过去的做法完全错了,住得不舒服大家也得忍耐,请雪子也回来。

这一次也请你不要给小妹好脸色看。如果小妹无论如何也不愿来东京,你家里也不能收留她。这是你姐夫的意见,我也赞成。你姐夫说,希望这一次幸子能站在我们一边,采取断然措施。我们好不容易下了决心,所以这一次请你不要磨磨蹭蹭拖而不决。要么叫小妹来东京,要么宣告她和莳冈家断绝关系,你姐夫希望你在这个月内把决定告诉我们。不过,这不用说,我们是不希望断绝关系的,所以请幸子和雪子说服小妹,圆满解决这个问题。我等着你的回信。

鹤子

十月二十五日

"雪子,姐姐来了这么一封信,你看看吧,"幸子先给雪子看这封信,说着眼圈都红了,"姐姐很少写这样语气强硬的信,还非常怨你呢。"

"这信准是姐夫教她写的。"

"就算是姐夫教她写的,姐姐也真做得出来。"

"说什么'瞧不起你姐夫,不肯回本家来',那不是已经过去了的事吗?姐夫搬到东京以后,从来没有认真考虑过要把我们接过去。"

"你倒没有什么,他本来担心小妹去了会给他惹麻烦,只差没说出来罢了。"

"别的且不说,那样窄的房子,他怎么接我们过去呢?"

"从这封信看,似乎是说小妹变坏是我的责任。但是,我是这样想的,反正小妹不听本家的调教,由我在中间监督她,她也没有太越轨的行为吧?假如没有我掌舵,小妹会更加无法无天,也许已经变成真正的坏女人了。我有我的立场,既要为本家着想,又要为小妹考虑,费尽苦心不让任何一方受到伤害。"

"姐姐他们想得太简单了吧,以为把行为有失检点的妹妹赶出去就万事大吉了。”

“可是怎么办呢？我想小妹是决不肯到东京去的。”

“那是不用问的。”

“那可怎么办呢？”

“暂时放一放怎么样？……”

“这一次可不行了，因为你二姐夫好像也赞成本家的做法。”

幸子说，不管怎样要跟小妹谈一谈，也要雪子在场。第二天早晨，在二楼妙子的寝室里，三姐妹关上门商量此事。

“我说小妹，哪怕不待多久，你暂时到东京去一趟好吗？”

听她这一说，妙子的头摇得像拨浪鼓一样连连说“不”，并说：“要我和本家一起过，还不如死了好。”

“那么，我怎么答复她呢？”

“随你怎么说都行。”

“可是，这次连你二姐夫也附和本家，所以不能含含糊糊。”

“既然这样的话，我一个人暂时去住公寓得了。”

“你不会住启少爷那儿吧？”

“来往是来往，住在一块儿，我可不干。”

“为什么？”

幸子这么一问，妙子默默无语了。最后，她才说是不愿意被人误解。她所说的误解，似乎是自己不过是可怜启哥儿而已，而别人却认为她爱着他，她感到遗憾。幸子、雪子对她这种说法，只能理解为她不服输。不过，在目前这种情况下，哪怕是一时过过独身生活，虽然同样是离开家庭，总比她和奥畑同居面子上好看些。

“一定吗，你一定住公寓吗？”幸子似乎一下子放心了，“那样的话，你也怪可怜的，不过，暂时就这样吧。”

“你要是住公寓，我会经常去看你的。”雪子说。

“真的，我不说你也明白，用不着想得那么复杂，你就说由于某种原因去公寓住一段时间，对谁也不说是从家里出来了。只要不让你姐夫和悦子看见你，要来的话就白天来，我也会经常打发春丫头去看你。”幸子说。

说着说着，幸子和雪子的眼眶里都噙着眼泪，唯有妙子冷静沉着，面无表情地说：“行李怎么办呢？”

“西装衣柜那些显眼的东西，你不搬走有些难办，不过，那些贵重的东西你就放在我这里好了。你打算住哪里的公寓呢？”

“我还没考虑。”

“松涛公寓行吗？”

“我不愿意住在夙川。不过，我这就出去看看，今天就把它定下来。”

两位姐姐出去以后，妙子独自坐在矮窗前，仰望着深秋晴朗的天空，不知不觉间，两行泪珠在她的双颊上簌簌地滚了下来。

12

妙子搬到位于国道公共汽车的本山村车站北面的甲麓庄公寓。据阿春说，那是一栋新建筑，孤零零地建在田野中，公寓比较简陋，设备还不齐全，开业没多久。

过了三天，幸子想请妙子吃午饭，便和雪子一道去神户，打电话去公寓，说是妙子不在。阿春也说，如果不是一大早就去，多半时候她都不在家。虽然如此，幸子还是一心盼望她这几天会回来一趟，而几天过去了，始终不见妙子人影，连电话也不来一个。

不知贞之助是相信了妻子和雪子真和妙子“断绝关系”了，还是明知她们之间背地里有联络，睁一只眼闭一只眼了，总之，表面上已把妙子逐出家门，他似乎也满足了。悦子听说小姨现在租借了甲麓庄公寓做工作室，吃住都在那里，虽然觉得有点蹊跷，但终究还是认可了。幸子和雪子想，过去也常常见不着妙子，和以前相比没有什么变化。实际上，仿佛家庭中“嗵”地一下打开了个大窟窿似的，其实，这种感觉早就有了，并不是出了这件事才成了这光景。然而，一想到有个见不得人的妹妹，她们就感到愁闷不堪。

为了消愁解闷，她俩几乎隔两天就去一趟神户，找些新旧电影看，有时甚至一天看两场。这一个月来，数一数她俩看过的电影有：《阿里巴巴女都之行》①、《早春》②、《美丽的青春》③、《城堡剧场》④、《少年之街》⑤ 和《苏伊士》⑥等。每当她们漫步街头时也留心会不会偶然碰到妙子，但终于一次也没碰上。因长时间音讯杳然，有一天早晨，幸子要阿春去看看。阿春回来后说：“我到那里的时候她还没起来呢，精神挺好的。我说：‘太太和雪子小姐都惦着您呢，请您回去一次吧？’她笑着说：‘我过几天就去，请她们不用担心。’”

到了十二月的某一个星期，她们盼望已久的法国电影《没有铁窗的监

---

①《阿里巴巴女都之行》(*Ali Baba Goes Town*)：戴维·巴德拉导演，埃迪·坎特主演的美国喜剧电影，讽刺罗斯福新经济政策。

②《早春》(*Das Madchen Irene*)：1936 年制作的德国电影。赖因霍尔德·顺彻尔导演，利尔·达戈弗尔主演。讲述青春期的悲欢和母子的纠葛，在当时已进入纳粹时代的电影中属于富于艺术性的佳作。

③《美丽的青春》(*Hélène*)：1936 年制作的法国电影。

④《城堡剧场》(*Burgtheater*)：1937 年制作的奥地利电影 。菲利·福斯特导演，伯尔纳·克劳斯主演，出色地描写了维也纳的美妙的气氛。

⑤《少年之街》(*Boys Town*)：1938 年制作的美国电影。诺曼·陶罗格导演，米基·鲁尼、斯潘塞·特雷西等主演，特雷西饰演感化不良少年的神父，演技高超，获得当年的奥斯卡男主角奖。

⑥《苏伊士》(*Suez*)：1939 年制作的美国电影。艾伦·达安导演，蒂龙·鲍华、洛雷特·杨格主演，讲述围绕开凿苏伊士运河的谋略和恋爱故事。

狱》[1] 上映了，她俩去神户看这部影片。就从那天起，幸子患了重感冒，只得暂时停止外出了。

十二月二十三号上午，时隔两月之久，妙子来了，因为从二十四号起悦子的学校开始放假了。妙子把过新年要穿的衣物装在提箱里，说了个把小时话后，她说过了初七再来给她们拜年，就回去了。一月十五号上午，她来了，喝了小豆粥，这天她稍微从容一些，直到下午才回去。

幸子自从去年年底患感冒以来，有些怕冷，老躲在家里，而喜爱看电影的雪子也决不单独去那些娱乐场所。她年纪老大不小了，还是非常怯生，去买点东西也要拉个伴儿。过去，幸子为了让她学点技艺，还亲自陪她去书道、茶道的师傅那儿。幸子说，老这样陪着也不是个事，所以现在是每三次要她单独去一次。另外，就是叫她隔一天去打一针。从去年以来幸子就想一定要让雪子接受治疗，消除脸上的褐斑。根据阪大皮肤科的意见，到栉田医生那儿注射女性荷尔蒙和维生素 C。除了这些，每星期两次悦子学完钢琴后，由雪子辅导她复习。这就是雪子近来的全部功课。

幸子一个人在家时，也老趴在钢琴旁消磨时光，连钢琴也弹厌了就到楼上的八铺席间练习毛笔字，或者把阿春叫来教她弹琴。阿春从前年秋天开始跟幸子学琴，幸子当时教她一些大阪七八岁小姑娘入门时的练习曲，例如有“三月三女儿节，千金小姐摆偶人”的这首歌和《四季之花》[2] 等等，幸子高兴就教教她，现在她已经能弹《黑发》《万岁》了。这位不愿上女子中学却甘愿当女佣的姑娘，看来还爱好技艺，只要说今天教她弹琴，她就赶忙把该做的活儿做完。她还请妙子教了《雪》和《黑发》的舞蹈动作，也都大体掌握了。现

---

① 《没有铁窗的监狱》（*Prison San Barreaux*）：1938 年制作的法国电影。莱奥尼德·莫吉导演，有名的描写少女感化院的优秀电影，饰演希罗茵的女演员科琳娜·里什埃尔的演技也获得好评。

② 《四季之花》：山登万和在明治中期创作的筝曲。适合初学者的曲子，短而整齐。

在幸子正在教她弹《鹤之声》[1]。

“……是谎言呢？咚锵，还是真话呢？……”

阿春这一段总是弹不好，总是用琴来弹“是谎言呢”这句歌词，所以这两三天幸子一直让她反复练这一段，连悦子都记住了，还学她哼这一段。

“阿春，这是对你的报复。”悦子说。这是因为平常悦子练钢琴遇到不容易弹好的旋律时，阿春总是毫无礼貌地用嘴哼出来，使悦子很恼火。

这个月底，妙子又来了一次。这天上午，实际上快到中午了，幸子一个人正在客厅里听收音机，她走进来了，问声：“雪姐呢？”说着搬一把椅子坐到火炉旁。

“刚才到栉田医生那里去了。”

“去打针吗？”

“嗯……”幸子本来是在听时令菜肴的节目，不知什么时候变成谣曲了，便说：“小妹，关掉收音机吧。”

“等一下，你看看它。”妙子用下巴示意依偎在姐姐脚旁的铃铃。

铃铃也是刚才来到火炉前趴着的，似乎很惬意地闭着眼在打盹儿。听妙子一说，幸子注意看它。只见谣曲的鼓声响一下，铃铃的耳朵也动一下。似乎只有那耳朵对那鼓声反射性地运动着，猫自己并没有意识到。

“这是怎么回事，这耳朵……”

“真奇怪……”

两人稀罕地看了一会伴随着鼓声摆动的猫耳朵。谣曲播完后，妙子站起来关了收音机。

“打针怎么样？有点效果吗？”她回到座位上来，又回到原来的话题。

“怎么说呢……那玩意儿需要长期坚持治疗……”

“要打多少次才行呢？”

---

① 《鹤之声》：地呗。玉冈检校作曲，创作于安永（1772—1780）年间，为最简单的地呗，适合辅导初学者。

“医生也没讲要打多少次，只说要有耐心坚持下去。”

“是不是非得结了婚才会好呢？”

“栉田医生说，也不一定。”

“我看打针也不会使褐斑完全消失。”妙子说着话头一转，“对了，卡塔莉娜结婚了。”

“是吗，给你来信了？”

“昨天我在元町碰到了基里连科，他从后面喊着‘妙子小姐、妙子小姐’追上来，对我说‘卡塔莉娜结婚了，两三天前来了信’。”

“和谁结婚了？”

“就是她当秘书的那家保险公司的经理。”

“到底让她逮着了一个。”

“她给基里连科的信中，还有一张经理家的屋子的照片。卡塔莉娜在信中说：‘我们现在住在这里。我丈夫说了要把母亲和哥哥都接来照顾，请你们快点到英国来吧，旅费可以随时寄来。’从照片上看，那是一栋像城堡一样的大宅邸，可豪华呢。”

“她可真逮住了一条大鱼，准是个走路都摇摇晃晃的老大爷吧？”

“哪里的话，听说他才三十五岁，还是初婚呢。”

“真的吗？”

“她说过‘到欧洲以后我一定找个有钱的男人结婚，你们等着瞧吧’，现在，终于让她达到目的了。”

“她是什么时候离开日本的呢？不是还不到一年吗？”

“是呀，是去年三月底走的。”

“这样算来也只有十个月。”

“去英国也就半年左右吧。”

“才半年就找上那样的丈夫，可真了不得。到底是美人。”

“你说美人，像卡塔莉娜那样的不有的是吗？难道英国那地儿不出美人?”

“基里连科和老太婆会去英国吗?”

“似乎不想去。那老太婆说:‘像咱们这样过着悲惨日子的人,到英国去会给女儿丢脸,住在日本,什么也不让女婿知道就得了。’”

“哎,西洋人也有这种心理啊。”

“对了,据说,她和前夫之间生的那个女孩,也谈妥了,现在已经领回来了。”

看来妙子并无他事,就是为了聊聊卡塔莉娜的事才来的。幸子劝她说,雪子马上就会回来,吃了午饭再走,但妙子似乎已和奥畑约好了在什么地方见面,说自己还会来的,只待了三十分钟左右就走了。

妙子走后,幸子又独自对着炉火沉思起来。的确,卡塔莉娜结婚的事,是值得妙子特地来告诉她的。年轻有钱的经理和新雇用的女秘书相恋,最终娶为妻室,这只是电影里编造的情节,在现实社会中寥寥无几,可是,毕竟还是有的。照小妹所说,卡塔莉娜既不是国色天香的美人,也没有出类拔萃的才干,这样的女人都交上了好运道,可见这种事情在西洋也就不足为奇了。如果是一位保险公司的经理,拥有豪华邸宅的三十五岁的未婚绅士,和一位仅仅是半年前才雇用的、无依无靠、对其来历出身毫无所知的女性移民结婚,即便她是绝代佳人,以日本人的常识来判断也是不可想象的。听说英国人很保守,可是在婚姻问题上却有这样自由的观念。卡塔莉娜说要找一个有钱的男人结婚让人看看,幸子原以为那不过是不谙世事的青年女子梦一般的希望,姑妄听之而已。没成想卡塔莉娜却出人意料地认真,大概她确信只凭自己的美貌就可以达到目的,才只身离开日本远渡英伦。

也许拿一个亡命的白俄姑娘与大阪的大家闺秀相比不恰当,不过,既然也有像卡塔莉娜那样的女子,那自己的姐妹为什么这样不争气呢?就连姐妹中最敢作敢为甚至被称为“异类”的妙子,在紧要关头也多少有些惧怕社会舆论,到现在还是不敢和自己喜欢的人公然同居。而比妙子还小的卡塔莉娜,却能抛开母亲、哥哥和家庭，阔步走向世界，靠一己之力迅速地开拓自己的人生路。当然，这并非说羡慕像卡塔莉娜这样的人，但是，雪子比她要强得多，姐夫、姐姐共有四人之多，直到如今，还没能给她找到一个合适的女婿，这又是何等地窝囊!？像雪子那样的老实人，幸子决不想让她去仿效卡塔莉娜，就是要她去学也学不来，这正是雪子的可贵之处。但是，作为监护者的本家姐姐夫妇和自己两口子，面对那位俄罗斯姑娘不感到无地自容吗？即使被卡塔莉娜耻笑“你们这些人跟着她都干了些什么哟！”那也是毫无办法的……幸子想起了去年在大阪车站站台上，临别时，姐姐叹了一口气，悄悄地对她说：“我如今的心情是只要有人肯要雪子，无论是谁都行。哪怕将来离婚也得先凑合找一个。”过不久，大门的门铃响了，像是雪子要到客厅来了。幸子低下头去，将发热的脸对着熊熊燃烧的炉火，偷偷揩掉眼眶上的泪水。

13

自那以后又过了两三个星期。幸子和雪子还是经常出入井谷的美容院，而那位井谷也似乎常把雪子的事儿挂在心上。有一次，幸子上她那儿时，她问道：

“太太，您认识大阪的丹生夫人吗？”

“井谷太太怎么认识丹生夫人？”

“我最近才和她见过一次面。”据井谷说，不久前她参加某人出征的欢送会，经人介绍与丹生夫人认识了。两人交谈时，井谷偶然知道了她是幸子的朋友，两人就谈了一会儿莳冈家的事。丹生夫人说：“我和莳冈夫人是很要好的朋友，但是有很长时间没见面了。记不清是什么时候的事了，我们两三个人曾经上芦屋去拜访过她,当时她患了黄疸病躺在床上。那是很久以前的事情了,已经三四年了。”

听她这一说,幸子回忆起来确有此事。当时,丹生夫人和下妻夫人一道来的,还有一位,幸子忘记了她的姓名,是一位十足时髦、喜欢装腔作势的东京的太太,她刚从美国回来,说起话来句末的发音怪腔怪调的。幸子带病勉强接待她们,所以一反常态,待客不无简慢之处,匆匆把她们打发走了。也许是生气了,自那以后,丹生夫人再也没来过。

“啊,对了,对了,当时我对丹生夫人非常失礼,她可能有意见了吧?”

“不,不但没意见,她还谈到了雪子小姐,说不知那位妹妹怎么样了,如果还没婚配的话,她倒是有个理想的对象。还说,因为刚才提到了雪子小姐,她才突然想起来,如果是那个人的话,雪子小姐也许正合适。”井谷就这样一点点地给幸子吹风。井谷接着说:“我和丹生夫人是初次见面,又不知这位夫人心目中的‘理想对象’是个什么样的人物,但是我想既然她是太太的好朋友,相信她也无妨。所以我就拜托她无论如何帮一帮雪子小姐。据她说,那个人是医学博士,前面的太太已经去世了,只留下一个十三四岁的女儿,此外没有任何拖累。他本职是医生,但是现在没干这一行,在道修町[①]的一家制药公司当董事。我听丹生夫人说的就是这些,似乎条件还不错,所以我当场就对她说:‘要是用得着我,我一定尽力而为。务必请您把那位先生介绍给雪子小姐。按说莳冈家也不会像从前那样提苛刻的条件了。听您这一说,我看还是事不宜迟。’丹生夫人说:‘那我先去弄清一下对方的意向。’我说:‘那倒也是,不过,我们安排他俩见个面行不行呢?’她说:‘估计对方不会有异议,即使不同意我也会把他拖来,所以,男方毫无问题。莳冈家这边就请您去办吧。随便在哪家饭店让他们见见面,一起吃顿饭,地点在大阪,时间最好在两三天内。具体的时间、地点我再打电话和您商量。’我说:‘那太好了,莳冈太太也一定很高兴的。’临分手时,我还反复叮嘱她:‘我一定等您的消

① 道修町:位于大阪市东区,自古以来就有许多药材批发商和制药公司。

息。’我想这几天准会有电话来，那时我再到府上拜访。”

这一天，幸子只听了个大概就回来了。她想，丹生夫人也好，井谷也好，都是性子急而富有执行力的人，这件事大概不会没有下文。果然，三天后的上午十点左右，井谷打电话来了，她说：“关于前几天谈的那件事，刚才丹生夫人打来电话，定在今天下午六点到岛之内的吉兆[①]日本餐馆见面，希望我陪雪子小姐去。您认为怎么样呢？丹生夫人还说，希望雪子小姐心情轻松一点，权当应邀去吃顿简单的晚餐。丹生夫人还建议，最好是小姐一个人去，如果府上有人陪同的话，就请你家先生去得了，太太您就甭去了。因为有您这么个像孔雀开屏似的人在场的话，小姐的印象就被冲淡了。对这一点我也有同感，就请您这样办吧。我在电话中谈这样的事有失礼貌，不过，前几天已经大体上征得您的同意，而且是件急事儿……”听她那口气似乎是要等立刻答复似的。幸子回答说“等一两个小时我再答复您吧”，请井谷暂时把电话挂上了。

幸子对雪子说：“你觉得怎么样呢？今天刚听说，就要去见面，这样心急火燎，实在不合我的性格。不过，从那以后井谷始终把你的事放在心上，我们应当感谢她的这番好意。再说，丹生太太也不是一天两天的交情了，对我们的情况也相当了解，所以，如果是不般配的人，她也不会介绍的。”雪子说：“不过，仅凭前几天那一番话，我觉得还靠不住。哪怕打电话也行，请你再直接详细问问丹生夫人。”于是幸子给丹生夫人打了个电话，问了对方的各种情况。

据丹生夫人说，那人叫桥寺福三郎，静冈县人，有两位哥哥，也都是医学博士。他本人曾留学德国，家住大阪天王寺区乌之辻，是租的房子。他现在和女儿两个人生活，雇用了女佣。女儿在夕阳丘女子学校[②]读书，长得像他

① 吉兆：大阪最有名的高级餐馆，在日本全国也广为人知。

② 夕阳丘女子学校：是大阪市天王寺区的夕阳丘高中的前身，当时是大阪府立旧制高等女子学校，为大阪名校之一。

已故的夫人，是个容貌出众、纯朴天真的孩子。所以说，他们兄弟都是有地位的人，在故乡也是名门世家，估计他也分到了一些财产，他本人在东亚制药公司担任董事，收入一定可观，看来生活也很阔绰。他风度翩翩，仪表堂堂，相貌算得上是个美男子。

听这一说，那条件是出人意料地好，幸子接着又打听他的年龄等情况，丹生夫人说大概是四十五六岁。幸子打听他女儿年龄，丹生夫人说是在念女校二年级。幸子问他还有没有姐妹、弟弟，她也不得要领，甚至连他双亲是否在世都不清楚。

幸子渐渐问下去时，才知道丹生夫人和桥寺已故的夫人是因业余爱好交上朋友的，两人在蜡染学习班相识。丹生夫人说，她也不常去桥寺家，只在桥寺夫人生前和她先生见过一面，在夫人的葬礼和一周年忌辰又见了两面。昨天为这事是第四次见他。丹生太太对他说："您老是思念去世的夫人也不是办法，我给您介绍一位顶不错的小姐，去见见面吧。"他回答说："那就全拜托您了，请您多关照。"

最后丹生夫人说："请莳冈夫人您也务必要答应下来。"视对象不同分别说一口流利的大阪话或东京话的这位夫人，近来只说东京话了。与以前那次会见时风格相似，不过今天更像一位快嘴快舌、滔滔不绝的江户女子。

幸子也受了她的影响，也多少操着东京腔说："丹生太太，您可真厉害呀，听说您不准我陪雪子去。"

"那是井谷太太说的，我当然也赞成，但说出这话来的还是井谷太太，您要生气就生她的气吧。"丹生夫人紧接着又说，"对了，对了，前些日子我遇见阵场夫人，谈起您家的事儿，听说她也为雪子小姐介绍过对象。"

幸子吃了一惊，试探着问道："阵场夫人说什么了吗？"

"哎，哎，这个嘛……"丹生夫人踌躇了一会儿才说，"她说她虽然介绍了，可是被你们拒绝了。"

"阵场夫人一定生气了吧？"

“啊，也许是吧。不过，没有缘分也是没有办法的。为这点儿事就生气，还能做媒吗？我绝不会说那种不通人情的话，等他们见面后，觉得不中意，您只管毫不客气地回绝好了。不要那么郑重其事，轻轻松松地来就得了……好吧，请您和雪子说，无论如何来见一面，如果不见面就拒绝，那我可真要生您的气了哟！”丹生夫人还说，“反正预约好了座位，我打算到时候就邀桥寺先生径直去吉兆餐馆。所以您也不必再打电话来了，雪子小姐会光临吧，我们恭候着……”

幸子想，今天突然说去就去，这样仓促赴约未免太轻率了，但只要不计较这一点，要雪子去一趟也无妨。雪子大概不愿意一个人去，但以前也有贞之助代替幸子陪同相亲的先例，只要贞之助方便，这事也好解决。归根结底，问题在于幸子不想这么轻易屈就，即便要答应对方的要求，也得找个借口往后挪两三天。总之，幸子想摆摆架子。但另一方面，这样做也有顾虑，丹生夫人那样热心，自己却不痛快地答应她，也许会伤她的感情。刚才在电话中听说关于阵场夫人生气的事儿猛然涌上心头，因而幸子今天分外懦弱起来。记得前年春天拒绝野村那门亲事时，借口本家不同意，原以为回复得委婉，但还是太生硬了。阵场夫人感到气愤也许是理所当然的。幸子也觉得过意不去，暗自担心阵场夫人是不是生气了，正因为如此，听了丹生夫人这一说就更加不安了。可是，丹生夫人为什么突然提起这件事呢？虽说她平素就爱说东道西，但是，她突然提到一个与此无关的人的议论，甚至对幸子说出她不必说出来的事，这就不是单纯的多嘴多舌了，也许包含着吓唬幸子的意思。

“怎么办呢？雪妹……”

“……”

“还是去看一看？……”

“二姐你呢？”

“我倒是想陪你去，但是既然她们那样说了，我还是回避一下吧。你不愿意和井谷太太两个人去吗？”

“只有两个人的话……”

“那就让你姐夫陪你去——”幸子观察着雪子的脸色说，“只要他有空就行，我打电话问问。”

“嗯。”

看到雪子微微点头，幸子给大阪事务所挂了个加急电话。

14

贞之助听幸子说，井谷和雪子分头出来，于五点半到事务所会合。贞之助在电话里一再强调说：“那样也行。不过井谷一定会准时来，希望雪子不要迟到，应提前二三十分钟到。”但过了五点一刻还没见她的人影，他坐立不安了。妻子和雪子每每都不守时，他已经习以为常了，但是让急性子的井谷来等候，自己也会焦躁不安。贞之助估计雪子已经出来了，但为了慎重起见，还是要了一个芦屋的长途电话。可电话还没接通，事务所的门开了，雪子跟在井谷的后面同时走了进来。

“呀，一块儿来了，正好呢！我刚刚要了个电话……”

“实话说吧，是我到府上邀请小姐一起来的。”井谷说，“已经没有时间了，我们马上就走怎么样？我让汽车等着呢。”

关于今天聚会的事，贞之助只是刚才在电话中听妻子说了个大概，虽然听说过丹生夫人的名字，但是否见过面也记不清楚了，简直如入五里雾中。在汽车里，贞之助问井谷：“对方是个什么样的人？和您是什么关系？”

“我也了解不多，详细情况您还是问丹生夫人吧。”

“那么，丹生夫人和您又是什么关系呢？”

“我也是最近才认识那位夫人，今天是第二次见面。”

听了井谷的回答，贞之助越发狐疑。

到了吉兆餐馆一看，丹生夫人和姓桥寺的那位已经先到了。井谷走进餐厅说：

“您好！等了好一会了吧？”今天才第二次见面，就这样一副亲密的口吻。

“不，我们也刚到呢。”丹生夫人也用亲密的口气回答，“不过，您真令人佩服，正好六点到。”

“我一贯守时，不过，今天我担心小姐能不能按时到，所以顺便邀她一起来了。”

“这家餐馆还算容易找吧？”

“是的，因为莳冈先生知道这个地方。”

“呀，好久不见了，记得我们曾见过一次面。”贞之助想起了幸子曾在自家客厅里介绍过这位夫人，“久违了，内人总是麻烦您……”

“哪里哪里，我也很久没见到您夫人了。好像是夫人得黄疸躺在床上的时候，我们去府上拜访过一次。”

“呀，是那个时候，那是三四年前的事了。”

“哎，可不是吗？当时我和两位朋友一块儿闯进去，硬把尊夫人从床上弄起来，说不定夫人觉得我们是女暴力团了。”

“的确是女暴力团。”身穿茶色西装、并膝欠身站着的桥寺一直在等待介绍，这时他向夫人使了个眼色微笑着说。接着，他首先向贞之助致意了，“啊，我姓桥寺，初次见面……这位夫人可真是女暴力团作风呢，不管三七二十一，她非让我跟她来，我今天糊里糊涂地就被她拖来了。”

“嗨，桥寺先生，您真不像个男子汉，既然来了，还说那些干什么？”

“就是嘛，”井谷也附和说，“您不作那些解释不行吗？男子汉贵在有担当，别的不说，您这样说首先是对我们失礼了。”

“哎呀,真对不起,”桥寺搔着头说,“今天我该受你们欺负。”

“您说什么呀,这哪里是欺负您呢?都是为您好嘛。像桥寺先生这样,成天守着去世的太太的照片过日子,对身体可有害呢!您也该出来见见世面,就知道世界上还有毫不比您去世的太太逊色的美人。”

贞之助忐忑不安,不知雪子会不会垮脸子,但她似乎习惯了这种场面,只是笑嘻嘻地听着。

“好了,好了,别发牢骚了,请入席吧,桥寺先生坐那里,这里我来坐。”

“好,好,女暴力团员有两名,我岂敢不听?”

大概桥寺也和贞之助他们一样是被生拉硬拽来的。他并没有拿定主意马上再婚,而突然让丹生夫人这位并不怎样亲密的朋友逮着了,连考虑的时间也没有,就被拽到这里来了。因而他一再说“真叫我为难了”“真感到吃惊”,但他那困惑的眼神里隐含着亲切和蔼,并不使贞之助他们感到不快。贞之助和他交谈一阵后,发现他是个娴于社交、处世圆滑的人。他递过来的名片上印有医学博士和东亚制药公司常务董事的头衔。他自己也说是“不当医生了,做药店老板”,果真像一个和颜悦色、善于待人接物的实业家,而不太像位医生。听说他年龄是四十五六岁,从脸面到手腕、手指,脂肪丰盈、皮肤白皙,是位眉目俊朗、两颊饱满的美男子,而由于体态丰腴并无轻薄之感,是一位具有与其年龄相称的威仪的绅士。在至今为止贞之助所见过的相亲对象中,他的风采算是一等的。他的酒量虽不及贞之助,可多少还能喝,只要斟了酒他就毫不推辞。本来,这种聚会因互相不太熟悉容易冷场,然而因为两位女暴力团的勇敢和这位男士的善于应酬,竟使得满座谈笑风生。

“恕我失礼,我很少上这家餐馆来,今天的菜肴可丰盛呢。”贞之助好像有些醉意了,红光满面,“近来,这些酒呀、菜肴的供应都紧张起来了,这家餐馆平常总有这么多菜肴吗?”

“哪里,不是这样吧。”桥寺回答,“今天是看在丹生夫人的面子上特别安排的吧?”

“也不见得。不过，我丈夫常到这里来，所以能够得到一些优待。加上，我想起这店名叫‘吉兆’，图个吉利，就定在这里了。”

“刚才夫人把‘吉兆’读作 kitcho，实际上大阪人读作 kitkyo。”贞之助说，“我想关东人也许不知道这个词儿，大阪另外有一种叫 kitkyo 的东西，井谷太太您知道吧？”

“呀，我不知道。”

“kitkyo？”桥寺也歪着头说，“我也不知道。”

“我知道。”丹生夫人说，“kitkyo，哎，不就是那个嘛，‘财神日’那天，在西宫、今宫叫卖的，在小竹枝上扎着纸做的小金币，账本、钱箱，就是那玩意儿吧？”

“是的，就是那东西。”

“啊，是不是像‘茧玉’[①]一样的东西？”

“嗯，是的。——财神日售品——”丹生夫人哼着《财神日》的曲调、扳着指头数着说，“‘称物袋[②]、小碗和钱包，小金币、钱柜和黑高帽’，把这些东西扎在竹枝上，这在大阪写出来是‘吉兆’，方言读 kitkyo。是这样吧，莳冈先生？”

“是的，是这样。不过，夫人您知道 kitkyo 真使我感到意外！”

“人不可貌相嘛！别看我这个样子，我是大阪出生的呀！”

“嘿，夫人原来是……”

“所以，这点儿事我还是知道的。但是，不知道现在还有没有人照那种老读法念了。不过，这家店子的人好像也是读 kitcho。”

“那么，我再请教一个问题，刚才《财神日》中的‘葩煎袋’是什么？”

“‘葩煎袋’？不是称物袋吗？‘称物袋、小碗和钱包’……”[③]

---

① 茧玉：新年期间用面做成的小钱币等物，系在柳树上以招福。

② 称物袋：称物品重量时用的袋子（箱、包），日语写作“风袋”。

③ 称物袋和葩煎袋在日语中发音相近。

“那不对，应该是‘葩煎袋’。”

“有‘葩煎袋’这种东西吗？”

“是不是装‘葩煎’的袋子？”桥寺插嘴说，“所谓葩煎，就是炒得膨胀起来的糯米吧。我不知道写哪个字，大概是炒糯米时爆裂，所以才叫‘葩煎’吧。在关东，三月的春分前一天，还用它来装炒豆子……”①

“桥寺先生知道得真清楚。”

话题暂时转到关东与关西的风俗习惯、语言的比较上来，在大阪出生、东京长大又回到大阪的丹生夫人，真就像她自己说的“我是两栖动物”，在这方面比谁都在行。她以贞之助和井谷为对象，演示东京方言和大阪方言的明显区别给大家听。随后，井谷谈到了她去美国一年研究美容术的经历，桥寺也述说了他去德国考察拜耳制药公司时的见闻。他说那工厂规模很大，工厂里的电影院也和道顿堀的松竹影院不相上下。井谷觉得闲话扯够了，把话题又拉回来，便问他女儿和他家乡的情况，制造机会让雪子和他交谈，这样一来，不知不觉又回到桥寺再婚的问题上来。

“令爱是怎么说的呢？”

“小女的意见我还没问过，主要是我自己还没有打定主意 ……”

“所以说您要定下来嘛，反正您不能一辈子不续弦吧？”

“是的，哎，说来倒也是的，只是，我总觉得……这个，怎么说呢？……现在马上就组织一个新家庭，我还没动这个心思吧。”

“是什么原因呢？”

“并没有什么原因，只是心绪茫然，下不了决心。所以如果有夫人这样一个人在旁边不断催我再娶，在后面推我一把，也许我终归会再娶一个的。”

“那就是说，您把这事交给我们了。”

“不不，您这样说也叫我为难……”

“嗨，桥寺先生，您可真滑得像条泥鳅！您要是早点建立个新家庭，您前

---

① 日本习俗在三月春分前一日，撒豆子以驱鬼招福，按自己年龄数（或多一粒）吃炒豆子。

头的夫人在九泉之下也会高兴呢！”

“我并不是对去世的内人有什么顾虑。”

“喂，丹生夫人，这个人呀，非得我们旁人把饭菜摆上桌，他自己只动筷子。咱们别理他，只管加紧进行就是了。”

“那可好了，到时候绝对不许他推三阻四了！”

桥寺被两位女暴力团员捏弄成那一副窘相，贞之助和雪子只有在一旁看着笑。今天完全没打算来相亲，正如她们说的，是以轻松愉快的心情来赴晚餐的。尽管如此，把这么一位还没打算再娶的男子勉强拽来，在他们眼前上演这么一出逼婚闹剧，这勾当确实非女暴力团员所难为。贞之助感到他们自己的处境也相当微妙，更不可思议的是，雪子不知什么时候有如此胆量了，看到这种场面，并不怎么张皇失措。当然在这种场合下，与其表现得畏畏缩缩，还不如莞尔一笑泰然处之才好收场。但若是昔日的雪子，她会无地自容，或者满面绯红，或者眼含泪水，说不定会拂袖而去吧。尽管年龄这么大了雪子仍不失处女的纯真，但许是经过屡屡相亲，她脸皮也厚了一些、胆子也大了一些吧。即使不是因为亲相多了，想想她已三十四岁了，这表现也算再自然不过了。只是，贞之助被她的外貌的年轻和与之相称的小姐式的服装蒙住了眼睛，直到今天还没注意到她的这种变化。

这些暂且不说，桥寺又是怎样打算的呢？丹生太太说有如此这般一位小姐让您看看，他让这番话吸引了，大概是抱着看看无妨的想法前来的。纵令如此，若全如他说的“还没动心思”的话，他也就不会来。所以，贞之助认为，不必看他的外表，其实内心已“动”了吧。刚才频频做出为难的样子，多少有些夸张，而他内心想法肯定是只要雪子符合条件，娶了也行，并非只是来看看而已。无奈他像丹生夫人所说的“泥鳅”一样，过于圆滑，所以究竟今晚他对雪子印象如何，从外表上很难看出来。

今晚，除了雪子，四个人谈得很融洽，只是一开始雪子就被女暴力团员们的言谈举止给吓破了胆，几乎没有插嘴。有时井谷她们有意给她制造与桥寺交谈的机会，也因那不爱讲话的毛病而不容易搭上腔。而桥寺也为应付两位女暴力团员而忙煞，对雪子只不过讲了两三句应酬话而已。这样，直到分别的时候，贞之助还是捉摸不透桥寺的心思，不知道是从此形同陌路呢，或者是后会有期？所以临别的应酬话也只能是不咸不淡的。

在归途的阪急电车上，井谷凑在贞之助耳畔反复说："这门亲事，丹生夫人和我一定会促成的。桥寺先生既然走到了这一步就由不得他了，据我观察，他内心是中意雪子小姐的。"

15

当天晚上，贞之助对幸子讲了他对桥寺的印象，大致可打满分，确实是个好对象。只是眼下他本人还在考虑是否再婚，并不像丹生夫人和井谷所说的已经考虑成熟了，只好暂时再等等看。如果冒冒失失听信了她们的话，说不定会吃亏。关于雪子的婚事，自去年以来，他们夫妇俩都变得胆怯了，所以才这样商量了一番。

第二天傍晚，井谷来了。她说今天一早就接到丹生夫人的电话，所以我来打听一下，不知昨晚对桥寺印象怎样，雪子小姐的意见如何。幸子说："我已经听丈夫说过了，我觉得这个人不错，但是，不进一步弄清楚对方的想法……"

"不不，这个您不用担心。只是，听说今天上午他在电话里跟丹生夫人说：'那位小姐似乎性格腼腆，还有些阴郁，不知道是不是这样？我喜欢那种给人以活泼、明朗的感觉的人。'所以，我用了好几段通话时间，好好地向丹生夫人解释：'初次见到雪子小姐的人都会有那种感觉，但她绝不是那种阴郁的人,请您好好向桥寺先生说清楚。老实说,也许可以说她腼腆,但她决不阴郁。因为性格沉静,乍一看似乎有那种阴郁的印象,但是接触多了,就会意外地发现——这样说也许不礼貌——实际上,她的兴趣爱好,都是意想不到的洋气和时髦,是一个开朗的姑娘。因此,我认为那位小姐是符合桥寺先生理想的华丽的女子,如果不相信就交往一段时间看看。别的且不说,听说她在音乐方面爱好钢琴,吃的东西喜欢西餐,看电影爱看西方电影,外语方面会英语、法语。光看这几点,不就很清楚了吗?穿着方面喜好和服,那种艳丽的长袖印花和服最适合她,因为她的气质有华贵的一面。这些事您和她一交往就明白了。好人家的姑娘初次见面不会喋喋不休的,那样的多半不是好货。'”井谷又说:“不过,雪子小姐也太老实了,也会使人产生误解,自己吃亏,今后谈话的时候胆子要再大一点才好。最近,我们要把桥寺再拉出来一次。到时候请小姐勇敢一点,尽量给他留下开朗的印象。”井谷提出这要求后就回去了。

幸子暗自担心的雪子眼圈上的褐斑,恰好这次也不那样显眼,她总算放心了,至于究竟有无希望,井谷的话也只能相信一半。

第二天下午三点左右,井谷打来电话说:“我现在在大阪,大约一小时后,我和丹生夫人一起带桥寺先生来拜访你们。”

“是到我家来吗?”幸子急忙问道。

“是啊,听他说今天时间不太充裕,只有二三十分钟,也没有其他合适的场所。加上他也说了想要看看府上的情况。”

“到我家来嘛,那,有点……”

井谷见幸子回答吞吞吐吐,不等她说完就以不容置疑的口吻说:

“今天一是来得太突然了,二是只坐二三十分钟,所以用不着张罗什么。桥寺先生好不容易动了心,因为改变计划再别扭起来也不好,请您就这样办吧。”

幸子捉摸不透雪子的心思,放下话筒问雪子道:“怎么办呢?让春丫头陪悦子到神户去吧……”

“用不着，因为她俩好像已经察觉出来了。”难得雪子答复得如此爽快。

“是吗，那么我恭候你们光临！”幸子这才答应了井谷的要求，紧接着，她给丈夫的事务所挂了电话，要他尽量到时候赶回来。

贞之助在客人来之前就回家了，他说：“其实，井谷给你打过电话后，又给我打了电话，说是桥寺先生渴望体味家庭生活的氛围，所以今天希望我们全家见见他。不过，难得的是雪子也同意在家里和他见面，雪子这种态度变化比什么都让我高兴。”

不多久三个人就来了，成为他们客厅的座上嘉宾。井谷独自走到走廊上，把幸子叫出来问道：“今天小妹不在家吗？”

幸子一愣，说道：“真不凑巧，妙子出去了。”

“那么，就请悦子小姐也出来见见面吧。我本来想带桥寺先生的小姐来的，可是今天太匆忙了，下次一定带她来，正好和悦子小姐交个朋友，最好是先让她们交上朋友，那样一来，桥寺也会更动心，事情也更好办。”贞之助也说：“雪子能有这样的心情真是难能可贵，索性叫悦子也出来见见，听听她的看法。”

于是由贞之助、幸子、雪子和悦子四个人接待客人；但是，这天桥寺还是一副被她俩强拉来似的态度，只见他不断解释道：

“我遇见这两位夫人算是没辙了，这样突然不请自来未免太失礼了，我是被女暴力团绑架来的，不是出于我的本意。”他还说了些不知该怎么理解的话，“像我这样一介工薪族要迎娶府上的小姐，身份实在太悬殊了……”

虽说雪子不像以前那样脸色不和悦，但她害羞的天性一时半会儿也改不了；尽管井谷事前提醒过，这一天也不见有多大起色，应答仍然不大方。贞之助留心到了这一点，叫人拿来了贴有每年京都赏樱照片的相册，主要让幸子来讲解，偶尔，雪子和悦子会从旁不无拘谨地补充几句。幸子心想，这时如妙子在场说些俏皮话活跃气氛就好了，恐怕家中其他三人也有同样想法吧。就这样,原来说只坐二三十分钟,却过了一个小时。这时,桥寺看了看手表说:“那么,我就告辞了。”说着离开了椅子,丹生夫人和井谷也站起来了。

幸子挽留两位女客说:“哎,您二位再坐坐不行吗?”但她知道井谷是个大忙人,于是又说:“丹生夫人,您很久没来了,您就多待一会儿吧,虽然没什么好招待的……”

“那么,我就不走了,您请我吃晚饭吗?”

“哎,请是请,不过是茶泡饭而已。”

“茶泡饭就行。”丹生夫人就这样拖拖拉拉地留下了。

在晚饭席上,幸子叫雪子和悦子回避一下,只他们三人边吃边聊。看来幸子也对初次见面的桥寺印象颇好,夫妇俩不约而同地称赞他的人品。他们在对雪子的观察上,意见也是一致的:虽然还没征求雪子意见,但从她今天的表现来看,如能和桥寺结合,恐怕她不会有反感。丹生夫人又说了她后来打听到的关于桥寺的收入、家世和性格等方面的情况。他们一路听下来,越来越想促成这门亲事。无奈在他们看来,桥寺似乎并没多大热情,因而有些不放心。

可是,丹生夫人却说:“由于我们两个人在一旁催逼得太紧,他为了掩饰难为情才做出那副样子,其实还是对雪子动了心的。只是实话说,他和已故的妻子是恋爱结婚的,好像直到现在还多少碍着故人的情分,对她留下的女儿的想法似乎也有所顾虑。所以即使再婚也想尽量采取被动的姿态,在别人的劝说下不得已而为之。实际上,他自己下不了决心,希望有人在背后猛推一把。如果他真的没这个心思,无论如何也不会让我们拉出来两次。就说今天吧,他嘴上虽说‘只见过一面就闯到小姐家里去,真是岂有此理’,但归根结底还是来了,这不是对雪子小姐有情意的证据吗?”听她这一说,他俩也觉得未尝不可如此理解。丹生夫人又说:“桥寺肯定很重视女儿的意见,只要合他女儿心意的人,他会立即点头。因此,我想下次有机会安排他女儿和雪子见见面,到时候请府上的悦子小姐也务必出席,尽可能和他女儿交上朋友。”说了这些,丹生夫人就回去了。

她走之后,幸子对贞之助说:“到现在为止提亲说媒的也相当多了,但是无论如何都以这一位最好,具备了我们所要求的一切条件,地位、身份以及生活程度既不特别好,也不特别差,正好合适。如果错过了,恐怕就再也找不到这样的良缘了。如果像丹生夫人说的那样,他故意采取被动的态度,希望我们采取主动的话,咱们就更加积极一点,怎么样呢?”她像是要贞之助出点主意,贞之助也赞成采取积极行动,但是,究竟怎么办呢?他说:“不管怎么说,唱主角的雪妹是那么个消极的人,在这种时候确实有点为难。实际上,今天晚上她稍许随和一点就好了……好吧,让我想想办法吧。”但他也只是说说而已,最终也没琢磨出个什么好主意来。

第二天,贞之助去事务所后,忽然想起从这里到道修町并不太远,想找个什么适当借口到他公司去跟他拉拉关系。他想起了昨天聚会时谈到了药物的问题,当时幸子说:“我们家从没断过德国的维生素B和磺胺,但是,近来受战争的影响,德国产的百浪多息的片剂和注射液经常缺货,为难得很。”桥寺说:“请您试用我们公司生产的‘普勒米尔’磺胺片剂,它绝对没有很多国产品那样的副作用,估计效力与德国货不相上下,另外,我们公司也生产维生素B剂,也请试试看。我回去就用包裹给您寄来吧。”贞之助说:“不不,您就不必寄了,反正我每天都要去大阪,还是我到贵公司去取吧……”桥寺说:“那请您一定来,我随时恭候,不过,事先打个电话就更好了。”

贞之助想,当时只是随口说说而已,并没真打算去,但如果说“内人希望早点得到昨天谈到的那些药”而去访问他,不至于被人耻笑吧?

所以,这一天贞之助稍许提前离开了事务所,沿堺大道走去。从堺大道往西走一百米左右,走到道修町大街的路北,在众多泥灰墙仓库似的老铺中间,唯独这家公司是一栋现代化的钢筋水泥建筑,一眼就看出来了。

从里面走出来的桥寺和贞之助寒暄后,不待问便立即叫来个学徒,吩咐把什么什么药各几盒分别包好拿来,还要捆扎得便于手提。接着他对贞之助说:“这里连接待您的地方都没有,我陪您到附近的什么地方去坐坐吧。请稍微等一会儿。”说罢,他又走进去对几个店员交代了什么事后,大衣、帽子也没穿戴就出来了。贞之助在店前等了五分钟光景,从桥寺对店员说话的口气和店员们对他的态度来判断,贞之助觉得,虽说他只是董事,但他是店内的头号人物似的。桥寺说:“您需要的时候,尽管来拿得了。”说着把药包递过来,贞之助一边为他不收钱而颇感为难,一边试探着说:“您正忙着,我就此告辞了吧。”桥寺说:“不,也没什么忙的,请陪我到那边坐坐吧。”贞之助想,他也许有什么话要讲,错过这次机会可就亏了,于是跟在他后面走去。贞之助心想多半是带他去附近的咖啡店,谁知桥寺却带他穿过一条小胡同,走上一家民房式的小饭店的二楼。贞之助自认为对大阪的街头巷尾相当熟悉,却从不知道这里有这样一条胡同和这样一家饭店。楼上仅有一间客座,四面望去,是密密麻麻的住宅的屋顶,还有散散落落耸立的高楼大厦,使他有置身于船场中心街区的感觉。这家店子,大概是道修町的商人、比如药店的经理和掌柜,约客人吃顿简便的午餐或谈生意的所在。

桥寺道歉说:“在这样的地方招待您,实在抱歉,因为我回头还得去药店办点事。”贞之助没想到会请吃晚饭,听到桥寺道歉,反而有点局促不安了。

虽说不上特别可口,但是上了五样精致的菜肴,酒也上了两三瓶。因为开始进餐时天色尚早,加上贞之助看出桥寺很忙,也想赶紧结束,所以到吃罢饭时,窗子外面,早春的天空还是暮色苍苍,两人对坐大概还不足两小时。看来桥寺并不是想谈贞之助暗中期待的话题,完全是出于礼仪,漫无边际地闲谈一番而已。在回答贞之助的问话中,他说:“我本来专攻内科,在德国的时候研究胃镜的使用方法,回国后却因为偶然的机会进了这家公司。由于各种原因,最终不得不放弃专业而改行开药店。现在这家公司另外有位经理,但是他很少来,实际工作几乎都是我一人承担。我到外地去推销新药时,对方往往不知道我是医生,在我说明药物功效的时候,他们才了解到这一点,弄得狼狈不堪,很闹出了一些笑话。”贞之助虽然问了他不少,对方却毫不触及莳冈家及雪子的事，所以他也难以启齿。但是，到饭后的水果端上来时，他的想法总算改变了，说道“别看妻妹那个样子，但绝不是个阴郁的女子”，而且，为了不让对方认为他有分辩之嫌，还是在谈到其他事时巧妙地插进去的。

16

第二天，丹生夫人给幸子打来电话说：“听说你家先生昨天访问了桥寺先生，这样开始直接交往真是好事，我希望你们就按这种步调建立起亲密的交情。以前你们凡事都托付别人去办，那样并不好，所以人家说你们摆架子什么的。既然我们已经把桥搭成这个样子了，往后就全靠你们自己积极努力了。我们的任务已经完成了，所以，井谷太太和我都暂时不出面了。我想一切都会顺利，你们要全力以赴为好。我希望能早日听到喜讯。”甚至，她还说了一句“恭喜”，但据幸子夫妇观察，还远未达到可以道喜的地步。

丹生夫人的电话刚打完，栉田医生来了，说是出诊路过这里，他说：“前些日子，太太要我调查的那个人的情况，已经搞清楚了。”原来是幸子注意到桥寺与栉田医生虽然毕业年份不同，但都是阪大出身，曾委托他了解桥寺的情况。总是忙忙碌碌的栉田医生，道了声“对不起”，没脱大衣就走进了客厅，站着讲了个大概，并从口袋里掏出一张纸条递给幸子：“其余的情况都在这里，请您过目。”说完他就走了。

正好栉田医生的一位同窗好友和桥寺很要好，那份报告内容相当全面，桥寺本人和他老家的情况不必说，连他女儿脾气温顺，在学校的名声也不差，等等，都写得很清楚，证实了贞之助迄今打听来的情况。连栉田医生临走时也说了一句：“这个人，我也极力推荐。”

贞之助对妻子说："这一回雪子真要交好运了，我们要想方设法促成这门亲事。"尽管觉得有点不合常理，贞之助还是大胆地用卷筒信纸写了封五六尺长的信：

> 书面奉陈此类事情，自知失礼，然妻妹之事，有务当奉告并望予考虑之处。日前拜会之时，错失良机，未及一吐下忱，故且不拘常礼，冒昧上书。
>
> 所禀之事非他，即舍妹何故至此年龄尚未结婚，其原因安在？窃以为阁下当有疑虑，或疑其品德有亏，或虑其健康有虞。实则毫无此类情形。舍妹至今尚未结婚，皆因其周围之家人，虽非望族名门，却拘泥地位门第，屡屡谢绝良缘。此中原委，丹生氏和井谷氏谅已奉告。原因全在于此，断无他故。实则此乃愚妄，因以渐致世人反感，终至登门提亲者绝踵，此情绝无伪饰。阁下如仍存疑虑，倘蒙深入调查，终得澄清，更是求之不得。导致雪子不幸，责任全在家人。其人白璧无瑕，问心无愧。如此直言，似有偏袒之嫌，实则其人头脑、学识、品行、技艺均佳，堪称优秀女性。尤令鄙人感佩者，乃其怜幼恤小。小女今年甫十一龄，恋慕其人犹胜其母。举凡学校课业、钢琴练习，皆由雪子辅导，患病之时，更是不惮辛劳，精心看护，但念及此，小女对其眷恋在其母之上，盖亦理所当然。凡此种种，亦望调查是否属实。再者，阁下所虑其人性格阴郁，诚如日前之所略陈，绝非如此，望请释怀捐虑。若允鄙人进言，窃以为舍妹倘蒙不弃，得以侍奉箕帚，当不负阁下之期望，最低限度，能使令爱幸福，此则可深信无疑者也。鄙人如此吹嘘舍妹，或恐反招阁下不快，然此实出于过于期望阁下能娶以为妻故尔。小札失礼之至，再次恭请阁下多多海涵。

这些意思，贞之助是特别用心用郑重文言文书信体的"侯文"写的。他从学生时代起，就对作文颇有自信。在他看来用难写的文体曲尽原委并非难事，但是恐怕写过了头反而造成相反的效果。他为了写得恰如其分，既不使人听着有强加于人的意味,又不要过于卑屈,很费了番心思。第一遍仿佛措辞过于强硬,第二遍又似乎太软弱,直到写成第三遍后才投邮,而刚一扔进邮筒,立刻又后悔起来,心想还是不发这封信为好。如果对方无心结婚,读了信也不会回心转意,如果打算结婚,说不定会因此而反生厌恶。也许还是听其自然最为明智吧……

贞之助并未指望他回信,但是,过了两天、又过了三天之后,对方仍然杳无音信,贞之助便有点坐立不安了。到了第二个星期天的早晨,贞之助故意没跟幸子说实话,只说去散散步就离开家了。他乘阪急电车到达梅田,又叫了部出租车,终于吩咐司机"去乌之辻",临出门时他记下了桥寺家的地址,本想走到他家附近,看看他住什么样的房子,不露声色地经过他家看看,并没有打算去造访他。

贞之助估摸着桥寺家在这附近,便在一个十字路口下了车,挨家挨户读着门上的户主门牌走去。也许是今年以来,今天初次让人感觉到春光融融吧,他走在路上自觉脚步轻快,不由得感到这是一个好兆头。桥寺家是一栋比较新的、坐北朝南,给人以明快之感的建筑。听说这是供出租的房屋,但并不怎么寒碜。看上去像外室的住宅由木板墙围着,墙内栽有松树,这样利落的两层楼房还有三四栋并排着,桥寺家就是其中之一。这位丧妻的中年绅士和女儿住着这样一栋楼房也够宽绰了。贞之助在他家门前徘徊了一会儿,这时候的朝阳正射得松针熠熠生辉,透过松树枝叶,抬头可见玻璃窗半开着的二楼的栏杆。贞之助想,反正已经走到这里来了,心情又为之一变,便信步走到门前,摁了门铃。出来应门的是一位五十岁左右的女佣,随即请他上二楼,贞之助走到楼梯当中时,听到楼下传来一声"呀",贞之助回头看时,只见桥寺站在楼梯口上,穿着睡衣,外套一件漂亮的丝绸便衣棉袍。"对不起!请您稍等一会儿,我这就来……今天早晨睡懒觉了……"

"请便,请便……您慢点……恕我突然来打扰……"

贞之助见桥寺轻松愉快地点头致意,走进楼下里间去时,首先就放下了心。实际上,贞之助一直担心着他对那封信会有何反应,没见着他之前总不能放心,而从他刚才应对的态度看,似乎可以肯定,他至少没有感到不快。

贞之助在等候他时,独自悠闲地环视客厅的陈设。这是二楼的外间,大概是这家的客厅,是一个八铺席间,有一个带交错搁板橱架的六尺宽的壁龛,虽然没有鲜花,但是其他陈设趣味不俗,字画挂轴、摆设品、匾额、双折屏风、花梨木桌子、桌上的烟具等,都依规矩布置得井井有条,隔扇、榻榻米上都没有污痕,看来并不像个煞风景的鳏夫家庭。这固然是主人的癖好,不过,也使人联想到故世的夫人的人品。贞之助刚才在门前仰望时已经感到这屋子采光好,现在进来一看,比想象的更为亮堂。白底上点缀着云母的梧桐花纹的隔扇,把外面的光线全都反射进来,室内无一阴暗角落,空气清新澄澈,贞之助吸烟吐出的烟圈清晰可见。

贞之助刚才递名片给应门的女佣时,还觉得自己脸皮厚,有点畏畏缩缩,但现在却认为还是来对了,能到这里做客、探探主人的意思,也不能不说是一大收获。

“让您久等了。”过了十分钟左右桥寺走上来说,他已换了身褶线笔挺的藏青色西装。“请到这边来,这里暖和些。”他说着把客人让到靠马路的缘廊里的藤椅上坐下,贞之助本不想让他以为是来探听回信的,打算见过面后立刻告辞,但是,晒着从玻璃窗射进的阳光,和擅于应酬的主人闲聊着,不知不觉错过了告辞的机会,交谈了一小时左右,不过,仍然只是天南海北地闲谈。贞之助曾稍微致歉说:“前些日子,我给您写了封很为失礼的信……”可是桥寺只是漫不经心地回答了一句:“不不,我非常感谢您那封恳切的信。”后来,就只是聊些不着边际的闲话。聊着聊着,贞之助察觉该告辞了,便站起身来,可是桥寺说:“请您等一会儿,我准备带女儿去朝日会馆看电影,如果您没什么事的话,就请一起去吧。”实际上,贞之助本来就想看看他女儿,哪怕是在远处瞄一眼也罢,所以只好说:“是吗,那就一起去吧。”

这个时候,在街上已很难拦到出租车了,桥寺向一个汽车库打电话要来了一部帕卡德[1]。车到中之岛的朝日大厦拐角处，桥寺说："怎么样？本来可以送您去阪急电车站，不过，如果您方便的话，就请下车坐一会儿吧。"这时正是吃饭的时候，贞之助看出来他想邀请自己上阿拉斯加西餐馆，只是觉得今天又要叨扰一顿，于心不安，但又想趁此机会亲近一下他的女儿，如此逐步加深交情也是求之不得的好事，也就不管三七二十一答应了。

这样，他们又围着西餐桌边吃边谈，闲聊了一个小时，只是加进了他的女儿，谈的净是电影、歌舞伎剧、美国和日本演员以及女子学校等等内容，更是一些不足道的东西。他女儿今年十四岁了，比悦子大三岁，谈吐远比悦子沉着、老练，这也许和她的相貌给人产生的感觉有关。她身着女子学校校服，脸上毫无脂粉气，但是轮廓已然不像少女，椭圆形面庞，高高的鼻梁，已是一个端庄的成年人的脸型了。而且她长得一点也不像桥寺，可见她肯定是像母亲。贞之助也大体可以推察，她母亲相当美丽，而桥寺如今由于有这位少女，也一直在缅怀去世的爱妻的倩影。

结账的时候，贞之助说："今天让我来付款吧。""那不行，是我邀您来的嘛。"桥寺没答应，贞之助趁机说："那么，今天我就领情了。既然这样，也请您到寒舍去一次吧。我陪您去神户看看。下个星期天，请您和令爱一定光临。"硬是让他答应下来之后，在五楼的电梯口分手了。贞之助终于给幸子带回一份比什么都贵重的礼物——下星期天的约会。

17

这天贞之助回来后，幸子听到了丈夫报告的大好消息，虽然嘲笑说"你

① 帕卡德（Packard）：20 世纪上半叶知名的豪华汽车品牌。——编注

脸皮也够厚了”,但内心还是十分高兴。要是在过去,她不但不会高兴,还会发怒说他“太轻率了”。丈夫以前肯定不会做出这样厚脸皮的事来,夫妇俩为了雪子的婚事竟会如此低三下四,连幸子自己也感到吃惊。于是,他们决定停止对桥寺再做什么工作,只等下个星期天的到来。

这期间,丹生夫人来过一次电话说:“听说后来你家先生还和他家小姐见了面,这事情越来越有希望了,值得庆贺。还听说这个星期天,你们要招待桥寺父女,请你们热情款待他,特别希望雪子小姐要努力改变最初给他的‘阴郁’的印象。这是我最为担心的,所以特地啰唆一句。”由此看来,桥寺把那以后的进展都一一向丹生夫人报告了,似乎他对这事也绝非毫无热情。

在约定的星期天,上午十点桥寺父女俩就到芦屋来了,在家里玩了一两个小时后,加上主人方面四人一共六人乘辆高级出租车来到神户,走进花隈的菊水餐馆。关于今天在哪里用餐有几种方案:中国餐馆、东方饭店的西式小餐厅和日式中餐馆的宝家等,但是,若要从逛神户的意义上说,首选还是菊水餐馆。午餐迟至两点开始,到四点左右结束了,回来时他们从元町散步到三宫町,还在尤海姆咖啡馆稍事休息,把桥寺父女俩送上阪急电车后,贞之助一行四人又到阪急会馆看了美国电影《秃鹰》①。这天,只能算是双方家属初次见面,不可能一下子就十分融洽。

第二天下午,雪子在二楼练字时,阿春上来说:

“电话。”

“找谁?”

“说是‘请雪子小姐接电话’。”

“谁打来的?”

“是桥寺先生。”

听这一说,雪子慌了,虽然搁了笔站起来,却并不想立即去接电话,满面

---

①《秃鹰》(*Only Angels Have wings*):1939年制作的美国电影,霍华德·霍克斯导演,凯利·格兰特、利塔·海沃德主演,主题为豁出性命献身航空事业的男人们的故事。

通红地在楼梯口打转转。

“二姐呢?”

“像是出去了……”

“到哪儿去了?”

“哎,可能是去发信了,刚出去的,我去叫她回来吧?”

“快!快叫她回来!”

“是。”阿春答应着急忙跑出去了。

幸子为了活动活动身子,总是自己走去邮筒发信,然后沿着大堤散步,所以阿春在一个拐角处毫不费力地发现了她。

“太太!雪子小姐叫您!”见阿春喘着气跑来,幸子不禁一惊,以为出了什么事。

“什么事呀?”

“桥寺先生来电话了。”

“桥寺先生?”因为意想不到,连幸子也吃了一惊,“是打给我的吗?”

“不是,是打给雪子小姐的,但是,她要我来叫太太回去。”

“雪子没去接电话吗?”

“这个嘛,不知道她接没接,我出来的时候她还在那儿磨磨蹭蹭呢……”

“为什么她自己不接呢,真是个怪人呀,这个雪子!”幸子感到事情不妙。雪子不喜欢接电话,在莳冈家族中都是有名的,所以很少有人打电话给她,即使打来了她也多半请人替她接,除非万不得已她自己是不接电话的。但是今天非比往常,虽然不知道是为了什么事,可桥寺是特意打给她的,她自己不去接毫无道理。如果幸子替她去接反而令人感到奇怪。她又不是十七八岁的小姑娘……害羞呀,难为情呀,雪子的这种脾气只有充分了解她的姐妹们清楚,对外人是讲不通的。如果桥寺没觉得受了侮辱就是万幸。不过,虽然勉勉强强,雪子也可能还是接了电话,但是,如果让桥寺等了半天,好不容易来了,应答又像往常那样毫不爽快,而且在电话中更加吞吞吐吐，也会把这事给搞砸了。要是那样的话，也许雪子干脆不去接电话还要好些。或者，她又是那么个固执得出奇的人，无论如何也不去接，一心等幸子回去解围。不过，即算幸子现在就跑回去，恐怕到家时对方已经把电话挂断了。就算还没有挂断，幸子代接电话又能说些什么道歉的话呢？总之，今天这种情况，雪子必须自己去接电话，而且必须立刻跑去接电话。幸子突然有一种预感，说不定因为这件小事，会让好不容易取得如此进展的亲事毁于一旦。但是，她转而一想，桥寺是那样一位圆融、和蔼的人，不至于为这区区小事就毁弃这门亲事吧。假如自己在家的话，说什么也会立马把雪子推到电话机旁，自己不过是五六分钟不在家，而桥寺偏偏在这时候打电话来，幸子越想越觉得糟了。

幸子急忙赶回家，到装有电话的厨房一看，话筒已放下了，雪子不在那里。

“雪子呢？”她问阿秋，这个粗使女佣正在和面准备下午点心。

“雪子小姐刚才来过了，但是……在楼上吧。”

“雪子来接了电话吗？”

“是的，来接过电话。”

“是很快就来接的吗？”

“不是，嗯……她等太太回来，但是，您没有回来，她才……”

“讲了很长时间吗？”

“就一会儿……一分钟左右吧。”

“什么时候挂断的？”

“刚才挂断的。”

幸子走到楼上时，只见雪子独自靠着写字台，手拿折本字帖，正低头看着。

“桥寺先生打电话来有什么事？”

“他说，今天下午四点半，他在阪急线的梅田站等我，问我去不去。”

“嗯,大概是说要两个人散散步吧。”

“他问能不能陪他到心斋桥去溜达溜达,在什么地方吃顿饭。”

“你怎么回答的呢?”

“……”

“你答应他了吗?”

“没有。”雪子咽着口水含含糊糊地说。

“为什么?”

“……”

“陪他去一趟不就得了嘛。”

在说亲过程中,同只见过两三次面的男人一块儿上街散步,这是平素的雪子不会答应的,这是熟悉她脾气的姐姐幸子一开始就知道的,从雪子的个性来说也不足为怪,即便如此,幸子还是十分生气。幸子想,纵令雪子如何讨厌和一个不怎么了解的男子逛大街、下饭馆,但是,采取这种做法,且不说对自己如何,怎么对得起贞之助呢?如果能想到这次贞之助和幸子厚着脸皮为她去委曲求全,那么雪子本人也要多少努点力才好。何况桥寺打这样的电话来了,已经显示出最大的诚意了,却遭受如此冷遇,他将是何等沮丧呢?

“那么,你拒绝他了?”

“我跟他说我有点儿事……”

即使拒绝也得找个言之成理的借口,委婉地拒绝,倒也罢了,可雪子无论如何也不是玩那些名堂的人,她肯定是笨嘴拙舌,回答得极不自然,想到这里,幸子不禁委屈得流下泪来。她看着面前的雪子,越看越生气,于是不耐烦地走下楼,穿过阳台走到院子里去了。

幸子想,现在要雪子再打个电话去,向对方赔礼道歉,今晚到大阪去赴约会,这是纠正错误的最好方法。但是她知道,无论怎样劝说雪子也绝不会答应,如果强迫她那样做,只会令姐妹之间徒增不快,吵个不欢而散。即使幸子出面婉转地向桥寺解释,雪子今天确是有事不能赴约,就能使对方信服吗？假如他要问“那么改在明天怎样呢？”她又该如何回答呢？雪子不愿意单独赴约，并非限于今天。若非相互更加亲近，进一步了解性情，雪子肯定还是不愿意的。那么，今天这件事就暂且搁着，明天去丹生夫人那里，详细说明雪子的性格，说清楚绝不是她有意疏远桥寺，也不是她讨厌和桥寺一起散步，只是至今为止她还是个十足的闺阁小姐，遇到这种场合就心慌意乱、畏缩不前，而这也正是雪子单纯之处，请丹生夫人把这些话转告桥寺，多半也会得到他的谅解吧。

正当幸子在院子里一边踱步一边琢磨主意的时候，好像厨房里的电话铃又响起来了。

“来电话了！”阿春跑到阳台上，向院子里大喊，“是丹生夫人打来的！”

幸子吓得心里扑通一跳，急忙往厨房跑，突然又想起了，要阿春把电话转到丈夫的书房。

“啊！幸子夫人，刚才桥寺先生打电话来了，他像是非常气愤呢！”

丹生夫人的声调也非比寻常。她本是一口清脆利落的东京话，现在激动起来更像放连珠炮一般，她说：“不知道是什么原因，桥寺先生发那么大的火。他说：‘我讨厌这种犹豫拖拉的小姐，你们不是说她是个开朗的小姐吗？她哪里有什么开朗的表现呢？我断然回绝这门亲事，请您立即向对方转达这个意思。’我不知道他为什么生那么大的气，他说：‘我想两个人从从容容地谈一谈，邀她今天晚上一起去散步。一开始是女佣来接电话，我说如果雪子小姐在家的话就请她来接电话，她说一声“在家”后就走开了。不知为什么，雪子小姐迟迟不来接电话，害我等了很久她总算来了，但是，我问她能不能去，她总是支支吾吾地重复说“这个嘛，这个嘛”，完全搞不清她说的是 yes（是）还是 no（不），我追问到底，她才用几乎听不清的细声说她有点事，好不容易说了这一句，就再也没有下文了，惹得我火气上来了就“叭嗒”一下挂断了电话。到底那位小姐把我看成什么人了？这不是太瞧不起人了吗？’说起来他火冒三丈。”——丹生夫人一口气说到这里，接着说，“既然是这样的原因,非常遗憾,请您就当这事完了。”

“那可真是,真是的……给您添了这么多麻烦……假如我在家的话,决不至于让雪子做出这样失礼的事,不凑巧我出去了一会儿……”

“可是……您不在家,雪子不是在家吗?”

“是的,是的,确实是那样的,但是……实在抱歉……事情闹成这样,也不好请您去说合了吧……”

“是的,那还用说吗?……”

幸子臊得真想找个地缝钻进去,一边驴唇不对马嘴地应答着,一边听丹生夫人说话。

“好了,幸子夫人,在电话里谈这种事,真对不起,但是,事已至此就是见面讲这些也是枉然,所以我就不去拜访您了,请不要见怪……”丹生夫人说完像是要挂断电话了。

“真对不起,真对不起……改天,我再登门向您道歉……您生气也不是没有道理,但是……”她自己也不知道说了些什么,只是语无伦次地说些客套话。

“好了,好了,幸子夫人,不用说这种话了,您要来了,我还过意不去呢。”

听那口气,像是连听都不愿意听她说话似的,只差没说出来了,幸子还在忐忑不安地听着,对方说了声“再见”就把电话挂断了。

放下话筒,幸子双手撑着下巴俯在放有电话机的丈夫的书桌上,木然地坐着,心想丈夫回来后,即使不情愿也得把这件事告诉他……算了,今天暂且不说了,等明天心情平静下来再说吧。不难想象丈夫会怎样地灰心丧气,要紧的是,但愿丈夫不会因此厌弃雪子。丈夫一向不太喜欢妙子而同情雪子,到头来两位妹妹他都要讨厌了吗?即使如此,妙子还有人依靠,倒无大碍,如果现在贞之助弃雪子而不顾,雪子又怎么办呢?直到今天,在妙子的事情上有忍受不了的苦衷,幸子可向雪子倾吐,雪子的事儿她可和妙子诉说,所以,平素并没有那么深的感受。可是,这种时候妙子却不在家,幸子感到非常的寂寞和憋闷。

“妈妈！”悦子拉开书房的隔扇，站在门槛上用怪讶的眼神直瞪着母亲的脸。她刚从学校回来，便感到家中寂静得出奇，所以感到发生了什么事，“妈妈，你在干什么呀？”她说着走了进来，站在母亲身后又看了一下她的脸，“喂，你在干什么呀？妈妈……妈妈……”

“二姨呢？”

“二姨在楼上看书哪……你说呀，妈妈，怎么了？……”

“没什么事……你到二姨那儿去吧。”

“妈妈也去。”说着悦子拉着她的手。

“嗯，去吧。”幸子改变了主意，站了起来，一起回到正屋时，她打发悦子上楼去了，自己走进客厅，坐在钢琴前掀开了琴盖。

一小时后贞之助回来了。幸子一直在弹着钢琴，听到外面门铃声才迎到大门前，丈夫夹着公文包先到书房去，她随后也走进去了。

“我说，难为你辛苦了一场，结果还是搞砸了……”

幸子直到刚才还在犹豫，究竟是今天说还是明天说，但一看到丈夫她就再也憋不住了。虽然贞之助一瞬间脸色变了，但只是轻轻叹了口气，并没有明显地表现出不愉快，自始至终平心静气地听着。幸子见丈夫如此心平气和，自己又一度觉得委屈得受不了。“她是个什么人呢？让我们这样为她操心！”幸子从来没有这样激烈地批评过雪子。

说来也是，事到如今再说什么也来不及了，但是，毕竟桥寺还是想结婚的，嘴上虽然说得含含糊糊，但是内心里肯定对雪子有意。正因为如此，他今天才打电话来邀雪子。幸子越明白这一点，就越是无比悔恨今天电话的失误，恨不得要捶胸顿足大哭一场，可是哭又有什么用呢？机会已经永远失去了。为什么当时自己不在家呢？要是自己在家，就算不能使雪子答应对方的邀请，至少肯定能让她做出一个像样的回答……若是那样，或许这门亲事就一帆风顺了……说不定不久就可以订婚了呢……这也不是遥不可及的梦想。

这样平稳地发展下去，十有八九会有一个圆满的结果。偏偏就在自己不在家的五六分钟里，那个电话来了！人们的命运的的确确就是由偶然的微不足道的小事决定的呀！……幸子怎么也想不通，她无比后悔，仿佛当时不在家是自己的过错，她甚至不禁认为，不迟不早偏偏在那五六分钟来电话，这是雪子的命不好。

“这样一想，我也很生气，但是，又觉得雪子可怜……”

“可是，这是雪子的性格造成的悲剧，即使打电话来时你在场，结果还不是一样的吗？”

贞之助反而不得不安慰妻子：“就算你在场，雪子也不会有个好回答。况且，如果不能爽快答应对方要求，同意和他一块儿去散步的话，归根到底难以避免对方有不满。这样看来，今天这件事归因于雪子的性格，与你在不在场没有多大关系。即使今天你巧妙地应付过去了，今后还有可能发生这样的事情。所以说，归根结底这门亲事是命中注定谈不成的，除非雪子脱胎换骨，否则就是同样的结局，也许这就是她的宿命吧。”

“照你这么说，雪子不是一辈子都嫁不出去了吗？”

“我不是这个意思，我是说，像她这样畏畏缩缩、连个电话都打不好的女性，也自有她的长处。我想，世上也许会有这样的男性，他们不会一概而论，并不认为这就是落后于时代、就是因循消极，而能认识到这种品格中的女性气质和优雅。不理解这一点的男性，就没有资格做雪子的丈夫。”

幸子见丈夫反而来安慰自己，越发觉得对不起丈夫，再加上尽量多想雪子的可怜之处，渐渐把一腔怒火压下去了。但她回到正屋走进客厅一看，不知什么时候，雪子走下楼来了，正坐在沙发上把铃铃抱在膝上逗着玩。幸子一见她那若无其事的样子，不禁又无名火起。她强压着怒火，满面通红地喊声“雪子！”接着她冲着雪子劈头盖脸地说：“刚才丹生夫人打电话来了，说桥寺先生大发雷霆，这门亲事吹了！”

“嗯。”雪子一如往常、毫不关心似的答应了一声，也许是为了掩饰难为情吧,用手挠正在打呼噜的猫的下巴。

“不光是桥寺先生,连丹生夫人、你姐夫和我都生气了。”幸子本想随即冲雪子喊这么一句话,但是话到嘴边还是强咽下去了。就算那样,这位妹妹果真会认识到今天的过错是个“过错”吗?如果她认识到了,就该给姐夫去赔个不是。不过,在这种时候,雪子即使心里知道自己错了也决不肯当面认错,想到这里,幸子脸又垮了下来。

18

关于桥寺发怒的原委,第二天井谷来访,详细告诉了幸子,情况就更清楚了。

井谷说:“听说昨天桥寺先生给丹生夫人打了电话,也给我打了电话。那样一位温和的绅士竟然发那么大的火,在电话里说‘那位小姐太不讲礼貌了’,甚至连我也被埋怨了一通,所以我觉得这事情非同一般,就立即赶到大阪,见了桥寺先生,也见了丹生夫人。果不其然,我仔细一打听,桥寺先生动怒也是理所当然的。因为不仅仅是昨天的事,前天就有苗头了。前天,你们请桥寺父女在神户的菊水餐馆吃饭,饭后大家在元町散步的时候,桥寺先生和雪子小姐偶然走在一起了,那是因为有支欢送出征军人的游行队伍,这个长长的队伍把他俩和你们隔开了,当时桥寺先生看见一家杂货店的橱窗就对雪子说:‘我想买双袜子,您陪我一起去看看好吗?’当时雪子只答应一声‘好’,却犹犹豫豫地三番五次求救似的回头看五十米外的你们几个人,一副不知所措的表情,呆呆地站在那里。所以桥寺先生气冲冲地独自走进去买了东西。这是十五分钟到二十分钟之间发生的事,其他人都不知道。桥寺先生当时已经相当不快了,但还是勉强善意地去理解为,这只是她的性格如此罢了,并不是讨厌自己,心情才好了点。可是,他还是惦记着这件事,她果真不嫌弃自己吗?于是他想再试探一下。昨天正好天气也好,公司里也得闲,所以他给雪子小姐打了那个电话,而结果,您也知道了,桥寺先生又碰了一鼻子灰。他说:'前天的事就算是她害羞吧,一次倒也罢了,第二次又受到这种冷遇,我只能认为是她极度厌恶自己了。她那种拒绝方式是露骨地表示,就差没说出来"你还不明白我讨厌你吗",否则,无论如何也该说得委婉一些吧。周围的人想方设法促成这门婚事,看来这位小姐却在存心破坏。我充分理解丹生夫人、井谷太太、莳冈家的姐夫和姐姐的美意,但是,这样一来,我想接受也无法接受这番美意。我觉得这桩婚事不是我主动拒绝她,而是被她拒绝了。'昨天见面的时候,丹生夫人比桥寺先生更为光火。她说:'实际上我也认为雪子对待男性的态度不妥当,难怪人家说她"阴郁",所以,我忠告过她要尽可能给人以开朗的印象,可雪子小姐全当作耳边风。我不理解雪子的心情,但我更不理解幸子的心情,她怎么可以听任雪子采取这种态度。这年月,连华族的小姐、皇家的公主都不能像雪子那样,我真不明白幸子夫人究竟是怎样看待自己妹妹的。'"

井谷语气相当严厉,多少有借丹生夫人的话来发泄自己的郁愤的意思,但任凭她怎样说,幸子也无言以对。不过,井谷的脾气像个男子汉,像是把肚子里的话全倒出来就痛快了似的,后来就干脆聊起闲话来。她见幸子垂头丧气的样子,便劝说道:"您也用不着那样悲观,不管丹生夫人如何,我以后还打算来做媒的。"后来又谈起了那眼圈上的褐斑。她说:"桥寺先生和雪子小姐先后见过三次面,好像一点也没有注意到她脸上那东西。只是,听桥寺先生说过,他女儿回家后说雪子脸上有褐斑,他还说:'嗬,是吗?我可一点也没看出来。'所以那点褐斑您根本不用担心了,有时简直一点儿问题也没有。"

雪子前天在神户的元町惹得桥寺生气的事,幸子终于没对贞之助讲,她怕丈夫对雪子的感情进一步恶化。而贞之助也没对妻子说,按照个人的意思写了封信给桥寺：

事态既已发展至此，鄙人已无话可说。虽然这封信似有不甘不舍之嫌，但鄙人如不向阁下解释清楚，便无地自容。

阁下也许认为，鄙人夫妇尚未充分弄清舍妹的心意就贸然推进这门亲事，但鄙人相信舍妹决不讨厌阁下，而且事实上毋宁说是完全相反。阁下也许会问，那么，怎样解释前几天她对阁下的消极、暧昧的态度和她在电话中的对答呢？那是因为她生性在异性面前胆怯和害羞，那不能成为厌恶阁下的证据。谁都会认为三十出头的女子不可能如此糊涂，可是，作为深知其为人的至亲骨肉，却丝毫不觉奇怪。在那种场合她总是如此怯生，而且和过去相比，现在已经好多了。然而，说这些话世人也不会理解，所以没有任何可以分辩的理由，特别是前几天的那个电话，实在不知该怎样向阁下道歉才好。

我曾经对阁下说过，她的性格并不阴郁，反而内藏有活泼、明朗的一面，鄙人至今仍然相信此言不谬。可是一个女子到了那种年龄，连应酬话都说不好，确是礼貌不周达到极点。阁下动怒也是理所当然的，只此一层，就不配做阁下的妻子，为阁下所拒绝，实乃情理之中。虽感遗憾，鄙人也不得不明确承认其落选，也不能厚着脸皮恳求阁下重新考虑。

总之，培养出这样落伍于时代的妹妹，全因家庭教养失当。这固然与她幼年丧母、青年丧父的境遇有关，无疑我们也应负一半的责任。我们也许是无知无识地偏护舍妹，对她评价过高，不过，决没有为了勉强高攀而对阁下说过假话，只此一点，望得阁下谅解。

鄙人祈望阁下早得佳偶，而雪子也匹配良缘，互相忘却这件不愉快的事情的日子早早到来。到那时，希望还能和阁下重新来往。好不容易结识了阁下，却为了这微不足道的小事而不能继续来往，那将是我们莫大的损失。

收到这封信后，桥寺立即郑重地写了回信：

蒙阁下诚恳致信，不胜惶恐。阁下说令妹落伍于时代、礼貌不周，实属过谦之辞。令妹不论长到多大年岁仍然没有趋时尚俗，始终保持着处女的纯真，这点难能可贵。大概，要成为这种女性的丈夫，必须高度评价这种纯真，有义务大力保护其珍贵品格不受损害。要做到这点，需要对其性格有很深刻的理解和无微不至的关怀。因此，像我这种村野之人，完全不具备这种资格。鄙人出于此种考虑，相信勉强结合给双方都不会带来幸福，才辞退了这门亲事。如果您认为鄙人会对令妹有什么失礼的批评，只能表示遗憾。

另外，日前承蒙您全家多次盛情招待，鄙人不胜感激。阁下家庭那和睦温暖的情景，令人羡慕。鄙人认为正因为有这样的家庭，才培养出令妹珠玉般的性格。

和贞之助一样，桥寺这封信也是用毛笔写在卷筒信纸上的，虽然不是文言文书信敬体“侯文”，却写得周到得体，无懈可击。

那天在神户散步时，幸子曾带着桥寺的女儿走进元町的一家服饰品店，给她选了一件罩衫，要求商店绣上其姓名的大写字母。婚事吹了以后几天，姓名绣好了，要是不送给人家反而不自然，幸子便托井谷转送给桥寺了。过了半个月左右，有一天幸子去井谷的美容院时，井谷说：“桥寺先生送给太太一件东西，搁在我这里了。”说着递给她一个牛皮纸包的盒子。幸子回家打开盒子一看，是件京都襟万商店制作的凸纹薄绸背心，并且花纹选得正适合幸子，大概是他托丹生夫人她们操办的。幸子他们明白，这是对前几天那件罩衫的回赠，感到桥寺在这些事情上也颇为周到。

雪子又是怎样的心情呢？从表面上看，她既不怎么失望，也不像感到对不起贞之助和幸子的样子。从她的表现来看，她似乎认为虽然理解二姐夫妇的美意，可是自己生性如此，不可能更加积极地应酬桥寺，所以如果婚事因此而告吹，也不足惋惜。当然，也许是她多少有些不服输，才故意做出这样的姿态。到头来，幸子没找到机会向雪子露骨地发泄不满，最后还是慢慢地和好了，但总还有一点什么憋在心里，不能释然如初。所以她心想等妙子来倾诉一番。可是不凑巧，这二十来天，只是三月上旬的星期二，即那个“决定命运的电话”的第二天一早，她在这里待了一会儿。听幸子说“这次又谈不成了”，她十分失望地回去了，就再也没有露面。老实说，最近每逢丹生夫人、井谷问到妙子时，幸子都怀疑她们是不是明知故问，出于戒心，她总是模棱两可地回答她们。因为幸子想尽量不让她们知道妙子分家的事，但又想留个后手，万一妙子和奥畑的关系成了问题时，可以向社会上作个交代，说“那个妹妹已经和我们断绝关系了”。但是，现在这种种良苦用心都已化为泡影，幸子急切盼望看到妙子。一天早晨，幸子在餐厅里和雪子谈论：“小妹不知道怎么样了？打个电话问问吧。”这天早晨送悦子去学校的阿春，过了三小时后才回来，悄悄地瞅瞅餐厅，见确实只有幸子和雪子，才蹑手蹑脚地走近两人身旁小声说：

“小妹生病了。”

“哎，什么病？”

“像是肠炎或者是赤痢。”

“打电话来了？”

“是的。”

“你去过了？”

“是的。”

“小妹躺在公寓里吗？”雪子问。

“不是。”阿春说罢便低头不语了。

实际上，今天一大早阿春就被叫醒了，说有她的电话。她接起一听，是奥畑的声音。奥畑说：“小妹前天到我家里来，晚上十点左右突然发病，烧到将近四十度，还有恶寒发抖。她说要回公寓去，我把她留下来，让她躺在我家里，可是病情越来越严重。昨天我请来附近的医生出诊，开始他弄不清楚是什么病，说是流感，又说也可能是伤寒。半夜里，她开始拉肚子，拉得很厉害，肚子绞痛，因此医生说可能是肠炎或者赤痢。如果确诊是赤痢的话就得住院，无论如何都要有人看护，所以我不能送她回公寓，暂时留在我这里治疗。这件事我是偷偷告诉你的，虽然她很痛苦，但现在还不必怎样担心，继续留在我这里治疗也行。如果病情有什么变化，我再通知你，可是我想八成不会有那种事吧。”阿春考虑，不管怎样先去看一看，今天早晨送悦子上学后就去西宫了。可是到那里一看，妙子病情比想象的要严重得多：听说从昨夜开始已经拉了二三十次，因为拉得太频繁了，所以一直扶着椅子坐在马桶上。不过，据说医生曾劝告不要采取这种姿势，必须安静地躺着，在身体下面垫入大便器。阿春去后，才和奥畑两个人勉强劝她躺下了。阿春在那里的时候她也拉了好几次。可是因为里急后重，每次只拉一点点，因而更为痛苦而且仍在发烧，刚才量体温是三十九度左右。究竟是肠炎还是赤痢仍未确诊，据说已托阪大做细菌检查，过一两天就会有结果了。阿春劝妙子说：“请栉田医生来治疗不好吗？”可病人说：“让栉田医生知道我躺在这里不太妙，还是不请他为好。你也不要告诉二姐，免得她担心。”阿春当时也没说是否告诉太太，只说今天还要来看她，就暂且回来了。

“没有护士吗？”

“没有，说是再拖延下去就得请护士了，但是……”

“谁在照看她呢？”

“冰块是少东家（阿春第一次这样称呼奥畑）敲的，大便器消毒和揩屁股，是我干的。”

“你不在的时候，谁干呢？”

“这个嘛……大概是那老婆子吧？听说她是少爷的乳母，可是个好人。”

“那老婆子不是干厨房的活吗？”

“是的。”

“如果是赤痢的话，让她去洗便器不危险吗？”

“怎么办呢？……我去看看吧。”雪子提议说。

“看一看再说吧。”幸子说，“如果确定是赤痢，就必须考虑采取什么措施。但如果是肠炎，有时候两三天就会好，所以，现在用不着那样慌张。眼下只有打发阿春去照料她，对贞之助和悦子就说阿春尼崎的家里有急事，请了两三天假回去了。”她接着问阿春：

“请的是位什么样的医生？”

“是哪一位医生嘛，我还没见过。说是附近的一个不熟识的医生，是第一次请他……”

“要让栉田医生去看看就好了。”雪子道。

“确实是的。”幸子说，“要是在公寓就好了，可是在启少爷那里，还是不请他为好。”

幸子颇了解妙子，别看她那个样子，实际上也有意想不到的懦弱之处。她虽然嘴硬，叫阿春不要告诉二姐，但其实内心恰恰相反；在这种时候，妙子一定切身感受到家庭的可贵，幸子和雪子不在身旁，她又是何等凄惶。

19

阿春三下两下就收拾好了，提前吃罢午饭，匆匆说一句“我请假回去两三天”就走了。临走前，幸子曾把她喊进客厅，周到细致地嘱咐她：要克服平素偷懒怕麻烦的毛病，和病人接触后不要忘记消毒，病人排便后，每次都要往便盆里撒来苏尔。另外，要经常报告病情，至少每天上午打一次电话回来，奥烟家没有电话,即使借附近商店的电话方便,也要尽量避免,最好使用公用电话,往家里打电话要趁贞之助和悦子不在家的时候,等等。

阿春是下午才走的,这一天不会挂电话来了,幸子她们格外挂念妙子的病情,焦灼不安地等着第二天的到来。直到第二天十点过后,才接到阿春打来的电话。幸子把电话转到丈夫的书房,但是电话声音小,又再三中断,好不容易才听清一些。病人情况和昨天差不多,只是拉肚子的次数比昨天更多了,一小时拉上十来次,体温也无下降迹象。听这一说,幸子问道:

“原来怀疑是赤痢,究竟像不像?”

“啊,好像还没弄清楚呢。”

“大便检查的结果怎么样?”

“听说阪大还没通知。”

“是什么样的大便?带有血吗?”

“像是有点儿血。除了血以外,尽是鼻涕一样白的黏糊糊的东西。”

“你从哪里挂来的电话?”

“用公用电话。附近没有公用电话,很不方便,而且还有两三个人排在我前面,所以电话打晚了。我打算过会儿再打一次电话,如果今天打不成就明天上午打。”说完,阿春挂断了电话。

“有血便的话,那不是赤痢吗?”在一旁听着的雪子说道。

“是呀……我想是那样。”

“肠炎有没有大便带血的情况?”

“不会有吧。”

“一小时拉十来次,肯定是赤痢了。”

“不知道那医生是否可靠?”

幸子已经做好了思想准备,大体可以断定妙子的病为赤痢,便渐渐地盘算该做些什么。这一天她期盼的第二次电话终于没来,第二天上午过了十一点还是杳无音信。阿春在干什么呢?姐妹俩急得像热锅上的蚂蚁。快到中午时,阿春突然从后门走了进来。

“怎么样了?”两个人一见阿春僵硬的表情,就默默地把她拉进客厅问道。

“果然像是赤痢。”

实际上,大便检查结果还没出来,但是医生昨天晚上和今天早晨来看了,他说:“很像赤痢,必须按照赤痢采取治疗措施。国道附近有家木村医院,有隔离病房,我可以跟他们联系,让病人去住院。”刚要决定去住院时,经常来送菜的一位菜店老板碰巧来到厨房,无意中对阿春说了一句“不去那个医院为好”。阿春到附近一打听,那家医院果然名声不佳。说是那位院长听力差,听诊也听不出个所以然,经常误诊。他虽然是阪大毕业生,但在学校念书时成绩不好,博士论文还是请一个同班同学捉刀,而那位同学如今也在附近开业,曾承认“那论文确实是我代写的”。阿春把这事告诉了奥畑,他也不安起来,急忙打听其他的医院,得知附近有隔离病房的仅此一家。因此,奥畑问医生:“那么对外就说是肠炎,在家里治疗好吗?”医生不客气地回答:“这可是传染病啊!”奥畑和阿春商量:“不见得得了点赤痢就非得住院,人家不都是在家里治疗吗?用不着介意,就在家里治疗,再想办法叫医生同意,或者听听芦屋的姐姐的意见以后再做决定。”阿春说:“那么我回去问问太太吧,看她怎么说。”阿春对幸子说:“我想在电话里也谈不出个着落,就急着赶回来了。”

幸子问那位医生是个什么样的人,阿春说,他也是阪大毕业生,姓斋藤,看上去比栉田医生还小两三岁。他父亲就在这条街上开业,人称老先生的父亲仍然健在,人们对父子俩的评价都不差。据阿春观察,他不像栉田医生那样果断,诊断时很为慎重,不轻易做出明确的结论。这次诊断迟了,这也是原因之一。但另一方面,妙子体温高于一般的赤痢病人,再加上第一天没有大便,直到发病后二十四小时,也就是大前天夜里才开始腹泻。所以他当时还怀疑是伤寒,这样一来,所有的处理就给耽误了,使病情更加恶化。

“到底是从哪儿传染的呢？是不是吃了什么不干净的东西？”

“是，说是吃过青花鱼寿司。”

“在哪儿吃的？”

“听说是发病那天傍晚，她和少东家去神户散步时，在一家叫‘喜助’的馆子里吃的。”

“从没听说过这么一家馆子嘛，是吧，雪子。”

“没听说过。”雪子说。

“说是在福原的妓院区里……小妹听说那里的寿司特别好吃，想去尝尝，在新开地看完电影回来的路上就去了。”

“怎么启少爷一点事也没有呢？”

“是的，听说少东家不喜欢青花鱼，没有吃。只有小妹吃了，所以他们说肯定是吃了青花鱼的缘故……可是，听说并没有吃很多……而且，鱼一点也没有坏，确实是新鲜的活鱼……”

“青花鱼真可怕，吃新鲜鱼有时也会中毒。”

“据说吃鱼背上发黑的那块肉最危险，她吃了两三片。”

“我和雪子从来不吃青花鱼，只有小妹吃。”

“都怪小妹太爱在外面吃这吃那了。”

“一点也不错，以前她就很少在家吃晚饭，老是到处下饭馆，才出了这种事情。”

幸子她们想起奥畑前年闹水灾时的表现，担心他会不会重蹈覆辙，不知他对妙子的态度如何？说不定他是表面上敷衍着，内心里却为揽了个传染病人而为难呢？最初他以为是轻微的肠炎，一旦知道并非如此时就感到棘手了，想尽可能推回芦屋了事。但据阿春观察，他并没有这些个表现。闹水灾时，因为他平素爱打扮，不愿弄湿裤子，但他对传染病却似乎不怎么害怕。或者，也许是那时的所作所为成了妙子厌弃他的原因之一，所以这次他要竭力表现一番吧。看来他说“留在我身边治疗”，不像只是说说漂亮话。而且，他生性非常在意这些细细琐琐,不时提醒阿春和护士注意这注意那的,有时甚至还帮着换冰袋,消毒便器,等等。

“我这就跟着春丫头一块儿去看看,因为我去的话大概不要紧的。”雪子说,“小妹不至于因赤痢而死。既然启少爷那样说了,又没有适当的地方可以安置病人,就让她睡在那里也可以。不过,我们不能撒手不管,把看护工作都推给他们。虽然不知道本家和二姐夫会怎样说,但是我们不能做那种事。反正我自作主张去看护她,是没有什么妨碍的。要是栉田医生能去治疗,多少会令人放心些,可是交给不认识的医生和护士,我心里有些不踏实。从今天起我就住在那里,换下春丫头来做联络工作。在电话里弄不清楚情况,反而增加不必要的忧虑,启少爷那种单身汉家庭一定缺这少那的,少不了要春丫头一天跑几个来回。”雪子说罢收拾了一下,随便扒了几口茶泡饭。大概是不想使姐姐为难,没有征得幸子的同意就走了。幸子的心情完全和雪子一样,一点儿也不想去阻拦她。

悦子回家后便问:“二姨上哪儿去了?”幸子若无其事地敷衍她说:“说是打完针顺便到神户买东西去了。”但是傍晚丈夫回来时,她非说真话不可了,便向丈夫和盘道出几天来发生的情况,以及雪子自作主张去照料妙子,等等。丈夫怏怏不乐,默不出声地听完,未置可否。大概除了默许也无他法。

到吃晚饭时,悦子又盘问起来,幸子这才向她透露了一点真实情况:二姨照料生病的小姨去了。这时,悦子接二连三、刨根问底:小姨睡在哪儿?是哪儿不舒服?幸子斥责似的回答:“小姨躺在公寓里,她一个人不方便,所以二姨去陪她,没有什么大不了的病,用不着小孩子操心。”这样,悦子再也不吭声了,但不知她是否真信了母亲的话,贞之助和幸子故意拉扯些别的话题来分散她的注意力,她却闷闷不乐、含含糊糊地应着,一边吃饭一边不时窥看父母的脸色。

自从去年底以来妙子没露过面,尽管大人说是因为小姨忙,但悦子还是从阿春那里打听到了大概情况,而且让她知道实情,对幸子也有方便之处。

此后两三天里，悦子只见阿春频繁地来来回回，雪子一次也没回来，她越来越焦灼不安，撵着阿春问妙子后来的病情，最后揪住她母亲说：

“为什么不接小姨回家呢？快去接回来吧！”她反而这样斥责母亲，气势汹汹地，把幸子吓呆了。

“小悦，小姨有妈妈和二姨照料，你放心好了，小孩子不要多嘴。”幸子抚慰她。

“躺在那种地方，小姨不可怜吗？小姨会死的呀！”悦子异常激动地高叫。

事实上，妙子的病情并不见好，渐渐向不妙的方向发展。雪子没日没夜守在床头，护理当然不会有差池，可是据阿春带回来的消息，近几天妙子越来越衰弱。一个星期以后，大便检验结果出来了，发现了赤痢病菌中最恶性的志贺菌。而且不知何故，一天之内体温升降反复几次。体温高时达到三十九度六甚至四十度，伴有严重的恶寒和发抖。这也是因为，病人拉肚子时下腹疼痛不堪，所以给她吃止泻药，或许是吃了止泻药的原因，不拉肚子了就全身发抖，体温上升。相反，大便一通她就体温下降，但肚子疼痛难忍，拉的净是水样便。病人这两天精神萎靡，斋藤医生说她心脏也一点点衰弱了。雪子忧心如焚，对斋藤医生说：“光这样能治疗好吗？看来好像不单纯是赤痢，是不是还有其他什么病呢？是不是该注射林格氏液[①]或者维他康复[②]呢？”斋藤医生却说还不必使用，不肯注射。雪子说，在这种时候，如果是栉田医生一定会接连不断地注射。向护士打听，才知道斋藤医生的父亲不喜欢打针，他受其父影响，不到万不得已也不轻易给病人打针。雪子对阿春说，事已至此，不能顾什么面子了，我想索性请栉田先生来治疗。但不管怎样，还是希望二姐来看看情况再说。阿春转达了雪子的意见之后，又补充说：“虽然只有五六天时间，小妹已经瘦得不像样子了，太太您去看了真会大吃一惊的！”

---

① 林格氏液：复方氯化钠溶液。

② 维他康复（vitacamphor）：中枢神经兴奋药。

幸子因为害怕传染病,又对丈夫有所顾虑,所以一直踌躇不定。然而,现在她再也坐不住了,她决定瞒着丈夫,趁上午让阿春带她去看看,临出门时,她给栉田医生打了个电话,告诉他妙子在西宫一个熟人家里得了病,因为某种原因一直躺在那里了,请了附近的一位斋藤医生治疗,后来的经过如此这般,大致地告诉了栉田医生,并征求他的意见。栉田医生说:"在这种时候,必须连续注射林格氏液和维他康复,如果听之任之,病人只会更加衰弱,要快点告诉那位医生,请他这样处理,以免耽误病人。"幸子说:"看情况还要请先生去看看。"栉田照例爽快地答应说:"斋藤君我也不是不认识,只要事先取得他的谅解,我什么时候都可以去。"幸子放下话筒,坐上等候在门前的汽车,沿国道向东驰去。过了业平桥数百米,只见山脚下一所邸宅里,一株樱花伸出墙来,枝头上早早开花了,鲜艳夺目。

"呀,多美啊……"阿春脱口而出。幸子也说:"真的,这家的樱花每年都开得最早。"说罢,幸子眺望着阳光照射下水蒸气袅袅升腾的混凝土路面。这一阵子,她被妙子的事搅得心绪不宁,没有留意季节更替,不知不觉间已经进入四月,再过十天就是赏花时节了。不过,今年还能像往年一样姐妹们一起去京都赏花吗?如果能去的话,该是何等地欢乐!即使妙子幸而病情渐渐好转,恐怕也不可能那样快就出去玩吧。哪怕不能去嵯峨、岚山和平安神宫,能不能赶上去御室赏晚樱呢?说起来,去年悦子的猩红热也是这个月,但那是赏花以后的事,没碍着去京都赏花,不过,幸子却因此没看上菊五郎的《道成寺》。今年四月,菊五郎已经到大阪来了,这次演出《藤娘》[1],幸子原想一定要去看,但不知会不会又错过机会……幸子想着想着,汽车已在夙川的大堤上飞驰,远方的六甲山隐没在一片迷蒙雾霭之中。

---

① 《藤娘》:歌舞伎舞蹈,胜井源八作词、第四代杵屋六三郎作曲、藤间大助等人编舞,文政九年(1826)在大阪首演,将手持藤花的姑娘舞蹈化,第六代尾上菊五郎加入了新意趣,成功获得好评。

20

病室在二楼，奥畑和雪子听见汽车的停车声，立即从最近的楼梯走下楼来，迎接已经走进大门的幸子。

“请您来一下……”奥畑使了个眼色给幸子，“……客套话暂且免了，有些事必须先跟您谈……”说着，他领幸子走进一楼的里间。

原来，斋藤医生刚来看过了，奥畑送他出门时，医生微微歪着头说：“病情确实不太妙，好像已经相当衰弱。另外，还有一种征兆，虽然还不大明显，或许又是我过虑，触诊的时候觉得她肝脏好像有些肿大，也许是并发了肝脓肿。”奥畑问他那是一种什么病，他说：“就是肝脏有脓。像那样体温剧烈波动、怕冷发抖，恐怕不仅仅是赤痢，只能认为是并发了肝脓肿。但是，仅凭我个人意见，还难以断定，我想，请阪大的有关专家来会诊才能放心。您看如何呢？”奥畑继续问下去，医生说，这种病是因为其他部位的脓细菌侵入造成的，往往来自赤痢，而且，脓肿物只有一个还容易治疗，若是多发性的，即肝脏内有多个脓肿，就相当麻烦了。脓肿在与肠粘连的部位破裂还算好，如果在肋膜、气管和腹膜方向破裂，大抵不可救治。斋藤医生虽没有明言，但听他那口吻似乎已确定是肝脓肿了。

“哎，不管怎样，看看病人再说。”幸子听完奥畑和雪子的轮番介绍，急忙走上二楼。

病室是朝南的六铺席间，外面有个小阳台，出入口是西式房门，虽然铺了榻榻米，但是没有壁龛，一直到天花板都是白的，除了一面墙有壁橱外，大体像西式房间。房间里的陈设，在一个墙角有个三角架，上面摆着像是西洋古董的、污秽的、沾有蜡泪的烛台，还有两三种从旧货市场买来的破烂货以及像是妙子很久以前做的褪了色的法国偶人。在墙上只挂着一幅小出楢重[1]

---

① 小出楢重（1887—1931）：日本画家，大阪人，是关西西洋画坛领袖人物。

的小型玻璃画。这本来是煞风景的房间,但是病人盖了一床豪华之至的厚绉纱羽绒被,胭脂色底上是白格子花纹,从阳台那边的六尺宽的双层玻璃拉门射进来的阳光,满满地照在上面,使得房间的色调像鲜花怒放一般明快。

据说,病人现在体温稍有回落,她右侧卧着,眼睛死死地盯着门口,像是在等待幸子的出现。妙子的病容,幸子已听阿春说过,她深恐自己难以承受最初四目相对那瞬间的冲击。不过,也许是事先有了心理准备,幸子觉得,虽说妙子变了样,但她消瘦的程度还没有她想象的那样严重,只是圆脸拉长了,浅黑色的皮肤变得更黑了,只有眼睛显得格外大。

除此以外,还有更引起幸子注意之处,因为长时间没洗澡,病人全身污垢不堪自不待言,而且,还给人一种不洁之感。说起来这是她平素行为不检点的结果,平日借助巧妙的化妆遮掩过去了,但现在赶上她身体衰弱,一种阴暗的、无妨说是淫猥的阴影晕映在她的面孔、脖子和手腕等处。幸子对这一点的感受并不很明确,不过,她看见病人精疲力竭地耷拉着手臂瘫在床上,感到她不只是为疾病所苦才如此憔悴,而是数年来放荡不羁的生活把她摧残得疲惫已极,如同一个长途跋涉的旅行者因疾病而颓然倒下了。像妙子这样年龄的女人,长期卧床不起时,会瑟缩得像个十三四岁的少女似的楚楚可怜,有时甚至显露出一种纯净、圣洁的风韵,但妙子恰恰相反,往日的青春气息消磨殆尽,完全暴露出实际的年龄,不,甚至比实际年龄还要苍老。而且,令幸子感到奇怪的是,她那种现代女子的风度已荡然无存,活脱像个茶楼饭馆——而且是低级的不正经的茶楼——的女招待。长期以来,姐妹之中唯独这位妹妹与众不同,颇有些品行不端;但无可争辩的是,在她身上毕竟仍有不少大家闺秀的气质。可是现在她脸上那混浊、灰暗、松弛的皮肤,却呈现出花柳病之类病毒侵蚀的肤色,使人不禁联想到那些沦落在花街柳巷的女人的肌肤。其原因之一,也是和她身上盖的那床花里胡哨的羽绒被形成对照,病人复杂的不健康状况就更为显眼了。说起来,似乎只有雪子早就注意到了妙子的这种“不健康”,一直暗中提防着。

比如说，妙子洗完澡后，雪子绝不进那个浴盆，幸子的贴身衣服哪怕是内裤她也毫不在乎地借去穿，可她从来不借用妙子的。不知妙子是否觉察了这件事。但是，幸子不仅隐隐约约有所察觉，而且还注意到雪子变得如此谨慎小心，似乎是偶然听说奥畑患了慢性淋病以后的事。老实说，妙子矢口否认她和板仓、奥畑之间有肉体关系，坚称只是“清白的交往”，幸子并不十分相信，却一直极力避免深入追究这个问题。雪子虽然默不作声，却老早就对妙子表示出无言的谴责和轻蔑。

“小妹，怎么样？说是你瘦得很厉害，我看也不那么瘦嘛。”幸子尽量用与平日无异的口气说，“今天拉了几次了？”

“从早晨起拉了三次了。”妙子像往日一样毫无表情，低声却清晰地回答，“不过，老想拉，又什么也拉不出。”

“那正是这种病的特征，不就是所谓的里急后重吗？”

妙子嗯了一声，说：“我再也不敢吃青花鱼寿司了。”这才见她挤出一丝笑容。

“真的，今后绝对不要吃青花鱼了。”幸子说罢，又郑重其事地说：“没什么好担心的。不过，斋藤先生说了谨慎从事为好，为了慎重起见，想找另一位医生来商量一下，我想请栉田医生来给你看看。”

幸子突然说出这些话，是因为她考虑到，三个人背地里嘀嘀咕咕商量，反而会刺激似乎还不知道自己病情严重的病人的神经，倒不如这样直接把话挑明。斋藤医生提议去阪大请个高明的专家来会诊，固然言之有理，但恐怕弄不好反使病人多心，所以先请栉田医生来看看，征求他的意见以后再做决定不迟。幸子说话时，妙子茫然失神的眼光落在眼前的榻榻米上，呆呆地听着。

“喂，这样行吧？”幸子催促说。

“我不想让栉田医生到这种地方来……”不知妙子想起了什么，她突然斩钉截铁地回答。不知什么时候，她眼里已经噙满了泪水，“要是让栉田医生知道我在这里,可是耻辱呀……”

护士知趣地迅速起身出去了,幸子、雪子和奥畑吃惊地看着在病人脸上滚滚流淌的泪水。

“得了,这件事,让我慢慢问小妹吧……”中间隔着病人坐在幸子她们对面的奥畑,因为睡眠不足而脸面浮肿,身上穿着法兰绒睡衣,外面套着蓝灰色的绸便袍,这时好像掩盖不了狼狈的神色似的一边说,一边向幸子这方投来诉苦似的一瞥。

“得了得了,你觉得不好就算了……这事儿,你就别放在心上了……”

最重要的是不要使病人激动,所以幸子这样安慰妙子。尽管这样,幸子却感到情况不妙,为什么妙子突然说出那种话呢?奥畑像是知道个中原委,但幸子却想象不出是何原因。

今天幸子是瞒着丈夫出来的,又快到午餐时间了,所以她在病室里待了个把小时,看到病人平静了,便决定暂时离去。

她打算在札场路坐电车或者公共汽车回去,便穿过那个曼播,抄近路向国道走去。雪子送到半路上,叫阿春稍后一点跟着,自己和姐姐并肩而行,边走边说道:“昨天晚上有件古怪事呢。昨天半夜大概是两点钟吧,我和护士睡在病室对过的房间里。晚上一般都是我和护士轮流守在病室里。昨天晚上病人的情况似乎略有好转,像是十二点左右就睡着了。奥畑说:‘今天晚上我来代替你们,你们好好睡一觉吧。’听了他的话,我们两个人就睡在对过的房里,他留在病室里,像是在病人枕边和衣而睡似的。我听见‘嗯——嗯——’的叫声,心想不知是病人痛苦得呻吟还是在做噩梦,尽管有启少爷陪着,我还是急忙起来了,我把病室门推开一半的时候,听见他连连叫着‘小妹、小妹’,同时听见小妹喊了一声‘阿米’。小妹就叫了那一声,像是随即就醒来了,不过,那一声确实是在喊‘阿米’,我看见小妹清醒过来了,又轻轻地关上门,躺到被子里去了。病室那边后来也鸦雀无声了。当时我想大概没什么事了,我也放心了,这时几天来的疲劳都涌出来了,打了两三小时的瞌睡。四点多钟天快亮了，小妹照例又开始肚子痛、拉肚子了，启少爷一个人顾不过来，就把我叫醒了，后来我就一直没睡了。今天早晨回想起来，那声‘阿米’一准是叫板仓。昨天夜里小妹是梦见了那个死去的男人而被魇住了。说起来，板仓是去年五月死的，转眼又是一周年忌辰了。板仓死得不寻常，所以小妹好像非常怀念他似的，直到现在还每个月到冈山的乡下去上坟，我看这也是一个原因。正赶上板仓一周年忌辰即将到来的时候，小妹却重病缠身，而且躺在他的情敌家里，这对小妹的神经不会没有影响。小妹是城府很深的人，内心想什么不容易看出来。但是，这些天来，她心里肯定惦记着板仓的事，所以才做了个这样的梦。不过，这完全只是我的想象，不知说对了没有？不管怎么说，小妹从今天早晨起，肉体的痛苦过于剧烈，顾不上精神上的痛苦，等到肉体上的痛苦终于消停以后，她的精神还是非常萎靡、沮丧。而启少爷比小妹更要面子，表面上他的态度没什么变化，可是，连我都有这种看法，他不可能不介意的。刚才小妹突然说出那种话来，还是和这件事有关。虽然，这不过是我的臆测而已，但是小妹自从昨天晚上被板仓的亡灵魇过后，难道会不介意躺在启少爷家里吗？她可能感到，只要躺在他家里，这病就不会好，也许会反复不愈，逐渐恶化，终于死掉。因此我认为，她刚才说那句话并非忌避栉田医生，而是表示她个人的意志，她不愿意住在这个地方，可能的话，她希望我们把她转到别的地方去。”

“不错，说不定她就是这个意思。”

“我再仔细地问问她，可是，启少爷寸步不离地跟着她……”

“我忽然想起来了……如果给小妹换地方的话，蒲原医院怎么样呢？……如果把情况讲清楚，他那里准会接受……”

“嗯，嗯……不过，蒲原大夫能治赤痢吗？”

“这样嘛，只要他借给我们病房，我们请栉田医生去出诊。”

蒲原医院位于阪神线沿线的御影町，是一家外科医院，院长蒲原博士从阪大的学生时代起，就经常出入莳冈家在船场的店铺和上本町的邸宅，和莳冈家姐妹从小就熟识。当年，父亲听说有一位公认的高材生姓蒲原的缺少学费，通过别人向他伸出了援手。后来，蒲原留学德国和回国后创办这家医院时，父亲都负担过一部分费用。蒲原是一位有专家风度的外科专家，对手术颇有信心，医院很快就发展起来了，不到几年，就把莳冈家接济他的费用全部偿还了。那以后，凡是莳冈家的人和船场店铺的店员去看病，治疗费都大幅打折，无论如何他也不肯多收钱。不消说，这是他在报答穷学生时代莳冈家对他的恩情。另一方面，他原籍千叶县的木更津市，像个关东的热血汉子，有大将风度，极重感情，有与众不同的性格。若是向这位蒲原大夫开诚布公说明原委，请他以一个适当的理由接收妙子住院，以他素日的性情来判断，显然不会说“不”的。不过，那是一家外科医院，还得烦劳栉田医生出诊治疗。所幸蒲原和栉田是同学，而且交情匪浅。

雪子将幸子送到曼播南边出口时，幸子对她说：“我打算回去后就跟蒲原医生和栉田医生商量。无论如何，既然病情这样严重了，要预想到万一出现斋藤医生说的那种情况，不管病人是否愿意，都不能继续把她留在启少爷家里了。这段时间里也不能大意，你首先要千方百计说服斋藤医生，请他立刻给妙子注射林格氏液和维他康复，如果你说服不了，就要启少爷去跟他说。”幸子嘱咐了这些后，便与雪子分手了。

幸子回家后立即给蒲原医生挂了电话，不出所料，他马上答应了，并且说准备一间特别病房，随时都可以把病人送去。接着，幸子又给栉田医生挂电话，但这位大忙人很难找到，幸子挨家挨户向患者家里打电话，好不容易才联络上，并征得了他同意。这时已是六点多钟了。幸子恨不得立刻送妙子去住院，但事先还得做好各种安排。虽然嘴上没说，贞之助内心里也很忧虑，幸子必须向贞之助介绍这几天的情况，要他支付各种费用，所以决定明天早晨再送妙子去住院。这样，把这个决定通知西宫方面已是七点多钟了，但是阿春在半夜十二点左右赶回来，传达了雪子的话，把那以后发生的各种事情讲了一遍：

首先是病人的情况，幸子走后不久病人就说发冷，身体直抖，体温一时升到四十度以上，到傍晚还有三十八度左右。关于注射林格氏液，奥畑在电话里跟斋藤医生软磨硬泡，他才勉强同意打一针看看，过一会赶来的却是那位老先生。他来是来了，但是看过以后想了一会儿却说，还是用不着注射林格氏液。好不容易护士做好了准备，老先生却吩咐她停了，并急忙把注射器装进药箱里回去了。雪子一看这情况，越发感到要换医生，等到病人稍微平稳时，便和妙子说无论如何也要请栉田医生来看看，再次征求妙子的意见。果然不出所料，妙子虽然没说明理由，却说不愿意老躺在这里，医院也好，甲麓庄也好，反正希望转到别处去；转到别处后就请栉田医生来治疗，唯独不愿他到这里来。奥畑在床旁一动不动、屏声静息地听着，所以妙子说话时有所顾虑，但还是把这意思表明了。奥畑听了病人的话后非常焦躁，他说："你不要那样说，就住我这儿，什么也别介意！"他不断劝妙子改变主意，但是病人充耳不闻似的，只管和雪子说话。终于，奥畑气得青筋暴起，提高了嗓门说："你为什么讨厌起我这里了？"雪子看那情景，察觉到由于昨晚妙子的梦呓，两人的感情出现了裂缝。但雪子并不提那件事，只是劝解奥畑不要和病人争吵，她说："非常感谢您的好意，不过，我们做姐姐的不能把生病的妹妹长期放在这里，芦屋的姐姐也是这样说的。"接着，雪子告诉奥畑，蒲原医院的住院手续已经办好了，这才使奥畑勉强同意了。

21

第二天上午八点，妙子由医院派来的救护车接走了。这时，也出了点小麻烦，奥畑三番五次地说："我一直照料她到今天，有责任把她平安地送到医院，我一定要陪着去。"幸子和雪子轮番劝阻，只差没下跪了，她们说："您这样讲也有道理，但今天的事就交给我们姐妹得了，并不是今后不让小妹和您见面了，只是您和小妹的关系还没得到正式承认，病人好像也顾及面子问题，所以请把病人暂时交给我们，请您回避一下。如果有什么突然变化自不必说，平常只要打电话来，我们每天都会把病情告诉您。尽可能请在上午打电话到芦屋，叫幸子或者阿春接电话，不要直接向医院挂电话。"她们讲出了一身汗，好不容易他才同意了。

接着，幸子又对斋藤医生说明了事情原委，并感谢他这一段时间的辛劳。斋藤也通情达理，主动提出护送妙子去蒲原医院，把病人送交在那里等候的栉田医生。

雪子和斋藤医生一起陪护病人去医院，幸子和阿春留下来处理善后事宜，她们俩清扫了楼上用作病室的六铺席间，给护士和老婆子也分别送了谢礼，然后向夙川要了一辆高级出租车，一小时后，她们跟着赶到了医院。

在亲人住院时，幸子总有一种难以言喻的不祥的感觉……可能再也回不来了吧？这种不祥的预感以前有过，今天她也害怕这种情绪袭来。

当汽车走到国道旁的大路上时，仅是一日之差，只见沿途的春色比昨天更浓了，六甲的连绵群山笼罩在浓云密雾之中，很多人家的白木莲和连翘已经悄然绽放。如是平日，这该是多么令人心旷神怡的景色，但幸子毕竟排遣不了那沉重的心情。这是因为，她发现今天与昨天相比，病人的神态有了巨变。老实说，直到昨天，她对斋藤医生说的话只是半信半疑，认为不会发生那种最坏的情况，那不过是医生吓唬人而已，也没有特别在意。可是看到今天早晨的情形时，她不禁担心真会发生最坏的情况。幸子首先注意到病人眼睛发直了，妙子平素的表情也不太显露，但今天早晨像是完全失去知觉似的，一副茫然无知的神态，眼睛睁得特别大，一动不动地盯着空间的一点，一副垂死的模样，幸子不由得恐惧起来。病人昨天还有精神那样流着泪讲话，而刚才在走廊上，奥畑为了去不去送她和两个姐姐吵成一团时，她却与己无关似的，只是瞪着一双呆滞的眼睛。

昨天在电话中，蒲原医生说为妙子准备了特别的病房，这栋别馆是耗资甚巨的纯日本式的建筑，与医院以长廊相连，原是作为院长的住宅建造的。去年，蒲原买下了离此一公里多、住吉村观音林的某实业家出售的邸宅，搬到那里去了。这里只用来偶尔休息，这次作为特别病房来收留妙子，原因之一是可以达到隔离的目的。当病房使用的客房是带走廊的八铺席和两间四铺席半相连的房间。蒲原说了，为了方便陪同人员，厨房和浴室可以随便使用。昨天幸子向护士会提出申请，希望这次也尽可能派去年悦子患猩红热时雇的那位“水户小姐”。机会正好，今天上午“水户小姐”就来了。只是那位大红人栉田医生还是那作风，尽管约定了时间，但幸子到医院后仍不见他踪影，挂电话到处打听，催了好几次，费了很多周折。这段时间，斋藤医生虽然时不时地看手表，却也没露出不耐烦的脸色，安详地等着。好容易等到栉田医生来后做了交接才回去了。两位医生交谈时夹杂着德语，其内容旁人也无法知其究竟。但栉田医生的诊断却和斋藤医生大为不同，他说：“我认为肝脏没有肿大，因此不能考虑是肝脓肿，至于体温波动和恶寒战栗，这是恶性赤痢可能有的症状，并不是异常现象。我认为病情基本上朝着好的方向发展。”只是因为病人身体很弱，他当场就吩咐“水户小姐”给她注射了林格氏液和维他康复，过一会儿再注射百浪多息[①]。临走时，他若无其事地说：“那么，我明天再来，用不着那样担心。”但幸子还是放心不下，送他出大门时，眼泪汪汪地瞧着他问道：

“大夫，真的不要紧吗？”

“不要紧！不要紧！”他似乎把握十足地回答。

“不要请阪大的哪位大夫来会诊吗？”

---

① 百浪多息：磺胺制剂，对革兰氏阴性和阳性细菌都有效，赤痢菌属于革兰氏阴性杆菌，现在该药还用于治疗败血症和丹毒。

“啊，那是斋藤君提出来的，但是，那也未免过于谨慎了，如果有那个必要时再说，眼下您交给我来治疗不要紧的。”

“不过，在我这个外行看来，到昨天为止还不是这个样子，今天为什么连模样都变了呢？……看那神色不是像快要死了吗？”

“您这是过虑了，一旦身体衰弱，谁都会成那个样子。”栉田医生根本不当回事。

幸子送走栉田医生后，也决定暂且回家去，到院长室向蒲原医生致谢后便返回了芦屋家中。丈夫、悦子、雪子和阿春都不在家，客厅里不同寻常地寂静，她独自坐在椅子上发呆，不由得又想起那不祥的情景。

在她看来，栉田医生长年给她们姐妹看病，至今为止从没有误诊过，所以无妨权且相信他的话，与斋藤医生相比，她很愿意尊重栉田医生的意见，但是只有这次，自从今天早晨看见病人那神色以后，她产生了至亲骨肉才有的一种预感。她想眼下能做的事情就是要根据这种预感将情况告诉姐姐，也正是为了写这封难写的信她才回家的。这封信要写出事情的经过，从妙子被赶出家门开始，直到这次接到生病的通知而不得不接她回来为止，叙述时还要多少加以修饰。这样足足要花两三个小时，所以她有些懒于执笔。

直到午餐过后，幸子才勉强打起精神走上二楼，把自己关在房间里。在姐妹中以她的书法最为优美，善于写假名，文采也好，所以她平日并不觉得写信很费事，也不像本家姐姐那样要打草稿，她喜欢用毛笔写在卷筒信纸上，字体也丰腴硕大，但今天写得不像往常那样顺手，修改了两三遍才写就如下一封信：

> 很久没有问候，不知不觉，今年的好季节又来临了，六甲山每天都笼罩在云霞之中。阪神间如今是最美丽的时候，每年一到这时分，我就觉得在家里待不住了。
>
> 很久没写信给你，你们都好吗？我们这里全家都很好。

说来又有一件不愉快的事,尽管难以动笔,可是还得告诉你,这就是小妹患了恶性赤痢,眼下病情严重。

关于小妹的事,你曾经写信给我。虽然我于心不忍,但还是请她离开了这个家,并吩咐今后绝对不准进门。此事当时已向你报告过了。不过,小妹并未像我们预料的那样和启少爷同居,而是在本山村的甲麓庄公寓过独身生活。这些情况当时也告诉你了。自那以来她是怎样生活的,我们虽然不免挂念却没有过问,她也没有音信给我们。只有阿春好像有时偷着去看看,说是她还住在那公寓里。虽和启少爷暗中来往,但没有住在他家,如是这样,我们也多少放心一些。

可是,上月底启少爷突然打电话给阿春说小妹生病了,实在不凑巧的是,她是在启少爷家玩的时候发病的。启少爷说不能搬动她,就让她躺在那里了。最初弄不清是什么病,也没想到有那么严重,所以我装作不知道。后来赤痢的症状渐渐明显了,但是,我们已经和她断绝关系了,她又病倒在启少爷家由他照料,我们该不该接回来,我一时拿不定主意。阿春很担心,说小妹患的是恶性赤痢,只请了附近一个不足信赖的医生在治疗,治疗也很不周到,加上发高烧和拉肚子,每天都痛苦万分,身体非常衰弱,瘦得像另外一个人了。听了这些以后我仍未理睬,而雪子却未经我同意跑去那里护理她了。所以我也不能置之不理了,到那里一看,真是大吃一惊。

据医生说,像是并发了肝脓肿,果真是那样可能没救了。他一个人也没有把握,说要我们请位专家来会诊。小妹一见我就泪水涟涟地说不愿意躺在那里,希望我把她转移到别的地方去,听那口气像是不愿死在启少爷家里。

据雪子推测,大概是因为那位板仓摄影师的周年忌辰快到了,所以小妹害怕那个男人的幽灵作祟,最近她也曾被梦魇过,也许真有那回事。也许又可能是她不想死在启少爷家里会使你和我们为难。无论如何，那个一向要强的小妹竟变得这样懦弱，可是不同寻常的事。

从昨天起，小妹那张脸可说是一副死相，眼睛发直，脸部肌肉直绷绷的，看了使人毛骨悚然。因此，我想必须体谅病人的心情，决定马上把她接出来，要求启少爷停止和她的一切来往，今天已用救护车把她送进蒲原医院去了。因为有隔离病房的传染病医院都住满了，所以我向蒲原先生讲明了情况，秘密地把她送到他那里住院。现在给小妹治病的是姐姐也认识的那位栉田医生。

大致情况就是这样，万不得已才作了这种处置。姐夫姑且不说，我想姐姐是会谅解的。贞之助也认为这次事出无奈，他也暗自为小妹担心，但直到现在还没去看过她。尽管我认为还不至于怎样，但是万一病危时，我会拍电报通知你，请你有个思想准备，这种事并非绝无可能发生。不过，根据栉田医生的意见，似乎并不是肝脓肿，也不一定处于危险状态，经过基本顺当。说来讨厌，我总觉得这一次栉田医生的诊断说不定是错误的。看小妹的病情和脸色，不禁产生一种不祥的预感，但愿我这种预感是错误的。

以上啰啰唆唆先把至今为止的情况告诉你了。我马上又要去医院看看。这件事忙得我其他的事都顾不上了，雪子比我更辛苦，这一段时间，她没日没夜地护理妙子，几乎合不上眼，所以，在这种时候你不知我多么倚仗她。

就此搁笔，下次再给你写信。

幸子

四月四日

幸子虽然担心会吓坏单纯善良的大姐，但也希望她多对妙子倾注些怜悯，结果无意中夸大了几分病情，可是，大体上还是如实写下自己的感受。她写完这封信，趁悦子还没回来，又急忙赶到医院去了。

22

住院两三天后，眼见得妙子的病情开始好转。说来不可思议，那天那种令人害怕的死相，看来只是一时的。住院的第二天，飘浮在病人脸上的不吉祥的幻影已经倏然消逝。幸子觉得仿佛从一个怪诞的噩梦中醒过来了，不禁想起前几天栉田医生那句强有力的“不要紧，不要紧”，又一次对他诊断的准确由衷钦佩。她想到姐姐看到那信后将会怎样忧虑，便紧接着又寄去第二封信，而姐姐得知妙子病情好转后似乎相当喜悦，不像平日那样慢腾腾的，仅隔一天就寄来如下一封快信：

幸子：

前几日拜读了你那封出乎意外的信后，我真不知怎样办才好，成天为这件事焦虑不已，连回信也没给你写，刚才收到你第二封信后，我才真正放心了。妙子自己好自不必说，对于我们而言也没有更可喜的事了。

现在我可以说了，实际上，我看到你前封信时，我以为小妹多半没救了。至今为止，她做了很多任性的事，让我们操碎了心，我认为这是她的报应。说来固然可怜，但即使死了也无可奈何；但如果她真的死了，究竟由谁去领尸，又从哪里出殡呢？你姐夫恐怕不会愿意出面，要从幸子你那里抬出去更加不合道理，但也不能从蒲原医院抬出去安葬，我想到这些就痛心……我想，小妹这个人到底要给我们添多少麻烦呢？

不过，总算她的病好了，也真是救了我们。这也全靠你和雪子的尽心竭力的照料，但她自己能体会你们的一番苦心吗？如果体会到了，就要借此机会断绝与启少爷的关系，开始新的生活，但是她会这样做吗？

我深知承蒙蒲原医生和栉田医生照料甚多,无奈不能以姐姐身份公开地向他们致谢,其中苦衷请你谅察。

鹤子

四月六日

幸子在收到这封信的当天,为了让雪子看信,特地拿到医院。临走时,趁雪子送她到病房外面的间隙告诉雪子“来了这样一封信”。说着悄悄从手提包里掏出信来说“就在这里看”。雪子站在大门口看完信后,只说了一句“真像个姐姐呀”,就回去了。

也不清楚这句话是什么意思,但幸子对那封信也没有什么好感。直率地说,姐姐无意中在信里流露出她对妙子已毫无手足之情,不如说,她孜孜以求的就是保护她们一家子不被卷入妙子带来的灾厄中。当然,这也无可厚非,但她那么说妙子,妙子就更可怜了。诚然,这次的疾病未尝不可说是“报应”,然而,这位妹妹从少女时代就甘愿过波澜起伏的生活,一度差点儿被洪水吞噬;后来不惜抛弃地位名誉而热恋的对象又死掉了,只有她经历了人生平顺的姐姐们做梦也想不到的种种劫难,可以说她已经遭受到足够的报应了。幸子想到若是自己和雪子,绝对忍受不了这么多的痛苦。想到这里,她对这位妹妹的冒险生涯不无钦佩。姐姐接到第一封信时的狼狈相,收到第二封信时才松了一口气的神态,仿佛历历在目,幸子又觉得这位姐姐可笑。

妙子住院的第二天上午,奥畑向芦屋挂来电话,幸子详细地给他说了,妙子从今天早晨起很快就好转了,还介绍了栉田医生诊断的情况,告诉他已经看见通向康复的一线曙光。从那以后两三天他也没打电话来。到第四天,幸子从下午守候到三点钟就回去了。傍晚时分,雪子和“水户小姐”坐在病人枕边,阿春在隔壁房间用电炉熬米汤。这时,在这栋别馆看门的老爷子走来传话说:“刚才有位像是府上的人来了,他不说名字,兴许是莳冈老爷吧。”“唉?难道是二姐夫吗？我想不会的……”雪子说着和阿春互相看了一眼。这时，忽然听到院子里响起了皮鞋声，只见奥畑身穿漂亮的绛紫色双排扣西装，戴一副金边深色墨镜（他并非视力不好，但不知什么时候起为了装派头，时不时戴上有色眼镜），掂着那根白蜡木手杖，从胡枝子篱笆那边突然出现了。在医院的大门之外，这栋别馆另开了一个大门，但初来的人不知道，大都是请医院的门房指路。不知奥畑怎么会知道有这么个门，还找到这里来了，并趁老爷子来传话的当儿，大咧咧地从门口绕到院子里来了（后来才知道，原来是奥畑冷不丁地问老爷子："莳冈妙子的病房在这里吗？"老爷子连问两次他是谁，他只是说："你就说是我，她就知道了。"至于他是如何探听到这栋别馆是妙子的病房，如何知道从大门绕过院子便能走到病房，最初阿春担了不少嫌疑。但是，看来他不是向谁打听的，而是自己耐着性子摸索出来的。自从发生板仓事件以来，他非常有兴趣侦察妙子的行动。所以，这次妙子住院以来，他也像是经常在医院周围徘徊）。这庭院沿着房屋回廊形成曲尺形，从东往南延伸。奥畑拨开盛开的珍珠绣线菊，走到里面的那间八铺席间的走廊，来到正好能看到病人脸的位置，从外面拉开已稍许打开的玻璃拉门对妙子说："因为有点事，到这边来了。"说完这句貌似解释的话，便摘下墨镜哧哧地笑起来。

雪子正在一边喝红茶一边看报，为了使看见一个陌生男人闯进来吃了一惊的"水户小姐"放心，她若无其事地走到缘廊上向他打招呼。见他站在脱鞋石板上踌躇不定的样子，她又急忙抱来一个坐垫在缘廊旁摆了个座位，以免他走进房间。她见奥畑好像想要讲什么，便躲进了套间，把阿春熬米汤的砂锅端下来，又坐上了银水壶，等水开后沏上茶，她本想叫阿春送茶给奥畑，但想到待人热情的阿春让他缠住就麻烦了，便说："春丫头，其他的事我来做，你回去吧。"雪子自己端茶出去后，又立即躲进了套间。

这是赏花季节的一个阴天，天气温暖，房间的拉门打开了。从奥畑出现在院子直到坐在缘廊上，面朝院子躺着的妙子理应看到了他的一举一动，但她的目光依旧像往常那样毫无表情而呆滞。

奥畑见雪子有意避他，似乎有点不好意思，但过不久就掏出烟盒，点上了香烟。不一会，烟灰渐渐长了，他想弹在脚边却又犹豫不决，眼睛扫了房间一遍，问道：

“对不起，有烟灰缸吗？”

“水户小姐”机灵地把手边的红茶茶杯的托盘递给了他。

“听说小妹好多了。”奥畑说着把一条腿搁在拉门的槛上，伸得笔直，用鞋后跟抵着打开的玻璃拉门的门框，好让妙子看清他那崭新的皮鞋似的，说道：

“现在我才敢说，你那几天可危险哪。”

“嗯。这我知道。”妙子用比较有力的声音答道，“离地狱不远了。”

“不知道什么时候能好呢？今年赏花怕要泡汤了。”

“我倒是更想看菊五郎。”

“有那股精神的话，就不要紧了。”奥畑说着又冲着“水户小姐”问：“怎么样？这个月内能出去走了吗？”

“这个嘛……”“水户小姐”只应了这么一声，就不再搭理他。

“昨天晚上，我在坂口楼和菊五郎一起吃了饭。”

“是谁请菊五郎的？”

“柴本君请的。”

“听说他喜欢捧第六代。”

“早几天柴本就说要请第六代吃饭，让我作陪，但是，第六代那家伙可不容易请到……”

生性浮躁，注意力不能集中，从来不能专心做一件事的奥畑，充其量也只看看电影，嫌戏剧之类沉闷，偶尔去瞅一瞅。但他却爱好和演员交往，以前手头宽绰的时候，经常邀他们上茶楼下饭馆，所以他和水谷八重子、夏川静江、花柳章太郎等人都混熟了。这些角儿到大阪来时，他也不正儿八经地看戏，老是不忘溜到后台去和他们套近乎。他和第六代这些人交往，也不是出自对艺术的热爱,只是没来由地想结识这些名角儿,所以希望有人给他引见一下。

因为妙子搭腔问这问那,奥畑就得意洋洋地把昨晚坂口楼宴席的情况一一道来,还模仿第六代说话的腔调和诙谐逗趣的样子给她看。恐怕他就是为了在病人面前炫耀此事而来的吧。和雪子一起在套间里候着的阿春,最喜欢听这些玩意儿,雪子两次催她快回去,她只是口里答“是、是”,但还是暗中竖起耳朵听着。“春丫头,已经五点了!”雪子又催促。她这才无可奈何地站了起来。她大致是每天下午到医院来,做一阵子炊事活,洗一洗衣服,晚饭之前赶回芦屋。

归途上,阿春边走边想:奥畑少东家要瞎聊到什么时候呢?本来不准他来医院,要是让太太知道了肯定会吃惊的,如果他赖着不走,雪子小姐可怎么办呢?雪子小姐大概不会说这样做违反了原来的约定而叫他回去吧。她想着想着,走到了新国道的柳川车站,打算像往常一样在这里上电车,正好看见从神户方向开来一部空出租车,司机是住在芦屋川的熟人,阿春从大路这边大喊道:“喂,回芦屋川的话,能捎上我吗?”她叫汽车开到自己身边,还让人家特意绕道送到芦屋家门拐角处。

阿春喘着气从后门走进来,经过厨房时看见烙鸡蛋饼的阿秋就问:“太太在哪里?老爷还没回来吧?可不得了啦,奥畑少东家到医院里去了!”她像是发生了大事件似的顺口就嚷出来了,她从走廊朝客厅瞅去,看见幸子独自躺在长椅上。

“太太,刚才少东家到医院里去了!”她小声说着走了进去。

“啊?”幸子蓦地坐了起来,连脸色都变了,与其说是被这事儿,倒不如说是被阿春夸张的声调给吓住了。

“什么时候去的?”

“刚才,太太一走他就来了。”

“还在那里吗?”

“是的，我离开的时候还在那里。”

“他是有什么事？”

“他说‘有点事到这边来了，所以来探望一下’，还没等回话，就突然地从院子里闯进来了……雪子小姐躲进套间里去了，他和小妹在聊天。”

“小妹没生气吗？”

“没有，看样子还聊得很高兴……”

幸子叫阿春暂时留在客厅，走到丈夫书房里，用桌子上的电话把雪子叫了出来（不爱打电话的雪子最初要“水户小姐”代她接话，但是幸子回答说：“对不起！我要雪子接电话。”雪子这才勉勉强强接了电话）。幸子一问，雪子回答道：“启少爷还在这里。一开始，他坐在缘廊上，渐渐天黑下来，也冷起来了，谁也没请他，可他随随便便就走进来了，把玻璃拉门关了，坐在枕旁和小妹说个没完。而且，小妹又不知什么原因，也和颜悦色地陪着他聊。我原来躲在套间里，但也不能老躲着，所以我又走出来，在一旁听他们谈话。我早就想让他回去，所以给他换换茶，天黑了也没打开电灯，我做了种种暗示，但是他假装毫无所知，净扯些无聊的事。”幸子说：“他是那种厚颜尢耻的人，要是你不说他，今后他说不定会经常来的。如果他老赖着不走，让我去医院说他一顿！”“不过，已经是吃晚饭的时候了，他也知道你给我打来电话，估计他不久就会回去的，你用不着特意跑一趟。”幸子也顾虑到，丈夫马上就要回来了，悦子又会盘问这个时候还出去干什么，于是对雪子说：“那就交给你去办吧，你好好地跟他说，让他回去。”幸子说完后挂断了电话，但是她知道雪子终归是什么也不会说的，所以她一个晚上都放心不下，不知后来怎么样了，她一直没有打电话的机会，直到夜深。到十一点左右，她正要跟在丈夫后面上二楼寝室时，阿春蹑手蹑脚走过来悄悄说：

“说是那以后，又待了一个多小时他才回去了。”

“你打电话了？”

“是的，我刚才去打了个公用电话。”

23

第二天，幸子到医院问时，才知道昨天奥畑在那以后还毫无去意，雪子又躲进套间里，再也没露面。可是，天色渐渐全黑了，雪子无奈只得开了灯。病人吃晚饭的时间已经过了，所以雪子叫“水户小姐”给病人送去了米汤。尽管这样，奥畑还是无动于衷。只听见他在那边问妙子想不想吃东西啦，什么时候才能吃粥啦；并说他自己也饿了，能不能给他叫外卖，还问附近有哪家好吃的馆子。最终，连“水户小姐”也躲进套间里来，只留下他俩在那里。过一会儿，看来奥畑真饿了，才冲着套间说：“那么我就告辞了，长时间打扰你们了。”说罢从走廊走下院子回去了。

听奥畑说要走时，雪子只从拉门间探出头来打了个招呼，有意没出去送他。雪子说：“就这样，从四点来钟到六点多，他待了大约两个小时。不过，小妹要能说一句‘请你回去’就好了。那样一个人突然从院子里闯进来，说起话来令人讨厌地摆谱儿（雪子从前就说过，二姐在与不在时，奥畑的态度判若两人，昨天他尤其傲慢无礼）。‘水户小姐’大概也感到相当奇怪，小妹明明知道这给我们带来了多少不便，她完全有理由叫他回去，而且应该催他回去。”这一通牢骚，雪子并没当着妙子的面说，只是背地里向幸子发发而已。

幸子想到也许两三天内奥畑又会到医院去，感到有必要到他家去一次，请他以后不要再去医院。另外，她也必须去向奥畑道谢，因为上月底斋藤医生的诊疗费用，大概是由奥畑支付的，妙子卧床十来天，药费和陪护人员的食杂费用，也花了他不少钱，如果算细账，还有接送医生的汽车费，给司机的小费，每天买冰块的钱，这些也由他垫付了不少。实际上，从那以后一直没有还他的人情。不过，现在送钱给他，他也不见得肯收。但是，付给斋藤医生的那部分费用一定得请他收下，其余的也只好送礼品了。然而，这一部分估计要多少钱,送什么礼物为好,幸子对这些不甚了了,所以她问妙子到底送什么东西好。但妙子回答:“那些事我会好好处理的,你别管了。”她表示:“这次费用,不管是我病倒在奥畑家用的,还是住院以后用的,当然都由我自己负担。只是因为我在病中不能去取钱,暂时让启哥儿和二姐给垫着,等我病全好了以后,我会全部还清的,你就不要操这份心了。”

但是,幸子背着妙子征求雪子的意见时,雪子说:“小妹虽然那样讲,但是她已经过了将近半年的公寓生活,存款可能已经用掉不少了,虽然嘴上说得漂亮,恐怕不会还启少爷的钱的。不过,小妹和启少爷既然有那种关系,这倒也无所谓。可是,我们既然介入了,就不能不还他了,还钱也好,送礼也好,还是早早还清为好。”她还补充说,“你可能到现在还认为启少爷是个阔佬,前一阵子我住在他家的时候,发现他家经济情况意外窘迫,比如菜肴简单得令人吃惊,晚餐也是除了汤以外,只有一份煮素合菜,启少爷、护士和我都吃这同样的菜。春丫头有时看不过去了,去西宫市场买些炸鱼虾、鱼糕和牛肉罐头回来,这种时候,启少爷也来揩油。给斋藤先生的司机的小费,我是尽可能由我来掏腰包,到后来他总是让我来掏钱还装着不知道的样子。不过,启少爷毕竟是个男人,他一直装着不在乎这些小事。但是,我总觉得不可对那个老婆子掉以轻心。她惦记着启少爷,对启少爷忠心耿耿,脾气也好,对小妹照顾得也相当周到。但另一方面,家中一切开支都由她料理,一两分钱也舍不得浪费。依我看,那位老婆子表面上非常和蔼可亲,内心里,其实对我们一家尤其是对小妹没什么好感。说起来她并没给我什么脸色看,但是,我总有这种直觉。如果想了解得更详细,你去问一问春丫头,准能问出些什么,因为她经常和那个老婆子聊天。不管怎么说,有那个老婆子在,我们更不能欠他一文钱。”

听雪子这一说,幸子也觉得放心不下,回家后便把阿春叫来问道:

“你知道那老婆子是怎样看我们的吗?你从她那里听到了一些什么吗?如果知道的话全都讲出来。”阿春翻着白眼,表情非常严肃地想了一会儿,又

叮问一句:“说了也不要紧吧?”这才诚惶诚恐地说出如下的事情:

“说实在的,我本就想有机会的时候把这件事报告太太。”阿春在这句开场白后接着说,上个月下旬她在奥畑家进进出出的期间,和那老婆子混得很熟了。但是,妙子病倒在他家时,她俩的活儿都很多,没有工夫聊天。妙子住院后的第二天上午,阿春去奥畑家收拾剩下的少量衣物,正好那天奥畑外出了,只有老婆子一人在家。她劝阿春喝杯茶再走,阿春也未推辞,便留下来和她聊了好一阵。当时老婆子对幸子和雪子赞不绝口,并说:“你家小妹有两个好姐姐,多有福气啊。和她相反,我们这位少东家,固然他自己也一准有错儿,但是,老夫人去世以后被哥哥赶出来,这样一来,社会上的人也不搭理他了,实在怪可怜的。现在他好像只有你家小妹一个人可依靠了,要是小妹肯做他的太太就好了。”她泪汪汪地说着,还拜托阿春,“请你也务必出把力促成这门亲事。”随后,她又难以启齿似的说:“这十年来,少东家为小妹做出了一切牺牲。”接着,她逐渐非常委婉地暗示,奥畑被哥哥驱逐出来,不准他进家门,原因全在于妙子。老婆子话中最使阿春感到意外的是,这几年来,妙子的生活费用大部分依靠奥畑的接济。特别是去年秋天,妙子搬到甲麓庄公寓以后,几乎是每天吃早饭前她就来到西宫奥畑家里,一日三餐都在西宫吃,直到夜深了,才回公寓去睡一下觉。她虽说过的是独立生活,但实际上却无异于在奥畑家寄食。连衣服也是带来叫老婆子洗,或者叫老婆子送去洗衣店。他们两人在外面的各种娱乐费用,虽然不知道是由谁负担,不过,奥畑的钱包里总是装着一两百元。和妙子出去一趟回来,一个晚上就变得空空如也。由此看来,大概都是奥畑请客。因而,妙子每月只须从自己存款中拿出钱来付甲麓庄的那点房租罢了。

说到这里,见阿春一副大惑不解的表情,老婆子说:“既然说到这里,那就顺便让你看看。”说罢她从房里拿出一年来的各种账单和收据,说明妙子寄食以来和以前每月的开支有多悬殊。的确,从煤气费、电费、汽车费到菜店、鱼店等等的开销,从去年十一月后,突然令人吃惊地急剧增加了。可以想象,妙子在这里过的是多么奢侈的生活。百货店、化妆品店和服装店的账单上,大部分是妙子买的东西。不仅如此,阿春还意想不到地发现了去年十二月妙子在神户的东亚大街罗恩·希恩妇女西装店买的驼绒大衣和今年三月在同一商店买的晚礼服的账单。那件驼绒大衣料子又厚又轻,面子是茶色,里面是非常艳丽的红色。当时妙子得意洋洋地在姐姐们和阿春面前炫耀说:“这件大衣花了三百五十元,我只好把几件花哨得不能穿的衣服变卖了才付了钱。”阿春至今还记得当时心想:妙子已被赶出芦屋家门独立生活了,怎么可以这样大手大脚花钱?如果实际上是奥畑给她买的,也就能理解了。

老婆子说:“我说这些,没有说小妹坏话的意思,我只是说少东家是拼着命地讨小妹的欢心。说起来有些难为情,虽说少东家也是奥畑家的少爷,但他是老三,没有资格随随便便花钱。老夫人在世时还有法可想,但现在所有的财路都断了。他去年被赶出来的时候,家里的老爷(长兄)给了他一点生活费,这就是唯一的财源,那点钱一天天坐吃山空,勉勉强强对付到了今天。少东家一味讨好小妹,还在不顾后果地乱花钱,眼看那点钱也维持不了多久了。少东家也许认为到时候总有办法可想,既然到时候要想办法,他就该让人家看到他已经脱胎换骨,重新做人,否则就不能得到亲戚们的同情。我也为他担心,劝他不能像现在这样游手好闲,要赶快找份工作,哪怕是每月挣百把元钱也行。但是无论怎样说,他满脑子都是小妹,好像对其他的事毫无兴趣。因此,我想要把少东家拉回正道,除了让小妹做他太太以外毫无办法。这个问题是十年前那次新闻事件遗留下来的悬案,当时老夫人和家里的老爷都不同意,我也不赞成他们结婚。但是,现在回想起来,那时要是允许他们结婚就好了。那样的话,少东家也不会走错路,现在已经有了个幸福的家庭,正正经经地在工作了。家里的老爷不知为什么那样看不上小妹,到现在还不愿少东家和小妹结婚。不过,少东家反正和他断绝了关系,也就用不着顾虑什么了,干脆和小妹结了婚,他们也不可能老反对下去,说不定少东家还会打开一条新路来。实际上现在的难关与其说是他的本家,还不如说是小妹。为什么这么说呢?依我看,今天的小妹已经完全变心了,不打算和少东家结婚了。”

“我这样说也许像是责备小妹,其实我不是那个意思。”老婆子又连连解释了几句,继续说道:“不知莳冈先生家是怎样看少东家的,当然啦,他是一个不懂事的公子哥儿,要挑缺点一定有很多。但是,我至少可以保证,他对小妹纯真的感情到今天也没有改变。不过,他从十七八岁起就出入花街柳巷,尝到了滋味,好像那时候的品行就不太好,被迫和小妹分开了的那段时期,也像是荒唐了一阵子。但那也是因为不能和心爱的人朝夕相处而自暴自弃,希望你们能体谅他的这种心情。可是,小妹是一位比少东家要聪明得多的姑娘,又有主见,还掌握了一般女子不具备的技能;所以,也许对没出息的少东家不满意了,这也不是没道理的。不过,如果想到十年来他们那种不同寻常的感情,也不会那么轻易地抛弃吧。就冲着少东家那份死心眼儿看,也要稍微可怜可怜他。而且,如果小妹无论如何都不愿意和少东家结婚的话,在发生米吉事件的时候,就该跟他一刀两断,少东家也就死心了。但是,当时她态度含含糊糊,像是要和米吉结婚又不像,对少东家像是有感情又像是没有,所以,不知不觉少东家被她拖到现在。现在米吉已经死了,可她还是那个态度,既不肯断绝关系,又不肯公开同居,这究竟是为什么呢?这样的话,说她只想在经济上尽量利用少东家,她又能怎样辩解呢?”

阿春听了有点不太明白,就问:“老太太您是这样说,可是板仓事件那时候,我们听说的是小妹本要和板仓结婚,但是,少东家在中间碍着,所以没有成。另外一个原因,是她想等雪子小姐的婚事定下以后再说。”

老婆子说:“雪子姑娘的事暂且不说了,要说少东家在碍着可就奇怪了。即使在那时候,小妹也是瞒着少东家和米吉来往,另一方面又背着米吉和少东家约会,而且,我知道总是小妹打电话给少东家。总之,小妹是巧妙地操纵着少东家和米吉两个人。她本心也许喜欢米吉,但是,我觉得是为了某种需要，才尽可能长久地和少东家保持关系。”她只差没说出来，妙子从那时起就为了钱财勾引奥畑。

“不过，您也知道的，小妹那时候还在制作偶人，这方面的收入也足够她生活了，她甚至还存了些钱，照说没有任何要少东家援助的必要。”

“小妹当然会这样说，春丫头，还有你家太太和雪子姑娘也都信以为真吧。但是，只要想一想就会明白了，虽说小妹有点工作，可是一个女孩子能有多大的本领，而且是小姐式的半游戏的业余工作，靠这点收入，真能在衣食住行上那样任意挥霍，还能存下钱来吗？总之，听说她有个正儿八经的工作室，甚至还有个西洋徒弟，又叫米吉把她的作品拍成照片，宣传得天花乱坠的。所以府上各位不知不觉偏向她，过高地估计了小妹的实力，这也是情有可原的。但是，恐怕她并没有那么多的收入。至于她的存款，我没看过她的存折，我也不好说什么，但是，估计没多少钱。假如我估计错了，她果真存了不少钱，那就是从我们少东家那里榨来的。”老婆子甚至说，“说不定就是米吉指使小妹这样干的，小妹受少东家接济越多，他自己的负担就越轻，所以，他可能明明知道小妹和少东家约会，也装着没看见。”

阿春听到这些事情后感到非常意外，想为妙子辩护几句，但是老婆子掌握着确凿的证据，只要阿春一开口，她就举出几个事例驳回了。这些事情过于严重，阿春实在没有勇气对幸子和盘托出，只好对幸子说：“尽是些很过分的事，我也不太好说。”不过，她毕竟透露了一两点：老婆子清楚地知道，妙子有几颗宝石、是些什么样的宝石。（从卢沟桥事变以后，人们都避免戴戒指，妙子便把这些宝石藏在首饰匣里，看得比性命还要紧。她没有把这些东西带到公寓去，而是委托幸子保管。）老婆子说她知道这些，是因为那都是奥畑商店的商品，奥畑偷偷拿出来给妙子的。每当事情被发现后，他都要老夫人给他揩屁股，老婆子说她都亲眼看见好几次了。据老婆子说，奥畑有时直接送宝石，有时变卖了把钱给妙子。妙子有时把宝石偷偷拿到别处卖掉，这些宝石有时又辗转回到奥畑商店。不过，奥畑也没把偷出来的东西全送给妙子，他自己也卖了一些当零花钱。但是,老婆子认定大部分都落到妙子手里了,妙子明明知道这些情况却收下了。不仅如此,她自己好像还死皮赖脸地索要哪一款戒指(除戒指以外,当然还有手表、梳妆粉盒、别针以及项链等)。总之,老婆子在奥畑家做了几十年的女佣,把奥畑从小带大,对他家的事一清二楚,举起例子来,详详细细、滔滔不绝。可是,正像老婆子自己说的那样,她既不埋怨也不憎恨妙子,只是想证明奥畑是怎样为了妙子不顾一切。

老婆子说:"我认为,府上各位并不了解事情的真相,才把我们少东家看得很坏,反对他们结婚。所以,我才把这些说出来,我想府上如果能想一想少东家为什么被赶出来,就不会说不同意他们结婚了。我不说小妹是好是坏,既然是少东家那样迷恋的小姐,那么我也全心支持。我希望大家成全他们,劝小妹回心转意和少东家结合。听说最近小妹又有一个相好的了,所以她好像更想甩掉少东家。假如真是那样的话,也许是她见少东家的钱快花光了,就不想再指望他什么了。"

老婆子的话太出人意料了,阿春大吃一惊,忙问道:"又有一个相好的,您这是听谁说的?我今天才第一次听说。"老婆子说:"我也说不准,可是,近来少东家和小妹经常为争风吃醋而吵嘴,好几次听到少东家提到'三好'这名字,说一些挖苦话。这个人好像是神户人,住在哪里,干什么的,我都不知道,只是少东家常说'巴腾[①]''那个当巴腾的男人','巴腾'是什么意思呢?"阿春推测那个男的是在神户哪个酒吧当招待,但是,老婆子说除此以外她什么也不知道,阿春也就没有深究下去。

从老婆子的话中,阿春还知道了妙子酒量相当大。她平日在幸子她们面前,充其量只喝一两合,而据老婆子说,在西宫的家里和奥畑喝酒时,日本酒她能喝七八合,方瓶威士忌可以满不在乎地喝掉三分之一。她酒量很大,很少出丑。但是,偶尔不知在什么地方喝得烂醉如泥,由奥畑搀扶着回来,这种情况最近也越来越多了。

---

① 酒吧服务员、调酒师,原文中为外来语词,从英语 bartender 的发音简化而来。

24

不必说，幸子需要多大的耐性才听完阿春的话。在听阿春说话时，她屡屡感到自己面红耳赤，有时想捂住耳朵，有时不禁想举手制止阿春：“你别说了！”而且，如果再听下去的话，还不知有多少丑闻似的，便在话头好不容易告一段落时，说道：

“好了！好了！你到那边去吧！”

她把阿春轰出房间以后，就那样伏在桌上，等待这受到巨大冲击的心平静下来。

……果然是这样的……自己担心的事情果然是真的……谁都会袒护自己的亲人。在老婆子眼中，启少爷像是一个纯真的青年，但实际上他绝没有对小妹奉献忠贞不贰的爱情。在丈夫和小妹看来，他只是一个轻薄的浪荡子，这种观察大概是对的。但也不能因此说，老婆子把小妹说成一个荡妇的那些话就是谎言。正如老婆子把启少爷看得太好一样，我们也有很多地方高看了小妹……幸子过去每当看见妙子手上戴着闪闪发亮的新宝石戒指时，也未尝没有疑虑和不快……可是，听妙子那口气颇为自豪，俨然是自己劳动所得。一看她得意洋洋的样子，那种种疑团顿时烟消云散了。而且，无论怎样说，当时妙子确实拥有工作室并在制作偶人，而且，幸子还亲眼见到那些作品标价颇高还卖得很好。妙子举办个人作品展时，她还去帮忙记账算账，所以，不由得她不相信妙子的话。后来妙子逐渐疏离偶人制作工作，转向学习西装裁剪，自然收入来源也枯竭了，但她还有为了准备出国、开办西装店而存下来的钱，她说过生活没有什么困难。尽管如此，幸子觉察到存款渐渐减少会令妙子心里不踏实，为了给她补贴点零花钱，曾让她给悦子缝衣服，还到附近熟人家揽来一些西装的订货。现在有了这些收入也足以维持生活了。因此，幸子对她生活的内幕虽然偶尔有些怀疑，却总是想出这样一些理由来驱散心中的疑云……妙子说她连父母兄弟的力量都不想借助，更不会依赖他人，全凭一个女子的本事独立生活，幸子一直不折不扣地信了她的话……这到底是有偏心啊……可是，妙子是怎样说奥畑的呢？不是说他在经济上是个无能的人，不仅得不到他的照顾，而且将来还得养活他吗？她不是说启少爷的钱她一分一厘也不指望，而且她还叫启少爷自己也尽量不要动用那些钱吗？她讲得那样冠冕堂皇，不都是欺骗社会上的人和姐姐们的吗？

然而，与其责备妙子，倒不如说该责备的是被她花言巧语蒙骗了的，说得严重一点是不谙世事、一味姑息她的傻姐姐们。老婆子说靠“小姐式的半游戏的业余工作”不可能那样任意挥霍，幸子现在不得不承认她的话是对的。幸子当时也不止一次这样想过，但是她始终逃避去深究它。在这一点上，即使有人指责她不是傻而是狡猾，她也无可奈何。只是，她怎么也不愿把自己的胞妹看成那样一个坏女人，这才是产生错误的根源。但是社会上的人，特别是奥畑本家的人和那个老婆子，大概不会这样去体谅幸子。想到这里，幸子脸又红到耳根上来了。当年，听说奥畑的母亲和哥哥坚决反对奥畑和妙子结婚，她还不禁感到不快，时至今日，她觉得他们反对这门婚事的理由也是可以理解的。在他们眼中，不仅妙子是个荡妇，连妙子背后的家庭也是不正派的，他们肯定不理解，姐夫和姐姐们为什么听任自己妹妹做出那种事来。想到这里，幸子只得承认辰雄宣布和妙子断绝关系的处置是正确的。她又回想起贞之助尽量不干预妙子的事，当她追问丈夫理由何在时，他回答说，小妹性格复杂，他捉摸不透她的心事。大概丈夫已经了解妙子的那些阴暗面了，而且，他毕竟还算客气，才这样委婉地讥讽妙子。幸子想，与其这样拐弯抹角，倒不如更明确地提醒她注意。

这一天，幸子终于没到西宫去，说是头有些晕，服用了匹拉米洞就把自己关在二楼的房间里，像被压垮了似的，连丈夫和悦子都不愿见，挨过了这一天。第二天早晨，送走丈夫后，她又回到卧室里躺下了。自从妙子住院以来，她几乎每天去探望一次，所以她也想下午去看看，但不知怎的又害怕和她见面,似乎感到妙子突然变成了另外一个人——一个离自己远远的、令人恐惧的存在。

下午两点左右,阿春上来说:“太太今天去医院吗?刚才雪子小姐打电话来了,说是家里有《蝴蝶梦》这部小说的话,给她带去。”幸子还是躺着吩咐阿春说:“我今天不去了,你给她拿去吧,在六铺席间的书架上……”但她又突然想了起来,喊住阿春,吩咐道:“小妹已经不用照料了,你跟雪子说,叫她回来休息一下吧。”

雪子自从上月底赶到奥畑家,又直接从那里一直跟到医院,至今已有十多天了,一次也没回来过。她听到阿春传达的幸子的话,时隔多日,那天晚上回来了,和大家一起吃晚餐。到傍晚幸子也起来了,尽量装着若无其事地来到餐厅。贞之助为了犒劳雪子,特意从日渐告匮的贮藏中,选了一瓶此时已身价百倍的法国勃艮第产的白葡萄酒,亲自揩掉瓶上的灰尘。瓶塞嘣地发出悦耳的声音,贞之助问道:

“雪妹,小妹已经好了吗?”

“是的,已经不必担心了,只是身体很虚弱,要复原还得一段时间吧。”

“很瘦了吗?”

“是啊,那张圆脸都变长了,颧骨都凸出来了。”

“我真想去看看小姨,”悦子说,“不能去吗?爸爸?”

“嗯,”贞之助说着蹙了一下眉头,不过,旋即又和悦地说,“去也可以。不过,那是传染病……没有医生的许可不能去。”

贞之助今天当着悦子的面提起妙子,听那口气像不禁止悦子去看妙子似的,也许是他今天心情特别好的缘故吧,但这完全出乎意料。幸子她们琢磨着,是不是贞之助打算改变对妙子的态度了?

“听说是请栉田先生在治疗,是吗?”

“是的……不过,这几天他说已经不要紧了,干脆就没来了。总而言之他太忙了,只要他认为病人稍微好一点,总是这样的。”

“雪子也可以不去了吗？”

“是的，不用去了。”幸子说，“因为有‘水户小姐’看护，春丫头每天还去帮帮忙。”

“哪天去看菊五郎呀？爸爸？”悦子问。

“哪天去都行，不就是在等你二姨回来吗？”

“那么，就这个星期六？”

“不过，还是先去看樱花吧，反正菊五郎要在这里演一个月。”

“那么，一定去看樱花吧，爸爸？”

“嗯，嗯。错过了这个星期六和星期天，樱花就看不上了。”

“妈妈也去，二姨也去，一定去！”

“嗯……”幸子想，今年缺了妙子一个也显得冷清，如果贞之助同意的话，她想尽可能等到月底再说，如果病人恢复了健康，就大家一起到御室去看花。但是，她到底没说出口。

“喂，妈妈，您在想什么呀？……不愿意去看樱花吗？”

“即使再等几天，小妹也看不成。”贞之助觉察到了妻子的心事，“如果赶得上重瓣樱花，那时候再一起去看，我们先去看一次吧。”

“要到这个月底，小妹才能勉强在房子里走走。”雪子说。

雪子很快就觉察到了，与兴高采烈的贞之助和悦子相比，幸子一副提不起劲的样子。第二天早晨，贞之助父女俩出去以后，雪子问幸子：

“那么说，你到启少爷那里去过了？”

“没有。”幸子说，“关于这件事，我有话和你说。”说着催促雪子上了二楼，走进八铺席间，关上隔扇，把昨天从阿春口中听到的话，全部告诉了她。

“喂，你怎么看呢？那个老婆子说的事情是真的吗？”

“你怎么看呢？”

“我想大概是真的吧。”

“我也是这样想的。”

“都是我不好……我过于相信小妹了。”

“不过，你相信她不是理所应当的吗？”雪子见幸子哭泣，自己也泪汪汪地说，“你没有任何过错……”

“我该怎样向姐夫、姐姐解释才好……”

“你跟二姐夫说了吗？”

“什么也没说……这样不体面的事能说得出口吗？”

“二姐夫不是在考虑对小妹更宽容些吗？”

“从昨天晚上的情形看来，像是那样的。”

“即使没人告诉他，二姐夫也能大致推察到小妹的所作所为。他已经明白了，继续把她这号人撵到外面放任自流，只会使我们更加难看。”

“你二姐夫好不容易才改变了主意，小妹也要痛改前非才好。”

“她从小就是那么个人。”

“再劝劝她也不管用吗？”

“没有用了。到现在为止不是跟她讲过多少遍了吗？”

“还是像老婆子说的那样，为了启少爷，为了小妹，让她和启少爷结婚算了。”

“我想除此以外，再也没有挽救他俩的办法了……”

“小妹难道那样讨厌启少爷吗？”

幸子也好，雪子也好，肯定都介意那个叫三好的男酒保，但是，连提到这个名字她们都觉得不愉快，所以她们故意无视他的存在似的谈着。

“到底讨不讨厌，我也不清楚。前些日子她那样不愿意住在他家里，但是，前天她却不催他回去，和他没完没了地聊……”

“也许她是做出讨厌的样子给我们看，本心未必是那样的。”

“要是那样就好了……也许是她想叫他回去，碍着情面说不出口。”

这天，雪子去医院拿了《蝴蝶梦》旋即又回来了。此后两三天，她或者读读这本书，或者去神户看看电影，一心一意休息。

下个星期六，幸子按照贞之助的提议，他们夫妇俩，加上悦子和雪子一行四人去京都住了一晚，总算是依照常例赏了花。今年因为人们顾虑到时局，拼却一醉来喝赏花酒的游客不多，这倒便于一般人看花踏青。他们从来没能像今天这样仔细品味平安神宫的红垂樱的美丽，人们都静悄悄的，连服装也尽量不修饰打扮，有意放轻脚步，在花下流连徘徊。这光景倒真有风雅的赏花气氛。

赏花后两三天，幸子叫阿春替她去西宫奥畑家，先把妙子生病以来他垫的钱还给了他。

25

隔了几天，奥畑果然又到医院来了。这天除“水户小姐”外只有阿春在场。

“怎么办呢？”阿春打电话来问幸子。

“不要像上次那样怠慢他，请他进来，和和气气地接待他。”幸子吩咐道。

傍晚，阿春又打电话来报告：“刚才回去了，今天聊了三个小时。”

隔了两天，他又在同一时刻来了。这天，他过了六点还没回去，阿春自作主张要国道上的菱富饭店送来了饭菜，还给他要了一壶酒，他吃得很高兴，到九点钟还在闲聊，好不容易他才走了，妙子却很不高兴地说：

“春丫头，你用不着招待他。他这个人，你给他点好颜色看，他就会得意忘形。”阿春完全不明白自己为什么挨训，因为训她的妙子直到刚才还喜笑颜开地应酬他呢。

不出妙子所料，奥畑尝到甜头后，过了两三天又来了。晚餐又是吃的菱富的菜肴，到了十点还不肯回去，最后竟说要在这里过夜。阿春打电话征得幸子许可后，让他挤在八铺席间，在病人和“水户小姐”的铺盖旁边，铺上雪子前些日子睡的铺盖。这一晚阿春也特意留下来，睡在套间里，铺上现成的棉坐垫，盖条毛毯。

第二天早晨，因为前几天被妙子训了一顿，所以阿春推说：“要是有面包就好了，偏巧都吃完了。”故意只端出红茶和水果，奥畑慢条斯理地吃完才走了。

几天之后，妙子出院了，回到甲麓庄公寓。不过，她暂时还得静养一段时间，所以阿春在这段时间里每天从芦屋去那里，早出晚归，为她做饭、料理家务。这期间，所有樱花不论单瓣、重瓣的全都谢了。菊五郎也演出完毕离开大阪了。直到五月下旬，妙子才能出门行走。所幸的是从那以后，贞之助的态度也软化了，虽然还没公然说出“允许”二字，但是他的态度很明显，对妙子出入家门没有异议。所以在六月里，妙子几乎每天到芦屋来吃一餐饭，尽量摄取营养以图早日恢复健康。

这段时间，欧洲战场已有了惊天动地的发展。五月份，德军进攻荷兰、比利时和卢森堡，发生了敦刻尔克大撤退的悲剧，六月份法国投降，签订了《贡比涅森林停战协定》。这样一来，舒尔茨一家人怎么样了呢？原来舒尔茨夫人曾说过，希特勒处理国际事务手段巧妙，大概战争打不起来。这一预言已全部落空，面对这样一个世界大动乱的局面，夫人此刻又有何感想呢？那个长子佩特也该到了加入希特勒青年团的年龄了吧，或许父亲舒尔茨也应征入伍了。不过，那些人——包括夫人和罗斯玛丽，都在为祖国的辉煌战果而陶醉，大概不会介意家庭的一时寂寥。如此等等，幸子她们经常念叨着这些。

和欧洲大陆隔海相对的英伦三岛，说不定什么时候会遭受德军的大规模空袭。因此话题又扯到住在伦敦郊外的卡塔莉娜身上。真是没有比人的命运更难预测的了，不久前还住在玩具般矮小的屋子里的白俄姑娘，转眼之间远渡重洋，到了英国，平步青云，成了大公司经理的夫人，住在城堡似的邸宅里，过着令人艳羡的豪华生活；但这也只是瞬间即逝的事。现在，一场空前的灾难就要降临在英国全体国民的头上。德军的空袭，特别是对伦敦周围地区的轰炸将是极其猛烈的，所以卡塔莉娜的那座豪华的邸宅也可能一朝化为灰烬。不，那样还犹自可，弄不好还可能陷入食不果腹、衣不蔽体的境遇。恐怕英国的老百姓都惶惶不可终日，担心不知何时就要遭受空袭。事到如今，卡塔莉娜也许在憧憬日本的天空，怀念那住在夙川的寒酸的房屋里的母亲和兄长，她一定在后悔，如果自己还留在那个家里就好了。

“小妹，给卡塔莉娜写封信看看……”

“嗯，等下次遇见了基里连科，我打听一下她的地址。”

“我也想写封信给舒尔茨夫人，不知有没有人把信翻译成德文。”

“再求亨宁夫人一次不行吗？”

此后不久，幸子打算早晚请那位亨宁夫人为她翻译，时隔一年半，给舒尔茨夫人写了封长信。

信的大致内容是：

> 我们作为友好国的国民，为德国的辉煌战果和你们同样感到非常高兴。每当在报纸上读到欧洲战争的报道时，我们总是念着你们，担心你们的安危。我们全家都仍旧健康地生活着。可是日本因为和中国的纷争还没解决，大有逐步卷入一场正式战争之虞。与和你们比邻而居、朝夕往来的那时相比，在短时间内，世界上发生了多么惊人的巨变，不禁使人油然产生怀旧之情，不知何时那样的时代才会再来。因为遭受过那场骇人的水灾，说不定你们对日本抱有不好的印象，但那是不论哪个国家都偶有发生的灾难，请你们不要太介意而存有戒心。一旦恢复和平了，请你们再到日本来。我们也非常希望在一生中能去一次欧洲，也许有朝一日会到汉堡造访贵府，特别是我想让小女好好地学习钢琴，可能的话，我想将来送她去德国进修音乐。

幸子还附笔说明将用包裹给罗斯玛丽寄去丝绸衣料和扇子。

第二天，她拿着草稿去请亨宁夫人翻译成德文。又过了几天，因有事去大阪，顺便在心斋桥附近的美浓屋买了一把舞扇和一段薄绉绸料子包在一起，用包裹寄往汉堡。

六月上旬的星期六和星期天，贞之助委托雪子看家和照管悦子，自己和幸子去奈良赏新绿。因为从去年到今年，两位妹妹命运中相继发生各种事件，幸子一直心神不定，贞之助想慰劳妻子一番。更主要的是，时隔多年，夫妇俩想重温一下二人世界。

星期六晚上，他们入住奈良旅馆，第二天从春日神社①经过三月堂②、大佛殿③，来到西之京④。从中午起，幸子就觉得耳后红肿发痒，鬓发撩着就更加痒得难受，像是荨麻疹似的。他们从今天上午起就在春日山的嫩树叶下钻来钻去，幸子还站在树下摆姿势，让贞之助用徕卡相机拍了五六张照片，也许就是在那时被蚋什么的叮了。她想到在这种季节里走山路，本该戴个什么罩着头以防虫子蜇，后悔没有带披巾来。晚上回到旅馆以后，她叫旅馆的侍应到街上药店买苯酚软膏，结果那人说是没有那种药，买来了祛蚊油。但是毫无效果，入夜后越发痒起来了，幸子一夜没有睡着。第二天上午离开旅馆前，她又打发人去药店买来锌化橄榄油，抹过药后才出发。夫妇俩在上本町车站分手，丈夫直接去事务所，幸子独自返回芦屋。直到这天傍晚，幸子才觉得不痒了。贞之助和平日一样按时回到家中，不知他怎么想的，说是要看看幸子

---

① 春日神社：位于奈良市春日野町，为藤原氏的氏神神社，其红漆回廊和千余个吊灯笼引人瞩目。

② 三月堂：奈良东大寺法华堂的异称。良辩僧正开基，建于天平五年（733），每年三月举行法华会，所以称为三月堂。

③ 大佛殿：位于奈良市杂司町，为安放天平胜宝元年（749）完成的卢遮那佛（即奈良大佛，东大寺的本尊）而建造，江户时代重建，为世界最大木建筑物。

④ 西之京：位于现在的斑鸠之里一带，即旧平城京的朱雀大路西边的部分，有法隆寺、唐招提寺等。

的耳朵，把她拉到阳台上的亮处，仔细瞅了患部说：“嗯，这不是被蚋叮的，是臭虫叮的。”“哦？是在哪里被臭虫叮的呢？”“奈良旅馆的床上。我今天早晨也觉得这里痒，你瞧！”说着他卷起了袖子给她看，并说：“这肯定是臭虫叮的斑痕，你耳朵旁边不是有两块吗。”听他这一说，幸子用前后两面镜子一照，发现果真是臭虫叮的。

“真是被臭虫叮的，那旅馆对客人一点也不热情，服务也不怎么样，没想到还有臭虫，哪有这样差劲的旅馆！”

好不容易游玩两天，却被臭虫搅得兴味索然，幸子愤慨不已，对奈良旅馆也一直耿耿于怀。

贞之助说：“过些日子我们再去旅游一趟，补偿回来。”但是六月、七月过去了，一直没有机会。八月下旬，贞之助要去东京出差，就建议到东海道的什么地方去旅游，而幸子早就希望去巡游富士五湖[①]，于是他们决定贞之助先行赴京，幸子晚两天动身，在滨屋旅馆会合，从新宿上车去目的地，归途去游玩御殿场。

贞之助说过：“夏天最好坐三等卧铺，没有闷热的窗帘，风飕飕地吹进来，比二等卧铺要凉快些。”所以，幸子听从了丈夫的意见，在大阪出发时，坐了三等车的下铺。可是那天白天赶上了防空演习，幸子有生以来第一次被赶出去传递消防水桶，也许是由于疲劳还没消除，她在车上昏昏沉沉地睡着，断断续续地做着防空演习的梦：

她梦见好像是芦屋家里的厨房，但又是比实际更为洋气的美国式的厨房，到处铺有瓷砖，刷上白漆，闪闪发亮，摆着很多锃亮的瓷器和玻璃餐具。防空警报响起时，这些东西就噼里啪啦地自行裂开了，耀眼的碎片散满一地。幸子叫着“雪子、悦子、春丫头！危险！危险！到这里来！”说着逃进了餐厅，可是那里的餐具橱里的咖啡碗、啤酒杯、葡萄酒杯、葡萄酒和威士忌的酒瓶，也噼里啪啦地碎了。幸子说“这里也危险”，又跑到二楼，这回是所有的电灯

① 富士五湖：富士山北麓有富士五湖，名为山中、河口、精进、本栖和西湖。

泡都噼里啪啦地爆裂了。最终，她带着全家躲进只有木家具的房间，好不容易才放下心来，一下子就醒了……一夜中，这个梦不知做了多少遍。终于天亮了，不知谁打开了窗子，一点煤灰吹进她右眼里，怎么也弄不出来，搞得她泪水直流。她九点钟到了滨屋，说是贞之助一大早就出去办事了。为了弥补昨夜的睡眠不足，她叫侍应铺上铺盖，想躺一躺，但毕竟眼中进了异物，一眨眼眼珠就痛，并且直流泪。她又是洗眼，又是点眼药水，都不管用，只得请旅馆掌柜带她去找附近的眼科医生，取出了那点煤灰，医生给她右眼蒙上眼罩，并说："今天一天都别取下来，明天请再来一次。"

中午，贞之助回来看见妻子蒙着眼罩，便问她是怎么回事，幸子说："都是托你的福，让我遭这份罪，今后我再也不坐三等车了！""好像我们的'旧婚旅行'从奈良起就不顺利。"贞之助笑着说，"我还得出去一趟，我想今天把事办完，明天早晨早点儿出发。但是你那眼罩还要戴多久呢？""医生说眼罩只戴今天一天就行了，可是不注意的话，就会伤到眼球，他说明天再去让他看一次。如果明天一大早就出发，那可怎么办？""眼里进点灰没什么大不了的，医生想多赚你的钱，才说得那么严重。那点儿毛病今天就会好的。"说完贞之助就出去了。

丈夫出去后，幸子给涩谷的姐姐挂了电话，告诉她自己今天早晨因何来到东京，只待今天一天，戴了眼罩也很郁闷，所以斗胆请姐姐到滨屋来一趟。但是姐姐也说虽然想和幸子见一面，但是抽不开身，随后她又问到妙子以后的情况。幸子告诉她妙子已经恢复正常了，并说："我想那样严格地把妙子拒之门外也有些不妥当，所以，虽没有公开把话挑明，但已经允许妙子出入了。在电话中不好细说，反正我最近还会来的……"说完挂断了电话。

幸子觉得太无聊，等到日头偏西，街道上有阴凉的地方了，她漫步向银座方向走去，发现有一家影院在放映她曾经看过的电影《历史是夜晚创造的》[1]。她突然动了心，想进去再看一遍。可是进去一看，也许是只用一只眼看

---

① 《历史是夜晚创造的》(*History is Made at Night*)：1937 年制作的美国电影，弗兰克·博扎吉导演，夏尔·瓦耶、吉恩·阿瑟主演，是当时颇受好评的电影之一。

的缘故，夏尔·瓦耶的脸看不太清楚，那富有魅力的眼睛也不像平素那样美了。于是，她看到半中间把眼罩摘掉了，不知不觉间，她的眼睛差不多好了，也不再淌眼泪了。

"真像你说的那样，眼睛全好了，医生全都说那样的过头话，哪怕多拖一天也好。"晚上，幸子对丈夫说。

第二天和第三天，夫妇俩住在河口湖畔的富士观光旅馆，这次"旧婚旅行"绰绰有余地抵偿了在奈良旅游的不愉快。他们从酷热的东京逃来这里，深深地呼吸着富士山麓秋天的凉爽空气，时而在湖畔的路上逍遥自在地徜徉，时而躺在二楼房间的床上眺望窗外富士山的景色，仅此一点，就感到心满意足了。

像幸子这样生长在京阪地方、难得来关东的人，对富士山的好奇心类似于外国人对富士山的憧憬，这是东京人想象不到的。她被富士观光旅馆这个名字所吸引，特意选中这家旅馆。果不其然，到这里来一看，富士山正对着这家旅馆大门，就像矗立在鼻子尖前面一样。像这样来到富士山的近旁，与她朝夕相亲，尽情地欣赏她时刻变化的千姿百态，在幸子还是生平第一次。

这家旅馆是邸宅式的白木建筑，这一点与奈良旅馆相似，但是其他地方都毫不相同。奈良旅馆虽说也是白木建筑，但因年深日久，已经有些污脏，使人感到灰暗、阴郁。而这里墙壁、柱子到处都是新崭崭的，看了令人神清气爽。这固然是因为旅馆盖好还不久，但也是因为这山间的空气无比澄净。

到达后的第二天，吃完午餐后，幸子仰面躺在床上一动不动地盯着天花板。即使这样，一侧窗外的富士山顶，和另一侧绕湖起伏的山峦，也能映入她的眼帘。这时，她不由浮想联翩，想到她不曾去过的瑞士的日内瓦湖畔的景色，回忆起拜伦男爵的诗篇《西庸的囚徒》。她觉得自己到了一个并非日本的遥远国度。与其说是因为眼中湖光山色的奇特，倒不如说是肌肤接触的空气使她产生了这种幻觉。她仿佛觉得自己身在清冽的湖底，像喝汽水一样深深地吸进一腔周围的空气。天空不时飘过团团白云，时而太阳给遮住了，时而又突然露出来。这时室内的白墙亮堂堂的，仿佛连她自己的整个头脑都澄澈透明了。另外，据说直到最近，避暑的游客还熙熙攘攘的，可是，过了二十号后，一下子冷清了。现在，住宿的客人寥寥无几，宽敞的旅馆寂静空旷，倾耳细听，万籁无声。在那静穆中，幸子看着那光线不断反复地忽明忽暗，她甚至忘记了“时间”的存在。

“悦子她爸……”

丈夫也沉浸在和她一样的意境里吧，躺在相邻的床上体味着统治四周的静寂，长时间地默然凝视着天花板，这时他刚刚起来踱近能眺望富士山的窗前。

“她爸……真有趣呢……你瞧这个……”

贞之助回头看时，幸子从床上探起半个身子，正在看枕旁桌上的保温瓶的镍质外壳。

“你到这里来看看……看这外壳上反映的这个房间，真像个大宫殿一样呢！”

“哎？……哪里？哪里？”

光亮的保温瓶外壳像一面凸镜，把明亮的室内的一切，哪怕是细小的东西，都晶莹剔透地映现出来。一个个都是屈曲的，因而整个房间像一个天花板无限高远的大厅，而床上的幸子的映像又显得无限小了，看上去像是在很遥远的地方。

“瞧，你看这里面的我……”幸子说着摇摇头，举举手，那凸面镜中的幸子也在遥远处摇头举手。看那映像，她像是个栖身在水晶球中的妖精，龙宫里的仙女，王宫里的王妃。

时隔多年，贞之助又看到了妻子这种稚气的动作，不言不语中，夫妇俩十几年前新婚旅行的那种气氛又重现了。那时他们歇宿在宫下的富士屋旅馆，第二天在芦之湖畔坐车兜风，说不定是因为环境相似，他们自然而然被召唤到过去的那个世界去了。

“今后,我们要经常这样旅行。”那天晚上,幸子在丈夫耳边喃喃地说,贞之助也无异议。不过,在床头私语的最后,他们也触及了现实世界的问题,聊了聊女儿和妹妹的事。幸子不想放过丈夫心情舒畅的机会,悄悄地把妙子的事提出来了:“回去以后,你也见小妹一次吧。”“嗯,这个我也知道。”丈夫立刻答应了,“过去我对小妹太严厉了点,对她这种人太严了,反而会使她变得更坏,结果使我们更加为难。以后,还是要尽量与雪子同样看待为好。”

26

那次“旧婚旅行”之夜商量的事实现了。九月初,时隔许久,贞之助和妙子见面了。至今为止虽然允许妙子出入家中,但她一直避着贞之助,这天她总算公开坐到晚餐桌旁,夫妇、亲子、姐妹五个人融洽地团团而坐。幸子和雪子因有从阿春那里听到的、奥畑家老婆子的那些话压在心中,实际上对妙子并未真正释然于心,但她俩决心要忘掉那不愉快,不约而同地想到一起来了。她们既不想告诉贞之助,也不想提出这事来责备妙子。更主要的是,她们认为自己也有一半的责任,要尽可能给她以温情,使这位变种妹妹的心变柔顺。所以,餐厅的气氛也十分和谐,使这个近来总有些沉闷的家庭有了一阳来复的感觉,大人们都比平常多喝了些酒。悦子说:“小姨今天晚上就睡这儿。”接着,贞之助他们也劝她,妙子终于留下来了。悦子兴高采烈地说:“小姨今天晚上睡在我的房间里,跟二姨和我三个人睡!”这时,她的老毛病又犯了,异常兴奋,欢蹦乱跳。

妙子已经完全恢复了从前那种女性的魅力。在妙子生病时,幸子看到的她是颓废、疲惫已极,气色乌黑污秽的、像个花柳病患者似的,皮肤也松弛了。原以为她再也不可能恢复成原来那样生气勃勃了，没想到她不知不觉又成了一位活力四射、两颊丰润的现代女性了。

不过，贞之助说，考虑到本家的面子，暂时还是分开居住为好，所以，她继续住在甲麓庄，每天大概有半天待在芦屋，她还是住二楼的那间六铺席间，近来她常常蹲在房里，在光照好的窗前埋头踩缝纫机。这些活儿都是幸子为她揽来的。她本来就喜欢缝纫，干起活来非常专注，甚至连晚饭也总是草草了事，扒几口就匆匆上楼去了。幸子想尽量不让妙子在金钱上麻烦奥畑，但她没明说，只是总给妙子揽些活儿。然而幸子见妙子这样拼命地干活，又有些心疼她了。这位妹妹确实有热爱工作的一面。因为生性活泼，静不下来，如果走上邪路会迅速堕落下去，但是如果好好引导，也可以向好的方面发展。她有才能，手巧，用不着多久就能学会一门技艺……让她练舞，她跳得很优美；让她做偶人，她做得很出色；让她做西服，她又做得这样好了……还不到三十岁的一个女子，谁能像她这样掌握这么多的技艺……

"小妹，你真有耐力啊！"晚上八九点还听得缝纫机哒哒响时，幸子经常上楼来劝说她，"悦子会睡不着的，你也该休息了，干得太累了肩膀会酸痛的。"

"嗯，我想今天把这件活赶出来……"

"明天再做吧，用不着那么拼命挣钱吧？"

"哼哼，"妙子鼻子里笑着说，"说真的，我真有点儿想钱。"

"要钱的话就跟我说，好吗，那点零花钱我还拿得出。"

自从丈夫近来和一家军需品公司搭上关系后，幸子手头也阔绰起来了，家庭开支也相当宽裕，几乎没再要本家支付雪子的生活费用，都由这边负担。而且丈夫以前就说过了，既然照料了雪子，妙子也要同等待遇，所以幸子遇上机会就这样说。可是，妙子总是下意识地避开这个话题，看来她保持着矜持，不想领受幸子的好意、平白无故地接受施舍。

关于妙子和奥畑后来交往的情况，幸子和雪子也一无所知。虽然她差不多每天都到芦屋来，或者是从傍晚到夜间，或者是从上午到傍晚，没有一天不是如此,所以,必定有半天在别的什么地方度过。这半天时间,她是和启少爷会面吗?或者相会的不是启少爷而是别人呢?两位姐姐暗中为之忧虑,但并没有直接去问她,姐姐们的愿望和奥畑家的老婆子相同,事已至此,还是希望妙子和启少爷结合。但是她们知道突兀地催逼她并非上策,只有祈盼在不久的将来,妙子的心情会发生变化。

正在这个时候,十月初的某一天,妙子带来了奥畑也许会去满洲的消息。

“啊?去满洲?”幸子和雪子同声问道。

“这事情有些滑稽吧?”妙子笑着说出了这件事,她自已也不太清楚。实际上这一次满洲国[1]的官吏来日本,要招募二三十名日本人当满洲国皇帝的随从人员。虽说是随从人员,但不是礼宾官、侍从这一类高级官吏,只是侍奉在皇帝身旁,照料日常起居的侍者一类的职务,对智力、学问不必讲究。据说只要身世清白,是资产阶级子弟,容貌端正,略知礼仪,长于修饰就行。总之,只要是上流人家的公子哥儿,头脑稍许笨一点也行,完全是冲着启少爷来的一份差事。因此,启少爷的哥哥们也说,如有此事,一定得让他应募去满洲。当皇帝的随从名声也好听,工作也不难,因而确实适合启三郎。如果启三郎有意去满洲,作为给他送行的贺礼是恢复兄弟关系。

“这倒真是个好差事……不过,启少爷下了决心没有呢?”

“他还没下决心,周围的人都在劝他,可是,他本人就是不说要去。”

“那也不是不能理解,毕竟是生长于船场的大少爷,竟然流落到满洲去了……”

“不过,启哥儿现在已经穷得叮当响,连那个家的生活也维持不下去了,在大阪也没人肯雇他,太失身份的活儿他也不愿干,这样的好差事恐怕以后再也没有了。”

“这么说倒也是的——这样的差事也不是谁都干得了的,这份差事只有

① 1931年日本帝国主义侵占中国东北时制造的傀儡政权。

启少爷适合。”

“是呀，而且听说薪水也相当可观，所以我也极力怂恿他去。我说，不去多久也行，干上一两年，哥哥也高兴了，社会上的人也会信任你，无论如何都豁出去干一干吧。”

“他一个人去有点寂寞，让老婆子跟着去怎么样？”

“她说她是想跟着去的，可是，她还有儿子和孙子，像是不好去满洲那么远的地方。”

“小妹你跟他去吧，”雪子说，“为了让启少爷重新做人，为他做那么点牺牲不行吗？”

“哼……”妙子说着倏地显出厌恶的表情。

“哪怕是去半年也好，暂时跟他去那里安个家，只要你这样说了，说不定他就肯去了。现在是挽救一个人的时候，我认为最重要的是你自己肯去才行。”

“真的，你就帮他一把怎么样呢？”幸子也附和说，“这样的话，他哥哥也会感谢你的。”

“我认为现在是和他分手的好机会。”妙子声音很低，但斩钉截铁地说，“要是让我跟着他去了，就永远别想和他断绝关系了，最好他一个人去满洲，就因为这个我才极力劝他去，但是，他也担心这一点，无论如何也不肯去。”

“哎，小妹，”幸子说，“我们也不是硬要你和启少爷结婚，我们刚才也说了，这种时候你好歹也陪他去一趟，和他一起过上一年半载，看到他在认认真真当差以后，如果你不愿意和他在一起了，一个人回来不也行吗？”

“连满洲那么远的地方都跟去了，不是更没办法分手了吗？”

“不过，到时候你和他好好讲明原委，让他死了这条心，如果还是讲不通的话，你再跑回来不行吗？”

“我要是那样做的话，他肯定差也不当了，丢掉一切来追我。”

“也许会是那样的，但是我认为，想一想你们至今为止的情分，分手归分手,该尽力的地方还得规规矩矩地尽力。”

“我不欠他什么情分非得跟他去满洲不可。”

幸子觉得再说下去会和她吵起来,就没再吭声了。

“你能说和他没有情分吗?”雪子说,“你和启少爷这多年来的关系,不是尽人皆知吗?”

“我早就想跟他断绝关系,是他死乞白赖地缠着我,哪里有什么情分,有的只是给我添麻烦!”

“你在经济上不是给他添了许多麻烦吗?我这样说也许不中听,你不是在金钱上接受他的帮助了吗?”

“胡说八道!绝对没有那样的事!”

“真的没有吗?”

“我不要他帮助也能自己挣钱养活自己,我还有存款,雪姐你不知道吗?”

“虽然你这样说,但是社会上有人并不这样想呀。连我也从没看过小妹的存折和零花钱账本,到底你有多少收入,实际上我并不知道……”

“首先,你认为他有那样大的能耐就是错误的,恰恰相反,我认为,眼看着就得靠我来养活他了。”

“既然你这样说,我问问你,”雪子尽量不看妙子,两手摩挲着桌上插有菊花的小玻璃花瓶继续讲着,丝毫也不激动,声调一如平常,握着小花瓶的纤细手指也没颤抖一下,“你去年冬天在罗恩·希恩买的那件驼绒大衣,不是他给你买的吗?”

“我那时不是说了吗?那件大衣花了三百五十元,我卖掉蔷薇色的短外褂和立框花纹[①]、花团纹的两件和服才付的款。”

---

① 立框花纹:又称立涌花纹,用两两对称的曲线表示水蒸气、云蒸腾上升的形状,在曲线形成的凸出部位可添加松、菊、藤、波、云等图案,为公卿表现家世、职位、传统而应用于装束、器具上的花纹之一。

“可是，启少爷家老婆子说是他付的钱，她连罗恩·希恩的收据都拿出来给我们看了。”

“……”

“还有，说是那件天鹅绒晚礼服也是他买的。”

“那种人说的话，我希望你们不要相信。”

“并不是我们要相信她的话，但是，那老婆子一一留下了账单，她是凭证据说话呀。如果你说那是谎言，你拿出驳斥她的账簿什么的给我们看看，怎么样呢？”

妙子也同样平心静气，照例面不改色，不过听雪子这么一说，她只能哑然地瞪着雪子的脸。

“据那老婆子说，那都是几年前的事了，不光是西装，那时的那个戒指啦、梳妆粉盒啦、别针啦，一件一件的她都记得。她说启少爷被家里赶出来，也是因为他为你偷了店里的宝石。”

“……”

“你既然那样想和他断绝关系，不是早就可以一刀两断吗？你和板仓交往的时候不也是好机会吗？”

“是好机会，但是，那时候你们不是不赞成我和他断绝关系吗？”

“我们是想叫你和启少爷结婚，所以才不赞成的。可是，假如我们知道，你一方面和板仓保持那种关系，另一方面又在经济上利用启少爷的话，我们也会改变主意的。”

幸子对雪子的话深有同感，觉得有必要跟妙子讲穿这些事，不过，她自己无论如何也不可能说到这种程度。雪子竟然如此能说会道，她一边感到惊奇，一边在旁边默默地听着。大概在五六年前吧，有一次，她看见雪子正是这样揪住辰雄不放，穷追猛打。她想，一个腼腆的人不知怎样居然一下子变得如此强悍。她还记得那时候，雪子也是不像平素那样因循畏缩，而是有条有理地追问辰雄，说得他张口结舌。

“的确，启少爷也许没什么能耐，但是，你要他那样一个没能耐的人连自家店里的东西都拿出来，今天你还能说不欠他的情分吗？……不过，我这样说，你不要产生误解，那老婆子并不怨恨你，她是说启少爷为你尽心竭力到那种地步了，所以希望你做他家的太太……连我们知道了这些事情后，也希望你嫁给他……”

“……”

“能利用人家的时候就尽量利用，没有利用价值了，就说低能的大少爷有个好差事了，一个人去满洲吧，亏你说得出口！”

或者是无法辩解，或者是知道辩也无益，不管雪子说什么，妙子也不回答。只有雪子滔滔不绝地说个不停，雪子无论说到哪里，语调都同样平静如初。然而，妙子眼中不知何时眼泪已潸然浮出，但她脸上仍然毫无表情，仿佛并未意识到泪水在面颊上流淌。过了一会儿，妙子突然站起身来，粗野地关上房门，冲到了走廊上，“砰”的一声把整个房间都震动了。接着又听见外面大门“咚”的一声巨响。

27

这场罕见的争吵发生在快要吃午饭的时候，贞之助、悦子都不知道，阿春也正好出去办事了。而且，自始至终谁都没有高声大叫，只是在餐厅里关着门用平常的声调交锋，所以厨房里的女佣们也没有察觉。只是刚才这非同寻常的砰然巨响，吓了阿秋一跳。她跑到走廊里来，然而走廊上寂无一人。她把餐厅的门拉开一道缝往里面瞅时，不见一直在场的妙子，而幸子和雪子正在从餐具柜的抽屉里拿出桌布，收拾小花瓶。

“什么事？”

“没什么，好像是……”阿秋惊惶不安地把头缩回去。

“小妹刚才回去了，只有太太和我吃饭。”雪子说。

“难得有机会，这样的话还是和她讲明白为好。”事后，雪子只是对幸子讲了这一句话，便像是把这事忘了似的，而那天上午发生的事，终于没让悦子和贞之助察觉到就过去了。只是第二天终日不见妙子露面，悦子和阿春感到诧异：

“今天小姨是怎么了？”

“……是不是感冒了？”

幸子也不动声色地说：“今天小妹可是难得缺席一次了。”暗地里却担心说不定妙子暂时都不来了。

然而，第三天上午，妙子却若无其事、满不在乎地来了，而且毫无拘束地跟雪子讲话，雪子也高高兴兴地回答。妙子说奥畑像是不去满洲了，雪子只漫应了一声“是吗”，此后就谁也没再提这事了。

又过了几天，幸子和雪子在元町的街头，偶然遇见了井谷，听她说了一件意想不到的事情：井谷想在近期内把美容院转让他人，再度赴美国研究最新美容术。井谷的一些朋友劝她说，当今正处在世界动乱之中，担心美日之间会发生冲突，还是等一段时间为好。但井谷认为，这种担心并非等到某个时候就会消失，即使发生什么争端看来也不会那么快，所以她要抢在冲突发生之前去一趟。据说近来旅行护照也相当难办，不过她有特别的门路，各种手续也办完了，预定在美国待半年到一年。短短的一年半载，照说用不着把一个旺铺转让他人，但她实际上多年来一直想去东京发展，所以想趁此机会离开神户，回国后在东京开店。

幸子她们并非初次听说这件事，去年井谷中风多年的丈夫去世时，也听她说过这个计划。现在亡夫的一周年忌辰已过，她终于下决心将计划付诸实施。而且，她以平日那种大刀阔斧的作风处理事务，准备马上离开神户，店铺的买主也定了，转让手续也办好了，连船票都定好了。她说："如果这件事在朋友之间传开了，肯定会有人要举行欢送会什么的。但是，因为时局的关系，我想避免这类活动，再加上行期急迫，实在没时间领受诸位的盛情，请恕我任性，我准备连挨家挨户告别的形式也免了。"

这天晚上幸子和贞之助合计了此事：不管井谷本人怎样说，她那个美容院在神户颇有名气，她也算是个知名人士，总不会没人发起什么活动。特别是雪子的事情承蒙她多方照顾，所以，如果其他人没有举办欢送会，我们也得设宴为她饯行。但第二天早晨很快就收到了井谷发来的一张铅印通知书，写道坚决谢绝欢送会之类，而且她预定乘坐明晚夜车去东京，开船之前住在帝国饭店。所以，幸子她们已经没有时间在任何地方招待她了。这样一来，三姐妹只有买点什么礼品，在今明两日内去向她道别。由于一时难以选定礼品，这一天终于没去成。第二天早晨贞之助走后，幸子正在和雪子商量买何礼品，这时，井谷突然来了。

"难得您这么忙还来了。欢迎，欢迎，我们还说今天三个人去拜访您呢。"幸子说。

"不，请不必费心了，即使有劳你们跑一趟，我那间店铺已经出让了，冈本的那栋房子准备叫弟弟夫妇住，他们今天就搬去，正弄得乱七八糟的……所以，倒不如我来登门辞行。因为没有时间，哪一家我也没去，只有您府上，我不来一趟总觉得过意不去，再加上还有话想跟您讲。"

"不管怎样，您请进来坐坐吧。"

井谷看了一下手表说："那我坐一二十分钟吧。"说着走进了客厅。

"我在美国待不了多久，很快就回来，可是，不会回神户了，我一想到这里就有些依依不舍。特别是府上的各位，无论是太太，还是雪子小姐、小妹，我这样说有些失礼，都是我非常喜欢的人……"井谷还是那张快嘴，想在短时间内把要说的话全说出来，她一个人滔滔不绝地说，"你们家三姐妹，各有特色，虽然相似但各有鲜明的个性，真是清一色的好姐妹。老实说，对神户这块土地我倒不那么留恋，可一想到再也不能跟长期交往的府上诸位，像过去那样亲密相处，我就感到无比遗憾。今天能见着您二位，我很高兴，遗憾的是没见着小妹……”

“照说小妹马上就会来了，我这就去打个电话吧。”幸子说着要站起来。

“不用，不用，”井谷欠了欠身子又说，“虽然遗憾，也只好请你们向小妹致意了，哎，虽然在神户见不着你们了，可是，离开船还有十来天，如果方便的话，请你们三位到东京去一趟可好？”接着她又说，“不，不是要你们去送行，其实，我想在东京给你们介绍一个人……”

井谷说到这里告一段落了，接着又说：

“在这里，当着小姐本人的面，在这种慌忙的时刻提出这件事，也许不太合适，但是，在我离开神户的时候，最大的一件心事就是未能尽力促成雪子小姐的婚事而要就此分别。真的，不是我说奉承话，像雪子这样的好小姐，家中又有这样好的姐妹，真是世上少有。每当我想到这里，总觉得是我没有尽到自己的责任就溜之大吉了。我迫切希望哪怕到了这时候，也要尽可能把小姐的婚事弄出点眉目来，了却我这件心事，所以我要向你们介绍一下这个人。

“这家人的姓名大概你们也知道，就是明治维新时代立过功勋的公卿华族御牧子爵。不过，为国事奔走的是他的祖父广实，而现在的户主广亲是广实的儿子，这个人年纪相当大了，他曾经在政界活跃过一个时期，参加过贵族院的研究会，现在已经回到祖籍京都，在别墅里悠闲地过着隐居生活。

“我因偶然的机会有缘认识了御牧家的庶子御牧实。听说他从学习院毕业后进入东京大学学习理科，中途退学，去了法国，在巴黎学了一个时期绘画，还研究过法国菜，还有其他什么的；但是，总之是哪一样也没搞多久。后来又去了美国，在一所不太有名的州立大学修航空专业，总算在那所大学毕了业。毕业后他也没回日本，在美国到处流浪，还去过墨西哥和南美。在那一段时间里，有一阵子国内的汇款也断绝了，为生活所迫他也干过餐馆的厨师和招待。另外，他也重操旧业画过油画，还尝试过建筑设计。他凭着生性机灵又加上容易见异思迁，做过各种各样的工作，倒是航空专业从学校毕业后就完全放弃了。

“八九年前回国以后，他也没有一个固定职业，无所事事地游荡。几年前，朋友盖房子的时候，他一半是出于兴趣为他搞过设计，意想不到竟获得好评。渐渐地有人赏识他这方面才能，他本人也来了劲，在西银座的一座大楼的一角开了一个事务所，眼看着要成为专业建筑师了。但是，御牧实的设计洋溢着西洋近代建筑趣味，豪华铺张，造价昂贵，加上受卢沟桥事变的影响，渐渐地订单锐减了。因为业务实在太冷清，开办不到两年，不得已事务所又关了，现在他又赋闲了。

“大致是有这么些个经历的人。他最近在寻找配偶，主要是周围的人为他担心，说是一定得让御牧成个家。听说他今年虽然四十五岁了，可是在外国生活多年，习惯了那种无拘无束的独身生活，回国后也不想组织家庭。直到今天，别说是太太，连个类似太太的人也没有。当然，他在西洋也许有过什么风流韵事，回国以后好像也常到新桥、赤坂一带冶游，过了一阵放荡的生活。而这也是到去年为止的事，现在好像没有寻花问柳的经济能力了。

“他年轻时从子爵父亲那里分到一笔财产，靠这笔钱过了半生的放浪生活。他是个只知道花钱不知道攒钱的人，所以那笔钱已经挥霍殆尽了。因此，他想要当个建筑师，尽管晚了一点，毕竟有借以自立谋生的意图。如果不是受时局的影响，或许会顺利的发展下去，眼下却不幸遭受了挫折。

“不过，他属于名门子弟常见的类型，交际娴熟，谈吐风趣，兴趣广泛，以艺术家自居，生性是个乐天派。他本人从来不为这些事苦恼。这次想让他成亲，也是周围的人见他过于无牵无挂而为他忧虑，不能听任他这样下去，要设法让他成个家，才提起了这事。”

据井谷说，她认识御牧还是她女儿光代介绍的。光代去年从目白的日本女子大学毕业后，当上了《女性日本》杂志的记者。御牧深受该社社长国岛权藏的器重。国岛曾请御牧为他设计位于赤坂南町的住宅，非常合意，因此御牧也经常出入国岛家，国岛夫人也很欣赏他。

御牧经营建筑事务所的时期，《女性日本》杂志社也在西银座附近，他几乎每天都来杂志社，和所有社员都混熟了。和井谷的女儿关系特别亲密，开口闭口称“小光、小光”的。井谷的女儿也颇得社长夫妇欢心，把她看成自家人一样。由于这种关系，有一次井谷到东京去的时候，叫女儿领着去社长家请安，正赶上御牧也在场。因为他初次见面就说些笑话逗得人直乐，所以井谷很快就跟他混熟了。毕竟井谷去东京并无他事，只是女儿受到国岛社长青睐，从去年起井谷三次进京去国岛私邸问候，有两次遇见了御牧。据光代说，社长夫妇喜爱赌博，经常通宵达旦地玩纸牌、打桥牌和搓麻将，总是拉着御牧和光代作陪。

井谷说：“这话由做母亲的口里说出来未免可笑……”接着她说，“我女儿性格洒脱，年纪轻轻的却很有点博弈才能，再加上既好胜又有耐性，哪怕一两晚不睡，白天照样到社里上班，比别人要活跃得多，也许这正是社长夫妇疼爱她的原因吧。”

这次井谷为了准备出国，又到东京去了两三次，请国岛帮忙办理旅行护照和其他事情，因此又有机会和御牧见了几次面。而且最近在国岛家里，每每遇上人们围着他大谈“要让御牧君娶妻”之类的话。因为国岛夫妇是最热心的首倡者，而且国岛还认识御牧的父亲子爵。只要御牧有意与合适的对象结婚，他愿意去说服他父亲，多少再给他一些钱，以便新婚夫妇建立一个家庭，维持眼下的生计。国岛也抓住偶然在场的井谷问：“有没有理想的对象？如果有的话，请您一定介绍。”

井谷一口气说到这里，又看了一下手表说：“没时间了，我加紧说吧。”接着又说起来：

“我听他这一说，立即想到了这确实是一门最适合莳冈小姐的姻缘。但是，遗憾的是时机不好，只要我能待在日本的话，我会当场应承下来说有一位很好的小姐，我一定介绍给他，早早地来牵线搭桥。可是，无论怎么说，我出国的日期近在眼前了，真是没法，所以，话到嘴边又咽下去了。回神户后，我也老惦记着这事儿，总觉得好姻缘错过了太可惜，难道就没有办法可想了吗？

“因此，我再说点有关御牧的情况，供你们参考。刚才我讲了他年龄四十五岁，比你家先生小一两岁。相貌像长期住在西洋的人常有的那样，已经秃顶了，肤色较黑，谈不上是美男子。但长相很气派，看得出他毕竟是上层人家出身。他体格健壮，毋宁说是属于富态型。他经常夸口说，从没得过什么大病，无论怎样劳累也挺得下去，真有个健康的体魄。

“其次，最要紧的是资产。在他学生时代分家时，分得十几万元，但现在可说已经所剩无几了。听说后来又向子爵父亲央求过几次，有一两次要到了一些，当然，这些钱也花光了。无奈他一有钱就大手大脚，挥金如土，一夜之间变得一贫如洗。因此，连他父亲也说无论给那家伙多少钱也无济于事，在金钱上颇无信用。国岛也说：‘他已经四十五岁了，还过着游手好闲的光棍生活，这太不应该了。就这个样子，父亲以及社会上不相信他，也是理所当然的。所以，首先得成个家，就算是收入不多，做个工薪族或者什么也好，必须靠自己劳动得到一定的收入。这样的话，子爵也就放了心，也许多少会给他一些钱。不过，因为他已经不止一次找父亲要钱了，所以这次他父亲真能“多少给一些”就行了，用不着给太多。依我看，要让御牧设计一栋别致、考究的住宅，确实能够发挥他的天分，他将来一定能成为一个出色的住宅建筑师，我也打算竭尽绵薄之力来支援他。只是现在时机不好，生活有些困难，但这只是一时的事，绝对不要悲观。我准备去劝说子爵，让他答应三条，一是负担结婚费用，二是给新婚夫妇购买一所住房，三是补助婚后两三年的生活费，估计会成功的。’

“大致就是这些情况，也许你们多少有些不满意的地方，但是不管怎么说他是初婚，虽说是庶出，但他是继承了藤原氏血统的名门子弟，亲属也都是些知名人士，没有需要他扶养的拖累。我还忘了说了，他的生母、即子爵的侧室，据说生下他以后不久就去世了，他对母亲像是毫无记忆了。他兴趣广泛，通晓法国和美国的语言及其风俗习惯，无论怎样说，御牧的这些长处，我想全都符合府上的条件，你们看怎么样呢？我和他交往还浅，府上最好是去仔细调查一番。不过，就我和他的这几次交往来看，他的确是个待人温和、和蔼可亲的人，想不出他有什么显著的缺点。只是听说他是个非比寻常的酒豪，我也见过他几次喝得很开心的样子，不过，喝醉了的时候，变得更加有趣，尽逗人发笑……

“我觉得错过这门亲事，实在可惜，一直没有死心，我再三考虑，有没有人代替自己从中撮合呢？不过，虽说是撮合，对方是那样一位长于交际的人，费不了多少事。只要初次介绍认识以后，有国岛夫妇在，他们会从中协调，看到双方有意，自然会妥善地推进。而且，我女儿光代也可以帮帮忙。别看她年纪小，可是个爱卖弄小聪明、不知天高地厚的姑娘，很适合做这些事，要她当联络人还是顶管用的。”

说着，井谷又瞄了一眼手表：“啊，糟了，糟了！”说着站了起来，“我本来打算只打扰您十五分钟左右的……现在，可真的要告辞了。”如此说过以后，她又继续说：

“我要说的全都说完了，下一步就请府上考虑了。过几天，国岛先生在东京为我举办一次小型宴会，如果有意的话，太太和雪子小姐就作为神户方面的代表参加，最好你们姐妹都到齐，希望小妹也尽可能去。那样的话，我也请御牧先生出席，我只在席上为你们介绍一下，至于这门亲事是否要谈下去那是以后的事，这次只算是你们为我送行，去和他见见面怎么样呢？等我到东京以后，再听你们的答复，说不定我明天就打电话来，饯别会的日期、时间也在那时候告诉您。”说完后，她匆匆道了声“再见”就飞也似的走了。

28

刚才因为井谷慌慌忙忙，幸子竟忘记问她今晚坐几点的火车动身，于是她往冈本的井谷家里打了个电话，她本人不在家，有人代她接电话说“她说谢绝送行……”，不肯说出具体开车时间。傍晚，幸子估摸着井谷该回家了，又给她挂了个电话说：“因为还要谈谈您刚才说的那件事，无论如何要再见您一面……”井谷才告诉她是在三宫站坐九点半的快车动身。

三姐妹加上贞之助和悦子，全家都去送行。像这样三姐妹凝妆盛服，由贞之助率领外出，这是从去年秋天为双亲做法事以来，好长时间不曾有过的事。

“小姨今天不穿西装了？”全家都收拾打扮完毕，坐在餐桌周围时，悦子看见妙子难得穿了一件绿底子大朵白茶花的彩色和服外褂，便直勾勾地瞅着她问。母亲和两位姨母光彩照人地出现在悦子跟前，令她感到每年赏花时的那种兴奋。

“怎么样？小悦，我穿和服合适吗？”

“你还是穿西装好。”

“穿和服显得更胖。”幸子说。

妙子近来也常常穿和服。本来她的小腿有曲线美，穿西装时使人感到像少女一般可爱，穿和服把小腿的长处遮掩了，显得格外矮胖，原因之一是她病后过于贪吃，吸收了过多的营养，比生病以前胖了。不过据她自己说，从前腿脚很温暖，自那场大病以后，不知为什么穿西装时腿冷得受不了。

“不，日本女性年轻时不管怎样时髦，上了年纪终归就不太爱穿西装了。这是连小妹也都成了老太婆的证据。”贞之助说，“哪怕是井谷太太那样的人，曾经到美国进修过，以职业来说也得穿西装，可她不是也总穿和服吗？”

“真的，井谷太太总是穿和服，因为她确实是个老太婆了。”幸子说，“哎，不谈这些了,刚才说的事,今天晚上怎么跟井谷太太说呢?”

“这件事嘛,我是这样想的,这个时候不要过多地牵涉到婚事上来,反正我们到东京去出席井谷太太的欢送会,不就得了吗?即使没这桩婚事,我们不也得去送她吗?”贞之助说。

“确实是这样的,一点不错。”

“也许我也应该去东京送行,可是很不凑巧,眼下有事去不成,就你和雪子去,小妹要去的话就更好了。”

“让我也去吧,”妙子说,“正好天气又暖和,一来去送行,顺便也看看久别的东京。今年赏花我错过了,要不让我捞回来的话……”

究竟妙子不像两位姐姐那样和井谷有情分,她虽也是井谷美容院的常客,但井谷收费颇高,她有时也去其他店。另外,家里为了雪子的婚事常麻烦井谷,但妙子并不觉得自己欠了她的情。可是,妙子对井谷那豪爽、洒脱不拘的气度和仗义、男子汉似的性格,平素就抱有不同寻常的好感。特别是从去年她被莳冈家逐出家门后,不由得交际减少了;也许是心理作用,她感觉过去和她要好的人,突然都用奇异的眼光看待自己了。可是井谷一如既往,对她还像以前那样亲切。尽管井谷是最容易传播绯闻的美容院的老板娘,妙子的种种不端行为及其内幕她也许早已洞悉无遗;可是井谷对妙子的阴暗面视若无睹,光看她好的一面。

妙子平素就对这一点感到高兴,听说井谷今天上午专程来辞行时,还特别提到想要见见自己,甚至说一定请她一块儿去东京,她不禁更加感激。妙子觉得,每逢有人给雪子提亲时,自己总被视为障碍、一个见不得人的人。井谷邀请她一块儿去东京,是暗中讽劝莳冈家,不必为这个妹妹感到不光彩,相反要赏识妙子的特色,理直气壮地说“我们有这样一个妹妹”,堂堂正正地推介到社会上去。妙子感到,冲着井谷这番苦心,这次不去东京为她送行也过意不去。

“那么,小妹也去吧。这种场合尽量多去些人,越热闹越好。”

“可是，关键是雪妹……”幸子看了看在旁默然笑着的雪子说，“倒不太想去。”

“为什么？”

“她说，要是我们三个人都走了，家里只剩下悦子一个人了……”

“可是，悦子她妈，雪妹是非去不可的。反正只有两三天，悦子也会乖乖待在家里的。”

“二姨，你到东京去吧，”悦子以大人似的口气说。她近来也渐渐懂事了，“我会好好儿地待在家里，还有阿春在，我一点也不寂寞。”

“嗯，雪妹去东京，还有一个条件。”幸子说。

“嗬，什么条件？”贞之助问。

雪子只是笑了一笑。

幸子说：“她说不去送行对不起井谷，所以不能不去。可是，去了的结果很可能把她一个人留在涩谷，所以她不想去。”

“确实是这样的。”

“不去涩谷不就行了吗？”妙子说。

贞之助表示反对，他说：“那不行，至少要去露露面，否则以后让姐夫、姐姐知道了就麻烦了。”

“所以，她希望我跟姐姐说好，以后叫她再去涩谷一趟，多住几天。这次我先带她回，她说，如果我能做出保证她就去。”

“雪姐，你那样讨厌东京，那就对这次的事不要抱什么希望才好。”

“我也认为一定不行。”悦子接着妙子的话说，“二姨要出嫁是没有办法的，我想最好不要嫁到东京去。”

“小悦，你懂得这些事吗？”

“我是不懂，但是，把二姨嫁到东京那样的地方去，怪可怜的。是吧，二姨。”

“嗬，你快别说了！”幸子制止了悦子，“我是这样想的，那个姓御牧的人是个公卿子弟，从血统上说来是京都人，他现在在东京，只是住在公寓里，说不定可以让他搬到关西来。”

“是的，那也不是不可能。如果我们在大阪一带为他找个工作，也许他会住到这边来。哎，不管怎么说他身体里流淌的是京都人的血，这是确定无疑的。”

“虽然同是关西人，京都人和大阪人的气质还是有相当大的差别。京都的女子不错，男人就不怎样了。”

“喂，喂，你这样带头挑毛病就不对了。”

“可是这个人说不定是东京出生的，又在法国和美国待了那么久，大概和一般的京都人不一样吧。”

“东京那个地方我不喜欢，至于人嘛，说不定东京的人还好些。”雪子说。

关于向井谷赠送什么纪念品，他们商量好了留待东京的欢送会之前去决定，贞之助提议今晚暂且送她一束鲜花。为了买花，吃完晚饭后一行五人提前去神户，在元町买了花。在站台上献花的任务就交给了悦子。

在候车室内，本应多来些人送行热闹热闹才好，但因为井谷故意隐瞒了开车时间，所以场面比较冷清。尽管如此，以她的两个弟弟，即在大阪开业的村上医学博士夫妇和在国分商店工作的房次郎夫妇为首，共有二三十人在场。特意盛装前来的莳冈家三姐妹，顾虑到周围的气氛，一直没有脱掉大衣。幸子走近井谷身旁说：

“今天上午您谈的那件事，实在太感谢了。我已经跟我家先生商量过了，他说临到出国了，您还惦记着舍妹的事，对于您这番美意，真不知该怎样感谢才好。他说即使没有这事，我们三个人也一定要出席欢送会，既然有这个事，就更应该去了……”幸子说过后，贞之助又再三向她致谢。

“哎，我真高兴，你们全家都来了。”井谷非常高兴地说，“那么，我一定恭候你们光临，详细情况，我明天一定打电话告诉你们……”临到火车开动了，她从车窗里探出头来告别时，又重复说了一遍。

第二天晚上，井谷如约从帝国饭店打来电话告诉幸子："欢送会定在大后天下午五点钟开始。会场设在帝国饭店内，出席者共有九人：我和女儿光代，国岛权藏夫妇及其女儿、御牧先生，再就是作为神户方面代表的你们三人。"

接着，她又问道："你们在东京住哪里呢？你们在东京有本家，我估计你们会住那里，但是为了便于互相联系，你们索性住在帝国饭店如何呢？从这个月到下个月，由于举行建国二千六百年[①]纪念活动，东京几乎所有旅馆都住满了。幸亏国岛先生的一位亲戚在帝国饭店订下了一间房，国岛先生说，可以把这间房让给你们住，让他那位亲戚住到国岛府邸去。"听她这一说，幸子瞬间想到反正这次妙子也一起去，雪子也说过怕把她留在涩谷，可能的话甚至不想让本家知道，于是回答说："既然这样，虽然过意不去，还是务请国岛先生的亲戚把房间让给我们，我们准备坐明晚的夜车或者后天早晨的快车去东京，我很想在东京待到开船的那天，去横滨为您送行，但是三个人那样长时间不在家也不行，无可奈何，参加了欢送会我们就失陪了。因此，后天和大后天也就是开欢送会的那天晚上，我们只要歇两晚就行了。不过，我们还想顺便去歌舞伎剧院看看戏，说不定还得多住一晚。"井谷立即回答说："那我给您买好歌舞伎剧院的票得了，说不定我们还能一起去看戏。"

第二天，顺利地买到了大阪发车的夜车卧铺票，所以三姐妹急急忙忙地准备了一整天。幸子和雪子本想赶在今天去烫头发，但是井谷的美容院没了，她们不知去哪里才好，只盼着妙子来领她们去她熟悉的美容院。她们不断嘀咕着"小妹怎么还不来"，说着说着一上午就过去了。可是，善于安排生活的妙子，一个人去美容院了，到了下午二点左右，头发烫得好好地进来了。

"怎么？我们还等你带我们一起去烫头发呢。"

"你们在东京烫好了，帝国饭店里就有美容院嘛。"妙子满不在乎地

① 1940年，据说是神武天皇创国二千六百年。11月10日，日本全国范围展开庆祝皇纪二千六百年活动仪式。这种"纪年说"，已由学者津田左右吉等人研究证实纯属捏造。

回答。

“也对，那就这么办吧。”

接着，她们磨磨蹭蹭地讨论着该带哪些替换衣服，把一大一小两个旅行箱都装满了。吃了晚饭，装束停当，已经没有什么裕余的时间了。

29

“对不起，您是莳冈夫人吗？”第二天早晨，她们三人一下火车，东京站的站台上一个穿西装的小个子姑娘急急忙忙跑过来，像是要搂住幸子似的，说：“我是光代。”

“啊，是井谷太太的……”

“很久没见到您了。本来是家母来接您的，但是这个那个忙不过来，所以由我来替她……”光代看见三人带的行李不少，又说：“我去叫搬运夫来吧。”说着马上叭嗒叭嗒地跑去叫来了搬运夫。

“啊，这二位就是雪子小姐和小妹吧。我是光代，真有很多年没见着您二位了。承蒙你们常常照顾家母……这次又蒙三位一齐专程赶来，真是不敢当呀。昨天晚上家母还说到这件事，可高兴呢……”

她把大件行李交给搬运夫扛走后，还剩下包袱、化妆包等几件零碎东西，光代说：

“这些我来拿吧……不，不，让我来拿，让我来……”说着从三个人手中硬抢过去了，敏捷地钻过拥挤的人群，带头走在前面。

这姑娘在神户市的县立第一高等女子中学念书时，幸子她们见过她一两次，并不怎么熟悉。和那时相比，她现在已经出落得饶有风姿了，如不是她自报姓名，一定认不出来。不过，她母亲井谷虽然瘦削，但身材高挑，可这姑娘以前就矮小，现在也一点都没长高。往昔她是肤色稍黑的圆脸，胖乎乎的身材，现在虽然肤色变白了，可是脸和身子反而缩小了，手也只有十三四岁的孩子那样大小。看上去她比三姐妹中最矮的妙子还矮五六公分。和服外面罩着大衣的妙子，虽说个子矮却显得丰满大气，而光代正像她母亲说的那样，爱卖弄小聪明而且瘦弱。她说起话来也酷似井谷，像连珠炮似的滔滔不绝，使人感到她像个早熟的孩子。雪子被这个比自己小十来岁的姑娘一口一声地叫“雪子姑娘”，感到又难为情，又不愉快。

“光代小姐也一定很忙，还麻烦你来接我们，真是不敢当。”

“哪里，请别客气，不过，老实说，这个月是建国两千六百年纪念，举办各种各样的活动，我们杂志社也相当忙。正在这时候，又要忙母亲的事……”

“前些日子，已经举行阅舰式了吧。”

“阅舰式的第二天，就是大政翼赞会[①]的成立典礼，接着靖国神社的大祭也开始了，二十一日还举行阅兵式。这个月东京可热闹了，旅馆饭店都满员了……啊，对了，由于这个原因，订旅馆的客人蜂拥而至，你们的房间虽然早已预订了，但是并不怎么好。”

“行，行，什么样的房间都行。”

“房间小是没有办法，可只有两张单人床，我说这可不行，好不容易才换了一张双人床。”

沿途在汽车中，光代还说了，因为这种情况，歌舞伎的戏票她本想尽可能买今天的，可是哪怕提前十来天、按照普通的途径也很难买到票，她靠杂志社的关系总算买到了后天的票。另外，那天除了她们母女外，可能还有母亲早几天说过的那位御牧先生作陪，不过，六个人的座位可能不在一起，等等。

“这房间实在太小了……真对不起，而且光线也差，真是不理想，请你们

---

① 大政翼赞会：日本政府为推行国民总动员体制而建立的核心组织，通过上意下达的形式，引导国民的思想精神运动。

将就将就吧。”

光代把三人送到房间，把手上提的行李放好后，马上一边走向门口一边说：“家母刚才出去了，不多久就会回来的，她说一回来就来拜访你们。那么，我这就去杂志社一趟，回头再来。你们不到银座去买什么东西吗？如果有事的话，请随时给我打电话。”她说着用她那短小的手指，像很多人一样染了红指甲的手指，从手提包里捏出一张名片道：“这里有我的电话号码。”

幸子惦记着烫头发的事，她很想在今天之内烫好，转而想到自己和雪子坐这一夜火车也够累了，今天还是不要太勉强，先休息一下为好。她想，说不定井谷一会儿就会来，现在也不能倒头大睡，不过，可以解下腰带稍事休息。自己倒无所谓，幸子总不免担心雪子的事。也许是不间断的注射见效了，近来雪子眼圈的褐斑虽未完全消失，却也淡了许多。然而，也许是她快要来月经了，再加上火车旅行疲劳，她脸色憔悴、灰暗。看着雪子这模样，幸子就联想到那褐斑常在这种时候更加显眼。因此，幸子认为在这种场合最重要的是不能让雪子累着。

“怎么样呢，雪妹？我们明天去烫头发吧，今天实在太累了。”

“今天去也行……”

“欢送会是傍晚五点开始，明天也不会没时间，今天嘛，先休息一下，然后去银座走一走，还有些东西要买……”

“让我躺一会儿吧。”妙子刚一进房间，就毫不客气地占了那把最舒服的安乐椅，筋疲力尽地仰面靠在椅背上，后来在姐姐们讲话的时候，她又脱下和服外褂，解开宽腰带，只系着窄腰带躺到双人床上去了。从前，在这种场合，即使有点累，妙子脸上也毫无倦意，把两位姐姐甩到一边，精神抖擞地跑出去了。可是，近来她逐渐丧失了从前那种活泼劲儿，动不动就不分场所地伸开两条腿、枕着胳膊躺着、长吁短叹之类的天生没规矩的样儿，变本加厉了。这也许是她还没完全恢复健康的缘故，又好像是因病后变得太肥胖了，无论做什么都吃力的缘故。

“雪妹你也躺一会儿吧。”幸子说。

“嗯。”雪子答应着,走到刚才妙子坐过的安乐椅旁,轻轻地拿开妙子随手搭在扶手上的和服外褂,腰带也没解,好端端地坐下去了。这间房只有两张床,到晚上只能由她和妙子睡双人床,但那张床比一般双人床要窄,眼下她还不想爬上床去挤妙子,而另一张床,她打算留给幸子休息。雪子坐下不久就迷迷糊糊地睡着了。

不知幸子是否感受到了雪子的体贴,随即爬上了那张空床,只有雪子一个人在安乐椅上睡着了,而她和妙子都睡不着。

“小妹,我们趁现在去洗个澡吧。”这样,幸子和妙子轮流洗过了澡,雪子还睡着,她叫雪子起来洗了澡,三个人还出去吃了午饭,但她们等待着的井谷却没有来。于是,三姐妹下午到银座去了,她们想首先要把悬而未决的赠送井谷的礼品买好。她们一边走着浏览商店的橱窗,一边左思右想,觉得买洋气的东西送给出国的人并不高明,不知有什么日本的特产会博得外国人的喜爱。她们煞费苦心,终于在服部钟表店的地下室,买了一只螺钿首饰盒,作为幸子送的礼物。另外在御木本买了一枚镶珍珠的可兼作发夹用的玳瑁别针,算是雪子和妙子两个人赠送的。三姐妹这就累得够呛了,在野鸽咖啡馆休息了一阵。

“回去吧,回去吧。”虽然还有些东西没买,妙子先站起来说。四点半左右她们回到了旅馆,进房间看时,桌上摆着一个插了兰花的花瓶,旁边放着一张井谷的名片,上面写着:“回来后请通知我,我等着和你们一起去喝茶。”

“又要喝茶?我们不是刚才喝过了吗?”妙子又瘫在那安乐椅上,像是撬也撬不动的样子。另外两个人也想喘一口气,都躺在床边上。但是不到十分钟,电话铃又响起来了。

“是井谷太太。”幸子说着拿起了话筒,果不其然是井谷在催她们:

“我今天早晨就出去了,非常对不起。我刚刚回来,这就让他们备茶,请你们都到候客厅来吧。”

“好的，好的，我正想给您挂电话呢……好，好，我们马上就来。”

“我不去了，二姐和雪姐去就得了。”妙子说。幸子说：“那就对不起井谷太太了，你也去吧，我们也都累了……”幸子勉强说服不想动弹的妙子，三姐妹又来到候客厅。

30

寒暄完了，井谷说：“刚才，售票处的人通知我后天的戏票已经买好了，只有你们三位的座位是连在一起的，另外有两张是相连的，我和光代坐，御牧先生只能单独坐了。”从这件事开始，在喝茶的过程中，井谷巧妙地把御牧的话题穿插进去了，在闲谈中不知不觉地，让幸子她们知道了一些情况。

井谷不仅把雪子的事告诉了国岛夫妇和御牧，还把留在她手边的雪子的相亲照片给他们看了。他们对照片的评价非常高。昨天晚上在国岛家里，大家都说雪子无论如何也看不出那么大年纪。御牧说用不着看本人光看照片就满意了，只要莳冈家没有异议，他已准备迎娶雪子。井谷不想媒婆嘴两面光，把莳冈家的情况，包括涩谷本家和芦屋分家的关系，以及姐夫辰雄与雪子、妙子不和及其原因，尽她所知的毫不隐瞒地告诉了御牧。不过，御牧听了这些话也毫不介意，并没有改变结婚的决心。过去，他也曾有过一段浪荡的生活，不知是在这方面非常体谅，还是已经超然物外，他对这些看得很淡。

雪子和妙子察觉谈话渐渐深入到这一方面，喝完茶就匆匆离去了，井谷目送着远去的雪子的背影马上说道：

“不瞒你说，我把雪子小姐脸上有褐斑的事儿都告诉他了，”她更加压低了声音说，“我想这比以后再被人家发现要好些，所以我什么都说了。”

“您做得太好了,我心里也轻松些……不过,从那以后,一直坚持治疗,所以您也看见了,现在已经不太显眼了。而且,据说结婚以后会彻底消褪,这一点也希望您去说明一下。”

“是的,是的,这一点我也对他讲了。他还说:‘是这样的吗?结婚以后看着她那点褐斑逐渐消失,也是一种乐趣。’”

“哎呀!”

“还有,就是有关小妹的事,我不知道您是怎么想的,就算社会上的那些流言蜚语都是事实,我觉得也不必那么介意,谁家都有个把出格的人,甚至说不定有那么个人才好呢。御牧先生也说:‘妹妹怎么样都不要紧,我又不是娶妹妹。’”

“哟!像他这样通情达理的人真是少有。”

“他毕竟也浪荡过一阵子,有某些大彻大悟的地方。他说:‘她妹妹的事和我没有关系,不管什么事毫不隐瞒地告诉我自然也好,但是您不愿意讲的话,就不必告诉我。’”

井谷看见幸子安心落意的表情,马上问:

“主要的是不知道雪子小姐是什么个心思?”

“啊,这个嘛……其实,我还没……”

说实话,幸子是听了井谷刚才这番话才动了心的。这次上京的主要目的是出席欢送会,至于雪子的亲事,幸子也不是没放在心上,但尽量摆在第二位,采取的是一种不很积极的态度,先见见面再说。因为她有一种恐惧心理,担心过于热心投入,到头来又落得个灰心丧气。因此,到现在还没去征询雪子的意见。眼下,即使其他条件都好,这门亲事还有一个难点,就是早几天也曾提到过的雪子要嫁到东京去,幸子估计她肯定会逡巡不前。不过,更坦率地说,时至今日,她决不会让雪子那样任性,雪子也不会说这样的话;倒不如说是幸子自己舍不得让这个妹妹远嫁东京,要是可能的话,想让她住在京阪神地区,这才是幸子内心的愿望。

于是,幸子问井谷:“将来御牧先生住在哪里呢?听说他在京都的父亲要给他买房子,会在哪里买呢?我说这些决不是把它当作条件,他是非住在东京不可吗?如果在关西找到工作,住在关西也可以吧。这些问题我想打听一下,作为参考。”井谷说:“好的。这个问题,我一时疏忽,还没有问,我马上去问吧。”井谷接着说,“但是,我想恐怕是在东京,如果是东京的话,就不愿意吗?”听井谷这一反问,幸子慌忙说:“不,没什么……并不是那个意思……”说到这一点上,幸子就含糊其词了。

“那么回头见吧,吃过晚饭以后……或许光代会带御牧先生来,到时候请到我房间里来坐坐。”井谷说完后,两人暂时分手了。

果然,八点刚过,井谷就来电话说:“你们都累了吧,可是他现在已经来了,务必请你们三位一起来……”

幸子从旅行箱里拿出了几套衣服的包装盒,摊满了两张床,她帮着雪子换好了衣服后,自己和妙子也换了衣服。这期间,井谷又打电话来催了一次。

“请,请进来……”幸子一敲门,光代就从里面打开了门说道。

“你看我这里乱七八糟的,真对不起。”井谷说。

房间里放着大小五六个皮箱,许多装西装的纸盒,各方面赠送的饯别礼品包以及准备带去美国的用品,整个房间都摆满了。

御牧一看见三姐妹,急忙从椅子上站起身来,井谷为他们互相介绍完毕后,他也没坐回到椅子上去。

“我坐这儿就行了,请到这里来坐吧。”御牧说着坐到一个大皮箱上去了。房间内各种形状的椅子一共只有四把,三姐妹和井谷坐椅子,光代只好坐在床边。

“怎么样?井谷太太,现在客人们也都来了,”看来御牧是接着刚才的什么话题说,“观众来了这么多,务必请您穿给我们看看。”

“无论如何也不穿给御牧先生看。”

“尽管您这么说,反正我要送您上船,即使您不愿意也会让我看到的。”

“可是,我上船时也打算穿和服。”

“哎？在船上您也一直穿和服吗？”

“大概不会一直穿和服,可是我想尽量不穿西服。”

“这个想法不敢恭维！那您为什么做西服呢？”御牧说罢转向幸子她们说,“啊,请问一下,我们刚才谈到井谷太太的西服问题。怎么样,你们见过井谷太太穿西服吗？”

“没有,”幸子回答说,“我们没见过,我们也议论过不知道她穿西服是个什么样儿。”

“东京的朋友们也都这样说,连小光都说不记得她妈妈穿过西服,所以我说今天一定请她穿给我们看看。”御牧又转向井谷说,“怎么样呢,井谷太太？趁大家都在这里,试穿一次也有必要嘛。”

“瞧您说什么哟,现在我能在这里把和服脱光吗？”

“请,请,您换衣服的时候,我们到走廊里去。”

“穿不穿西服都无所谓,御牧先生,”光代出来帮妈妈解围了,“您可不能欺负我妈妈哟！”

“对啊,不过说起来,小妹最近也常常穿和服了。”井谷好不容易脱了身。

“真滑头,让您蒙混过去了。”

“是的,近来小妹穿和服的时候多些了。”幸子说。

“有人说这是我也渐渐成了老太婆的证据。”妙子接过幸子的话,脱口用大阪话说道。

“这样说也许不礼貌,但是……”光代从上到下打量着妙子绚烂夺目的和服说,“也许小妹穿西装更合适,当然,绝不是说不适合穿和服……”

“光代小姐,恕我打断你的话,听说这位小姐名叫妙子,你为什么叫她‘小妹’呢？”

“哎呀,御牧先生,亏您还是个京都人,连‘小妹’都不懂吗？”

“‘小妹’这个称呼,似乎只有大阪才有,京都好像不大用这个词儿。”幸子说。

“怎么样，吃一点吧？”井谷拿出一听看来是别人赠送的巧克力点心说道。可是大家都吃饱了，谁也没伸手，只是粗茶喝得不少。

光代提醒母亲“招待一下御牧先生吧”，说着叫饭店送了一瓶威士忌到房间来，御牧也毫不客气地说：“侍应生，请放在这里！”说着把一大瓶方瓶威士忌放在自己身旁，一点一点地抿着聊着天。

井谷巧妙地引出话题，顺畅地交谈起来了。她问道：“御牧先生要安家的话，一定得在东京吗？”以这个问题为起端，御牧把自己的身世和将来的计划等等都说出来了：

“刚才，光代小姐说我是京都人，其实，御牧家族从我祖父那一代起，就把本家搬到东京小石川来了，所以，我是在东京出生的。到我父亲那一代还是纯粹的京都人，不过我母亲是深川人，所以，我身上流的血是京都人和江户人各一半。正因为如此，我年轻时对京都那块土地没什么兴趣，毋宁说十分憧憬欧美的生活。但是，近来对祖先居住的土地产生了乡愁。说起来，我父亲也是年老以后怀念起京都来了，终于抛下了小石川的本家邸宅而隐居到嵯峨去了，想到这里，我也感到有些事情是命中注定的。在我的兴趣上也出现了这种倾向，我渐渐体会到了日本古代建筑的妙处来了，等将来时机一到，我打算重操旧业。在此之前，我想尽力研究日本固有的建筑，好在以后的设计中大量采用日本的风格。我反复考虑，说不定在京阪一带找个工作，在那里生活一个时期，对我的研究可能有利。不仅如此，将来我想要建筑的住宅的式样，与东京相比，和阪神地方的环境更协调些，说得夸张一点，我甚至觉得我的前途都寄于关西了。”御牧又问道：“如果在京都安家的话，选择哪一带为好呢？”

幸子发表了自己的意见，又问：“令尊的别墅在嵯峨的哪一带呢？”接着，大家都说，要在京都安家，最好是嵯峨一带，或者是南禅寺、冈崎、鹿谷方面。

不知不觉夜深了，他们还在聊着，谈话间，御牧把那瓶威士忌喝了三分之一，还是若无其事的光景，只是醉意越浓他越幽默风趣了，时不时吐出奇特的警句，使得满座大笑。尤其是他和光代像是一对好搭档，不断展开辛辣的舌战，旁人简直像听相声一样。幸子她们也忘记了白天的疲劳，丝毫没有睡意。

"哎呀，糟了，快没有电车了！"御牧慌慌张张站起身来，接着，光代也说："我也一起走。"说着他俩走了，这时已经快十一点了。

幸子她们这天晚上睡得迟，第二天早晨睡过了头，一直睡到九点半左右。幸子等不及餐厅开午餐，在房间里简单地吃了点烤面包片，催着雪子去资生堂美容室。这是因为昨晚光代告诉她们说，虽然帝国饭店的地下室也有个美容室，但是资生堂烫发采用新方法，用的是一种叫"佐托斯"的药水，不用把电烫帽罩在头上，又省事又舒服，最好是去那里烫。

她们走到资生堂美容室一看，前面已有十二三位客人在等候，看情形还不知要等几个小时。如果是在神户井谷的美容院的话，在这种情况下，可以靠情面随便混到前面去，但在这里却无计可施了。

在候客厅里等候时，周围都是些素不相识的道地东京太太和小姐，没有一个人跟她们攀谈。她俩压低声音说话还怕别人听出关西口音，畏畏缩缩地像是陷落在敌国一样，只是悄悄地听着周围一片叽里呱啦的东京话。

"今天人真多呀！"一个人说。

"当然啰，今天是大安吉日，很多人举行婚礼，家家美容院都生意火得很。"另一个人搭腔道。

幸子这才想到原来是这样的，那么，井谷选在今天举行欢送会，说不定也是为雪子讨个吉利。这时候，客人从后面蜂拥而来，其中有两三个人说声"对不起，我是预约了的"，用这种糊弄人的老手法抢先走进去了。幸子她们十二点以前就来了，眼看就到两点了，她忍着一肚子怒气，等得焦躁不安，她担心是否能赶上五点钟的欢送会，心想今后再也不到资生堂来了。她们离开旅馆前只吃了点烤面包，到现在早已饥肠辘辘。特别是雪子，平素总说自己比一般人胃小，一次只吃一点点，所以比一般人饿得快，动不动就要发生脑贫血。知道她这个毛病的幸子，担心雪子甚于自己，一直在偷偷观察着默默无语、似乎在发冷的雪子，担心她饿着肚子烫发会不会出事。两点过后，好不容易轮到她们了，幸子让雪子先烫。幸子烫完时已经是四点五十分了。她们正要回去时，有人喊"莳冈太太的电话"，幸子便去接，原来是妙子等得着急了，从旅馆打来了电话："二姐，你们还没烫完吗？快五点了！""嗯。知道了。我们刚烫完，马上就回……"无意中在电话机旁露出大阪口音来，两个人急急忙忙地跑出来。

"雪妹，好好记住，碰到大安吉日呀什么的，不要去不熟悉的美容院。"幸子气愤地说。

当天晚上，她穿过走廊急忙赶往旅馆的宴会厅时，遇到了刚才在资生堂见过的五位妇女，她们都穿着礼服走过那里。在欢送会的会场上，幸子向井谷道歉时又重复了那句话：

"我们来得太迟了，对不起……千万要记住，不能在大安吉日上不熟悉的美容院。"

31

她们在东京停留的最后一天，即第三天的上午到下午之间，照例是颇为忙碌的半天。

幸子最初的计划是，今天一天只安排看戏，明天上午去道玄坂看姐姐，下午去买礼品，晚上坐夜车回去。可是妙子首先提出来，坐夜车到东京来的时候已经吃足了苦头，睡眠不足一直没恢复过来，所以希望早早回去，在自己卧室里美美地睡一觉，雪子也赞成这样做。她们两个人固然是累了，但是，更主要的是想尽量缩短在本家停留的时间。也就是说，她们打算乘坐明天早晨的燕子号快车回去，今天上午买完东西，下午利用去歌舞伎剧院以前的短暂时间，让汽车在门口等五六分钟，顺便到本家坐一坐。两个妹妹的心情，幸子也并非不能理解。妙子不喜欢本家自不待言，连雪子也有一年多没回本家了。去年十月本家向妙子下了最后通牒：叫她或者到东京来，或者和莳冈家断绝关系，二者之间选择其一。实话说，当时本家对雪子也提出了类似要求，只是话没说得那么死，闪烁其词，所以雪子认为他们未必那样认真，采取了置之不理的态度。后来本家再也没催促过雪子回东京。幸子认为，对应付雪子感到棘手的姐夫，或者是想避免刺激雪子暂且听之任之，或者是巴不得雪子不服从本家调遣，以便趁机像对付妙子一样，不声不响地和雪子断绝关系，二者必居其一。看来这次去本家，姐姐很可能会提到这件事，所以，别说雪子，连幸子也不太想去道玄坂。老实说，前两个月，幸子环游富士五湖顺便到东京时，也只在电话中和姐姐谈了一会儿，固然是因为眼睛出了点小毛病，另外，也是怕姐姐传达姐夫的意见要雪子回去而雪子又不肯，自己左右为难。

这些且作别论，幸子自己也觉得和姐姐生分了，这是她自己也没意识到的潜在的感情。今年四月，幸子将妙子的病情通知姐姐之后，姐姐寄来那样一封回信，自从读过那封信以来，她就对姐姐产生了不满。

由于这些原因，幸子本想这次索性不露面，悄悄回去算了。可是一来贞之助提醒过她，让本家知道过门而不入就麻烦了，二来她觉得这次雪子的婚事有可能成功，有必要趁此机会向本家透点风。其实，直至前天幸子对这门亲事还没抱什么希望，但前晚初次见到御牧，在昨晚的欢送会上，由井谷介绍认识了主动担当媒人的国岛夫妇，幸子感受到这些人的人品以及他们营造出来的那种气氛，她放了心，她原来还认为不能马马虎虎地陷入太深。在幸子印象中，昨晚的欢送会是一次不经意的极自然的相亲，其结果对于双方都很圆满。最令幸子高兴的是,御牧和国岛不露痕迹地善待妙子,相继敞开胸襟和她交谈。幸子认为对方没把这方的弱点视为弱点,并在暗中表示体恤和安慰,而且又显得毫不做作。使得妙子能坦然自若,和他们毫无隔阂,不惜接二连三地拿出来她那些拿手的模仿秀、惊人的警句,逗得满堂大笑。幸子感到她是为了雪子甘愿扮演丑角来活跃气氛。这种发自姐妹之爱的举动令幸子不禁要流下泪来。雪子也体察到了妙子这番良苦用心,极为罕见地,这个晚上她也兴致勃勃,有说有笑,大不同于平日。

御牧在席间也反复说:“我准备在京都或是大阪安家。”幸子想,雪子能由这样一些人撮合,嫁给这么一位丈夫,居住在关西或者东京都不成问题。

今天早晨,幸子估计姐夫已出去上班了,就给涩谷的姐姐打了个电话,告诉她井谷这次出国,她们三人来东京出席欢送会,预定乘坐明天早晨的特别快车回去,只有今天有点时间,但下午又和井谷约好了要去看歌舞伎,只能在看戏之前来看望一下姐姐。另外她还隐约提到,和井谷的欢送会有关,还有人给雪子提亲了,虽然还没有多大的进展。

幸子三姐妹一上午在银座转来转去,在尾张町十字路口来回穿了三四次,然后在滨作[①]吃了午饭,在西银座的阿波屋前坐上出租汽车往道玄坂驰去。

这一天,妙子跟在她们后面走,不断地叫“累呀”“吃力呀”,在滨作的客厅里还枕着坐垫躺了一会儿。当两位姐姐上出租车时,她说:“我不想去,本家已经宣布和我断绝关系了,我去了姐姐也不好打招呼,我自己也不想到那里去。”幸子劝她说:“你说的也是,但只有你一个人不露面也不自然。姐夫暂且不说,姐姐是不会在乎断没断绝关系的,你去看她,就知道她肯定在想念你。我知道尤其是你得了那场大病以后,她更想见你一面。你别那样说,我们一起去吧!”“去一趟太累了,我不去,我在什么地方喝点咖啡,先去歌舞伎剧院得了。”妙子仍然不肯去。既然这样,幸子也没再勉强她,和雪子两人坐车走了。

① 滨作:现在位于东京都中央区银座的有名的关西料理店,大阪有本店。

车到道玄坂，司机说：“请原谅，我不能等您。”幸子说：“最多等十五分钟到二十分钟，等候的钱你要多少都行。”幸子打躬作揖地恳求司机，让他把汽车停在格子窗前。

她们俩来到二楼的八铺席间，一边和姐姐相对而坐，一边眺望着房内那毫无变化的陈设：那张朱漆八腿食案，赖春水的匾额，泥金画的棚架以及架上的座钟。除了今年六岁的梅子，其他的孩子都上学去了，家里不像从前那样吵闹了。

“我说，先让汽车回去不行吗？”

“这附近能叫到回去的汽车吗？”

“以前只要走到道玄坂，路过的空车不知有多少，不过……倒不如坐地铁回去，从尾张町走到歌舞伎剧院也没多远。”

“下次再来多待几天吧……反正我最近还要来的。”

“歌舞伎剧院这个月演些什么节目？”

“《茨木》①，《菊畑》②，另外还有些别的……”

雪子见梅子上楼来了，趁机说：“梅子，我们下去吧。”说罢牵着她的手下去了。

“小妹呢？”只剩下两个人时，鹤子问。

“小妹刚才还和我们在一起，不过，她说她还是回避一下为好……”

“为什么呢？……来一下就好了。”

“我也是那样劝她的……实际上，这两三天一直忙个不停，她好像很累，不管怎么说，她还没完全复原嘛。”

---

①《茨木》：河竹默阿弥作词、三世杵屋正次郎作曲的独幕舞蹈剧，情节为源赖光的臣子渡边纲在罗生门砍掉鬼茨木童子的胳膊，茨木童子又夺回了胳膊。

②《菊畑》：文耕堂、长谷川千四合作的时代净琉璃《鬼一法眼三略卷》的通称。享保十六年（1731）在大阪竹本座首演，后被移植为歌舞伎。全剧分为五场，《菊畑》是第三场，有争夺兵法秘本三略卷的情节。

幸子从面对姐姐坐下来的那一瞬间起，就觉得几个月来对姐姐的轻微的反感在逐渐消失。虽然远离姐姐时思前想后会涌现不愉快的感情，而像现在这样面对面时，姐姐仍然是昔日的姐姐，并没有任何变化。而且想到姐姐刚才还问到了歌舞伎剧的事，幸子竟感到有点过意不去，好不容易四姐妹聚集东京，偏偏撇下她一个人，不邀她去看戏，像是故意使坏似的。姐姐又会怎样想呢？姐姐是个大大咧咧的人，但愿她不太介意就好了。但是，她又是个不管到多大岁数都不失童心的人，听说去看戏，说不定很想一起去看吧。何况听说近来被本家视为命根子的动产的大部分，因为股票下跌，几乎变得一文不值，家计肯定日见窘迫，如果不是遇上这样的机会，姐姐大概是不会去看戏的。想到这里，幸子为了转移姐姐的注意力，尽量夸大其词地谈论雪子的婚事。她说："对方已经有这个意思了，只要我们这方面答应肯定能谈成，这一次可以让姐夫姐姐高兴了。我打算过不久让贞之助和他见见面，然后再来和姐姐商量。今天看歌舞伎剧，我们也是和那位御牧先生、井谷母女一起去。"幸子说着站起身来，"那么，我以后再来……"辞别姐姐就往外走。姐姐跟在幸子后面，边下楼梯时边说道：

"雪妹也得再开朗一些，一句应酬话也不讲可不行呀。"

"这一次她和平常大不相同了，她应酬得当，有说有笑。她能做到这样，我想这次会谈成的。"

"真希望她能谈成。过了年她不就三十五了吗？"

"再见，我下次再来。"在楼下等候的雪子，在门口对姐姐说罢，像逃走似的抢在幸子前面走到门外去了。

"再见！向小妹问好！"姐姐送到马路上，站在汽车旁接着说："井谷太太出国，我不去看望她一次恐怕不好吧？"

"不去也行，你又不认识她。"

"不过，明知她到东京来了，不去露个面又怎么行呢？哪一天开船？"

"听说是二十三号。不过，她不喜欢讲排场，说是所有送行的一律谢绝。"

“我到旅馆去看看她吧。”

“我认为没有必要……”

在司机发动引擎时，幸子和姐姐隔着车窗交谈着。她发现姐姐一边讲话一边扑簌簌地流泪。幸子觉得诧异，井谷的事和姐姐流泪有何关系呢？直到汽车开动，姐姐还在不断流泪。

“姐姐哭了。”汽车驶出道玄坂后，雪子说。

“不知道她这是为什么，真奇怪，她怎么会为井谷太太的事哭呢？”

“肯定是为了别的事，她是拿井谷太太的事来掩饰一下。”

“不知是不是想要我们邀她去看戏？”

“是嘛，她就是想看戏。”

幸子现在才完全明白了，姐姐原来是为自己不能看戏而哭。她为自己这种孩子气害臊，开始时拼命忍着，终于再也忍不住了才哭起来了。

“姐姐没说要我回去吧？”

“幸好，她没有提这码事，好像她一门心思想着看戏似的。”

“是吗？”雪子十分放心似的说。

在歌舞伎剧院，因为座位隔开了，没有进一步接近的机会，但他们还是一起去了餐厅，幕间休息五分或十分钟时间，御牧也特意邀她们去走廊上聊聊。对洋玩意儿兴趣广泛的御牧，曾坦承自己对歌舞伎一无所知，果不其然，看来在旧戏这方面他真是个门外汉，光代嘲笑他连长呗[①]和清元[②]也分不清楚。

井谷听说幸子她们乘坐明晨的特别快车回去，便说：“眼看着今天晚上就要离别了。我很高兴，能给你们留下这么好的纪念品。还有许多事情要商量，我想过不多久光代就会去芦屋跟你们联系的。”

散戏后，御牧提议走一走，于是六人联袂而行往尾张町走去，幸子和井谷稍微落在后面说着话。井谷简要地对幸子说：“您也看见了，御牧先生对

① 长呗：配合三味线、笛子等唱出的一种歌曲，常与歌舞伎等配合演出。

② 清元：一种以三味线伴奏的说唱曲艺或其说唱的故事，曲调清婉，富于民众性。

雪子小姐非常倾心。国岛夫妇昨天晚上看到雪子小姐后,比御牧先生还要喜爱一些。御牧先生准备尽可能在下个月内就去关西,先到芦屋府上,拜访你家先生。如果能得到府上非正式的同意,就请国岛先生去向御牧的父亲子爵先生说情。”

之后,六人在野鸽咖啡馆休息了一会儿。在西银座,光代和御牧和大家分手时说:“那么,明天早晨我们去送行。”剩下的四人又步行回到旅馆。

井谷把她们送到房间后又聊了一阵,道声“晚安”后走了。幸子先去洗了澡,随后雪子走进浴室。从浴室出来的幸子,这时看见妙子还穿着看戏时的衣着,连和服外褂也没脱,靠着安乐椅半躺半坐在铺了报纸的地毯上。幸子猜想她是跟着大家走累了,但又感到那疲惫已极的神态颇不寻常,便问道:

“你这身体还没有完全复原吧,不会是还有什么别的病,回去以后得请栉田先生看看。”

“嗯,”妙子哼了一声,仍旧疲乏不堪地说,“不请医生看我也知道了。”

“那么,是什么地方有毛病呢?”幸子说。

妙子侧脸靠在安乐椅扶手上,用茫然无神的眼光盯着幸子说:“我,大概有三四个月了。”口气还像平日那样镇定自若。

“啊?!……”幸子突然感到透不过气来,直愣愣地瞪着妙子,过了一会儿,好不容易才吐出一句话来:“……是启少爷的孩子吗?”

“是三好的。你听老婆子说过这个人吧?”

“是当酒吧招待的那个人?”

妙子默默地点了点头,然后说:“虽然没请医生看,我想一定是那回事。”

“你想生吗?”

“也不是很想……只是不把孩子生下来,启哥儿是不会死心的。”

像往常突然受了惊吓一样,幸子的手脚尖都发凉了,身体在剧烈地颤抖。她感到当务之急是要使剧烈的心跳平静下来,便不再和妙子讲话,踉踉跄跄挨到墙边,关掉天花板上的灯,又打开床头的台灯,钻进被子里。雪子从浴室出来时，她已经闭着眼睛假装睡着了。后来，妙子像是慢腾腾地站起身来，走到浴室里去了。

32

毫不知情的雪子入睡最早，没多久妙子也像是睡着了，只有幸子一会儿也没睡着，时不时用毛毯边擦擦眼泪，翻来覆去想了一晚。提包中有卡波麻[1]，也有白兰地，但她知道，像今天晚上这么兴奋，这些都不管用，所以她根本不想吃药喝酒。

不知何故，幸子每次来东京都要遇上倒霉事，这到底是怎样的因缘呢？幸子想大概是自己生性与东京相克吧。前年秋天，新婚旅行以后时隔九年来到东京时，也曾因启少爷揭发小妹和板仓恋情的一封信吓得魂飞魄散，也是像今晚一样忧愁得彻夜不眠；去年夏初，第二次来东京时，虽然那事和自己没有直接关系，又在歌舞伎剧院看戏时被叫出去了，得知板仓病危的消息。即使没有这些事，雪子的亲事总会碰上不吉利的预兆，这一次相亲的地点又偏偏是东京，所以她总觉得兆头不妙，正像俗话说的"有二就有三"，她预感在东京又要发生什么不妙的事。不过，今年八月第三次来东京不是平安无事吗？而且时隔多年和丈夫的旅行，非常愉快，一切顺利，所以她尽量宽慰自己：与"东京之行"纠缠在一起的恶因缘已经一去不复返了。而且说实话，这次她从一开始就有自暴自弃的想法，认为反正这门亲事不会成功，没有必要迷信兆头好不好。可是，现在看来东京毕竟是个鬼门关，因为妙子横生枝节，这次雪子的亲事还是会吹。遇到如此良缘，却偏偏不得不选东京来相亲，这

① 卡波麻：一种催眠镇静药。

还是雪子的命途多舛。幸子想到这里，更加觉得雪子可怜，也更加憎恨妙子，怜恨交加使得她热泪盈眶。

幸子想，啊，又一次，真的又一次被这个妹妹给卖了。而且这次该责备谁呢？难道不是居于监督地位的我们吗？既然她说“有三四个月了”，那么事情发生在今年六月左右，她大病初愈之后。照这么说，竟被她瞒过了妊娠反应时期，连这些现象也丝毫没有察觉，只能说我们太粗心大意了。这两三天来，妙子一点小事都懒得做，稍微活动一下就说累得慌，到哪儿都急着躺下来；这些反常的行为就发生在自己眼皮底下，自己却做梦也没想到她是怀孕了，无论怎么说都怪自己太迟钝了。这么说来，最近，她不穿西装而改穿和服也是事出有因。在小妹这号人看来，我们一定是天下第一大傻瓜了。但是，她这样做良心难道不受谴责吗？听她刚才的口气，并不是偶尔疏忽怀孕的，而是事先和那个叫三好的人商量好了，有计划地怀孕，造成既成事实。不管启少爷愿意与否，迫使他断了和她结婚的念头，又使我们认可她和三好的结合，于是作为一种手段选择了怀孕。就小妹而言，这也许是个高明的手段，在她看来，无论好歹，也许除此以外再也无计可施了。但是，她这种做法能被容许吗？这些年来，我、我丈夫和雪子不惜违背本家严令，做出无数牺牲来庇护她，她却无视我们的一片好心，难道非要把我们逼到不能见人的绝境才痛快吗？只使我们夫妇丢人现眼倒也罢了，难道非要把雪子的前途也彻底断送吗？她为什么非要一再让我们姐妹为她受苦不可呢？今年春天她患那场大病时，不是雪子尽心竭力护理她的吗？难道她不知道自己多亏了雪子才死里逃生的吗？我还以为妙子是把这一切铭记在心，在昨天的宴会上尽力周旋以报答雪子的恩情，原来是我高看她了。昨天晚上她那样谈笑风生，只是无缘无故的醉态罢了。这个妹妹是除了自己以外什么也不顾恤的人。

令幸子愤慨不已的是妙子一贯的冷静判断和不知羞耻：她这样做会使幸子义愤填膺，会再一次伤害贞之助的感情，会使雪子遭受难以预测的灾难，对所有这一切她都经过了反复计算，到头来，她还是采取对自己有利的非常手段。采取这种丢卒保车的手段，按照妙子的人生观也许是不得已的，但是，她为什么偏偏要选在这个时刻，在这个决定雪子命运的重要关头，弄出这么个事来呢？当然，妙子的怀孕和雪子的相亲赶上同一时间，只是偶然的巧合而不是她故意捣乱。但是，妙子一再声称“在雪姐结婚以前自己暂不结婚”“注意不连累雪姐”，如果这些话出自本心；那么，等到雪子的终身大事定下来之后，再采取什么手段不是悉听尊便吗？这些且不说，既然明知身怀有孕，为什么不回避一下，还要跟着来东京呢？就她而言，作为莳冈家三姐妹之一，时隔多年在社会上抛头露面自然高兴，同时她也感激给她机会的井谷，就忘记了自己身子容易疲倦，认为就是勉强一点儿也没什么大不了的，凭着这种生来的胆大包天靦着脸跟来了。后来，一是难受得忍不住了，二是抓住了好机会，终于坦白了怀孕的事。我们作为至亲骨肉反而没有料到，但是，有三四个月身孕，明眼人却有可能看出蹊跷，而她竟敢冒险在众目睽睽之下若无其事地去赴宴会、上戏院，这又是何等地大胆！更重要的是现在是最禁忌坐车的时期，可她却长时间地在火车上颠簸，万一有个闪失可怎么办呢？即使她自己不在乎，幸子和雪子又会多么惊慌失措、丢人现眼呢？幸子一想到这里就提心吊胆，觉得或许在昨晚的宴会上已经被人发现了，在不知不觉中，自己已经丢尽了丑。

——即使木已成舟无法挽回，即使这一次也可以说是我太糊涂了，但既然一直瞒着我，要坦白的话，难道不能选一个稍微适当的时间和场所吗？在这旅途中，在乱七八糟的旅馆的一个房间内，在我疲惫不堪正想睡觉的时候，在我毫无心理准备的时候，说得夸张一点，她冷不丁告诉我一件惊天动地的事情，这不是太残忍了吗？还算幸运的是我没有被吓晕，但她这种做法多么缺乏恻隐之心，多么不顾后果啊！这和别的事不同，想瞒也瞒不了，迟早是要坦白的，而且是越快越好。但她怎么可以在像今晚这样我毫无思想准备的时候，在这三更半夜三人共处一室，我既不能哭泣，也不能发怒，又不能逃走的时候，把这件事告诉我呢？虽然我做得不够，但是长年累月尽心呵护她，这难道是她做妹妹的应尽之道吗？如果她还有一点点同情心，在旅行途中无论如何也要忍耐一下，等我回到家中，估摸我身心都恢复正常了，再慢慢讲明也不迟。我对现在的小妹已经不抱任何奢望，但希望她最起码做到这一点，这难道过分吗？

不知不觉间，幸子已听到早班电车隆隆驶过的声音，窗帘缝隙间已经透进光亮了，虽然她头脑深处疲乏已极，但是眼睛反而兴奋得发亮，还在继续考虑着这些事……眼看就要被人发现了，必须立即采取措施，但是，该怎样做才好呢？谁都不告诉，暗中了结此事的办法只有一个，但是听妙子那口气是不会同意的。这时候要谴责妙子的任性胡来，让她承认错误，说服她为了莳冈家的名誉、为了雪子的命运，牺牲腹中的胎儿，而且不管她同意与否都强迫她去堕胎，也未尝不是一个办法。但是，懦弱的幸子无论如何也使不出手段叫妙子乖乖就范。再说，如果是两三年前，任何医生都可以轻而易举地做这种手术，可是，近来社会舆论对其批评越来越强烈，所以，哪怕妙子同意人工流产，也不容易付诸实施。既然如此，另一个办法是，暂时把妙子藏到一个避人眼目的地方，让她在那里分娩。这期间绝对禁止她和男人来往，处于我们的监督下，一切费用由我们负担。另一方面，加速推进雪子这门亲事，直到举行结婚典礼。然而，要实行这个计划，不向丈夫讲明并且借助他的力量，单靠幸子一个人是不行的。想到这里，她的心情马上沉重起来了。不管丈夫怎样信任、疼爱自己，自己怎么有脸把胞妹变本加厉的越轨行为告诉丈夫呢？对丈夫而言，雪子和妙子不过是妻妹罢了，和本家姐夫的立场自然有所不同，不需要对她们特别照顾。可是，他对她俩的照顾却比同胞兄长还要周到。究其原因，也许幸子有些自傲，归根到底是他对自己深挚的爱情使然，幸子既为之自豪也对丈夫感激不尽。但是，连这样一位丈夫也每每因妙子而陷于不快的境地，因此，从未发生过任何风波的家庭却因妙子的事偶尔发生意见冲突。作为妻子，幸子也一再感到对不起丈夫。近来,幸而丈夫的心情有所改变,已允许妙子公开进出家门。加上这次幸子本想带回去雪子婚事有望的好消息,让丈夫高兴一下,在这种时候,又怎能把这讨厌的事情讲给他听呢?丈夫是那样的人,为了不使妻子和雪子在妹妹的事情上感到屈辱,可能反而安慰她们,但即使如此幸子也还是痛苦。因为幸子非常清楚,丈夫虽然嘴上说“没什么”,却在强忍着心中的不快,正因为如此,幸子更加觉得对不起他。

但是,归根到底仍然只能依靠丈夫的谅解和侠义心肠。幸子最担心的是,无论怎么努力,最终还是因为这件事把雪子的好运断送了。雪子的亲事总是起初颇为顺利,一旦进展到只差一步之遥的紧要关头就出现故障而功败垂成。这一次也是如此,纵然把妙子打发到遥远的什么温泉地带去,恐怕也不能遮尽世人耳目,可能不用多久真相就会让御牧他们知道。直截了当地说,今后两家交往频繁,互相邀请的机会也越来越多,而妙子却从此不再露面,不管如何掩饰,难道御牧那方面不心存疑窦吗?还有,奥畑会不会出其不意地来使坏呢?他当然只能怨恨妙子,而不应该迁怒于幸子和雪子,但是为了泄愤说不定他会敌视莳冈全家,采取报复手段。如果碰巧听到了雪子有这门婚事,也许他会故意抖露这件事让御牧知道。预想到这种情况,幸子认为还不如索性如实向御牧讲明,请求他谅解。既然御牧说过妙子的事不成其为问题,那么,这种做法会比藏头露尾却终归败露安全些,说不定会出乎意料地什么事都没有了……不不,即使御牧本人不介意妙子有任何丑闻,可是他周围的人,他那位子爵父亲和国岛夫妇能不皱眉吗?特别是子爵和他家的亲戚,能允许御牧和出了这样一个淫乱姑娘的家庭联姻吗?

啊!毕竟这一次也……这门亲事又吹了……雪子多么可怜啊!

幸子叹了口气翻了个身。当她睁开眼睛看时,不知什么时候房间里已亮堂堂的了。相邻的床上,雪子和妙子还像小时候那样背靠背地睡着,雪子面向这边,睡得安稳香甜,幸子目不转睛地盯着雪子白净的脸庞,心想不知她在做什么样的梦呢。

33

她们从东京回来的当晚，幸子就把妙子怀孕的事讲给贞之助听了。幸子一看到丈夫，就一刻也不能把这事藏在心中了（这天早晨在旅馆内，趁妙子两三分钟不在的间隙，她已经和雪子讲过了）。在吃晚饭前，她向丈夫说声"你来一下"做了个手势请丈夫走上楼，首先讲了雪子相亲的事，最后一咬牙把妙子的事抖了出来。

"好不容易带回来个好消息，想让你高兴高兴……可是又弄出个这样的事来让你操心……"

贞之助劝慰哭泣的幸子说："正当雪子有喜事的节骨眼上，确实有点为难。但是，也不至于因为这事把雪子的婚事给毁了，你用不着那样着急，一切都交给我得了，让我考虑两三天再说。"

这一天贞之助只说了这几句。过了几天，他把幸子叫到书房里，问她是否可以采取以下措施：

首先，虽说妙子怀孕三四个月不会有错，但还得请妇产科医生确诊一下，弄清楚预产期。至于要让她转地疗养，有马温泉一带最为方便。幸好妙子目前还住在公寓里，今后绝对禁止她出入家门，晚上用汽车把她从公寓转运往有马。陪护人选虽然有些困难，还是嘱咐阿春多加注意，让她跟着去。当然，住在有马的旅馆必须隐姓埋名，以某某夫人来疗养的名义住在那里，一直待到临产，在有马生小孩也行；如无被人发现之虞，她也可以提前几天住进神户的合适的医院，这可以看当时情况再定。要实行这个计划，需要取得妙子以及三好的同意。由我去找妙子和三好谈谈，说服他们。我认为，事已如此，早晚得让妙子和三好结婚，所以我不反对他们的婚事。但是，妙子未经家庭许可就和三好发生关系以致怀孕，这事情让社会上知道了不光彩，所以希望他们暂时断绝来往。作为补偿，由我们夫妇对妙子的健康负责，妥善安排她顺利分娩。等到将来适当的时候,且不说要把妙子母子交给三好,而且要承认他们的婚姻,还要尽量争取得到本家谅解。这也不是要他们忍耐多久,无论雪子的婚事成不成,只要大体定下来了就可以了。我打算这样去说服他们,使妙子暂时避开众人眼目,尽可能不让任何人知道她怀孕的事。据妙子说,至今为止只有他们两个人知道,奥畑也揣测出来了,另外就是我们夫妇和雪子了。此外,即使阿春等女佣不可避免地会知道,也必须严令她们不准传出去。

还有,贞之助知道幸子担心奥畑会使坏,所以他说会尽快去和他谈谈。幸子怕奥畑不顾自己的名誉,什么事都做得出来,比如动刀伤人,挑起事端,散播消息去中伤莳冈家,等等。贞之助对此付之一笑。他说:“那不过是你杞人忧天罢了。虽说奥畑有不良青年的倾向,但是他毕竟是上等家庭的少爷出身,决不会做出那种流氓行为,而且,即使他想要流氓也没有舞刀弄棒的勇气。况且,他和妙子的关系,双方家庭都没有承认过。他没有提出任何要求的权利。更何况妙子对他已经毫无感情,现在又怀上了三好这个意中人的种,奥畑只有干脆撒手别无他法。所以,只要我去恳切地劝谕他,向他表示遗憾并且劝他死了这份心,他也没理由说不同意,我想他会听的。”

按此计划,贞之助第二天起就行动起来了。首先他到甲麓庄去和妙子讲了,然后他访问了住在神户凑川某公寓的三好,和他谈好了。幸子问他是个什么样的人,贞之助回答说:

“意想不到,他倒是个给人以好印象的青年。我们会见不到一小时,没能够仔细观察,可是,我看他像是比板仓认真、诚实。我说话并没有责难的语气,但他承认造成这样的后果,他应负一半责任,诚诚恳恳地表示歉意。听他那口气,好像他们做出那种事来,并非他的主动,而是妙子引诱三好。三好还辩白说:‘虽然我说这些话听起来好像卑怯,也怪我意志薄弱,可决不是我积极主动要做那种事,确实是迫不得已才犯了这么个差错,这一点,要请您谅解。您去问小妹就知道我说的不是假话。’看来他说的多半是事实。不管怎样,由于他通情达理,不仅答应了我的提议,好像还理解我的心情,感激我似的。随后,他又说:‘我知道没有资格娶小妹为妻。可是将来您允许我和她结婚的话,我发誓要让小妹幸福。说实话,我也感到自己负有责任,所以,为了准备和小妹结婚,我稍微攒了点钱。结婚以后,哪怕小一点我也要开一个酒吧,面向中流阶层的西洋人。小妹也说她将来要以西装裁剪为生,夫妇共同劳动,在经济上也不会给府上增加负担。’”贞之助对妻子说了这些话。

第二天,妙子去了兵库县的船越妇产科医院,诊断是怀孕不足五个月,预产期是明年四月上旬。不知不觉,妙子的身子渐渐引人注目了。幸子按照丈夫的计划,在十月底的一天傍晚,由阿春陪伴把妙子悄悄送往有马。一路上有意避开熟识的汽车库,在国营电车的本山车站叫了一辆出租车,到了神户后又换乘另外一辆车翻过山岭往有马驰去,用心很为周到。

幸子把注意事项一一嘱咐阿春:妙子要用阿部这个化名,暂时住在温泉的花坊旅馆,大概要待五六个月;在这段时间,要以“太太”称呼妙子,不得叫“小妹”;和芦屋之间的联系,或者是阿春回来,或者是芦屋派人去,不能挂电话;已经禁止妙子和那个叫三好的人来往,也没有人告诉他妙子转移的地点;万一有什么奇怪的来信、电话,来访的客人,都要注意。

阿春说:“事到如今我才对您讲,还在你们去东京之前,我们就知道小妹的肚子大了。”幸子听她一说吓得够呛,连忙问:“你怎么知道的?”阿春说:“是阿照最先发觉的。她说小妹的样子有些蹊跷,会不会是有了?不过,只是我们两个人那样说说,没有对任何人讲过。”

把妙子和阿春打发去有马以后,有一天,贞之助回来后说,今天他去访问了奥畑。随后,他对妻子说了如下的话:

“以前听说奥畑的家在西宫的一棵松旁边,我走到那里一看,他已经没住在那儿了。在附近一打听,说是这个月初就已经搬走了,好像是搬到夙川的松冠旅馆去了。我到松冠旅馆一问,说是他在那里住了一个星期又离开了,据说搬到香栌园附近的永乐公寓去了。这样,好不容易才查明了他的住处,在那里见到了他。虽然不是那样顺利,但总算是大体按照我预想的那样把问题解决了。

“我对奥畑说:‘有妙子这样一位行为不端的妹妹,真是我们家的耻辱。而您被牵扯进去了,也只能说是一场灾难,我对您极为同情……’奥畑最初装作通情达理的样子,让我放心,接着用若无其事的口气问:‘那么说,小妹住在哪里呢?是不是春丫头在陪着她?’见他不断探听妙子的住处,我说:‘不,请您不要打听这件事了。妙子现在住在哪里连三好也没告诉。’奥畑听我这么一说,说了句‘是这样的吗’便沉思起来。

“我说:‘无论妙子住在哪里、打算做什么,请您都看成是与己无关的事情吧。’听这一说,奥畑不高兴了,他说:‘我反正死了心了,但是,难道府上能允许小妹和那样一个人结婚吗?他说他到这家酒吧工作以前,在外国轮船上当过酒吧的侍者,完全是个来历不明的人。别看板仓那个样子,我们还知道他的出身,但是,三好这个人有什么样的父母兄弟都不曾听说过,不管怎么说,像他这样当过海员的,天知道他过去有什么样的历史?’我不想太拂逆他,就说:‘谢谢您的忠告,这一点我们将慎重考虑。另外,我还有个自私的请求,很难说出口,哪怕妙子可恨,可是她的姐姐并没有任何过错,请您为她们、为莳冈家着想,不要把妙子怀孕的事传出去。因为万一这件事被外界知道了,受影响最大的是还没找到婆家的雪子。怎么样,您能不能保证不讲给别人听呢?’奥畑虽然有点勉强,但还是明确表示说:‘请您不必担心,我丝毫也不恨小妹,更不想和她几位姐姐过不去。’事情总算就这样解决了,所以我也放心了,径直到大阪的事务所去了。

“过不多久,奥畑打电话来说:‘关于刚才讲的那件事,我也有一个请求,想和您再见一面,如果没有妨碍的话,我这就来拜访您。’我说‘那我等着您’。不一会,他来了,我把他让进会客室。

“他面对着我坐下后,扭扭捏捏了一阵,才突然装出一副可怜巴巴的样子说：‘今天上午听了您说的话，我想除了死了这份心也没有其他办法，只是不得不和十年来的恋人分手，这种难以言喻的孤苦的心情，希望您能体察一二。而且，您大概也知道，就是为了小妹的缘故，我才被哥哥和亲戚们所抛弃。直到不久以前我还能租栋小房子安个家，但是，您刚才也看到了，我现在住进那肮脏的公寓里过着独身生活了。如今连小妹也抛弃了我的话，我可成了天地间一个名副其实的光棍了。’他那口气像是演戏似的，说到这里他蔫蔫地笑了一笑，又说：‘这件事我本来不想向您讲的，不过，实话对您说，现在我连每天的零用钱都有困难了。这件事真是难以启齿，就是从前我借给小妹的一点东西，现在能不能请她还给我？’说到这里连他也脸红了，接着说：‘不，我借给她的时候并没打算要她还的，而且如果我现在不困难的话，我也不会提这个要求。’我说：‘啊，假如她借了您什么东西，我们当然要还的，大概值多少钱呢？’他说：‘我也说不清楚值多少钱，您只要问问小妹就知道了。如果您能给两千元的话……’我本想找妙子核实一下再说，但转而一想，觉得作为脱离关系的补偿费和封口费，付出的代价也不算高，今后反而撇脱了，于是说：‘那么，我现在就付给您吧。’当场开了张支票给他，并嘱咐他说：‘我拜托您的事，也就是小妹怀孕的事，请您绝对保守秘密，这一点请您一定记在心里。’他说：‘这我知道，您决不用担心。’说完他就回去了。就这样，这件事总算解决了。”

井谷的女儿光代给幸子来信那天，贞之助夫妇俩正忙着处理妙子的问题。光代在信中对她们三姐妹不辞遥远去东京出席欢送会表示感谢，并说：“家母已经愉快地乘船出国了。御牧先生说，他于十一月下旬去关西，还说了要去芦屋拜访，务必请你家先生见见他，看看他的人品如何，国岛夫妇也特地要我向你们问好。”

又过了一个星期，涩谷的鹤子也来信了。平常她没有重要事情不轻易写信，幸子以为出了什么事，拆开信封一看，不过是异乎寻常地不得要领地罗列一些琐事而已：

幸子:

上次久别重逢,我原以为能从容聚叙,但是因为你们没有时间,非常遗憾。歌舞伎剧很有趣吧?下次一定要邀我去看。

御牧先生的那桩亲事,后来怎么样了?我想现在和你姐夫讲还为时尚早,但愿这一次能进展顺利。对方是知名人士的子息,大概不必调查其身世,但若有需要可由我们进行,请来信告知。雪子的婚事,每次都仰仗贞之助和幸子,真是过意不去。

近年来孩子们都大了,我也轻松些了,所以有时间写信,还常常练练毛笔字。不知幸子和雪子是否还去书道老师那里学习。我因没有字帖感到为难,如果你们有写过的习字本,请给我寄来,最好是有老师朱笔批改过的。

还有,我想毫不客气地讨些东西。你如果有不需要的旧衬衣和贴身衣服,能送给我吗?你不穿了的东西,我缝缝补补后还可以用,哪怕是你想扔掉的或者准备送给女佣的都行。不是你的也行,雪子、小妹的也好,只要是贴身衣服我什么都要,哪怕是裤衩。

随着孩子们长大成人,我虽然轻松些了,但是必要的开支有增无减,不得不精打细算,省了又省,操持这个贫困的家庭真不容易,不知到哪一天才能过上宽裕的日子。

今天不知怎的想写信,就写了这么一封。不知不觉发了一通牢骚,就此搁笔吧。我期待着最近你们会给我带来值得庆贺的好消息。

最后请代向贞之助先生、小悦、雪妹问好!

鹤子

十一月五日

幸子读着这封信,脑海里浮现了那天在道玄坂的家门前,隔着汽车窗和自己道别的姐姐潸然泪下的面容。姐姐虽说是“不知怎的想写信,就写了这么一封”，并且也想要一些东西，但她也许还是忘不了上次没邀她去看戏，才委婉地诉说她的怨恨吧。姐姐以往来信，多是以姐姐的身份对她提意见。幸子觉得每次见到她时，她始终像个温柔的姐姐，可是在信中却老是挨她的批评。这样一位姐姐写这样一封信来，幸子有点纳闷，所以，先把她要的东西用包裹寄去了，并没有立即回信。

十一月中旬的某一天，亨宁夫人来访，说她的女儿弗里德将由父亲陪同前往柏林。夫人说：“让姑娘到战火纷飞的欧洲去，我本来有些犹豫，但是姑娘不听我的话，说是‘为了研究舞蹈艺术无论如何也得去’，丈夫也说‘既然她那样想去，我就带她去吧’，没有办法，只好答应了。幸好另外还有同行者，路上大概不用担心。他们一定会去汉堡看望舒尔茨一家。如果您有口信什么的，可以托我女儿捎去。”幸子说：“今年六月份请夫人写了封德文信，同时还寄去了一把舞扇和一段衣料，可是舒尔茨家还没有任何回音，我正在为这件事放心不下，所以我想趁此机会再带点东西去。那么，在令爱启程以前，我送到府上来吧。”说罢送走了夫人。几天后，幸子选了一个珍珠戒指作为送给罗斯玛丽的礼物，另外还给舒尔茨夫人写了封信，一并送到亨宁夫人家中去了。

像光代事先通知的那样，御牧在这个月邻近二十号的一天晚上，从嵯峨的子爵宅邸挂来电话，说是昨天从东京到了这里，打算停留两三天，想在贞之助先生在家时来拜访一次。幸子回答说，只要是晚上，哪天来都行，御牧说那就明天来。

第二天下午四点左右御牧就来了，已提前回家的贞之助，在客厅里和他交谈了三四十分钟后，随后带幸子、雪子及悦子一起去神户的东方饭店的西式小餐厅吃了晚饭。之后，他们把御牧送上阪急电车，他再转乘新京阪线[①]回嵯峨。

御牧的态度与在东京时毫无变化，在初次见面的贞之助面前，也是磊落

① 新京阪线：现在的京阪神电铁的岚山线的前身，从大阪梅田站经京都的桂车站到岚山。

大方，谈笑风生，充分表现出了待人温和的优点。他酒也喝得比上次多，吃完饭后还不断喝威士忌，不知疲倦地说笑话，所以悦子比谁都兴高采烈。归途中在街上步行时，她像在亲叔叔面前撒娇似的由御牧牵着手，甚至还在幸子耳边悄悄地说："二姨嫁给御牧先生就好了。"

幸子问贞之助："你看怎么样？"

贞之助想了一想回答说："会面后的感觉当然不坏，在给人好印象这一点上是没有说的，我也很中意。但是，像他这种过于和气的人，往往也有爱挑剔的一面，对妻子苛刻的也很多，特别是华族子弟中这样的人不少，不能完全被他迷住了。"最后，贞之助多少有些警惕地说："即使不必调查他的身世，也要调查一下他的品行以及到现在还没结婚的原因。"

34

御牧专程来接受贞之助的人品测验，所以他并没有谈及亲事，只是从建筑、绘画谈到京都的名园、古刹，嵯峨的子爵父亲邸宅的林泉和风致，还有父亲御牧广亲从祖父御牧广实那里听来的关于明治天皇和昭宪皇太后的掌故，以及西餐、洋酒等，让贞之助领教了其知识之丰富以后就回去了。

过了十来天，一个星期日的上午，事前没有任何通知，光代突然来访了。她说：

"我因杂志社的公事来大阪，社长和御牧先生吩咐我，顺便来府上打听御牧先生的测验是否及格了。"

幸子说："实话说，根据贞之助的意见，现在正在托人调查对方的情况。十二月份贞之助要去东京，到时候准备和本家商量，然后再作答复。""您有哪些疑问呢？近来我和御牧先生经常接触，十分亲近，他的缺点优点我大概都清楚，您问什么，我都可以如实告诉您，我认为这比到别处去调查要快当一些，务必请您说一说。”与她母亲相似，光代突然像放连珠炮似的说道。幸子应付不了，只得把贞之助叫出来了。既然光代这样讲了，贞之助也就直截了当地提出各种问题。

结果弄清楚了，御牧这个人大体上是一位洒脱的绅士，别看他外表那样，却意想不到地感情用事，有时情绪低落。和子爵的嫡长子即他的异母兄长正广的关系特别僵，经常吵架。光代虽然没亲眼见过，但听说吵得激烈的时候连兄长他也敢打。他酒品不好，喝醉了有些胡来，只是近来到底岁数大了，很少喝到烂醉如泥的程度，也不那么撒野了。不过，他受过美国的教育，对女性彬彬有礼，无论醉到什么程度，从来不对女人动粗，这一点可以放心。光代甚至不等贞之助问，就主动告诉御牧还有一两个缺点：他虽然对事物领悟得快，兴趣广泛，却有点朝三暮四，没有毅力专注地做好一件事；非常喜欢请人吃饭，资助旁人，会花钱却不会挣钱。

贞之助说：“听您这一说，我已经大体上了解了御牧先生的为人，但是恕我直言，我们最担心的是他结婚以后的生活问题。这样说或许有些失礼了，听说他至今为止都是因为有父亲分给的财产才能自由自在地生活，尽管从事过许多职业，到现在还没有哪一门成功。这样的话，即使有国岛先生做后盾，有朝一日当了建筑师，他是否能在这方面成才呢？我们不免有些担心。即使这一点不成问题，当今的日本正处于他那类建筑家不吃香的时代。我认为这种状况可能今后三四年内也不会改变，他怎么能熬过这个时期呢？据说通过国岛先生调停，他能得到子爵父亲适当的补助，如果这种状况持续五六年甚至十年，他也不可能长期得到补助。而且这样下去的话，他一辈子都是子爵家的包袱。这一点我们实在不放心。在这方面是不是能设法使我们稍许放心一些呢？我随便说了这些，实在对不起。老实说，我们对这门亲事也很感兴趣，大致上已经决定把雪子嫁给御牧先生了。反正我下个月要去东京拜访国岛先生，把刚才谈的问题确认一下……”

光代说：“原来是这样的，我完全明白了，你们的担心是情理之中的，有些问题我也不能擅自答复，回去以后我就向社长传达您的意见，关于将来的生活保障，一定要寻求一个能令你们满意的办法。那么，下个月恭候光临。”贞之助夫妇留她吃晚饭，她谢绝说：“谢谢您二位的好意，我要坐今天晚上的夜车回去。”说罢便告辞了。

十二月上旬，幸子邀雪子去京都的清水寺，为妙子祈祷平安生产，讨了一张护身牌回来了。不约而同，三好也给贞之助的事务所寄来了在中山寺求来的安产牌，附言说是“请把这个送给小妹”。阿春也正好有事回来了，幸子就要她把这两块牌子顺便带去。

很久没见着妙子了，幸子她们听阿春叙说了妙子的近况：除了一早一晚有规律的出去散步外，她整天都老老实实地待在屋里，散步也尽可能避开大街，走行人稀少的山路。在房里有时读读小说，有时也做做歇手很久了的偶人，有时缝制婴儿的衣服，既没有谁来过信，也没有人打来可疑的电话。

接着阿春又说：“今天我看见基里连科先生了。”之后，她说了如下的话：

刚才阿春从有马坐神有电车回来，走出终点神户站的检票口时，遇见了站在那儿的基里连科，阿春只和他见过两三次，可对方还记得她并向她微微一笑，阿春也向他点头敬礼问道：“您是一个人吗？”

“是的。我到铃兰台去了一趟。莳冈府上诸位都好吗？妙子小姐情况怎么样啊？”

“啊，还是老样子，大家都很健康呢！”

“是吗，很久没见着他们了，请代向他们问好。我现在到有马去。”说着他就要走进检票口。

“卡塔莉娜小姐有信来吗？仗打得这样激烈，伦敦遭到德军的猛烈空袭，不知道卡塔莉娜小姐怎么样了，大家都担心着她呢。”

“啊，是吗？非常感谢，可是，请你们不必担心，前几天我收到了卡塔莉娜九月份寄出来的信,说她家在伦敦郊外,正好在德军飞机来往的航线上,日日夜夜都有轰炸机编队飞过,扔下很多炸弹。可是她家有很深的设备完善的防空洞,防空洞里电灯照得亮堂堂的,放着舞曲唱片,喝着鸡尾酒跳着舞。她还说什么战争这玩意儿令人非常愉快,一点也不可怕。所以,请您去转告诸位不要担心。"他说完以后笑着走了。

幸子觉得这一听就是卡塔莉娜的风格,听得饶有兴趣,但她也担心饶舌的阿春会说漏嘴,便问道:

"基里连科先生没有问小妹的事吗?"

"没有,什么也没有……"

"真的吗?你真的什么多余的话也没说吗?"幸子叮问了一句,又问道:"你看他的样子,像不像知道小妹的事了?"

"不,一点也不像……"阿春明确地否认。

幸子这才放心了,但她还是再三嘱咐阿春说:"尽管是这样,你在那里出入的时候要注意不让人发现。你一个人还不要紧,要是和妙子一起出去散步,说不定什么时候会被人看见,所以你要格外小心注意。"说罢这才让阿春回去。

十二月二十三号,贞之助因公事去东京出差。在这之前,他已找了几个门路把御牧的品行和其他情况,以及和子爵父亲、异母兄弟之间的关系做了一番调查,已经证实光代所说与事实相符。但是,关于最重要的将来的生活保障一事,他询问了国岛,却也没得到具体的保证。

要而言之是这样的,国岛说:"我准备这就去跟他父亲谈谈,虽然现在还不能明确答复,但是我可以向您保证,请子爵为新婚夫妇购买住房,并请他拿一笔钱做他们当前的生活费。为了不让他乱花掉,这笔钱由我保管,每个月支付若干作为生活补贴。以后我也肯定不会让他生活发生困难,所以能不能请您相信我,一切交给我来办呢?我非常赏识御牧先生的建筑设计才能,一旦时局好转,我一定做他的后援,让他东山再起。也许人们的看法不一,但是,我不相信这种时代会持续多久,即使再拖个三年五载,他们那点饭钱还是有法可想的。”

国岛虽没有明说,但他的意思是他将尽力照顾御牧。

贞之助还由国岛领着参观了御牧为之设计的整个邸宅,但他于建筑是外行,也看不出御牧有多高的才能。不过,像国岛这样有社会地位有影响的人还如此佩服他,而且说了要保证他的前途,贞之助除了相信国岛外也别无他法。而且,老实说,贞之助也知道妻子比国岛更热望亲事成功。贞之助虽没听妻子说过,但她肯定对御牧的人品着迷了。无论怎样,她内心肯定庆幸攀上这门贵族子弟的姻亲。如果贞之助谈崩了,回去以后,不难想象幸子将是何等沮丧。不仅如此,事实上,贞之助也萌发了这个想法:也许这是能指望的最好的一门亲事。于是他对国岛说:“既然这样,我就一切相信您,同意这门亲事了。不过,按照程序还要征得本家的同意,还有雪子本人,我想她不会有什么异议。不过,也得正式确认一下,所以请您宽限几天,等我回芦屋以后,过了新年我就给您一个书面答复。不过,这只是个形式,您可以认为今天就大体定下来了。”国岛说:“那么,一得到您的答复,我就转告子爵。”贞之助告辞出来,顺道走到道玄坂,向鹤子详细报告了,并请她尽快把姐夫的意见告诉他。

新年的元月三号,光代又被打发上芦屋来了。她说是利用三天假期到阪急线的冈本的舅父家来玩,社长托她顺便来传话。她说:“社长到大阪出差,按说昨天到了大阪,今天下午来京都,住在京城旅馆。因此,他想趁这个机会能听到府上的答复,这样他就可以在停留期间去访问子爵,和他谈谈。然后,社长想请大家到嵯峨的子爵邸宅去一趟,您看怎么样呢?社长说要我事先征求您的意见,如果可能的话,请在明天之前答复我,并让我跟京城旅馆联系。这件事催促得太急迫了,实在对不起。不过社长说了,所谓征求本家和本人的意见,不过是走过场而已,只要我来打听,多半在今天就能得到答复,所以我才来拜访。”

贞之助想，我虽然说过了新年就答复他，但也是过了“七草”[1] 以后的事。而且涩谷那边还没有消息。不过，姐姐当时很高兴，她说：“那么，雪妹这次真能嫁出去了吧？假如妹妹嫁到那样的人家，我在辰雄的家里也有面子，辰雄也会得意的，我们也算没有白等这么多年。这一切都多亏了你。”她既然这样说了，事到如今姐夫也不会不赞成。至今没有答复，是年底杂事太忙了的缘故，元月里总会有答复的，而且答复的内容不问可知，所以，在这种情况下无妨按自己的意见行事。只是在这种时候，认为不必征求雪子的意见就可独断独行未免有点危险。看来雪子的心思十分明了，但如果不正式征求她的同意之后再作决定，她会觉得被轻视了而不愉快。即使有些麻烦，唯有这个程序不可忽略，所以有必要请光代多等一天。贞之助先为自己迟迟没有如约给出答复道了歉，然后请光代展期一天。他说：“我准备今天晚上往东京打电话征询姐夫的意见，因此，请您劳步明天上午再来一趟，明天上午我一定给您一个答复。”

虽然“往东京挂电话”只是个借口，但因为正好有时间，贞之助当晚就给涩谷去了个长途电话，是姐姐出来接的电话，她说：“辰雄到麻布拜年去了，现在不在家。”贞之助问：“姐夫给我们写回信了吗？”姐姐说：“他年底忙得一塌糊涂，好像没有写。不过我已经详细地告诉他了。”

“那么，姐夫说了什么吗？有什么意见吗？”

“这个吗……”姐姐吞吞吐吐地说，“他说身份和门第都没话说，他不放心的是御牧没有固定职业。但是，我对他说如果这门亲事还不答应的话，那就是‘人心不足蛇吞象’了。他说‘那倒也是’，听那口气像是基本同意了。”

“是吗？事实上是国岛先生今天派人来了。既然情况是这样的，我权且按照你们没有异议，适当地答复他们，推进这门亲事，请姐姐谅解。不过再往下去，如果听不到姐夫直接的意见，有些事就难办了，所以请您告诉他，还是

---

① 七草：日本习俗，元月初七，吃放入水芹、荠菜、芜菁、繁缕、鼠曲草等七种草煮的七草粥，以祈求一年无病无灾，一般认为过了初七新年就过完了。

要他十万火急地写封信来。”贞之助说完放下了电话。

雪子方面，贞之助原想只要表示一下尊重她的意见她就会心满意足，所以，当天晚上让幸子去探问她的意见，她却没有像预期的那样轻易地答应，而是问幸子：“至迟要什么时候回答呢？”“明天上午光代来听回音。”雪子似乎不满地问道：“那么说，二姐夫是要我一个晚上就做出决定吗？”“话是这样说，但是我看你的样子不像是不愿意，所以我想你是会答应的。”“如果二姐夫和姐姐叫我嫁人，我当然准备出嫁，但这是终身大事，少说也得给我两三天，让我做好心理准备，可是……”其实，她心中早有定见却偏要这样说。

第二天上午，虽然雪子磨磨蹭蹭地答应了，还是颇有怨气似的说：“都是因为二姐夫叫我一个晚上就定下来了……”她脸上没有一丝笑容，更不用说，她对好心好意为她操劳至今的人，连一句半句感谢的话也没说。

35

光代在四号上午听了答复回去了，隔了一天，六号傍晚她又来了。她说：“四号我就把你们的答复，用电话告诉了国岛先生。我原来计划坐当晚的火车回东京，可是社长命令说‘作为介绍这门亲事的令堂的代理人，你有必要参与’，所以我决定推迟两三天回去。今天社长又打来电话说，和御牧子爵的会谈已经顺利结束，要我转告你们。另外，他想把雪子小姐以及各位介绍给御牧家的人。如果没有妨碍的话，希望你们后天下午三点到嵯峨去一趟。他们那方面有子爵，还有当天从东京赶来的御牧先生，社长和我，也许还有住在京阪一带的一两位御牧家的亲戚。这事情如果再有几天时间就好了，可是社长是个大忙人,他想一次就把事情办好,所以才这样仓促。这一点还请你们多多谅解。最好是请小妹、悦子姑娘,大家都一起去。"

幸子回答说:"承蒙好意,只是本家不许可妙子出席这样的聚会。"幸子这样谢绝了后又说:"至于悦子可以让她从学校请假早退。"就这样一共有四人应邀参加。

这一天,贞之助他们在新京阪线的桂车站换车到岚山终点站下车,徒步穿过中之岛,走到渡月桥旁。他们每年春天都来赏花,对这一带颇为熟悉。京都的冬天本来特别冷,加之正当极冷的时节,只要看那大堰川水的颜色就感到寒气森森,冷侵肌骨。御牧早已告诉了他们,沿着河畔走过三轩家再往西拐去,右边就看得见小督局[①]的墓地,再经过游览船的停船场前面,往天龙寺的南门拐过去,有一个挂着"听雨庵"的匾额的大门就是他家。因此贞之助他们很快就找到了,才知道在这里竟有这样一栋别墅。这栋房子是茅草屋顶的平房,看来也不那样轩敞,只是客厅正面却是眺望岚山的幽泉怪石的绝好所在。

经国岛介绍和主人方面的各位致礼完毕后,御牧说:"今天虽然冷一点,但是没有风,我们出去走一走吧。让诸位欣赏庭院,家父一定很高兴的。"说完领着大家转了一圈。

"从这里看过去,似乎岚山和这个庭院连接在一起,感觉不到有道路和大堰川夹在中间似的。即使是赏花时节游人如潮的时候,这里仍然一片幽静,好像远离人间的仙境,人们在这里会感到诧异,这是从哪儿传来的游人的喧嚣声呢?家父对此颇为自傲,院子里故意一株樱花也没栽,到了四月间,他喜欢清静地欣赏那山峰上如云的樱花。今年赏花时节,请你们一定来舍下,在这里打开便当,坐在客厅里眺望那远山的樱花,家父不知会怎样高兴呢。"

不久,说是准备停当了,大家先被请进了茶室,由御牧的妹妹按茶道的

① 小督局:《平家物语》中有名的第十八代高仓天皇的爱姬,貌美善琴,因受天皇专宠,触怒了中宫德子的父亲平清盛,两度被其放逐,曾一度隐居嵯峨,后下落不明,一说投大堰川自杀。

礼仪奉茶,这位妹妹嫁给了大阪的绅商园村家。日暮以后,众人移到大厅去用晚餐。菜肴制作特别精美,熟稔京都食品风味的幸子估摸着,这应是柿传餐馆[1]送来的饭菜。

子爵广亲老人的风貌的确像是继承了公卿血统,适合峨冠束带的装束,他清癯,长脸,象牙似的肤色,使人觉得有点像能乐演员,看上去和圆脸黝黑的儿子御牧一点也不相像,可是仔细比较的话,两人的眼神、鼻子的轮廓也不无相似之处。不过,与其说长相倒不如说在气质上父子完全相反,儿子御牧实爽朗、豁达,而父亲御牧广亲似乎沉稳、严谨,总之他是个典型的京都人。

老人先说了声“请大家原谅”,然后为了防止感冒,围上灰色绸围巾,背后放着电暖炉,还铺上电热坐垫,这才安详、舒缓地说起话来。他已年逾古稀,身子骨还算硬朗,对国岛和贞之助他们也相当周到。最初大家对这位老人有点顾虑,随着酒意渐渐上来,满座的拘谨气氛也都缓和了。坐在父亲旁边的御牧说:“怎么样? 诸位,人们都说这父子俩一点也不像……”他夹杂着玩笑话,一一数落父亲和自己的长相的缺点,从这时开始,大厅里此起彼伏地响起了笑声。

贞之助站起来,走到老人面前敬酒,随后他又走到国岛跟前,以一副聆听高论的姿势久久地端坐在那里。

除了悦子以外,所有女人都穿和服,只有光代着西装,她怕冷似的屈着穿袜子的腿坐着,今天连她也显得有些拘束。

“小光,今天你太老实了!”御牧说罢不断给她倒酒,光代说:“今天你可别这么欺负人哟!”随着渐渐有了醉意,光代又像平常那样噼里啪啦地说起来了。

最终,御牧手拿酒壶走到幸子和雪子前面说:“没有白葡萄酒,真对不起!不过,我知道你们二位都酒量非凡。”说罢便为她们频频斟酒,她们也毫不推

① 柿传餐馆:位于京都市上京区的茶宴席店。

辞，特别是雪子，虽然坐得好端端的，却是开怀畅饮，依旧默不作声地微微笑着。尽管如此，幸子却看得出这位妹妹的眼睛不同往常地闪耀着兴奋的光辉。

御牧连混在大人群中发呆的悦子也照顾到了，不时地走过去和她开几句玩笑。实际上，悦子也不觉得怎样无聊。这个少女有点神经质，在这种时候，她总是若无其事似的，仔细地、逐一观察和研究在场的大人们的动作、谈话、表情以及衣裳、携带物品等。

八点左右宴会结束，贞之助一行首先告辞，老人安排汽车直接把他们送到七条车站。光代说她也一起乘车去冈本的舅父家里，御牧也说要把他们送到车站，不顾贞之助他们的劝阻，坐到驾驶室内。

汽车沿三条大街往东，然后从乌丸大街一直往南飞驰。这时候，御牧心情非常愉快，在车中一边吸着雪茄，一边兴致勃勃地谈着。

不知什么时候，悦子称御牧为叔叔了。她突然说："喂，叔叔，叔叔姓御牧，我姓莳冈，不是都有一个 maki[①] 吗？""你这小家伙说得好！小悦，你真聪明！"御牧更加兴高采烈，"所以小悦家和我们家早就有缘了。""真的，"光代在旁边凑趣地附和说，"雪子小姐的旅行箱和手绢上的标志也用不着重写了，真是最方便不过了。"她一说完，雪子也放声笑了起来。

第二天，国岛从京城旅馆挂来电话说："昨天晚上取得了圆满结果，看到双方都满意的样子，我也极为欣慰。今天晚上我和御牧同车回京，至于举行订婚仪式和其他事项，由井谷小姐随后与您联系吧。另外，昨天晚上广亲子爵说，在阪神线的甲子园有一栋园村先生家的出租房，可以出售，子爵家打算买来送给新婚夫妇。御牧先生最近会在大阪或者神户找个工作。如果住在甲子园，和芦屋也距离不远，一切都很方便了。只是，眼下那房子还租给别人住着，园村先生会和住户交涉，让他们尽快搬出去。"

与之相关，贞之助对涩谷的姐夫至今还没回信也感到担心。他猜测本家的态度暧昧不清，是因为姐夫对雪子这门亲事不太满意，或许还有其他的

① 日语中"牧""莳"的发音都是"maki"。

原因,于是,他特意给辰雄写去如下一封信:

这门亲事的详情您应从姐姐那里听说了吧,我也不认为是最理想的,但是,考虑到我们也有弱点,不能过高要求对方,所以,我相信国岛先生的话,认为只有把这门亲事定下来。我们已按日前在电话里告知姐姐的那样,八日那天我们应邀和广亲子爵见了面,近日就要举行订婚仪式。我想,可能是因为我们夫妇撇开本家,自作主张将此事推进到这一步,你们感到不愉快了吧。

关于此事,虽然为时已晚,我必须向你们道歉的是,从去年以来,不,实际是更早以前,尽管您多次说了要我们把雪子送回本家,我们却拖延至今,其中虽有各种原因,但绝不是对您的话置若罔闻,我这样做也非出自本意。坦诚地说,雪子很不愿意去东京,幸子也有些同情她,如不采取特别强硬的手段就不可能实行。但无论怎么说,我应负一半的责任。正是因为感到负有责任,我才尽绵薄之力为雪子的婚事奔走。事实上,对不服从姐夫命令的妹妹,您作为姐夫当然也不可能照顾她。时至今日,毋宁说只有我有照管她的义务。如果姐夫认为我这是多管闲事,那么我就只有告退了。我很早以前就抱着这种想法行事。所以,如果您同意这门亲事的话,一切费用自然由我们负担。可是,为了不发生误解,我要补充说明的是,尽管我说了上面这番话,绝不意味着我要让雪子从我家里出嫁。当然,这些话只是在我们内部讲的,无论怎样,雪子仍然是作为本家的姑娘出嫁。以上意见如果能得到您的同意,我将万分感谢。不知尊意如何?我苦于不善辞令,但如蒙体谅心意,并把您的意见告诉给我,我将感到荣幸之至。另外,虽然有些唐突,因为时间紧迫,希望您火速答复。

看来辰雄并没有误解这封信,四五天后他就寄来了一封通情达理的回信:

拜读了您恳切的来信，十分谅解您的心情。几年来妻妹们总是疏远我而亲近您和幸子，所以，虽然我无意弃置不顾，但不免对她们照顾不周，凡事都麻烦你们，真是抱歉之至。关于雪子一事迟迟未复，并无他意，只是因为长期以来此事总是麻烦你们，我极为不安，甚至都不知道该如何写回信。雪子不回我们这边来，我从来不认为您有责任。因此，我也不认为您有义务操办雪子的婚事，甚至也许应该说是我的无德所致，时至今日，责备任何人也没有意义了。至于这门亲事，对方是名门子弟，又有像国岛先生这样的知名人士居中介绍，而且您又把话说到那种地步，我也不能再说三道四了。今后，一切都听任您安排，订婚仪式以及其他事宜全由您决定。至于结婚费用，我也打算尽力承担，只是近来我们正当拮据时期，又承蒙您提出一番美意的提议，所以，只要这不意味着理所当然地应该由您负担，我或许会仰仗您的帮助。不过，这件事还是容改日见面时再作商议。

大体上是这样一封信，贞之助总算放心了。但是另一方面还有妙子的事，贞之助担心奥畑虽然答应了会保密，但是形势一变化，说不定又会节外生枝提出什么要求，所以想趁着他没有出来从中作梗尽快办完这事，哪怕只把订婚仪式办完也好。可是，后来光代传来消息说，偏偏在这个时候国岛夫人患了重感冒并发肺炎，病情相当严重，仪式只好暂缓举行。国岛也写信来郑重其事地说明了。御牧本人也来信说，甲子园的房屋已由子爵买下并转让给御牧，登记手续也办妥了。房客虽然还没搬走，但说是不久就要搬出去，所以，房子一腾出来，御牧就会到关西来看那栋房子，还打算请这边的姐姐、雪子小姐也一起去看看。而且，将从听雨庵借一名女佣看守那栋房屋直到他们结婚，婚后还可以继续留下来使用云云。

国岛夫人的病情一度甚为危笃，所幸的是终于好转了，在二月下旬就病愈了，之后又到热海去疗养了两个星期。据说夫人惦记着他们的婚事，病中说胡话时还不断念叨着这事。三月中旬，光代到芦屋来商议，首先是订婚和结婚仪式是在东京还是在京都举行的问题。国岛的意见是，御牧在小石川有子爵家的本家邸宅，莳冈也在涩谷有本家，在东京举行是理所当然的，希望在三月二十五号订婚，结婚仪式在四月中旬举行。

贞之助他们也没有异议，于是用电话通知了涩谷，涩谷那里因为孩子们把房子弄得乱七八糟，像猪圈一样肮脏，听说这消息后，慌忙糊隔扇纸，换榻榻米，连墙壁也粉刷一新。

幸子听说在东京举行仪式总觉得不大乐意，但又提不出正当的理由去反对。到了三月二十三号，贞之助说是很忙，只得由幸子陪同雪子赴京。二十五号订婚仪式结束后，由国岛拍电报告诉了住在洛杉矶的井谷。到本家去辞行时，雪子顺便就留在了本家，二十七号上午只有幸子回芦屋了。到家是十点左右，贞之助和悦子出去了，幸子想舒舒服服地休息一下，便走上二楼的寝室，忽然看到桌上摆着已经拆开了的两封外国来信，都是经由西伯利亚转来的，旁边还有丈夫潦草写就的一张字条：

> 舒尔茨夫人和亨宁小姐寄来了珍贵的信，悦子急着想知道内容，我就拆开了，舒尔茨夫人原信是用德文写的，我已拿到大阪请熟人翻译如另纸。

字条旁边附有七张原稿纸的译文。

36

亲爱的莳冈夫人：

早就应该向您写封详细的信了。我经常想念您和可爱的悦子姑娘。

悦子姑娘想必已经长大了。可是我几乎没有拿笔的时间。我想您大概知道，德国人手不足，很难雇到阿妈。我们从去年五月以来，请了一个女佣，每周只来三个上午打扫房屋。其他的事情如炊事、购物、修补、缝纫都由我亲自动手。做完这些事，要到晚上才得闲。若在以前就是写信的时间，可如今只得把装满了孩子们大洞小眼的袜子的筐子拿出来，把时间全花在这上面了。以前穿破了的东西一丢了事，近来凡事以节约为宗旨。为了打赢战争，我们一齐厉行节约以奉献我们微薄的力量。听说日本现在也凡事都非常简朴了。我们的一位好朋友休假来到这里，跟我们讲了在日本发生的各种变化。这可以说是致力于进步的朝气勃勃的民族必须承担的共同命运吧，要处于强国地位并不容易，但是我万分坚定地相信我们能够占据这种地位。

您去年六月的来信是用德语写的，我读了特别高兴，从内心表示深切感谢。我想您能请哪位好心的朋友把这封信译成日文吧，但愿您的朋友能认清我的字迹。如果难以辨认，下次写信我就用打字机。绉绸和日本扇子的包裹还没有收到，非常遗憾。可是，夫人送给我们罗斯玛丽的那个漂亮的戒指使她高兴极了。前些日子，亨宁小姐曾写信给我，说她给罗斯玛丽带来了戒指，又说她不知什么时候能到汉堡来。但是我们一位朋友前几天到柏林去，见着了亨宁小姐，把戒指带来了。那戒指太精美了，我替罗斯玛丽向您深表谢意。不过，我想暂时还不让她戴，替她收着，等她长大一些再说。我们在日本认识的一位朋友四月份又要回日本去，我打算请他带点不值钱的装饰品送给悦子姑娘。这样一来，两个姑娘身上都能戴上标志着友爱的纪念品。如果战争以辉煌的胜利结束，一切恢复正常了，到那时您能不能来德国呢？我想悦子姑娘一定想了解一下新德国。如果你们作为贵客能在我家住几天，我们将多么高兴啊！

您一定想知道我们的孩子的情况吧，他们都和以前一样健康。佩特从十一月以来和同学到巴伐利亚去了，他好像很喜欢那个地方。罗斯玛丽从十月份开始学习钢琴，已经弹得很好了。弗里茨的小提琴也拉得很不错了，三个孩子中数他长得最快，是个非常快活的小伙子，在学校他跟同学们一样都学习得很认真。念一年级时，他还只有一半的心思用在学习上，现在他已经很适应了。不消说，近来他们在家里也不得不帮我干活了，每个孩子都分担一点家务。傍晚弗里茨擦全家的皮鞋，罗斯玛丽揩干餐具、磨刀。大家都卖力地干着。正好今天佩特寄回来一封长信，说他们在宿舍里也要擦皮鞋、缝补衣服，整理各自的西装和袜子。我想这对年轻人来说是很好的锻炼。不过，我也担心他们回到家里后又会推给母亲。

我丈夫承办一家进口商行，近来，他对工作也熟悉了。他们也从中国和日本进口商品，但是在战争期间受到一些限制。

今年冬天相当长，却没有去年那样冷，这里出太阳的日子很少，我们从十一月以来还没见过太阳。不用多久早春就该来临了吧。我想起住在日本的时候，气候总是那样温暖，令人心情舒畅。我们始终向往着日本的好气候。

如果能再次听到您家的消息，我将十分高兴。请您以后多告诉一些你们的情况吧。当局禁止照片寄到国外，非常遗憾。罗斯玛丽最近会给悦子姑娘写信，这孩子平常学校有很多家庭作业，要写信非得到星期日不可。佩特也会从上巴伐利亚给你们写信，孩子们尽情享受那优美的大自然，大概没有时间待在房里。我想这也顶不错的，住在汉堡这样的大城市里，总觉得像是生活在洞穴里一样。

那么，请代表我们特别是孩子们向悦子姑娘问好，莳冈夫人，我衷心向您和您丈夫致意，对于您的亲切关怀和深情厚谊，再次表示感谢。

您的希尔达·舒尔茨

一九四一年二月九日于汉堡

亨宁小姐的信是用浅显易懂的英文写的，幸子能勉强看懂她的原文：

亲爱的莳冈夫人:

请原谅我没有尽快给您写信,因为我忙于寻找住处,实在没时间写东西。现在我们终于住进了一位年老的熟人家里,我们和他的儿子在日本就很熟识。这位老人六十三岁了,一个人住在宽敞的公寓里,感到非常寂寞,所以他邀请我们和他住在一起。想不到我们如此幸运,实在高兴!

我们经过漫长却愉快的航海之后,于一月五日抵达德国。在俄国国境检疫禁止外出期间,当然不大愉快,可是,俄国人确实尽了最大的努力。食物糟得可怕,我们每天只能领到黑面包、干酪、黄油和一种称为"博尔食"的红甜菜汤。我们成天玩纸牌、下国际象棋,平安夜点上了蜡烛,吃的还是像平时一样的面包、黄油。您想象不到我是多么怀念母亲和弟弟们住在日本的那个家。不过,过了那六天检疫期后,我们被带到停着我们的列车的地方。父亲和我两人坐上了一个宽大崭新的双人座席,对面坐的是到日本访问后回国的希特勒青年团的青少年。我在车上和他们聊得很有趣,忘却了路途的漫长。

在柏林当地,我们几乎感觉不到在打仗。剧场和咖啡馆都挤满了客人,食品又充足又好吃。事实上,我们在旅馆和西餐馆吃饭时,经常因食品过多而吃不完。气候的变化使我食欲旺盛,所以我不得不经常注意以免发胖。目前,唯一令我们感到不同寻常的是,街上有成群结队的兵士和将校,他们身穿军服的姿态显得很潇洒。

我从这个月起进了俄罗斯芭蕾舞学校,从我家去学校只需走十分钟。老师是曾在彼得堡学习过的一位和蔼可亲的妇女古斯乌斯基夫人。她自己经常参加日场演出,所以我每天上午十一点到十二点半、下午三点到四点去请她教我练舞。我希望尽快有所长进。古斯乌斯基芭蕾舞团是由高年级的优秀学生们组成的,最近刚从罗马尼亚亲善旅行演出归来,马上又要赴挪威和波兰演出。我希望两三年后也能参加这个演出团。

最后,我把给罗斯玛丽的珍珠戒指带到了。我担心在途中遗失,正在犹豫是否交邮局寄去时,两三天前有一位父亲的朋友从汉堡来看望我们,我托他把您的礼品亲手交给舒尔茨夫人。今天收到了夫人寄来的明信片,说是收到了您的精美的戒指,罗斯玛丽非常感谢,我把这张明信片随信寄上。

直到今天气候非常寒冷,以后大概会慢慢暖和起来。一月里的气温达到零下十八度,请您想象一下其寒冷的程度。不过室内有暖气设备,还是舒服、温暖。德国的房屋都装有双层窗户,比日本的还严实得多,因此寒风从缝隙间吹不进来。

好了,练习的时间要到了,就此搁笔吧,请您也给我来信。

弗里德·亨宁

一九四一年二月二日于柏林

信封内郑重其事地装有那张彩色明信片,那是汉堡的舒尔茨夫人寄给柏林迈耶奥托街的亨宁小姐通知收到戒指的。

37

雪子在涩谷的姐姐家住到了三月底,本来可以一直待到结婚那天,不过她毕竟不想在那里住太久。更主要的是,她很想和芦屋的亲人们从容地告别,所以一到四月她就迫不及待地回芦屋来了;并且转述国岛的话说,决定在二十九号的天长节[①]那天举行婚礼,宴席设在帝国饭店。御牧方面,因为子爵年事已

① 天长节:庆祝日本天皇诞辰的节日。

高不能出席，由嗣子正广夫妇代理。御牧家希望，虽然应该避免奢华，但是要操办得与他家的地位相称，所以决定按照这个宗旨发请帖。因此，当天御牧方面在东京的亲戚朋友自不必说，估计关西方面也会有相当多的人参加。这样一来，莳冈方面以大阪的亲戚为首，名古屋辰雄的老家种田家里的亲戚，甚至那位大垣的管野遗孀也会邀请参加。可以预料这是近来最盛大的婚宴。

正好在这个时候，甲子园的房子也腾出来了。有一天，御牧西下到芦屋来拜访，邀幸子和雪子去看那栋房子。房子位于阪神电车道北几百米之处，是比较新的平房，夫妇俩雇用一个女佣住在这里大小正合适，特别是有一个近四百平方米的院子。御牧和幸子姐妹商量房间的装饰和怎样放置衣橱、梳妆台。随后，他顺便说了新婚旅行计划：新婚之夜住在帝国饭店，第二天早晨前往京都，在京都只向父亲请安，当日即赴奈良，在奈良停留两三天，游览大和古都奈良的春光。不过这只是他自己的想法，如果雪子小姐不稀罕去奈良，就改去箱根、热海[①]也行。幸子没有征求雪子意见就说："关东那方面就免了，请您带她上奈良去吧。我们虽然离奈良近，但是出人意料的是，对大和的名胜古迹并不熟悉，妹妹们连法隆寺的壁画也没看过。"御牧提出在奈良要住日本式的旅馆，即使御牧不说，幸子因为曾在西式的奈良旅馆吃过臭虫的苦头，所以向他推荐了月日亭旅馆。

御牧还说，经国岛先生介绍，他已经决定去尼崎市郊的东亚飞机制造工厂工作。因为他在美国的大学里学过航空专业，有那里的毕业证书才找到这个职位。而实际上，御牧毕业后并没有从事这方面的工作，对制造飞机已无异于外行，因而他对厂方将分配他什么工作感到不安。而且对方看在国岛先生的面子上可能会给予较高的工薪，因此他更觉不安。不过为了熬过这种时局，他也只好硬着头皮抓住这个职位。新婚旅行回来后，他就立即开始过工薪族的生活了。不过，他也打算在工作之余，研究关西地方的古建筑，准备有

① 箱根、热海：箱根在日本本州中南部，属神奈川县，境内有箱根火山、芦湖，多温泉。热海在日本本州伊豆半岛，多温泉。均为旅游疗养胜地。

朝一日东山再起。

御牧问:“小妹怎么的了?”幸子大吃一惊,装着若无其事地回答说:“她今天没来,但是她很健康。”御牧不知是否知道了妙子的事情,后来没有再提她,待了半天就回去了。

妙子这时候因快到预产期了,已带着阿春从有马秘密回到神户,住进了船越医院一间单独的病房。不过,幸子怕被人们发现,她和雪子都没有去医院,连问候的电话也没打一个。妙子入院后的第二天深夜,阿春悄悄地回来了,报告说妙子胎位不正。据院长说,去年去有马之前检查时,胎位确实是正常的;多半是后来因为坐车翻山越岭而使胎位倒过来了,如果早点发现还能使胎位恢复正常,只是现在已临近分娩期,胎儿已下到骨盆,无论如何也为难了。不过,院长保证一定设法让妙子平安分娩,不必担心。阿春说:“既然院长这样说了,看来不用担心。”说完就回去了。可是到了四月上旬,预产期过了,还是毫无动静。也许因为是初产妇,不免有些产期推后。

不知不觉间,樱花也要凋谢了。贞之助夫妇想到半个月以后雪子就要出嫁了,对一天天匆匆流逝的春天深感怅惜,本想为雪子举行纪念性的娱乐活动,可是今年的事情比去年更难办了。甚至连雪子新婚之夜穿的便服,也因为受“七・七禁令”[1]牵连而不能定制新品,只得委托小槌屋收购二手货。从这个月开始连大米都实行凭证供应制了。另外,今年菊五郎也不来了。至于赏花,去年尚且怕被别人看见,今年就更应该避忌了。不过,他们认为这只是每年的例行活动,便尽量打扮得朴素些,在十三号星期天到京都去作一日游。他们没有去瓢亭等景点,只是从平安神宫到嵯峨走马观花地走了一趟。加之今年妙子又缺席,四个人在大泽池畔的花下拘谨地打开便当,往漆器杯里倒上冷酒,静静地传递着酒杯喝着闷酒,好像不知道看了些什么就回来了。

贞之助他们赏花后的第二天,那只早就大腹便便的铃铃生小猫了。这只母猫已经十三岁了,去年怀胎后也不能自然分娩,靠打催产针才好不容易生下

① 七・七禁令:指1940年7月7日日本政府公布的《奢侈品等制造贩卖限制条令》。

来,今年又是从头一天晚上就出现了临产征兆,可就是生不下来,她们在楼下的六铺席间的壁橱里给它做了个窝,请兽医来给它打催产针,它才勉强把猫仔儿分娩到产门附近,幸子和雪子轮流拉扯猫仔儿。两姐妹不言不语中,都有为妙子祈求好兆头的心愿,尽力想方设法要让铃铃平安生产。悦子也装作上厕所不时跑下楼来想从走廊往里偷看,幸子喝道:"你到一边去!这不是小孩子看的!"直到凌晨四点,才终于帮它把三只小猫顺利地生下来了。两个人用酒精把血腥的手消了毒,脱下沾上气味的衣服,换上睡衣,正要钻进被子时,突然电话铃响起来了,幸子大吃一惊,急忙抢下话筒,果然是阿春的声音。

"怎么样了?已经生了吗?"

"没有,还没生呢,好像很难产的样子,小妹二十个小时以前就开始阵痛了。"阿春说,"院长先生说,因为子宫收缩微弱,给她注射了催产剂,但是德国的好药已经缺货了,用的是国产药,没什么效果。小妹一直哼个不停,痛得身子直扭,从昨天起就没吃一点东西,尽吐一些奇怪的黑黑绿绿的东西。她说:'这么痛苦无论如何也没命了,这次死定了!'正在哭着呢。院长先生说是不要紧,可是护士说了心脏可能受不了。以我这个外行看来,也觉得相当危险,尽管您吩咐过不要打电话,现在我也只好打了。"

幸子想,只听阿春的报告情况还是不清楚,但如果是因没有及时注射德国产的催产剂而使产妇衰弱的话,总会有办法把药弄到手。估计一般的妇产科医院,都会为了特殊的患者珍藏一些好药,所以自己去跑一趟,苦苦哀求院长,也许能让他拿出好药来。雪子也在旁边不断劝她去看望妙子,她说:"事情到了这种地步,哪里还顾得上社会上的看法?"不久,贞之助也起来了,他说:"我赞成雪子的意见。我跟三好说好了,小妹的健康和腹中的胎儿都由我们负责。现在既然听说这件事了,就不能置之不理。"他不仅催促幸子急速赶往医院,还通知了三好要他立刻去医院。

神户船越医院的院长是位很有口碑的德高望重的妇产科专家,所以去年幸子才向妙子推荐了这家医院,然而幸子自己并不认识这位院长。为了以防万一,临行时幸子带了一些自家珍藏的、现已身价百倍的药物,如:可拉明、百浪多息、维生素 B 等的注射液。

幸子来到病房时,三好已先到了。去年秋天以来已经半年没见面的妙子一见她就说,“二姐,你可来了……”说着泪水就涌上来,“我这一次可不行了。”说完又哭起来了。就这一阵子妙子也痛得手脚乱扭,呕吐出来一些莫名其妙的、全是黏糊糊的脏兮兮的团块。三好听护士说是胎毒从口中排出来了,幸子看来很像胎儿分娩后排泄的胎粪。

幸子立即跑进院长室,递上贞之助的名片,把带来的注射液全都掏出来说:“先生,我好不容易才弄到这么点药,无论如何也搞不到德国的催产剂……无论多贵也不要紧,请您替我在整个神户找找……看看什么地方有这种药……”她故意高声喊叫,像是半疯狂似的。终于,她的苦苦哀求使得这位好心肠的院长动了恻隐之心,他说:“实话说,医院里还备有一支,真的只有这一支了。”说着好不容易才拿出药来。

而且,令人惊奇的是,注射这支药五分钟后,妙子突然阵痛开始了,让幸子她们当场看到了德国货远比国产货优秀。接着,妙子被送进产房,幸子、三好和阿春坐在外面走廊的长椅上守候着。刚听到妙子呻吟两声,只见院长从产房里提着婴儿猛冲出来,飞身跑进手术室。以后的半个来小时,只听到不厌其烦地反复用手掌拍打的啪嗒啪嗒的响声,可是,最终也没有听到婴儿的啼哭。

妙子又被推回原来的病房,幸子等三人也围在妙子的病床前屏声静息地听着,过了好久也只听到啪嗒啪嗒的拍打声传来,可以想象院长还在徒劳无功地抢救的情景。过了一会,护士走来说:“真对不起,直到临出生的时候婴儿还是活的,但是,在分娩的时候死了,我们想方设法抢救,采取了一切措施,连府上带来的可拉明也用上了,遗憾的是她终于没有活过来。详细情况院长马上就会来跟你们说明。我想至少得给婴儿穿上她妈妈为她准备的衣服。”说完她接过妙子在有马缝制的小衣服便出去了。不久,院长抱着死婴

走进来了,汗流浃背地说:

“实在对不起,我大大地失败了,因为胎儿是臀位,所以我助产的时候用手往外拉,可是我拉的时候手滑了,导致婴儿窒息而死了,这种情况是很少有的。我说过保证不要紧的,可是,竟出现了这么大的失误,真不知道该怎么道歉才好。”

幸子见院长坦率地承认失败,照说不道歉也不会责怪他,他却诚惶诚恐地道歉,不禁对他诚恳的态度产生了好感。院长两手捧着婴儿给她们看:“生了一位小姐,请看看这美丽的脸蛋,我决不是说奉承话,我接生过很多婴儿,从没见过这样可爱、漂亮的。如果能活下来该是一位多么美丽的姑娘!一想到这里,我就更感到遗憾不已。”说着又向她们道歉。

婴儿穿着护士刚才拿去的小衣服,头发梳得光溜溜的,又浓又黑,肤色雪白,脸颊红润,无论谁看一眼都会情不自禁地发出感叹声。三个人依次抱着婴儿看,突然,妙子号啕大哭起来,顿时,幸子、阿春和三好也哭成一片。

“真像个市松偶人[①]啊……”幸子凝视那透明如蜡的美丽得近于妖艳的小脸蛋儿,觉得婴儿像是被板仓或奥畑的怨恨附缠了似的,不禁感到毛骨悚然。

一周后,妙子出院了。贞之助说,只要他们不过于抛头露面就无妨,妙子听从了他的意见,被接到三好那儿去了。他们在兵库租借了一套楼上的房间,从此开始了夫妇生活。

四月二十五号晚上,妙子为了向贞之助夫妇和雪子告别,也顺便拿一些随身用的衣物,悄悄地来到芦屋。她走进以前住的二楼那间六铺席间,只见屋里琳琅满目,尽是雪子的嫁妆,壁龛里,大阪的亲戚和其他方面送来的礼品堆积如山。妙子虽然比雪子先成了家,但是谁也不知道这回事。她独自一人从存放在这里的行李中,悄悄地收拾了一些眼下要用的,用一个蔓草花纹的

① 市松偶人:腹中装有口笛的陶土偶人,以京都产者最为有名,一说是按照孝子市松的模样造型,另一说是以江户的中村座的演员佐野川市松为模型。

包袱皮拢在一起,和大家聊了半小时左右就回兵库的自家去了。

妙子一出院,阿春也回到了芦屋,她对幸子说,这事儿也没有对外人说,尼崎的父母叫她回去相亲,等雪子小姐办完喜事以后请两三天假。

幸子想到,这些人就这样突然决定了命运,过不了几天这个家就会变得冷清寂寞了,动不动就沉浸在百般感慨之中,觉得把女儿嫁出去的母亲不就是这样的心情吗?

自从决定了由贞之助夫妇陪送,乘坐二十六号夜车去东京以后,雪子也为时光的一天天流逝而感到悲伤。不知什么原因,几天前她就开始拉肚子,一天拉五六次,虽然吃了盐酸黄连素片和阿鲁希林药片,仍然不怎么见效,腹泻还没停止,二十六号就来临了。

这天上午,在大阪冈米定做的假发也做好了,雪子试了一下就放在壁龛里。悦子从学校回后,一下子就发现了,她一边嚷着“二姨的脑袋真小”一边故意戴着跑到厨房里给大家看,逗得女佣们都笑了。

委托小槌屋准备的婚礼后穿的便服也在这天送来了。雪子看到这些东西不禁想嘟哝:“这要不是婚礼的衣裳该多好!”她不由得回忆起了昔日幸子要嫁给贞之助时,也是一点也不高兴的样子,妹妹们问起她来,她说道“没什么可高兴的”,并且写下一首和歌给她们看:

不待晚风催,
忽忽今挑新嫁衣,
不觉暗生悲。

这一天,雪子腹泻始终没有好,上火车以后还在继续拉肚子。

重译后记

《细雪》是一部规模宏大的小说，反映第二次世界大战中关西中产阶级家庭的婚姻恋爱生活，涉及历史、地理、语言、宗教、民俗、风习、交通、饮食、建筑、服饰、医药、旅游、诗歌、戏剧、舞蹈、音乐、电影、绘画、园艺、工艺美术诸多领域，以及赏樱、赏月、捕萤四季行乐，还浓墨重彩地描写了阪神大水灾、关东台风等自然灾害，全书又是用关西方言写的，如果没有深厚的中日文造诣、没有对原著和作者的深刻理解、广博的知识结构，要译好《细雪》可谓“难于上青天”。三十年前的我，翻译这部巨著无疑力有不逮，错漏在所难免。即使时至今日，我的水平或许小有长进，也殚心竭虑地重译一遍，修改三遍，希冀打磨得尽善尽美，但是无疑还有错漏，诚恳希望广大读者和日本文学翻译界的师友批评指正。

正因为原著所涉领域甚广，即使是一般

的日本读者也难以完全理解书中的一些内容，这次重译我加了一些必要的注释，尽量为读者提供一点便利。

重译《细雪》是我多年的夙愿，今天终于得以实现，首先应该感谢多年来关心、支持和指教我的日本文学翻译界的众多师友，特别要感谢竺祖慈、王纪卿先生和本书的责编王玥女士。

谷崎润一郎和《细雪》[①]

周逸之　文

谷崎润一郎（1886—1965），日本著名唯美主义作家，出生于东京一个没落商人家庭，从小爱好文学，1908年入东京帝国大学国文系，1910年与学友、著名戏剧家小山内薰等人创办第二次《新思潮》，发表短篇小说《文身》、《麒麟》等，受到唯美主义大家永井荷风的极力推崇，从此走上文坛。此后，在长达半个世纪的创作活动中，谷崎写下了不少作品，主要有：《异端者的悲哀》（1916）、《食蓼之虫》（1929）、《细雪》（1947）、《钥匙》（1956）、《疯癫老人日记》（1961）等长篇小说；《少年》（1911）、《小小王国》（1918）、《吉野葛》（1931）、《春琴传》（1933）等中短篇小说；他还写过剧本《法成寺物语》（1915）、《阿国和五年》（1922）和《正因为爱》（1921—

① 本文原是湖南人民出版社1985年版《细雪》译序，此次经译者修订后载于此处。

1922）等。此外，他以自己富有文采的笔致将日本古典文学名著《源氏物语》译为现代语（1934—1941），于1949年获日本政府颁发的文化勋章。

在文学上，谷崎有继承日本古典文学传统的一面，也有接受西方王尔德、爱伦·坡和波德莱尔的影响的一面。他的“作品的基调始终贯穿着对生活和美的浪漫主义向往，缺少紧密地联系现实、探讨现实真相的真正写实主义的态度”（西乡信纲：《日本文学史》）。

谷崎的汉学造诣很深，十几岁即能赋汉诗，1918年到中国游历，回国后写了《苏州纪行》《西湖之月》等游记。1925年重访中国，结识郭沫若、田汉、欧阳予倩等人，回国后写了《上海交游记》。他曾任日中文化交流协会顾问。

长篇小说《细雪》从执笔到全部出版历时八年，最初登载于《中央公论》1943年1月号、3月号上，准备采取连载方式发表。这年6月，编辑畑中繁雄被陆军报道部召去，以“战时不宜发表这类有闲文字”为名，禁止继续连载。但作者采取了抵制态度，私下里继续完成上卷并自费印刷二百本分送亲朋。战后，于1947年最后完成中、下卷并出版。

谷崎写《细雪》是有多方面原因的。

日本帝国主义于1931年制造了侵略我国东北的“九·一八事变”，1937年又发动了“卢沟桥事变”，开始了全面侵华战争。1941年，日本政府悍然发动太平洋战争。为了推行侵略战争的政策，日本反动政府在国内采取极其野蛮的法西斯统治，从精神和物质两方面实行国家总动员，建立战时体制。在精神方面，开展大规模的法西斯军国主义宣传教育，欺骗、蒙蔽人民群众，封闭进步报刊，逮捕和屠杀有反战反法西斯思想的进步人士。随着太平洋战争爆发，有良知的作家除了沉默别无他法。被允许出版发表的只有煽动狂热情绪的战争小说。谷崎亲身体验到了“江户时代的作者触犯政要的忌讳而戴手铐、关禁闭的愤郁的心情”，为了回避对法西斯的支持，他写下了以关西风土人情为背景，反映没落商家莳冈家四姐妹婚姻家庭生活的长篇小说《细雪》。与法西斯统治下陷入水深火热的广大工人和劳动人民的生活相比,作者描写的关西中上流社会的生活,无疑是优裕而安闲的。但尽管如此,从书中的描写可以看出,这些人在衣着、医药等日常物质生活,以及精神享受如戏剧、舞蹈等方面同样受到战争的影响,作者借书中人物之口,对战争表达了不满。作为资产阶级作家,谷崎没有描写反映社会底层人民困苦生活和日本无产阶级、劳动人民反抗法西斯的斗争的情景,但从另一方面来说,中上流社会尚且如此,也就曲折地反映了日本帝国主义发动的侵略战争给日本人民带来的巨大灾难,以及人民的反战、厌战情绪。小说在1943年3月发表的上卷第十七章中,谷崎借书中人物贞之助之口说:"不管怎么说,日本和中国关系不好,我们难过。"在当时严酷的法西斯统治下,作者勇敢地表达了日本人民希望中日友好的意愿,更是难能可贵的。

在主观上,谷崎润一郎是以唯美主义、艺术至上主义作家的形象走上文坛的。他定居京都,原是为了一时避难,但是关西的町人文化(上方文化)中保持的"旧日本的异国情调"深深吸引了他,使他迷上了关西生活。渐渐地,他从前期的"西洋生活"式的思想方式、艺术创作方式中脱胎出来,从具有悠久历史的关西町人文化中发现了自己,继而发现了日本古典美,并执着地追求它。这在作者是创作道路上的一大转折,对写作《细雪》有决定性的影响。

作者耗时七年将《源氏物语》译为现代语,可见对其喜爱和受其影响之深。作者自己也承认:"我从小爱读《源氏物语》,特别是长年将其译为现代语后,书写这本小说(指《细雪》)时,它也确实在我的头脑中。"因此,即使不说作者特意模仿它的风格,也不得不说他深受了它的影响。

以《源氏物语》为代表的日本传统长篇小说在结构上都是并列式的。书中主人公的追求者多是出现以后又消失了,很少看到现代小说中出现的三角甚至四角关系。这并不是小说技巧的优劣问题,而是社会构造的反映,如果像交际社会即文艺复兴后的西欧社会那样,男女都在社交圈内结识、了解、比较和选择异性,然后产生爱情,那么,这些人物应该是彼此了解的。然而在大体保持了家族之间各自封闭的古老传统的当时日本社会中,正如《细雪》的女主人公雪子相亲的情况一样,男人们互不相识,出现之后旋即一一消逝,所以作者以她五次相亲为纲,并列为五大段故事,以此展开小说的情节,《细雪》的结构在这一点上与《源氏物语》相似。不过,在《细雪》中也先后出现了妙子—奥畑—板仓以及妙子—奥畑—三好的三角恋爱关系,但这只是陪衬主线的副线。这种复杂的恋爱关系的出现,正是那种古老传统的封闭社会结构发生的嬗变在小说中的反映。

小说的选材也受了《源氏物语》的影响,作者在主观上想回避残酷的现实(尽管仍然回避不了)而去描写莳冈家四姐妹的婚姻生活,力图再现古典的世界,用古典的方法构筑美。谷崎如实地写下了神户大水灾、东京大风暴以及许多关西的风土人情,对此,作者颇引以为豪。他说,要把《细雪》写成一本逐年逐月的回忆录,记录下小说那个年代的事件。但他所忠实的只是细节,正如作者所说,他要追究这样的问题:"即使是坐一辆出租车,当时在那里能叫到汽车吗? 即使能叫上,得花多少钱?"(《〈细雪〉回顾》,1948年11月《作品》)在宏观上,他却回避了当时现实生活的大环境,即日本帝国主义推行法西斯战争,给日本人民和其他各国人民带来的巨大灾难。这是当时的客观环境使然,但还有一个原因,那就是他有意追求《源氏物语》所代表的那种超然的古典美。小说中出现的赏花、捕萤、赏月、舞蹈等风流韵事,便是《源氏物语》那个时代以来,王朝文化所津津乐道的主要题材。

《细雪》不同于《源氏物语》,后者是以男女恋情为主题,而《细雪》的主题是"同胞爱"。小说以住在芦屋分家的二姐幸子及其丈夫贞之助组成的一个中流以上家庭的生活为中心展开。莳冈家是从旧幕时代以来就颇有名望的世家。到大正末期,由于父亲的奢侈放纵,家道衰落,双亲相继去世。长姐鹤子招赘的女婿辰雄,转让了船场的旧店铺,住在上本町,出任银行职员。未婚的三女雪子和四女妙子因和辰雄关系龃龉,多半住在二姐所在的分家。雪子是位腼腆、内向的日本古典式美人,小说以她的五次相亲作为中心事件展开。四女妙子是位活泼而又多才多艺的现代女子,与雪子恰成对照,颇像一名职业女性,其恋爱过程也几经波折。

《细雪》尽管是部规模宏大的作品,但是并没有一般读者期待的小说的高潮,无论是主人公的思想感情还是故事情节,都没有发生特别戏剧性的变化。毋宁说,这倒是该小说的特色之一。

小说的女主人公雪子,并不像西方近现代小说中的女性那样,做出惊世骇俗的行动,具有不同凡响的思想,似乎也不具备积极掌握自己命运的意志。可是,她虽然采取这种沉默被动的生活方式,却并没有丧失自己的判断力,也没使自己的生活走向崩溃。她免不了被周围的事物推着向前走,却也没有任何人能左右她的命运。

雪子温文尔雅,谦和有礼,腼腆羞怯,勤劳坚韧,富于献身精神。无疑地,作者在她身上倾注了自己全部美学的理想,是把她当作典型的传统日本女性来描写的。

日本经历了漫长的封建社会,历代统治阶级以传统的封建道德麻痹和统治人民,女性更是处在被奴役、被玩弄的悲惨处境。历来的统治阶级都认为妇女是以忍让温顺为最大美德,安于命运,逆来顺受。《源氏物语》里源氏的正妻紫姬正是这样一个典型。然而,恰恰在这一点上,雪子尽管在一般小事上温顺随和,但在婚姻问题上却很有主见,并不一味顺从。她曾借故拒绝了大姐夫辰雄为之选择的一门亲事。诚然,其中包含有对辰雄挟嫌使性的成分,但毕竟是因为雪子受过比较系统的西方教育(她是女校英语专科的高材生),多少有些自由思想,由于受阶级地位以及门第观念的束缚,她只能在相同、相近阶级地位的男子中物色对象,但她毕竟不唯姐夫之命是从。当然,她的婚姻观是陈旧落后的,她甚至比幸子更强烈地反对妙子和原奥畑商店学徒、摄影师板仓结合，宁愿让妙子嫁给不能自食其力的纨绔子弟奥畑。

由此看来，作者虽想使雪子成为传统的日本女性的典型，实际上却在最主要一点上，使他描写的典型人物并不是任人摆布，而是与妇女传统的“忍从美德”大相径庭了。

作者创造这个不完美的典型是有其原因的。19世纪中期开始的明治维新的结果，成立了以天皇专制主义为中心的统一国家、实现了文明开化。以明治市民社会的启蒙家福泽谕吉（1834—1901）为代表的新思潮，批判封建制度和封建思想，要求文化和政治上的解放，吸收英法的自由思想。福泽谕吉极其重视妇女社会地位的问题，提出“万人皆同位”的口号。从那以后，中上层社会的，特别是接受了西方思想教育的女子，多少有了一些独立自由的思想。然而，明治维新是一次从上而下进行的不彻底的资产阶级民主革命，改革以后，封建势力在社会中仍然很强大。时代就这样被卷进了保守与革新、现实与理想、旧事物与新事物对立的旋涡中。尽管从明治维新到《细雪》所描写的年代，已经过去了七十年，妇女的社会地位却并无根本好转。《细雪》中雪子这个典型的出现，正是植根于这种复杂的社会背景中。一方面，她在婚姻问题上违背了以忍从为美德的道德标准，并不俯首听命于姐夫，另一方面，她又不得不把自己的命运寄托在未来的丈夫身上，仍是依附、从属于丈夫。姐夫姐姐们为她择婿的必不可少的条件就是生活上要有保障。当阵场夫人介绍年纪大得多的野村时，姐夫们甚至考虑到了雪子将来可能成为寡妇，得有一笔生活保证金。因为没有得到这种保证（当然还有其他原因），这门婚事告吹了。由此可见，雪子的婚姻并不是以爱情为基础的，只考虑门第、社会地位、教育状况，最重要的是财产状况。之所以造成这种没有爱情的婚姻，原因在于雪子没有赖以自立的技能和独立的经济地位。

雪子作为传统的女性是不典型的。但是，这个形象作为日本20世纪30

年代的阪神地区中流社会的妇女,又确实是颇具典型意义的。

雪子婚后的命运怎样?作者没有交代,只是以雪子乘火车赴京结婚结束了小说。但是,作者寓意深长地安排了这样的结尾:

> 自从决定了由贞之助夫妇陪送,乘坐二十六号夜车去东京以后,雪子也为时光的一天天流逝而感到悲伤。不知什么原因,几天前她就开始拉肚子,一天拉五六次……
>
> ……
>
> 委托小槌屋准备的婚礼后穿的便服也在这天送来了。雪子看到这些东西不禁想嘟哝:“这要不是婚礼的衣裳该多好!”她不由得回忆起了昔日幸子要嫁给贞之助时,也是一点也不高兴的样子,妹妹们问起她来,她说道“没什么可高兴的”,并且写下一首和歌给她们看:
>
> 不待晚风催,
> 匆匆今挑新嫁衣,
> 不觉暗生悲。
>
> 这一天,雪子腹泻始终没有好,上火车以后还在继续拉肚子。

这结尾为雪子未来的婚姻生活抹上了哀愁、凄凉、不祥的气氛,预示了女主人公雪子的不幸命运,我们不可把它当闲笔看过。

作为对比而描写的妙子,与雪子大不相同,是一个热情、明朗、大胆泼辣、富有进取心、好胜心强、多才多艺的现代女子。她是在家道衰颓父亲去世后成长的,极少受到那陈旧的门第观念的羁绊,公开宣称自己在婚姻问题上实行“功利主义”,提出选择丈夫的三个标准:必须要有强健的身体,有技能、职业，真心热爱自己，有愿为自己献出生命的热情。

刚刚二十岁，妙子就和当地的富商子弟奥畑启三郎自由恋爱，为了达到抢在三姐雪子之前结婚的目的，甚至采取为双方家长所不容的私奔的手段，因而成为轰动一时的新闻人物。

后来，在神户大水灾时，她被困厄在玉置德子的裁剪学院，几遭灭顶之灾。她被原奥畑商店学徒、摄影师板仓拼死救出来后，与不愿为寻找、营救自己而弄湿裤子的纨绔子弟奥畑相较，她很快爱上了板仓，不顾将来社会舆论的谴责和压力以及家庭的阻挠，明确主动表示要和社会地位低下的板仓结婚。她在奥畑的金钱物质引诱下也曾彷徨、软弱，在板仓与奥畑之间游移周旋，并未彻底和奥畑决裂，并且在板仓患坏疽死去后，一度又和奥畑交往极密切。这说明了中产阶级妇女的两面性和软弱性。但是，最终她还是爱上了一个酒吧招待三好，并有计划地以怀孕来造成既成事实，一箭双雕，一方面迫使家庭承认他们的婚姻，另一方面使奥畑不得不和她分手。这表现了她为了追求真正的爱情和幸福，颇有心计又极为大胆。一个热烈而执着、极为丰满的叛逆的女性形象，出现在读者面前。

妙子之所以能主动地驾驭自己的命运，全在于她有技能——制作偶人、擅长裁剪和缝纫，有赖以独立生活的能力。她蔑视、嘲笑那种视职业女性为下贱的世俗偏见，不顾辰雄等人反对，竭力争取到了成为职业女性的权利，掌握了技能，最终找到了自己的幸福，和一个发誓能使她得到幸福的下层社会的男子结合了。她不像雪子那样举行盛大的婚宴，亲朋们也没送“堆积如山”的礼物。她只是悄悄地来到芦屋的分家，“从存放在这里的行李中，悄悄地收拾了一些眼下要用的，用一个蔓草花纹的包袱皮拢在一起，和大家聊了半小时左右就回兵库的自家去了”。但无疑地，她的婚后生活是充实、和谐、幸福的，因为她从自己那个中等社会的象牙塔里走了下来，和丈夫处在同一地位，平等地共同组织了一个家庭。

妙子的典型至今还极有现实意义。从妙子的那个时代至今又过去了四十多年，尽管1946年日本宣布了妇女行使参政权，但妇女低下的社会地位迄今没有多大改变。日本妇女逐渐认识到，只有走入社会，参加工作，开阔眼界，减少对丈夫的依赖程度，才能在家庭和社会上取得平等地位，有更多的发言权。

由此可知，为什么《细雪》出版已近四十年，仍获广大读者特别是女性读者的喜爱。1950年、1959年、1983年《细雪》曾三次被拍成电影，五次拍成电视连续剧，这在日本文学史上可以说是罕有其匹的。

《细雪》这部长篇小说，在日本文学史上具有颇为重要的地位，有人认为它是日本古典文学名著《源氏物语》的现代版，有人评论说它与法国大作家福楼拜的《包法利夫人》和《情感教育》相比毫不逊色。它之所以获得如此高的评价，除作品在一定程度上对当时的日本社会作了真实的描写之外，还因为它在艺术上很有特色。

首先，是作品风格的典雅细致。谷崎受了《源氏物语》婉约多姿、缠绵悱恻、典雅艳丽的文章风格的影响。他运用日本古典文学传统的四季观，在四姐妹的招婿和恋爱生活中，穿插了舞蹈、赏花、赏月、捕萤等场面描写。如岚山一日赏樱那一章，描摹细腻，把盼望樱花早开的急不可耐、欣赏樱花的满足和欢愉、担心樱花匆匆凋落的哀愁和怅惘，都写得精细入微，笔墨酣畅，淋漓尽致，可算得一篇绝妙的赏樱赋。随后，又让贞之助和幸子为赏花写下和歌，更为作品增加了无限的和声，一咏三叹，余音袅然，有极强的感染力，这些场面描写和在文中出现的和歌、俳句，把人物的感情糅合在自然环境中，用暗示的手法深入人物的精神世界，与描写人物的复杂隐微的心理活动相适应，形成了这部作品典雅细致的独特的文章风格。

其次，表现在对女性心理的细腻刻画上。作者笔下的幸子，是一位心地善良、品德高尚、多愁善感的女子。她承担了弃世过早的母亲的责任，照顾、监督、庇护着雪子和妙子。她以中产阶级的择婿标准不辞烦劳、殚精竭虑地为雪子寻求美满姻缘。幸子比两位妹妹更为着急,为她们老大不嫁而忧虑伤感。在岚山赏樱时,她触景生情,一方面担心落花匆匆,叹息雪子、妙子的青春已逝,一方面又恐惧雪子出嫁后明年赏樱又少一人的寂寞,最后又想宁可忍受孤寂,也唯愿她早日出嫁。这样一波三折、细腻地描写了她多愁善感的善良性格。作者还善于从矛盾冲突中揭示复杂的人物性格。在妙子和板仓的恋爱事件中,幸子出于落后的门第观念,持强烈的反对态度。当她听说板仓因患坏疽死去而这事件"自然解决了"时,不禁对这位救过自己妹妹性命的恩人的突然死去感到高兴,虽然她自己也认识到这是一种卑劣的念头。这种幸灾乐祸的阴暗心理与她平常那种善良性格似乎截然相反,却细腻、真实地刻画了这个人物,使人物性格丰满,具有说服力。

作者在描写人物时,极力赋予每人以鲜明的性格特征。四姐妹中,鹤子敦厚木讷,幸子温柔敏感,雪子冷静羞怯,妙子活泼老练。所有这些性格特征,都写得鲜明可信,都是与她们各自不同的年龄、经历和教育状况相吻合的。不仅主要人物如是,哪怕是与雪子相亲过的五个男子(三枝、濑越、野村、泽崎、桥寺)虽然结局同为亲事有始无终,却因他们的经历不同、性格有别,亲事破局的方式也各各不同。就连那位只出过一次场的与兵寿司店老板,作者也把他写得生动传神,呼之欲出。如:

> 有时遇上老板不称心,给食客放很多山萮菜,辣得那客人"嗳呀"一声跳起来,要么眼泪直流,他在旁边看着窃窃地嗤笑。

寥寥几笔,就像一位高明的漫画家,勾勒出了这位老板单纯、稚气、喜爱恶作剧的性格。

作品另一个很重要的特色,在于利用环境的描写来渲染所需要的气氛。在描写转送板仓去铃木医院做手术的情景时,作者借妙子的回忆烘托了那所医院阴森怪异的气氛,为板仓之死作了铺垫。在幸子回忆母亲逝世的情

景时,作者极力渲染了那种凄清、怅惋、悲凉的气氛:

> 已经连续几天的绵绵秋雨毫无止意,潇潇秋雨打在病室缘廊的玻璃窗上,一片烟雨迷离,拉窗外是个小巧的庭院,从庭院顺着一条缓缓的下坡路可以走到小溪畔。从庭院到溪畔山崖的胡枝子花快凋谢了,在秋雨中瑟缩着。那天早晨,因担心溪水上涨会引起山洪暴发,村里的人们都骚动不安。远比雨声更猛烈的激流声震耳欲聋,河床的巨石时不时互相撞击,发出咚咚的巨响,震得屋子直摇晃。幸子她们一边担心溪水上涨、惶惶不知所措,一边守候在母亲枕前。就在这样的氛围中,看着像露珠消逝一般死去的母亲十分安详、毫无杂念的遗容时,她们忘记了恐惧,沉浸于一种清静的、净化了的感情之中。这无疑是一种悲哀,然而是惋惜一个美好事物离别了人间的悲哀,也可以说是超脱了个人关系、伴有音乐的美感的悲哀。

根据以上描写,可见作者是颇为擅长使用情景交融的手法来渲染气氛的,这种抒情的主调,始终贯穿于整个作品,形成一种特色。

当然,这部作品的艺术特点还远不止此。例如,该书都是使用关西方言对话,富于浓郁的地方色彩。鉴于关西京阪神地区原属日本政治经济文化地理中心,相当于中国的北京地区,译者试用一些北京方言翻译书中对话,目的是多保留一些原作的韵味。当然,这也只是没有把握的一种尝试。

毋庸讳言,该小说由于各种原因,存有一些落后的、不恰当的内容,希望读者持批判的眼光去看它。如德国侨民舒尔茨夫人和幸子的通信中,有个别吹捧、美化德日法西斯的字句,如舒尔茨夫人信中自诩日耳曼民族和大和民族是“致力于进步的朝气蓬勃的民族”,要“处于强国地位”。这就是希特勒等德日法西斯头目鼓吹的极端反动的种族主义谬论,是他们疯狂侵略其他国家,奴役各族人民的理论根据之一。在第二次世界大战中,德日两国人民也是轴心国法西斯统治下的牺牲品,中产阶级家庭一方面因受战争影响而生活拮据,比较艰辛,另一方面这些家庭的妇女(当然还有男人和小孩)又受到法西斯军国主义的熏陶,愚昧地崇拜法西斯反动头目。细心的读者自可从中看出法西斯思想毒害之广之深,危害之烈。

译者限于水平,对原著理解欠深,译文的错误自然难免。译者诚恳希望广大读者和翻译界前辈、同仁不吝赐教,如有再版机会,以裨匡正。

译　者
于长沙梨子山畔楝花书屋
1983 年 10 月